KB275487

세설

세설 하
細雪

다니자키 준이치로 장편소설 송태욱 옮김

이 책은 실로 꿰매어 제본하는 정통적인 사철 방식으로 만들어졌습니다.
사철 방식으로 제본된 책은 오랫동안 보관해도 손상되지 않습니다.

27

다에코가 옆 사람의 불편이나 다른 사람의 생각에도 아랑 곳하지 않고 자기 멋대로 행동하는 데 비해 전혀 능동적으로 움직일 힘이 없는 유키코가 그 이후 도쿄의 하늘 아래서 쓸 쓸하게 생활하고 있을 모습이 자주 사치코의 머리에 떠올랐 다. 작년 9월, 큰집 언니와 도쿄 역 앞에서 헤어졌을 때 거듭 유키코의 혼담을 부탁한다는 말을 들었던 일, 올해는 유키코 의 액년이라서 어떻게든 작년에 치르려고 했는데 허사가 된 일, 적어도 올 춘분까지는…… 하고 말했던 그 춘분도 이제 일주일 앞으로 다가온 것, 그리고 혹시 자신이 추측한 것처 럼 다에코의 좋지 못한 평판이 유키코의 혼담에 방해가 된다 면 자신에게도 절반의 책임이 있다는 것 등을 생각하자 점점 더 유키코에게 미안한 마음이 들었다. 사치코는 요즘 다에코 에게 품고 있는 자신의 불만을 가장 잘 이해해 줄 사람은 유 키코일 것이라고 생각하고 그녀를 불러와 마음껏 이야기를 하고 싶은 마음이 진작부터 있었음에도 다에코의 새로운 연 애 사건이 그녀에게 미칠 심리적 영향을 고려해서 삼가 왔다.

그렇다고 끝까지 숨기고 있다가 유키코가 만약 다른 사람을 통해 알게 될 경우 얼마나 거북해질까 하는 걱정도 있었다. 게다가 좋은 의견이라도 들을까 했던 데이노스케에게 그런 말을 듣고 보니, 남아 있는 상담 상대는 유키코밖에 없다는 생각이 들었다. 그래서 무슨 구실을 대서라도 어떻게든 그녀를 불러들이고 싶은 참이었다. 그때 마침, 오사쿠 선생을 추도하는 춤 발표회[1]가 다음 달 하순 오사카 미쓰코시 8층 홀에서 개최된다는 연락이 왔다.

야마무라 사쿠 선생 추도 야마무라류 무용회

일시 1939년 2월 21일 오후 1시.

장소 고라이바시 미쓰코시 8층 홀.

상연 작품 「소데고로(袖香爐)」, 「나노하(なのは)」, 「쿠로카미(黑髮)」, 「스리바치(すり鉢)」, 「야시마(八嶋)」, 「에도 선물(江戶土産)」, 「쇠고리(鉄輪)」, 「눈」, 「물주전자(芋かしら)」, 「검은머리물떼새(都鳥)」, 「팔경(八景)」, 「차온도(茶音頭)」, 「유카리노쓰키(ゆかりの月)」, 「오케토리(桶取り)」.

(순서와는 무관) 출연자 이름과 프로그램은 당일 알림.

회비 없음(당일 초대권이 없는 분은 사절).

신청 마감일 2월 19일까지 회원 및 가족에게 한함.

관람을 희망하시는 분은 왕복 엽서로 신청할 것. 회신 엽서를 초대권으로 발송해 드림.

주최 야마무라 사쿠 문하 향토회.

---

1 모델이 된 야마무라 라쿠 선생 추도 야마무라류 춤 발표회는 여기에 쓰인 그대로 개최되었다. 이 안내장과 똑같은 것이 잡지 『가미카타(上方)』 1939년 2월호에 게재되었다. 주최는 〈야마무라 라쿠 문하 십일회(十日會)〉, 후원은 〈가미카타 향토 연구회〉였다.

후원 〈오사카〉 동인회.

2월, 사치코는 부랴부랴 향토회가 인쇄한 이 안내장을 넣은 편지를 큰집 언니와 유키코에게 각각 보냈다. 언니한테는, 〈그 후 유키코를 한번 부를 생각을 하면서도 곧 기회가 있을 거라고 기다리고 있었는데 결국 작년에도 좋은 이야기가 없었고, 올해도 벌써 춘분이 오고 말았어. 특별한 일이 있는 건 아니지만 오랜만에 유키코를 보고 싶기도 하고, 유키코도 이제 이곳이 그리워질 때도 됐을 테니까 별지장이 없다면 잠시 보내 줄 수 없겠어? 동봉한 것처럼 마침 야마무라류 무용회도 있는 데다 다에코도 출연하니까. 다에코는 유키코에게 꼭 보여 주고 싶대〉 하는 내용을 간단히 써서 보냈다. 그리고 유키코에게는 좀 더 자세하게, 〈이번 발표회는 고(故) 오사쿠 선생님 추도라는 명목이긴 하지만 이런 무용회도 시국 때문에 개최하기가 점점 어려워지고 있는 것 같으니 이번에 한번 봐두는 게 어떨까? 갑작스럽게 결정되어 그동안 연습도 안 했으니까 다에코도 일단 거절했는데, 당분간 춤을 출 기회도 없을 것 같고 또 돌아가신 오사쿠 선생님에 대한 공양이기도 해서 승낙한 거야. 그러니까 이 기회를 놓치면 이제 다에코의 춤을 볼 기회는 아마 없을 거야. 그런 사정 때문에 다에코는 새로운 춤을 준비할 여유가 없고 해서 작년에 했던 「눈」을 급히 연습해서 추기로 했어. 의상만은 예전 것을 쓸 수 없어서 작년에 내가 고즈치야에서 맞춘 자잘한 무늬의 옷이라면 거기에 안성맞춤이니까 그것을 입도록 했고. 다에코의 연습을 봐주는 사람은 오사쿠 선생님의 수제자로 오사카 신마치에 연습장을 가지고 있는 〈사쿠이네〉라는 사람이야. 이래저래 다에코는 요즘 매일 신마치로 연습하러 다니라, 돌아와서는 나한테 반주를 하게 하고 한 번 더 연습하랴, 그사이에 또 작업실에 나가랴 여전히 바쁘게 지내고 있어. 나도 매일 반주를 하느라 바쁘지만 「눈」의 샤미센 연주는 잘못 하니까 고토로 연주해. 이렇게 있다 보니 다에코를 미워할 수 없지만, 이 애 때문에 요즘 여러 가지로 속을 썩이는 일이 많아. 편지에는 쓸 수 없지만 네가 오면 여러 가지로 할 이야기가 참 많을 거야. 에쓰코도 작년 춤 발표회 때는 언니가 없었으니까 이번에는 꼭 보러 와야 한다고 하더라〉 하는 등의 이야기를 썼다. 그러나 쓰루코한테서도 유키코한테서도 답장이 오지 않았으므로 또 예전처럼 갑자기 오는 게 아닐까 하는 이야기를 했다. 기원절 날 저녁 다에코가, 오늘은 의상을 입고 옷자락을 끌며 춤을 추겠다고 해서 서양식 방에서 연습을 하고 있었다.

「아, 언니!」

에쓰코가 초인종 소리를 듣고 제일 먼저 달려 나갔다.

「어서 오세요. 다들 여기 계세요.」

뒤따라 오하루도 나가서 응접실 문을 열었다.

유키코가 들어와 보니 긴 의자 하나만 남긴 채 테이블이나 안락의자를 전부 들어내고 양탄자를 둘둘 말아서 한쪽으로 치워 놓고 다에코가 방 가운데서 낮게 틀어 올린 시마다 머리에 연분홍빛 댕기를 드리고, 얼마 전 편지에서 말한 의상, 즉 눈이 소복이 쌓인 자줏빛 매화와 조그만 동백꽃 무늬 옷을 입고 우산을 들고 서 있었다. 그리고 사치코는 구석진 자리에서 마루에 방석을 깔고 고린 국화 모양[2]의 옻칠을 한, 길이가 2미터나 되는 고토를 앞에 놓고 앉아 있었다.

---

2 에도 중기의 화가 오가타 고린(尾形光琳, 1658~1716)이 창시한 것인데, 장식적인 국화 모양을 말한다.

「뭔가 시작된 것 같더라니…….」

값비싼 비단 오시마 두 겹으로 만든 옷 사이로 니트 바지를 내보이며 긴 의자에 앉아 구경하고 있는 데이노스케에게 가볍게 목례를 하고 유키코가 말했다.

「……멀리서 고토 소리가 나서…….」

「아무 연락이 없어서 어떻게 할 건지 궁금해하고 있었어.」

사치코는 고토 줄 위에 가조각을 낀 손을 올려놓은 채, 반년 동안 만나지 못했던 유키코를 올려다봤다. 내성적이며 화려한 것을 좋아하는 동생이 기차 여행에 지친 듯 창백한 얼굴로 들어와 이 광경을 보고는 불현듯 눈가에 웃음을 비쳤고, 사치코는 그것을 놓치지 않았다.

「언니, 〈쓰바메〉로 왔어?」

에쓰코가 물었으나 유키코는 그 말에는 대답하지 않고 다에코에게 물었다.

「그 머리, 가발이야?」

「응, 간신히 오늘 왔어.」

「잘 어울려, 다에코.」

「이 가발, 나도 가끔 머리를 틀어 올리고 쓸까 해서 다에코하고 같이 준비했어.」

「괜찮으면 언니한테도 빌려 줄게.」

「시집갈 때 써.」

「바보 같긴. 내 머리에 맞겠어?」

사치코가 농담으로 한 말을 유키코는 기분 좋은 얼굴로 받았다. 그러고 보니 그녀의 머리는 숱이 많아서 그렇게 보이지 않았지만 크기가 아주 작았다.

「처제, 마침 잘 왔어!」

데이노스케가 말했다.

「오늘은 다에코의 가발이 만들어져서 의상을 입고 제대로 한 번 춤을 추기로 했거든. 게다가 21일은 화요일이니까 내가 갈 수 있을지 어떨지 몰라서 오늘 정식으로 춤추는 것을 보려고.」

「나도 21일에는 못 가. 속상해 죽겠어.」

「정말, 왜 일요일에 안 하는 거지?」

「때가 때인 만큼 떠들썩하게 하는 걸 피하려는 거겠지 뭐.」

「그렇다면 언니…….」

다에코는 우산을 펼치고 오른손으로 손잡이를 똑바로 잡고 말했다.

「지금 그것, 다시 한번 타줄래.」

「그러지 말고, 아예 처음부터 다시 하지 뭐.」

「그래, 막내 언니, 유키코 언니한테도 보여 줘야지.」

데이노스케의 말에 에쓰코도 덧붙였다.

「두 번이나 추면 녹초가 된단 말이야.」

「뭐, 연습이라 생각하고 처음부터 다시 한번 해봐.」

사치코도 이렇게 말했다.

「나도 마룻바닥에 앉아 있었더니 차가워 죽겠긴 하지만 말이야.」

「사모님, 회중 난로를 가져올까요?」

오하루가 물었다.

「허리 있는 데 대면 꽤 따뜻할 텐데요.」

「그럼 좀 갖다 줄래.」

「그럼 난 그사이에 좀 쉬어야지.」

다에코는 우산을 바닥에 내려놓고 긴 옷자락을 손으로 들고 천천히 긴 의자 쪽으로 가서 데이노스케 옆에 앉았다.

「죄송하지만 저도 한 개비 주시겠어요?」

다에코는 겔베조르테 한 개비를 받아 불을 붙였다.

「나도 세수 좀 하고 와야겠네.」

유키코도 세면장으로 갔다.

「이런 걸 하면 유키코는 항상 싱글벙글이야.」

사치코가 말했다.

「여보, 유키코도 왔고 다에코도 여러 번 쳤으니까 오늘 저녁에는 크게 한턱내세요.」

「내가 한턱내야 하는 건가?」

「그럼요. 그만한 의무는 있는 거죠. 그럴 생각으로 오늘 저녁은 아무것도 준비하지 않았는걸요.」

「난 뭐든지 좋아.」

「뭐가 좋을까, 다에코 처제? 요헤이[3]로 갈까, 아니면 오리엔탈 그릴로 갈까?」

「저는 어디든 좋아요. 유키 언니한테 물어보세요.」

「오랫동안 도쿄에 있었으니까 신선한 도미가 먹고 싶을 거야.」

「그럼 유키코 처제를 위해 백포도주 한 병 들고 요헤이로 갈까?」

「자, 형부가 한턱내시겠다면 저도 열심히 쳐야겠는걸요.」

오하루가 회중난로를 들고 돌아온 것을 보자 다에코는 립스틱 자국이 묻은, 피우다 만 담배를 재떨이 가장자리에 올려놓고 옷자락을 들고 일어섰다.

---

3 초밥 전문점. 초밥이라고 하면 고등어 초밥이나 누름 초밥(네모난 나무 틀에 식초에 절인 어육, 달걀부침, 어분에 밥을 얹어서 눌러 굳힌 후 적당한 크기로 자른 것)뿐이었던 간사이 지방에 지금과 같은 초밥이 유행한 것은 간토 대지진 이후였는데, 초밥을 만들던 사람들이 간사이로 이주했기 때문이라고 한다.

데이노스케는 이번 달에 어떤 회사를 정리해야 하는 일로 바빠서 21일에는 갈 수 없을 것 같다고 했으나 당일 아침 사무실에서 사치코에게 전화를 했다. 다에코의 「눈」만이라도 보고 싶으니까 「눈」이 시작되기 조금 전에 알려 달라고 한 것이다. 사치코는 2시 반경에 지금 오면 딱 맞겠다고 데이노스케에게 전화를 했다. 데이노스케가 회사에서 나가려고 하는 참에 손님이 와서 30분 정도 용무 이야기를 하고 있었더니, 급히 오시지 않으면 못 보실 거라고 오하루가 다시 전화를 했다. 사카이 연변 이마바시에 있는 사무실에서는 발표회장이 바로 코앞에 있었기 때문에 허둥지둥 손님을 보내고 모자도 쓰지 않고 승강기를 타고 내려가 다시 전찻길을 가로질러 건너편 모퉁이에 있는 미쓰코시 백화점으로 뛰어갔다. 8층 홀로 올라가 보니 무대에서는 벌써 다에코가 춤을 추고 있었다. 사치코의 말로는, 오늘 발표회는 향토회 회원 외에 〈오사카〉 동인회 쪽 회원과 그 모임에서 발행하고 있는 잡지의 독자 등이 주이고, 일반 사람들한테는 공개하지 않기 때문에 그렇게 많이 오지 않을 거라고 했는데, 요즘에는 드문 모임이라서 연줄을 이용해 초대권을 구한 사람이 많은 듯 자리는 거의 차 있었다. 뒤쪽에 서서 구경하는 사람들도 있었다. 데이노스케도 자리를 찾을 시간이 없어 서 있는 사람들 어깨 너머로 들여다보고 있었다. 잠시 후 여유를 찾고 보니 바로 3미터 정도 떨어진 곳, 구경꾼들 맨 뒷줄에 서서 라이카 카메라를 무대 쪽으로 향하고 파인더에 얼굴을 파묻고 있는 사내가 눈에 들어왔다. 이타쿠라가 틀림없었다. 데이노스케는 깜짝 놀라 그가 알아보기 전에 먼 구석 자리로 도망가서 슬쩍

슬쩍 엿보고 있었다. 이타쿠라는 외투 깃을 세워 얼굴을 가리고 좀처럼 카메라에서 고개를 들지 않은 채 계속해서 다에코를 찍고 있었다. 이타쿠라는 사람들 눈을 피하려고 일부러 외투를 입고 온 모양이었다. 그런데 그 외투는 로스앤젤레스에 있을 때의 것인 듯 영화배우들이나 입을 만큼 화려한 모양이어서 오히려 눈에 띄었다.

다에코의 「눈」은 작년에도 한 번 췄던 춤이니만큼 실수는 없었다. 그 이후 연습을 통 안 하고 있다가 이번에 뒤늦게 출연하기로 하고 나서 겨우 한 달 정도 연습을 했을 뿐이었다. 게다가 지금까지는 향토회라고 해도 가미스기 씨 댁 다다미 방에 만든 무대라든가 아시야의 집 서양식 방에서 춤을 춘 정도였지, 이렇게 정식으로 관객들이 있는 무대에서 추는 것은 처음이었다. 그래서 그런지 어쩐지 의상의 폭이 좁은 것 같기도 하고 주위 공간이 너무 넓은 것 같기도 한 것은 어쩔 수 없는 일이었다. 당사자도 진작부터 그것을 걱정하고 있었던 듯 반주로 춤을 살려 보려고 오늘은 특별히 사치코의 고토 스승인 기쿠오카 겐교의 딸[4]에게 졸라서 샤미센을 연주해 달라고 했다. 그래도 다에코는 결코 흥분하거나 주눅이 들지는 않았다. 데이노스케의 눈에는 타고난 침착함을 잃지 않고 어디까지나 여유 있게 춤을 추는 태도가 도저히 한 달 정도 연습하고 처음으로 이렇게 화려한 무대에 선 사람 같지는 않아 보였다. 일반 관객은 어떻게 생각할지 모르지만 데이노스케는 아무리 봐도 다에코가 사람을 깔보는 듯, 칭찬을 받든 욕을 먹든 상관하지 않겠다는 듯한 배짱으로 춤을 추고 있

4 모델은 고토와 샤미센의 대가 기쿠하라 고토지 겐교(菊原琴治檢校, 1878~1944)의 딸 기쿠하라 하쓰코(菊原初子). 다니자키 준이치로는 1927년부터 수년 동안 기쿠하라 고토지에게 지우타(地唄)를 배웠고 하쓰코와도 친했다.

는 느낌이 들어 얄밉기조차 했다. 그래도 생각해 보면 그녀는 올해 스물아홉 살이라는 중년[5]으로, 게이샤라면 이제 노기라고 해도 좋을 나이니, 그 정도 배짱이 있다고 해서 이상할 건 없었다. 그러고 보니 작년 춤 발표회 때도 평소에는 열 살도 더 어려 보이는 다에코가 그날따라 중년의 본성을 드러내는 것 같았다. 일본 도쿠가와 시대의 이런 복장은 대체로 여자를 늙어 보이게 하는 것일까? 아니면 다에코만 그런 것인가. 평소에 입는 발랄한 양장과 대조되는 고전적 복장 탓이기도 하겠지만 그녀가 춤을 출 때 보여 주는 무대에서의 배짱 탓이 아닐까?

데이노스케는, 춤이 끝나자마자 서둘러 라이카 카메라를 겨드랑이에 끼고 바쁜 걸음으로 복도로 나가는 이타쿠라를 눈으로 좇았는데, 그의 모습이 문밖으로 사라지자마자 관객석 어딘가에서 한 신사가 굉장한 기세로 뛰어나와 화려한 외투의 뒷모습을 뒤쫓듯 문을 몸으로 세게 밀치며 뛰어나가는 것을 보았다. 순식간에 일어난 일이었으므로 데이노스케는 어안이 벙벙했으나 다음 순간 그 신사가 오쿠바타케라는 걸 알자 자신도 곧 뒤를 따라 복도로 나갔다.

「……왜 다에코 씨 사진을 찍었지?…… 찍지 않겠다고 약속했잖아.」

오쿠바타케는 역시 주위 사람들을 신경 쓰면서 자칫 큰 소리가 나오려는 것을 억누르면서 따지고 있었다. 이타쿠라는 불끈 화가 난 얼굴이었지만 꾸중을 듣고 있는 모습으로 고개를 떨어뜨린 채 얌전히 듣고만 있었다.

5 에도 시대 이후에는 20세부터 40세 전후까지를 중년이라고 했다. 특히 30세 이후의 여성을 중년이라고 했다. 전후(戰後)부터 결혼 적령기가 늦어진 결과 오늘날에는 35세부터 40세 정도의 여성을 중년이라고 한다.

「그 카메라 줘봐!」

오쿠바타케는 형사가 통행인을 조사하듯 이타쿠라의 몸을 뒤지더니 외투 단추를 끄르고 윗옷 호주머니에 손을 넣어 재빨리 라이카 카메라를 꺼냈다. 그러고 나서 그것을 자신의 호주머니에 쑤셔 넣었으나 무슨 생각을 했는지 다시 꺼내더니 부들부들 떨리는 손끝으로 렌즈 부분을 잡아 잔뜩 뽑아내더니 힘껏 콘크리트 바닥에 내동댕이치고는 뒤도 안 돌아보고 가버렸다. 눈 깜짝할 사이에 일어난 일이라 거기 있던 사람들이 알았을 때는 오쿠바타케의 모습은 이미 보이지 않았고 이타쿠라는 내팽개쳐진 사진기를 주워 들고 맥없이 일어났다. 그래도 이타쿠라는 시종 똑바로 선 채 꼼짝 않고 아래를 내려다볼 뿐이었고 옛 주인인 도련님 앞에서는 고개도 들지 못하는 모양인지, 평소 목숨보다 소중히 여기던 라이카 카메라가 바닥에 나뒹구는 것을 보면서도 자랑인 체력이나 완력을 발휘하지 않고 묵묵히 참고만 있었다.

데이노스케는 잠깐 분장실로 가서 사람들에게 인사를 하고 다에코의 노고를 치하한 다음 곧장 사무실로 돌아왔다. 그래서 그때는 아무 이야기도 하지 않았지만, 그날 밤 늦게 에쓰코나 처제들이 잠자리에 든 다음 아내한테만 낮에 목격한 일을 얘기했다.

「이타쿠라는 자발적이든 다에코의 부탁을 받았든 〈눈〉의 무대 장면을 촬영할 목적으로 시간에 맞춰 몰래 들어온 것 같았어. 그런데 목적을 달성하고 바삐 돌아가려는 순간, 그때까지 관객석 어딘가에 숨어 있던 오쿠바타케에게 붙잡힌 걸 거야. 오쿠바타케가 언제부터 들어와 있었는지 알 수 없지만, 아마 이타쿠라가 오지 않을까 하고 두리번거렸음에 틀림없어. 그러니까 일찌감치 그를 발견하고 춤이 끝날 때까지,

바로 내가 멀리서 엿보고 있던 그 시간에 오쿠바타케 역시 어딘가 구석진 자리에서 눈을 반짝이며 이타쿠라를 감시하고 있다가 그가 나오자 놓치지 않고 붙잡았을 거야. 아무래도 그 장면을 보고 판단하면 전후 사정이 그런 것 같아」

하고 자신이 본 바를 들려주었다. 그건 그렇다 쳐도 복도에서 벌어진 촌극을 데이노스케가 옆에서 보고 있었다는 것을 두 사람 다 알아보지 못했는지, 아니면 알면서도 겸연쩍어서 모른 체했는지는 알 수 없었다. 사치코는,

「사실 저도 오늘 발표회에 오쿠바타케가 오지 않을까 했어요. 회장에서 말이라도 걸어오면 귀찮겠구나 하는 생각을 했는데, 다에코한테 물었더니 오늘 일은 오쿠바타케 씨한테 말하지 않았으니까 아마 모르고 있을 거래요. 게다가 오쿠바타케 씨는 일요일을 제외하면 매일 오후 두세 시간 가게에서 집무를 보니까 언제든지 나올 수 있는 몸이 아니라고도 했고요. 그래도 오늘 발표회는 신문 연예란에도 두세 줄 기사가 실렸으니까 오쿠바타케 씨도 그것을 읽었을지도 모르고, 읽었다면 당연히 다에코가 출연할 거라고 생각할 테니까 어쩌면 어딘가에서 초대권을 입수해 보러 와 있을 것 같아서 이따금씩 관객석 쪽에 신경을 쓰고 있었거든요. 그런데 〈눈〉이 시작되기 전까지는 확실히 없었어요. 특히 유키코는 분장실보다는 주로 관객석에 있었으니까 와 있었다면 알았을 텐데, 아무 말도 하지 않은 걸 보면 혹시 당신과 비슷한 시간에 입장했든가 아니면 오쿠바타케 씨한테도 뭔가 꿍꿍이속이 있어서 우리한테 들키지 않도록 숨어서 구경하고 있었을 거예요. 그래서 다에코는 어떨지 모르겠지만 이타쿠라가 왔던 것을 나나 유키코는 알지 못한 걸 거예요. 그런 활극이 벌어졌다는 것은 더더욱 몰랐고요」

하는 말을 했다.

「천만다행으로 분장실에서는 아무도 몰랐던 것 같은데 알았다면 정말 창피했을 뻔했지 뭐예요.」

「뭐, 이타쿠라가 저자세로 나와서 큰일이 벌어지지는 않았지만, 다에코 처제 때문에 두 남자가 거기가 어딘지도 모르고 싸움을 했다는 건 정말 꼴사나운 일이야. 이런 일이 세상에 쫙 퍼지기 전에 어떻게든 해결하는 게 좋아.」

「그러시면 당신도 좀 걱정해 주세요.」

「걱정은 하고 있지만 내가 나설 자리가 아니라고 생각하니까. 유키코 처제는 이타쿠라 일 몰라?」

「이번에 유키코를 부른 것은 의논이라도 해볼까 해선데, 아직 말을 한 건 아니에요.」

부부 사이에 이런 이야기가 오가고 나서 이삼일 지난 어느 날 아침이었다. 다에코가 춤추는 모습을 찍어 두고 싶으니까 다시 한번 그 의상을 빌려 달라고 해서 종이 상자 꾸러미를 다 모아 옷가방에 넣고 가발 상자와 그때의 우산을 모두 자동차에 싣고 나간 다음이었다. 사치코는 사실 춤 발표회가 끝나고 나서 이야기할 생각이었는데, 마침 유키코와 둘이서만 있게 되었다.

「다에코는 저 짐을 가지고 이타쿠라한테 사진 찍어 달라고 가는 게 틀림없을 거야.」

이렇게 이야기가 시작되어 작년 9월 도쿄에서 오쿠바타케의 경고를 받고 놀랐던 일부터 최근 춤 발표회 때 복도에서 벌어진 활극에 이르기까지 간추려 유키코에게 이야기해 주었다.

「그럼 그 라이카는 깨졌을까?」

유키코는 대충 이야기를 듣더니 먼저 그런 걸 물었다.

「글쎄 어떻게 됐을까? 네 형부는 적어도 렌즈에 금은 갔을 거라고 하던데.」

「필름이 못 쓰게 되어서 다시 찍는 게 아닐까?」

「그럴지도 모르지.」

사치코는 유키코가 지금 이야기를 매우 냉정하게 듣는 것 같은 모습을 보면서 말했다.

「나도 이번만큼은 다에코한테 정말 보기 좋게 배신당한 것 같아서 생각할수록 화가 나. 말을 하면 길어지겠지만 나한테만이 아냐, 유키코 너한테도 그렇잖아. 옛날부터 그 아이만큼 이래저래 폐를 끼친 사람은 없었으니까.」

「난 괜찮아…….」

「그렇지 않아. 신문에 난 사건에서 시작해서 얼마나 우리한테 폐를 끼쳤니…… 네 혼담도, 이렇게 말하면 너한테는 거슬릴지도 모르겠지만 다에코 일이 얼마나 방해가 되는지 몰라……. 그런데도 항상 자기편이 되어 감싸 주는 나한테 한마디 의논도 없이 이타쿠라 같은 사람하고 그런 약속을 하다니…….」

「형부한테는 얘기했어?」

「응. 아무래도 나 혼자 가슴에 묻어 둘 수가 있어야지…….」

「그랬더니 뭐라셔?」

「자기도 생각이 없는 건 아니지만, 이번 일에는 제삼자로 있고 싶대.」

「왜 그러실까?」

「자기는 다에코의 성격을 잘 모르겠다고…… 그러니까 믿을 수 없으니까 상관하고 싶지 않다는 거겠지…… 그런데 너한테만 하는 얘긴데, 형부의 진짜 생각은 다에코 같은 사람은 옆에서 간섭하지 않는 게 좋다는 거야. 혼자 내버려 둬서

자기 생각대로 이타쿠라와 결혼하고 싶다면 그렇게 하는 것
도 좋으니까 어떻게 하든 자기 좋을 대로 하게 그냥 내버려
두라는 거야. 걔는 혼자서도 살아갈 수 있으니까 그러는 편
이 낫다고 말이야. 나하고는 생각이 전혀 다르니까 의논해도
소용없어.」

「내가 다에코한테 한번 잘 말해 볼까?」

「꼭 좀 그렇게 해줘. 나하고 너하고 어떻게든 생각을 바꾸
도록 번갈아 가면서 얘기해 보는 수밖에 없어. 하긴 다에코
도 네가 결혼할 때까지 기다린다고 하긴 했지만…….」

「좀 괜찮은 상대라면 먼저 결혼한다고 해도 전혀 상관없
는데…….」

「이타쿠라는 너무 기우니까…….」

「다에코한테 원래 좀 저급한 데가 있는 게 아닐까?」

「그럴지도 모르지.」

「나도 이타쿠라 같은 사람을 제부로 맞는 건 참을 수가
없어.」

사치코는 유키코가 반드시 자기와 의견이 같을 거라고 예
상하고 있었지만, 만사 조심스러운 사람이니만큼 이렇게 확
실히 말하는 것으로 보아 그녀가 자신보다 더 강하게 반대한
다고 생각했다. 이타쿠라에 비하면 오히려 기꺼이 오쿠바타
케를 택하겠다는 생각도 사치코와 같았다. 유키코는 이렇게
된 이상 어떻게 해서든 오쿠바타케와 결혼할 수 있도록 자기
라도 열심히 설득해 보겠다고 했다.

아시야의 집도 유키코가 돌아오고 나서는 오랜만에 예전과 같은 화사한 가정으로 돌아왔다. 말수가 적어 있는지 없는지 모를 정도로 조용히 지내는 유키코 하나가 늘었다고 해서 특별히 집안이 떠들썩해질 리는 없지만, 이렇게 보면 쓸쓸한 그녀의 인품에도 역시 밝은 면이 숨어 있는 것 같았다. 세 자매가 한지붕 아래 모인 것만으로도 온 집 안에 봄바람이 일기 때문에 세 자매 중 누구 하나만 빠져도 조화가 깨지는 모양이었다.

그러고 보니 그 후 오랫동안 빈집이었던 슈토르츠 씨 집에도 드디어 세든 사람이 들어와 밤마다 부엌 유리창으로 등불이 새어 나오고 있었다. 집주인은 스위스 사람이라는데, 나고야의 어떤 회사의 고문인가를 하고 있어서 늘 집에 없었고, 옷차림은 서양인 같지만 얼굴은 필리핀이나 중국 사람처럼 보이는 젊은 부인이 식모를 두고 살고 있었다. 아이가 없어서 슈토르츠 씨네가 살던 때와 같은 쾌활한 분위기는 아니었으며, 아무 소리도 들리지 않고 늘 조용했다. 그래도 담 하나 너머에 꼭 귀신이 나올 것같이 황폐해진 서양식 건물에 사람이 살게 되니 이전과는 전혀 달라 보였다. 이웃에 다시 로제마리 같은 아이가 와주기를 바라고 있었던 에쓰코는 아이가 없어서 실망했지만, 이미 그녀에게는 동급생 친구가 여러 명 생겼다. 소녀들이라서 다과회라든가 생일잔치에 서로 초대를 하는 등 자신들만의 교제를 하고 있었다. 다에코는 여전히 바쁜 듯 집에서 지내는 시간보다는 밖에서 보내는 시간이 많았고, 사흘에 한 번은 저녁 식탁에조차 모습을 드러내지 않았다.

데이노스케는, 다에코가 집에 있으면 사치코나 유키코의 설교를 듣는 게 귀찮아서 그것을 피하려고 그러는 게 아닌가 하고 생각했다. 아무리 그렇다 하더라도 이번만은 다에코와 두 자매의 감정이 소원해지지나 않을까, 특히 유키코와의 사이가 어떻게 될 것인가 하고 내심 걱정하고 있었다. 그런데 어느 날 저녁 집에 돌아온 데이노스케는 사치코가 보이지 않았으므로 찾아볼 생각으로 욕실 앞 다다미 여섯 첩 크기 방의 장지문을 열었다. 유키코가 툇마루에 무릎을 꿇고 앉아 있고 다에코가 발톱을 깎아 주고 있었다.

「언니는?」

「언닌 구와야마 씨 댁에 갔어요. 아마 곧 올 거예요.」

다에코가 이렇게 말하는 사이에 유키코는 발등을 살며시 옷자락 안으로 감추며 앉음새를 바로 했다. 데이노스케는 여기저기에 흩어져서 반짝반짝 빛나는 발톱을 다에코가 무릎을 꿇고 하나하나 손바닥에 주워 담는 모습을 흘깃 보고는 곧 문을 닫았다. 그 한순간 자매의 아름다운 정경이 오랫동안 인상에 남았다. 그리고 이 자매들은 의견의 차이는 있을망정 사이가 틀어지는 일은 좀처럼 없다는 것을 새삼 알게 된 것 같았다.

3월에 접어들고 얼마 지나지 않은 어느 날 밤 잠이 든 데이노스케는 문득 아내의 눈물이 자신의 뺨을 따라 흐르고 있는 것을 느꼈다. 잠결에 눈을 뜨자 어둠속에서 아내가 희미하게 흐느끼고 있었다.

「왜 그래……?」

데이노스케가 물었다.

「오늘 밤이에요…… 여보…… 바로 오늘 밤이 1주기예요…….」

사치코는 더욱 흐느껴 울었다.

「이제 그만 잊어……. 언제까지 그래 봐야 아무 소용 없잖아…….」

데이노스케는 아내의 눈에서 쉴 새 없이 흘러내리는 눈물을 입술로 받아 삼키며, 잠들기 전까지 환한 표정이었던 아내가 밤중에 갑자기 그 일을 생각해 낸 것에 놀랐다. 그러고 보니 작년에 유키코가 진바 부인의 소개로 노무라라는 사람과 맞선을 본 것이 확실히 작년 이번 달이었으니까 대충 오늘이 유산한 지 만 1년이 되는 날인지도 모른다. 그러나 데이노스케는 전혀 괘념치 않고 있었는데 아내가 아직도 마음속 깊이 슬픔을 간직하고 있는 것이야 무리가 아니라고 해도 항상 이렇게 발작적으로 엄습하는 것은 이상했다. 작년 꽃놀이하러 아라시 산에 갔을 때도, 가을에 오사카 가부키 극장에 「가가미지시」를 보러 갔을 때도, 도게쓰교 위에서나 극장 복도에서 아내가 이렇게 갑자기 눈물을 흘리는 것을 보았는데, 그런 후에는 또 언제 그랬느냐는 듯 괜찮아지곤 했던 것이다. 이번에도 역시 이튿날 아침이 되자 사치코는 밤중에 울었던 일은 싹 잊어버린 듯한 얼굴이었다.

기리렌코의 누이동생 카타리나가 호화선 샤른호르스트호를 타고 독일로 떠난 것도 그달의 일이었다. 데이노스케 가족은 재작년 슈쿠가와에 있는 그들 집에 초대를 받고 나서 한번 답례를 해야 한다고 하면서도 그대로 지나치고 있었다. 때때로 전차 같은 데서 마주치는 것 외에 왕래한 적도 없었지만, 다에코를 통해 그 〈할머니〉나 기리렌코 남매, 브론스키 등의 소식은 늘 듣고 있었다. 그 후 카타리나는 인형 제작 일에 한동안 열정을 갖지 않게 되었으나 그렇다고 완전히 포기해 버린 것도 아니었다. 잊어버릴 만하면 다에코의 작업실에 나타나 최근에 만든 작품을 보여 주고 지도를 받는 식이어서 2~3년 동안 기술도 상당히 발전했다. 그러나 언제부터 시작되었는지 모르지만 카타리나에게는 독일 사람인 루돌프라는 〈좋은 사람〉이 생겼고 그 사람과의 교제가 재미있는 듯했다. 인형 제작에 대한 열의가 줄어든 것도 그 때문인 듯했다. 루돌프는 독일계 모 회사의 고베 지점에 근무하고 있는 청년 사원으로 다에코도 예전에 모토마치의 길거리에서 소개받은 적이 있었다. 그 후로도 산책하는 두 사람과 종종 우연히 마주치기도 했는데, 루돌프는 보기에도 독일 사람같이 생겼으나 호남자라기보다 소박하고 건강한 느낌의 키가 크고 다부진 사내였다. 이번에 카타리나가 독일로 갈 결심을 한 것은 루돌프와 알게 되고 나서 독일을 좋아하게 되었고 루돌프의 알선으로 베를린에 있는 루돌프 누나 집에 묵을 수 있게 되었기 때문이다. 그러나 카타리나의 궁극적인 목적은 전남편과의 사이에서 생긴 어린 딸이 살고 있는 영국으로 건너가는 데 있었다. 베를린에 가는 것은 여비와 그 밖의 여러 가지 문제로 일단 유럽 대륙에 간 다음 그곳을 발판으로 삼으려는 것이었다.

「음, 그럼 〈물두부〉도 배로 같이 가는 거야?」

〈물두부〉라는 건 다에코가 농담으로 부르는 루돌프의 별명인데, 지금은 사치코도, 아직 만난 적도 없는 그를 〈물두부, 물두부〉 하고 부르고 있었다.

「〈물두부〉는 일본에 있어. 카타리나는 〈물두부〉한테 그의 누나한테 보내는 소개장을 써달라고 해서 그걸 갖고 혼자 가는 거래.」

「그래도 영국에 가서 자기 딸을 찾게 되면 다시 베를린으로 돌아가 〈물두부〉가 귀국하는 것을 기다리는 거야?」

「글쎄…… 아마 그렇진 않을걸.」
「그러면 〈물두부〉와는 그걸로 끝인 건가?」
「그렇지 않을까?」
「정말 시원시원하네.」
「원래 그런 건지도 모르지 뭐.」
이 이야기가 나온 날 밤 식탁에서 데이노스케도 대화에 끼어들었다.
「원래 그 사람들한테 연애는 유희 같은 거니까.」
「그 사람들은 일본에서 독신으로 살고 있으니까 서로 그렇게라도 하지 않으면 뭔가 거북한 일이 있는 게 아니겠어요?」
다에코가 변호하듯 말했다.
「그런데 배는 언제 떠나지?」
「모레 정오에 출항한대.」
「당신, 모레 시간 좀 낼 수 있어요?」
사치코가 물었다.
「당신도 전송하러 가세요. 그렇잖아요, 그 뒤로 답례도 못하고.」
「결국 대접만 받고 말았군.」
「그러니까 가셔야 해요. 에쓰코는 학교에 가야 하지만 다른 사람들은 다들 가기로 했어요.」
「언니도 가?」
에쓰코가 물었다.
「언니는 샤른호르스트호를 보러 가는 거야.」
유키코는 어깨를 움츠리고 히죽히죽 웃었다.
그날 데이노스케는 오전에 한 시간 정도 사무실에 있다가 고베로 직행해 출항 시간에 빠듯하게 부두로 달려갔으므로 카타리나와 천천히 얘기할 여유는 없었다. 전송하러 나온 사람은 〈할머니〉와 오빠 기리렌코, 브론스키, 마키오카네 세 자매, 그리고 저이가 그 사람이라고 다에코가 살짝 언니들한 테 얘기해 준 루돌프, 그 밖에 모르는 일본 사람과 외국인 두 세 명이 있을 뿐이었다. 배가 떠난 다음 데이노스케 일행이 기리렌코 일행과 이야기를 나누면서 선창을 걸어 나와 해안 도로에서 헤어질 때는 이미 루돌프도 다른 사람들도 보이지 않았다.

「저 할머니는 연세가 어떻게 되는지는 모르겠지만 전혀 나이를 먹지 않은 것 같지 않아?」

데이노스케는 사슴 같은 경쾌한 발걸음으로 아장아장 걸어가는, 특히 뒷모습이 젊어 보이는 〈할머니〉를 보면서 말했다.

「저 할머니가 카타리나와 다시 만나는 날이 올까?」

사치코가 말했다.

「아무리 정정해 보여도 나이가 있으니까.」

「그래도 눈물 한 방울 흘리지 않던데.」

유키코가 말했다.

「정말, 우리가 울어서 오히려 좀 쑥스러웠어요.」

「당장이라도 전쟁이 터질 것 같은 유럽으로 혼자 떠나는 딸도 대단하지만, 보내는 할머니도 정말 대단해. 하긴 그 사람들은 혁명으로 모진 고생을 했으니까 의외로 태연한 건지도 모르지만.」

「러시아에서 태어나 상하이에서 자라고 일본으로 흘러들어 왔나 했더니 이번에는 독일에서 영국으로 건너가겠구나.」

「그 할머니는 영국을 싫어하니까 또 심기가 불편하겠군.」

「〈저, 카타리나, 항상, 항상 싸움합니다. 카타리나가 가버립니다. 전 슬프지 않습니다. 전 오히려 기쁩니다〉라던걸.」

다에코가 오랜만에 〈할머니〉 흉내를 냈으므로 조금 전에 들은 할머니의 말을 생각하면서 모두들 길거리에서 배를 잡고 웃었다.

30

「카타리나는 저번에 만났을 때보다 훨씬 여자다워진 것 같던데. 난 아까 이렇게 예뻤나 하고 깜짝 놀랐어.」

데이노스케는 해안 도로에서 이쿠타마에까지 걸어서, 오늘 아침 예약해 둔 초밥집 요헤이의 포렴을 들추고 들어가 사치코, 자신, 유키코, 다에코 순으로 나란히 의자에 앉으면서도 그 이야기를 계속했다.

「그렇긴 하지만 그건 화장발이에요. 게다가 오늘은 특별히 잔뜩 꾸미고 나왔잖아요.」

「〈물두부〉와 친구가 된 뒤로 화장법을 바꿔서 그런지 전혀 다른 느낌이에요.」

다에코가 말을 받았다.

「카타리나는 자신만만하게, 〈다에코, 어디 한번 볼래요? 전 유럽에 가면 꼭 돈 많은 남자를 잡아서 결혼할 거예요〉라고 했어요.」

「그럼 별로 돈도 안 갖고 가는 거네.」

「상하이에서 간호사를 한 적이 있으니까 곤란하면 간호사가 된다고 하던데요. 아마 당분간 쓸 용돈 정도만 갖고 갔을 거예요.」

「역시 〈물두부〉와는 오늘로 끝장인가?」

「그렇겠죠.」

「마지막 정성으로 누나 집에 묵게 해달라는 편지를 써주는 걸 보면 〈물두부〉도 멋진 구석이 있는걸. 갑판 위의 여자한 테 두세 번 손을 흔드는가 싶더니 표연히 몸을 돌려 우리보 다 먼저 가버리고.」

「정말, 일본 사람들끼리라면 그렇게 가지는 않을 텐데.」

「일본 사람이 흉내를 내면 〈초 친 두부〉[6]가 되겠지.」

사치코 등은 데이노스케의 이런 말장난을 이해하지 못한 듯했다.

「뭐랄까, 프랑스 소설에나 나올 법한 것 같은데.」

「페렌츠 몰나르[7] 아냐?」

데이노스케가 말했다.

좁은 가게는 직각으로 구부러진 자리에 의자를 나란히 하 고 열 명 정도가 간신히 앉을 만한 넓이였다. 데이노스케 일 행 외에 근처 주식 거래소의 사장 같은 사람이 점원 두세 명 을 데리고 왔고 건너편 끝에는 하나쿠마의 게이샤인 듯 머리 에 수건을 쓴 사람이 세 명 있었는데 그들만으로도 가게가 꽉 찼다. 손님과 벽 사이에는 간신히 드나들 만한 통로밖에 없었다. 그래도 이따금씩 문을 열어 보고 만원인 가게 안을 유심히 들여다보고 자리를 만들어 달라고 간청하는 손님들 이 있었다. 아니 애원하기까지 했다. 손님이 끊이지 않았지만 이 가게의 주인도 흔히 이런 가게의 주인이 그렇듯 불친절을 자랑거리로 삼고 있어서 단골손님이라도 미리 예약을 하지 않으면 〈자리가 있는지 없는지는 보면 알 거 아니냐〉는 얼굴

6 모르면서 아는 체하는 사람이 상해서 쉰 두부를 먹고 이것은 초 친 두부 라는 음식이라고 했다는 라쿠고(落語, 혼자 하는 만담) 작품 「초 친 두부」에 서 나온 말이다. 모르면서 아는 체하고 시건방진 사람을 뜻한다.

7 Ferenc Molnár(1878~1952). 헝가리의 극작가이자 소설가. 재기 넘치는 작풍으로 도회풍의 연애 심리를 훌륭하게 그렸다.

로 퉁명스럽게 거절하곤 했다. 늘 이런 식이어서 소개를 받거나 예약을 하지 않고 처음 오는 손님은 아주 운이 좋지 않으면 들어갈 수 없었다. 단골이고 전화로 확실히 예약을 하고 온 손님이라도 15분이나 20분쯤 늦기라도 하면 거절하면서 한 시간 정도 근처를 돌아다니다 오라고 했다. 원래 이 주인은, 지금은 없어졌으나 메이지 시대에 유명했던 도쿄 료코쿠의 초밥집 요헤이에서 배운 사내여서 〈요헤이〉라는 상호를 붙였다고 하는데, 초밥 자체는 예전 료코쿠의 요헤이 초밥과는 취향이 달랐다. 왜냐하면 주인은 도쿄에서 배웠지만 고베 사람이어서 손으로 쥐어서 만드는 초밥은 있었지만 그가 쥐는 것은 교토 취향이 매우 강한 것이었기 때문이다. 예컨대 식초는 도쿄식의 노란색을 쓰지 않고 하얀색을 썼다. 간장도 도쿄 사람들은 절대 쓰지 않는 간사이의 묵은 간장을 썼고, 새우, 오징어, 전복 등의 초밥에는 소금을 뿌려 먹도록 권했다. 그리고 바로 눈앞의 세토나이카이에서 잡히는 생선이라면 뭐든지 초밥으로 만들었다. 그가 초밥을 만들 수 없는 생선은 없으며 예전 요헤이의 주인도 그렇게 얘기했다고 하는 걸 보면 그 역시 도쿄의 요헤이식을 따르고 있는 것이었다. 그가 만드는 것은 갯장어, 복어, 붉돔, 방어, 굴, 성게, 넙치의 지느러미 부분, 피조개의 내장, 고래의 붉은 살 등을 비롯해 표고버섯, 송이버섯, 죽순, 감 등에 이르렀는데, 참치는 무시하여 거의 쓰지 않았고 중간 크기의 전어, 조개관자, 개랑조갯살, 계란말이 등은 전혀 내놓지 않았다. 재료는 삶거나 구운 것도 많이 사용했지만 새우나 전복은 반드시 살아 움직이는 것을 눈앞에서 요리해 초밥을 만들었고 재료에 따라서는 겨자 대신 푸른 차조기나 산초의 싹, 산초로 조린 반찬 등을 밥 속에 넣어 내놓았다.

다에코는 이 주인과는 꽤 오래전부터 친한 사이였는데 어쩌면 요헤이의 발견자 가운데 한 사람이었는지도 모른다. 밖에서 식사하는 일이 많은 그녀는 고베에서도 모토마치에서 산노미야 부근에 이르는 맛 좋은 가게 소식에는 실로 정통해서 아직 이 가게가 지금의 자리로 옮겨 오기 전, 주식 거래소 거리 건너편의 좁다란 골목에 지금보다 훨씬 좁은 데서 장사를 시작한 무렵부터 일찌감치 이 가게를 발견하고 데이노스케나 사치코한테도 소개했다. 이곳 주인은 잡지 『신청년(新靑年)』[8]의 탐정 소설 삽화 등에 등장하는 왜소한 체구에 거대한 짱구 머리의 기형아와 같은 느낌이라고 다에코는 데이노스케들에게 자주 이야기했는데, 그가 손님을 거절할 때의 통명스러운 말투, 칼을 잡을 때의 흥분된 표정, 눈빛이나 손놀림 등도 손짓과 발짓을 해가며 자세히 설명해 주었다. 그런데 실제로 가보니 정말 우스울 정도로 실물이 그녀가 흉내 낸 것과 똑같았다. 주인은 손님을 앞에 쭉 앉혀 놓고 〈일단 뭐부터 만들까요〉 하면서 주문을 받긴 했으나 대개는 자기가 일하기 편한 대로 처음에 도미를 꺼내 사람 수만큼 적당한 크기로 잘라 모든 손님한테 초밥을 만들어 돌리고, 다음에 새우, 그 다음에는 넙치, 이런 식으로 한 종류씩 치워 나갔다. 두 번째 초밥이 놓일 동안 첫 번째 초밥을 다 먹지 않으면 그는 언짢아했다. 자기한테 나온 초밥을 두 개 세 개 먹지 않고 놔두면 〈아직 남았잖소〉 하고 재촉하는 일도 있었다. 재료는 그날그날 다르지만 도미와 새우는 가장 자신이 있는 거라서 하루도

8 1920년 1월에 하쿠분칸(博文館)에서 창간한 잡지다. 처음에는 해외의 탐정(추리) 소설을 번역해 실어 호평을 받았고 이어서 에도가와 란포(江戶川亂步, 1894~1965) 등의 신인을 등용했는데 그는 일본 추리 소설계의 개척자가 되었다.

빠지지 않았고, 항상 맨 먼저 만들고 싶어 하는 초밥이었다. 참치 뱃살[9]은 없느냐는 식으로 무분별한 질문을 하는 손님은 결코 환영받지 못했다. 그리고 마음에 들지 않는 구석이 있는 손님이면 겨자를 많이 넣어서 깜짝 놀라게 하거나 눈물을 쏙 빼놓고는 히죽히죽 웃으면서 구경하는 버릇이 있었다.

유별나게 도미를 좋아하는 사치코는 다에코한테 이곳을 소개받고 나서 곧 이 집 도미에 매료되어 단골이 되었다. 사실 유키코도 사치코에게 지지 않을 정도로 이 집 도미에 매혹되었다. 좀 과장해서 말하자면 유키코를 도쿄에서 간사이로 불러온 것은 여러 가지 힘이 있겠지만 그중에 이 집 도미도 포함되어 있는지도 모른다. 도쿄에서 늘 그녀의 생각이 간사이로 달려갈 때, 첫 번째로 머리에 떠오른 것이 아시야의 집이란 건 말할 것도 없지만 어딘가 머릿속 한구석에 이따금 이 가게의 모습이나 주인의 풍모, 그의 칼 아래서 기세 좋게 튀어 오르는 아카시 도미나 보리새우가 팔딱팔딱 뛰는 모습도 떠올랐다. 그녀는 서양 식당을 좋아했고 초밥은 특별히 좋아하는 건 아니었지만 도쿄에 두세 달 있으면서 계속 붉은 살 초밥만 먹었더니 아카시 도미 맛이 혀끝에 감돌았고, 그 절단면이 조가비처럼 은은하게 빛나는 하얗고 아름다운 살빛이 눈앞에 어른거리기도 했다. 그런데 그것이 기묘하게도 한큐 연선의 밝은 경치나 아시야의 언니, 동생, 조카의 얼굴과 하나인 듯 보였다.

데이노스케 부부도 유키코가 간사이에서 느끼는 즐거움 가운데 하나가 이 초밥에 있다는 것을 알고 있었고, 대개 그녀가 와 있을 때는 한두 번은 데리고 갔는데, 데이노스케는

9 에도 시대에는 참치나 붉은 살 생선은 하등으로 쳤고 메이지 이후에도 참치 같은 생선은 시골 촌놈들이나 먹는 것이라며 멸시했다.

그런 때 사치코와 유키코 사이에 앉아 이따금 눈에 띄지 않게 아내와 두 처제들에게 살며시 술잔을 돌렸다.

「맛있다, 정말 맛있어!」

다에코는 아까부터 한숨을 쉬면서 먹고 있었고, 저편에서 유키코는 주변에 신경을 쓰면서 돌아온 술잔에 몸을 굽히며,

「형부!」

하고 불렀다.

「이렇게 맛있는 걸 그 사람들도 먹게 해줬으면 좋았을 텐데…….」

「정말.」

사치코도 말했다.

「기리렌코나 할머니도 불렀으면 좋았을걸.」

「그건 나도 생각하지 않은 건 아니었는데, 갑자기 사람이 늘어나는 것도 그렇고 또 그 사람들이 이런 걸 먹을 수 있나 해서…….」

「그게 무슨 말이에요?」

다에코가 말했다.

「서양인들도 얼마든지 초밥을 먹어요. 그렇죠, 아저씨?」

「예, 예, 잘 먹습니다.」

주인은 지금 도마 위에서 날뛰고 있는 새우를, 물에 불은 두꺼운 다섯 손가락을 벌려 손안에 잡아 꽉 누르며 말했다.

「우리 가게에도 가끔 서양인이 옵니다.」

「여보! 슈토르츠 씨 부인도 여러 가지 고명을 얹은 초밥을 잘 먹지 않았어요?」

「그야 그렇지만, 그 초밥에는 날생선이 들어 있지 않았으니까.」

「날생선도 잘 먹어요…… 하긴 먹을 수 있는 것도 있고 먹

을 수 없는 것도 있네요. 참치는 잘 못 먹었던 것 같아요.」
「허참, 왜 못 먹을까?」
주식 거래소 주인이 끼어들었다.
「왜 그런지 모르겠습니다만, 참치나 가다랑어 같은 건 못 먹는 것 같습니다.」
「저 말이야, 언니! 그 루츠 씨.」
어린 게이샤가 고베 사투리를 그대로 써가며 작은 소리로 노기에게 말했다.
「그 사람, 흰 살만 먹고 붉은 살은 전혀 못 먹었잖아.」
「응, 응.」
노기는 손으로 입을 가리며 이쑤시개로 이를 쑤시면서 게이샤한테 고개를 끄덕여 보였다.
「서양 사람은 붉은 살 생선은 기분 나쁘다고 생각해서인지 잘 먹지 않더군요.」
「역시 그렇군요.」
주식 거래소 사장이 이렇게 말한 뒤에 데이노스케도 말했다.
「서양 사람이 되고 보면 새하얀 밥 위에 정체를 알 수 없는 새빨간 생선살이 놓여 있으면 좀 기분이 나쁘겠죠.」
「애, 다에코!」
사치코는 남편과 유키코 건너편에 있는 다에코를 보면서 말했다.
「기리렌코 할머니께 이곳 초밥을 드시게 하면 뭐라고 할까?」
「안 돼, 안 돼. 아마 여기로는 안 나오실 거야.」
다에코는 〈할머니〉 흉내를 내고 싶은 걸 참으면서 말했다.
「오늘 여러분께서는 부두에 가셨소?」
주인은 이렇게 물으면서 새우의 살을 벌리고 그 위에 밥을 얹더니 대여섯 치 넓이로 칼집을 넣었다. 그리고 다에코와 유

504

키코 앞에 하나, 데이노스케와 사치코 사이에 하나, 그 초밥을 놓았다. 머리를 떼어 낸 커다란 보리새우 한 마리가 그대로 초밥이 된 것을 한 사람이 하나씩 먹어 버리면 다른 초밥을 먹을 수 없으므로 데이노스케는 하나를 둘이서 나눠 먹기로 했다.

「예, 전송도 할 겸 샤른호르스트호 좀 구경하려고요.」

데이노스케는 소금통을 거꾸로 들고 아지노모토[10]를 섞어 바슬바슬하게 말린 소금 가루를, 아직 살아 움직이는 보리새우 위에 뿌리고는 칼집을 넣은 데서 잘라 내 입에 넣었다.

「독일 배는 호화선이라고 해도 미국 배와는 전혀 다르던데.」

사치코가 말했다.

「맞아.」

다에코가 말했다.

「언젠가 그 프레지던트 쿨리지호와는 아주 달랐어. 그 배는 전체가 하얗고 밝은 색이었는데 독일 배는 색부터가 좀 음침하고 군함 같았으니까.」

「아가씨, 어서 드시오.」

주인은 예의 버릇이 나왔는지 아직 손을 대지 않고 눈앞에 있는 초밥을 바라보고 있는 유키코에게 재촉했다.

「유키코, 뭐하고 있어?」

「이 새우는 아직 꿈틀거리고 있단 말예요……..」

유키코는 이곳으로 초밥을 먹으러 오면 다른 손님들과 같은 속도로 먹어야 하는 것이 괴로웠다. 게다가 잘라 놓았는

10 1908년 이케다 기쿠나에(池田菊苗)가 화학적인 방법으로 〈글루타민산〉을 발명해 〈아지노모토(味の素)〉라는 이름으로 상품화했다. 1940년대에 일본인들의 입맛을 사로잡아 식탁에서 천연 양념들을 몰아냈다. 한국 전쟁이 끝난 후 옛 미원 그룹의 모체인 미왕산업사가 일본의 아지노모토 주식회사에서 기술을 배워 와 아지노모토의 한국식 이름인 〈미원(味元)〉이란 상표를 붙여 화학조미료를 생산했다. 당시는 특별한 사람들만 먹을 수 있는 사치품이었다.

데도 아직 새우의 살이 살아서 꿈틀꿈틀 움직이고 있는 것을 자랑으로 삼는, 이른바 〈춤추는 초밥〉을 도미 못지않게 좋아했지만 움직이고 있는 동안은 어쩐지 징그러워서 움직이지 않을 때까지 지켜보다가 먹곤 했다.

「그렇게 살아 움직이니까 좋은 건데.」

「어서 드세요. 그걸 먹는다고 해서 도깨비가 되지는 않으니까요.」

「보리새우 도깨비 같은 게 나와 봤자 무섭지도 않지요.」

주식 거래소 사장이 비아냥거렸다.

「보리새우라면 무섭지 않지만 식용 개구리는 무섭던데, 그렇잖던, 유키코?」

「뭐, 그런 일이 있었어?」

「응, 너는 모르지만, 언젠가 시부야에서 묵었을 때 형부가 나하고 유키코를 도겐자카의 꼬치구이집으로 데려간 적이 있었어. 거기서 닭 꼬치를 먹을 때까지는 좋았는데 나중에는 식용 개구리를 구워 왔거든. 그때 개구리가 개굴 하고 울어서 둘 다 새파랗게 질렸지 뭐야. 그날 밤 유키코는 밤새 그 소리가 귓가에 맴돌아서…….」

「아아! 그 이야긴 그만해!」

유키코는 다시 한 번 새우의 살을 찬찬히 들여다보고 〈춤추는 초밥〉이 움직이지 않는 걸 확인하고 나서 젓가락을 들었다.

31

4월 중순의 어느 주말, 데이노스케와 세 자매, 에쓰코, 이렇게 다섯이서 경사로운 관례인 교토 여행을 떠났다. 그런데 돌아오는 전차 안에서 에쓰코가 갑자기 고열에 시달렸다. 하긴 에쓰코는 일주일쯤 전부터 어쩐지 몸이 나른하다고 했고 교토에서도 별로 힘이 없었다. 그런데 그날 밤 집에 돌아오고 나서 열을 재보니 40도 가까이나 되었기 때문에 급히 구시다 선생에게 왕진을 청했다. 구시다 선생은 성홍열[11]이 의심되니까 내일 좀 더 자세히 진찰해 보자며 돌아갔다. 이튿날에는 입 주위를 제외하고 얼굴이 온통 홍조를 띠었기 때문에, 이제 의심할 바 없다, 이런 식으로 입 주위만 남기고 얼굴이 원숭이처럼 되는 게 성홍열의 특징이라고 구시다 선생이 말했다. 그러면서 격리 병동이 있는 병원에 입원하도록 권했다. 그러나 에쓰코가 입원하는 것을 극도로 싫어했으므로 전염병이라고 해도 어른은 좀처럼 감염되지 않는 병이고, 한집에서 환자가 속출하는 예는 무척 드무니까 되도록 가족이 드나들지 않도록 환자의 방을 격리할 수만 있다면 집에서 치료해도 된다고 했다. 다행히 데이노스케의 서재가 따로 떨어져 있었기 때문에 그곳을 쓰자고 하자 데이노스케는 곤란하다며 반대하고 나섰다. 그러나 사치코가 억지로 그렇게 하자고 해서 당분간 안채에 서재를 꾸몄고, 원래 서재는 병실로 썼다. 왜냐하면 네댓 해 전 사치코가 심한 독감에 걸렸을 때도 한 번 사용한 적이 있었기 때문이다. 그곳은 완전히 따로 떨어져 있어서 안채에서 게다를 신고 오가게 되어 있는 독채였다. 다다미 여섯 첩 크기 방에 세 첩 크기 방이 딸려 있었고 가스나 전열 기구도 갖추어져 있었다. 더욱 편리한 것은 사치코가 아팠을 때 수도까지 달아 놔서 간단한 취사 정도는 할 수 있도록 만들어져 있다는 점이었다.

11 1897년 전염병예방법에 따라 환자가 발생하면 관계 기관에 신고하고 격리 치료를 해야 할 의무가 있는 전염병 가운데 하나였다.

데이노스케는 부부가 침실로 쓰고 있던 2층의 다다미 여덟 첩 크기 방에 책상이나 문갑, 책장의 일부를 옮겨 왔다. 그리고 거추장스러운 물건은 헛간이나 벽장에 치워 놓은 다음, 에쓰코가 간호사를 데리고 옮겨가 일단 안채와의 왕래를 끊도록 했다. 그러나 그것이 완벽하게 이행될 리 없었다. 환자나 간호사의 식사 같은 걸 안채에서 일일이 날라야 했으므로 아무래도 왕래할 사람을 둘 필요가 있었던 것이다. 거기에는 식기 같은 걸 쓰는 허드렛일을 하는 식모는 위험하므로 당장은 오하루가 가장 적임자였다. 오하루는 전염병을 두려워하지 않고 누구보다 용감한 데가 있어서 기꺼이 그 역할을 맡아 주었다. 그러나 이삼일 일을 시켜 보니 자신이 두려워하지 않는 것은 좋은데, 병실을 드나들면서 환자를 만진 손으로 소독도 하지 않고 뭐든지 만지는 식이어서, 그렇게 하다가는 병균을 이리저리 옮기고 다닐 것이라고 유키코한테서 가장 먼저 불평이 나왔다. 결국 오하루가 그만두고 유키코가 그 일을 떠맡았다. 유키코는 이런 일에 익숙해서 주의가 무척 세심했다. 그렇다고 공연히 두려워하는 것도 아니고 간호도 아주 잘했다. 그녀는 병실용의 식기류는 절대 식모 손에 맡기지 않고 취사에서 운반, 설거지까지 직접 했으며 고열이 계속된 일주일 정도는 밤에도 간호사와 교대로 두 시간마다 얼음주머니를 갈아 주느라 한숨도 자지 못하는 날이 많았다.

증세는 순조로웠고 일주일 뒤에는 열도 내렸다. 그래도 이 병은 온몸에 붉은 발진이 마르고 부스럼딱지가 앉은 전신의 피부가 한 겹 벗겨지고 나서 완쾌되기 때문에 그때까지는 족히 40~50일은 걸린다고 했다. 그래서 교토 여행을 끝내고 곧 도쿄로 떠날 생각이었던 유키코는 당분간 발이 묶인 처지가 되었다. 유키코는 도쿄에 못 가는 이유를 말하고 갈아입을 옷을 보내 달라고 해서 간호에만 전념했다. 유키코는 그런 일을 떠맡았지만 도쿄로 돌아가는 것보다는 여기서 지내는 것이 즐거운 듯했다. 그리고 자기 이외의 사람이 별채로 오는 것에 까다롭게 굴었는데, 병에 걸리기 쉬운 체질이라며 사치코까지도 병실에는 얼씬도 못 하게 했다. 그 덕에 사치코는 딸이 환자인데도 아무 고생도 하지 않으며 무료한 나날을 보내고 있었다. 유키코는 에쓰코 걱정은 하지 말고 가부키라도 보러 가라고 말했다. 왜냐하면 이번 달은 또 기쿠고로가 오사카에 와서 「도조지」를 공연하기 때문이다. 사치코는 기쿠고로의 공연물 중에서도 여자 역을 맡은 남자 배우의 춤, 특히 「도조지」를 좋아해서 이번에는 무슨 일이 있어도 놓치지 않을 생각이었다. 그런데 공교롭게도 에쓰코가 아파 못 볼 것으로 생각하던 차였으므로 유키코의 이 말이 급소를 찌른 것이었다. 그러나 아무리 그렇더라도 가부키를 보러 가는 것은 엄마로서 너무 한가하게 보일 것이기 때문에, 무대에서 공연하는 6대 기쿠고로를 떠올리려고 마쓰나가 와후[12]의 도조지 음반을 걸어 놓고 아쉬움을 달래고 있었다. 그러나 다에코에게는, 나는 못 가지만 너는 다녀오라고 했더니 혼자 살짝 다녀온 모양이었다.

　에쓰코의 병세가 차츰 호전됨에 따라 사치코는 무료한 시간을 보내기가 힘들었으므로 매일같이 병실에 축음기를 틀어 놓았다. 그랬더니 예전 슈토르츠 씨 댁으로 이사 온 스위

---

12 松永和風(1874~1962). 미성과 독특한 가락으로 쇼와 초기에 한 시대를 풍미한 나가우타(長唄)의 명인이다. 가부키에는 나가우타, 도키와즈(常磐津), 기요모토(淸元), 기다유(義太夫) 등 샤미센 음악이 사용된다. 가부키는 배우의 노래와 대사를 연주가가 대신하고 배우는 몸짓과 무용을 하는 경우가 많다. 앞에서 기쿠고로가 「도조지」를 추었다고 한 것도 그래서다.

스 사람 집에서 어느 날 좀 조용히 해달라는 불평을 해왔다. 이 스위스 사람은 상당히 까다로운 사람으로 보였는데, 한 달쯤 전에도 개가 짖어 잠을 잘 수가 없다고 어떻게 좀 해달라고 한 적이 있었다. 그런 때는 직접 그런 말을 하는 것이 아니라 그가 살고 있는 서양식 건물의 집주인으로 사치코의 집에서 한 집 건너에 사는 사토 씨를 통해 말해 왔으므로 그 집 식모가 스위스 사람이 영어로 두세 줄 쓴 메모지를 들고 오는 식이었다. 개가 짖었을 때는 이렇게 적혀 있었다.

친애하는 사토 씨
참 딱한 노릇이지만 저는 옆집 개에 관한 일로 귀하를 번거롭게 해야 할 것 같습니다. 저는 개가 밤새 짖어 대기 때문에 밤마다 잠을 잘 수가 없습니다. 아무쪼록 귀하께서 그런 뜻을 옆집에 전하고 주의를 주셨으면 합니다.

그런데 이번에는 이렇게 적혀 있었다.

친애하는 사토 씨
참 딱한 노릇이지만 저는 옆집 축음기 소리에 관한 일로 귀하를 번거롭게 해야 할 것 같습니다. 요즘 옆집에서는 매일 밤낮으로 축음기를 틀어 놓아 몹시 시끄러워 견딜 수가 없습니다. 혹시 귀하께서 옆집에 그런 뜻을 전해 어떻게 좀 해달라고 충고를 해주시면 대단히 고맙겠습니다.

사토 씨네 식모는 항상 딱한 얼굴로 〈보슈 씨께서 이런 말을 해왔기 때문에, 어쨌든 좀 봐주십시오〉 하고 웃으면서 그 종이를 놓고 갔다. 개가 짖어 문제가 되었을 때는 조니가 밤새 짖었던 것은 고작 하루나 이틀뿐이었으므로 그냥 내버려 두었지만 이번에는 그럴 수도 없었다. 왜냐하면 에쓰코의 병실로 쓰고 있는 별채, 즉 평소 데이노스케가 서재로 쓰고 있는 별채는 철망 울타리가 아니라 판자로 된 담장으로 둘러쳐 있어 전혀 들여다보이지는 않았으나 거리로 보면 그 집과는 제일 가까웠기 때문이다. 그래서 슈토르츠 씨가 살던 때는 가끔 페터와 로제마리 등이 떠드는 소리 때문에 데이노스케가 골치를 앓기도 했다. 그러므로 별채에서 축음기를 틀면 까다로운 스위스 사람 보슈 씨가 신경질을 내는 것도 당연한 노릇이었다.

이왕 이야기가 나온 김에 여기서 잠깐 보슈 씨에 대해 말해 두기로 하자. 앞에서 말한 대로 이 사람은 나고야 쪽에 직장이 있었다. 그러나 이런 잔소리를 해오는 것에서도 알 수 있듯 이 집에 와서 머무는 일도 가끔 있었다. 그런데 그가 어떤 사람인지, 마키오카 집안에서는 아직 정체를 아는 사람이 아무도 없었다. 슈토르츠 씨네가 살던 때는 주인 슈토르츠 씨를 비롯해 부인이나 아이들이 늘 발코니로 나오거나 뒤뜰로 나왔는데 보슈 씨네는 부인이 때때로 슬쩍 모습을 내비치는 정도였고, 보슈 씨는 지금껏 눈에 띈 적이 없었다. 발코니에 의자를 내놓고 조용히 앉아 있는 때도 있었는데, 이번에 발코니 철책 안쪽에 의자에 앉은 사람의 머리 높이 정도까지 판자로 둘러쳐서 막아 버렸다. 보슈 씨는 다른 사람에게 보이는 것을 몹시 꺼리는 것임에 틀림없었다. 하여튼 꽤 별난 사람인 것만은 분명했다. 사토 씨네 식모 말로는 몹시 병약하고 신경질적인 사람으로 매일 밤 불면증에 시달린다고 했다. 그 때문인지는 모르겠으나 어느 날 형사가 마키오카네 집으로 와서 〈그 외국인은 스위스 사람이라고 자칭하고 있지만 사실 분명하지는 않습니다. 아무래도 거동이 수상하니까 주의해 주십시오. 그리고 만약 수상한 기색이 보이면 즉시 경찰서로 연락해 주십시오〉 하고는 돌아갔다.

남편은 국적 불명의 사람으로 1년 내내 여행만 하고 부인은 중국인 혼혈인 듯이 보였으므로 그런 의심을 산다고 해도 어쩔 수 없는 점이 있었다. 게다가 형사의 이야기로는 중국인 혼혈인 듯 보이는 그 부인은 본처가 아니라 임시 동거인 같으며, 그녀의 국적 또한 분명하지 않다는 것이었다. 일본인이 보면 그녀의 용모는 중국인에 가장 가깝지만 그녀 자신은 중국 태생이라는 것을 부정하고 남양(南洋) 쪽에서 태어났다고 하는데 남양 어디인가는 밝히지 않았다. 사치코가 한 번 초대를 받아 갔을 때, 그녀의 방에 들어가 보니 모든 게 자단으로 만든 중국식 가구였다고 하니까 역시 사실은 중국인인데 그것을 비밀로 하고 있는지도 모른다. 다만 분명한 것은 그녀가 동양적인 매혹과 서양적인 균형을 겸비한 요부형의 여자라는 것이다. 한참 전에 미국 영화배우로 프랑스인과 중국인의 혼혈인 애너 메이 웡[13]이라는 사람이 있었는데 그 사람과 분위기가 흡사했다. 유럽 사람들이 마음에 들어 할 것 같은 이국적인 미인이었다. 그녀는 남편이 여행 중일 때는 무료하게 지내는 날이 많았으므로 〈자주 놀러 오시랍니다〉 하고 식모를 통해 말해 왔고 또 길에서 우연히 마주칠 때도 놀러 오라고 하면서 사치코에게 교제를 청해 왔다. 그러나 사치코는 형사의 이야기를 듣고 나서 혹시 무슨 일에 연루나

13 Anna May Wong(1907~1961). 로스앤젤레스에서 태어나 열두 살부터 영화에 출연했다. 「바그다드의 도적」(1924)이나 「상하이특급」(1932)으로 유명하게 된 할리우드 최초의 동양계 여배우다.

되지 않을까 싶어 되도록 가까이하지 않으려고 했다.

「아가씨가 아플 때 정도는 축음기를 틀어도 되지 않나요? 저 서양 사람은 어쩌면 그렇게 이웃과 교제하는 법을 모를까요?」

오하루는 분개하며 이렇게 말했다.

「하여간에 보슈 씨는 좀 별난 사람이니까 어쩔 수 없지 뭐. 또 이런 시국에 아침부터 축음기를 틀어 대는 것도 좀 그렇고.」

데이노스케가 이렇게 말렸으므로, 에쓰코는 매일 카드놀이를 하고 놀았다. 그런데 이 카드놀이에 대해서도 유키코가 잔소리를 했다. 성홍열은 회복기에 들어서 부스럼 딱지가 떨어질 때가 가장 전염되기 쉽다, 그런데 지금이 바로 그 시기니까 제일 조심해야 하는데 카드놀이를 하면 상대한테 옮길 위험이 있다는 것이었다. 그 상대는 늘 간호사 〈미토〉와 오하루였다. 〈미토〉는 쇼치쿠 영화사 오후나 촬영소의 여배우 미토 미쓰코[14]와 닮았으므로 그렇게 불렸는데, 이 간호사는 자신이 한 번 성홍열에 걸린 적이 있어 면역성이 있었다. 오하루는 자기는 전염되는 게 전혀 무섭지 않다면서 환자가 남긴 도미회 같은 것도 다른 식모들은 손도 대지 않는데 그녀만은 이때다 하고 게걸스럽게 먹어 치웠다. 처음에는 유키코가 심하게 잔소리를 하면서 가까이 오지 못하게 했지만 에쓰코가 심심해하며 자꾸 불러들였다. 그렇게 조심하지 않아도 좀처럼 전염되지 않는다고 〈미토〉가 말했으므로 오하루는 유키코의 잔소리도 귀담아듣지 않고 이 무렵에는 하루 종일 병실을 들락거렸다. 그리고 카드놀이 상대라면 또 모르겠지만 〈미토〉와 둘이서 에쓰코의 손이나 발을 붙잡고 부스럼 딱지를 떼어 내며 재미있어 했다. 〈아가씨, 어머 이것 좀 보세요.

14 水戸光子(1919~1981). 1939년 2월 쇼치쿠 영화사 오후나 촬영소의 영화 「난류(暖流)」에서 간호사 역할을 맡아 스타가 되었다.

이렇게 다 떨어지네요〉 하면서 부스럼 딱지 끝을 잡고 떼어
내자 피부가 술술 벗겨졌다. 그 부스럼 딱지를 모아 손바닥
에 올려놓은 채 안채 부엌으로 가져가서는, 〈이것 좀 봐, 아
가씨 몸에서 이렇게 피부가 벗겨졌어〉 하고 허드렛일을 하는
식모들에게 자랑스럽게 보여 주기도 했는데, 식모들은 다들
징그러워했다. 그러나 나중에는 그것도 익숙해져서 두려워
하지도 않았다.

다에코가 무슨 생각을 한 건지, 잠깐 도쿄에 다녀온다는 말
을 꺼낸 것은 에쓰코의 병이 나날이 나아 가고 있던 5월 상순
의 일이었다.
「아무래도 한번 큰댁 형부와 직접 담판을 해서 돈 문제를
해결하지 않으면 마음이 놓이지 않을 것 같아. 나는 유럽에
가는 것도 그만두기로 했고 지금 갑자기 결혼한다는 것도 아
니지만 계획하고 있는 일이 있어서 이왕 받을 돈이라면 빨리
받았으면 좋겠어. 그리고 형부가 도저히 돈을 내줄 수 없다
면, 나도 그런 줄 알고 달리 생각해 봐야 할 테니까. 물론 이
일은 둘째 언니나 유키 언니한테 폐가 되지 않도록 혼자서
원만하게 담판을 지을 생각이니까 걱정할 거 없어. 특별히
이번 달이 아니면 안 되는 이유는 없지만 유키 언니가 이곳에
와 있는 동안 도쿄 큰댁에 묵는 것이 나을 것 같아서 그런 생
각을 한 거야. 나는 그렇게 비좁은 집, 게다가 아이들이 많아
떠들썩한 집에는 오래 있고 싶지 않으니까 용무가 끝나면 곧
돌아올 거야. 가부키가 보고 싶긴 하지만 그것도 얼마 전에
〈도조지〉를 봤으니까 이번 달에는 아무래도 좋아.」
다에코는 이렇게 말했다.
「담판을 한다면 누구를 상대로 할 거야? 그리고 계획하고

있는 일이란 또 뭔데?」

사치코가 이렇게 물었다. 요즘에는 툭하면 언니들이 반대하기 때문에 쉽게 속마음을 털어놓지 않게 된 다에코는 언니의 질문에 시원시원하게 대답하지는 않고 담판 상대로는 우선 쓰루코 언니를 택할 생각이라는 것, 그래서 결말이 나지 않으면 직접 형부하고 부딪쳐 보는 것도 마다하지 않을 것임을 내비쳤을 뿐, 계획하고 있는 것이 뭔지는 밝히고 싶어 하지 않았다. 그러나 사치코가 다에코의 무거운 입에서 조금씩 듣게 된 바로는, 다마키 여사의 후원으로 조그만 양장점을 시작하고 싶은 생각이어서 그 사업 밑천으로 쓸 돈이 필요한 것 같았다. 모처럼의 기회지만 다에코의 희망은 아마 받아들여지지 않을 것이라고 사치코는 생각했다. 형부 입장에서 보면 자신의 승인을 거친 정식 결혼 이외에는 돈을 내줄 수 없다는 원칙은 지금도 변함이 없을 것이고, 하물며 다에코가 직업 부인이 되는 걸 강경하게 반대하기 때문에 아마 그런 계획은 당치도 않은 일이라고 할 것이다. 그렇다면 전혀 불가능한 일인가, 여기서 한 가지 희미하긴 해도 가능성이 있는 것은 다에코가 직접 형부와 부딪쳐 이야기할 기회를 얻는 경우였다. 왜냐하면 형부는 소심한 성격을 타고난 데다 젊었을 때부터 사치코 이외의 처제들에게 들볶여 왔으므로 뒤에서는 강경한 의견을 피력하지만 얼굴을 마주하면 마음이 약해져, 상대가 강하게 나오면 의견을 굽히는 식이었다. 그래서 다에코가 약간 위협조로 밀고 나가면 어떤 결과가 나올지 알 수 없었다. 다에코도 그걸 노리고 있었고, 거기에 일말의 기대를 걸고 도쿄에 갈 결심을 했을 것이다. 그러므로 형부는 다에코에게 잡히지 않으려고 피해 다니겠지만, 그녀도 호락호락한 편이 아니라서 붙잡을 때까지 며칠이라도 버틸 각오인지도 모른다.

사치코는 다에코가 뜬금없이 도쿄로 가겠다는 말을 꺼낸 것은, 지금이라면 사치코도 유키코도 함께 따라가지 못할 것이라 생각하고 일부러 이런 때를 택한 것이 아닐까 하는 의심이 들었다. 그런 생각이 들자 다시 걱정되기 시작했다. 다에코는 말로는 원만하게 담판한다고 하지만, 상황에 따라서는 이것으로 큰집과 인연을 끊어도 상관없다는 마음으로 형부와 부딪칠 심산인 듯했다. 그러므로 사치코나 유키코가 따라가면 곤란해지는 것인지도 모른다. 다에코가 말은 그렇게 하지만 설마 그렇게 과격한 일을, 하는 생각도 들었지만, 상황에 따라 어떤 식으로든 탈선하지 말란 법도 없었다. 만약 그런 일이 일어나면 형부는 형부대로 사치코가 자신을 괴롭히기 위해 다에코 혼자 그쪽으로 보냈다는 식으로 곡해할 수도 있을 터였다. 이런 이야기라면 다에코가 도쿄로 가겠다고 하는데도 사치코가 따라나서지 않는 것은, 사치코가 애써 이 문제에 상관하고 싶지 않다는 것을 말해 주는 것이기도 하고, 해석하기에 따라서는 형부가 곤경에 빠지는 것을 느긋한 제삼자 입장에서 방관하겠다는 고약한 심보로 비칠 수도 있을 터였다. 형부가 그렇게 생각하는 것이야 참는다고 해도 언니까지, 다에코가 도쿄로 가는 것을 말리지도 않았다거나 또 그런 난폭한 말을 할 줄 알면서도 그쪽으로 그냥 보냈다고 생각하고 원망이라도 한다면, 사치코로서는 체면이 서지 않는 일이다. 그렇다고 에쓰코를 유키코에게 맡기고 다에코의 계략을 따돌려 자기도 도쿄에 따라가는 수를 쓴다면 돈을 둘러싼 형제자매의 싸움에 휩쓸려 들어가는 것은 불을 보듯 뻔한 일이다. 그리고 더욱 곤란한 것은 그런 경우 누구 편을 들어야 좋을지 그녀 자신도 아직 마음을 정하지 못하고 있다는 점이다. 유키코는 〈양장점을 경영한다는 다에코의 계획 뒤에 이타쿠라가 끼어들어 있다는 것은 분명한 것 같아. 나쁘게 생각하면 큰집에서 돈을 끌어내기 위한 구실일 뿐 돈만 받으면 또 어떤 식으로 계획을 변경할지 모르잖아. 다에코는 의외로 어수룩한 면이 있어서 아마 이타쿠라한테 서서히 이용당하고 말 거야. 그러니까 다에코가 이타쿠라와 인연을 끊지 않는 한 돈을 주지 않는 게 좋을 거야〉라고 했다. 그것도 한 가지 방법이긴 하지만 사치코 입장에서는 다에코가 그렇게 의욕적으로 나오는 것을 옆에서 방해하면서까지 차마 실패로 끝나게 할 수 없는 점도 있었다. 사치코는 다에코가 자신들의 충고에 따르지 않고 이타쿠라와의 약속을 관철할 생각인 것에는 불만이었지만, 젊은 여자의 몸으로 누구의 신세도 지지 않고 자립하려는 동생의 기특한 뜻을 생각하면 공연히 형부 편을 들어 약한 사람을 괴롭히고 싶지는 않았다. 그 돈을 어떻게 쓰든 독립할 자금에 충당하려는 것이고 또 다에코는 실제로 그 돈을 제대로 사용할 능력을 가지고 있으므로 형부가 맡아 두고 있는 돈이 있다면 내주었으면 좋겠다는 생각이 들기도 했다. 그런데도 다에코와 같이 도쿄에 가면 싫든 좋든 간에 큰집과 다에코 중간에 설 수밖에 없는 처지에 빠질 것이고, 자칫하면 언니에게 설득당해 본의 아니게 큰집 편을 들지 않을 수 없게 될 것이 분명했다. 사치코는 그렇게 되는 것도 싫었지만, 그렇다고 분명히 다에코 편에 서서 언니 부부를 압박할 만큼의 의협심은 없다는 게 좀 더 솔직한 심정이었다.

　유키코는 원래 다에코 혼자 도쿄에 가는 걸 반대했다. 그래서 사치코에게 〈무슨 일이 있어도 언니가 따라가야 해. 에쓰코 병도 이제 거의 다 나았고 집은 내가 보니까 안심하고 다녀와도 되잖아. 서둘러 돌아올 필요도 없으니까 천천히 머물다 와도 괜찮아〉라는 말까지 했다. 그러나 다에코는 사치코가 따라간다는 말을 듣자 다소 묘한 표정을 지었다. 사치코는, 〈나는 큰댁의 의도를 생각해서 동행하려는 거야. 절대 너를 방해할 생각은 없으니까 너는 너 좋을 대로 자유롭게 행동하고 부딪쳐도 돼. 형부나 언니는 나한테도 그 자리에 같이 있어 달라고 하겠지만 그건 내 본심이 아니니까 되도록 피하려고 할게. 정 거절하기 힘들 경우에는 동석할 수도 있겠지만 제삼자의 공정한 입장을 지켜 너한테 불리한 행동은 삼갈 테니까〉라고 말했다. 사치코는 도쿄 쪽에도 미리 다에코가 이번에 어떤 목적으로 상경하는지 대체적인 윤곽을 말해 주었다. 그리고 〈나도 따라가기는 하지만 다에코는 내가 끼어드는 것을 좋아하지 않는 눈치고, 나도 이 문제에는 끼어들고 싶지 않으니까 어떻게든 다에코와 직접 이야기해 봐〉하고 미리 언니한테 편지로 알려 두었다.

　사치코는 이번에도 쓰키지의 하마야에 묵었지만 다에코는 사치코와 뭔가 꾸미고 있다는 인상을 주지 않기 위해 용건을 해결할 때까지 시부야에 머무는 전술을 택하기로 했다. 〈가모메〉로 오사카를 출발해 도쿄에 도착한 날 저녁, 사치코는 우선 다에코를 데리고 하마야까지 가서 전화로 언니를 불러냈다.

　「다에코를 데리고 가고 싶지만 오늘은 피곤해서 못 가겠어. 다에코는 길을 잘 모르니까 미안하지만 데루오든 누구든 여기로 보내 줄 수 없을까?」

그러자 언니는,

「그럼 내가 데리러 갈게. 아직 저녁을 먹지 않았으면 우리 셋이 어디서 만나 같이 식사라도 하고 싶으니까 긴자 근처까지 데리고 나와」

하고 말했다. 다에코는 긴자까지 나간다면 말로만 듣던 뉴 그라운드라든가 로마이어에 가고 싶다고 해서 자매들은 로마이어로 가기로 했다. 그러나 쓰루코는,

「나도 가본 적이 없어. 스키야바시에서 내려 어떻게 가지?」

하고 오히려 사치코에게 묻는 형편이었다. 그래도 목욕을 하고 둘이서 나가니 언니가 먼저 와 자리를 예약해 놓고 기다리고 있었다.

「오늘은 내가 한턱낼게.」

항상 이런 때는 사치코가 주머니 사정이 좋았으므로 그녀가 계산하는 게 상례였지만, 오늘 밤은 특별히 언니가 값을 치르고 다에코한테도 여러 가지로 상냥하게 위로의 말을 건넸다.

「너를 잊은 건 아닌데, 집이 좁아 유키코 하나도 주체하지 못하는 형편이야. 머지않아 너도 불러오고 싶지만 좀처럼 그럴 여유가 없어.」

쓰루코는 이렇게 변명도 안 되는 말을 자꾸 했다. 그리고 셋이서 독일 맥주 조키를 하나씩 비우고 로마이어를 나왔다. 신바시 쪽으로 초여름의 긴자 거리를 한가롭게 걷다가 사치코는 신바시 역까지 두 사람을 데려다 주고 헤어졌다.

사치코는 다에코가 용무를 마칠 이삼일 동안 큰집에 들르지 않기로 했으므로 어떻게든 혼자 시간을 보내야 했다. 그

래서 여학교 시절 동창 가운데 도쿄로 시집와서 살고 있는 친구 집을 찾아가 볼까 하고 생각하고 있었는데, 이튿날 아침 방에서 신문을 읽고 있자니 다에코가 전화로,

「지금 잠깐 그쪽으로 가도 될까?」

하고 물었다.

「의논할 거라도 있는 거야?」

「그게 아니라 그냥 심심해서.」

「무슨 용건인데?」

「오늘 아침 대충 얘기는 했지만 형부가 이번 주는 바빠서 그 이야기는 다음 주까지 미뤄졌어. 그동안 이렇게 있어 봤자 어쩔 수 없으니까 그쪽에 놀러 가고 싶어서.」

「오늘 오후에 아오야마에 사는 친구를 찾아가기로 약속했으니까 저녁때까지는 숙소에 없겠지만 대여섯 시까지는 돌아올 거야.」

사치코는 이렇게 말하고 전화를 끊었다. 그러나 아오야마에서 친구가 한사코 잡는 바람에 저녁까지 대접받고 7시가 넘어서야 하마야로 돌아왔다. 바로 그때 다에코가 들어왔다.

「사실 오늘 데루오가 학교에서 돌아오는 것을 기다렸다가 메이지신궁에 같이 갔다 왔어. 5시쯤 둘이서 여기에 왔는데 언니가 좀처럼 돌아오지 않고 또 그러는 사이에 배도 고프고 해서, 여주인이 식사를 준비해 주겠다고 했지만 어젯밤에 마신 독일 맥주 맛을 잊을 수가 없어서 데루오를 데리고 로마이어에 가서 내가 한턱냈어. 그리고 지금 막 오와리초에서 데루오와 헤어지고 오는 길이야.」

다에코는 오늘 밤 여기서 묵을 생각인 모양이었다. 자세히 물으니 시부야에서는 형부도 언니도 다에코를 융숭하게 환대했는데, 형부는 오늘 아침에도 출근하면서 〈모처럼 왔으니

까 천천히 놀다 가. 집이 비좁아 안됐지만 유키코 처제가 집에 없으니 그럭저럭 지낼 만할 테니까. 공교롭게도 요즘은 좀 바쁘지만 한 대엿새만 있으면 한가해지니까 그때는 어디든 구경시켜 줄 수 있을 거야. 하긴 낮에는 한 시간 정도 쉬는 시간이 있으니까 오늘이라도 정오에 마루노우치로 나오면 점심 정도는 같이 할 수 있을 텐데……〉 하는 말까지 했다고 한다. 그리고 〈오늘 마루노우치 빌딩 예매처에서 가부키 표를 사줄 테니까 이삼일 안에 언니들과 셋이서 보고 와〉 하고 어쩐지 기분이 나쁠 정도로 신명이 나서 말했는데, 지금까지 형부에게 이렇게 친절한 말을 들어 본 적이 없다고 했다. 다에코는 형부나 아이들이 나간 뒤 곧바로 언니를 붙잡고 한 시간 정도 자신의 용건을 상세히 이야기했다. 그러나 언니는 전혀 싫은 내색 없이 열심히 들어주었던 모양이다. 그리고 〈형부가 뭐라고 할지 의논해 보겠지만 사실 지금 형부의 은행이 합병하게 되어 무척 바쁘고 밤에도 늦게 돌아오니까 좀 기다려 줬으면 좋겠어. 아마 다음 주에는 이야기할 수 있을 테니까 그때까지는 한가하게 놀며 지내도 좋을 거야. 너도 오랜만에 도쿄에 온 거니까 데루오한테 여기저기 안내해 달라고 하면 어떨까? 그리고 사치코도 혼자 심심할 테니까 쓰키지에도 한번 놀러 가봐〉라고 했으므로 일이 어떻게 될지 모르겠지만 일단 언니 말을 믿고 기다리기로 했다는 얘기였다.

다에코는 어제 기차가 누마즈 근처에 왔을 때 후지 산이 대부분 구름에 가려진 것을 보고 어쩐지 징조가 좋지 않을 것 같다는 농담을 하기도 했다. 이번에 상경하는 목적을 달성할 수 있을지는 지금도 자신감이 없을 뿐만 아니라 큰집 부부에게 농락당해서는 안 된다는 경계심도 강했다. 그래도 별난 일로 언니 부부가 추켜올리고 얼러 맞추어 주는 게 꼭 싫은 것만도 아닌 모양으로, 그런 말을 해서 속임수를 쓰면 용서하지 않겠다고 말하면서도 속으로는 기뻐하는 듯했다.

어젯밤 하마야 2층에서 혼자 잔 사치코는 여행지의 하늘 아래라고 하지만 몹시 허전해서 밤새 잠을 설치고 말았다. 이런 쓸쓸함이 대엿새나 계속될 거라고 생각하고 있었는데, 그날 밤은 뜻밖에 다다미 열 첩 크기 방에서 다에코와 둘이 몇 년 만에 이렇게 베개를 나란히 하고 누웠다. 생각건대 센바 시절부터 꽃다운 나이가 될 때까지 그녀들은 여러 해 동안 한방에서 같이 생활했는데, 그 습관은 사치코가 데이노스케와 결혼하는 바로 전날 밤까지 이어졌다. 아주 오래전 일은 모르지만 그녀가 여학교에 다닐 때부터는 큰언니만 다른 방에서 잤고 아래 세 자매는 2층 다다미 여섯 첩 크기 방에서 같이 잤다. 그러므로 다에코와 둘이서만 자는 일은 좀처럼 없었고 대개는 두 사람 사이에 유키코가 끼여 있었다. 경우에 따라서는 방이 좁아 두 개의 침상에서 셋이 잔 적도 있었다. 유키코는 잠버릇이 좋아서 더운 날 밤에도 얇은 이불을 가슴 께까지 잘 덮었고 잠자는 모습도 전혀 흐트러지지 않았다. 사치코는 이렇게 있으니 지금도 그 무렵의 광경이 그리워져서 자신과 다에코 사이에 얌전하게 잠들어 있는 유키코의 야위고 가냘픈 모습까지 생생하게 떠올랐다.

다음 날 아침에는 처녀 시절에 늘 그랬듯이 잠에서 깨 이불 속에서 잠시 종잡을 수 없는 얘기를 나눴다.

「다에코, 오늘 뭐 할까?」

「뭐 하지?」

「어디 가고 싶은 데 없어?」

「다들 도쿄, 도쿄 하지만 정작 가보고 싶은 데는 없어.」

「역시 우리한테는 오사카나 교토가 좋지……. 어젯밤 로마

이어는 어땠어?」

「어제는 요리가 다르던데. 비엔나 슈니첼[15]이 있었어.」

「데루오가 좋아했겠네.」

「데루오와 먹고 있는데 저쪽 구석에 데루오의 학교 친구가 와 있었어. 아빠하고 엄마하고……..」

「으음.」

「데루오는 친구한테 들켜 얼굴이 새빨개지더니 〈큰일 났다, 큰일 났어〉 하더라고. 왜 그러냐니까 이모와 같이 있으면 아무리 이모라고 해도 안 믿을 거라는 거야.」

「음, 그럴 수도 있겠네.」

「우선 종업원부터가 두 분이십니까, 하면서 야릇한 표정이더니 내가 맥주를 갖다 달라니까 예? 하면서 수상하다는 듯 힐끔힐끔 보더라니까. 날 애로 봤나 봐.」

「네가 그런 옷을 입으면 데루오의 누나로도 보이지 않으니까. 아마 불량소녀로 봤을 거야.」

정오가 좀 못 되어 시부야에서 전화가 왔다. 내일 가부키 표를 사놓았다고 했다. 오늘 하루는 할 일이 없었으므로 오후에 긴자로 나가 차를 마시고 오와리초에서 택시를 타고 야스쿠니 신사로 갔고, 거기서 나가타초, 미야게자카 근처를 일주한 다음 히비야 영화관에 도착했다. 다에코는 히비야의 교차로를 가로지를 때 창밖의 사람들을 바라보면서 이렇게 말했다.

「도쿄는 화살 깃 무늬가 굉장히 유행인가 봐. 저먼베이커리를 나와 니치 영화관 앞으로 올 때까지 일곱 명이나 봤어.」

15 얇게 저민 송아지 고기에 밀가루, 계란, 빵가루를 입힌 후 버터나 동물성 기름에 튀긴 음식. 보통 감자와 레몬 한 조각을 곁들인다.

「너 세고 있었니?」

「저거 봐, 저기도 한 사람, 저기도 한 사람…….」

다에코는 잠시 무슨 생각을 했는지,

「중학생이 두 손을 호주머니에 집어넣은 채 걷는 건 위험한데……」

하는 말도 했다.

「어디였더라, 간사이 어느 중학교에서 교복 바지에 주머니를 달지 못하게 한 적이 있었는데, 그게 참 좋은 방법이었어.」

사치코는 다에코가 소녀 시절부터 조숙한 말을 하는 버릇이 있다는 것을 알고 있었는데 실제로 그런 말이 어울리는 나이가 되었구나 하면서 맞장구를 쳤다.

「정말 그러네.」

33

이튿날 가부키 극장에서 마지막 「도모마타(吃又)」의 막이 오르기 조금 전에 무대 쪽에서 확성기로 계속해서 여러 사람의 이름, 즉 〈혼조 미도리초의 누구누구 씨〉, 〈아오야마 미나미초의 누구누구 씨〉 하고 불러 대는 소리를 듣고 있을 때였다. 〈니시노미야의 누구누구 씨〉, 〈시모노세키의 누구누구 씨〉라고 부르는 소리가 들렸고 끝으로 〈필리핀의 누구누구 씨〉라고 불렀으므로 역시 가부키 극장은 일본만이 아니라 남양의 관객까지 끌어모으고 있구나 하고 감격했다.

그때 불쑥 다에코가,

「가만 있어 봐!」

하고 언니들을 제지하면서 귀를 기울였다.

「아시야의 마키오카 씨…….」

확성기에서는 분명히 그렇게 부르고 있었다.

「효고 현 아시야의 마키오카 씨…….」

세 번씩이나 이렇게 불렀다.

「무슨 일일까? 다에코, 네가 좀 가보고 올래?」

사치코의 말을 듣고 나갔던 다에코는 조금 있다가 돌아와서 자기 자리에 놓여 있던 핸드백과 레이스 숄을 집어 들고,

「사치코 언니, 잠깐만」

하며 사치코를 데리고 복도로 나갔다.

「무슨 일이야?」

「지금 하마야의 종업원이 와 있어.」

다에코가 한 이야기는 이랬다.

마키오카 씨를 면회하고 싶다는 분이 와 계신다고 해서 다에코가 정면 입구로 나가 보니 계단 쪽에 하마야의 종업원이 서 있었다. 조금 전에 아시야의 댁에서 전화가 왔는데(그 종업원도 오사카 사투리가 섞인 말로 했다) 그것을 전하려고 몇 번이나 가부키 극장에 전화를 했지만 계속 통화중이고 좀처럼 연결이 되지 않았다고 했다. 그래서 여주인이 그럼 네가 직접 달려갔다가 오라고 해서 왔다는 것이었다. 어떤 전화였느냐고 물으니, 전화는 여주인이 받아서 직접 들은 건 아니지만 환자의 용태가 심각하다는 이야기인 것 같다고 했다. 병자는 에쓰코가 아닌 것 같고…… 얼마 전부터 에쓰코가 성홍열로 누워 있다고 한 것 같은데 병자는 그 아가씨가 아니라 이비인후과에 입원해 있는 분으로 다에코가 잘 알고 있을 테니까 착오가 없도록 몇 번이나 다짐을 하더라는 것이었다. 여주인이 〈지금은 사치코 씨도 다에코 씨도 가부키 극장에 가고 없지만 꼭 그렇게 전하겠습니다. 알릴 건 그것뿐입니까?〉

하고 물으니 〈만약 그때까지 시간이 있으면 전화를 해달라〉
라고 했다고 한다.

「그럼 이타쿠라 얘긴가?」

사치코는 기차로 오는 길에, 이타쿠라가 귀 수술을 받았다
는 얘기를 다에코한테서 언뜻 들어 알고 있었다.

너댓새 전부터 이타쿠라는 중이염으로 귀에 고름이 차 고
베 나카야마테의 이소가이라는 이비인후과를 다니고 있었는
데 그제 유양돌기염을 일으켜 수술을 해야 했다. 그래서 어
제 그 병원에 입원해 수술을 받았다. 다행히 수술 경과가 좋
아 이타쿠라는 아주 건강해 보였다. 그리고 다에코한테도,
괜찮으니 도쿄에 다녀오라고 했고 다에코도 애써 준비도 했
고 평소 아주 건강하다 못해 죽인다고 해도 죽지 않을 것 같
은 사내여서 걱정할 것 없다고 생각했으므로 출발했다. 그런
데 이타쿠라의 상태에 뭔가 갑작스러운 변화가 생긴 모양이
었다. 전화는 유키코한테서 온 것이라고 하니 아마 이타쿠라
의 여동생이나 누군가가 병원에서 유키코한테 알려 주었을
것이다. 유키코도 내버려 둘 수 없어 곧바로 이쪽으로 연락
한 것일 터였다. 유양돌기염은 수술을 하면 그다지 걱정할
필요는 없지만 조치가 늦어지면 때로 뇌로 전이되기 때문에
생명과 관련된 경우도 있다고 한다. 어쨌든 그 사내의 상태
가, 유키코가 일부러 전화를 할 정도로 심각하다면 수술 경
과가 좋지 않은 것임에 틀림없었다.

「어떻게 할래, 다에코?」

「나는 지금 곧 하마야로 돌아가 출발해야겠어.」

「나는 어떻게 할까?」

「언니는 끝까지 보고 와. 언니 혼자 두고 가서 미안해.」

「큰언니한테는 뭐라고 하지?」

「알아서 잘 말해 줘.」

「너 이번에 언니한테 이타쿠라 얘기 했어?」

「아니, 안 했어.」

다에코는 현관에서 크림색 숄을 어깨에 걸쳤다.

「……하지만 말해도 상관없어.」

이런 말을 툭 던지고 다에코는 계단으로 내려갔다.

사치코가 자리로 돌아왔을 때는 이미 「도모마타」의 막이 올라 있었고 쓰루코는 열심히 무대를 보면서 한마디도 하지 않았다. 사치코에게는 언니가 그러는 편이 다행이었다. 극이 끝나고 이리저리 인파에 밀리면서 정문 현관으로 빠져나왔을 때 비로소 쓰루코가 물었다.

「다에코는?」

「아까 친구가 찾아와서 데리고 간 것 같던데.」

사치코는 우선 그렇게 대답하고 긴자까지 갔다가 오와리 초에서 언니와 헤어져 숙소로 돌아왔다. 간발의 차이로 지금 막 다에코가 떠났다고 여주인이 말했다. 그리고 여주인은 〈실은 그런 전화가 와서 어쨌든 오늘 밤 침대권을 한 장 사두라고 했는데 가부키 극장에서 돌아와서는 그 침대권으로 돌아간다며 급히 떠났어요. 그사이에 아시야의 댁으로 전화[16]를 해서 통화하신 것 같았는데 자세한 이야기는 듣지 못했어요. 다만 전화로는 잘 모르겠다면서 수술할 때 나쁜 세균에 감염되어 무척 고생하고 있다니까 기차로 곧장 산노미야까지 가서 내일 아침 바로 병원으로 간다고, 언니한테는 그렇게만 전해 주었으면 좋겠다고 했어요. 그리고 시부야 쪽에도 조그만 가방 하나를 놓고 왔으니까 돌아올 때 그것 좀 가지고 와

16 이 시대의 전화기는 성능이 좋지 않았는데 상대방 목소리가 작게 들려 알아듣기 힘든 경우가 많았다.

달라고 하던데요〉 하고 병자와 다에코의 관계를 어렴풋이 알아챈 듯 말했다. 그러나 사치코도 가만히 있을 수 없어 다시 급히 아시야에 전화를 신청해 유키코를 찾았다. 그런데 유키코가 무슨 말을 하는지 통 알아들을 수가 없었다. 그것은 전화의 감이 멀어서가 아니라 원래 유키코의 목소리가 작아서였다. 유키코는 나름대로 열심히 목청을 쥐어짜 내고 있었지만 〈부질없다〉는 말이 딱 어울리는 가늘고 약한 음성이었으므로 전화로는 더더욱 분명하지가 않았다. 평소에도 유키코의 전화 목소리만큼 화나게 하는 건 없다는 말을 들었고, 그녀 자신도 전화는 딱 질색이어서 대체로 누군가 대신 받게 했지만 오늘은 이타쿠라에 관한 일이라서 오하루에게 받게 하지도 못하고, 또 그렇다고 형부한테 부탁할 수도 없어 어쩔 수 없이 자신이 받은 것 같았다.

사치코는 조금 이야기를 나누다 보면 유키코의 목소리는 어느새 모깃소리처럼 가늘어지기 때문에 이야기를 나누는 시간보다 〈여보세요〉 하는 시간이 더 긴 것 같았다. 끊어졌다 이어졌다 하는 말을 가까스로 들어 본 바로는, 오늘 오후 4시경 〈이타쿠라의 동생입니다〉 하는 전화가 왔는데, 이타쿠라가 귀 수술 때문에 입원했다는 것, 경과는 좋았지만 어젯밤부터 갑자기 상태가 나빠졌다는 것을 알려 왔다는 얘기였다. 갑자기 나빠졌다는 건 뇌에 문제가 생긴 것이냐고 유키코가 물으니, 그게 아닐까 했는데 뇌는 아무렇지 않고 다리가 문제라고 했다. 그럼 다리가 어떠냐고 했더니 자세히는 모르지만 몹시 고통스러워하며 살짝 대기만 해도 펄쩍 뛰면서 아프다고 몸부림을 치고 계속 신음 소리를 내는 것 같다고 했다. 그리고 이타쿠라는 아프다는 말만 반복할 뿐 다에코를 불러 달라는 말은 하지 않지만 그렇게 고통스러워하는 것이 예사롭지 않은데, 지금은 이비인후과 쪽 문제가 아닌 것 같아 누군가 다른 선생님한테 진찰을 받게 하고 싶지만 자기 혼자만의 생각으로는 어떻게 해야 할지 몰라서 전화했다고 말하더라는 얘기였다.

그래서 사치코가 그 후에는 어떻게 되었는지 모르냐고 물으니, 유키코는 아까 다에코한테 오늘 밤 온다는 전화를 받았으므로 그것을 알려 주려고 통화했을 때 이야기로는, 점점 나빠져 미친 사람처럼 계속해서 고통을 호소하고 있고, 고향에도 전보를 쳤으니까 내일 아침에는 부모도 올 거라고 했다 한다. 사치코는 다에코가 지금 떠났다는 것, 자신도 여기 남아 봐야 아무 소용도 없기 때문에 내일 떠날 생각이라고 말하고 전화를 끊기 전에 에쓰코의 상태를 물으니, 이제 기운이 펄펄 넘쳐 병실에 얌전히 있지 못하고 어정어정 바깥으로 나가고 싶어 해 잡아 두기 힘들고 온몸의 부스럼 딱지도 거의 다 떨어지고 발바닥에만 조금 남아 있을 뿐이라고 했다.

사치코는 자신도 바삐 떠나기로 했지만 쓰루코에게 어떻게 인사를 하고 가야 할지 참 난감했다. 그러나 아무리 생각해 봐도 그럴듯하게 꾸며 말할 구실이 없기 때문에, 다소 이상하게 생각한다고 해도 어쩔 수 없다고 각오하고 이튿날 아침 전화를 했다. 어젯밤 다에코가 급한 용무가 생겨 간사이로 돌아갔다는 말을 하고 자기도 오늘 돌아가기로 했으니까 어디서 잠깐 만나고 싶은데 자기가 시부야까지 갈까 한다고 했다. 그랬더니 쓰루코는, 그렇다면 자기가 이쪽으로 오겠다고 하더니 얼마 안 있어 다에코의 가방을 들고 하마야에 나타났다. 쓰루코는 자매 중에서도 제일 너글너글한 성격이라서 동생들에게 〈신경이 둔하다〉는 말을 듣는 만큼, 특별히 다에코의 급한 용무라는 게 뭔지조차 물으려 하지 않았다. 그래도 성가신 용건을 가지고 온 막내가 회답을 기다리지 못하고 돌아가 버렸으므로 남몰래 가슴을 쓸어내렸으리라는 것은 그 모습만 봐도 알 수 있었다. 쓰루코는, 이제 곧 집에 들어가 봐야 한다면서도 숙소의 방에서 사치코와 둘이서 점심을 먹었다.

「다에코는 요즘도 오쿠바타케 씨하고 사귀는 거야?」
언니는 문득 이런 질문을 던졌다.
「응, 이따금 만나는 모양이야.」
「오쿠바타케 씨 말고 누가 또 있는 거 아냐?」
「그런 말 누구한테 들었어?」
「요전에 유키코하고 결혼하고 싶다고 우리들 신원을 알아본 사람이 있었거든. 그 얘기는 깨졌으니까 유키코한테는 말하지 않았지만.」

쓰루코는 그 혼담의 중매쟁이 역할을 한 사람이 호의로 알려 주었으므로 자세한 이야기는 듣지 못했다. 하지만 요즘 다에코가 오쿠바타케가 아닌 신분이 낮은 청년과 친하게 지내는 듯한데, 그 남자와 묘한 소문이 돌고 있다는 걸 알고 있느냐면서, 물론 풍문에 지나지 않겠지만 주의하라는 말을 들었던 것이다. 유키코한테는 미안하지만 그때 이야기가 깨지게 된 것도 다에코의 그런 소문이 화근이 된 것 같다고 하면서, 자기는 사치코나 다에코를 믿으니까 그런 말이 어디까지가 사실인지, 그 청년이 어떤 사람인지 아무것도 묻고 싶지 않지만, 사실 다쓰오와 자신은 이제 다에코가 오쿠바타케와 결혼해 주는 것이 가장 바람직하다고 생각하기 때문에, 유키코의 혼처가 정해지면 어떻게든 오쿠바타케 쪽과 이야기해 보고 싶다는 것이었다. 그러므로 이번 돈 문제는 언젠가 편지에도 쓴 것처럼 응할 생각은 없는데, 다에코의 의욕으로 보면 자칫 다쓰오와 싸움을 하게 되기 십상이니 잘 생각해서 답을 하겠다는 말도 했다. 지금이야 우선 무사히 돌아가는 것보다 나은 건 없고, 돈 문제를 납득시키려면 어떻게 둘러서 말해야 좋을까 하고 얼마 전부터 골머리를 썩이고 있었는데, 하면서 역시 안심한 듯 말했다.

「정말, 오쿠바타케 씨와 결혼해 주는 게 가장 좋은데…… 나도 유키코도 그렇게 생각해서 만날 그러라고 권하긴 해.」

사치코가 이렇게 말하는 것이 변명처럼 들렸는지, 언니는 그 말에 대꾸도 하지 않고 식사하는 중에 자기가 하고 싶은 말만 했다.

「아, 잘 먹었다!」

쓰루코는 젓가락을 놓고 곧바로 돌아갈 채비를 했다.

「그럼 이제 집에 가야겠어. 오늘 밤에는 전송하러 못 갈지도 몰라.」

쓰루코는 식후에 잠깐 쉬지도 않고 돌아갔다.

34

이튿날 아침 사치코가 집으로 돌아와 유키코한테서 들은 이야기는 대충 이렇다.

그제 저녁, 이타쿠라의 동생이라는 사람한테 전화가 왔다는 말을 들었을 때 유키코는 이타쿠라가 입원하고 있었다는 사실을 알지 못했다. 그 동생이라는 사람과도 아직 만난 적이 없었으므로 다에코를 찾는 게 아닌가 싶었다. 그러나 다에코가 아니라 유키코를 찾는다는 말을 듣고 전화를 받아 보니, 다에코가 도쿄에 간 것도 알고 있었고, 실은 오빠가 여차여차하다는 것이었다. 귀 수술을 받은 것은 다에코가 떠나기 전날이고, 그날 다에코가 문병을 왔을 때는 기분이 좋았는데 밤이 되자 다리가 가렵다고 한 것을 시작으로, 처음에는 긁어 달라고 했는데 그다음 날 아침나절부터 〈가렵다〉가 〈아프다〉가 되고 점점 고통이 심해졌다. 그리고 그런 상태로 사흘을 지냈는데 점점 고통만 호소할 뿐 나아질 기미가 보이지 않았다. 그런데도 원장은 환자의 수술 자국은 깨끗이 낫고 있다고만 할 뿐 그 말은 들어주지도 않았다. 오전 중에 한 번 거즈를 갈아 주러 왔다가는 서둘러 나가 버렸고 오늘로 만 이틀 동안 그렇게 고통스러워하는 환자를 내버려 두고 있었다. 간호사들도 이 수술은 원장 선생의 실패이고 참 안됐다고 했다. 동생은 이타쿠라의 용태가 악화되고 나서 다나카의 집은 열쇠로 잠가 두고 쭉 환자 옆에 붙어 있었다. 이렇게 되면 누군가 의논할 상대가 필요하고, 만일 무슨 일이 일어나기라도 하면 자신의 책임이기도 하다는 생각이 들어 급히 다에코 씨를 돌아오게 하는 수밖에 없다고 생각해 어쨌든 아시야에 전화를 했다(어딘가 병원 밖에서 전화를 한 것 같았다)는 것이었다. 이타쿠라의 동생은, 마음대로 이런 전화를 걸어 나중에 오빠한테 야단을 맞을지도 모른다면서 우는소리를 했다.

유키코가 늘 그렇듯, 상대한테만 말하게 하고 그저 네, 네 하고 대답만 했을 거라는 건 쉽게 상상할 수 있었다. 그래도 다에코에게 들은 바로는 시골에서 자라 아직 도시에 익숙하지 않은 스물한두 살 먹은 아가씨라는 이타쿠라의 동생이 오빠의 몸을 염려한 나머지 굉장한 용기로 걸어 온 전화라는 것은 그 숨결이나 어조로도 알 수 있었다. 그래서 〈알았습니다. 곧 도쿄에 연락하겠습니다〉라고 말하고 유키코는 그런 조치를 취했던 것이다.

어제 산노미야 역에서 병원으로 직행한 다에코가 저녁나절에 잠깐 집에 들러 한 시간 정도 있다가 다시 나갔는데, 그때 이야기로는 평소 참을성이 좋고 우는소리를 한 적이 없는 이타쿠라가 그렇게 자존심도 없이 나약한 소리를 하며 계속해서 아프다고 하는 모습은 옆에서 보기에도 무서웠다고 한다. 오늘 아침에도 다에코가 병실로 들어갔을 때 동생이 침대 옆으로 다가가 〈다에코 씨가 돌아왔어요〉 하고 말했지만 환자는 고통스러운 듯한 시선을 다에코 쪽으로 돌리고 그저 〈아야! 아야야!〉 하고 신음만 할 뿐이었다. 고통을 참는 데 혼신의 힘을 다한 나머지 다른 데 주의를 기울일 여유가 없는 듯했다. 그런 형편이라서 밤낮으로 신음 소리만 낼 뿐 한숨도 못 자고 식사도 하지 못했다. 그런데도 겉으로 보기엔 붓지도 않았고 곪지도 않아서 어디가 아픈지 알 수 없었으나 아픈 데는 왼쪽 다리 무릎 근처에서 발끝까지인 모양으로, 몸을 뒤척일 때 피부에 살짝 스치기만 해도 엄청나게 쑤시는 듯 더욱더 비명을 질러 댔다.

유키코는 도대체 무슨 이유로 그렇게 되었는지, 귀 수술과 다리 통증이 어떤 관계가 있는지 물었지만 그것에 대해서는 다에코도 잘 알지 못했다. 왜냐하면 원장이 시원하게 설명해 주지 않을 뿐 아니라 환자가 고통을 호소하면서부터는 발뺌을 하며 되도록 다가오지 않으려고 했기 때문이다. 간호사가 흘린 말이나 문외한의 생각으로 판단하면 수술할 때 뭔가 악성 세균에 감염되어 그 독이 다리 쪽으로 옮아간 것 같았다. 그러나 오늘 아침 일찍 고향에서 올라온 노부모나 형수 등이 병실 밖 복도에서 의논을 하기 시작했으므로 이소가이 원장도 가만 내버려 둘 수는 없었는지 오후가 되자 모 외과 병원의 원장에게 내진을 부탁했다. 한방에 들어간 두 사람은 잠시 숙의를 했고 곧 그 외과 원장이 돌아갔는가 싶더니 이번에는 또 다른 외과의가 나타났다. 이 사람도 진찰을 해본 후 이소가이 원장과 뭔가 쏙닥쏙닥 하더니 그냥 돌아가 버렸다. 간호사에게 들으니 이곳 원장이 감당할 수 없게 되어 고베에서 제일 유명한 외과의를 불러 진찰하게 한 결과 대퇴부 이하를 절단해야 하지만 그것도 이미 시기를 놓쳤다고 했으므로 이제 와서 부랴부랴 두 번째 외과의를 불렀는데 그 외과의도 가망이 없다며 포기하고 돌아갔다고 했다. 다에코는 오늘 아침 환자의 상태를 보고 동생에게 경과를 들었을 때, 한시도 지체할 여유가 없으므로 원장의 눈치를 보고 있을 때가 아니니 즉시 믿을 만한 의사한테 진찰을 받고 적절한 조치를 취해야 한다고 생각했다. 하지만 시골 늙은이들은 마음이 느리고 굼떠서 쓸데없이 이마를 맞대고 이렇게 하자 저렇게 하자고 말만 할 뿐 결단을 내리지 못했다. 그런 식으로 시간을 허비하는 게 돌이킬 수 없는 결과를 낳는다는 것은 알고 있었지만 다에코는 오늘 그 사람들과 처음 만났으므로 주제넘게 나서지도 못하고, 말해 봐도 〈허참, 그럴까〉 하는 말만 할 뿐 도대체 움직여 주지 않았기 때문에 답답해서 미칠 지경이었다.

이상이 어제저녁의 이야기다. 다에코는 오늘 아침 6시쯤 다시 한번 집으로 돌아와 두 시간 정도 쉬었다가 나갔는데, 그때 들으니 어젯밤 늦게 원장이 다시 스즈키라는 외과의를 불러 왔다고 한다. 결과는 보장할 수 없지만 그래도 좋다면 수술해 줄 수도 있다고 했는데, 그래도 부모의 결심이 서지 않았다는 것이었다. 부모, 특히 어머니는 어차피 살릴 수 없다면 그렇게 참혹한 일을 하지 말고 온전한 몸으로 죽게 해주고 싶다고 했다. 동생은, 살릴 수 없다고 해도 할 수 있는 모든 수단을 써보는 것이 당연하다고 했다. 동생의 의견이 옳다는 것은 분명했지만 그것이 노인네들한테는 좀처럼 받아들여지지 않았다. 그러나 다에코는 이제 수술하는 것도 늦었으므로 자신은 이미 체념하고 있다고 했다. 그리고 이타쿠라를 담당하고 있던 간호사는 원장에게 무슨 반감이라도 품고 있는지 걸핏하면 원장 욕을 했으므로 어디까지 믿어야 좋을지 모르지만, 이 원장이라는 사람은 술주정뱅이인 데다 나이 탓도 있어서 때로는 손끝이 떨려 수술에 실패하곤 하는데 지금까지 환자를 이렇게 만든 예가 한두 번 있었다는 얘기였다. 나중에 다에코는 이때의 경위를 구시다 선생에게 말했는데 구시다 선생은, 〈귀 수술을 할 때 세균에 감염되어 사지에 퍼지는 일은 일류 전문의가 아무리 주의한다고 해도 왕왕 일어날 수 있는 일입니다. 의사가 신이 아닌 이상, 그런 일이 전혀 일어나지 않을 수는 없지요. 다만 수술한 다음 만일 세균에 감염되었다는 의심이 들 경우, 다시 말해 환자가 신체 어딘가에 조금이라도 통증을 느끼는 경우에는 지체 없이 외과의를 불러 처치하지 않으면 수술 시기를 놓칠 위험이 있습니다. 그것은 실로 촌각을 다투는 일입니다〉라고 했다. 그러므로 이소가이 원장이 수술에 실패한 것은 용서한다고 해도 고통에 신음하는 환자를 사흘이나 방치하고 돌보지 않은 점은 그저 태만하다고, 불성실하다고, 불친절하다고밖에 할 수 없는 일이었다. 환자의 부모가 아무것도 모르는 농촌의 노부부가 아니었다면 절대 무사히 수습될 수 없는 일인데, 특별한 사건으로 비화하지 않고 끝난 것은 이소가이 원장의 운이 좋았다고 할 수 있다. 동시에 이타쿠라가 그런 수상쩍은 의사인 줄도 모르고 그 병원으로 치료를 받으러 간 것은 당사자의 불운이라고밖에 할 수 없었다. 그러나 그것은 나중의 이야기였다.

사치코는 유키코한테 대충 이런 이야기를 듣고 나서, 유키코가 이타쿠라의 동생과 전화로 이야기한 것은 어느 방이었고, 그 통화 내용을 오하루를 비롯한 식모들이 알게 되었는지, 데이노스케는 알고 있는지를 물었다. 유키코는 처음에 전화가 왔을 때는 자기와 오하루가 별채에 있었는데 전화가 별채로 왔으므로 에쓰코와 〈미토〉, 오하루가 들었다는 것, 〈미토〉와 오하루는 이상한 얼굴을 하고 잠자코 있었지만 에쓰코가 〈이타쿠라 아저씨가 어떻게 되었어? 막내 언니는 왜 돌아온 거야?〉 하고 성가시게 물어서 입을 다물었다는 것, 그리고 어차피 오하루가 이야기를 들었으므로 식모들에게 말했을 것이고, 이 경우 그것은 어느 정도 어쩔 수 없는 일이긴 하지만 〈미토〉가 듣게 되는 것은 재미없다는 생각이 들어 두 번째 전화부터는 본채의 전화로 통화했다는 것, 형부에게는 전화가 온 일이나 자신이 취한 조치도 보고해 양해를 구했다는 것 등을 이야기했다. 그러나 데이노스케도 다에코한테 자세한 이야기를 듣고 마음으로나마 걱정이 되었는지 오늘 아침에는 출근하는 길에, 꼭 외과의의 수술을 받아 보도록 권해 보라는 이야기를 하고 나갔다는 것이었다.

「나도 잠깐이라도 문병하러 가고 싶은데…….」

「글쎄…… 그럼 형부한테 전화해서 의논해 봐.」

「어쨌든 한숨 자고 나서.」

사치코는 밤기차에서 자지 못했던 것을 보충하기 위해 잠시 2층 다다미 여덟 첩 크기 방에 누워 보았지만 어쩐지 마음이 쓰여 잠이 오지 않았다. 사치코는 잠자기를 단념한 듯 아래충으로 내려와 세수를 하고 부엌 쪽에다 점심을 빨리 준비하라고 말해 놓고 데이노스케에게 전화를 했다.

「이타쿠라의 병 때문에 다에코가 불려온 것이야 어쩔 수 없는 일이라고 해도, 저까지 찾아가면 두 사람의 관계를 공공연히 인정하는 것처럼 보일 테니까 좀 그렇긴 해요. 하지만 수해 때 다에코가 신세를 지기도 했는데 입원해 있다는 걸 알고 있으면서 병문안도 가지 않았다가 잘못되기라도 하면 꿈자리가 사나울 것 같아요. 게다가 이타쿠라는 아무래도 살아날 가망이 없는 것 같은데…… 그 사람은 몸은 튼튼하지만 어딘지 박명일 것 같은 인상이거든요.」

「어쩐지 나도 그런 생각이 들긴 해. 그러니 잠깐 다녀와도 괜찮을 것 같은데. 그런데 오쿠바타케가 오지 않을까? 그러면 당신이 가지 않는 게 나을 것 같기도 하고.」

결국 오쿠바타케와 마주칠 염려가 없다면 가도 좋지만 오래 있지 말고 금방 돌아오도록 하고, 다에코한테도 그렇게 오래 있게 하지 말고 돌아올 때 같이 데리고 오라고 했다. 그래서 사치코는 다에코에게 전화를 했다.

「오쿠바타케와 마주치지는 않을까?」

「지금은 친형제 말고는 아무도 안 와. 아무한테도 알리지 않았지만 설사 상황이 어떻게 되든 오쿠바타케 씨한테 알릴 필요는 없을 거야. 특히 오쿠바타케 씨가 오면 환자를 흥분시키지 말란 법도 없으니까. 내가 그런 일이 일어나지 않도록 막을게.」

다에코는 다시 말을 덧붙였다.

「그보다 사실 언니한테 와달라고 할 참이었어. 지금 외과에 넘길지 어떨지 아직도 결정하지 못하고 우왕좌왕하고 있거든. 나와 동생은 외과 의사한테 맡기자고 열심히 주장하고

있지만 부모님들이 미적지근한 태도여서 결론이 안 나. 언니
가 와서 거들어 주면 도움이 될 텐데.」

「그럼 밥 좀 먹고 금방 갈게.」

전화를 끊은 사치코는 유키코와 둘이서 여느 때보다 이른
점심을 먹었다. 사치코는 다에코 얘기가 간호사의 입에서 세
상 사람들의 귀에 들어가면 좋지 않고 또 〈미토〉는 이제 거의
에쓰코의 놀이 상대나 마찬가지고 별로 할 일도 없으니까 오
늘 중에 돌아가게 했으면 좋겠다는 뜻을 유키코에게 전했다.

「〈미토〉도 이제 나갔으면 하던데.」

「그럼 갑작스럽긴 하지만 오늘 내가 돌아올 때까지만 있
게 하고 저녁이라도 먹고 가게 네가 얘기 좀 해줘.」

사치코는 이렇게 말하고 곧바로 병원으로 갈 요량으로 차
동차를 불렀다.

병원은 나카야마테의 전찻길을 산 쪽으로 백 미터쯤 올라
간 좁다란 언덕길 중턱에 있었다. 병원이라고 해도 2층 건물
의 초라한 의원이었는데, 2층에는 다다미 방 두세 개가 있을
뿐이었다. 이타쿠라의 방은 다다미 여섯 첩 크기 방으로 창
밖으로는 뒷집의 빨래 건조대가 가까이 보였는데 빨래가 이
리저리 널려 있어 답답했다. 서지로 만든 홑옷을 입을 무렵
이어서 네다섯 명의 사람들이 앉아 있는 데다 통풍이 잘 안
되어 실내는 땀 냄새로 후끈거렸다. 환자는 오른쪽 벽에 붙
어 있는 철제 침대에서 벽 쪽을 향해 등을 둥글게 하고 누워
있었다. 사치코가 병실로 들어섰을 때부터 환자는 낮지만 굉
장히 빠르게 〈아야, 아야, 아야, 아야〉 하고 단 1초도 쉬지 않
고 계속해서 신음 소리를 냈다. 사치코가 다에코의 소개로
환자의 부모나 형수, 여동생 등과 인사를 나누고 있는 동안
에도 마찬가지였다. 다에코는 소개를 끝내고 침대 머리맡에

538

두 무릎을 꿇고,

「요네 씨!」

하고 작은 소리로 불렀다.

「언니가 왔어요.」

「아야, 아야, 아야, 아야!」

환자는 등을 사람들 쪽으로 향하고 벽의 한 점을 응시한 채 신음 소리만 냈다. 사치코는 다에코 뒤에 서서 쭈뼛쭈뼛 들여다보았지만 오른쪽을 위로 하고 누워 있는 옆얼굴은 그다지 수척하지도 않았고 혈색도 생각만큼 나쁘지 않았다. 모포는 허리께까지 벗겨져 있었고 가제 잠옷 하나만 입고 있었는데, 풀어헤친 목 언저리나 걷어 올린 소맷부리 사이로 보이는 가슴이나 두 팔의 늠름함 등도 변함없었다. 다만 붕대를 귀 부근에 열십자로 감아 놓았는데, 하나는 관자노리에서 턱으로, 또 하나는 이마에서 후두부로 감싸여 있었다.

「요네 씨!」

다에코가 다시 한번 불렀다.

「언니가 왔어요.」

사치코는 다에코가 이타쿠라를 〈요네 씨!〉 하고 부르는 것을 처음 들었다. 아시야의 집에서 다에코가 그 사람 얘기를 할 때는 항상 〈이타쿠라〉라고 했고, 사치코나 유키코, 심지어 에쓰코까지도 뒷전에서는 〈이타쿠라, 이타쿠라〉 하고 경칭을 붙이지 않고 이름만 불렀다. 그의 본명은 〈이타쿠라 유사쿠〉인데 〈요네 씨〉라고 한 것은 오쿠바타케 상점에서 견습 점원으로 일하던 시절 〈요네키치〉라고 불렸기 때문이다.

「이타쿠라 씨!」

사치코가 불러 보았다.

「큰일을 겪으시네요. 이타쿠라 씨 같은 사람이 이렇게 아프다고 하니…….」

사치코는 그렇게 말하고 손수건을 코로 가져갔다.

「오빠! 아시야의 사모님이세요.」

여동생도 다가와 말했다.

「아니, 그냥 내버려 두세요.」

사치코가 제지했다.

「아픈 것은 왼쪽 다린가요?」

「네, 그래요. 오른쪽 귀를 수술해서 오른쪽을 위로 하고 누워 있어야 하니까 아픈 쪽 다리가 밑에 깔릴 수밖에 없어요.」

「그래서 더 아프겠군요.」

환자의 거친 살결의 이마에는 고통을 참느라 진땀이 흠뻑 배어 있었다. 아까부터 파리 한 마리가 때때로 환자의 얼굴에 앉는 것을 다에코가 말을 하면서 손으로 쫓아내고 있었는데, 환자가 갑자기 〈아야! 아야!〉 하는 소리를 그쳤다.

「오줌!」

「엄마! 오빠 오줌 마렵대.」

여동생이 말하자 저쪽 벽에 기대고 있던 어머니가 다가왔다.

「죄송합니다.」

허리를 굽히고 침대 밑에 신문지로 싸여 있던 수병을 꺼내 환자의 모포 사이로 집어넣었다.

「자, 하필이면 이런 때…….」

어머니가 그렇게 말한 순간이었다.

「아얏! 아야야.」

환자는 지금까지의 잠꼬대 같은 소리와는 전혀 다른 광기 어린 소리를 내질렀다.

「아얏! 아얏! 아야앗!」

「아프다고 해도 소용없어, 참아.」

「아얏, 아얏…… 건들지 마, 건들면…….」
「참아, 이렇게 안 하면 오줌도 못 누잖아.」
사치코는 이타쿠라의 어디를 눌렀기에 이렇게 비굴한 소리가 나오는가 하고 신기하다는 생각을 했다. 그리고 다시 환자의 모습을 유심히 쳐다보았다. 환자는 왼쪽 다리의 위치를 30센티미터 정도 움직여 몸을 약간 위로 향하게 돌리는 데도 2~3분이나 걸렸다. 자세가 정해지고 잠시 침묵하다가 숨을 고르며 진정되기를 기다려 소변을 보았다. 그리고 멍하니 입을 벌리고 일찍이 본 적이 없는 겁먹은 눈빛으로 주변에 있는 사람들의 얼굴을 힐끔힐끔 둘러보았다.
「뭐 좀 먹나요?」
사치코가 어머니에게 물었다.
「그게 말예요, 전혀 먹질 못하네요.」
「레모네이드만 마셔요. 그러니 오줌이 나오는 거예요.」
사치코는 모포 사이로 환자가 아파하는 다리가 드러나 있는 것을 보았다. 사실 그 다리는 별다른 점이 전혀 없었는데, 다만 혈관이 약간 부어올라 푸르스름하게 비칠 뿐이었다. 사치코가 그렇게 생각해서인지도 모른다. 환자는 자세를 원래 자리로 돌리는 데도 조금 전 못지않은 소동을 벌였다. 그러나 이번에는 〈아야, 아야〉 하는 신음 소리 사이로 이런 말을 했다.
「빨리 죽여 줘! 죽여 줘!」
이타쿠라의 부친은 말수가 적고 흠칫흠칫 겁먹은 눈빛의 노인이었는데, 자신의 의견을 가지고 있지 않은 순박하고 마음씨 좋은 할아버지 같았다. 그러나 모친은 부친보다 상당히 야무진 데가 있는 듯싶었다. 수면 부족인지, 눈물을 흘린 탓인지, 아니면 눈병을 앓고 있는 건지 눈꺼풀이 부은 데다 축

처져 있어서 시종 눈을 감고 있는 듯한 표정이었다. 그 때문에 표정이 둔하고 정신이 흐릿해지기 시작한 노파 같은 외모였지만, 사치코가 아까부터 보고 있자니 환자의 병수발을 들고 있는 것은 이 어머니뿐이었다. 환자 역시 어머니에게 응석을 부리는 듯했고, 그녀가 하는 말이라면 무엇이든지 잠자코 들었다. 다에코의 이야기에 따르면, 환자를 외과로 옮기자는 의논이 중단된 것은 사실 이 노파 혼자 응하지 않았기 때문이라고 하는데, 사치코가 오고 나서도 한편에 부친과 모친, 다른 한편에 다에코와 여동생, 이렇게 두 조로 나뉘어 이따금 방 구석진 자리나 복도로 나가 쑥덕쑥덕 소곤거리다 들어오곤 했다. 쌍방을 중재하고 있는 듯한 형수는 이쪽에 불려갔다가 저쪽에 불려갔다 하고 있었다. 노부부가 하는 말은 아주 조그만 소리여서 사치코에게는 들리지 않았다. 모친이 뭔가 자꾸 탄식하는 듯한 어조로 말했고 부친도 마음을 움직이면서 귀를 기울이고 있는 듯했다. 다에코와 여동생은 중간에 형수를 내세워 외과적인 수단을 취하지 않고 죽게 해서는 부모나 형제의 잘못이라는 원망을 피할 수 없다고 장황하게 늘어놓으며 어떻게든 모친을 설득해 달라고 부탁했다. 형수는 두 사람의 이야기가 그럴듯하다고 생각한 듯 모친한테 가서 여러 가지로 이야기해 보지만 모친은 어차피 죽을 거라면 온전한 몸으로 죽게 해주자는 말만으로 일관했다. 그래도 막무가내로 부탁하면, 그런 참혹한 일을 해서 반드시 살아난다는 보장이 있느냐고 역습했다. 형수는 다시 물러나,

「도저히 제가 말해서는 어머님은 듣지 않으세요. 나이 드신 분한테 그런 이치를 말해 봤자 알아듣지 못하시니까요」

하면서 이번에는 여동생을 진정시키기 시작했다. 그러면 여동생은 자기가 모친한테 가서,

「엄마는 그저 불쌍하다, 참혹하다는 말만 하면서 눈앞의 고통만 생각하고 정말 부모로서의 도리를 다하지 않잖아요. 살아날지 어떨지는 그만두고라도 나중에 후회하지 않도록 지금 해볼 수 있는 방법을 다 해보는 게 우리 책임이잖아요」

하며 울먹이는 소리로 노파의 완고함을 공격했다. 그리고 이런 일은 언제까지고 반복되었다.

「언니……」

다에코는 결국 사치코를 불러 복도 끝으로 데리고 갔다.

「……시골 사람은 왜 저렇게 느긋한지 정말 질렸다니까.」

「하지만 어머니 입장이면 그런 말을 하는 것도 무리는 아닐 거야.」

「이젠 어차피 손을 쓸 수도 없으니까 난 포기했어. 하지만 여동생이 아무쪼록 언니가 한 번만 어머니한테 이야기 좀 해 달라고 부탁해서. 어머니는 집안 사람한테는 고집을 부려도 신분이 높은 사람 앞에 서면 아무 말도 못하고 〈그렇습니까〉 하면서 납득한다는 거야.」

「내가 신분이 높은 사람인가, 어디?」

사치코는 솔직히 다른 사람이 쓸데없는 참견을 해서 결과가 좋지 않으면 그 노파의 성미로 봐서 나중에 어떤 원망을 받을지 알 수 없고, 게다가 십중팔구 실패로 끝날 것이라는 걸 알면서 도저히 그런 의논에는 끼어들고 싶지 않았다.

「……아니, 좀 기다려 봐. 그렇게 말은 하지만 결국 다들 말하는 대로 해야 한다는 걸 알고 계실 거야. 다만 마음이 풀릴 때까지 저렇게 푸념을 늘어놓는 거겠지…….」

사치코는 그런 것보다 이것으로 해야 할 도리를 다했으니까 어떻게든 다에코를 데리고 돌아가야 한다고 생각했지만 적당한 기회가 없어서 난처해하던 참이었다. 그때 간호사가 올라와 병실 쪽으로 가다가 복도에 다에코가 있는 것을 보고 말했다.

「저어, 원장 선생님께서 가족분과 잠깐 면회 좀 했으면 하시는데요. 누구 한 분만 오시겠습니까?」

다에코가 그 말을 전하기 위해 병실로 들어가자 환자의 침대 머리맡에 형수와 여동생이 쪼그리고 앉아 있었고 다리 쪽에는 노부부가 앉아 있었다. 그리고 이때도 네가 갈까 내가 갈까 하는 문제로 노인네들은 잠시 머뭇머뭇하고 나서 둘이서 함께 갔는데 15분쯤 있다가 돌아와서 부친은 몹시 당황한 듯 한숨을 내쉬며 앉았고 모친은 울면서 뭐라고 중얼중얼 부친의 귓가에 속삭였다. 두 사람이 원장에게 무슨 이야기를 들었는지는 몰랐지만, 나중에 그때 일을 들으니 원장은 이 병원에서 환자가 죽으면 성가시니까 어떻게든 외과 수술을 받지 않으면 안 되는 것처럼 아주 능숙하게 노부부를 설득한 모양이었다.

원장은 〈아드님의 귀 처치는 저로서도 최선을 다했고 소독 같은 것도 완벽하게 했기 때문에 치료에 실수가 있었다고는 생각하지 않습니다. 따지고 보면 아드님의 다리 질환은 귀와는 별개의 것입니다. 보시다시피 아드님의 귀는 좋아졌으니까 이제 이 병원에 입원하고 있을 필요가 없습니다. 다른 부분에 질환이 있는 분을 맡고 있다가 만약 무슨 일이라도 일어나면 안 되니까요. 그래서 어제 스즈키 선생한테 처치를 의뢰해 승낙을 받아 놓았는데 부모님의 결심이 서지 않아 귀중한 시간만 허비하고 말았습니다. 이미 시기를 놓친 것 같기도 하지만 더 이상 주저하다가는 큰일이 일어나도 저희 병원은 책임을 질 수가 없습니다〉 하면서 자신의 실수는 문제 삼지 않고 부모가 너무 주저한 바람에 시기를 놓쳤다는 식으로 방어선을 쳤다고 했다. 노부부는 원장이 말하는 것을 그저 〈예, 예〉 하며 듣다가 〈그럼 잘 부탁 드립니다〉 하는 인사만 하고 물러났다. 모친은 병실로 돌아오고 나서 원장에게 감쪽같이 속아 넘어간 것이 부친의 죄라도 되는 양 잔소리를 해 댔다. 그러나 사치코가 본 대로, 모친도 너무 비탄에 젖은 나머지 여러 가지 불평을 했지만 결국 외과로 옮겨야 한다는 것은 각오하고 있는 듯 그것을 계기로 뜻을 굽히고 말았다.

스즈키 병원은 가미쓰쓰이 6가 옛날 한큐 종점 부근에 있었는데, 그곳으로 환자를 이송할 준비가 된 것은 어두워지기 시작한 무렵이었다. 그때도 이소가이 원장의 방식은 극도로 불친절했다. 이송하기로 결정되고 나서는 너무나도 귀찮다는 태도였으며 자신은 코빼기도 보이지 않았고 인사하러 나와 보지도 않았다. 그래서 환자를 이송시키는 일에 대한 수발은 모두 스즈키 병원에서 출장 나온 의사와 간호사들이 맡았다.

환자는 부모와 형제들이 수시로 상의했던 몇 시간 동안 자신의 다리가 절단되는 것으로 논의가 모아졌다는 걸 알고 있었을까? 그는 그저 〈아야! 아얏!〉 하는 신음만 계속하는, 뭔가 사람이 아닌 듯한 일개 신음하는 괴물 같은 존재가 되어 버리고 말았다. 그리고 부모와 형제들도 자신들의 아들, 동생, 형인데도 이미 그런 기묘한 존재가 되었다고 간주하고 그의 의향을 묻는다거나 그에게 사정을 설명하고 납득시키는 것은 문제로조차 삼지 않는 듯했다. 가장 걱정되는 것은 병실에서 침대차로 옮길 때 그 괴물이 얼마나 끔찍한 소리를 지를 것인가 하는 것이었다. 병실 밖 복도는 일반 주택의 복도처럼 폭이 1미터 정도밖에 안 되었고 계단도 좁은 데다 층계참이 없고 나선형으로 굽어 있었다. 그깟 소변을 볼 때도 그렇게 아우성을 쳤는데, 들것으로 아래층으로 내려가려면 환자에게 엄청난 고통을 안겨 줄 것이라는 것은 불을 보듯 뻔했다. 부모와 형제들은 환자를 딱하다고 생각하기보다 그때의 날카로운 비명 소리를 듣는 것이 견딜 수 없었으므로 조마조마해하고 있었다. 그래서 차마 볼 수 없어 사치코가,

「어떻게 좀 해주실 수 없겠습니까?」

하고 간호사에게 부탁하자,

「아니요. 그럴 걱정은 없습니다. 주사를 놓고 옮기니까요」

하고 스즈키 외과의가 대답했다. 그래서 모두들 안심했다. 사실 환자는 주사를 맞고 나서 다소 안정된 채 옮겨졌다. 의사, 간호사, 모친이 따라갔다.

35

부친과 형수, 여동생이 병실 뒷정리를 하고 계산을 하는 동안 사치코는 다에코를 뒷전으로 불러 이렇게 권했다.

「난 지금 집으로 가려고 하는데 너도 일단 돌아가는 게 어떠니? 형부도 될 수 있으면 너를 데리고 오라고 했는데.」

「어쨌든 수술 결과를 확인할 때까지는…….」

사치코는 할 수 없이 네 사람을 자동차에 태워 스즈키 병원에서 내려 주고 자신은 그 차로 아시야 집으로 돌아가기로 했다. 차가 병원 앞에 멈췄을 때도 그녀는 차에서 내리는 다에코를 다시 한번 불러 세웠다.

「너는 옆에 있고 싶겠지만, 내가 볼 때는 환자도 부모 형제들도 우리를 의식해서 그러는지 몰라도 그다지 널 필요로 하는 것 같지 않으니까 적당히 알아서 빠져나와. 하긴 그때그

때 사정에 따라 달라지겠지만 아무쪼록 우리가 제일 두려워하는 건 사람들이 이타쿠라와 네가 약혼이라도 한 것으로 오해하는 일이니까, 무슨 일이 있어도 그건 잊어버리지 마. 마키오카 집안의 명예가 달린 문제니까. 특히 유키코한테 미치는 영향을 염두에 두고 행동해야 해.」

사치코는 다소 지겨울 정도로 말했다. 그녀의 생각으로는 다에코가 실제로 이타쿠라와 결혼한다면 어쩔 수 없는 일이지만 지금 이타쿠라가 죽어 버리면 그와의 사이에 약속이 있었다는 것은 사람들한테 알려지지 않는 게 낫다는 것을 완곡하게 말한 것이었다. 그러나 다에코는 사치코가 말하지 않은 부분까지 대충 이해하고 있음에 틀림없었다.

사치코는 얼마 전부터 자신이 제일 걱정하고 있던 문제, 즉 다에코가 씨도 성도 모르는 견습 점원의 아내가 되려는 사건이 전혀 예상하지 못한 방식으로 자연스럽게 자신의 사정에 딱 맞게 해결될 것 같자 솔직히 고마운 마음이 먼저 드는 것을 부정할 수 없었다. 다른 사람의 죽음을 바라는 마음이 자신의 가슴속 깊숙한 곳에 숨어 있다는 것은 불쾌하기도 하고 한심하기도 했지만, 어쨌든 그것은 사실이었다. 그러나 지금 이런 마음을 갖는 사람은 자신만이 아닐 터였다. 유키코는 물론이고 데이노스케도 같은 생각일 것이다. 만약 오쿠바타케가 이 사실을 안다면 아마 누구보다 덩실거리며 기뻐할 것이다.

「왜 이렇게 늦게 온 거야?」

벌써 사무실에서 돌아와 있던 데이노스케는 응접실에서 아내의 귀가를 기다리고 있었던 듯, 그녀가 들어오는 것을 보고 말했다.

「정오쯤 나갔다는데 아무리 기다려도 안 와서 지금 병원으로 전화할 참이었잖아.」

「그게 말예요, 다에코를 데리고 오려고 하다가 그만 늦어 버렸지 뭐예요.」

「처제도 같이 왔어?」

「다에코는 안 왔어요. 수술이 끝날 때까지 거기 있겠다고 하는데, 그것도 무리는 아닌 것 같아서…….」

「수술하기로 한 거야?」

「네에. 제가 가고 나서도 하자 말자 옥신각신하며 오랫동안 의논하더니 결국 하기로 했어요. 스즈키 병원까지 모두 보내 놓고 돌아온 거예요.」

「그런데 어떨 것 같아, 살아날 가망은 있는 거야?」

「글쎄요, 아마 다들 포기하고 있을 거예요.」

「이상하군. 대체 다리가 어떻게 된 거야?」

「그걸 모르겠어요.」

「무슨 병인지, 병명은 들어 봤어?」

「병명을 물어봐도 이소가이 원장은 살금살금 도망가 버리고 스즈키 씨도 이소가이 원장 입장을 생각해서인지 확실히 말해 주지 않아요. 패혈증이나 괴혈병 같은 것일 거예요, 아마.」

사치코는 간호사 〈미토〉가 아까부터 돌아갈 준비를 해놓고 기다리고 있다고 해서 그녀를 만나 40일간의 노고를 치하하고 보냈다. 그러고 나서 남편과 유키코와 함께 저녁 식탁에 둘러앉았다. 한창 저녁을 먹고 있을 때 스즈키 병원에서 전화가 와서 사치코가 받으러 갔다. 데이노스케와 유키코가 식당에서 듣고 있자니 다에코와 통화하는 듯, 꽤 길게 이야기했다. 수술이 끝나고 지금은 소강 상태라는 것, 그러나 수혈할 필요가 있을 것 같아서 노부부를 제외하고 모두 혈액형 검사를 받았다는 것, 그런데 환자와 여동생이 A형, 다에코가

O형이었다는 것, 그러므로 당장은 여동생의 피를 수혈하면 되지만 여전히 한두 사람 헌혈자가 더 필요하다는 것, 다에코도 O형이니 헌혈할 자격은 있지만 그것은 친형제들도 감히 요구하지 않는다는 것, 다만 곤란한 것은 여동생이 이타쿠라의 옛 동료인 오쿠바타케 상점의 점원 두세 명에게 사실을 알려 주자고 해서 곧 그 사람들이 찾아올 거라는 것, 자신은 그 사람들과 마주치고 싶지 않고, 게다가 오쿠바타케 씨가 이 이야기를 듣고 함께 올 가능성도 있기 때문에 그와의 만남을 피하기 위해서라도 일단 집으로 돌아가기로 했다는 것, 그 점원들은 이타쿠라가 견습 점원이던 시절의 오랜 친구라서 여동생은 헌혈자를 찾겠다는 속셈으로 그들에게 알리려고 했다는 것, 그래서 자기는 지금 몹시 피곤하니 병원까지 자동차를 보내 달라는 것, 돌아가면 곧 목욕을 하고 밥을 먹을 수 있도록 준비해 주었으면 한다는 것, 다에코가 말한 것은 대충 이런 내용이었다.

「그러고 보니, 대체…….」

데이노스케는 사치코가 식탁으로 돌아오기를 기다려 한층 소리를 죽이면서 말했다.

「이타쿠라의 부모 형제들은 다에코와 오쿠바타케 사이를 알고 있을까?」

「부모는 전혀 모르고 있을 거예요. 알고 있다면 다에코를 며느리로 받아들이려고 할 리가 없지 않겠어요?」

「그럴 거예요. 아마 모를 거예요.」

유키코도 이렇게 말했다.

「오쿠바타케 씨와의 일은 부모에게 말하지 않았을 거예요.」

「여동생은 혹시 알고 있을지도 모르겠네요.」

「오쿠바타케 상점의 점원들 말이에요, 혹시 다나카에 있는 이타쿠라의 집에 자주 드나들던 사람들이 아닐까요?」

「그럴까요? 그런 옛 친구가 있다는 말은 못 들었는데……」

「그런 친구들이 있다면 다에코와 이타쿠라의 일이 상당히 알려졌다고 봐야겠네요.」

「그렇겠지. 오쿠바타케가 자기는 이리저리 손을 써서 조사해 봤으니까 뭐든지 알고 있다고 한 게 혹시 그 사람들을 말하는 건 아닐까?」

병원으로 보낸 차가 금방 갔을 텐데도 다에코는 한 시간이나 더 지나서야 돌아왔다. 자동차가 병원으로 가는 길에 펑크가 나는 바람에 다에코는 병원에서 오랫동안 기다려야 했다. 그거야 괜찮았지만 그사이에 점원들이 찾아왔고, 설마 했던 오쿠바타케까지 왔기 때문에 공교롭게 모두가 만나게 되어 버린 모양이었다(오쿠바타케는 그 시간에 가게에 있지 않았을 텐데 아마 점원이 전화로 알렸을 거라고 다에코는 말했다). 하긴 다에코는 애써 오쿠바타케를 멀리하려고 했고, 오쿠바타케도 때가 때인 만큼 조심하는 모양이었다. 다만 다에코가 돌아가려고 할 때, 〈다에코 씨, 좀 더 있어 주는 게 좋지 않겠어요?〉 하며 옆으로 다가와 친절하게 귀엣말을 했는데, 빈정대는 말로 들을 수도 있는 말이었다. 그에게는 점원들이 자진해서 혈액형 검사를 받겠다고 했을 때, 자기도 받겠다며 검사를 받았다. 그것은 어떤 마음에서 나온 행동인지는 모르겠지만, 그에게는 원래 그런 식의 경박함이 있었다. 그래서 그냥 아무 생각 없이 그런 말을 했을 거라고 다에코는 생각했다. 다에코가 혈액형 검사를 받은 것은 형수나 여동생이 받았기 때문에 자연히 자신도 받지 않으면 모양새가 좋지 않아서였다. 그러나 부모를 비롯해 형수나 여동생도 자꾸 〈다에코 씨는 그만두세요〉라고 말렸다.

「다리는 어디부터 잘랐어?」
세 사람은 목욕을 하고 잠옷 바람으로 식탁에 앉은 다에코 주위에 몰려들어 다시 한동안 그 이야기를 계속했는데, 사치코가 이렇게 물었다.
「이쯤에서.」
다에코는 탁자 밑으로 잠옷 차림의 다리를 내밀고 손바닥으로 대퇴부를 자르는 시늉을 했다. 그리고 서둘러 그곳을 제거하는 흉내를 냈다.
「너, 그걸 봤어?」
「살짝 봤어.」
「수술하는 데 들어간 거야?」
「수술실 옆방에서 기다리고 있었어. 그런데 거기가 유리창으로 되어 있어서 수술하는 게 보이더라고.」
「아무리 보인다고 해도 그런 걸 보고 있을 수 있다니…….」
「안 보려고 했는데, 무섭다고 생각하니까 그만 보고 싶어져서 힐끔 보고 말았어. 이타쿠라의 심장이 굉장히 요동을 쳤어. 가슴이 쑥 올라갔다가 쑥 꺼졌다가 했는데, 전신 마취를 하면 그렇게 되는 건가? 사치코 언니라면 아마 그런 것도 못 볼 거야.」
「이제 그 이야기는 그만!」
「난 그 정도는 아무렇지 않았는데, 결국 엄청난 걸 보고 말았어.」
「그만! 그만 좀 하라니까!」
「당분간 차돌박이는…….」
「그만해, 다에코!」

유키코가 꾸짖었다.

「아 참, 병명을 알았어요.」

다에코는 데이노스케에게 말했다.

「괴저(壞疽)래요. 스즈키 씨는 이소가이 병원에 있을 때는 말해 주지 않더니 자기 병원으로 데려오고 나서는 말해 주더라니까요.」

「음, 괴저가 그렇게 아픈 병인가. 역시 귀를 잘못 만진 게 원인이 되어 그렇게 된 걸까?」

「글쎄요, 그래서 그런 건지 그건 잘 모르겠지만…….」

스즈키 병원의 원장이라는 사람도 동업자들 사이에 그다지 평판이 좋지 않은 의사라는 걸 나중에 알게 되었지만 애당초 그 지역 일류 외과의사 두 사람이 절망적이라며 수술을 거부한 환자를, 성공은 보장할 수 없다는 조건을 붙여 받아 주었다는 것부터가 생각해 보면 조금 이상한 것 같았다. 그런 점 때문에 스즈키 원장의 평판이 좋지 못한 건지도 모른다. 다에코는 그날 밤에는 그런 생각을 하지 못했지만, 그래도 넓은 건물에 비해 입원 환자가 한 사람도 없는 듯 조용했으므로 어지간히 인기 없는 병원이라는 생각은 했다. 게다가 그 건물은 예전에 외국인 저택이었던 것을 고친 것인 듯 메이지 시대를 연상시키는 구식 양관(洋館)인 탓에 복도에서 나는 발소리가 높은 천장에 울려 퍼지는 휑뎅그렁한 도깨비 집 같은 병원이었다. 다에코는 처음에 병원 건물 안으로 한 발 들여놓은 순간 어쩐지 으스스하고 음울한 공기에 오싹했다.

환자는 수술 후 병실로 옮겨졌고 마취에서 깨어나자 머리맡에 있는 다에코를 올려다보고, 〈아아! 난 절름발이야!〉 하고 비통한 말을 내뱉었다. 그래도 이소가이 병원에 있을 때부터 계속 신음 소리만 내던 환자가 보통의 말을 한 것은 그 때가 처음이었다. 그뿐 아니라 지금의 한마디로 보면 환자가 신음하는 괴물처럼 보였던 때도 자신이 현재 어떤 상태에 있는지를 정확히 인식하고 있었고 자기 옆에서 무슨 논의가 진행되고 있는가도 다 알고 있었던 듯했다. 아무튼 다에코는 환자가 이제 〈아야, 아야〉 하고 신음 소리를 내지 않게 되었고 전보다 훨씬 편안해진 것을 보고 안심했다. 그리고 이대로 한쪽 다리만 잃고 살아나는 것이 아닐까 하는 생각도 했고, 회복한 후에 목발을 짚고 걷는 모습을 상상해 보기도 했다. 그러나 환자가 안정을 찾은 것도 불과 두세 시간뿐이었다. 오쿠바타케 상점 점원들이나 오쿠바타케가 달려온 것은 바로 그때였다. 다에코도 일단 용태를 확인했으므로 병원에서 나오는 데 적절한 기회인 셈이었다. 게다가 이타쿠라의 여동생만은 다에코와 오쿠바타케 그리고 오빠 사이의 복잡한 사정을 알고 있었으므로 다에코를 빨리 그 자리에서 떠나게 해주려고 했다. 다에코는 현관까지 배웅하러 나온 여동생에게 갑작스러운 일이 생기면 언제든지 알려 달라고 말해놓고 태우러 온 자동차 운전사한테도, 경우에 따라서는 오늘 밤 안에 다시 한번 와달라고 할지도 모르겠다고 부탁해 놓았다.

피곤하다, 피곤하다 하면서도 다에코는 세 사람에게 이런 저런 이야기를 다 하고 나서야 잠자리에 들었다. 다음 날 아침 4시에 예상한 대로 병원에서 전화가 왔고 다에코가 달려 나갔다. 사치코는 새벽녘 자동차가 문 앞에서 삐걱거리며 출발하는 소리를 비몽사몽간에 듣고, 아아 다에코가 나가는구나 하며 꾸벅꾸벅 졸았다. 그리고 나서 얼마나 지났을까, 장지문이 빼꼼 열렸다.

「사모님!」

오하루였다.

「지금 다에코 아가씨한테서 전화가 왔는데, 이타쿠라 씨가 돌아가셨다고 일단 알려 드린답니다.」

「지금 몇 시야?」

「6시 반쯤일 거예요.」

사치코는 한숨 더 자려고 했지만 잠들지 못하고 말았다. 데이노스케도 전화 얘기는 들었을 것이고, 별채에서 자고 있던 유키코와 에쓰코는 8시경에 일어나 오하루한테 그 얘기를 들었다.

정오쯤에 돌아온 다에코는, 그때부터 다시 상태가 악화되었고 여동생과 점원들이 교대로 수혈을 했지만 결국 효과가 없었다고 했다.

병독은 다리의 동통에서 해방된 환자의 흉부나 두부를 침투했고, 환자는 엄청난 고통 속에서 절명했다. 다에코는 그렇게 괴로워하는 사람의 마지막 모습을 본 적이 없었다. 의식은 임종하기 직전까지 뚜렷해서 머리맡에 지키고 있던 사람들, 부모, 형제, 친구들에게 일일이 작별을 고하고 오쿠바타케한테도, 다에코한테도 각각 생전의 은혜에 감사하고 장래의 행복을 빌었다. 그리고 마키오카 집안 사람들, 즉 데이노스케, 사치코, 유키코, 에쓰코의 이름을 일일이 부르고 〈오하루〉의 이름까지 부르면서 신세가 많았다는 말을 전해 달라고 했다. 밤을 새우며 곁을 지켰던 오쿠바타케 상점 점원들은 출근해야 하기 때문에 곧 돌아갔지만 오쿠바타케는 부모 형제와 함께 다나카의 집까지 유해를 따라갔다. 다에코도 따라갔다가 지금 돌아온 참이었다. 오쿠바타케는 아직도 남아서 이타쿠라의 부모 형제들에게 〈큰 도련님, 큰 도련님〉이라고 불리면서 일을 봐주고 있었다. 그리고 오늘 밤과 내일 밤을 새우고 모레 다나카에 있는 집에서 고별식을 하기로 했다.

이런 말을 전한 다에코는 이런 때에도 간호하느라 지치고 잠도 자지 못해서 얼굴이 수척해지기는 했지만 표정이나 동작은 침착했고 눈물 한 방울 보이지 않았다.

다에코는 다음 날 저녁 상가를 찾아가 한 시간 정도 머물렀을 뿐이다. 그녀는 좀 더 있고 싶었으나 그제 밤 이후 항상 오쿠바타케가 와 있었고 틈만 나면 무슨 애기라도 해보려는 기색이어서 그걸 경계했던 것이다. 데이노스케는 고별식에는 자신들도 가봐야 하지 않겠느냐고 말했지만, 정작 오늘이 되자 역시 처제들의 장래가 중요하다는 생각이 들었다. 장례식장에서 이러저러한 사람들과 만나는 것, 특히 신문에 난 사건 이래 오쿠바타케 일가와 그런 장소에서 부딪치는 것은 별로 좋을 것 같지 않았으므로 결국 자신은 가지 않고 사치코만 일부러 그 시간을 피해 조문하게 했다. 다에코도 고별식에는 참석했지만 화장장까지는 따라가지 않았다. 그녀는 돌아와서, 뜻밖에 많은 사람들이 참석했다고 했다.

생각지도 못한 사람의 얼굴도 보였는데, 이타쿠라가 언제 이런 방면의 사람들과 교제를 했나, 다에코한테도 그것은 의외였다. 그날도 오쿠바타케는 경박하게 굴었고, 점원들과 함께 관 옆에 나란히 서 있었다. 유골은 부모 형제들이 고향에 있는 절로 가져가 매장하기로 했다. 그들은 다나카에 있는 이타쿠라 사진관의 문을 닫고 돌아갈 때 마키오카 집안에 인사하러 오지는 않았는데, 그것은 아마 그 이상의 교제를 삼갔기 때문일 것이다. 다에코는 35일째까지는 일주일에 한 번씩 혼자 고인의 고향 마을로 가서 조용히 묘를 찾았고, 부모 형제의 집에는 들르지 않고 그냥 돌아오곤 했다. 사치코도 대충 그런 일을 알고 있었다.

유키코와 에쓰코는 〈미토〉가 돌아가고 나서 별채에서 둘이서만 자는 게 쓸쓸했다. 그래서 밤에는 오하루도 와서 자라고 했다. 그러나 고작 이틀 밤이었다. 바로 이타쿠라의 고별식 전날 병실을 정리하고 안채로 침실을 옮겼기 때문이다. 그리고 별채는 포르말린으로 소독을 하고 다시 데이노스케의 서재가 되었다.

그러고 보니 이렇게 여러 가지 사건이 한창 일어나고 있던 때는 5월 하순이었다. 어느 날 시베리아를 경유한 편지 한 통이 마키오카 집에 배달되었다는 것을 내친김에 여기에 덧붙인다. 그 편지는 마닐라에서 함부르크로 돌아간 슈토르츠 부인이 사치코한테 보낸 영문 편지였다.

친애하는 마키오카 부인께

당신의 정성스러운 편지에 좀 더 빨리 답장을 하지 못한 점 죄송스럽게 생각합니다. 사실 마닐라에 있을 때도, 항해 중에도 전혀 틈이 나지 않았습니다. 여동생이 병이 들어 지금도 독일에 있기 때문에 동생 대신 제가 많은 짐을 다 정리해야 했습니다. 그리고 동생의 세 아이까지 데려왔으므로 결국 저는 다섯 명의 아이들 뒷바라지를 해야 했습니다. 제네바에서 브레머하펜에 도착할 때까지 거의 쉴 틈이 없었습니다. 남편은 브레머하펜에 와 있고, 우리는 모두 무사히 귀국한 걸 기쁘게 생각합니다. 남편은 무척 건강해 보였고 페터도 그런 것 같았습니다. 남편은 저의 친척이나 친구들과 함부르크의 정거장까지 마중 나와 주었습니다. 나이 드신 저의 아버지나 다른 자매들은 아직 만나 보지 못했습니다. 저희는 우선 살 집을 마련하려고 했는데 그게 꽤 품이 드는 일이었습니다. 집을 보러 이리저리 다니다가 괜찮다 싶은 집을 발견했기 때문에 지금은 가구나 부엌살림 같은 걸 구입하고 있습니다. 이제 한 보름만 있으면 모든 준비가 끝날 것 같습니다. 배로 부친 큰 화물은 아직 도착하지 않았습니다만 열흘쯤 지나면 도착할 겁니다. 페터와 프리츠는 아직 친구 집에 머물고 있습니다. 페터는 학교에서 굉장히 많은 일을 하고 있는데 여러분께 안부를 전해 달랍니다. 5월에는 저희 친구들 중에 일본으로 돌아가는 사람들이 있습니다. 그들이 에쓰코한테 줄 조그만 선물을 가지고 갈 겁니다. 아무쪼록 여러분에 대한 저희의 조그만 우정의 표시라고 생각해 주셨으면 합니다. 여러분께서는 언제 독일로 오실 수 있을까요? 여러분께 함부르크를 자랑하고 싶습니다. 함부르크는 멋진 도시니까요.

로제마리가 에쓰코한테 편지를 썼습니다. 에쓰코! 너도 루미한테 또 편지 하려무나. 영어가 틀리는 것은 걱정하지 않아도 됩니다. 저도 많이 틀리니까요. 사토 씨 소유의 집에는 지금 누가 살고 있나요? 사랑스러운 그 집이 자꾸 생각납니다. 사토 씨에게도 부디 안부 전해 주시기 바랍니다. 그리고 가족 여러분께도 안부 전해 주시기 바랍니다. 페터가 뉴욕에서 보낸 에쓰코의 신발은 잘 받았는지요? 혹시 부인께서 그것 때문에 세금이나 내지 않았는지요?

1939년 5월 2일 함부르크에서
힐더 슈토르츠 올림

슈토르츠 부인이 보낸 편지였는데, 특별히 〈이것은 제가 독일어를 영어로 번역한 루미의 편지입니다〉라고 쓴 편지 한

장이 동봉되어 있었다.

　친애하는 에쓰코

　오랫동안 너에게 편지를 보내지 못했구나. 지금 나는 너에게 편지를 쓰고 있어. 나는 폰 푸스턴 부인 집에 머물고 있는 일본 사람을 알고 있는데, 그는 요코하마 쇼킨 은행에 다니는 사람이야. 그의 부인과 세 아이도 지금 여기에 와 있어. 그의 이름은 이마이라고 해. 마닐라에서 독일까지의 여행은 무척 재미있었어. 우리는 딱 한 번 수에즈 운하에서 사막의 폭풍을 만났어. 나의 사촌 형제들은 제네바에서 배에서 내렸어. 그리고 그들의 어머니가 기차로 독일까지 데리고 갔어. 우리는 배로 브레머하펜까지 갔어. 우리는 하숙집에 묵고 있는데, 침실 창 아래에 뜸부기 한 마리가 둥지를 틀었어. 그 새는 처음으로 알을 낳았어. 그리고 그 새는 이제 알을 부화해야 해. 어느 날 내가 보고 있었더니 아빠 새가 파리 한 마리를 부리에 물고 왔어. 아빠 새는 그 파리를 엄마 새한테 주려고 했는데 엄마 새는 날아가 버렸어. 아빠 새는 무척 영리해서 죽은 파리를 둥지에 떨어뜨리고 날아갔어. 엄마 새는 곧바로 돌아왔어. 그리고 그 파리를 먹고 다시 알을 품고 앉았어.

　이제 곧 우리는 새로운 집을 갖게 돼. 우리 주소는, 오페르베크 가 14번지 지하층 좌측이야.

　친애하는 에쓰코, 꼭 편지 보내야 돼.

　식구들한테도 안부 전해 줘.

1939년 5월 2일 화요일
루미

추신. 어제 우리는 페터를 만났는데, 페터가 모두에게
안부 전해 달래.

제3부

1

유키코는 2월 기원절 날 간사이로 오고 나서 3월, 4월, 5월, 이렇게 네 달이 지나도록 체류했고 당사자도 언제 돌아가겠다는 마음이 없는 듯했다. 어쩐지 이제는 아시야에 뿌리를 내린 것 같았는데, 6월로 접어들고 얼마 지나지 않아 희한하게도 도쿄의 쓰루코가 혼담이 있다고 알려 왔다. 〈희한하다〉고 한 데는 그것이 실로 재작년 3월, 진바 부인이 노무라라는 사람을 소개한 이래 2년 3개월 만의 혼담이라는 뜻도 있다. 그리고 근래 수년 동안 유키코의 혼담이라면 항상 사치코가 얻어듣고 도쿄에 알리는 게 상례였고 큰집 부부는 다쓰오가 한 번 애를 먹고 난 뒤로는 여태까지 적극적으로 나선 적이 없었는데 이번에는 다쓰오가 먼저 움직여 쓰루코에게 이야기하고 쓰루코가 사치코에게 알려 왔다는 것도 희한한 일이었다. 그러나 사치코 앞으로 온 언니의 편지에는 약간 믿을 수 없는 구석도 있었기 때문에 냉큼 달려들 만한 혼담이라고는 할 수 없었다. 형부의 큰누이가 시집간 오가키 지방의 시댁은 스가노라는 호농 집안인데, 그 집안이 옛날부터 절친하게 지내던 나고야의 재산가 사와사키라는 집안이 이번 혼처였다. 사와사키 집안은 선대가 다액 납세 의원[17]이었을 정도로 저명한 집안이라고 하는데, 이번에 스가노의 큰누이의 알선으로 그 집안의 현재 주인이 유키코와 맞선 보기를 희망한다는 얘기였다. 그러고 보니 스가노의 큰누이라는 사람은 다쓰오의 형제자매 중에서는 사치코 자매와 제일 잘 아는 사이였다.

사치코는 분명히 스무 살 때 다쓰오, 쓰루코, 유키코, 다에코와 함께 그 집에 들러 하룻밤 묵은 적이 있었다. 가마우지를 길들여 물고기를 잡는 가마우지 낚시를 하러 나가라 강에 갔다가 돌아오는 길이었다. 그러고 나서 2~3년 후에도 한 번, 역시 같은 멤버가 버섯 따기에 초대받은 적이 있었다. 그때 그들은 오가키 마을에서 자동차로 20~30분이나 시골길을 갔다. 무척 쓸쓸한 촌락, 현에서 관리하는 도로인 듯한 한 길가에서 깊숙이 꺾어 들어간 산울타리 좁은 길의 막다른 곳에 훌륭한 대문의 그 집이 있었다. 근처에는 고작 대여섯 채의 초라한 농가가 있을 뿐이었지만 세키가하라 전투 이래 명문이라는 스가노 집안의 저택은 굉장한 일대를 이루고 있었고 선조의 위패를 모시는 불당의 처마가 안뜰을 끼고 본채와 나란히 늘어서 있었다. 이끼 낀 정원 연못 저편으로 뒤뜰에는 채마밭이 이어져 있었다. 가을에 갔을 때는 밤나무에 밤이 많이 열려 있었는데 소녀들이 가지에 올라가 밤을 따주었다. 거기서 대접받은 음식은 직접 요리한 야채가 주였는데 무척

17 일본 제국 헌법하의 제국 의회는 중의원과 귀족원으로 구성되었고 귀족원은 황족 의원, 화족 의원, 칙임 의원으로 조직되었다. 다액 납세 의원은 칙임 의원 중 하나로 일정 금액 이상의 국세를 납부한 만 30세 이상의 남자 중에 호선으로 각 부, 현마다 임명되었다. 임기는 7년이었다.

맛있었다. 사치코는 된장국에 들어간 조그만 토란과 연근 조림이 특히 맛있었던 걸 기억하고 있었다. 미망인이 된 형부의 맏누이인 그 집 안주인은 부담 없는 입장 탓인지 사치코 밑의 유키코가 아직 결혼하지 않았다는 이야기를 듣고 어떻게든 좋은 혼처를 찾아 주겠노라고 했다는 이야기는 진작부터 듣고 있었다. 이번 이야기는 그 미망인이 남 돌봐 주기를 좋아하는 데서 나온 것 같지만, 대체 사와사키 집안의 주인이 어떤 사람인지, 그 사람이 유키코와 맞선을 보고 싶다는 말을 꺼낸 데는 어떤 사정이 있는지, 쓰루코의 편지에는 그 점에 대해서는 별 말이 없었다. 다만 이런 것이었다.

스가노의 맏누이 집에서 유키코를 사와사키 씨와 만나게 하고 싶다며 유키코를 오가키까지 와달라고만 하는구나. 사와사키 씨는 수천만 엔의 재산가로 지금 우리 집안과는 현격한 차이가 있단다. 너무 걸맞지 않아 터무니없어 보이기도 하지만 그쪽은 부인과 사별해 재취 자리인 셈이니까. 이미 오사카와 고베에 사람을 보내 우리 집안이나 유키코의 성격, 외모 등을 상당히 알아본 다음에 만나기를 희망해 온 모양이니까 꼭 나쁜 이야기는 아닐 것 같구나. 뭐니 뭐니 해도 스가노의 맏누이가 모처럼 보여 준 호의를 무시하면 형부 입장이 곤란할 것 같다. 스가노에서는 당장 유키코를 보내기만 하면 되고 그쪽에 관한 상세한 사항은 나중에 알려 주겠다고 하는구나. 무슨 사정이 있는지 모르지만, 불평하지 말고 보내 주었으면 한다는 거야. 유키코도 거기에 상당히 오래 머물렀고 이제 슬슬 돌아올 때도 됐으니 도쿄로 오는 길에 들르면 어떨까 싶다. 특별히 누가 따라오라는 말도 없었고 형부는 바쁘다고 하니까 내가 여기서 마중을 가는 것도 좋은데, 미안하지만 사치코 네가 따라가 주면 더 좋고…… 어차피 격식을 따지는 자리도 아니고 그냥 만나기만 하면 된다니까 가볍게 놀러 간다 생각하고 데리고 가면 될 것 같구나.

이런 식으로 언니는 간단히 말했지만 과연 유키코가 〈간다〉고 할 것인지. 사치코는 우선 그것이 걸렸으므로 처음에는 그 편지를 데이노스케한테만 살짝 보여 주었다. 데이노스케도 너무 갑작스러운 듯한, 늘 보던 처형과는 어울리지 않는 몰상식한 면을 본 느낌이었다. 나고야의 사와사키라고 하면 오사카 지역에서도 유명한 집안이니까 일단 어디서 굴러먹던 개뼈다귀인지 모르는 그런 집안은 아닌 셈이었다. 아무리 그렇더라도 유키코를 만나고 싶어 한다는 그 사람이 대체 어떤 사람인지 전혀 알아보지도 않고 그쪽에서 말하는 대로 유키코를 보낸다는 것은, 자칫 경솔하다는 비난을 면치 못할 뿐만 아니라 상대가 그렇게 신분의 차이가 나는 자산가인 만큼 오히려 이쪽이 분별없는 사람으로 보일지도 모르는 일이었다. 유키코는 그게 아니더라도 지금까지 몇 번이고 맞선을 보고 거절만 해왔으므로, 앞으로는 맞선을 보기 전에 충분히 알아봐 달라고 했고 큰집 언니도 그런 사정은 잘 알고 있을 터였다.

다음 날 퇴근한 데이노스케는 아무래도 이 혼담은 좀 이상하다고 했다. 그는 그날 마음에 짚이는 두세 군데에 문의해서 사와사키 집안의 현 주인에 대한 이야기를 들을 만큼 듣고 왔다.

사와사키라는 사람은 와세다 상과를 졸업한 마흔네다섯 정도의 사내였다. 그가 상처한 것은 2~3년 전인데, 처는 메이지 유신 후 귀족이 된 집안의 딸이었고 죽은 처와의 사이에 아이가 두셋 정도 있다고 한다. 귀족원 의원을 한 것은 그의 선친이지만 재산 상태는 지금도 결코 나쁘지 않아서 나고야 부근에서는 굴지의 부호 가운데 손에 꼽힐 정도라는 것이다. 대체로 이런 내용은 쉽게 알 수 있었지만 그 사람의 됨됨이나 행실 같은 자세한 사항에 대해서는 아무도 확실한 대답을 해주지 않았다.

무엇보다도 귀족과 인연을 맺을 정도의 백만장자가 아무리 재취라고는 하지만 몰락한 마키오카 집안의 딸을 아내로 들이려 한다는 것은 잘 납득이 가지 않았다. 그것이 사실이라면 그쪽에 뭔가 격에 맞는 인연을 맺지 못하는 결함이라도 있는 게 아닐까 생각되었다. 그렇지만 설마 스가노의 미망인이 유키코를 그런 자리에 소개해 줄 리는 없을 것이라는 게 데이노스케의 생각이었다. 그래서 생각한 것은 역시 인물을 밝히는 사람이라는 것, 즉 돈을 아끼지 않고 순 일본식 옛 규수풍의 사람을 찾고 있었는데 마침 유키코 애기를 듣고, 그렇다면 어쨌든 만나 보기나 하자는 호기심이 발동했거나 아니면 아시야의 집에서 조카가 엄마 이상으로 잘 따른다는 것, 항상 엄마 대신 조카 뒷바라지를 하고 있다든가 하는 평판이 귀에 들어가, 그런 사람이라면 전처 자식들을 귀여워해 줄 것이고, 아이들과의 사이만 좋다면 다른 것은 굳이 묻지 않겠다는, 의외로 진지한 동기에서 유키코를 지목한 것인지도 모른다. 이런 것 말고는 다른 이유가 없을 것 같았다. 아마 이 둘 가운데 전자가 아닐까? 마키오카 집안의 딸은 이러저러한 용모라는 말을 듣고 인물이 어떤지 한번 보겠다는 정도의 가벼운 호기심이 발동해서 만나 봐야 손해는 없을 거라는 식으로 반은 장난 같은 마음이 아닐까 하는 생각도 들었다.

그러나 큰집이 그런 점들을 충분히 알아보지도 않고 그쪽 제안을 유키코가 승낙하도록 하는 것은, 추측건대 다쓰오가 스가노의 큰누이에게 〈아니요〉라고 말할 수 없기 때문인 듯했다. 다네다 집안의 막내로 태어나 마키오카 집안에 양자로 들어온 다쓰오는 지금도 친가의 형들에게 고개를 들지 못하는 모양이었다. 그런데 형제 중에서도 가장 연장자인 스가노의 누이라면 다쓰오의 눈에는 거의 엄마나 숙모 같아 보이고, 그녀가 말하는 것은 거의 명령처럼 들릴 것이다. 편지에는 〈유키코는 필시 좋은 대답은 하지 않겠지만, 억지로라도 받아들이도록 사치코 네가 설득해 주었으면 좋겠다. 혼담이 성사되느냐 마느냐는 그다음 문제니까, 어쨌든 가게 하지 않으면 형부가 곤란하니까〉라고 쓰여 있었다. 그리고 〈이번 혼담은 너무 터무니없어서 가망이 없어 보이기는 하지만 인연이라는 건 또 그런 것만도 아니고 여러모로 스가노 집안의 호의를 받아들이는 것도 유키코를 위해 나쁠 리는 없을 테니까〉라고 덧붙이고 있었다.

그리고 이 편지에 뒤이어 스가노에서도 편지가 왔다.

다쓰오한테 이야기를 했더니 유키코 씨가 거기에 가 계시다고 해서 에둘러 말하는 게 답답하니 직접 상의하겠습니다. 대체적인 것은 동생댁한테 들으신 대로일 텐데, 부담스럽게 생각하지 않으셨으면 좋겠습니다. 그보다는 그 이후 여러분과도 오랫동안 만나지 못했으니까 사치코 씨, 유키코 씨, 다에코 씨, 그리고 아직 본 적도 없는 에쓰코도 한 번 데리고 놀러 와주셨으면 좋겠습니다. 시골은 십몇 년 전과 그다지 변하지도 않았지만 이제 곧 반딧불이 철입니다. 이곳이 특별히 반딧불이 명소는 아니지만 이제 일주일만 지나면 이 주변의 논들 가운데 이름 없는 조그만 시냇가에도 어둠 속에서 반딧불이가 이리저리 날아다닐 겁니다. 그 경치는 정말 아름답습니다. 버섯 따기나 단풍놀이 등과 달리 이건 분명히 여러분께는 신기한 구경거리일 겁니다. 반딧불이 철은 아주 짧아서 지금부터 일주일 정도가 딱 좋고, 그때가 지나면 아무것도 아닙니다. 게다가 날씨 영향도 있어서 날씨 좋은 날이 너무 계속돼도 좋지 않고 비가 와도 좋지 않습니다. 비가 온 다음 날이 가장 좋지요. 내친김에 말하면 이다음 토요일, 일요일 이틀간을 반딧불이 구경하는 날로 삼고 토요일 저녁까지 오시는 게 어떨까 싶습니다. 그러면 여러분께서 여기 머무시는 동안 잠깐 유키코 씨가 시간을 내서서 사와사키 씨와 만나시도록 조처할 것입니다. 지금으로서는 어떻게 될지 모르겠지만 아마 사와사키 씨가 이쪽으로 건너와 저희 집에서 만나게 될 것 같습니다. 그것도 30분이나 한 시간이면 끝날 겁니다. 당일 사와사키 씨에게 사정이 있을지도 모르는데, 그것이야 아무래도 좋고, 일단 반딧불이 구경이라도 와주셨으면 좋겠습니다.

미망인은 이렇게 써보냈지만 아마 이것은 그녀가 직접 권해 주었으면 하고 도쿄에서 부탁한 것임에 틀림없었다. 〈너무 터무니없는 얘기라서 가망이 없다〉는 등의 이야기를 하지만 형부나 언니는 속으로는 그렇게 생각하지 않고 의외로 꿈같은 일을 진심으로 바라고 있는 게 아닐까 하고 사치코는 생각했다. 그녀도 요즘 유키코의 혼담에 대해서는 상당히 마음이 약해졌기 때문에 이번 혼담을 말도 안 되는 것으로 물리쳐 버릴 용기가 없었다. 하긴 4~5년 전에도 이와 아주 유사하게 신분 차이가 나는 쪽에서 유키코를 원한 적이 있었는데 모두가 달려들어 알아보니 그쪽 가정에 불륜 사건이 있어 매우 놀란 일이 있었다. 그러므로 데이노스케는 이번에도 혹시 그런 일이 있는 게 아닐까 하는 의심이 들어, 스가노 미망인의 호의는 알겠지만 왠지 사람을 좀 바보 취급하는 구석이 있다, 순서도 밟지 않고 느닷없이 만나고 싶으니 나오라는 식으로 말하는 것은 무례하지 않나 하고 분개한 듯한 어조로 말했다. 그렇지만 어쨌든 이번 혼담은 2년 3개월 만에 찾아온 혼담이었다. 2~3년 전까지는 빗발치듯 들어오던 혼담이 갑자기 뚝 끊긴 것을 생각하니 사치코는 그 원인이 옛날 격식에 사로잡혀 어울리지 않게 눈만 높아 들어오는 혼담을 죄다 거절해 버린 데도 있는 듯했다. 그리고 다에코에 대한 좋지 않은 평판이 영향을 미친 것이라고 생각하자 아무래도 자신에게 절반의 책임이 있는 것 같아 마음이 꺼림칙했는데 마침 그때 혼담이 들어온 것이다. 한때는 세상의 동정을 완전히 잃어버려 이제 혼담 같은 건 들어오지 않게 되었다고 비관까지 하고 있던 사치코 입장에서 보면, 설사 성사될 가능성이 낮고 불확실하다고 해도 그 혼담을 처음부터 딱 거절해 버렸다가 또 사람들의 반감을 사지 않을까 하는 두려움이 있었다. 이번 혼담에 응하면 설사 성사되지 않는다고 해도 이것을 계기로 다음 혼담도 들어올 것 같지만, 거절해 버린다면 또 한동안 혼담이 들어오지 않게 될지도 모르는 일이었다. 더군다나 올해는 유키코의 액년이 아닌가. 그리고 형부 내외의 마음속을 비웃는 사치코도 굳이 이 혼담을 〈꿈같은〉 것으로 비하할 수만은 없다는 생각도 들었다. 데이노스케는 경계하는 편이 좋다고 하지만 정말 그런 것일까? 사와사키라는 집안이 얼마나 부자인지는 모르겠지만 재혼이고 아이가 두

세 명이나 있는 남자의 상대로 터무니없게 여겨질 만큼 유키코가 떨어진단 말인가. 사치코는 마키오카 집안도 나름대로 유서 깊은 집안이라고 말하고 싶었다. 데이노스케도 그런 말을 듣자 거기에 대꾸는 할 수 없었지만, 우리를 그렇게 하찮게 보아서는 돌아가신 장인어른께도 죄송하고 유키코 처제도 딱해 보인다고 생각했다.

사치코 부부는 하룻밤 생각하고 유키코가 뭐라고 하든 유키코 뜻에 따르는 것이 좋겠다는 결론을 내렸다. 그래서 이튿날 사치코는 유키코에게 편지 두 통의 요점을 말하고 넌지시 의견을 물었다. 그런데 의외로 그리 싫어하는 기색이 아니었다. 늘 그렇듯이 가겠다거나 가지 않겠다고 분명히 대답한 것은 아니었지만 사치코는 〈응〉, 〈그래〉라고 희미하게 대답할 뿐인 유키코의 말에서도 어딘지 모르게 읽어 낼 수 있는 게 있었다. 사치코는 기품 있는 이 동생도 역시 속으로는 초조해하고 있고 예전처럼 〈맞선〉에 대해 그렇게 까다롭게 굴지 않게 되었는지도 모른다고 짐작했다. 게다가 사치코는 유키코에게 그 이야기를 하면서 자존심을 건드리지 않도록 애썼기 때문에 유키코는 그 혼담이 무례하다거나 분에 넘친다고 느끼지 않았고, 하물며 반은 장난일 거라는 생각도 하지 않았다. 여느 때라면 전처 자식이 있다는 이야기만 들어도 그 아이들의 됨됨이가 어떤지 나이는 어느 정도인지 문제 삼으려 들었지만 이번에는 그런 것에도 그다지 집착하지 않았다. 어차피 한 번은 도쿄로 돌아가야 하니까 모두 오가키까지 전송해 준다면 반딧불이 구경도 싫지 않다는 태도였다. 그래서 데이노스케는 〈처제는 역시 부잣집에 시집가고 싶은 건가〉 하는 말을 했다. 사치코는 스가노의 미망인에게, 그럼 호의를 고맙게 받아들여 초대에 응하기로 했으니 만사 잘 부탁 드린다는 것, 당사자도 흔쾌히 그분과 만나겠다고 답했다는 것, 방문할 사람은 자신과 유키코, 다에코, 에쓰코, 이렇게 네 명이라는 것, 다만 이쪽 사정을 말씀드리면 에쓰코는 오랫동안 병을 앓다가 얼마 전에야 회복되어 그동안 학교를 쉬고 있었으므로 이번 토요일, 일요일보다는 금요일, 토요일이 낫겠다는 것, 에쓰코에게는 맞선 이야기를 하지 않았으므로 어디까지나 반딧불이 구경이라고 해두고 싶으니 그 점 양해해 달라는 것 등을 써보냈다. 사실 날짜를 하루 앞당긴 것은 오가키에서 곧장 도쿄로 돌아가는 유키코를 셋이서 가마고리까지 전송하러 가기로 미리 계획을 짜두었기 때문인데, 금요일은 스가노에서 묵고 토요일에는 도키와칸 여관에서 묵을 예정이었다. 그리고 일요일 오후에는 가마고리에서 동서로 헤어져 그날 안에 집으로 돌아오고, 다음 주 월요일부터는 에쓰코를 학교에 보낼 생각이었다.

2

　사치코는 여름 기차 여행은 양장을 입고 하고 싶었으나 〈맞선〉이 있다는 것을 고려해 하카타 기모노에 오비를 맨 채 더위를 견디고 있자니 에쓰코와 별로 다르지 않게 어린아이 같은 간단한 복장을 한 다에코가 부러웠다. 유키코도 때가 때인 만큼 승객의 눈을 끌 만한 옷차림은 싫었으므로 맞선을 볼 때 입을 의상은 별도로 가방에 넣어 가지고 가고 싶었으나 아무래도 미리 상의하지 않았으므로 어쩌면 그쪽에 도착했을 때 그 사람이 기다리고 있을지도 모르니 겸사겸사 준비를 하고 가는 게 좋을 것 같다고 해서 더한층 옷차림에 신경을 썼다. 떠날 때 오사카까지 쇼센 전차로 함께 갔던 데이노스케는 맞은편에 앉은 유키코의 모습을 유심히 쳐다보면서,

「야아, 젊다!」

하고 새삼스럽게 사치코의 귓가에 대고 탄성을 질렀다. 정말 유키코를 보고 서른세 살 액년의 여자로 볼 사람은 아무도 없을 것이다. 갸름한 얼굴에 쓸쓸한 이목구비 같지만 화장을 짙게 하면 한층 돋보이는 얼굴이었다. 그녀는 60센티미터 남짓한 소매[18]의 금사(金紗) 치리멘과 조젯을 혼합한 것 같은 홑옷 그리고 속옷이 비쳐 보이는 얇은 기모노를 입고 있었는데 수수하고 점잖은 보랏빛 바탕에 과감하게 큰 무늬의 대바구니 문양 군데군데에 싸리와 패랭이꽃, 흰 물결무늬가 놓인 옷이었다. 유키코가 가지고 있는 의상 가운데 이 기모노는 그녀의 인품에 제일 어울리는 옷이었다. 이 옷은 이번 일이 정해지자마자 도쿄에 전화를 해 일부러 객차 편으로 받은 것이었다.

「그렇죠.」

사치코도 데이노스케의 말을 받아 되뇌었다.

「유키코 나이에 저렇게 화려한 옷을 입을 수 있는 사람은 아마 없을 거예요.」

유키코는 자신의 〈젊음〉이 화제가 되고 있다는 걸 눈치챈 듯 고개를 숙이고 있었다. 다만 한 가지 결점은 눈가의 어두운 그늘이 요즘에는 거의 사라지지 않고 있다는 점이었다. 지난해 8월의 일이었을까, 페터의 출항을 전송하려고 유키코가 에쓰코를 데리고 요코하마로 떠나기 전날 밤, 사치코는 오랜만에 유키코의 얼굴에 희미하게 얼룩이 나타난 것을 보았다.

18 미혼 여성임을 나타내는 긴 소맷자락이다.

그 이후로 때때로 얼룩 같은 것이 짙어졌다 엷어졌다 하는 일은 있었지만 완전히 사라지지는 않았다. 물론 엷어졌을 때는 모르는 사람은 알아볼 수 없는 정도였지만, 신경을 쓰는 사람이라면 아주 희미하게 흔적이 남아 있다는 걸 알 수 있었다. 게다가 예전에는 월경 전후로 짙어지는 경향이 있었고 대체로 주기적으로 나타났는데, 요즘에는 완전히 불규칙해서 언제 짙어지고 언제 엷어지는지 예상할 수 없었고 월경과도 관계없는 것처럼 보이기도 했다. 그래서 데이노스케도 걱정이 되는지 주사가 효과가 있다면 맞아 보는 것이 어떠냐고 말한 적도 있었고, 사치코도 늘 전문가에게 보이자는 말을 했다. 그러나 작년 오사카 대학 병원에서 진찰을 받았을 때 주사는 몇 번이고 계속 맞지 않으면 효과가 없고 결혼하면 낫는 것이니까 그럴 필요까지는 없을 거라는 말을 들었으며 또 익숙해지면 그다지 눈에 거슬릴 정도의 결함으로 느껴지지도 않았고 가까운 사람들만 신경을 쓸 뿐 다른 사람들은 그다지 문제 삼지 않는 것 같기도 했다. 그리고 무엇보다도 당사자가 전혀 신경을 쓰지 않고 있어서 그대로 두고 있었는데, 공교롭게도 오늘처럼 화장을 진하게 하면 오히려 하얀 분 안에서 얼룩이 떠올라 비스듬히 비쳤을 때는 체온기의 수은처럼 두드러져 보였다. 데이노스케는 오늘 아침 화장하는 방에서 유키코가 몸단장을 할 때부터 그걸 알고 있었다. 지금도 전차 속에서 보니 여느 때보다 확실하게 알 수 있었고, 아무리 너그럽게 보아도 사람들의 주의를 끌지 않을 수 없는 것 같았다. 사치코도 입 밖에 내지는 않았지만 남편이 무슨 생각을 하는지 대충 짐작했다. 처음부터 이번 맞선에 열의를 품을 수 없었던 부부는 특별히 희망을 가질 수 없는 침울한 기분을 되도록 얼굴에 드러내지 않도록 하면서도 서로 그런 마음을 간파하고 있었다.

에쓰코는 오늘 오가키로 가는 여행이 단지 반딧불이 구경을 위한 것만은 아니라는 것을 일찍부터 느끼고 있는 듯했다. 그래서인지 오사카에서 기차를 갈아탈 때 에쓰코는 엄마한테 물었다.

「엄마는 왜 양장을 안 입었어?」

「그러게, 양장을 입고 싶었는데 그러면 실례가 되지 않을까 싶어서.」

「으응…….」

그래도 에쓰코는 수긍할 수 없다는 표정이었다.

「그런데 왜?」

「왜라니? 시골 어른들은 그런 게 좀 까다롭거든.」

「오늘 무슨 일이 있는 거야?」

「무슨 일은. 반딧불이 구경하러 가는 거지.」

「반딧불이 구경하러 간다면서 엄마도 언니도 왜 그렇게 곱게 꾸미고 가?」

「에쓰코, 반딧불이 구경은 말이야.」

다에코가 거들고 나섰다.

「거 있잖아, 멋진 그림에도 그려져 있잖아……. 공주님이 많은 시녀들을 거느리고 긴 소맷자락이 달린 꼬까를 입고, 이렇게…….」

다에코는 살짝 손동작을 해보였다.

「부채를 들고 연못 주위나 흙으로 덮은 다리 위에서 반딧불이를 쫓아가는 거잖아. 반딧불이잡이는 말이야, 그렇게 화려하게 염색한 꼬까를 입고 하느작하느작 가지 않으면 기분이 안 나는 거거든.」

「그럼 막내 언니는?」

「나는 지금 계절에 맞는 나들이 꼬까가 없거든. 오늘은 유키코 언니가 공주고 나는 모던 걸[19] 시녀야.」

다에코는 이삼일 전, 이타쿠라가 죽은 지 21일째 되는 날에도 참배하러 오카야마까지 갔다 왔다. 그러나 이제 그 불행한 사건이 특별한 상처로 남아 있지 않은 듯 활기차 보였다. 그리고 언제나처럼 이따금 익살스러운 말을 하여 에쓰코나 언니들을 웃겼고, 설탕 과자며 구운 떡이 들어 있는 조그만 통을 소품처럼 차례로 꺼내서는 살짝 먹어 보기도 하고 다른 사람들에게 나눠 주기도 했다.

「언니! 저기 봐, 미카미 산이 보여…….」

교토에서 동쪽으로는 좀처럼 가본 적이 없는 에쓰코는 이번이 두 번째인 오우미 지방의 경치를 구경하면서 작년 9월 유키코와 상경했을 때 유키코가 세다의 긴 다리나 미카미 산, 아즈치사와 산의 성터 등을 가르쳐 준 일을 떠올렸다. 그런데 기차가 노토가와 역을 조금 지났을 무렵 쿵 하며 이상한 데서 멈추었다. 승객들은 모두 창으로 머리를 내밀었다. 기차는 밭 한가운데, 선로가 살짝 구부러진 둑 위에 오도 가도 못한 채 서 버렸다. 어떤 사고인지 그냥 보기엔 알 수 없었다. 기관차에서 승무원 한두 사람이 내려와 객차 밑을 들여다보고 다녔으므로, 모두들 무슨 일이냐고 물었다. 그 사람들도 원인을 알 수 없는지, 알고 있으면서도 말하지 않는 건지, 〈글쎄요……〉 하면서 애매한 대답만 하고 가버렸다. 5분이나 10분이면 될 줄 알았는데 좀처럼 움직일 기미가 보이지 않았다. 그러는 사이에 뒤 열차가 와서 멈추었다. 그 열차에서도 승무원이 내려와 들여다보기도 하고 노토가와 역 쪽으

19 간토 대지진(1923) 후에 등장한, 머리를 짧게 자르고 양장을 입고 걷는 여성들을 일컫는다. 경박한 미국 물이 들었다거나 불량소녀라고 비난받았다.

로 달려가기도 했다.

「무슨 일일까, 엄마?」

「글쎄 무슨 일이지?」

「뭐가 치인 거 아닐까?」

「그런 것 같진 않은데.」

「빨리 갔으면 좋을 텐데.」

「얼빠진 기차구먼 이거, 이런 데서 멈추다니…….」

사치코는 아까 기차가 멈추었을 때 무엇보다 먼저, 〈사람이 치었나보다……〉고 생각하고 깜짝 놀랐다. 다행히 그런 불길한 일은 아닌 모양이었다. 그러나 벽촌의 지선이라든가 사설선(私設線)도 아닌 이런 주요 간선의 선로 위에서 기차가 이렇게 30분 넘게 원인도 모른 채 꼼짝 못 하고 서 있다니, 자주 있는 일인지는 모르겠지만 그다지 여행 경험이 없는 그녀에게는 왠지 기묘한 사건인 것만 같았다. 누가 보더라도 분명한 사고가 발생하지도 않았는데 점점 서행하기 시작하더니 마지막에는 쿵 하고 저절로 서버린 것이 너무나도 얼빠진 듯하고 우스꽝스러웠다. 마치 기차가 이번 맞선을 훼방이라도 놓는 듯한 느낌이었다. 그도 그럴 것이 유키코의 혼담이라든가 맞선 보는 날이면 늘 이런 불길한 일이나 이상한 일이 생기는 경우가 많아서 이번에도 사실 별일 없어야 할 텐데, 하고 얼마 전부터 걱정하고 있던 참이었다. 오늘은 다행히 차가 막히지 않았고 기차도 탈 수 있었으며 어쨌든 무사히 끝날 것 같아서 안심하던 참이었는데…… 역시 이런 일이 일어나는구나 하고 생각하니 사치코는 저절로 얼굴이 흐려지는 것을 스스로도 느낄 수 있었다. 그때 다에코가 일부러 농담처럼 말했다.

「서두를 일은 전혀 없으니까. 기차가 잠시 쉬는 동안 우린

도시락이나 먹는 게 좋지 않을까?」

「그래, 그래. 지금 먹어 버리지 뭐.」

사치코도 기운을 북돋우며 말했다.

「이런 날씨엔 빨리 먹지 않으면 맛있는 음식이 다 상하고 말 거야.」

사치코가 이런 말을 하는 동안 다에코는 벌써 자리에서 일어나 선반 위에 있는 바구니며 보자기 꾸러미를 내리고 있었다.

「다에코, 계란말이가 상하지 않았을까?」

「그것보다 클럽샌드위치가 걱정이야. 그걸 먼저 열어야겠어.」

「다에코는 참 잘 먹어. 아까부터 입을 가만히 안 놔둔다니까.」

유키코는 언니와 동생의 말없는 배려 같은 것은 전혀 개의치 않는 듯한 어조였다. 기차는 그 후로도 15분이나 지나서야 간신히, 끌려고 온 기관차에 견인되어 덜거덕덜거덕 움직이기 시작했다.

3

예전에 이 자매들이 버섯 따기에 초대받은 것은 사치코가 처녀 시절을 보낸 마지막 해 가을이었다. 당시 사치코는 데이노스케와 이미 약혼한 상태였고 두세 달 후 식을 올렸으니까, 1925년이었다. 지금으로부터 14년 전이었으니 유키코가 스물셋, 다에코가 열다섯일 때였다. 그 무렵에는 아직 미망인의 남편이 살아 있었는데 이 사람의 사투리가 무척 심해서, 자매들은 이 지방 특유의 〈다이たい〉를 〈댜아てゃあ〉로, 〈하이はい〉를 〈햐아ひゃあ〉로 발음하는 것이 우스워 견딜 수가 없었다. 그 노인의 입에서 그 소리가 나올 때마다 세 자매는 서로 눈을 마주치며 웃음을 참느라 죽을 지경이었는데, 〈센소노 오이하이先祖のお位牌〉를 〈센소노 오이햐아先祖のおいひゃあ〉로 말하자 결국 웃음보가 터지고 말았다. 그래서 다쓰오 형부가 언짢은 표정을 지었는데, 그 일은 지금도 또렷이 기억하고 있었다. 그러나 다쓰오 형부는 세키가하라 전투의 군기물(軍記物) 등에도 이름이 나온다는 향사(鄕士)[20] 스가노 가문을 친척으로 두고 있다는 것이 무척 자랑스러운 듯 기회만 있으면 쓰루코와 처제들을 그곳으로 데려가고 싶어 했다. 그리고 부근의 옛 싸움터나 후와 관문터 등을 흐뭇한 표정으로 안내하곤 했다. 맨 처음에 왔을 때는 한여름이었는데 먼지투성이의 무더운 시골길을 너덜너덜한 자동차로 이리저리 끌고 다녀 완전히 녹초가 되었다. 두 번째로 왔을 때도 같은 장소로 데려갔는데 그때는 아무 재미도 없어서 무척 난감했다. 왜냐하면 다른 사람은 몰라도 〈오사카 출신〉이라는 데 자부심을 갖고 있는 사치코는 어렸을 때부터 호타이코[21]와 요도기미[22]를 좋아했기 때문에 세키가하라 전투에는 그다지 흥미를 갖고 있지 않은 탓도 있었다.

두 번째 여행 때는 별채를 신축했기 때문에 피로연을 겸해서 초대한 것이었다. 때때로 노인이 낮잠을 자거나 바둑이나

20 에도 시대 무사이면서도 성 아래 마을에 살지 않고 농촌에 거주하며 농사를 짓고 약간의 무사적 특권을 인정받던 사람으로 유사시에만 전장에 나갔다.
21 豊太閤. 도요토미 히데요시.
22 오사카는 도요토미 히데요시가 쌓은 오사카 성의 조카마치(城下町)에서 발전했기 때문에 도요토미 가문에 대해 호의적인 기풍이 있다. 그래서 오사카 사람들은 히데요시를 습관처럼 〈다이코상(太閤さん)〉이라고 부르지만 도쿠가와 이에야스(德川家康)는 경칭을 붙이지 않고 이름만 부른다거나 능구렁이 영감이라고 험담하는 정도다. 요도기미(淀君)는 히데요시의 애첩이다.

장기를 두거나 혹은 손님을 묵게 하려고 세운 것이라 별채의 이름을 〈난가정(爛柯亭)〉이라고 지었다. 그 건물은 다다미 여덟 첩 크기 방에 여섯 첩 크기 방이 딸려 있어 본채와는 시옷자 형으로 중간에서 한 번 꺾인 긴 복도로 이어져 있었다. 이곳만큼은 다소 다실풍을 도입한 멋진 구조였는데 결코 서툰 화사함이 아니라 어딘가 시골 향사의 집 같은 대범한 맛이 있었다. 그래서 어쩐지 호감을 주었는데 이번에도 역시 그 난가정으로 안내를 받고 보니 그 후 수십 년 동안 시간의 광택이 묻은 모양인지 그때보다 한층 침착하고 조용한 느낌이었다.

「자, 정말 잘 오셨습니다.」

다다미 여덟 첩 크기 방에서 네 사람이 뜰의 신록에 눈길을 주며 한숨 돌리고 있자니 미망인이 인사도 할 겸 며느리와 손자들을 데리고 들어왔다. 오가키의 은행에 근무하는 장남의 아내인 며느리는 사치코 일행과는 첫 대면이었다. 그녀는 갓난아기를 안고 있었는데 그 외에도 여섯 살 정도 되는 사내아이가 수줍어하면서 그녀 뒤에 바짝 붙어 있었다. 그 며느리의 이름이 쓰네코, 두 손자 가운데 오빠가 소스케, 동생이 가쓰코라고 미망인이 한 사람 한 사람 소개하고 나서 잠시 서로 인사를 나누었다. 여기서도 유키코를 비롯한 자매들의 〈젊음〉이 화제가 되었다.

미망인은 아까 자동차가 멈춘 소리를 듣고 문 앞까지 마중 나왔을 때 다에코가 맨 먼저 차에서 내리는 것을 보고, 저 아이가 에쓰코인가, 하고 원래 눈이 침침한 탓도 있었지만 그렇게 생각했다. 그 뒤로 유키코와 사치코가 차례로 내리자 다에코와 유키코라고 생각하고, 그러면 사치코가 안 보이네, 하고 생각했던 것이다. 또 조그만 아가씨가 있는 게 이상하다고 생각했는데, 그래도 아직 자신의 착각을 확실히 깨닫지 못하다가 이 별채로 인사하러 와서 다시 네 사람과 이야기를 하는 동안 차차 알게 되었다.

며느리인 쓰네코도 시어머니의 말에 맞장구를 치면서, 처음 뵙는 거지만 진작부터 여러분 이야기는 들어서 대강의 나이도 알고 있었는데 자동차에서 내리는 것을 보고 누가 누구인지 짐작할 수가 없었다고 했다.

「실례지만 유키코 씨는 저보다 한두 살 위라고 들었습니다만…….」

쓰네코가 한 말을 받아 미망인이 말했다.

「쓰네코는 서른하나예요.」

수년 전에 시집와서 이미 두 아이까지 낳은 며느리가 나이 들어 보이는 것은 당연하지만, 그래도 오늘은 차림새를 단정히 한 편인데도 유키코에 비하면 전혀 세대가 다른 사람처럼 보였다.

「어려 보이는 걸로는 다에코 씨가 정말 어려 보이네요. 처음으로 다에코 씨가 놀러 왔을 때는 이 아이(에쓰코를 가리키며)보다 조금 컸던 것 같은데, 두 번째 왔을 때가 1925년이니까 그때 나이가 열대여섯 정도였나.」

미망인은 자기 눈을 의심하는 듯 눈을 깜박거리며 말을 이었다.

「이렇게 다에코 씨를 직접 보니까 그때부터 오늘까지 십 몇 년의 세월이 지났다는 게 믿기지가 않네요. 정말 기분이 이상해요. 아까 제가 다에코 씨를 에쓰코라고 착각한 것은 실수겠지만, 지금 찬찬히 봐도 그때에 비해 그다지 나이를 먹은 것 같지 않아요. 기껏해야 한두 살 더 먹었을까, 아무리 봐도 열일고여덟 소녀로밖에 보이지 않아요.」

잠시 후 오산지(お三時)[23]라며 보리 냉우동 사발을 내왔다. 그러고 나서 뭔가를 상의할 게 있다며 사치코만 안채로 불렀다. 미망인과 마주 앉아 5분이나 10분쯤 이야기를 듣는 동안 사치코는 오늘 초대에 응한 것이 벌써부터 후회되기 시작했다. 미망인의 설명을 듣다가 사치코가 가장 의외라고 생각한 것은 얼마 전부터 가장 중요한 의문이었던 점, 즉 그쪽 사람의 됨됨이에 대해 미망인은 아무것도 모를 뿐만 아니라 사와사키 가문의 현재 주인과 아직 일면식도 없다는 사실이었다.

미망인의 말에 따르면 사와사키 집안과 스가노 집안은 옛날부터 가문끼리 서로 잘 알고 지냈다고 한다. 돌아가신 남편도 사와사키 가문의 선대나 현재의 주인과 각별하게 지내고 있었던 모양인데, 남편이 돌아가신 후 미망인의 아들은 그 집안과 그다지 교제가 없었다. 따라서 선대 때의 일은 모르고 미망인의 기억으로는 현재의 주인인 사와사키가 이 집에 한 번도 오지 않았으므로 그녀는 그와 일면식도 없고 이번 일이 있을 때까지 편지를 주고받은 적도 없었다. 그러나 양가에 연고가 있는 사람이나 지인, 드나드는 사람들이 적지 않았으므로 사와사키가 2~3년 전에 상처한 일, 최근에 후처를 물색하고 있으며 두세 군데 혼담이 있었으나 성사되지 않은 일, 사와사키는 이미 마흔이 넘었고 전처의 유복자가 있는데도 후처는 초혼, 그것도 20대를 원하는 것 같다는 등의 이야기는 굳이 듣고 싶지 않아도 듣게 되는 일이 많았다. 그때마다 미망인은 항상 유키코를 마음에 두고 있었기 때문에

---

23 원래는 오야쓰(お八つ)였다. 에도 시대에 시간을 알리는 종을 여덟 번 친 시각(지금의 오후 3시경)에 간식을 먹었던 데서 유래한 말이다. 오산지는 1873년 태양력을 채택하면서 현재의 하루 24시간의 양력이 채택된 이후 오후의 간식을 뜻하는 표현이다.

20대라는 주문에는 맞지 않지만 이야기라도 해볼 수 있지 않을까 싶어서 얘기를 넣어 본 것이었다. 그렇게 하려면 마땅한 사람을 중간에 세우는 것이 순서일 테지만, 그렇게 되면 또 적당한 사람을 찾아야 하고 이 사람 저 사람 고르느라 시간만 보낼 수 있으니 그보다는 서두르는 편이 낫겠다 싶어 좀 엉뚱하기는 하지만 그녀가 직접 사와사키에게 편지를 해서 친척 중에 이러저러한 아가씨가 있는데 한번 만나 볼 의향이 있는지를 물어봤다. 그런데 그쪽에서 아무런 소식이 없어서 마음이 없나 보다고 생각하고 있었는데, 미망인이 보낸 편지에 기초해 은밀히 알아본 모양인지 두 달 정도 지나서 답장이 왔다.

미망인은 이런 말을 하며 그 편지를 보여 주었으므로 사치코가 읽어 보았다. 편지는 아주 짧았다.

난가정의 주인께서 살아 계시올 때는 대단히 각별한 우의를 받자왔습니다만, 지금껏 부인을 뵐 영광을 얻지 못해 실례를 범하고 있습니다. 그런데 저번에 참으로 친절한 서한을 받잡고 그 온정에 뭐라 감사의 말씀을 드려야 좋을지 모르겠습니다. 곧 답장을 올려야 했사오나 번잡스러운 일이 많아 시일을 끌다 늦어졌습니다. 참으로 송구하기 짝이 없습니다.

그럼 모처럼의 일이니 그분과 만나 뵙도록 하겠습니다. 저는 이삼일 전에만 알려 주신다면 대체로 토요일, 일요일은 언제든지 괜찮습니다. 자세한 이야기는 전화로 상의해 주셔도 좋습니다.

두루마리 종이에 옛날 말투로 적혀 있고 서체나 문체 등도 격식대로인 편지는 평범하게 두 자 성을 쓰고 끝맺고 있었다. 사치코는 이 편지를 읽고 나서 잠시 아연하여 벌어진 입을 다물지 못했다. 사와사키 가문이든 스가노 가문이든 오랜 가문이라서 이런 경우 보통 이상으로 관습을 중시할 줄 알았는데, 이것은 대체 어찌 된 일일까? 특히 스가노의 미망인이 미리 마키오카 집안에 상의도 하지 않고 자기 혼자 생각으로 본 적도 없는 사람에게 편지로 그런 제의를 했다는 것은 나이에 걸맞지 않은 난폭한 방식이 아닌가. 사치코는 이 노부인에게 그런 저돌적인 면이 있다는 것을 지금까지 알지 못했는데, 역시 나이가 들어 더욱 그렇게 된 것일까? 그러고 보니 얼굴도 다소 험상궂고 외골수 같은 데가 있는 것 같았다. 그래서인지 큰집 형부가 특히 이 누님을 어려워하던 일도 생각났다. 또 사와사키가 그런 제안에 응한 것도 몰상식하다고밖에 볼 수 없지만, 스가노 가문에 실례를 범하지 않기 위한 배려 때문이라고 한다면 이해할 수 없는 것도 아니었다.

사치코는 불만스러운 기색을 드러내지 않으려고 애쓰고 있었다.

「저는 워낙 성격이 급하고 형식에 얽매이는 게 싫어서…….」

미망인은 말도 안 되는 변명을 늘어놓았다.

「그래서 우선 두 사람을 만나게 하면 이야기야 자연히 알게 될 거고, 그 밖의 것은 나중으로 미뤄도 된다고 생각했으니까, 아직 저쪽에 대해서는 알아보지 않았지만 사와사키 씨의 인물이나 가정에 대해서 지금까지 나쁜 소문은 들어 본 적이 없는 걸 보면, 이렇다 할 결점은 없는 것 같아요. 그래도 의심나는 점이 있으면 직접 만나서 물어보시는 게 오히려 빠를 거예요.」

그렇다고 해도 미망인은 사와사키와 전처 사이에 아이가

두세 명 있다고 할 뿐 두 명인지 세 명인지, 사내아인지 계집 아인지조차 알아보지 않은 상태였다. 그러나 미망인은 자신의 계획이 여기까지 진전된 것에 기분이 좋은 모양이었다.

「사치코 씨 답장을 받자마자 전화로 상의를 했는데, 내일 아침 11시쯤 사와사키 씨가 오기로 했으니까 이쪽은 유키코 씨, 사치코 씨, 나, 이렇게 셋이서 만나면 될 거예요. 별로 대접할 건 없지만 쓰네코가 요리한 음식을 대접할 생각이에요. 그러니 반딧불이잡이는 오늘 밤에 하기로 하고, 내일 아침에 다에코 씨와 에쓰코는 제 아들이 안내해서 세키가하라나 다른 유적지를 구경하도록 하죠. 도시락을 싸가지고 가서 2시쯤 돌아오면 그사이에 이쪽도 아마 끝날 거예요.」

미망인은 대단히 들뜬 표정으로 말을 이었다.

「인연의 문제니까 잘은 모르겠지만 저는 사실 유키코 씨가 올해 액년이라는 말만 염두에 두고 있어서 그렇게 어려 보일지는 생각도 못 했어요. 저 정도면 아마 스물네댓 정도로밖에 보지 않을 거예요. 그러니 나이에 대한 주문에도 꼭 들어맞지 않을까 싶네요.」

사치코는 어떻게든 적당한 구실을 찾을 수만 있다면 이번에는 반딧불이 구경만 하고 맞선은 일단 연기해 달라고 말하고 싶었다. 솔직히 말하면 그녀가 미망인의 편지 한 장에 이끌려 유키코를 데려온 것은 오직 미망인을 신용했고, 여기까지 일이 진행된 데는 그만큼 사전 준비가 되어 있을 거라고 생각했기 때문이다. 그런데 이렇게 해서는 유키코가 스가노 집안이나 사와사키 집안에게 너무 값싸게 취급받는다는 느낌을 떨칠 수 없었다. 유키코가 이 이야기를 들으면 기분 나빠 할 것은 물론이고 데이노스케도 굉장히 분개하리라는 것은 불을 보듯 뻔했다. 그리고 백만장자라는 사와사키가 중개인도 내세우지 않고 서면으로 맞선을 제의해 오는 상대를 마음속으로 얼마나 경멸하고 있을지는 대충 짐작하고도 남았고 또 진지하게 상대하지 않을지도 모른다는 생각까지 들었다. 만약 데이노스케가 같이 왔다면 그녀는 맞선을 보기 전에 신원 조사도 하고 중개인을 내세워 대충의 형식을 갖추고 싶다는, 누가 봐도 그럴듯한 구실을 달아 일단 날짜를 연기했으면 좋겠다는 요청을 할 수도 있었을 것이다. 그러나 여자인 주제에 애써 의욕적으로 나오는 미망인 앞에서 섣불리 그런 말을 할 수도 없고 또 도쿄의 형부 입장도 생각해야 했으므로 유키코한테는 미안하지만 결국 미망인에게 〈그럼, 잘 부탁드립니다〉라고 말하며 일이 되어 가는 형편에 맡겨 둘 수밖에 없었다.

「유키코, 더우면 그 옷 갈아입지 그러니. 나도 이거 벗어야겠어.」

사치코는 별채의 방으로 돌아와, 오늘은 아니라는 것을 눈짓으로 알리고 오비를 풀기 시작했다. 그러나 낙심한 듯이 새어 나오는 한숨을 더위 탓으로 돌려 속일 수밖에 없었다. 〈미망인의 이야기에서 불쾌한 부분은 유키코한테도 다에코한테도 말하지 말아야지. 나도 그 생각을 하면 우울해지니까 오늘 하루는 애써 잊자. 내일은 내일의 바람이 분다고 했으니까. 오늘은 반딧불이잡이나 재미있게 하면 되겠지.〉 이처럼 이런 때 끙끙거리지 않는 것이 사치코의 버릇이어서 그녀는 금세 기분 전환을 했다. 그러나 아무것도 모르고 있는 유키코를 보면 가슴이 메었다. 그런 마음을 감추려고 의상 가방에서 포럴[24] 홑옷과 한 겹으로 된 오비를 꺼내 갈아입고 벗은 옷은 옷걸이에 걸었다.

「그 옷, 반딧불이 잡으러 갈 때 입고 간다고 하지 않았어?」
수상쩍은 듯 에쓰코가 물었다.
「응, 땀이 배었으니까 이렇게 걸어 두는 거야.」

4

　잠이 오지 않는 것은 잠자리가 바뀐 탓이기도 하지만 그보다는 너무 피곤해서일 터였다. 오늘 아침은 여느 때보다 빨리 일어나 무더위 속을 기차와 자동차에서 한나절이나 흔들렸고 밤이 되어서는 또 캄캄한 논길을 아이들과 함께 힘차게 뛰어다니며 4킬로미터 이상이나 걸었다. 그래도 반딧불이잡이는 시간이 지나면 그리운 추억으로 남을 것 같았다. 사치코는 반딧불이잡이라면 분라쿠 극장에서 본 「나팔꽃 일기」[25]의 우지(宇治) 장면, 즉 인형 미유키와 고마자와가 지붕이 있는 놀잇배 안에서 속삭이는 장면을 알고 있을 뿐이었다. 그래서 다에코가 말한 것처럼 들판에 부는 저녁 바람에 화려하게 염색한 긴 소맷자락을 흩날리며 부채를 들고 이리저리 쫓아다니는 장면에 정취가 있다고 아무 생각 없이 그렇게 믿고 있었다. 그러나 사실은 그런 게 아니었다. 〈어두컴컴한 논두렁길이나 풀숲 같은 델 다녀야 하니까 옷이 젖을 겁니다. 이걸로 갈아입으세요〉 하며 내준 옷은, 오늘 밤을 위해 특별히

24 가는 심지실과 굵은 장식실을 세게 꼬아 하나로 엮어 만든 실을 사용하여 평직으로 짠 천.
25 야마다노 가카시(山田案山子)가 쓴 닌교 조루리(人形淨瑠璃) 「쇼우쓰시 아사가오바나시(生寫朝顏話)」의 통칭. 1832년에 초연. 미유키와 고마자와가 여러 고난을 이기고 맺어진다는 이야기.

준비한 것인지, 아니면 늘 내줄 수 있도록 준비해 둔 유카타인지, 유키코, 다에코, 에쓰코한테까지 각각 무늬를 골라 내준 것은 모슬린 홑옷이었다.

「진짜 반딧불이잡이는 그림 같을 리가 없겠네」

하고 다에코는 웃었는데, 어쨌든 캄캄한 밤일수록 좋다고 하니까 옷의 우아함을 겨루는 재미는 없는 셈이었다. 그래도 집을 나섰을 때는 사람들 얼굴을 어렴풋하게 알아볼 수 있는 정도였지만 반딧불이가 나온다는 조그만 시냇가에 이르렀을 무렵에는 갑자기 어두워졌다. 조그만 시내라고 하지만 밭 가운데 있는 도랑보다 약간 큰 정도의 흔한 시내였고 양쪽 기슭에는 참억새 같은 풀이 무성하게 자라 물이 보이지 않을 정도로 뒤덮고 있었다. 처음에는 백 미터 정도 앞에 흙다리가 있다는 것만 알고 있었을 뿐이었다. 반딧불이는 사람들 소리나 빛을 싫어하기 때문에 멀리서 회중전등을 비추지 않고 말소리도 내지 않고 다가갔다. 금세 시냇가에 이르렀지만 반딧불이 같은 건 보이지 않아서,

「오늘은 나오지 않은 건가요?」

하고 소곤소곤한 목소리로 속삭이자,

「아니요, 많이 나왔어요. 이쪽으로 와보세요」

하고 누군가 대답했다. 그래서 모두들 시냇가 풀숲으로 쑥 들어가 보았다. 그 주변은 희미한 어둠에서 시시각각 캄캄한 어둠으로 변해 가는 미묘한 때였다. 그때 양쪽 기슭의 수풀 속에서 반딧불이가 휙휙 참억새 높이로 낮게 활 모양을 그리며 시내 한가운데로 날아가는 것이 보였다. 한줄기 시냇물을 따라 어디까지고 어디까지고 한없이 양쪽 기슭을 어지럽게 날아다니는 것이 보였다. 지금까지 보이지 않았던 것은 우거진 키 큰 풀과 그 사이를 날아다니는 반딧불이가 위쪽으

로는 날아오르지 않고 물을 좇아 낮게 날아다닌 탓이었다.

새까맣게 어두워지기 직전 움푹 들어간 시냇물 수면에서 짙은 암흑이 기어 올라오고 아직도 근처의 풀이 움직이는 모양이 어슴푸레하게 시각에 느껴졌을 때였다. 멀리멀리 이어지는 시내 끝까지 무수한 선을 그리면서 양쪽으로 뒤섞이며 점멸하고 있던 유령 같은 반딧불은 지금도 꿈속에까지 여운을 남기고 있는지 눈을 감아도 생생했다. 정말 오늘 밤에 가장 인상 깊었던 것은 바로 그때였다. 그것을 맛보는 것만으로도 반딧불이를 보러 온 보람이 있었다. 역시 반딧불이잡이는 꽃놀이처럼 회화적인 것이 아니라 명상적인 것이라고 해야 좋을 것인가. 그런데도 옛날이야기 속 세계처럼 어린아이 같은 면은 있지만…… 그 세계는 그림으로 그리기보다 음악으로 연주해야 하는 것인지도 모른다. 고토나 피아노로 그런 느낌을 작곡한 것이 있어도 좋을 텐데…….

사치코는 이렇게 잠자리에서 눈을 감고 있는 한밤중에도 그 조그만 시냇가에서 반딧불이들이 밤새도록 소리도 없이 명멸하고 무수히 날아다니고 있다고 생각하니 말할 수 없이 낭만적인 기분에 빠져들었다. 뭔가 자신의 영혼이 이리저리 헤매기 시작하고 반딧불이 무리에 섞여 수면 위로 높게, 낮게 흔들리며 날아가는 듯한…… 반딧불이를 쫓아가자 그 조그만 시내는 상당히 길게 일직선으로 어디까지고 길게 뻗어 있었다. 사치코 일행은 군데군데 걸쳐 있는 흙다리를 이따금씩 저쪽으로 건너고 다시 이쪽으로 건너고…… 시냇물에 빠지지 않도록 조심하면서…… 눈이 반딧불처럼 빛난다는 뱀을 무서워하면서 나아갔지만 함께 따라온 스가노 집안의 사내아이, 그러니까 여섯 살짜리 소스케는 이 주변의 지리를 잘 알고 있어서 한 치 앞도 보이지 않는 어둠속을 잽싸게 뛰어

다녔다. 오늘 밤 안내를 맡은 소스케의 아버지 고스케, 그러니까 스가노 집안의 현재 주인은 걱정이 되는지 〈소스케! 소스케!〉 하며 쫓아다니기에 바빴다. 그때는 반딧불이가 너무 많았으므로 모두들 거리낌 없이 소리를 질렀는데, 서로 반딧불이에 홀려 그만 뿔뿔이 흩어질 수 있으므로 계속해서 서로 이름을 부르지 않으면 어둠속에 혼자 남겨질 우려가 있었다. 사치코는 어느새 유키코와 단둘이만 있게 되었다. 건너편 기슭에서 〈막내 언니! 막내 언니!〉 하고 부르는 에쓰코의 목소리와 거기에 대답하는 다에코의 목소리가 단속적으로…… 살짝 바람이 불어왔으므로…… 들렸다 안 들렸다 했다. 누가 뭐래도 어린아이 같은 놀이를 할 때는 세 자매 중에서 다에코가 가장 마음도 젊고 몸도 민첩해서 항상 그녀가 에쓰코를 상대해 주었다.

……시내 저편에서 바람에 전해 오는 목소리가 지금도 사치코의 귀에 들려온다…… 엄마…… 엄마 어딨어?…… 여기야…… 유키코 언니는?…… 언니도 여기 있어…… 엄마, 나 반딧불이 열두 마리 잡았어…… 냇물에 빠지지 않게 조심해!…… 고스케가 길가의 풀을 뽑아 빗자루 같은 다발을 만들어 들고 있었다. 그것으로 무엇을 하나 했더니 거기에 반딧불이를 앉게 해 잡는 것이었다. 반딧불이의 명소는 고슈의 모리야마 근처, 기후 시 교외 등도 있지만 대개 그런 지역에서는 명산지의 반딧불이를 황실에 헌상하기 때문에 포획하는 것을 금했다. 이곳은 명소가 아닌 대신 아무리 잡아도 귀찮게 하는 사람이 없다고 고스케가 말했다. 가장 많이 잡은 사람은 고스케였고 그다음은 소스케였을 것이다. 고스케와 소스케 부자는 용감하게 물가에까지 내려가 잡기도 했다. 고스케가 들고 있는 풀로 만든 다발이 빛의 입자로 인해 옥으로 만든 빗

자루처럼 보였다. 사치코 일행은 어디까지 가야 돌아가려는
지, 고스케가 쉽게 돌아가자는 말을 하지 않았으므로,
「바람이 강해졌네요. 이제 슬슬 돌아가야 하지 않을까요?」
하고 물었더니,
「벌써 돌아가는 길입니다. 올 때와 다른 길로 가는 겁니다」
하고 고스케가 대답했다. 그러나 좀처럼 집에 도착하지 않
았으므로 모르는 사이에 꽤 멀리까지 왔다는 것을 알았다. 그
때 불쑥,
「자, 여깁니다」
해서 보니, 어느새 스가노의 저택 뒷문 앞이었다. 모두들
몇 마리씩 반딧불이를 각자의 용기에 넣어 들고 있었고, 사치
코와 유키코는 소매 속에 넣어 가지고 있었다.
밤중의 일이 앞뒤 순서도 없이 사치코의 머릿속에서 반딧
불처럼 뒤섞였다. 꿈을 꾸고 있었는지도 몰라, 하고 생각하
고 눈을 뜨자 조그만 전등이 켜져 있는 머리 위 미닫이문 위
에 낮에 본 기억이 있는 액자가 걸려 있었다. 〈난가정〉이라고
적힌 게이도(奎堂)[26] 백작의 글씨로 〈궁중에서 하사받은 비
둘기 모양의 손잡이가 달린 지팡이〉라는 글자가 도장으로
찍혀 있었다. 〈게이도〉가 누구인지도 모르는 사치코는 단지
〈난가정〉이라는 글자만 읽었을 뿐이다. 어두운 옆방 쪽에서
뭔가 빛나는 것이 옆으로 흐른 것 같다는 느낌이 들었다. 고
개를 들고 보니, 어디서 헤매고 있던 반딧불이 한 마리가 모
기향에 쫓겨 도망갈 데를 찾고 있었다. 아까 잡아온 대부분
의 반딧불이를 채마밭에 놓아주었을 때 다시 집 안으로 엄청

26 기요우라 게이고(清浦奎吾, 1850~1942). 1924년 수상이 되어 내각을
조직했지만 반년 만에 총사직, 이후 정계를 은퇴하여 말년에는 중신으로 예
우받아 1928년 백작이 되었다.

나게 날아 들어왔는데 잠들기 전에 덧문을 닫으면서 다 뜰로 내쫓았지만 어딘가 남아 있었던 모양이었다. 반딧불이는 두둥실 2미터 높이로 날아올랐지만 더 이상 날아오를 수 없을 만큼 약해져 방을 비스듬히 옆으로 날아가더니 구석에 있는 옷걸이, 아직 그대로 걸려 있는 사치코의 옷 위에 앉았다. 그리고 화려한 무늬 위를 기어가면서 소매 속으로 숨어 들어간 듯, 쥐색을 띤 남색의 주름진 옷감 안에 희미하게 빛나는 것이 보였다. 모기향이 너무 자욱해지면 목이 따끔거릴 것 같았으므로 사치코는 일어나 질그릇 용기에 담긴 모기향 불을 껐다. 일어난 김에 그 반딧불이를 잡아, 손으로 잡으면 징그러웠으므로 휴지를 둥글게 만들어 가볍게 싸서 덧문 창틈으로 내보냈다. 바깥을 내다보니 아까 앞뜰이나 연못가에서 그렇게 많이 빛을 내고 있던 반딧불이들은 대부분 다시 시냇가로 도망가 버린 것인지 거의 남아 있지 않았고, 뜰은 칠흑 같은 어둠에 휩싸여 있었다. 그녀는 다시 잠자리로 들어갔지만 역시 잠이 잘 오지 않아서 이리저리 몸을 뒤척이면서 새근새근 잠들어 있는 세 사람의 숨소리에 귀를 기울였다.

다다미 여덟 첩 크기 방, 도코노마를 따라 사치코와 다에코, 두 사람 맞은편에 유키코와 에쓰코, 이렇게 네 사람이 머리를 양쪽으로 향한 채 자고 있었다. 문득 사치코는 누군가가 희미하게 코를 고는 것을 알고 유심히 귀를 기울여 보니 유키코가 내는 소리 같았다. 사치코는 가늘고 희미한 소리를, 어떻게 저렇게 귀엽게 코를 골 수가 있을까 하는 생각을 하면서 듣고 있었다. 그때 자고 있다고 생각했던 다에코가 잠자리를 흐트러뜨리지 않고 나직이 말했다.

「언니, 아직 안 잤어?」

「응…… 통 잠이 안 와서.」

「나도 잠이 안 와.」

「그럼 너도 아까부터 깨어 있었니?」

「응…… 난 잠자리가 바뀌면 잘 못 자겠어.」

「유키코는 잘도 자는구나. 코까지 골면서.」

「유키 언니 코 고는 소리는 꼭 고양이 같다니까.」

「정말, 〈레이〉가 저렇게 코를 골잖아.」

「참 한가해, 내일 맞선을 보는데도…….」

사치코는 〈잠〉에 대해서는 유키코보다 다에코가 더 예민하다는 사실을 떠올렸다. 언뜻 반대일 것 같지만 다에코는 평소부터 다른 사람보다 잠귀가 밝아 조그만 소리에도 잠을 깨는데, 유키코는 겉보기와 달리 의외로 느긋한 편이어서 피곤하면 기차에서도 의자에 앉은 채 곤히 자곤 했다.

「내일 그 사람이 이쪽으로 오는 거야?」

「응, 11시경에 와서 같이 점심을 먹기로 했어.」

「그럼 나는 어떻게 해?」

「너하고 에쓰코는 고스케 씨가 세키가하라를 구경시켜 준대. 그리고 유키코하고 나는 스가노 언니하고 셋이서 만나고.」

「유키 언니한테 그 얘기 했어?」

「아까 잠깐 얘기해 두긴 했는데…….」

사치코는 오늘 에쓰코가 내내 옆에 붙어 있어서 유키코와 내일 일을 상의할 틈이 없었다. 그래서 아까 반딧불이를 잡으러 가는 길에 둘만 있게 되었을 때,

「유키코, 내일 점심때 보기로 했어」

하고 귀엣말을 했다. 그러나 유키코는,

「응」

했을 뿐 그다음 말을 묻지도 않고 어둠 속을 조용히 따라올 뿐이어서 사치코도 그다음 말을 잇지 못하고 잠자코 있었다.

다에코가 말한 것처럼 마음 편하게 코 고는 소리를 듣고 있으니 내일 맞선을 그렇게 신경 쓰고 있는 것 같지는 않아 보였다.

「유키 언니처럼 여러 번 보면 맞선도 아무렇지 않은 모양이야.」

「그럴지도 모르지. 하지만 별로 기대할 수 없는 사람이야.」

5

「엄마와 유키코 언니는 세키가하라에 자주 가봤으니까 여기서 기다리고 있을게. 다에코는 어렸을 때 한 번 가봤는데 다시 한번 보고 싶다니까 오늘은 다에코하고 에쓰코만 따라가.」

이 말을 듣자 에쓰코는 역시 뭔가 있구나 하고 짐작한 듯, 여느 때라면 유키코 언니도 같이 가야 한다고 떼를 썼을 테지만 오늘은 얌전히 말을 들었다. 그래서 에쓰코는 고스케, 소스케, 다에코와 도시락을 든 할아범과 다섯이서, 태우러 온 자동차를 타고 출발했다.

사치코는 난가정의 다다미 여섯 첩 크기 방에서 유키코의 몸단장을 도와주고 있었다.

「지금 도착하셨습니다.」

쓰네코가 복도를 건너와 알려 주었다. 안내된 곳은 안채의 안쪽 깊숙한 곳에 있는, 격자창이 달린 고풍스러운 다다미 열두 첩 크기 방이었다. 검은빛이 도는 두꺼운 툇마루 밖에는 이곳에만 따로 딸려 있는 뜰이 있었고 그 맞은편에는 늙은 단풍나무의 신록 사이로 조상의 위패를 모셔 놓은 사당의

기와지붕이 보였다. 손 씻는 물을 떠놓는 그릇을 두는 곳에
는 석류나무가 꽃을 피우고 있었는데, 거기서부터 점판암을
깔아 놓은 연못가에 이르기까지는 속새가 무성하게 자라 있
었다. 이런 곳에 이런 뜰과 방이 있었구나 하고 생각하며 사
치코는 잠시 풍경을 바라보고 있었다. 그러는 사이에 먼 기
억이 되살아났다. 벌써 스무 해 전, 처음으로 이 집을 방문했
을 때 안내된 곳이 바로 이 방이었음을 차츰 깨닫게 되었던
것이다. 어쨌든 맨 처음에 이곳에 왔을 때는 아직 별채가 없
었으므로 언니 부부와 사치코 자매들 다섯이서 넓은 방에 베
개를 나란히 하고 잤는데, 그 방이 아무래도 이 방인 것 같았
다. 사치코는 그 밖의 일은 다 잊어버렸지만 묘하게도 물을
떠놓는 그릇 두는 곳의 속새는 기억하고 있었다. 왜냐하면
그 속새는 마루 끝에 아주 무성하게 자라고 있어 푸르고 가
느다란 줄기가 빗줄기처럼 군생하고 있는 모습이 기이한 구
경거리였으므로 신기하다고 생각했던 당시의 인상이 지금도
사라지지 않았기 때문이다.

　두 사람이 들어가자 손님은 미망인과 첫 대면의 인사를 나
누고 있던 참이었다. 사치코와 유키코의 소개가 끝난 다음
정면의 도코노마를 뒤로하고 사와사키, 측면의 장지문을 등
지고 뜰의 햇볕을 마주하는 자리에 사치코와 유키코, 끝자리
에는 사와사키와 마주한 자리에 미망인이 앉았다. 자리에 앉
기 전에 사와사키는 금속제 꽃병에 미쇼류[27] 같은 방식으로
엽란이 꽂혀 있는 도코노마를 향해 무릎을 꿇고 앉아 족자의
글씨를 꼼꼼히 바라보고 있는 듯했다. 사치코와 유키코는 그
틈에 그의 뒷모습에 눈을 주었다. 마흔네다섯이라고 했는데
겉으로 보기에도 그 정도로 보였다. 마르고 몸집이 작으며

27 미쇼 사이잇포(未生齋一甫, 1761~1824)가 창시한 꽃꽂이 유파.

허약한 체질의 신사였다. 말하는 투, 고개를 숙이는 방식, 몸가짐 등도 보통이었고 부자인 척하는 구석도 없었으며 형태는 흐트러지지 않았지만 구석구석이 조금씩 닳은 밤색 양복, 여러 번 세탁을 한 듯 누렇게 된 후지견(富士絹)[28] 와이셔츠, 줄무늬가 지워지기 시작한 비단 양말 등은 사치코와 유키코의 복장에 비하면 다소 변변치 못한 것이었다. 이런 차림새는 오늘의 맞선을 얼마나 가볍게 생각하고 있는가 하는 증거가 되기도 했지만 꽤 검소한 생활인이라는 것도 말해 주고 있었다. 사와사키는 족자의 시를 다 읽을 수 있었던지,

「세이간[29]의 이 시는 정말 좋습니다」

하고 자리를 고쳐 앉으며 말했다.

「이 댁에는 세이간의 글이 많다고 들었습니다만…….」

「호호호.」

미망인이 조신하게 웃었다. 그러나 이 노부인에게는 이런 종류의 칭찬이 가장 큰 효과를 발휘한 듯 갑자기 얼굴이 환해졌다.

「돌아가신 남편의 조부 되시는 분이 세이간 선생에게 사사하셨다나 봐요…….」

세이간의 아내 고란의 글씨, 부채나 병풍 등도 몇 점 소장하고 있다는 얘기에서 시작해 라이 산요[30]의 여제자로 명성이 높은 에마 사이코[31]의 필적도 몇 폭 소장하고 있다는 것, 오가키의 시의(侍醫)였던 사이코 집안과 스가노 집안은 교제

---

28 1903년 후지방적이 제조해 후지견이라 명명했다. 그리 상등품은 아니었다.
29 梁川星巖(1789~1858). 에도 시대 후기의 한시인.
30 賴山陽(1780~1832). 에도 후기의 유학자, 한시인.
31 江馬細香(1787~1861). 에도 후기의 화가, 한시인.

가 있었던 모양으로 사이코의 아버지인 에마 란사이의 편지 등도 남아 있다는 것 등이 화제가 되어 미망인과 사와사키 사이에 잠시 한담이 이어졌다. 사와사키는 사이코와 산요가 연애 관계에 있었다는 것, 산요가 미노로 놀러 갔을 당시의 일, 사이코의 한시집『쇼무유고(湘夢遺稿)』등에 대해 이런저런 이야기를 꺼냈는데 미망인도 몇 마디 응수하면서 그런 소식에 어둡지만은 않다는 것을 보여 주었다.

「돌아가신 남편은 사이코가 먹으로 그린 대나무에 시구를 넣은 그림을 애장하고 있었는데, 손님들께 보여 주고 자주 사이코에 대해 이야기를 나눴으니까 저도 귀동냥으로 알게 된 것이지요.」

「아아, 그렇습니까? 어르신께서는 취미의 폭이 무척 넓으신 분이시지요. 저도 몇 번 바둑을 둔 적이 있습니다. 늘 난가정으로 찾아오라는 말씀을 하셔서 한 번 찾아가 서화 등 소장품을 구경시켜 달라고 말씀드렸습니다만…….」

「사실 오늘 난가정으로 안내해 드리고 싶었습니다만 공교롭게도 그쪽에 손님이 있어서요.」

이렇게 말한 미망인은 그때까지 할 일 없이 무료하게 앉아 있던 사치코와 유키코 쪽으로 몸을 돌렸다.

「마키오카 씨 댁 분들이 그쪽에 묵고 있거든요.」

「정말 이쪽 방도 괜찮습니다만.」

사치코는 간신히 이야기 중간에 끼어들었다.

「그쪽은 따로 떨어져 있어서 그런지 정말 한적하고 좋은 방입니다. 거기 묵는 게 다른 어떤 여관에 묵는 것보다 훨씬 낫습니다.」

「호호호.」

미망인은 다시 웃었다.

「그럴 리가 있겠습니까만 아무쪼록 마음에 드셨다면 며칠이라도 계시도록…… 남편도 말년에는 한적한 게 마음에 들어서인지 쭈욱 난가정에만 틀어박혀 있었습니다.」

「그런데 난가정의 〈난가(爛柯)〉[32]라는 건 어떤 의미인가요?」

「글쎄요. 그건 저보다 사와사키 씨께 설명을 부탁드리는 게…….」

미망인은 살짝 시험하는 듯한 어조로 말했지만 사와사키는 싹 안색이 바뀌더니,

「글쎄요.」

하면서 갑자기 시치미를 떼고 묵묵히 불쾌한 눈빛을 지었다.

「진나라의 왕질이라는 나무꾼이 산속에서 동자가 바둑을 두고 있는 것을 구경하고 있었더니 그사이에 도끼자루가 썩었다는 그 이야기 아닐까요?」

「글쎄요.」

사와사키는 더욱더 얼굴이 어두워지더니 미간에 깊은 주름을 만들었다. 미망인은 더 이상 추궁하지 않고,

「호호호」

웃을 뿐이었다. 그런데 그 웃음소리가 묘하게 심술궂게 들렸으므로 갑자기 분위기가 어색해졌다.

「그럼 차린 건 별로 없지만…….」

그때 쓰네코가 사와사키의 밥상 앞에 앉아 술병을 들었다.

오늘은 집에서 요리를 준비하겠다고 했지만 밥상 위의 갖가지 음식은 오가키 근처의 요릿집에서 주문해 온 것이 대부분이었다. 사치코는 사실 무더운 계절이기도 해서 이런 식으로 날것이 많은 시골 음식점의 가이세키요리(會席料理)[33]보

---

32 썩어뭉드러질 난(爛)에 도끼자루 가(柯), 즉 도끼자루가 썩는다는 뜻이다.

다는 이 집 부엌에서 준비한 신선한 야채 조림 같은 게 먹고 싶었다. 그래도 시험 삼아 도미 회를 먹어 보았더니 역시 입 안에서 흐물흐물해지는 느낌이었다. 도미에 대해서는 무척 예민한 그녀는 재빨리 술 한 잔과 함께 꿀꺽 삼키고는 다시는 손을 대지 않았다. 쭈욱 둘러보니 식욕을 돋울 만한 것은 어린 은어 소금구이밖에 없었다. 아까 미망인이 고맙다는 말을 한 것으로 보아 그것은 사와사키가 얼음을 채워 선물로 가져온 것이었는데, 그것을 이 집에서 구워 온 것인 만큼 음식점에서 주문한 요리와는 다른 것 같았다.

「유키코, 은어 좀 먹지 그러니.」

사치코는 자신이 눈치 없는 질문을 한 것 때문에 자리의 분위기가 깨졌다고 생각하자 어떻게든 적당히 얼버무려 넘어가지 않으면 안 되었다. 그러나 사와사키에게는 말을 걸기가 어려웠으므로, 하는 수 없이 유키코에게 말을 걸었다. 처음부터 한마디도 말할 기회가 없어서 가만히 고개를 숙이고만 있던 유키코는,

「응」

하고 간신히 고개만 끄덕일 뿐이었다.

「유키코 씨는 은어를 좋아하시나요?」

미망인이 물었다.

「네…….」

유키코가 다시 고개를 끄덕였다. 사치코가 이 말을 받아 말했다.

「은어는 저도 무척 좋아합니다만 동생은 저보다 더 좋아해서…….」

33 에도 시대부터 연회 요리에 이용하는 정식 요리이다. 가이세키(會席)는 모임의 좌석이라는 뜻이다.

「어머, 그거 참 잘됐네요. 시골 요리라서 입에 맞을 만한 것이 없을 것 같아서 곤란했는데, 사와사키 씨가 이 은어를 가져오셔서……」

「이런 시골에서는 이렇게 싱싱한 은어를 먹을 기회가 좀처럼 없거든요.」

쓰네코가 끼어들었다.

「게다가 얼음을 채워서 많이 가져오셨어요. 꽤 짐이 되셨지요? 그런데 어디서 잡은 은어인가요?」

「이건 나가라 강에서……」

사와사키는 점점 기분이 좋아졌다.

「어젯밤 전화로 부탁해 두었더니 아까 기후 역에서 기차로 보내온 겁니다.」

「그거 참, 애쓰셨네요.」

「덕분에 햇것[34]을 먹을 수 있게 되었네요.」

미망인의 말을 받아 사치코가 말했다.

이렇게 해서 꼬였던 대화도 조금씩 풀리기 시작했다. 그러나 기후 현의 명승고적 이야기, 일본 라인,[35] 게로 온천, 요로(養老) 폭포, 어젯밤의 반딧불이잡이 등의 이야기를 띄엄띄엄 주고받았지만 아무래도 아까와 같은 활기는 없었고 서로 어색함을 견디면서 자리를 이어가기 위해 이런저런 화제를 끄집어내고 있다는 느낌이었다. 사치코는 자신이 술을 마실 줄 알기 때문에 이런 때 누가 술을 좀 권해 주면 좋을 것 같

---

34 은어 잡이는 은어가 충분히 성장하는 6~7월경까지 금지되어 있었다. 은어 햇것을 먹으면 수명이 75일 늘어난다고 전한다.

35 기소 강과 히다 강의 합류점인 이마와타리에서 아이치 현 이누야마 시까지 약 13킬로미터의 기소 강 계곡을 말한다. 1912년 독일의 라인 강에 빗대어 명명한 것인데 단애와 절벽이 기이한 경관을 이룬 지역이다.

았지만 다다미 열두 첩 크기 넓은 방에 네 명이 상당히 떨어
진 채 자리를 잡고 있었고 남자 손님이라야 한 사람뿐이었기
때문에 쓰네코가 거기까지 신경을 쓸 수 없는 것도 무리는
아니었다. 어차피 낮술이어서 누가 권한다고 해도 과음은 하
지 않겠지만, 미망인과 유키코의 밥상에는 처음에 따라 준
잔이 식은 채 놓여 있었고 사치코는 아까 도미회와 함께 마
셔 버려 잔이 비어 있는데도 쓰네코는 사와사키에게만 술을
따르고 여자들에게는 따라 주지 않아도 좋다고 생각하고 있
는지 빈 잔에 신경을 쓰지 않았다. 다만 사와사키도 그다지
내키지 않는 건지 사양하고 있는 건지 아니면 정말 즐기지 않
는 것인지 세 번에 한 번 정도 받는 시늉을 할 뿐 실제로는 두
세 잔밖에 마시지 않았다. 그리고 〈편히 앉으세요〉라는 말을
여러 번 들었지만 〈아니요. 이게 더 편합니다〉라는 말만 하
면서 단정히 무릎을 꿇고 정좌해 있었다.
　「저어, 오사카 고베 지방에도 자주 가십니까?」
　「예, 고베에는 자주 가지 않습니다만 오사카에는 1년에 한
두 번은…….」
　사치코는 아무래도 이 〈백만장자〉라는 상대가 유키코와
의 맞선을 승낙한 동기에 대해 마음속의 의혹을 지우지 못하
고 있었다. 그래서 오늘은 처음부터 이 사내에게 뭔가 결함
이 있는 게 아닐까 하는 눈으로 관찰하고 있었다. 그러나 지
금까지 말해 본 바로는 특별히 내세울 만한 이상한 점이 있
는 것 같지는 않았다. 다만 좀 우스꽝스러운 것은 모르는 질
문을 받았을 때 보이는 그의 태도였다. 모르면 그냥 모른다
고 하면 될 것을 불편한 심기를 드러낸다는 것은 고생 모르
고 자란 본성이 드러난 것인 듯했다. 그렇게 생각하고 보니
미간 살짝 아래 콧마루 양쪽에 정맥이 파랗게 비치고 있어

몹시 성질을 잘 부릴 것 같은 인상이었다. 게다가 그렇게 생각한 탓인지도 모르지만 눈짓하는 것이 여성적이고 소극적이어서 주뼛주뼛해 보이는 것이, 뭔가 비밀이라도 가지고 있는 사람 같은 느낌을 주었다. 그러나 사치코는 그런 것보다는 이 사람이 유키코에게 그다지 흥미가 없는 것 같다는 점을 재빨리 눈치 챘다. 그녀는 사와사키가 아까 미망인과 환담을 나누는 동안 자꾸만 유키코를 훑는 듯한 시선을 던지고 있던 것을 놓치지 않았다. 그 음침하고 차가운 시선은 그 뒤로는 거의 유키코를 향하지 않았다. 미망인이나 쓰네코가 뭔가 화제를 생각해 내 두 사람에게 말을 나누게 하려고 고심하고 있었지만, 그때마다 사와사키는 체면상 한두 마디 건네고는 금세 다른 사람에게 넘겨 버렸다. 그것은 무슨 말을 해도 유키코가 그저 〈네, 네〉 할 뿐이서 말한 보람이 없는 탓도 있을 것이다. 그래도 사와사키는 유키코가 마음에 들지 않은 게 틀림없었다. 그 주된 원인은 아무래도 유키코의 왼쪽 눈가에 있는 듯했다. 왜냐하면 유키코의 희미한 얼룩은 어제부터 사치코의 마음을 어둡게 했는데, 오늘은 조금이라도 옅어졌으면 좋겠다고 걱정하고 있었으나 공교롭게도 어제보다 진해졌기 때문이다. 그런데도 유키코는 여느 때처럼 무관심했다. 오늘 아침에도 늘 하던 대로 진한 화장을 하려고 해서 〈유키코, 화장이 너무 짙은 거 아냐?〉 하고 화장을 거들어 주면서 가만히 분을 옅게 바른다거나 볼연지를 눈 밑까지 넓게 칠하기도 했지만 역시 다 감출 수는 없었다. 그래서 사치코는 이 방에 들어올 때부터 조마조마했다. 미망인이나 쓰네코는 그것을 알아채지 못했는지 특별한 기색은 없었다. 그러나 운수 사납게도 유키코의 자리가 사와사키에게 시종 얼굴 왼쪽만 보이는 각도에 있었고 눈부시게 내리쬐는 초여름의 햇빛이 뜰에 반사되어 그 얼굴을 정면으로 비추고 있었다. 다만 유키코 자신이 그것을 약점으로 생각하고 있지 않기 때문에 주눅이 들거나 부끄러워하는 기색은 보이지 않았고 극히 자연스럽게 행동했는데, 이것이 이 장면을 구해 준 것은 사실이었다. 사치코는 어제 아침 쇼센 전차에서 봤을 때보다 얼룩이 훨씬 눈에 잘 띄는 것 같아 유키코를 이 자리에 오래 두는 것이 견딜 수 없었다.

「정말 송구한 말씀이지만 기차 시간이 있어서…….」

사치코는 사와사키가 식사를 마치자 서둘러 물러날 뜻을 알리고 자리에서 일어섰을 때는 진심으로 안도했다.

6

「모처럼 오셨으니 하룻밤 더 묵으시는 게…… 내일은 일요일이기도 하고 또 아까 이야기가 나온 요로 폭포도 구경하고…….」

미망인이 이렇게 말하는 것을 물리치고 사치코와 유키코는 에쓰코와 다에코가 돌아오자 곧 떠날 채비를 하고 예정대로 3시 9분 상행열차를 탔다. 가마고리에는 5시 반에는 도착할 수 있을 터였다. 토요일 오후인데도 이등칸은 한가해서 네 사람은 마주 앉는 자리를 잡을 수 있었다. 자리에 앉자 어제부터의 피로가 몰려와 모두들 입을 열 기력도 없이 축 늘어져 있었다. 벌써 장마철로 접어들었는지 하늘은 잔뜩 찌푸려 있었고 기차 안은 후텁지근하고 눅눅했다. 사치코와 유키코는 뒤로 기댄 채 사르르 잠이 들었고 다에코와 에쓰코는 『주간아사히』와 『선데이마이니치』를 펼치고 사이좋게 읽고 있었다.

「에쓰코, 반딧불이 다 도망가 버린다.」

다에코는 창가에 걸어 둔 반딧불이 통을 들고 에쓰코의 무릎 위에 올려놓았다. 그것은 어젯밤 스가노 집의 할아범이 에쓰코를 위해 임시변통으로 만들어 준 것인데, 통조림 깡통 밑바닥을 뚫고 거기에 거즈를 붙인 것이었다. 에쓰코는 그 깡통을 소중히 기차 안까지 가지고 탔는데, 어느새 거즈를 묶고 있던 줄이 느슨해져 그 틈으로 반딧불이가 한두 마리 기어 나왔던 것이다.

「어디 좀 봐. 내가 해줄게.」

양철 깡통이 자꾸 미끄러져 에쓰코가 잘 묶을 수 없었으므로 다에코가 자기 무릎 위에 올려놓았다. 거즈 안쪽에 있는 반딧불이는 대낮인데도 어두운 곳에 놓으니 파랗게 빛나는 것이 보였다. 다에코는 거즈 틈으로 안쪽을 들여다보았다.

「아아, 에쓰코, 이거 좀 봐.」

다에코는 다시 그 깡통을 에쓰코에게 내밀었다.

「이게 뭐지, 반딧불이가 아닌 것이 많이 들어 있는 것 같은데…….」

에쓰코도 안을 들여다보았다.

「거미야, 막내 언니.」

「정말?」

쌀알만큼 작고 귀여운 거미가 반딧불이 뒤를 따라 졸졸 기어 나오고 있었다.

「아, 큰일이다!」

다에코가 깡통을 의자에 내동댕이치고 일어나자 에쓰코도 일어났고 사치코와 유키코도 잠을 깼다.

「무슨 일이야, 다에코?」

「거미, 거미…….」

조그만 거미에 섞여 굉장히 큰 거미도 기어 나왔으므로 결국 네 사람 다 일어났다.

「다에코, 그 깡통 좀 어디다 쏟아 버려.」

다에코가 깡통을 집어 들고 바닥에 내던지자 놀란 모양인지 메뚜기 한 마리가 날아올랐다. 그리고 바닥 위를 통통 뛰면서 통로 저쪽 끝까지 날아갔다.

「아아, 아깝다, 반딧불이…….」

에쓰코가 서운한 듯 깡통을 보면서 말했다.

「어디어디, 거미를 잡아 드리지요.」

대각선 쪽 자리에서 이 광경을 보며 웃고 있던, 이 지방 사람처럼 보이는 쉰 살 정도의 일본 옷을 입은 사내가 이렇게 말하며 깡통을 집었다.

「잠깐 머리핀 같은 것 좀 빌려 주시겠소?」

그 사내는 사치코한테서 머리핀을 빌렸다. 그리고 깡통 속에서 한 마리 한 마리 거미를 집어내서는 바닥에 버리고 일일이 게다로 밟아 죽였다. 머리핀 끝에는 거미와 함께 풀이 붙어 나오기도 했지만 반딧불이는 그다지 도망가려고 하지 않았다.

「아가씨, 반딧불이는 대부분 죽었네요.」

사내는 거즈를 다시 묶고 깡통을 좌우로 기울여 보았다.

「화장실로 가져가 물을 좀 뿌려 주세요.」

「에쓰코, 화장실에 가서 손도 잘 씻고 와. 반딧불이를 만지면 해로우니까.」

「반딧불이는 냄새가 지독해, 엄마.」

에쓰코는 자기 손의 냄새를 맡아 보았다.

「풀 냄새 같은 냄새가 나.」

「아가씨, 죽은 반딧불이는 버리면 안 됩니다. 놔두면 약으로 쓸 수 있거든요.」

「무슨 약으로 쓸 수 있죠?」

다에코가 물었다.

「말려 보관해 두었다가 화상이나 상처를 입었을 때 밥풀에 이겨서 바르면 좋습니다.」

「잘 듣나요, 정말?」

「저는 시험해 보지 않았지만 잘 듣는다고 합니다.」

기차는 이제 오와리 이치노미야를 지났을 뿐이었다. 사치코 일행은 보통 열차로 이 부근을 지난 적이 없었으므로 기억에도 없는 조그만 역마다 일일이 멈췄다 가는 것이 지루해 견딜 수가 없었다. 기후에서 나고야까지가 굉장히 길게 느껴졌다. 그러나 머지않아 사치코와 유키코는 다시 스르르 잠이 들었다.

「나고야야, 엄마……. 성이 보여요, 언니…….」

에쓰코가 사치코와 유키코를 깨우기 시작했고 승객들이 우르르 밀려들었으므로 두 사람 다 잠깐 눈을 뜨기는 했지만 나고야를 벗어나자 금방 다시 잠이 들었다. 오부 부근에서부터 비가 내리기 시작했는데, 그녀들은 세상모르고 자고 있었으므로 다에코가 일어나 창문을 닫아 주었다. 이쪽저쪽에서 서둘러 창문을 닫았으므로 기차 안은 더욱 후텁지근한 온기로 가득 찼고 대부분의 승객들은 꾸벅꾸벅 졸고 있었다. 그때 사치코 일행의 좌석에서 네 칸 앞쪽 통로 반대쪽 좌석에 등을 지고 앉아 있던 육군 사관이 슈베르트의 「세레나데」를 노래하기 시작했다.

　밤의 어둠을 뚫고

내 노래 그대에게 속삭이네.
저 고요한 숲으로
연인이여
내 곁으로 오라.

사관은 예의 바르게 자리에 앉은 채 전혀 움직이지 않고 노래를 불렀으므로 사치코 일행이 잠에서 깨어났을 때는 누가 노래하는지 알 수가 없었다. 밀폐된 실내에 노랫소리만 울려 퍼져서 어디서 축음기를 틀어 놓은 것처럼 들렸다. 사치코 일행이 있는 데서는 군복 입은 사람의 뒷모습과 옆얼굴 일부밖에 보이지 않았다. 아직 20대 청년이라는 것은 분명했고 조금 수줍어하는 듯 노래하고 있었다. 사치코 일행은 자신들이 오가키 역에서 탔을 때부터 이 사관이 있었다는 것은 알았지만 뒷모습만 봤을 뿐 얼굴은 보지 못했다. 그러나 아까 반딧불이 소동 때 사치코 일행의 존재는 승객의 주의를 끌었기 때문에 사관 쪽에서는 그들을 보지 않았을 리가 없었다. 사관은 아마 너무 따분한 나머지 몰려오는 잠을 쫓기 위해 노래를 부르기 시작한 모양인데, 목소리에 자신은 있었지만 뒤에서 그것을 듣고 있는 화려한 사람들이 있다는 것을 의식하고 다소 긴장한 듯했다. 그는 노래를 다 부르고 나자 한층 부끄러운 듯 고개를 푹 숙이고 있었다. 잠시 후 다시 슈베르트의 「들장미」를 부르기 시작했다.

웬 아이가 보았네
들에 핀 장미화
갓 피어난
어여쁜 그 향기에 탐나서

정신없이 보네
장미화야 장미화
들에 핀 장미화

이 노래들은 독일 영화 「미완성 교향곡」[36]에 나오는 노래라서 그녀들도 잘 알고 있었다. 그녀들은 누가 노래를 시작했는지는 아랑곳하지 않고 사관이 노래하는 것을 입속으로 따라 부르고 있었다. 그러나 목소리가 점점 커져 사관의 소리에 합쳐지기 시작했다. 사관의 얼굴이 목덜미까지 새빨갛게 된 것은 뒤에서도 알 수 있었다. 그때 사관의 목소리도 흥분한 듯 떨리기 시작하더니 한없이 커지고 있었다. 사관도 그녀들도 자리가 상당히 떨어져 있는 게 이 경우에는 오히려 다행이어서 서로 제어할 수 없이 노래를 계속했다. 드디어 합창이 끝나고 실내는 다시 침울한 정적 속으로 빠져들었다. 사관도 더 이상 노래를 하지 않았고 부끄러운 듯 고개를 숙이고 있었는데, 오카자키 역에서 살금살금 일어나 도망치듯 내려 버리고 말았다.

「저 군인 아저씨, 우리한테 한 번도 얼굴을 보여 주지 않았어.」

다에코가 말했다.

사치코 일행이 가마고리에 놀러 가는 것은 이번이 처음이었지만, 그곳에 들르기로 한 것은 데이노스케한테서 진작부터 그곳의 도키와칸 여관에 대해 들었기 때문이다. 매월 한두 번 나고야로 가는 데이노스케는 〈꼭 그곳에 데려가고 싶어. 틀림없이 에쓰코는 기뻐할 거야〉라고 말하곤 했다. 그러나

36 1933년에 제작된 오스트리아 영화. 1935년 일본에서도 개봉되어 기록적인 흥행을 보여 주었다.

다음에 꼭, 다음에는 꼭 하며 두세 번이나 약속했지만 매번 무산되고 말았다. 그러니 오늘 그녀들의 가마고리행은 데이노스케의 제안이었던 것이다.

「나고야에 볼일이 있을 때 가려고 했는데 늘 일이 많아서 같이 갈 틈이 없어. 이런 기회에 여자들끼리만 가는 것도 좋을 거야. 좀 바쁘긴 하겠지만 그래도 토요일 저녁부터 일요일 오후까지는 같이 있을 수 있으니까.」

데이노스케는 이렇게 말하고 도키와칸 여관에 연락해서 예약해 주었다. 사치코는 작년에 남편 없이 도쿄에 간 이래 따로 여행하는 경험을 쌓아 왔으므로 예전과 달리 대담해져서 아이처럼 기뻐하면서 떠나 왔다. 여관에 도착해서 사치코는 남편이 자신들을 위해 이런 일정을 만들어 준 것에 새삼 고마움을 느꼈다. 왜냐하면 오늘 맞선의 뒷맛이 몹시 씁쓸했으므로 만약 그대로 오가키 역에서 유키코와 헤어졌다면 말할 수 없이 불쾌한 기분이 언제까지고 남아 있을 것이었기 때문이다. 사치코는 자신의 불쾌함은 차치하고 그런 일을 당하게 한 채 유키코를 홀로 쓸쓸히 도쿄로 떠나보낼 수는 없었다. 데이노스케는 정말 근사한 일을 생각해 낸 것이다. 사치코는 오늘 스가노 댁에서 있었던 일을 애써 생각하지 않으려고 노력했는데, 무엇보다도 유키코가 에쓰코나 다에코와 마찬가지로 이곳에서의 하룻밤을 즐기고 있는 듯이 보여 구원이라도 받은 심정이었다. 게다가 더욱 다행스러운 점은 이튿날 아침은 비도 개고 화창한 일요일이었다는 것이다. 그리고 이 여관의 여러 가지 설비, 오락 시설, 해안의 경치 등은 데이노스케가 생각한 대로 에쓰코를 적잖이 기쁘게 했다. 사치코에게는 그보다 유키코가 어제의 맞선 같은 건 깡그리 잊어버린 듯 명랑한 것이 고마웠다. 이 하나만으로도 이곳에 온 보람이 있었다. 그들은 오후 2시가 지나 가마고리 역으로 가서 14~15분 간격으로 엇갈리는 상행과 하행 열차를 타고 동서로 헤어질 때까지 모두 예정대로 움직일 수 있었다.

유키코는 상행 열차가 나중에 왔기 때문에 세 사람을 먼저 보내고 잠시 기다리다 도쿄행 보통 열차에 올랐다. 그녀는 이렇게 긴 거리를 보통 열차로 가는 것이 얼마나 따분할지 벌써부터 걱정되었다. 그러나 여관에 급행권을 부탁하기도 귀찮았고 도요바시에서 갈아타는 것도 번거로웠기 때문에 이 열차로 그대로 도쿄까지 가기로 한 터였다. 유키코는 가방에 넣어 온 아나톨 프랑스의 단편집을 꺼냈다. 그러나 왠지 마음이 무겁고 책도 머리에 들어오지 않았으므로 곧 책을 덮고 멍하니 창밖을 바라보았다. 조금 전까지 모두가 북적대며 재미있게 놀다 혼자가 되자, 그제부터 쌓인 육체적 피로가 몰려오면서 앞으로 또 몇 달 동안 도쿄에서 지내야 한다는 생각에 가슴이 메어 왔던 것이다. 특히 이번에는 아시야에 오래 머물렀기 때문에 이제 도쿄로 돌아가지 않아도 되지 않을까 하는 기대도 있었는데 여행지의 낯선 역에서 갑자기 혼자가 되었기 때문에 쓸쓸함이 한층 컸던 것이다. 조금 전에도 에쓰코가 〈언니, 오늘은 도쿄로 가지 말고 날 집까지 데려다 줘〉 하고 농담처럼 말했을 때 〈곧 또 올 텐데 뭐〉 하고 가볍게 받아 넘겼지만, 솔직히 말하면 다시 아시야로 돌아갔다가 도쿄로 갈까 하고 문득 진지하게 생각해 봤을 정도였다. 이등실은 어제보다 더 비어 있었으므로 유키코는 네 사람 좌석을 혼자 독차지하고 의자 위에 무릎을 꿇고 앉은 채 뒤로 기대어 잠잘 자세를 취했다. 그러나 왼쪽 어깨가 목이 돌아가지 않을 정도로 굳어 있었으므로 어제처럼 쉽게 잠들 수 없었고 아슴푸레 잠이 들었다가도 금방 깨버렸다. 그것도 30~40분 정도뿐이었고 벤텐지마 역을 지났을 무렵부터는 완전히 말똥말똥한 상태가 되었다. 유키코는 조금 전부터 맞은편 네다섯 자리 떨어진 자리에서 이쪽을 보고 앉아 있는 사내가 있음을 알고 있었는데, 사실 그 얼굴이 자신의 잠자는 얼굴을 똑바로 쳐다보고 있는 것 같아 깜짝 놀라 눈을 떴던 것이기도 했다. 그녀가 의자에서 다리를 내려 조리를 신고 앉은 자세를 살짝 고치자 사내도 일단 창밖으로 눈을 돌렸다. 그러나 뭔가 마음에 걸리는 일이라도 있는 듯 얼마 지나지 않아 다시 힐끔힐끔 유키코를 쳐다보았다. 유키코도 처음에는 그 무례한 시선을 불쾌하게 느꼈을 뿐이지만, 곧 사내가 무슨 이유가 있어서 자신을 쳐다보는 게 아닐까 하고 생각했다. 왜냐하면 그러고 있는 사이에 유키코도 사내의 얼굴을 어디선가 본 적이 있는 것 같다고 느꼈기 때문이다. 사내는 마흔 전후쯤 됐을까? 쥐색 바탕에 세로로 흰색 줄무늬가 들어간 양복에 넥타이 없이 셔츠만 입고 있었다. 살결이 검고 머리를 단정히 갈라 곱게 다듬은, 어쩐지 시골 신사 같은 느낌이었다. 그는 몸집이 작고 야윈 체구로 무릎 사이에 양산을 끼우고 거기에 양손을 올려놓고 있었다. 아까는 그 위에 턱을 올려놓고 있었는데 지금은 머리를 뒤로 젖히고 있었으며 머리 위 그물 선반에는 새하얀 파나마모자를 올려놓고 있었다. 〈그런데 누구였더라. 아무리 생각해도 생각나지 않네……〉 하는 얼굴로 사내도 유키코도 상대가 쳐다볼 때는 이쪽에서 눈을 피하고 이쪽에서 쳐다보면 상대가 눈을 피했다. 이렇게 서로 눈으로 탐색만 하고 있다가 유키코는 이 사내가 조금 전 도요바시에서 탔다는 것을 생각하고, 〈도요바시 근처에 아는 사람은 없을 텐데〉 하는 생각을 하고 있었다. 그러는 사이에 문득 지금부터 10여 년 전 형부의 주선으로 맞선을 본 적이 있는 사이구사라는 사람이 아닐까 하는 생각이 들었다. 확실히 그때 이야기로는 사이구사가 도요바시 시의 재산가라고 했는데 아마 그때의 사이구사가 이 남자임에 틀림없는 것 같았다. 그때 유키코는 이 남자의 용모가 너무나 시골 신사풍이고 지적인 면이 없는 것이 마음에 들지 않았으므로 형부가 친절하게 주선해 주었는데도 제멋대로 거절하고 말았다. 그로부터 10여 년이 지난 지금 봐도 역시 시골티가 나는 얼굴이었다. 특별히 추남이라고 할 정도는 아니었지만 애초에 늙수그레해 보이는 얼굴이었는데 그래서인지 그때에 비해 그다지 나이 들어 보이지는 않았다. 그러나 시골티가 나는 것은 전보다 심한 듯했다. 이런 특징 때문에 그녀는 희미해진 과거 여러 맞선 상대의 갖가지 〈얼굴〉 중에서 이 얼굴을 지금도 떠올릴 수 있었던 것이다. 유키코가 맞선을 본 상대였다는 것을 알아챌 무렵에는 그 사내도 어렴풋이 짐작을 한 모양이어서 갑자기 언짢은 표정을 지으며 고개를 옆으로 돌렸지만, 그래도 다시 반신반의하는 듯 이쪽의 틈을 엿보면서 슬쩍슬쩍 곁눈질을 하고 있었다. 만약 이 사내가 사이구사임에 틀림없다면, 그 무렵 이 사내는 선을 본 것 말고도 한두 번 우에혼마치의 집으로 찾아와 유키코를 만난 적이 있었고, 또 그녀의 용모에 반해 열심히 간청을 했기 때문에 설령 그녀가 잊어버렸다고 해도 사내는 그녀를 기억하고 있을 터였다. 그러나 사내는 아마 유키코가 나이 들어 보이지 않았기 때문에 의심하는 것이 아니라 그녀가 맞선을 보던 당시와 별로 다르지 않은 젊음을 유지하고 있고 지금도 아가씨 같은 차림을 하고 있는 점을 의아해하고 있을 터였다. 유키코는 사내의 집요한 시선이 전자가 아니라 후자 때문이길 바랐지만, 그렇다 하더라도 이렇게 힐끔힐끔 곁눈질당하는 것은 결코 유쾌한 일이 아니었다. 유키코는 그 무렵부터 지금껏 몇 번이나 맞선을 보았고 오늘도 맞선을 보고 돌아가는 길이라는 생각이 들자, 만약 이 사내가 그 사실을 안다면 하는 생각에 저절로 몸이 움츠러들었다. 게다가 공교롭게도 오늘은 그제와 달리 그다지 화려하지 않은 색의 옷을 입고 있었고 얼굴 화장도 몹시 허술하게 하고 있었다. 유키코는 기차 여행을 하면 다른 사람보다 얼굴빛이 야위어 보인다는 것을 잘 알고 있었으므로 몇 번이고 얼굴 화장을 고치러 일어나고 싶은 충동이 일었다. 그러나 그러려면 이 사내 앞을 지나 화장실로 가야 하는 것은 물론이고 살짝 핸드백에서 콤팩트를 꺼내는 것조차도 약점을 보이는 것 같아 싫었다. 다만 이 사내가 보통 열차를 타고 있는 것으로 보아 도쿄까지 가는 것은 아닌 모양이었지만 과연 어디서 내릴지 모른다는 게 자꾸 마음에 걸렸다. 그런데 기차가 후지에다 역에 도착하자 사내는 벌떡 일어나 선반에 올려놓은 파나마모자를 쓰고는 다시 한번 거침없는 일별을 던지고 내렸다.

유키코는 사내가 사라진 뒤에도 그와 맞선을 보던 전후의 일이 꼬리에 꼬리를 물고 피곤한 머릿속에 쉴 새 없이 떠올랐다.

그 남자와 맞선을 본 것은 1927년이었을까? 아니, 1928년이었나? 그때는 갓 스물을 넘긴 나이였고, 그게 아마 처음으로 본 맞선이 아니었을까? 하지만 왜 그 남자가 싫었을까? 형부는 그때 굉장히 열심이었는데……

사이구사 집안은 도요바시 시 굴지의 자산가이고 그 사람은 그 집안의 상속자였기 때문에 유키코가 부족하다고 말할 처지는 아니라는 둥, 현재의 마키오카 집안에는 과분한 인연이라는 둥, 여기까지 혼담이 진행되었는데 거절하면 자신의 입장이 말이 아니라는 둥, 다쓰오가 온갖 방법을 다 써서 설득했지만…… 끝까지 〈아니〉라고 강경하게 나갔다. 그것은 그 사람의 용모가 지적이지 않다는 이유 때문만은 아니었다. 그 사람은 중학 시절 병에 걸려서 상급 학교에 진학하지 못했다고 했지만 사실은 중학교 성적이 좋지 못했기 때문이란 것을 알았으므로 더욱 싫어졌던 것이다. 게다가…… 아무리 자산가의 부인이 된다지만 도요바시 같은 소도시에 평생을 틀어박혀 사는 것은 너무나도 쓸쓸할 것 같았다. 이런 이유에는 사치코가 크게 공감해 주었는데, 그런 시골로 시집가면 유키코가 불쌍하다고 사치코가 더 강경하게 반대했을 정도였다…… 사실은 그때 사치코도 유키코도 입 밖에 내지는 않았지만 다쓰오에게 심술을 부려 보자는 마음도 분명히 있었다. 그때는 아버지가 돌아가시고 얼마 지나지 않은 무렵이었는데, 그 이전까지 위축되어 있던 다쓰오가 갑자기 으스대는 태도로 나온 데 대한 반감이 있었던 것이다. 다쓰오가 이제 자기 생각대로 주물러도 된다는 식으로 권력을 앞세워 무리하게 그 인연을 강요하고 압박하자 유키코는 물론이고 사치코와 다에코도 아니꼽다고 생각했기 때문에 세 자매가 동맹해 그를 곤경에 빠뜨렸던 것이다. 처음부터 확실하게 〈아니〉라고 말하지 않고 아무리 물어도 애매하게 대답하다가 이러기도 저러기도 어려운 막판에 와서야 고집을 부렸기 때문에 다쓰오는 몹시 화를 냈다. 다쓰오가 그 점을 비난했을 때, 젊은 아가씨의 몸가짐으로는 사람들 앞에서 그렇게 명료하게 대답할 수 없는 것이고 그 사람한테 마음이 있는지 없는지는 태도를 보면 대충 알 수 있는 게 아니냐고 말했지만, 그 혼담에는 사실 다쓰오의 은행 상관 등이 중간에 끼어 있다는 것을 알고 있었기 때문에 다쓰오를 더욱 곤란한 처지에 빠뜨리려고 일부러 답변을 늦춘 점도 없지 않았다…… 어쨌든 그 사람과는 인연이 없었지만 하필이면 그런 가정불화에 말려들어 형부와 처제 사이의 싸움 도구로 이용되었다는 것은 그 사람의 불운이었다…… 그 후 그 사람에 대해서는 생각해 본 적도 없고 소문으로 들은 적도 없었다. 아마 곧 누군가와 결혼해서 지금은 애들도 두셋은 두었을 것이고, 사이구사 집안의 대를 이어 자산가가 되었을 것이다.

유키코는 여기까지 생각하고, 지금쯤 그 시골 신사의 아내가 되었다면 어땠을까 하는 상상도 했는데, 그렇게 하지 않은 것이 분하지도 않았고 또 그렇게 했다고 해도 행복할 것 같지 않았다. 느린 보통 열차를 타고 이렇게 도카이도선의 외진 역과 역 사이를 왔다 갔다 하면서 세월을 보내는 것이 그 사람의 생활이라면, 그런 사람과 평생을 함께 보내는 것에 무슨 행복이 있겠는가. 역시 그런 사람한테 시집가지 않은 건 천만다행인 것 같았다.

그날 밤 유키코는 10시가 지나 도겐자카의 집으로 돌아왔다. 그 사람과의 해후는 다쓰오에게도 쓰루코에게도 말하지 않았다.

7

그날 돌아가는 기차 안에서 사치코도 이런저런 생각을 했다. 그녀의 머릿속에는 그젯밤 반딧불이를 잡던 일, 어제부터 오늘 오전에 걸쳐 가마고리에서 보낸 일 등 즐거웠던 놀이의 여운보다 바로 조금 전에 유키코가 혼자 플랫폼에 서서 쓸쓸히 이쪽을 바라보던 모습, 눈가의 그늘이 어제만큼 눈에 띄게 짙어진 야윈 얼굴 등이 언제까지고 사라지지 않았다. 더불어 진땀을 뺐던 맞선에 대한 인상이 또다시 되살아났다. 사치코는 지금까지 여러 번 유키코의 맞선에 입회했다. 벌써 10년이나 되었기 때문에 이번과 같은 약식 맞선까지 헤아리면 대여섯 번도 넘은 것 같았다. 그래도 이번만큼 이쪽이 주눅이 들었던 상대는 없었다. 지금까지는 항상 이쪽이 위라는 자신감과 자존심으로 임했고 상대는 오직 이쪽의 승낙을 바라는 식이었으며 늘 이쪽에서 〈딱지〉를 놓으며 거절해 왔다. 그러나 이번에는 처음부터 이쪽이 끌려 다니는 입장이었다. 애초에 편지가 왔을 때 거절해 버렸다면 좋았을 것을 먼저 양보했으며, 스가노 댁에서 미망인의 이야기를 들었을 때라도 딱 잘라 거절했으면 좋았을 것을 또 양보하고 말았던 것이다. 그야 미망인이나 다쓰오의 체면을 세워 주기 위한 것이었다고 치고, 맞선 보는 자리에서 전전긍긍하며 움츠러들었던 마음은 또 뭐란 말인가. 지금까지 유키코는 어디에 내놔도 부끄럽지 않고 언제나 자랑스럽게 내보이는 동생이었는데 어제는 사와사키의 눈이 유키코를 볼 때마다 흠칫흠칫 놀라지 않았던가. 아무리 생각해도 어제는 이쪽이 〈수험생〉이고 사와사키가 〈시험관〉이었다. 사치코는 그 생각만으로도 자신이나 유키코가 일찍이 받아 본 적이 없는 치욕을 당했다는 느낌이 들었다. 그러나 그보다 지금은 유키코의 용모에 부정할 수 없는 흠이 생겼고, 그것이 하잘것없는 것이라고 해도 흠인 것만은 분명하다는 생각이 마음을 무겁게 짓누르는 것을 떨쳐 버릴 수 없었다. 어차피 이번 맞선의 결과에는 기대를 품을 수 없겠지만, 앞으로는 어떻게 해야 할까? 이렇게 되면 어떻게 해서든지 얼룩을 치료하는 것이 선결문제일 텐데, 과연 말끔히 사라질 것인가. 이런 일로 해서 유키코는 점점 결혼에서 멀어지는 건 아닐까? 아무리 그렇더라도 어제는 그늘이 유달리 진했는데 햇빛이며 위치며 각도까지 최악의 조건이었기 때문은 아니었을까? 다만 한 가지 확실한 것은 앞으로는 지금까지와 같은 우월한 입장에서 〈맞선〉을 보기 어렵다는 사실이었다. 아마 다음 기회에도 어제처럼 조마조마해하면서 유키코를 상대의 시선에 드러내 놓아야만할 것 같았다.

다에코도 사치코가 이상하게 침울해 있는 것이 피곤한 탓만은 아니라는 것을 간파하고 생각에 빠져 있었는데, 마침 에쓰코가 반딧불이 통에 물을 주러 일어선 틈에 살짝 물었다.

「어제는 어땠어?」

사치코는 말하는 것도 내키지 않고 귀찮은 듯했지만, 1~2분 지나자 무슨 생각이라도 난 듯 불쑥 말했다.

「어제는 아주 개운하게 끝났어.」

「어떻게 될까, 이번에는?」

「글쎄…… 가는 길에 기차가 멈춰서기도 했으니까…….」

사치코는 이렇게 말하고 다시 침묵에 빠져들었으므로 다에코도 더 이상 묻지 않았다. 그날 밤 집에 돌아오고 나서 데이노스케한테 어제 일을 얘기할 때도 사치코는 몇 가지 불쾌한 일을 말하면 또다시 부부가 그 불쾌함을 곱씹어야 할 것같아 자세히 말하지는 않았다. 데이노스케는,

「거절당할 게 뻔하다면 우리가 선수를 쳐서 거절하면 어떨까? 그런 상대한테는 이쪽도 바보 취급 당하지 않도록 해야하니까」

하고 말했지만, 그것도 그냥 그렇게 말해 봤을 뿐이었다.

그런 일은 스가노 댁이나 큰집을 봐서도 가능할 리 없었다. 게다가 이러니저러니 해도 사치코는 아직 어쩌면…… 하는 희망을 마음속으로 희미하게 품고 있었다. 그러나 데이노스케 부부가 모처럼의 사안에 골몰할 여유도 없이 사치코가 돌아오자마자 스가노 미망인한테서 다음과 같은 편지가 왔다.

마키오카 사치코 님께

몇 말씀 올립니다. 일전에는 일부러 먼 길을 왕림해 주셨는데 워낙 시골인지라 이렇다 할 풍정도 없어서 실례 많았습니다. 아무쪼록 사양치 마시고 올가을에도 모두들 버섯 따러 오시길 바랍니다.

그런데 오늘 사와사키 씨로부터 편지가 왔습니다. 댁에서도 보시라고 동봉합니다. 애써 수고하신 보람도 없이 저의 미력으로 이러한 결과가 되어 뭐라 죄송하다는 말씀을 드려야 할지, 거듭 용서를 구합니다.

저의 아들한테 나고야의 지인을 통해 그쪽 의향을 알아봐 달라고 부탁해 놓았는데 어제 답장이 왔습니다. 그 편지에 따르면 설사 사와사키 씨 쪽에서 원했다고 해도 이쪽 의향이 어떨지 모르기 때문에 특별히 애석한 혼담은 아니라고 생각합니다. 다만 여러분께 먼 길을 오시게 해서 얼마나 죄스러운지 모르겠습니다. 마지막으로 유키코 씨께 부디 저의 뜻을 잘 전해 주시길 바랍니다. 삼가 이만 아룁니다.

6월 13일
스가노 야쓰

그리고 동봉한 사와사키의 편지는 이런 것이었다.

스가노 야쓰 님께

장마철 답답한 날씨에 가내 더욱 번창하심을 감축드립니다.

그제는 여러 가지로 폐를 끼쳤습니다만 환대를 해주셔서 깊이 감사드립니다.

아뢸 말씀은 마키오카 씨와의 일은 그 후 의논해 본바 인연이 없는 듯하다고 하니 아무쪼록 그쪽에 이런 뜻을 전해 주시기 바랍니다. 사정이 있어 급히 서면으로 답을 드립니다.

여러 가지로 배려해 주신 점 거듭 감사 드립니다.

6월 20일
사와사키 히로시

판에 박은 듯이 격식을 차린 이 두 통의 편지는 여러 가지 의미에서 데이노스케 부부를 다시 한번 불쾌하게 했다. 왜냐하면 이것이 맞선 상대에게 확실한 〈거절〉을 당한 첫 경험, 즉 처음으로 〈패자〉의 낙인이 찍힌 일이었기 때문이다. 이런 결과야 미리 각오하고 있었지만, 데이노스케 부부가 몹시 기분이 나빴던 것은 사와사키와 스가노 미망인이 편지를 쓰는 방식, 즉 이 일을 다루는 방식이었다. 이제 와서 이런 말을 해도 어쩔 수 없는 노릇이지만, 사와사키의 편지는 줄이 쳐진 편지지 한 장에(지난번에 사치코가 미망인 집에서 본 것은 두루마리 편지지에 붓으로 쓴 것이었는데) 가득 차도록 펜글씨로 쓴 것이었는데, 우선 그것부터가 불쾌하기 짝이 없었다. 문면을 보면 〈그 후 의논해 본바〉라고 했지만 당일인 10일에 이미 마음을 정하고 돌아간 것이 틀림없는데 즉시 거절해야 할 것을 체면을 생각해서인지 하루 말미를 둔 것이라 추측되었다. 그렇다고 해도 직접 이곳으로 보낼 편지는 아니니까 이런 식으로 판에 박은 듯 격식 차린 말투가 아니라 좀 더 미망인을 납득시킬 만한 거절 방식도 있었을 것이다. 그저 〈인연이 없는 듯〉하다는 식으로 아무 이유도 밝히지 않은 것은 멀리서 사람을 불러다 놓고 너무 심한 처사라는 건 물론이지만, 그보다는 우선 스가노 집안에 대한 예의가 아닐 것이다. 게다가 〈인연이 없는 듯하다고 하니〉라고 했는데 〈듯하다고 하니〉라는 건 또 무슨 말인가. 그 문구 앞에 〈그 후 의논해 본바〉라고 한 걸 보면 집안 사람이나 친척 들과 의논해 본바 모두들 인연이 없다고 했다는 의미인 듯한데, 과연 이런 점이 백만장자의 식견이라도 되는 것인가. 뭐니 뭐니 해도 이 〈듯하다고 하니〉라는 문구의 속이 빤히 들여다보여 더욱 불쾌했다. 도대체 이런 편지를 그대로 동봉해서 보낸 스가노 미망인은 또 무슨 생각을 한 것일까? 사와사키가 무슨 말을 썼든 알지 못하면 그만인데, 이쪽으로 보낸 편지도 아닌 것을 일부러 보여 줄 것까지는 없지 않았을까? 미망인은 이 편지의 형식에 대해 아무것도 느끼지 못한 것일까? 미망인으로서는 이런 편지는 살짝 숨겨 두고 어떻게든 이쪽 감정을 상하게 하지 않을 만한 구실을 붙여 혼담이 성사되지 못할 것 같다는 귀띔만 해주는 것이 나잇값을 하는 일일 텐데. 〈설사 사와사키 쪽에서 원했다고 해도 이쪽 의향이 어떨지 모르기 때문에 특별히 애석한 혼담은 아니〉라고 억지 춘향 격의 어색한 말을 한다고 무슨 위로가 되겠는가. 요컨대 스가노 미망인이라는 사람은 유서 깊은 지방 호족의 부인임에는 틀림없지만 도저히 도회 사람의 세심한 기분 같은 건 알 턱이 없는 세련되지 못한 심성을 가진 사람이니, 그것도 모르고 혼담 주선 같은 일을 맡긴 사람이 잘못한 것이다.

데이노스케 부부는 이런 결론을 내렸는데, 그렇게 되면 그 책임은 자연스럽게 큰집 다쓰오한테 돌아갔다. 데이노스케 부부의 입장에서 보면 미망인이야 어떻든 큰집의 다쓰오를 믿고 맞선에 응한 것이었는데, 미망인의 방식을 잘 알고 있을 다쓰오는 맞선을 주선하려면 자신이 좀 더 사전에 조사를 해보고 얼마나 가능성이 있는가도 미리 타진해 봤어야 하지 않았을까? 쓰루코의 편지로는 스가노 집안의 호의를 무시하면 다쓰오의 입장이 난처하니까 혼담이 성사되고 말고는 둘째 문제고 우선 만나러 가기는 했으면 좋겠다고 했는데, 그런 말을 하려면 다쓰오도 유키코의 입장을 생각해서 미리 미망인한테 그 사람에 대해 얼마나 알아봤는지 확인해 보는 성의는 보였어야 하는 것 아닌가? 그런데도 그저 그쪽 말만 그대로 전하고 말았다는 건 지나치게 무책임한 처사가 아닐까? 결국 이번 일을 통해 데이노스케, 사치코, 유키코는 쓸데없이 마음만 상했고, 단지 자신들은 다쓰오의 체면을 세워주기 위해 움직였을 뿐이라는 느낌이 들었다. 데이노스케는 자신이나 사치코야 그래도 괜찮다고 해도 그런 일로 다시 다쓰오와 유키코의 사이가 나빠지지나 않을까 하는 걱정이 들었다. 그러고 보면 이 두 통의 편지를 큰집으로 보내지 않고 사치코한테 보낸 것은 다행이었다. 사치코는 남편의 뜻을 받들어 일부러 그로부터 보름 정도 후에 쓰루코한테 아무렇지 않게 편지를 써 보냈다. 그 편지 말미에는, 〈그러고 보니 스가노 미망인한테서 편지를 받았는데 아무래도 그 혼담은 잘 안 될 것 같다〉는 내용을 살짝 끼워 넣었다. 그리고 유키코한테 그런 뜻을 잘 말해 줬으면 좋겠고, 말하기 힘들면 안 해도 별 상관은 없을 거라는 말도 덧붙였다.

8

다시 보름 정도 지난 7월 초 데이노스케는 이삼일 도쿄에 갈 일이 생겼다. 맞선이 있고 난 후 유키코가 어떻게 지내고 있는지 다소 마음에 걸렸기 때문에 데이노스케는 한나절 정도 여유가 생긴 날 시부야로 찾아가 보았다. 다쓰오는 만나지 못했지만 쓰루코와 유키코는 잘 지내고 있었다. 유키코가 아이스크림을 만들어 준다며 부엌에 가 있는 동안 잠깐 쓰루코와 이야기를 나눴는데, 저번 맞선은 전혀 화제가 되지 않았다. 사실 데이노스케는 그 후 스가노 미망인이 왜 유키코가 그쪽의 마음에 들지 않았는지 진짜 이유를 큰집에 말했을지도 모른다고 생각했는데, 아무 말도 하지 않은 모양인지 아니면 숨기고 있는지 알 수 없었지만 쓰루코는 되도록 그 문제는 말하고 싶어 하지 않는 듯했다. 그런 것보다 쓰루코는 올해는 어머니의 23주기이니 다다음 달 모두 오사카로 가야 한다는 얘기만 늘어놓았다. 어쩌면 유키코가 생각보다 잘 지내고 있는 것은 그때 다시 간사이로 돌아갈 수 있다는 기대 때문인지도 모른다.

쓰루코는 어머니 기일이 9월 25일이지만 하루 앞당겨 24일 일요일에 젠케이지(善慶寺)에서 재(齋)를 올리기로 했다. 다쓰오와 쓰루코는 토요일에 오사카로 내려가야만 하는데 여섯 명이나 되는 아이들을 다 데리고 가는 것은 너무 번거롭고, 그럼 누구누구를 데리고 가면 좋을지, 장손인 데루오 외에 학교에 다니는 아이는 놔두고 간다고 해도 마사오와 우메코만은 데리고 가야 할 텐데, 빈집을 누구한테 맡겨야 할지, 그런 것들이 고민이었다. 유키코가 남아 준다면 좋겠지만 어머니 제사에 가지 말라고 할 수도 없고, 그 밖에 부탁할 사람도 없으니 오히사한테 맡기고 가는 것 외에 방법이 없는데 이삼일 정도니까 괜찮을지, 그렇다고 해도 여섯 명이나 되는 일행이 어디에 묵을 것인지, 한집에 모두가 묵으면 폐가 되니까 두 집에 나눠서 묵기로 하고, 자신은 아마 아시야에 묵게 될 것이라며 쓰루코는 두 달 뒤의 일을 벌써부터 마음 졸이고 있었다.

데이노스케가 도쿄에서 돌아와 이런 말을 전했을 때, 사실 사치코는 올 23주기는 어떻게 할 생각인지, 조만간 쓰루코한테 편지로 물어보려던 참이었다. 왜냐하면 1937년 12월 아버지의 13주기 때 다쓰오는 오사카로 오지 않고 젠케이지와 같은 종파에 속하는 도겐자카 근처의 어느 정토종 절에서 약식으로 재를 올린 적이 있었기 때문이다. 하긴 그해는 가을에 큰집이 도쿄로 막 이사한 참이어서 어수선한 때였고 또 많은 인원이 움직이는 것이 큰일이기도 해서 아버지의 재를 도쿄에서 올리기로 한 것이었다.

그때 다쓰오는, 만약 상경해 출석해 주면 고맙겠지만 다들 바쁠 때라 일부러 찾아올 필요는 없으니 아무쪼록 그날에는 각자 젠케이지에 가서 참배하기를 바란다는 인사말과 함께 칠공예품인 향로를 친척들에게 나누어 준 적이 있었다. 사실 그런 이유가 있었다는 것은 틀림없겠지만 다쓰오의 진짜 속셈은 오사카에서 아버지의 재를 올리려면 아무래도 화려하게 해야 하고 쓸데없이 돈을 많이 쓰게 될 것을 염려해서 그랬을 것이라는 게 사치코의 짐작이었다. 어쨌든 아버지는 예인(藝人)을 후원했던 사람이었으므로 3주기 때까지는 배우나 예기(藝妓) 등도 많이 참석했다. 신사이바시의 요릿집 하리한에서 열린 연회(육식을 피하고 채식하며 정진하는 기간이 끝나고 육식을 포함한 보통 식사로 돌아가는)는 하루단지[37]의 라쿠고 등 여흥도 펼쳐져 상당히 성대했으므로 마키오카가가 한창 잘 나가던 무렵을 방불케 하는 점이 있었다. 그래서 다쓰오는 그때의 부담에 질렸기 때문에 지난 1931년 7주기에는 안내장 같은 것도 집안 사람한테만 보냈는데 그래도 역시 기일을 잊지 않고 오거나 소식을 듣고 찾아온 사람들이 많았으므로 예정대로 소박하게 치를 수가 없었다. 처음에는 요릿집에서 연회를 열지 않고 절에서 도시락을 내놓을 생각이었는데 결국 다시 요릿집 하리한으로 가게 되었다. 고인(故人)은 화려한 것을 좋아하던 사람이었으므로 부친의 재를 올리는 일에만은 비용을 들이는 것이 효도라며 기뻐하는 사람도 있었다. 그러나 모든 일은 분수에 맞아야 한다는 말도 있듯이 옛날과 지금의 마키오카 집안의 격식이 다르므로 이번에 재를 올리는 일은 좀 더 소박하게 해야 한다고 다쓰오는 생각했다. 다쓰오는 그때 현재 자신의 주머니 사정이 어렵다는 것은 선친께서도 무덤 속에서 보고 계실 거라고 말했을 정도로 여러 가지 사정이 있어서 13주기에는 일부러 오사카까지 내려오는 것을 피한 듯했다. 친척 늙은이들은 다쓰오의 그런 방식에 비탄하며, 선친의 재를 올리는 일인데 도쿄에서 오는 게 뭐가 그리 대수냐고 나무라기도 하고 큰집이 요즘 무척 인색해졌다고들 하는데 아무리 돈이 든다고 해도 이건 다른 일과 다르지 않느냐고 이런저런 말들을 하는 사람이 있어서 쓰루코가 중간에 끼여 아주 곤욕을 치렀다. 그때마다 다쓰오는 17주기에는 오사카에 가서 만회를 할 거라고 변명했다. 이런 전례가 있었기 때문에 사치코는 올해 어머니

37 3주기는 1927년으로 추정되기 때문에 초대 가쓰라 하루단지(桂春團治, 1878~1934)를 가리킬 것인데 그는 오사카의 라쿠고가(落語家, 일종의 만담가)다.

제삿날은 어떻게 할 셈인지, 이번에도 도쿄에서 올린다면 친척들의 말도 많겠지만 그보다 자신의 마음이 놓이지 않을 것 같았다.

다쓰오는 어머니에 대해 전혀 모르기 때문에 어떤 감회도 없을 테지만 사치코가 어머니를 그리워하는 정은 아버지를 그리워하는 것과는 또 다른, 좀 특별한 데가 있었다. 1925년 12월 쉰넷에 뇌일혈로 쓰러진 아버지도 단명이라고 할 수 있지만 어머니는 1917년 서른일곱이라는 젊은 나이에 돌아가셨다. 그 생각을 하면 사치코는 자신이 올해 어머니가 돌아가신 그 나이가 되었고 큰집의 쓰루코는 벌써 그때의 어머니보다 두 살이나 많다는 데 생각이 미쳤다. 그러나 그녀의 기억 속에 있는 어머니는 지금의 쓰루코나 사치코보다 훨씬 아름답고 청아한 분이었다. 하긴 돌아가셨을 때의 주변 상황이나 병 등의 영향이 있었기 때문에 당시 열다섯 소녀였던 사치코의 눈에 어머니의 모습은 실제 이상으로 단아하게 비쳤을 것이다. 폐병 환자라도 병세가 심해지면 추하게 마르고 안색이 나빠지는 경우가 많은데, 어머니는 폐병이었으면서도 임종 때까지 우아함을 잃지 않았다. 안색도 하얗고 투명해졌을 뿐 검은빛을 띠지 않았고 몸도 가냘프게 마르기는 했지만 손끝과 발끝까지 윤기가 남아 있었다. 어머니가 병이 든 것은 다에코를 낳고 얼마 지나지 않아서였던 것 같은데 처음에는 하마데라, 그다음에는 스마에서 요양했다. 마지막에는 바닷가는 오히려 좋지 않다고 해서 미노에 있는 조그만 집을 빌려 그곳으로 옮겨 갔다. 어머니의 말년에는 한 달에 한두 번 정도밖에 만나러 갈 수 없었는데, 그것도 되도록 짧은 시간만 머무르다 돌아와야 했다. 그러므로 집에 돌아와서도 해변의 쓸쓸한 파도 소리나 소나무에 스치는 바람 소리에 어머니의 모습이 겹쳐 언제까지고 머리에서 떠나질 않았다. 그래서 더욱 어머니라는 존재를 이상화해서 생각했고 그 영상이 사모의 대상이 되었을 것이다. 미노로 옮기고 나서는 그렇게 오래 살지 못할 것이라는 걸 알았으므로 이전보다 자주 문병하러 갈 수 있었다.

어머니가 임종하던 날은 아침 일찍 전화가 걸려 와 사치코 등이 달려갔고 얼마 안 있어 곧 숨을 거두었다. 며칠 전부터 줄기차게 내리던 가을비가 여전히 그치지 않고 추적추적 병실 툇마루 유리창에 뿌옇게 빗물을 뿌리던 날이었다. 장지문 밖에는 아담한 뜰이 있었고 거기에서 빗물이 완만하게 골짜기로 흘러내렸는데, 뜰에서 벼랑에 걸쳐 피어 있는 싸리꽃은 이미 떨어진 채 세차게 내리는 비를 그대로 맞고 있었다. 골짜기에 물이 불어 산사태라도 나지 않을까, 마을 사람들이 술렁이고 있던 아침의 일이었다. 빗소리보다 섬뜩한 계곡물 소리가 귀를 먹먹하게 했고 계곡 바닥의 돌들이 서로 부딪칠 때마다 쾅쾅 울리는 소리가 집을 흔들었기 때문에 사치코 등은 물이 차오르면 어떻게 하지, 하며 겁을 먹은 채 어머니의 머리맡을 지키고 있었다. 그런 중에 하얀 이슬이 사라지듯 죽어 가는 어머니, 너무나도 고요하고 잡념이 없는 그 얼굴을 보자 무서운 것도 다 잊고 한순간에 정화되는 감정으로 이끌려 들어갔다. 분명히 슬픔이었지만 그것은 하나의 아름다움이 지상에서 사라져 가는 안타까움, 이를테면 개인적 관계를 떠나 음악적인 쾌감을 동반한 슬픔이었다. 사치코 등은 어머니가 어차피 이 가을을 넘기지 못할 거라고 각오는 하고 있었지만 그 죽은 얼굴이 그토록 아름답지 않았다면 그때의 슬픔을 견디기가 한층 힘들었을 것이고, 나아가 좀 더 어두운 추억이 오랫동안 마음에 남았을 것이다.

원래 아버지는 일찍부터 도락으로 인해 재산을 보전할 수 없는 사람이었기 때문에 당시로는 비교적 늦은 스물아홉이라는 나이에 자신보다 아홉 살이나 어린 어머니와 결혼했다고 하는데, 집안 어른들 얘기로는 그런 아버지도 한동안은 기생집 출입을 멀리할 만큼 부부 금슬이 좋았다고 했다. 게다가 아버지가 거침없이 호쾌한 기상을 지닌 데 비해 어머니는 교토의 상인 집안에서 태어나 용모나 행동거지, 처신 등 모든 것이 〈교토 미인〉형이어서 서로 정반대의 성격이 무척 잘 어울려 사람들이 부러워하는 부부였다고 했다. 그러나 그 것은 사치코가 기억할 수도 없는 먼 과거의 일이다. 사치코가 기억하고 있는 아버지는 항상 집 밖으로 놀러 돌아다니는 아버지였으며, 어머니는 그런 남편에게 만족하면서 아무 불평 없이 받들어 모시던 도시의 아내였다.

어머니의 온천 요양이 시작되고 나서는 아버지의 도락도 한층 방약무인해져 〈큰돈을 쓰며 호화판으로 노는〉 데까지 나아갔다. 아버지가 오사카보다는 교토 쪽에서 더 많이 놀았다는 것, 자신도 가끔 기온의 기생집에 따라간 적이 있으며 아버지가 단골로 삼던 예기도 몇 명 알고 있었다는 것 등을 생각하면, 아버지는 역시 교토 미인형을 좋아한 것 같았다. 그리고 보면 사치코가 자매 가운데 다에코보다 유키코를 더 깊이 사랑하는 것은 여러 가지 이유가 있겠지만 네 자매 가운데 유키코가 어머니의 모습을 가장 많이 간직하고 있기 때문인지도 모른다. 네 자매 가운데 사치코와 다에코가 아버지를 닮았고 쓰루코와 유키코는 어머니를 닮았다는 것은 앞에서도 말했지만, 쓰루코는 키가 크고 전체적으로 몸집이 크기 때문에 얼굴 느낌은 교토 여자지만 어머니가 갖고 있는 섬약

함이나 나긋나긋함은 없었다. 어머니는 메이지 시대 여자이기 때문에 키가 151센티미터도 되지 않았고 손이나 발도 귀엽고 가냘프며 손가락 모양도 화사하고 우아해서 마치 정교한 세공품 같았다. 그러므로 자매 가운데 가장 키가 작은 다에코보다 어머니가 더 작았으며 다에코보다 1~2센티미터 큰 유키코는 어머니에 비하면 큰 것은 사실이지만, 누구보다도 유키코가 어머니의 성격과 외모 중에서 좋은 점만 물려받은 것은 틀림없었다. 그리고 어머니의 몸 주위에 감돌고 있는 향기 같은 것이 희미하게나마 유키코한테서도 느껴졌다.

사치코는 이번에 재를 올리는 일에 대한 이야기는 남편을 통해 간접적으로 들었을 뿐 7~8월 중에 쓰루코나 유키코한테서는 아무런 연락도 받지 못했다. 그러다가 달이 바뀌고 9월 중순에야 큰집에서 정식으로 안내장을 보내 왔다. 그러나 사치코가 다소 의외였던 것은 돌아가신 어머니의 23주기와 함께 아버지의 17주기도 2년 당겨서 이번에 한꺼번에 한다는 것이었다. 데이노스케도 그것은 처음 듣는 얘기였다. 쓰루코한테서는 분명히 어머니의 23주기 얘기만 들었고 아버지의 17주기에 대해서는 아무 말도 듣지 못했던 것이다. 쓰루코야 어쨌든 다쓰오는 당시부터 그런 속셈이 있었던 게 틀림없었다. 하긴 한쪽을 앞당겨 양친의 기일을 한꺼번에 치르는 일은 간혹 있는 일이다. 그러니 그다지 비난할 일은 아니지만 다쓰오는 전에도 아버지의 재 올리는 일을 소홀히 한다고 비난을 받기도 했고, 자신이 17주기는 성대하게 해서 그동안 소홀히 했던 것을 만회하겠다고 한 체면도 있을 터였다. 그래도 그때와 지금은 세상이 다르고 이런 시국이니까, 라고 말한다면 그것 또한 수긍할 수 없는 일도 아니다. 그렇다면 말

많은 친척들과 미리 의논하고 양해를 구했어야 하지 않을까? 막상 일이 닥쳐서 예고도 없이 갑자기 그렇게 결정하는 것은 온당한 처사가 아닐 것이다.

안내장 내용은 〈아버지의 17주기와 어머니의 23주기 재를 올리게 되었으니 오는 9월 24일 일요일 오전 10시에 시타데라마치 젠케이지로 왕림해 주시기 바랍니다〉 하는 간단한 것이었다. 그 안내장이 배달되고 며칠 후에야 비로소 쓰루코가 전화를 걸어와 자세한 이야기를 했다.

얼마 전 제부가 도쿄에 왔을 때는 그럴 생각이 없었는데, 진작부터 남편은 국민 정신 총동원[38] 같은 게 제창되고 있기도 하고, 재 올리는 일에 쓸데없이 돈을 낭비하는 시대가 아니니까 아버지 기일도 올해 함께 하면 어떨까 하더라. 정말 얼마 전까지는 사실 그렇게 할 생각이 아니라서 안내장도 어머니 기일만 적었는데 유럽에서 전쟁이 터지고 나니까 남편의 생각이 다시 바뀐 것 같다. 앞으로 일본에 큰일이 일어날지도 모르고, 중일 전쟁이 시작된 지 3년이 지나도록 매듭지어지지 않는 걸 보면 자칫 세계 동란의 소용돌이에 휩쓸릴지도 모르니까 우리도 앞으로는 한층 긴축해야 할 때라고 하면서, 갑자기 아버지 재와 같이 올리자고 하더라. 지금은 인쇄를 할 만큼 많은 사람을 초대하지 않기로 했기 때문에 안내장도 일일이 쓰기로 했다. 도중에 이렇게 변경되어서 은행의 젊은 사람들한테 부탁해서 아주 급히 고쳐 써서 보내는 거다. 그러니 여러 친척

---

38 중일 전쟁이 발발하고 한 달 후인 1937년 8월 고노에(近衛) 내각은 국민 정신 총동원 실시 요강을 결정하고, 9월 〈거국일치, 진충보국, 견인지구(堅忍持久)〉라는 3대 강령하에 국민 정신 총동원 운동을 시작했다.

들과 의논할 틈도 없었는데 이번에는 저번처럼 비난할 사
람은 없을 거라고 생각한다. 이번에는 나도 기꺼이 남편의
생각에 찬성한다.

쓰루코는 이처럼 한바탕 변명인지 해명인지를 늘어놓더니
이렇게 말했다.
「나하고 유키코는 마사오와 우메코를 데리고 22일날 〈쓰
바메〉를 타고 출발해서 거기서 묵기로 했어. 형부하고 데루
오는 토요일 밤에 떠나서 일요일 아침에 도착하고, 다시 그날
밤차로 곧장 돌아가기로 했으니까 아무 데도 폐가 되지는 않
을 거야. 나는 오사카가 2년 만이고 또 도쿄의 집은 오히사가
봐준다고 했으니까 안심이긴 한데, 또 언제 갈 수 있을지 모
르니까 너댓새 묵고 싶지만 늦어도 26일에는 돌아와야 해.」
「그럼 그날 점심은 어떻게 할 거야?」
사치코가 물었다.
「글쎄, 그게 문제야. 점심은 절의 방을 빌리고 고즈의 야오
탄에서 주문하기로 했어. 전화로 쇼키치한테 모든 걸 시켜
놨으니까 알아서 해줄 거야. 실수는 없겠지만 네가 절과 야
오탄에 다시 한 번 확인을 해봐 줘. 인원은 대체로 서른네다
섯 정도로 예상하고 있으니까 요리는 넉넉하게 40인분을 주
문해 놓았고, 술도 한 사람당 한두 홉 정도로 맞춰 놨어. 술
을 데우는 일은 젠케이지의 부인이나 그분 딸이 도와준다고
했는데, 방 문제는 우리가 알아서 할 테니 그렇게 알고 있어.」
좀처럼 전화를 하지 않는 언니이지만 일단 전화를 하면 길
게 하는 버릇이 있어서 한 통화만 더, 한 통화만 더 하면서 이
야기를 덧붙였다.
「유키코나 다에코도 나와야 하겠지만 둘 다 아직 저러고

있는 것이 참 거북하긴 해.」

그러면서 친척들한테 줄 선물을 무엇으로 하면 좋을지를 묻기 시작했으므로 사치코가,

「그럼 모레 봐……」

하고 적당한 선에서 이야기를 끊었다.

9

사치코는 쓰루코가 마지막에 슬쩍 내비친 말, 즉 유키코와 다에코도 나와 달라고 하면서 아직 혼처가 정해지지 않은 두 사람을 많은 사람들 앞에 드러내는 게 언니 입장에서 괴롭다고 한 것은 쓰루코만이 아니라 다쓰오도 가슴이 메는 일임에 틀림없었다. 굳이 의심을 하자면 그런 것도 다쓰오가 아버지 재 올리는 것을 내켜하지 않는 이유 가운데 하나일지도 모른다. 다쓰오 부부는 적어도 유키코 혼자만이라도 올해 기일까지는 결혼하기를 바랐을 것이다. 서른셋이나 되었는데 지금도 사람들에게 〈아가씨, 아가씨〉라고 불리는 유키코, 그보다 어린 사촌들 대부분은 벌써 부인이 되었고 그중에는 아이들까지 데려오는 사람이 있는데 아직도 적당한 혼처가 정해지지 않은 유키코. 1931년 아버지 7주기 때는 그녀가 스물다섯이었는데, 그때도 사람들은 그녀의 젊음이나 〈전혀 나이를 먹지 않아 보이는 것〉에 놀라며 칭찬한 것을 다쓰오 부부는 귀가 아프도록 들었다. 이번에는 더욱더 그런 생각을 하지 않으면 안 될 것이다. 유키코의 젊음은 그때에 비해 그렇게 달라 보이지 않았고 유키코 자신도 친척 아가씨들에게 추월당했다고 해서 주눅이 든 것 같지도 않았다. 그러나 또 그런

만큼 사람들은 유키코를 가엾게 여기고, 어디를 봐도 결점이 없는 이런 〈아가씨〉가 언제까지고 혼자인 것을 몹시 부당한 일로 생각하고는, 돌아가신 부모가 무덤 속에서 얼마나 탄식을 할 것인가, 하고 그것을 모두 큰집 책임인 것처럼 말하려 들었다. 그렇게 되자 사치코도 은근히 그 책임의 절반을 느끼지 않은 건 아니었으므로 다쓰오나 쓰루코의 심중을 한층 더 잘 알 수 있었다. 사실 사치코는 유키코의 일과는 별도로 마음 쓰이는 문제가 있었으므로 쓰루코가 오랜만에 내려온다는 말을 듣고 내심 당황하고 있던 참이었다.

왜냐하면 최근에 다시 다에코의 신상에 새로운 변화가 일어나고 있었기 때문이다. 다에코는 이타쿠라가 죽었을 때는 완전히 맥이 빠진 사람처럼 무슨 일이든 흥미를 잃어버린 듯했다. 그러나 그것도 그리 오래가지 않았고 한두 주 지나자 되살아난 것처럼 보였다. 다에코는 모든 방면에서 다가오는 압박에 대항하면서라도 자기 뜻을 관철하려고 한 연애에 돌연 종지부를 찍게 되었으므로 한동안은 망연자실해 어찌할 바를 모르는 것 같았다. 그러나 전전긍긍하는 것을 싫어하는 성미여서 스스로 힘을 내 어느새 다시 양재 학원에 다니기 시작하는 등 속마음은 어쨌든 겉보기에는 곧 평소의 활동적인 그녀로 돌아와 있었다. 사치코도 거기에는 감탄할 수밖에 없어서 이번만은 그 대단한 다에코도 적잖이 맥을 못 추고 있음에는 틀림없지만 그런 약점을 보여 주지 않으려는 것은 대단하다, 역시 다에코는 여러 가지 일을 저지르긴 했지만 자기 같은 사람은 도저히 흉내도 낼 수 없는 점이 있다고 데이노스케에게 말하기도 했다.

아마 7월 중순이었을 것이다. 어느 날 사치코는 구와야마 부인을 안내해 고베의 초밥집 요헤이로 점심을 먹으러 갔다.

거기서 조금 전에 다에코한테서 전화가 왔는데 저녁 6시에 두 사람 자리를 예약했다는 말을 들었다. 다에코는 그날 아침 외출한 상태라서 어디서 전화를 걸었는지도 몰랐고 동행이 누구인지도 짐작할 수 없었다. 요헤이의 젊은이는 그 무렵 다에코가 두 번 정도 어떤 남자와 온 적이 있다고 말했다. 특별한 이유는 없었으나 사치코는 깜짝 놀라 그때 동행한 남자의 외양을 물어보고 싶었다. 하지만 구와야마 부인 앞이어서 〈아, 그래요?〉 하고 일부러 가볍게 흘려 버렸다. 솔직히 말하자면 사치코는 그 남자가 누구인지 알아보고 싶었으나 그렇게 하는 것이 두렵기도 했다. 요헤이를 나와 구와야마 부인과 헤어진 사치코는, 예전에 한 번 본 적이 있는 「망향」이라는 프랑스 영화가 신카이치에서 상영되고 있어서 다시 보러 갔다. 5시 30분에 영화가 끝나고 밖으로 나왔을 때, 지금 요헤이 근처로 가서 어슬렁거리고 있으면 다에코와 그 남자를 우연히 볼 수도 있을 거라는 생각을 했지만 짐짓 그런 생각을 지우면서 곧바로 집으로 돌아갔다.

그로부터 다시 한 달이 지나 8월 중순 기쿠고로가 고베에 왔으므로 데이노스케, 사치코, 에쓰코, 오하루, 이렇게 넷이서 쇼치쿠 극장에 간 적이 있었다(다에코는 그때 사치코가 영화나 가부키를 보러 가자고 해도 좀처럼 같이 가지 않았다. 자기도 가기는 갈 거지만 오늘은 그만두겠다며 별도의 행동을 하기도 했다). 네 사람이 다몬도리 8가 전찻길에서 택시에서 내려 신카이치의 교차로에서 슈라쿠칸 옆으로 건너려고 할 때였다. 데이노스케와 에쓰코만 먼저 건너고 사치코와 오하루는 신호에 걸려 서 있었다. 그때 두 사람의 눈앞을, 난코마에 쪽에서 나타나 눈 깜짝할 사이에 지나쳐 간 자동차가 있었는데 안에 타고 있던 사람은 오쿠바타케와 다에코였다.

여름철 한낮이어서 의심할 바 없었다. 자동차 안에 있던 두 사람은 뭔가 얘기를 하느라 이쪽을 알아보지는 못한 듯했다.

「오하루, 아저씨한테도 에쓰코한테도 말하면 안 되는 거 알지?」

사치코는 곧바로 입단속을 시켰다. 오하루는 사치코의 안색이 갑자기 변한 것을 알아채고 자신도 몹시 진지한 표정을 지었다.

「네.」

오하루는 이렇게 대답하고는 고개를 숙이고 걸었지만, 사치코는 심장이 두근거리는 것을 진정시키기 위해 한 백 미터쯤 앞에 가는 데이노스케와 에쓰코의 뒷모습에 눈을 주면서 일부러 발걸음을 늦추었다. 이런 때는 흔히 손끝이 차가워졌으므로 자기도 모르게 오하루의 손을 잡았는데, 잠자코 있으니 한층 더 답답해졌다.

「오하루, 너 다에코에 대해서 뭐 아는 거 없니? 다에코, 요즘 거의 집에 붙어 있지 않는 것 같던데⋯⋯.」

「네.」

「저기 말이야, 뭐 아는 게 있으면 말해 줘⋯⋯ 지금 그 사람한테서 전화 온 적은 없었니?」

이렇게 묻자 오하루는,

「전화는 오지 않았지만⋯⋯」

하고 우물쭈물하다가 드디어 입속말로 덧붙였다.

「⋯⋯실은 저번에 니시노미야에서 두세 번 뵌 적이 있어요.」

「지금 그 사람을?」

「네, 저어⋯⋯ 다에코 아가씨도요⋯⋯.」

이때 사치코는 더 이상 묻지 않았지만, 「노자키무라(野崎村)」가 끝나고 막간을 이용해 오하루와 화장실에 가려고 일

634

어났을 때 복도에서 다시 그 뒷이야기를 물었다. 오하루는 이런 이야기를 했다.

　오하루는 지난달 하순 아마가사키에 있는 아버지가 치질 수술을 받으러 니시노미야의 모 항문 병원에 입원했을 때 2주일 동안 휴가를 얻어 아버지 병간호를 한 적이 있었다. 그동안 대개 하루에 한 번은 식사나 필요한 것들을 나르러 아마가사키의 집과 병원을 왔다 갔다 했다. 병원은 니시노미야의 에비스 신사 근처에 있었기 때문에 오하루는 늘 국도 후다바 연변에서 아마가사키까지 버스를 타고 다녔는데 그 길을 오가다 세 번이나 오쿠바타케와 마주쳤다. 한번은 오하루가 타려고 한 버스에서 내리는 것을, 그다음은 정류장에서 버스를 기다리는 동안이었다. 오쿠바타케는 그녀와 반대 방향, 즉 고베 쪽으로 가는 버스만 탔고 노다 쪽으로 가는 버스는 한번도 타지 않았다. 버스를 기다리기 위해 오하루는 국도를 남쪽에서 북쪽으로 가로질러 산 쪽 정류장에 서 있었는데, 오쿠바타케는 산 쪽 정류장 뒤편의 만보에서 나와 국도를 북쪽에서 남쪽으로 가로질러 바다 쪽 정류장에 서 있었다(오하루는 만보라는 말을 사용했는데 이는 요즘 간사이 지방의 일부 사람들 사이에서만 통용되는 옛 사투리다. 그 뜻은 짧은 터널을 가리키는데 지금의 굴다리 같은 말이 여기에 적합한 말일 것이다. 원래 네덜란드 말인 만푸에서 온 말이라고 하는데 그렇게 발음하는 사람도 있지만 교토, 오사카 지방에서는 일반적으로 그 지방 특유의 발음으로, 오하루처럼 발음한다. 한신 국도의 니시노미야 시 후다바 연변 북쪽은 쇼센 전차와 철도의 제방이 동서로 달리고 있고 그 제방에 굴다리라기보다 조그만 구멍 같은, 사람이 간신히 서서 지나갈 수 있는 정도의 굴이 하나 뚫려 있는데 그것이 바로 버스 정류장이 있는 곳으로 나가게 되어 있었다). 오하루는 처음에 얼굴을 마주쳤을 때 인사를 해야 할지 말아야 할지 망설이고 있었는데 오쿠바타케가 빙긋 웃으면서 모자를 벗었으므로 그녀도 그만 인사를 했던 것이다. 두 번째 만났을 때는 버스가 두 방향 다 좀처럼 오지 않았으므로 오랫동안 기다리고 있었는데 맞은편에 서 있던 오쿠바타케가 무슨 생각을 한 건지 전차 선로를 건너 태연하게 옆으로 다가와서는

「오하루, 자주 만나네. 이 근처에 무슨 용무라도 있는 건가?」

하고 말을 걸었으므로 사실 이런저런 일이 있어서 그렇다고 잠깐 서서 이야기를 했다. 오쿠바타케는 혼자 싱글벙글하면서,

「그래? 이 근처에 와 있다고, 그럼 우리 집에 한번 놀러 와. 우리 집은 저 굴다리를 지나면 바로야」

하면서 만보 입구를 가리키며,

「잇본마쓰 알지? 우리 집은 잇본마쓰 옆이니까 금방 알 거야. 꼭 놀러 와」

하고 말했다. 아직 무슨 얘기를 더 하고 싶어 하는 눈치였으나 그때 노다행 버스가 왔으므로,

「그럼 먼저 실례하겠습니다」

하고 오하루는 그 버스를 타버렸다(오하루의 버릇으로, 이런 이야기를 할 때는 일일이 그 사람의 목소리를 흉내 내어 당시의 대화를 꼼꼼하게 재연해 보여 주었다). 이렇게 오하루가 오쿠바타케와 마주친 것은 세 번뿐이었고 시간은 늘 저녁 5시 전후였으며 세 번 다 오쿠바타케 혼자였다. 그러나 이와 별도로 한번은 그 정류장에서 다에코와도 만난 적이 있었다. 그것도 역시 같은 시간이었는데, 오하루가 정류장에 서

있자니 뒤에서 다에코가 다가와 〈오하루!〉 하고 부르면서 어깨를 두드렸던 것이다.

「어머! 어디 갔다 오세요?」

오하루는 무심코 이런 말이 나와 버려서 서둘러 입을 다물었지만, 느닷없이 뒤에서 나타난 걸 보면 아무래도 그 만보를 지나온 것 같았다. 다에코는,

「오하루, 언제 돌아오는 거니? 아버님은 어떠셔?」

하고 물어본 다음,

「너, 오쿠바타케 씨 만났다면서」

하면서 히죽히죽 웃었다. 그리고 오하루가 허를 찔려 쩔쩔매고 있자니,

「빨리 돌아와」

하는 말을 남기고 맞은편으로 건너가 고베행 버스를 탔는데, 거기서 바로 집으로 돌아갔는지 아니면 고베에라도 갔는지는 알 수 없었다.

극장 복도에서 한 이야기는 이것뿐이었지만 사치코는 오하루가 아직 뭔가 더 알고 있는 듯한 느낌이 들었으므로 이틀 후 에쓰코가 피아노 교습을 받으러 가는 날 다에코가 외출하기를 기다려, 오늘은 오테루에게 에쓰코를 데리고 가라고 하고 오하루를 응접실로 불러 그다음 이야기를 물었다. 그러자 오하루는, 그 밖의 일은 없다고 하면서 이런 이야기를 했다.

오하루는 오쿠바타케가 오사카 쪽에 산다고만 생각하고 있었는데 니시노미야의 잇본마쓰 옆에 집이 있다고 해서 뜻밖이라고 생각했다. 그래서 그녀는 어느 날 그 만보를 지나 잇본마쓰까지 가봤는데 정말 집이 있었다. 앞에는 나직한 생

울타리가 있었고 붉은 지붕에 벽이 하얀 문화 주택 같은 조그마한 이층집이었다. 〈오쿠바타케〉라고만 적힌 문패가 달려 있었지만 문패가 새것인 것을 보면 아마 최근에 이사 온 모양이었다. 오하루가 간 것은 저녁 6시 반이 조금 지난 시간이어서 상당히 어두웠지만, 2층의 창이 활짝 열려 있어서 하얀 레이스 커튼 안을 들여다볼 수 있었다. 안에는 환한 전등이 켜져 있고 전축이 틀려 있었다. 잠시 멈춰 서서 안을 살펴보고 있자니 분명히 오쿠바타케와 또 한 사람, 여자인 듯한 사람의 목소리가 들렸는데 레코드 소리 때문에 확실히 듣지는 못했다(이 말을 할 때 오하루는, 〈맞아요, 맞아. 레코드는 그거였어요. 거 있잖아요, 저어…… 다니엘 다리외[39]가 「새벽에 돌아오다」에서 불렀던 그 노래였어요〉 하고 말했다). 오하루가 그 집을 보러 간 것은 그때뿐이었다. 시간이 있으면 한 번 더 가서 좀 더 살펴보려고 했지만 그로부터 이삼일 있다가 아버지가 퇴원하고 오하루도 아시야로 돌아왔으므로 결국 그럴 기회는 없었다. 그리고 오하루는 그 얘기를 사모님한테 말해야 좋을지 어떨지 망설이고 있던 참이었다. 왜냐하면 정류장에서 만났을 때 오쿠바타케도 다에코도 그다지 입단속을 하지 않은 걸로 보면 어쩌면 사치코도 이미 알고 있을지도 모르고, 만약 그렇다면 모르는 척하고 있는 게 오히려 부자연스러운 일이기 때문이다. 그래도 쓸데없는 이야기는 하지 않는 것만 못하므로 말하지 않고 있었던 터였다. 그 무렵 다에코는 늘 그 집에 다니지 않았을까 싶었다.

이런 말을 하면서 오하루는 사치코에게, 원한다면 근처의 소문 같은 것도 듣고 좀 더 자세히 알아보고 오겠다고 말했다.

39 Danielle Darrieux(1917~2017). 프랑스의 미녀 영화 스타.

사치코는 그날 자동차 안의 두 사람을 봤을 때는 너무 갑작스러웠기 때문에 깜짝 놀랐지만 점차 안정을 찾고 생각해 보니, 다에코는 이타쿠라 사건 이후 오쿠바타케를 더 이상 상대하지 않고 있었지만 완전히 관계를 끊은 건 아니었던 듯했다. 하물며 이타쿠라가 죽어 버린 지금, 두 사람이 간혹 함께 다닌다고 해도 그렇게 놀랄 만한 일은 아니었다.

다만 이타쿠라가 죽고 나서 열흘 정도 지났을까 하는 어느 날 사치코는 신문에 오쿠바타케 어머니의 부음이 실려 있는 것을 보고 다에코를 떠보았다.

「오쿠바타케 씨 어머니가 돌아가신 모양이네.」

사치코는 이렇게 말하고는 슬쩍 다에코의 안색을 살폈다.

「응.」

다에코는 정말 흥미 없다는 듯 이렇게 대답할 뿐이었다.

「오래 앓으셨다니?」

「글쎄…….」

「요즘 전혀 안 만나니?」

「응.」

다에코는 냉담하게 이렇게 대답할 뿐이었다. 사치코는 그 이후 다에코가 오쿠바타케 이야기를 하는 것을 무척 싫어한다는 것을 알고 그녀 앞에서 〈오쿠바타케〉의 〈오〉자도 꺼낸 적이 없었다. 그렇다고 다에코의 입에서 오쿠바타케와 완전히 절교했다는 말은 아직 들어 보지 못했다. 게다가 사치코는 다에코가 조만간 제2의 이타쿠라 같은 사람을 만들지 않고는 못 배길 거라는 생각에 걱정하고 있었다. 또다시 신통치 않은 상대를 선택할 바에는 차라리 오쿠바타케와 다시 합치는 것이 자연스럽고 세상 사람들에게도 체면이 서는 일이며 모든 점에서 바람직한 일이라고 생각했다. 하긴 오하루의

이야기만으로 다시 합쳤다고 단정하는 것도 경솔한 판단이
지만, 아마 그렇지 않을까 싶었다. 설사 그것이 사실이라고
해도 큰집이나 사치코가 오쿠바타케와의 연애는 이해해 줄
거라는 걸 알고 있는 다에코는 설사 그것이 사실이라고 해도
숨길 필요가 없을 것이다. 그러나 한때 그렇게 오쿠바타케에
게 정나미가 떨어졌다고 했던 체면에 스스로 다시 합치기로
했다고 고백하는 것도 겸연쩍은 노릇일 터였다. 그렇더라도
사치코가 알고 있는 게 더 낫기 때문에 오하루의 입을 통해
알려지기를 바라는 것이 아닐까? 사치코는 그렇게 짐작했을
뿐이다. 그러고 나서 며칠이 지난 아침, 식당에서 잠시 두 사
람만 있게 된 때였다.

「다에코, 얼마 전에 우리가 기쿠고로를 보러 간 날 말이야,
자동차로 신카이치 근처를 지나가지 않았니?」

사치코는 일부러 대수롭지 않은 듯이 말했다.

「응.」

다에코는 고개를 끄덕였다.

「요헤이에도 갔다면서?」

「응.」

「오쿠바타케 씨는 왜 니시노미야에 집이 있는 거래?」

「형님과 의절해서 오사카 집에 있을 수 없게 되었다나 봐.」

「왜?」

「왜 그런지, 확실한 얘기는 안 해.」

「얼마 전에 어머님이 돌아가셨지?」

「응, 그 일과 관계 있는 것 같아.」

그래도 다에코는 그 집의 집세가 45엔이라는 것, 오쿠바타
케는 거기서 옛날에 유모였던 할멈과 둘이서 살고 있다는 것
등을 조금씩 이야기하기 시작했다.

「다에코, 오쿠바타케 씨와는 언제부터 다시 만나는 거야?」
「이타쿠라의 49잿날 만났어…….」
다에코는 이레마다 계속해서 참배를 해왔다. 지난달 상순, 49일째 되는 날 아침 일찍 오카야마로 가서 참배를 끝내고 기차를 타려고 역으로 들어서자 오쿠바타케가 정면 입구에 서서, 〈참배하러 오는 걸 알고 여기서 기다리고 있었어〉라고 말했다. 그래서 할 수 없이 오카야마에서 산노미야까지 함께 돌아왔는데, 이타쿠라가 죽은 후 한때이긴 해도 완전히 끊어졌던 교제가 그때부터 다시 시작된 것이라고 다에코는 말했다.

「그렇다고 해서 내가 오쿠바타케 씨를 다시 보게 된 건 아니야. 오쿠바타케 씨는 어머니가 돌아가시고 나서야 비로소 세상을 알게 되었다는 둥, 형님과 의절하고 정신을 차렸다는 둥, 기특하게도 이런저런 이야기를 하는데 나는 그런 말을 곧이곧대로 받아들이지 않거든. 그저 오쿠바타케 씨가 집에서 쫓겨나 외톨이가 되었고 아무도 상대해 주지 않는 걸 보니까 인정머리 없이 대할 수가 없었을 뿐이야. 그래서 만나는 건데, 지금 내가 오쿠바타케 씨한테 느끼는 것은 연애 감정이 아니라 연민이야.」

다에코는 이런 변명을 했다.

10

다에코는 그 이야기에 대해서는 입을 다물어 버렸고 더 이상 물어보는 것을 좋아하지 않는 듯해서 사치코는 더 이상 그 문제를 거론하지 않았다. 그러나 그것을 알고 나니 여러 가지 일들이 다시 눈에 띄기 시작했다. 얼마 전부터 밤늦게 귀가하는 일이 많아졌다는 것, 어디서 그렇게 시간을 보내는지 가는 곳이 확실치 않았다는 것, 이 집에 있지만 가족의 일원이 아닌 듯이 느껴진다는 것 등의 이유도 모두 설명이 되었다.

근래 다에코는 집에 돌아와서도 목욕을 하지 않는 일이 가끔 있었는데, 그런 때 안색이 뽀송뽀송한 걸 보면 아무래도 놀러 가는 데서 목욕을 하고 오는 게 틀림없었다. 다에코는 대체로 옷차림에 돈을 많이 쓰는 편이었는데 이타쿠라와 그런 사이가 되고 나서는 저금의 필요성을 느끼고 실제로도 인색해져서 파마 한 번 하는 것도 되도록 싼 미용실로 가곤 했다. 그러나 최근에는 다시 화장하는 법부터 의상이나 소품 같은 것에 이르기까지 눈에 띄게 화려하고 사치스러워졌다. 사치코는 다에코의 손목시계, 반지, 핸드백, 담배 케이스, 라이터 등이 최근 두 달 사이에 하나하나 새로운 것으로 바뀐 것을 알고 있었다. 다에코는 이타쿠라가 생전에 애용했던 라이카 카메라를 들고 다니는 것 같았는데 요즘에는 그것 대신 새로운 크롬라이카를 가지고 다녔다. 이타쿠라의 카메라는 언젠가 오사카 미쓰코시 백화점 8층에서 오쿠바타케가 바닥에 내팽개친 복잡한 사연이 있는 카메라인데, 이타쿠라는 그것을 수리해 다시 사용했고, 이타쿠라가 죽은 지 35일째 되는 날 오카야마에 있는 본가에서 유산 분배라며 다에코에게 보내온 것이었다. 그러한 것들을 보고 사치코는, 다에코가 연인이 죽자 갑자기 인생관이 바뀌어 돈 모으는 걸 그만두고 팍팍 쓰기로 했나 보다고 간단히 해석했다. 그러나 사실은 그것만은 아닌 듯했다. 그러고 보니 인형 제작 같은 일도 오랫동안 하지 않고 있었고 어느새 슈쿠가와의 작업실도 제자에게 양도해 버렸다면서 양재 학원에도 빠지는 날이 많은 것 같았다. 그래서 사치코는 당분간 이 사건을 자기만 아는 걸로 해두고 멀리서 지켜보기로 하고 있었는데, 그런 식으로 다 에코가 공공연히 오쿠바타케와 교제를 시작하고 둘이서 대담하게 나다닌다고 하면 언제 데이노스케의 눈에 띌지 모르는 일이라는 생각도 들었다. 오쿠바타케를 몹시 싫어하는 데이노스케가 이것을 알면 분명 잔소리를 할 거라는 생각도 들었으므로, 사치코는 어느 날 데이노스케에게 그 사실을 털어놓고 말았다. 그러자 데이노스케는 예상했던 대로 불쾌한 얼굴로 듣고 있었는데, 그로부터 이삼일이 지난 어느 날 아침, 서재로 들어온 사치코에게 잠깐 거기에 앉으라고 하면서, 〈오쿠바타케가 집에서 쫓겨난 사정을 듣고 왔어〉 하고 말했다. 그리고 데이노스케는, 〈사실 얼마 전에 이야기할 때 집에서 쫓겨났다는 것이 좀 수상쩍어서 사람을 시켜 알아봤더니 오쿠바타케가 오쿠바타케 상점의 점원과 한통속이 되어 가게의 물건을 빼돌렸다지 않겠어. 그것도 이번만이 아니라는 거야. 전에도 그런 일이 한두 번 있었는데, 그때는 늘 어머니가 형한테 사과해서 용서를 받았다고 하더라고. 그런데 이번에는 어머니도 안 계시고 빈번하게 일어나는 일이라서 형도 몹시 역정을 내며 고소하겠다는 것을, 하여간에 좀 참으라고 사람들이 말리는 통에 어머니 35재가 끝나기를 기다렸다가 집에서 내쫓았다고 하더라고〉 하는 것이었다. 그리고 다시 길게 이런 말을 덧붙였다.

도대체 처제는 그런 사정을 아는지 모르는지 모르겠으나, 큰댁이나 당신도 이 사실이 분명히 밝혀지면 처제를 오쿠바타케와 맺어 주겠다는 생각은 바꿀 필요가 있다. 특히 형님은 원래 그런 사람이니까 이 사실을 알면 분명히 생각을 바꿀 거다. 지금까지 당신이나 형님이 처제하고 오쿠바타케가 교제하는 걸 너그럽게 보는 경향이 있었고 내심 그걸 기뻐하기조차 했다. 그것은 두 사람이 결혼하는 게 가장 좋다고 생각했기 때문이겠지만, 결혼시킬 생각이 아니라면 두 사람이 이렇게 교제하는 걸 그대로 놔두는 건 좋지 않을 거다. 가령 당신이나 처형, 유키코 처제가 근본도 모르는 이상한 사람과 맺어 주기보다는 그래도 오쿠바타케와 맺어 주는 게 더 낫다고 생각한다고 해도 아마 형님은 그걸 허락하지 않으실 거다. 적어도 형님은 오쿠바타케가 집안에서 용서를 받고 그 집안의 허락을 얻어 정식으로 결혼하는 게 아니라면 두 사람의 결혼을 허락할 턱이 없다. 그러니 지금과 같은 상태로 교제하게 두는 것은 어느 쪽에도 도움이 되지 않는다. 게다가 지금까지는 오쿠바타케 집안에도 어머니나 형이 있어서 감독을 했으니까 그런대로 괜찮았지만, 집에서 내쫓긴 오쿠바타케는 작긴 해도 집 한 채가 있고 자기 마음대로 행동할 수 있게 되었으니까 이제 다루는 게 더 힘들 거다. 아마 오쿠바타케는 집에서 쫓겨날 때 약간의 위자료도 받았을 텐데, 결국 잘됐다며 나중 일은 생각하지 않고 그 돈을 있는 대로 다 써버리고 있을 거다. 어쩌면 처제도 거기에 다소 관여하고 있는지도 모른다. 이런 기분 나쁜 상상은 하고 싶지 않지만, 처제가 오쿠바타케를 생각하는 마음이 연애 감정이 아니라고 한다면 생각하기에 따라서는 단순한 연민이라고만 생각할 수 없고 상당히 나쁜 의미로도 해석할 수 있다. 처제를 그렇게 내버려 둔 채 어물어물하고 있다가 막상 두 사람이 동거라도 하게 되면 그땐 어떻게 할 거냐? 아니, 그렇게까지 되지 않더라도 처제가 니시노미야의 집에 매일 드나든다는 얘기가 만약 오쿠바타케의 형 귀에 들어가기라도 한다면 그쪽에서 우리를 뭐라고 생각하겠느냐? 처제가 품행이 안 좋다는 말을 듣는 것은 어쩔 수 없다고 해도 감독자인 우리까지 이상한 눈으로 보지 않겠느냐? 나는 전부터 처제의 행동에 대해 방관적인 태도를 취해 왔으니까 이번에도 적극적으로 간섭할 생각은 없지만, 만약 처제가 지금과 같은 교제를 그만두지 않는다면 일단 큰댁에 말을 해서 형님이나 처형의 허락을 받든가, 적어도 묵인이라도 받아야 할 거다. 그렇지 않으면 우리는 큰댁을 볼 면목이 없어진다.

데이노스케는 최근 골프를 시작해서 이바라키 클럽에 다니고 있었는데, 거기서 오쿠바타케의 큰형과 가끔 마주치기 때문에 그런 때 무척 난처하다고 했다.
「여보, 그렇다고 큰댁에서 묵인해 줄까요?」
「그야 뭐, 있을 수 없는 일이지.」
「그럼 어떻게 해요?」
「두 사람이 교제를 그만둘지도 모르지.」
「정말 그만두면 좋겠지만 몰래 만난다면…….」
「처제가 내 친동생이나 딸이라면, 그렇게 말을 듣지 않을 땐 쫓아내 버리겠지만…….」
「그렇게 하면 오히려 오쿠바타케 씨한테 도망가지 않겠어요?」
그렇게 말하는 사치코의 눈에는 벌써 눈물이 고여 있었다. 역시 다에코를 포기하고 출입 금지를 시켜 버리면 세상 사람들이나 오쿠바타케 집안에는 체면이 서겠지만, 그렇게 하면 데이노스케가 가장 싫어하는 결과를 자초하는 게 아닐까? 데이노스케는 〈처제는 자립할 수 있는 기술을 가졌고 스물아홉이나 되었으니까 우리 생각대로 움직이려고 하는 건 잘못이야. 뭐, 어떻게 되든지 한번 내버려 두는 것도 좋은 방법이긴 하지. 그래서 오쿠바타케와 동거하게 된다고 해도 어쩔 수 없는 일이고. 우리가 거기까지 걱정하면 한이 없어〉하고 말했지만, 사치코 입장에서 보면 그런 식으로 다에코에게 〈의절〉이라는 낙인을 찍어 버리는 일은 생각만 해도 가여운 일이었다. 〈지금까지 무슨 일이 있을 때마다 큰댁에 맞서 두둔해 주었던 동생을 이제 와서 그런 정도의 일로 내쳐도 되는 일일까? 그이는 다에코를 너무 나쁘게만 생각하고 있다. 누가 뭐래도 다에코는 고생을 모르고 자라 심성이 약해서 그렇지 사람 좋은 애다. 일찍 어머니를 여읜 것이 가여워서라도, 부족하지만 어머니 대신 귀여워해 주려고 했는데 하필 어머니 재를 올리는 때 집에서 쫓아낸다는 것은 있을 수 없는 일이다.〉 사치코는 이런 생각을 하고 있었다.

「나도 꼭 그렇게 하자는 건 아냐.」

데이노스케는 아내의 눈물을 보자 약간 당황한 기색이었다.

「지금 한 얘기는, 처제가 내 친동생이라면 그렇다는 얘기야.」

「여보, 이 일은 저한테 맡겨 두세요. 곧 언니가 올 테니까, 언니한테만 살짝 얘기하고 입단속을 시켜 둘 테니까요.」

그러나 사치코는 정말 쓰루코한테 얘기할지 어떨지는 그때 상황에 따라 결정하기로 하고, 어쨌든 24일의 재가 별 탈 없이 끝날 때까지는 말하지 않을 속셈이었다. 하지만 쓰루코 일행이 아시야에 도착한 22일 밤 사치코는 유키코한테 먼저 털어놓고 의견을 구했다. 유키코는,

「다시 교제를 하게 된 것은 어쨌든 좋은 일이야. 오쿠바타케가 집에서 쫓겨난 건 그렇게 중대하게 생각할 것까지는 없을 거야. 물건을 빼돌렸다고 해도 자기 가게 물건이니까 다

른 사람 물건을 훔친 것과는 다르잖아. 뭐 오쿠바타케라면 그 정도 일은 할지도 모르지. 의절이라고 해도 아마 일시적인 징벌일 거고 곧 용서받을 일이니까 너무 공공연하게 돌아다니지 않고 몰래몰래 교제한다면 너그럽게 봐주어도 좋지 않을까?」

하고 말했다. 그리고,

「큰언니한테는 얘기하지 않는 게 나을 거야. 큰언니한테 말하면 분명히 형부 귀에 들어갈 테니까」

하는 말을 덧붙였다.

사치코는 큰집의 방식에 이의를 제기하는 것 같아서 안됐지만, 이번 재에는 뭔가 부족한 점이 있으므로 우선 그것을 보완하기 위해, 그리고 오랜만에 맞이하는 쓰루코를 위로하기 위해 젠케이지의 모임이 끝나고 자매들만 모이는 조그만 연회를 열기로 했다. 재를 올린 다음다음 날인 26일 낮, 돌아가신 어머니와 연고가 있는 요릿집 하리한의 방을 빌려 데이노스케를 뺀 네 자매 외에 도미나가 숙모와 그녀의 딸 소메코만 부르기로 했다. 여흥으로는 기쿠오카 겐교와 그의 딸 도쿠코를 오게 해서 도쿠코의 요쿄쿠(謠曲)에 맞춰 다에코가 「소데고로(袖香爐)」를 추고, 겐교의 샤미센 반주에 사치코가 고토로 「잔게쓰(殘月)」를 연주하기로 하고, 급히 보름 전부터 사치코는 집에서 고토 연습을, 다에코는 오사카의 사쿠이네 선생한테 다니며 춤 연습을 시작했다.

22일에 도착한 쓰루코는 이튿날 아침 일찍 일어나 우메코만 데리고 쇼핑을 하고 인사를 하러 돌아다녔으며, 어딘가에 저녁 식사를 초대받아 갔다가 돌아왔다. 24일 당일에는 쓰루코, 마사오, 우메코, 데이노스케 부부, 에쓰코, 유키코, 다에코, 이렇게 여덟 명에 오하루까지 더해 아침 8시 반에 집을 나섰다. 쓰루코는 검은색 비단옷을 입었고, 사치코를 비롯한 세 자매는 각각 조금씩 다른 보라색 계통의 비단옷을 입었으며, 오하루가 약간 붉은색을 띤 어두운 보라색 명주옷을 입었는데 거기에는 가문의 문장이 그려져 있었다.[40] 도중에 한큐 슈쿠가와 역에서, 반바지 아래로 정강이를 드러낸 차림의 기리렌코가 올라탔는데, 그는 차 안의 색채에 놀라 눈이 휘둥그레졌다. 기리렌코는 데이노스케 일행을 알아보고 앞으로 다가와 손잡이를 붙잡고는,

「어디에?」

하고 허리를 약간 굽혔다.

「오늘은 다들 함께이시네요.」

「어머니 재를 올리는 날이라 모두 절에 참배하러 가요.」

「아아, 어머님께서는 언제 돌아가셨습니까?」

「23년이나 됐어요.」

다에코가 말했다.

「기리렌코 씨, 카타리나 씨한테서 소식은 오나요?」

사치코가 물었다.

「아, 참. 제가 깜빡했군요. 얼마 전에 온 편지에서 여러분께 안부 전해 달라고 했는데. 카타리나는 지금 영국에 있습니다.」

「벌써 베를린을 떠난 거군요.」

「베를린에는 잠깐 있었을 뿐이고 곧장 영국으로 갔답니다. 그리고 딸도 만났고요.」

「그거 잘됐네요. 영국에서 뭘 하고 있나요?」

「런던에서 보험 회사에 다니고 있어요. 사장의 비서랍니다.」

40 사치코 이하 자매들과 오하루가 보라색 계통의 기모노를 입은 것은 보라색이 상복(검은색 문장이 그려진 옷)에 준한 것으로 여겨지기 때문이다.

「그럼 딸도 같이 살고 있나요?」

데이노스케가 물었다.

「아니요, 아직은. 지금 딸을 되찾으려고 소송을 하고 있답니다.」

「아, 그래요? 그거 참…….」

「다음에 편지를 보내실 때 아무쪼록 저희들 안부도 좀 전해 주세요.」

「하지만 전쟁이 일어나서 편지도 시간이 꽤 걸릴 겁니다.」

「어머님이 걱정하시겠네요.」

다에코가 말했다.

「머지않아 런던도 공습을 당할 텐데…….」

「그러나 걱정할 것 없습니다. 제 동생은 무척 대담하니까요.」

기리렌코도 오사카 말투로 말했다.

재를 올리고 난 후에 열린 연회는 하리한에서 화려하게 열리던 때를 기억하는 사람에게는 쓸쓸한 것이었지만, 젠케이지의 큰 방 세 칸을 터서 40여 명의 사람들이 각자 상 앞에 앉아 있는 광경은 그렇게 썰렁한 것만은 아니었다. 친척 말고도 목수인 쓰카다나 〈오토〉를 대신한 아들 쇼키치 등 집안을 출입하던 사람들의 얼굴도 보였고, 센바 시절에 일했던 사람들도 두세 명 참석했다. 술자리가 벌어지는 동안 시중은 네 자매들이 맡을 예정이었지만 사촌 자매들이나 오하루 그리고 쇼키치의 아내 등이 해주었으므로 자매들은 거의 시중을 들지 않아도 되었다. 사치코는 앞뜰에 높이 뻗은 홍백의 싸리가 우수수 떨어져 덮이는 광경을 바라보면서 어머니가 돌아가셨을 때 미노의 그 집 뜰의 풍정을 그리고 있었다. 남자들 대부분은 유럽의 전쟁을 화제로 삼고 있었다. 여자들은

〈유키코 아가씨〉와 다에코가 너무나 어려 보인다고 칭찬했
는데, 다쓰오를 비꼬는 말로 들리지 않도록 조심했다. 다만
옛날에 점원이었던 도마쓰리라는 사내가 술에 취해,

「유키코 아가씨는 아직 혼자라고 하던데……」

하고 말석에서 탁하고 거친 목소리로,

「도대체 왜 그런 거죠?」

하며 연거푸 거침없이 말했으므로 분위기가 다소 어색해
졌다.

「우리야 뭐 어차피 늦었으니까요.」

다에코가 일부러 침착한 어조로 말했다.

「천천히 좋은 사람 찾아야죠.」

「그래도 너무 여유 있는 거 아니에요?」

「바보 같긴. 〈지금부터라도 늦지 않다〉[41]라는 말도 있잖
아요.」

여기저기서 여자들의 조심스러운 웃음소리가 새어 나왔
다. 유키코도 빙긋 웃으면서 잠자코 듣고 있었는데, 다쓰오
는 못 들은 척하고 있었다. 그리고 국방복 상의를 벗고 와이
셔츠 하나만 입고 있던 쓰카다가,

「도마쓰리 군! 도마쓰리 군!」

하고 건너편에서 불렀다. 그리고,

「자네 요즘 주식으로 엄청 벌었다면서?」

하고 새까만 얼굴에 금니를 번뜩이며 말했다.

41 1936년에 일어난 2·26사건(육군 우익 청년 장교가 일으킨 반란 사건)
때 계엄 사령관이 반란군에게 호소한 〈병사에게 고한다〉를 2월 29일 라디오
에서 아나운서가 방송했다. 그중에 〈이미 천황 폐하의 명령이 나왔다. ……지
금부터라도 결코 늦지 않으니까 당장 저항을 그만두고 군기(軍旗) 아래 복귀
하도록 하라. 그러면 지금까지의 죄도 용서받을 수 있다〉라는 구절이 있었고
이것이 유행어가 되었다.

「아니에요. 앞으로 크게 벌어 보려는 참입니다만.」

「무슨 좋은 일이라도 있는 거야?」

「이번 달에 화베이로 가게 됐잖아요. 사실 누이가 톈진의 댄스홀에 나가고 있는데 군부의 신임을 얻어 스파이가 됐거든요…….」

「우와……!」

「그리고 지금은 지나 낭인[42]의 부인이 되었는데 세력이 굉장한가 봐요. 때때로 고향에 천 엔, 2천 엔씩 보내오거든요.」

「허 참, 나한테는 왜 그런 누이가 없을꼬.」

「그 누이가 하는 말이, 지금은 내지에서 멍하니 있지 말고, 톈진에는 좋은 돈벌이가 얼마든지 있으니까 빨리 들어오라네요.」

「나도 같이 가면 안 될까? 목수 일은 당장 때려치울 테니까.」

「전 돈을 벌 수 있는 일이라면 뭐든지 할 생각이에요. 색시집 주인이라도 상관없어요.」

「그래, 그래. 그만한 용기는 있어야지.」

그러고 나서 쓰카다는,

「오하루, 그 술병 좀 이리 가져와」

하고 오하루를 앞에 앉히고 술을 마시기 시작했다. 이 목수는 아시야의 집에서 술을 얻어 마실 때도 오하루가 술을 따라 주면 술이 거나해져서 〈오하루, 너 나하고 같이 안 살래? 네가 나한테만 온다면 지금 당장이라도 우리 마누라는 쫓아낼 테니까. 아니, 농담이 아냐. 정말이라니까〉 하고 치근덕거리는 것이 예사였는데, 오하루가 붙임성 좋게 대하면서 재미있어하니까 여태 그만두지 않고 있었다. 그러나 오늘은 지나

42 대륙 낭인이라고도 한다. 메이지 유신부터 태평양 전쟁 시기까지 중국 등에서 아시아주의 내지 국수주의적 정치 활동에 종사한 민간인을 가리킨다.

치게 술을 권하므로 오하루는 적당한 기회를 봐서,

「뜨거운 것 좀 가져올게요」

하며 부엌 쪽으로 도망갔다. 그녀는 쓰카다가,

「오하루! 오하루!」

하고 부르면서 쫓아오는 것을 내버려 둔 채 부엌문 봉당으로 내려가 뒤뜰 잡초 뒤로 숨었다. 그리고 검은색 공단 오비에서 콤팩트를 꺼내 거나하게 취한 얼굴 화장을 고치고 나서 주변을 살짝 둘러보고, 아무도 없는 것을 확인하자 늘 드나드는 잡화점 점장한테 받은 에나멜 담배 케이스를 열고 〈히카리(光)〉 한 개비를 꺼냈다. 급히 반쯤 피운 그녀는 피우다 만 담배를 다시 케이스에 넣고 방으로 돌아갔다.

11

하리한에서의 연회가 끝나자 쓰루코는 그날 꼭 출발해야 한다며 아시야로 돌아가지 않고 한 시간 정도 신사이바시 근처의 분위기를 만끽하고 나서 사치코 등의 배웅을 받으며 곧장 우메다 역으로 갔다.

「언니, 이번에 가면 당분간 못 오겠네?」

「사치코, 네가 도쿄로 와…….」

쓰루코는 삼등실 창문 밖으로 얼굴을 내밀고 말했다. 그녀는 아이들이 있어서 침대권을 사도 잠을 잘 수 없고, 이등이나 삼등이나 그게 그거라면서 돈을 절약하기로 했다.

「이번 달에는 기쿠고로의 공연이 없지만 다음 달에는 있을 거야.」

「지난달 기쿠고로가 고베의 쇼치쿠에 와서 보러 갔는데 도

쿄나 오사카에서 본 것과 달라. 〈야스나(保名)〉를 했는데 엔
주다유도 나오지 않고…….」

「다음 달에는 기쿠고로가 무대에서 진짜 가마우지를 가지
고 나가라 강에서 가마우지로 물고기를 잡는 연극을 한대.」

「그럼 신작이야? 난 역시 춤이 제일 보고 싶어.」

「그러고 보니 도미나가 숙모가 다에코의 춤을 무척 칭찬
하시더라. 그렇게 잘할 줄 몰랐다면서.」

「유키코 이모는 안 타.」

마사오가 도쿄 악센트로 말했다.

「…….」

배웅하러 나온 사람처럼 사치코 뒤에 서 있던 유키코는 히
죽히죽 웃으면서 입속말로 무슨 말인가를 하는 것 같았는데
발차 벨이 울려서 알아들은 사람은 아무도 없었다. 쓰루코와
함께 내려온 유키코가 어차피 이곳에 남을 속셈이라는 것은
처음부터 알고 있었으므로 쓰루코도 함께 돌아가자는 말은
하지 않았고 당사자도 특별한 변명도 하지 않은 채 자연스럽
게 그렇게 된 것이었다.

사치코는 유키코의 의견대로 쓰루코에게 다에코 애기는
전혀 하지 않았다. 그 후로 다에코는 사치코가 아무 말도 하
지 않는 것을 자신에게 유리하게 해석한 듯 날이 갈수록 점
점 노골적으로 니시노미야로 나다녔다. 낮에만 그런다면 괜
찮을지 모르겠으나 저녁 식사 자리에 빠지는 일이 많아졌는
데, 그런 때면 역시 데이노스케가 언짢아했기 때문에 다른 사
람들 모르게 사치코가 주의를 주어야 했다. 그런 날 밤에는
데이노스케도 사치코도 유키코도 되도록 〈다에코〉라는 이
름을 입에 담지 않으려고 했지만 서로 그렇게 애쓰고 있다는
것을 느낄 만큼 분위기가 어색해졌다. 게다가 에쓰코에게 미

칠 영향도 걱정되었다. 사치코나 유키코는 에쓰코에게 다에코의 귀가 시간이 늦어지는 것은 인형 제작이 바빠서라고 말해 주었지만, 에쓰코는 그 말을 결코 그대로 믿고 있는 것 같지 않았고, 에쓰코도 누가 가르쳐 주어서가 아니라 자연스럽게 저녁 식탁에서는 다에코 얘기를 하지 않게 되었다. 사치코는 적어도 데이노스케나 에쓰코의 눈에 띄지 않도록 조심해 달라고 가끔 주의를 주어 봤지만, 다에코는 〈응, 응〉 하며 흘려들을 뿐, 이삼일은 일찍 들어오다가도 곧 원래대로 돌아가 버렸다.

「여보, 전에 처형한테 다에코 처제 애기 했어?」

어느 날 저녁 데이노스케는 드디어 참을 수 없다는 듯 물었다.

「말하려고 했는데, 그만 기회가 없어서…….」

「왜?」

남편의 목소리는 전에 없이 힐난하는 투였다.

「사실 유키코한테 얘기했더니 언니한테는 얘기하지 않는 편이 나을 것 같다고 해서…….」

「유키코 처제는 왜 그렇게 말했는데?」

「유키코는 오쿠바타케를 동정하니까, 그냥 너그럽게 봐주면 어떻겠느냐는 거죠 뭐.」

「동정할 일이 따로 있지. 그렇게 하면 유키코 처제 자신의 혼담에도 얼마나 방해가 되는지 잘 알면서…….」

데이노스케가 언짢은 표정으로 말하고는 그만 입을 다물었기 때문에 사치코는 남편이 무슨 생각을 하는지 알 수 없었다. 10월 중순에 데이노스케는 다시 이삼일 도쿄에 갈 일이 생겼다.

「여보, 시부야에는 들렀어요?」

사치코가 물었다.

「응, 처형한테 그 얘긴 해뒀어.」

데이노스케가 말했다. 그러나 쓰루코는 잘 생각해 보겠다고 말했을 뿐 당장은 어떤 의견도 말하지 않았다고 했으므로 사치코도 더 이상 그 일에 대해서는 언급하지 않으려고 했다. 그리고 그 달도 다 끝나 가는 무렵 생각지도 않게 쓰루코한테서 다음과 같은 편지가 왔다.

사치코에게

지난달에는 여럿이서 폐를 끼친 데다 오랜만에 하리한에서 근사한 대접을 받아 역시 고향이 좋다는 걸 맛볼 수 있어서 정말 기뻤다. 돌아오고 나서는 매일 바빠서 고맙다는 편지도 보내지 못했는데, 오늘은 또 본의 아니게 반갑지 않은 편지를 쓰게 되는구나. 그러나 아무래도 너한테 꼭 해야 할 말이라서 어쩔 수 없이 붓을 들었다.

다에코 일인데, 얼마 전 제부한테서 처음으로 여러 가지 자세한 이야기를 듣고는 무척 놀랐다. 제부는 하나에서 열까지 전부 말한다며 이타쿠라라는 사람 이야기부터 최근에 오쿠바타케 씨가 집에서 쫓겨났다는 이야기까지 다 말해 주더구나. 그 이야기를 들으면 들을수록 정말 뜻밖의 일뿐이었다. 지금까지 다에코에 대한 안 좋은 소문은 어렴풋이 들은 적이 있지만, 설마 네가 옆에 있는데 잘못된 일을 하게 내버려 둘 리가 없다고 생각하고 별걱정은 안 하고 있었다. 그런데 내 생각이 틀린 것 같구나. 나는 다에코를 그렇게 불량하게 만들지 않으려고 생각했기에 여러 가지로 염려를 했던 것인데, 간섭하려고 하면 중간에 나서서 늘 다에코를 두둔한 것은 사치코 네가 아니었니?

내 혈육 가운데 그런 동생이 나왔다는 게 부끄럽다. 마키오카 집안의 이름에 먹칠하는 더없이 불명예스러운 일이구나. 듣자니 유키코까지 다에코 편이 되어 이번 일을 우리한테 알릴 필요가 없다고 했다더구나. 유키코나 다에코는 형부 얼굴에 침을 뱉어도 유분수지, 본가로 돌아올 생각은 안 하고 이번 일 같은 짓을 하는 건 도대체 무슨 생각인지 모르겠구나. 웬일인지 나한테는 사치코, 유키코, 다에코가 일부러 형부를 난처하게 하려고 짓궂은 짓을 꾸미는 것만 같다. 이것저것 우리가 미흡한 탓도 있겠지만…….

너무 지나친 말을 한 것 같지만 나도 한 번은 말하고 싶었다. 거슬렸다면 용서해 다오.

문제는 다에코와 관련된 일을 어떻게 처리하느냐 하는 것인데, 솔직히 우리도 가능하면 오쿠바타케 씨와 결혼하게 하는 것이 가장 좋다고 생각하고 있었다. 그런데 그런 사정을 듣고 보니 지금은 도저히 그렇게 생각할 수가 없구나. 설사 백번 양보해서 앞으로 오쿠바타케 씨가 형과의 관계를 회복한다면 다시 생각해 볼 여지가 있겠지만, 지금과 같이 의절한 상태라면 다에코가 오쿠바타케 씨 집에 출입하는 것은 절대 허락해서는 안 될 것 같다. 다에코도 앞으로 결혼하고 싶은 마음이 있다면 더더욱 지금의 오쿠바타케와 교제하는 것은 그만두어야 할 거다. 그렇지 않으면 오쿠바타케 집안에 나쁜 인상만 줄 뿐일 테니까. 그래서 형부는, 설사 다에코가 교제를 그만둔다고 해도 그것만으로는 믿을 수 없으니까 당분간 도쿄에 와 있으라고 하는구나. 알다시피 여기는 집이 좁고 그곳과는 생활 정도도 다르니까 오라고 하는 것이 딱하긴 하지만 지금은 그런 말을 할 계제가 아닌 것 같다. 그러니 네가 잘 얘기해서 꼭 보내 주었으면 한다. 형부는, 집이 좁다며 이제껏 그렇게 하지 않은 것이 잘못이었다면서 구차한 것이야 서로 참으면 되니까 유키코도 돌아오게 하라고 한다.

너도 이번만은 아무쪼록 다에코에게 엄하게 대해야 할 듯싶다. 만약 다에코가 도저히 도쿄로 오는 게 싫다고 하면 네 집에 있게 해서는 안 된다. 이건 형부의 의견이지만 내 생각도 마찬가지야. 형부는, 이번에야말로 너도 우리 편에 서서 단호한 조치를 취해 주길 바라고 있다. 모처럼 우리가 굳게 결심한 일이니 이번에는 꾸물거리지 말고 도쿄로 보내든가 우리 집안과 인연을 끊든가, 이번 달 안에 결정해서 알려 달라고 한다. 물론 인연을 끊는 것은 바람직하지 않으니까 부디 원만하게 해결될 수 있도록 너와 유키코가 다에코를 잘 설득했으면 좋겠구나. 그럼 답장 기다린다.

10월 25일
쓰루코

「유키코, 언니가 이런 편지를 보냈어. 좀 읽어 볼래?」
사치코는 눈가를 붉히면서 우선 유키코에게 편지를 보여 주었다.
「언니로서는 아주 드물게 강경한 편지야. 너도 상당히 원망하고 있는 것 같은데.」
「이 편지, 형부가 쓰게 한 걸 거예요.」
「그렇다고 이렇게 쓰는 언니도 참.」
「〈형부 얼굴에 침을 뱉어도 유분수지, 본가로 돌아올 생각은 안 한다〉고 했는데, 그런 거 다 옛날 얘기야. 도쿄로 가고

657

나서는 형부도 진짜 우리를 떠맡을 생각 같은 거 안 해.」

「너는 그렇다 치고 다에코까지 가면 곤란하다는 식으로 말한 주제에.」

「그렇게 좁은 집에서 떠맡을 수 있다고 생각하는지 참.」

「이 편지를 보면, 뭐랄까 다에코를 불량하게 만든 게 다 내 책임인 것처럼 말하는데, 어차피 다에코는 큰댁 말을 들을 애가 아니잖아. 언니는 하다못해 내가 중간에 서서 감독이라도 했다면 심한 탈선은 하지 않았을 거라고 하지만, 내가 키를 잡지 않았다면 지금보다 더 심하게 탈선해서 진짜 불량하게 되었을지도 모르잖아. 나는 나대로 큰댁 생각도 하고, 다에코 생각도 하고, 어쨌든 둘 다 상처 입지 않게 고심했다고 생각하는데.」

「언니 부부는 사정이 여의치 않으면 우리를 내쫓으면 그만이라고, 간단히 그렇게 생각하는 걸까?」

「그런데 어떻게 하지? 다에코는 도저히 도쿄에 갈 애가 아닌 것 같은데.」

「그런 건 물어볼 필요도 없어.」

「그럼 어떻게 했으면 좋겠니?」

「그냥 내버려 두고 가만히 있으면…….」

「이번에는 그렇게 안 될 것 같은데, 그이도 큰댁 의견에 찬성하는 것 같으니까.」

사치코는, 어쨌든 다에코한테 말해 볼 생각이니까 유키코도 그 자리에 같이 있어 달라고 말하고 이튿날 아침 2층 다에코의 방문을 걸어 잠그고 세 자매끼리 이야기를 했다.

「저어, 다에코, 오래는 아니라도 잠시 도쿄에 가 있지 않을래?」

그 말을 들은 다에코는 어린아이처럼 고개를 가로저으며,

「싫어, 싫어」

하며 말했다.

「난 큰댁에 가서 살 바엔 차라리 죽는 게 나아!」

「그럼 큰댁에는 뭐라고 하니?」

「대충 아무렇게나 말하면 안 될까?」

「그래도 이번에는 형부까지 큰댁 편을 드니까 흐지부지 넘어갈 수는 없을 것 같으니까 그렇지.」

「그럼 당분간 그냥 혼자 아파트에서 살래.」

「다에코, 오쿠바타케 씨 집에는 갈 수 없니?」

「교제는 하지만 같이 사는 건 싫어.」

「그건 또 왜?」

이렇게 묻자 다에코는 입을 다물어 버렸지만, 결국 오해받는 것이 싫어서라고 했다. 그리고 그 오해라는 것도 자신은 오쿠바타케를 불쌍하게 여기는 것에 지나지 않은데 사람들은 마치 사랑이라도 하고 있는 것처럼 생각하는 게 어처구니 없다는 얘기였다. 사치코나 유키코에게는 다에코가 지기 싫어 억지를 부리는 것으로 보였지만, 이런 경우에는 당분간이라도 독신 생활을 해준다면 똑같은 가출이라고 해도 남 보기에는 훨씬 더 나을 것 같았다.

「정말이지, 다에코? 진짜 아파트에서 사는 거지?」

사치코는 안도한 듯 말했다.

「그럼 안됐지만 잠시 그렇게 하기로 하자.」

「아파트라면 가끔 내가 가볼 테니까.」

유키코가 이렇게 말하자, 사치코도 말을 보탰다.

「정말이야, 다에코. 말하지 않아도 알겠지만 뭐 그렇게 어렵게 생각할 일은 아니야. 사정이 있어서 잠깐 아파트에서 생활하는 것으로 하고, 아무한테도 집에서 나갔다는 말 같은

건 하지 마. 형부도 에쓰코한테만 눈에 띄지 않으면 된다고
했으니까 오고 싶으면 언제든지 낮에 오면 되니까. 우리도
오하루를 자주 보낼 거고.」

이런 말을 하는 동안 사치코와 유키코의 눈에는 눈물이 고
였다. 그러나 다에코만은 냉정하고 무표정한 얼굴로 이렇게
물었다.

「짐은 어떻게 하지?」

「옷상자든 뭐든 눈에 띄는 물건이야 가져가야겠지만, 중
요한 건 놔두고 가. 아파트는 어디다 얻을 건데?」

「아직 생각해 보지 않았어.」

「쇼토 아파트는?」

「슈쿠가와가 아닌 곳이었으면 좋겠는데, 지금 가보고 오
늘 안으로 정하고 올게.」

두 자매가 나가고 난 뒤 다에코는 혼자 창틀에 걸터앉아
맑은 늦가을 하늘을 올려다보았다. 어느새 다에코의 볼에도
주르르 눈물이 흘렀다.

12

다에코가 이사한 곳은 국도 버스의 모토야마무라 정류장
에서 북쪽으로 들어간 곳에 있는 고로쿠소 아파트였다. 오하
루 말로는, 얼마 전에야 신축한 새 건물이긴 하지만 밭 가운
데 덩그러니 한 채만 세워져 있고 설비 같은 것도 아직 다 갖
추어져 있지 않은 살풍경한 아파트라고 했다. 사흘이 지난
뒤 사치코는 다에코와 같이 점심이나 하려고 유키코와 둘이
서 고베로 나가 전화를 해봤지만 아무도 받지 않았다. 오하

루한테 물어봐도 아침 이른 시간이 아니면 대개 집에 없다고 했다. 그래도 사치코는 가까운 시일 안에 아시야로 찾아올 거라고 기다리고 있었는데 며칠이 지나도 다에코는 모습을 드러내지 않았고 전화 한 통 오지 않았다.

데이노스케는 아내나 유키코가 정말 다에코와 〈절연〉한 것이라고 믿고 있는 건지 아니면 몰래 연락하는 건 어쩔 수 없는 일이라고 체념한 모양인지 알 수 없으나 겉으로는 일단 다에코를 쫓아낸 데 만족하고 있는 듯했다. 에쓰코는 다에코가 이번에 고로쿠소라는 아파트에 작업실을 얻어 거기서 숙식을 하기로 했다는 말을 듣고, 뭔가 미심쩍어하면서도 납득은 하고 있었다. 사치코와 유키코는 지금까지도 다에코의 얼굴을 보지 못하는 일이 많았으므로 그전과 그렇게 달라진 것도 없다고 생각하려고 했다. 사실 집 안에 구멍이 뻥 뚫린 것 같은 느낌이 들었다면, 그것은 전부터 있었던 것이지 특별히 이번 일 때문에 그런 것은 아니었다. 다만 혼자가 된 다에코가 숨어 지내는 처지가 되어 버렸다고 생각하면 어쩔 수 없이 마음이 쓸쓸해졌다.

그 쓸쓸함을 잊기 위해 두 사람은 거의 사흘에 한 번꼴로 고베로 나가 오래된 영화든 새로운 영화든 다 뒤져서 보았고, 경우에 따라서는 하루에 두 편을 보기도 했다. 최근 한 달 동안 둘이 본 영화만 헤아려 봐도 「알리바바 여인의 도움으로 가다」, 「조춘(早春)」, 「아름다운 청춘」, 「부르크 극장」, 「소년의 마을」, 「수에즈」 등 여러 편이 있었다. 두 사람은 거리를 걸으면서도 혹시 다에코와 마주치지 않을까 하고 주의를 기울였지만 단 한 번도 마주친 적이 없었다. 아무리 기다려도 소식이 없어서 어느 날 아침 오하루를 보냈더니, 〈오늘 아침은 주무시고 계셨지만 건강했습니다. 사모님이나 유키코 아가씨가 걱정하고 있으니 한번 들러 달라고 말씀드렸더니 그냥 웃기만 하셨습니다〉라고 했다. 그 후 12월 어느 주에 그동안 손꼽아 기다리던 프랑스 영화 「창살 없는 감옥」이 개봉했으므로 둘은 그 영화를 보러 갔고, 사치코는 그날 감기에 걸려 당분간 외출은 할 수 없게 되었다.

에쓰코의 학교가 다음 날부터 방학에 들어가는 23일 아침, 다에코는 거의 두 달 만에 찾아와서 설날 옷을 가방에 챙겨 넣고 한 시간 정도 이야기를 나누다가, 보름이 지나면 신년을 축하하러 다시 오겠다는 말을 남기고 돌아갔다. 그리고 정월 15일 아침에 찾아와서 팥죽을 먹고 그날은 천천히 놀다가 오후가 되어 돌아갔다. 사치코는 지난 연말에 감기에 걸리고 나서 추위가 무서워져 내내 집 안에만 틀어박혀 있었는데, 영화를 좋아하는 유키코도 혼자서는 나가지 않았다. 유키코는 그 나이가 되어서도 낯가림이 심해 간단한 쇼핑을 하러 나갈 때도 누군가를 꼭 데리고 갔다. 그래서 사치코는 유키코에게 서예나 다도 같은 것을 배우게 하기 위해 자기도 따라다녔는데, 언제까지 그래서는 곤란하다며 세 번에 한 번꼴로는 혼자 가게 했다. 그리고 작년 이래 꼭 실행하려고 생각하던 일, 즉 얼굴의 얼룩을 없애기 위한 주사를 격일에 한 번씩 맞도록 보냈다. 주사는 오사카 대학 병원 피부과의 의견에 따라 구시다 선생의 병원에 가서 여성호르몬제와 비타민 C를 맞았다. 이 일 이외에는 일주일에 두 번 에쓰코의 피아노 교습이 있는 날 교습이 끝난 후 복습을 시키는 일이 최근 유키코의 일이었다.

사치코도 혼자가 되면 가끔 피아노에 매달려 시간을 보냈는데, 그것도 싫증 나면 2층 다다미 여덟 첩 크기 방에서 습자를 하거나 오하루를 불러 고토 연습을 시키거나 했다. 오하루가 처음으로 고토를 배우기 시작한 것은 재작년 가을이었는데 사치코는 오사카에서 일고여덟 살의 어린 여자아이가 배우기 시작할 때 하는 「곱게 자란 공주님도 내놓겠다, 히나마쓰리」라는 노래나 「사계의 꽃」 등에서부터 시작했고, 그때그때 마음이 동하면 가르쳐 주었으므로 오하루는 지금은 「구로카미」나 「반자이」를 연주할 수 있었다. 여학교 다니기가 싫어서 식모 봉공을 지원한 그녀도 예능은 좋아하는 듯했고, 가르쳐 주겠다고 하는 날은 서둘러 일을 끝내고는 했다. 그리고 「눈」과 「구로카미」는 다에코한테 동작을 배워서 춤도 대충 터득하고 있었다. 오하루는 이제 「학 소리」를 배우고 있었다.

……거짓말인가, 둥기둥, 참말인가……

이 대목이 아무리 해도 잘되지 않아서 노래로 해야 하는 구절인 〈거짓말인가〉를 고토로 연주해 버렸기 때문에 이삼일 그곳만 연습하게 했더니, 에쓰코가 어느새 다 외워서 흉내를 냈다.

「오하루! 이건 내 복수야.」

에쓰코는 이렇게 말했는데, 이것은 그녀가 항상 피아노로 연습할 때 쉽게 연주할 수 없는 멜로디를 오하루가 버릇없이 먼저 입으로 노래해 버려서 부아가 났기 때문이다.

다에코는 그달도 다 끝나 갈 무렵 다시 한번 찾아왔다. 어느 날 아침, 그래 봤자 거의 정오가 다 된 시간에 사치코 혼자 응접실에서 라디오를 듣고 있는데 불쑥 들어와서는,

「유키 언니는?」

하고 자신도 불 옆으로 의자를 끌어다 놓고 앉았다.

「지금 구시다 선생님한테 갔어.」
「주사 맞으러?」
「응…….」
사치코는 계절 요리 방송을 듣고 있었는데 어느새 요쿄쿠
로 바뀌어 있었다.
「다에코, 라디오 좀 꺼줄래.」
「언니, 재 좀 봐.」
다에코는 사치코 발밑에 있는 고양이 레이를 턱으로 가리
켰다.
레이도 아까부터 난로 앞에 웅크리고 앉아서 기분이 좋은
듯 눈을 감고 꾸벅꾸벅 졸고 있었다. 다에코의 말을 듣고 레
이를 보니 요쿄쿠의 북소리가 둥둥 울릴 때마다 레이의 귀가
쫑긋쫑긋 움직였다. 그 음향에 귀만 반사적으로 움직였으므
로 레이 자신은 아무것도 의식하고 있지 않은 듯했다.
「왜 그렇지, 저 귀가?」
「묘한데…….」
둘은 잠시 북소리와 고양이 귀의 움직임을 신기한 듯 바라
보고 있었다. 요쿄쿠가 끝나고 나서 다에코는 라디오를 끄러
일어났다.
「주사는 어때? 효과는 있는 것 같아?」
자리로 돌아온 다에코는 다시 화제를 돌렸다.
「글쎄…… 그런 건 끈기 있게 계속 맞아야 하는 거라서.」
「몇 번 정도 맞아야 된대?」
「몇 번 맞아야 효과가 있을 거란 얘긴 안 해. 느긋하게 맞
아 보라고만 하던데.」
「역시 결혼할 때까지는 안 낫는 거 아닐까?」
「구시다 선생님은 고치지 못할 건 없다고 하긴 했는데…….」

「주사를 맞는다고 그게 씻은 듯이 말끔해지지는 않을 거야.」
이렇게 말하고 다에코는,
「아 참, 카타리나가 결혼했대」
하고 말했다.
「그래? 너한테 편지가 왔니?」
「어제 모토마치에서 기리렌코 씨를 만났는데, 〈다에코 씨,
다에코 씨〉 하고 쫓아와서는, 〈카타리나가 결혼했습니다. 이
삼일 전에 연락이 왔습니다〉 하더라고.」
「누구와 결혼했대?」
「자기가 비서로 일하던 보험 회사 사장이래.」
「결국 물었나 보네.」
「기리렌코 씨한테 온 편지에 사장 집 사진이 들어 있었는
데, 〈우리는 지금 여기에 살고 있어. 남편이 엄마랑 오빠를 모
신다고 하니까 빨리 영국으로 와. 여비는 언제든지 보내 줄
테니까〉라고 써 있었대. 사진을 보면 집이 대단한 저택인데
성처럼 근사하더래.」
「대단한 거물을 물었구나. 어차피 비칠비칠한 할아버지겠
지 뭐.」
「그런데 그게 서른다섯에 초혼이래 글쎄.」
「그게 정말이야?」
「〈유럽에 가면 난 반드시 부자와 결혼할 거예요. 두고 보세
요〉라고 말했는데 결국 목적을 달성한 거네.」
「언제였더라, 일본을 떠난 게? 아직 1년도 안 되지 않았나?」
「그래, 작년 3월 말이었으니까.」
「그럼 고작 열 달밖에 안 됐네.」
「영국으로 건너간 지는 6개월 정도밖에 되지 않잖아.」
「6개월 만에 그런 사람을 물다니 정말 대단한걸. 역시 미

인이고 볼 일이야.」

「미인이라고 해도 카타리나 정도의 미인은 얼마든지 있잖아. 영국이라는 데는 미인이 없는 덴가?」

「기리렌코 씨랑 할머니는 영국에 안 간대?」

「안 갈 모양이야. 할머니는 자기들처럼 비루하게 살던 사람이 가면 딸한테 창피한 일이고, 일본에만 있으면 이런 사정을 모를 거라고 한다는 거야.」

「응, 서양 사람들도 그런 생각을 하는구나.」

「아 참, 전남편과의 사이에 생긴 딸은 이야기가 잘돼서 카타리나가 데리고 있나 봐.」

다에코는 특별히 용건이 있어서 온 것이 아니라 카타리나 얘기를 하고 싶어서 잠깐 들렀을 것이다. 이제 곧 유키코도 돌아오니까 점심이라도 들고 가라고 붙잡았지만 어딘가에서 오쿠바타케와 만날 약속이라도 있는 건지 또 들르겠다며 30분 정도 있다가 돌아갔다. 다에코가 가고 나서 사치코는 다시 불을 응시하면서 혼자 생각에 잠겼다.

카타리나가 결혼했다는 것은 다에코가 일부러 그 소식을 알리러 들를 만큼의 가치가 있었다. 젊은 부자 사장이 새로 고용한 여비서와 연인 사이가 되어 결국 그녀를 아내로 맞이한다는 이야기는 영화에서나 나올 뿐 실제로는 좀처럼 없는 이야기라고 생각하고 있었는데, 역시 그런 것만도 아닌 걸까? 다에코의 말대로 그렇게 빼어난 미인도 아니고 뛰어난 솜씨가 있는 것도 아닌 카타리나 정도의 여자도 그렇게 좋은 운을 잡을 수 있다고 한다면 서양에는 그런 사람이 쌔고 쌨다는 얘길까? 적어도 보험 회사 사장이고 대저택에 살고 있는 서른다섯에 초혼인 신사가 바로 6개월 전에 고용한 친척도 없고 씨도 성도 모르는 이방인 여자와 결혼을 하다니, 설사 그 여자가 아무리 미인이라고 해도 일본인의 상식으로는 도저히 이해할 수 없는 일이었다. 영국 사람은 보수적이라고 들었지만 결혼 같은 것에 대해서는 자유로운 생각을 가지고 있는 것일까? 부자와 결혼해 보이겠다던 카타리나의 말을, 세상 물정 모르는 젊은 여자의 꿈같은 바람이라고만 생각하고 적당히 흘려듣고 있었는데, 카타리나의 생각은 의외로 진지했기 때문에 자기 정도의 미모가 있으면 그렇게 할 수 있다는 확신을 가지고 일본을 떠났던 것일까? 망명한 백계 러시아인의 딸과 오사카의 유서 깊은 가문에서 곱게 자란 딸을 비교하는 것은 잘못인지 모르겠지만, 그래도 카타리나 같은 여자도 있는데 자기 자매들은 얼마나 패기가 없는가. 자매 가운데 가장 무모하고 〈별종〉이라는 다에코도 정작 세상의 눈이 무서워 아직껏 좋아하는 사람과 결혼도 못 하고 있는데 다에코보다 어린 카타리나가 어머니와 오빠 그리고 집까지 버리고 세계를 돌아다니며 척척 자신의 운명을 개척하다니. 특별히 카타리나가 부러워서가 아니라 그녀보다도 유키코가 훨씬 나은 것 같은데……. 그러나 형부나 언니가 네 명이나 있으면서도 아직도 적당한 혼처를 찾아 주지 못하는 것은 또 얼마나 한심한 일인가. 유키코처럼 얌전한 애한테 결코 카타리나 흉내를 내게 하고 싶지는 않고, 그렇게 흉내를 내라고 해도 할 수 없는 것이 유키코의 가치이지만, 보호자로서 책임이 있는 큰집이나 우리 자매는 그 러시아 아가씨에게 부끄럽지 않은가. 여러분이 옆에 있으면서 어찌 된 일입니까, 하고 카타리나가 비웃는다고 해도 어쩔 수 없는 일 아닌가……. 사치코는 작년에 유키코와 오사카 역에서 헤어질 때 남몰래 속삭였던 말, 〈지금 마음 같아서는 너를 받아 주는 사람만 있다면 아무라도 괜찮을 것 같아. 설사 이혼을 한다고 해도 한

번은 시집을 보내고 싶어〉 하고 한숨을 지으며 했던 말을 떠올렸다.

얼마 안 있어 대문의 초인종 소리가 나고 유키코가 응접실로 들어오는 기척이 났으므로 사치코는 빨갛게 달아오른 얼굴을 불 쪽으로 숙이고는 살짝 눈가의 눈물을 훔쳤다.

13

그런 일이 있고 나서 2~3주 지났을까, 사치코와 유키코는 그 뒤로도 쭉 이타니 미용실에 다니고 있었기 때문에 이타니도 끊임없이 유키코를 염두에 두고 있었던 듯, 어느 날 갔더니 이렇게 말을 걸었다.

「부인께서는 혹시 오사카의 니우 씨라는 분을 아세요?」

「이타니 씨가 니우 씨를 어떻게 아세요?」

「최근에 잠깐 뵀어요. 얼마 전에 어떤 사람의 출정을 축하하는 환송회 자리에서 소개받아 이야기를 나눴는데 우연히 그분이 부인의 친구인 것을 알게 돼서 잠깐 둘이서 부인 얘기를 했어요. 니우 부인은 마키오카 부인과는 상당히 친하지만 요즘에는 통 만나지 못했다면서, 언젠가 두세 명이 아시야의 집으로 찾아갔더니 황달을 앓고 있었는데, 그것도 상당히 오래된 일로 벌써 한 3~4년쯤 되었다고 하던데요.」

사치코는 그런 일이 있었다는 걸 기억해 냈다. 분명히 그때는 시모쓰마 부인과, 이름은 생각나지 않지만 도쿄의 뭐라고 하는 굉장히 세련된, 그러나 비위에 거슬리던 부인, 그러니까 미국에서 돌아왔으며 〈뭐뭐 했지만서두〉라는 이상한 말투를 쓰는 부인이 함께 왔는데, 사치코는 아픈 몸을 무릅쓰고 그들을 만났지만 전에 없이 무뚝뚝하게 대했고 곧 돌려보내고 말았다. 그런데 그것 때문에 기분이 나빴는지 그 이후로 니우 부인은 한 번도 찾아오지 않았다.

「아아, 맞아요, 맞아. 그때는 니우 씨한테 큰 실례를 범했는데, 혹시 나쁘게 생각하고 있지는 않던가요?」

「아니요. 그보다 유키코 아가씨 이야기를 하면서 그 아가씨는 어떻게 되었느냐고, 아직 혼처가 정해지지 않았다면 좋은 사람이 있다고 하던걸요. 유키코 씨 이야기가 나와서 문득 생각이 났다면서 그 사람한테는 틀림없이 유키코 씨가 어울릴 것 같다고 했어요.」

이런 식으로 이타니는 점점 바람을 넣었다.

「저는 니우 부인과는 초면인 데다 그 부인이 마음에 두고 있는 〈좋은 사람〉이 어떤 사람인지는 모르지만 부인과 친하게 지내던 부인이니까 믿어도 좋을 것 같아서, 아가씨를 위해서 꼭 좀 도와 달라고 부탁드렸어요. 듣자니까 그 사람은 의학 박사인데 전 부인이 돌아가시고 열서너 살짜리 여자아이 하나가 있는 것 말고는 딸린 사람은 전혀 없나 봐요. 의사가 본직이긴 하지만 지금은 그쪽 일은 전혀 하지 않고 도쿄마치에 있는 어느 제약 회사의 중역이라는 이야기를 들었는데, 나쁘지 않은 이야기 같아서 제가 도움이 된다면 도와 드릴 테니까 아무쪼록 그분을 소개해 달라고 했어요. 마키오카 부인도 옛날처럼 까다로운 주문은 하지 않을 거라면서요. 그리고 이야기가 나왔으니 조금이라도 빠른 편이 낫지 않겠느냐며 그 자리에서 이야기를 진행시켰어요. 그랬더니 니우 부인은, 그렇다면 일단 그쪽 의향을 확인해 보겠다고 해서, 제가 그야 그렇지만 대강 만날 약속만이라도 해두지 않겠느냐고 했더니 니우 부인은, 그럼 뭐 그쪽도 이의는 없을 테지만 혹시 있다고 해도 어차피 자기가 불문곡직하고 끌고 나올 테니까 그 사람 쪽은 괜찮다면서 마키오카 씨 쪽은 저보고 책임지라고 했어요. 어디 간단한 요릿집에서라도 만나 함께 식사를 하는 것으로 하고 장소는 오사카, 날짜는 이삼일 안이 좋겠다고 하면서 확실한 이야기는 전화로 의논하자고 해서 정말 고맙다고 했어요. 그리고 마키오카 부인도 아마 기뻐하실 거라면서 저도 그 일을 맡고 말았어요. 헤어질 때도, 그럼 기다리고 있겠습니다, 하고 거듭 다짐을 해두었기 때문에 일간 전화가 올 것 같은데, 그때는 다시 댁으로 찾아뵐게요.」

그날 사치코는 대충 듣기만 하고 돌아왔지만 니우 부인과 이타니는 둘 다 성질이 급한 편이고 행동파여서 아마 이 이야기는 흐지부지되지는 않을 것 같았다. 과연 그로부터 사흘 후 아침 10시경 이타니한테서 전화가 왔다.

「얼마 전의 그 일로 지금 니우 부인한테서 전화가 왔는데, 저보고 오늘 오후 6시까지 시마노우치의 〈깃쵸〉라는 일본 요릿집으로 유키코 씨를 데리고 나오라는데, 어떠신가요? 뭐 간단히 저녁 식사에 초대받아 간다고 생각하고 가벼운 기분으로 나오시라고 하는데, 니우 부인 말로는 가능하면 아가씨 혼자 나오는 것이 좋겠지만 누가 따라 나온다면 사모님 말고 바깥어른이 나와 주셨으면 좋겠다고 하네요. 날개를 펼친 공작 같은 분이 옆에 있으면 아가씨의 인상이 희미해진다고 하면서요. 그건 저도 동감인데, 꼭 좀 그렇게 해주세요. 전화로 이런 말씀 드리는 게 실례인 줄 압니다만, 저번에 대강 양해를 구해 놓은 일이고, 어쨌든 급한 일이어서…….」

이타니는 당장이라도 대답을 듣고자 했다.

「일단 한두 시간만 기다려 주시겠어요?」

사치코는 일단 전화를 끊었다.

「넌 어떻게 생각해, 유키코? 오늘 이야기를 하고 오늘 나오라니, 나도 그렇게 성급하게 구는 건 마음에 들지 않아. 하지만 그 이후로 내내 네 일을 마음에 두고 있는 이타니 씨의 친절에는 고마워해야 하지 않겠니? 게다가 니우 씨도 어제오늘 알게 된 사람이 아니고 또 우리 일을 잘 알고 있으니까 설마 얼토당토하지 않은 사람을 소개할 리는 없을 거고.」

「그래도 얼마 전에 했다는 얘기만으로는 어쩐지 믿음이 안 가. 전화로라도 좋으니까 직접 니우 씨한테 자세히 물어보면 안 될까?」

유키코가 이렇게 말했으므로 사치코는 니우 부인에게 전화를 해서 그쪽에 대해 이것저것 물어보았다.

「그 사람은 하시데라 후쿠사부로라는 사람인데, 시즈오카 출신이고 형이 둘이에요. 그 형들도 모두 의학 박사래요. 독일에 유학한 적이 있고. 집은 오사카의 덴노지 구 가라스가쓰지에 있는 셋집이고 지금은 딸과 둘이서 나이 많은 가정부 〈할멈〉을 쓰고 있대요. 딸은 유히가오카 여학교에 다니는데 죽은 아내를 닮아 무척 예쁘고 온순한 아이라네요. 그 집 형제들이 모두 상당한 인물이어서 고향에서는 이름난 가문이고 재산도 얼마간 분배받은 것 같고, 당사자도 동아 제약의 중역이라 수입이 상당한 것 같고요. 생활도 화려해 보이고 풍채도 훌륭하고 허우대도 멀쩡한 게 우선 미남이라고 할 만한 용모예요.」

의외로 조건이 좋았지만 나이를 물으니 아마 마흔네다섯일 거라고 했고, 딸의 나이를 묻자, 여학교 2학년일 거라고 했다. 그래서 그 밑의 아이는 있는지, 여자아이인지 남자아이인지를 물었으나 모른다고 했고, 양친이 있는지 없는지조차 〈글쎄요, 뭐라더라……〉 하는 식이었다. 차근차근 더 물어보았더니 죽은 부인은 니우 부인과 백랍 염색법을 배우는 강습회에서 만나 취미 생활을 같이하는 친구일 뿐이라고 했다.

「전, 그 댁에는 별로 가본 적이 없어요. 그래서 부인이 살아 계실 때 그분 남편을 딱 한 번 뵌 적이 있고, 그러고는 장례식과 1주기 때 봤을 뿐이에요…… 그러니까 이번 일로 어제 만난 것이 아마 네 번째일 거예요. 제가 〈언제까지 돌아가신 부인만 생각하고 계실 거예요. 그래 봐야 소용없는 일이잖아요. 제가 아주 좋은 아가씨를 소개해 드릴 테니 한번 나오세요〉 했더니 〈그럼 일임할 테니 부탁드리겠습니다〉 하더라고요. 그러니까 마키오카 씨도 꼭 승낙해야 해요.」

상대에 따라 오사카 말과 도쿄 말을 자유자재로 구사하는 니우 부인은, 요즘은 도쿄 말만 쓰는지 얼마 전 만났을 때도 그랬지만 오늘은 더욱 빠른 도쿄 말로 숨도 쉬지 않고 지껄여 댔다.

「니우 씨, 너무하는 거 아녜요?」

사치코도 얼마간 도쿄 말에 끌려든 말투였다.

「저는 따라오지 말라고 했다면서요?」

「그건 이타니 씨가 한 말이에요. 저도 찬성하긴 했지만 그 말을 꺼낸 건 이타니 씨니까 화를 내려면 그분한테 하세요.」

니우 부인은 다시 덧붙였다.

「아 참, 그러고 보니 얼마 전 진바 부인을 만났더니 당신 얘기를 하더라고요. 진바 부인도 한 번 소개해 준 적이 있다고 하던데…….」

사치코는 깜짝 놀랐다.

「진바 부인이 무슨 말 안 해요?」

「예예, 그…….」

니우 부인은 잠깐 멈칫하더니 말을 이었다.

「소개를 했는데 딱 거절당했다고 하던데요.」

「진바 부인도 아마 단단히 화가 났을 거예요.」

「글쎄요, 그럴지도 모르죠. 하지만 그래 봤자 인연이 없는 건 어쩔 수 없는 일이잖아요. 그런 일에 일일이 화를 낸다면 어떻게 혼담 같은 걸 주선하겠어요? 전 절대 그런 촌스러운 말은 하지 않으니까, 만나 보고 정 싫으시면 사양하지 말고 그냥 싫다고 하시면 돼요. 어렵게 생각하지 마시고 가벼운 마음으로 나오시면 되지 않을까요? 그렇지 않아요? 어쨌든 만나 보기나 하라고 유키코 씨한테 말해 주세요. 만나 보지도 않고 퇴짜를 놓으면 그땐 저도 화를 낼 거예요.」

니우 부인은 다시 덧붙였다.

「어쨌든 방을 예약해 놨으니까 정각에 하시데라 씨를 모시고 약속 장소로 나갈게요. 그러니 전화로 답을 할 필요는 없어요. 전 나오시는 줄 알고 기다리고 있을 테니까요.」

사치코는 오늘 막 얘기를 들었는데 오늘 당장 선을 본다는 말, 즉 번갯불에 콩 볶아 먹는 듯한 제의에 응하는 것이 너무 경솔한 처사라는 생각은 들었지만, 그런 걸 신경 쓰지만 않는다면 오늘 유키코를 나가게 하는 데는 아무 지장이 없었다. 유키코가 혼자 나가는 것을 싫어하겠지만 예전에도 사치코 대신 데이노스케가 따라 나간 적도 있었기 때문에 데이노스케의 사정만 괜찮다면 그렇게 해도 될 것 같았다. 문제는 어디까지나 그렇게 값싸게 굴고 싶지 않다는 것, 결국은 그 제의에 응하고 싶긴 하지만 오늘 약속만큼은 무슨 핑계를 대서라도 이삼일 뒤로 미루고 싶다는 것, 요컨대 사뭇 점잖은 척해 보고 싶다는 것이었다. 그러나 한편으로는 그렇게 의욕을 보이고 나오는데 그것을 순순히 받아들이지 않으면 그쪽 감정을 상하게 하지나 않을까 염려되기도 했다. 사치코는 조금 전에 전화로 들었던 이야기, 즉 진바 부인이 화를 냈다는 것이 어쩐지 가슴에 찔려 오늘은 한층 더 소심해졌다. 재작년 노무라라는 사람과의 혼담을 거절했을 때, 큰집에서 승낙해 주지 않는다며 꽤 완곡하게 거절의 뜻을 전했다고 생각했는데 역시 그게 상당히 강하게 들렸던 것일까? 진바 부인 입장에서는 그것도 무리는 아닐지도 모른다. 사치코 또한 내심 진바 부인이 화를 내지나 않을까 하고 꺼림칙한 마음을 갖고 있었기 때문에 그런 말을 듣자 한층 더 놀랐다. 아무리 그렇더라도 니우 씨는 왜 갑자기 그런 말을 꺼낸 것일까? 평소 말이 많은 부인이긴 하지만 느닷없이 관계도 없는 사람 이야기를 꺼내서 굳이 말할 필요도 없는 것까지 말한 것은 여느 때의 단순한 수다가 아니라 어쩌면 위협적인 의미를 포함하고 있는 것인지도 모른다.

「어떻게 할래, 유키코?」

「……」

「그냥 나가 보는 게 어떠니?」

「언니는?」

「나도 따라가고 싶긴 한데, 그런 말을 듣고 어떻게 나가겠니? 이타니 씨랑 둘이서 나가는 건 싫지?」

「둘이서는 좀……」

「그럼 형부한테 따라가 달라고 하지 뭐……」

사치코는 유키코의 안색을 살피며 말했다.

「급한 일만 없다면 나간다고 했으니까 전화해 볼까?」

「응.」

유키코가 희미하게 고개를 끄덕이자 사치코는 오사카의 사무실로 급히 전화를 신청했다.

14

데이노스케는 이타니와 유키코가 따로 나와 5시 반에 사무실에서 만날 생각이라는 말을 듣고, 그래도 상관은 없는데 이타니는 틀림없이 시간에 맞춰 정확히 나올 것 같으니까 유키코도 늦지 않도록, 그러니까 이타니보다 한 20~30분쯤 빨리 왔으면 좋겠다고 말했다. 그러나 5시 반이 지나도 유키코는 나올 기미가 보이지 않았다. 데이노스케는 안절부절못하고 있었다. 사치코나 유키코가 시간을 지키지 않는 것이야 늘 있는 일이라서 데이노스케는 그런 데는 이골이 나 있긴 했지만, 성격이 급한 이타니를 기다리게 하면 자신도 몹시 초조해질 것 같아서 이미 출발했을 거라고 생각하면서도 혹시나 하고 아시야에 전화를 신청해 두었는데, 그 전화가 연결되기도 전에 사무실 문이 열리고 이타니가 들어왔고 뒤따라 유키코도 들어왔다.

「야아, 같이 오셔서 마침 잘됐네요. 그렇지 않아도 지금 막 전화를 신청해 두었는데…….」

「실은 제가 아가씨한테 가서 같이 온 거예요.」

이타니는 다시 말을 이었다.

「시간이 없으니까 바로 가는 게 어떨까요? 자동차를 대기시켜 놨거든요.」

데이노스케는 사치코한테서 오늘 만나게 된 경위를 대충 듣기는 했지만, 전화로만 들은 데다 니우 부인이라는 사람도 이름만 알고 있었지 실제로 만난 적이 있는지 없는지조차 확실치 않아서 어쩐지 아무것도 모르는 상태로 끌려 나가는 듯한 형국이었다. 그래서 오늘의 상대가 어떤 사람이고 이타니와 어떤 관계인지 가는 길에 차 안에서 물어보았다.

「저도 잘은 몰라요. 자세한 것은 니우 부인께 물어보시는 게…….」

「그럼 니우 부인과는 어떤 관계인지 물어봐도 혹시 실례가 되지 않을까요?」

「저는 부인과는 아주 최근에 알게 되었어요. 오늘 만나면 두 번째예요.」

데이노스케는 이 대답에 여우에 홀린 듯한 기분이었다. 〈깃쵸〉라는 요릿집에 가보니 니우 부인과 하시데라라는 사람이 먼저 와서 기다리고 있었다.

「안녕하세요……. 오래 기다리셨죠?」

방으로 안내받은 이타니는 오늘이 두 번째 보는 거라고 했는데도 무척 허물없는 말투였다.

「아니요. 저희도 방금 왔는걸요.」

니우 부인도 친한 말투로 말을 이었다.

「참 놀랐는데요, 정확히 6시에 오시다니.」

「전 시간에는 정확한 편이에요. 그래도 오늘은 아가씨가 어떨까 싶어서 오는 길에 들렀다 같이 온 거예요.」

「이 집은 금방 찾으셨나요?」

「예, 마키오카 씨가 알고 계셔서요.」

「이거 정말 오랜만입니다. 한 번 뵌 적이 있지 않나요?」

데이노스케는 이 부인이라면 언젠가 집 응접실에서 소개받은 적이 있는 것 같았다.

「그 뒤로는 적조했습니다만 집사람이 늘 폐를 끼쳐서…….」

「아니요, 별말씀을. 부인과는 오랫동안 만나지 못했습니다. 언젠가 황달을 앓고 계실 때 찾아뵌 뒤로는 통 만나지 못했네요.」

「아아, 그때요? 그럼 벌써 3~4년이나 된 거네요.」

「예, 그러네요. 그때는 친구들과 셋이서 우르르 몰려가서, 누워 계시는 걸 억지로 일어나게 했으니 아마 여자 갱이라 생각했을지도 모르겠어요.」

「정말 여자 갱들이었네요.」

갈색 양복 차림에 양 무릎을 꿇고 엉거주춤 몸을 일으킨 채, 아까부터 소개해 주기를 기다리고 있던 하시데라가 니우 부인을 힐끔 곁눈질하고는 웃으며 말했다.

「아, 전 하시데라라고 합니다. 처음 뵙겠습니다…….」

하시데라는 우선 데이노스케에게 인사를 하며 말을 이었다.

「정말 니우 부인은 여자 갱이 맞는 것 같습니다. 다짜고짜로 따라오지 않으면 안 된다기에 오늘 저는 뭐가 뭔지도 모른 채 끌려 나오긴 했습니다만…….」

「어머, 하시데라 씨, 남자답지 못하시게. 이왕 나온 이상 그렇게 말씀하시면 안 되죠.」

「정말 그러네요.」

이타니도 맞장구를 쳤다.

「특별히 그런 변명을 하실 것까지는 없잖아요? 자고로 남자는 깨끗이 승복해야 한다고요. 그럼 저희한테 실례 아닌가요?」

「아, 이거 죄송합니다…….」

하시데라는 머리를 긁적이며 말했다.

「오늘은 제가 한 방 먹었습니다.」

「무슨 말씀을 하시는 거예요? 한 방 먹이기는커녕 다 하시데라 씨를 위해서 드리는 말씀이라고요. 하시데라 씨처럼 돌아가신 부인 사진만 쳐다보고 있다가는 몸에도 해로워요. 가끔은 밖으로 나와 세상 구경도 하셔야죠. 세상에는 돌아가신 부인 못잖은 미인도 있다는 걸 아시게 될 거예요.」

데이노스케는 유키코가 어떤 표정을 지을지 조마조마했

으나 유키코도 어느새 이런 장면에는 익숙해진 듯 생글생글 웃는 얼굴로 듣고 있었다.

「자, 불평은 그만하시고 어서 자리에 앉으세요. 하시데라 씨는 저기예요. 거기는 제 자리고요.」

「자, 여자 갱이 둘이나 있으니 말을 듣지 않으면 큰일 납니다.」

유키코가 반강제로 끌려 나온 것처럼 하시데라도 마찬가지인 모양이었다. 하시데라는 지금 갑자기 재혼할 결심이 서지도 않았는데 니우 부인에게, 그것도 특별히 절친한 사이도 아닌 니우 부인에게 붙잡혀 고민해 볼 여유도 없이 등을 떠밀려 나온 모양인지 자꾸 〈난처하군요〉라든가 〈놀랐는데요〉라는 말을 하곤 했다. 그러나 그렇게 당혹해하는 모습에 애교가 있어서 상대에게 불쾌감을 주지는 않았다. 데이노스케는 잠시 이야기를 나눠 보고, 이 사람이 사교에 꽤 단련된 원만한 성격의 소유자라고 생각했다. 내민 명함을 보니 의학 박사라는 직함이 있고 동아 제약 회사의 전무이사라고 되어 있는데도 본인은 〈의사는 하고 있지 않고 약국 지배인 노릇을 하고 있습니다〉라고 할 정도로 원만한 성격에 붙임성이 있는 실업가 타입이었고 그다지 의사다운 구석은 보이지 않았다. 나이는 마흔대여섯이라고 들었지만 얼굴에서 목덜미, 손끝에 이르기까지 포동포동하게 지방분이 골고루 퍼진 흰 살결이었고 이목구비가 뚜렷하고 뺨도 통통한 호남형이었다. 살집이 있는 편이라서 경박해 보이지는 않았고 나이에 맞게 관록이 붙은 신사여서 일단 지금까지 맞선을 본 상대 중에서는 가장 풍채가 좋은 사람인 것 같았다. 술도 데이노스케 정도는 아니지만 다소 마실 줄 알았고 권하면 굳이 사양하지도 않았다. 보통 같으면 그렇게 친한 사람들이 모인 자리가 아니어서 분위기가 어색할 텐데도 두 명의 여자 갱이 용감한 데다 이 사람의 응대가 능란해서 대화는 순조롭게 진행되었다.

「실례되는 말씀입니다만 저는 이 집에 온 적이 거의 없는데, 오늘은 요리가 꽤 잘 나오는군요.」

데이노스케는 다소 취기가 오른 듯 혈색 좋은 얼굴로 말을 이었다.

「아무래도 요즘은 술도 요리도 점점 궁색해지는데 이 집은 항상 이렇게 잘 나오나요?」

「아니요. 그렇지는 않을 겁니다.」

하시데라가 대답했다.

「오늘은 니우 부인의 얼굴을 봐서 특별히 내온 요리일 겁니다.」

「꼭 그런 건 아니지만 이 집은 남편이 단골로 다니는 곳이라서 제 부탁을 들어준 거예요. 게다가 오늘은 〈깃쵸〉라는 이름이 마음에 들어서 특별히 이곳으로 정했거든요.」

「지금 부인께서는 〈깃쵸〉라고 말씀하셨습니다만 사실은 〈吉兆〉라고 쓰고 〈깃쿄〉라고 읽지 않습니까?」

데이노스케가 말했다.

「아마 간토 지방에 사는 사람은 모르실 거라고 생각합니다만, 오사카에 〈깃쿄〉라는 게 있다는 걸 이타니 씨는 혹시 알고 계십니까?」

「글쎄요. 전 모르겠는데요…….」

「깃쿄?」

하시데라가 고개를 갸웃했다.

「저도 모르겠는데요.」

「전 알아요.」

니우 부인이 말했다.

「깃쿄라는 건 말예요, 거 있잖아요, 그거 아닌가요? 도카에비스 날 니시노미야나 이마미야에서 파는 조릿대 가지에 금화라든가 장부라든가 천 냥 상자[43] 같은 걸 매다는 거, 그거 아닌가요?」

「예, 맞아요. 바로 그겁니다.」

「아아, 그 마유다마[44] 같은 거?」

「예, 그래요. 〈도카에비스의 물건은〉…….」

니우 부인은 「도카에비스」 노래에 가락을 붙여 읊었다.

「〈가제부쿠로(風袋)에 돈 통, 돈주머니, 금화에 돈 상자, 다테에보시[45]……〉」

그러고는 하나하나 손꼽아 헤아리며 다시 말했다.

「그런 게 여러 조릿대 가지에 붙어 있거든요. 그걸 오사카에서는 〈吉兆(깃쵸)〉라고 쓰는데 사투리로 깃쿄라고 읽어요. 그렇죠, 마키오카 씨?」

「예, 그렇지요. 그런데 부인께서 깃쿄를 아시다니 의왼데요.」

「사람은 겉으로 봐선 모르는 거예요. 이래 봬도 전 오사카 태생이거든요.」

「어머, 부인께서요?」

「그러니 그 정도는 알고 있다고요. 하지만 요즘엔 그렇게 구식으로 읽는 사람이 있을까요? 이 집 주인도 깃쵸라고 하는 것 같던데요.」

43 에도 시대에 금화 천 냥을 넣는 보관용 나무 상자.

44 설날 장식 가운데 하나. 잎이 없는 버드나무나 조릿대 가지에 누에고치 모양의 떡이나 경단 등을 달아맨다거나 칠보(七寶), 천 냥 상자, 도미, 장부 등을 본뜬, 행운을 빌기 위한 물건들을 매달아 신사 등에서 팔았다.

45 옛날 성인례를 치른 구게(公家)나 무사가 머리에 쓰던 건(巾).

「그럼 다시 한번 묻겠습니다만, 조금 전에 읊으신 〈도카에 비스〉라는 노래에 나오는 〈하제부쿠로(葩煎袋)〉라는 건 뭔지 아십니까?」

「〈하제부쿠로?〉…… 〈가제부쿠로〉가 아닌가요? 〈가제부쿠로에 돈 통, 돈주머니〉…….」

「그게 아닙니다. 〈하제부쿠로〉가 맞습니다.」

「〈하제부쿠로〉 같은 게 있나요?」

「하제를 넣은 주머니 아닌가요?」

하시데라가 끼어들었다.

「하제라는 건 찹쌀을 볶아 부풀린 것을 말합니다. 어떤 한자를 쓰는지는 모르겠지만 아마 그걸 볶을 때 톡톡 튀니까 [하제루(爆ぜる)] 하제라고 하지 않았을까요? 간토 지방에서는 삼짇날 볶은 콩을 준비합니다만…….」

「그건 하시데라 씨가 제일 잘 알 거예요.」

화제는 잠시 간토 지방과 간사이 지방의 풍속이나 말을 비교하는 데로 옮겨 갔다. 오사카에서 태어나 도쿄에서 자랐고 다시 오사카로 돌아왔다는 니우 부인은 〈전 양서류예요〉라고 할 정도로 그런 것에는 누구보다 정통했고 데이노스케나 이타니를 상대로 도쿄 말과 오사카 말을 뚜렷이 구분해서 말해 보였다. 그러고 나서 일찍이 미용술 연구를 위해 1년 정도 미국에 다녀온 적이 있는 이타니가 〈그쪽 이야기〉를 꺼내자 하시데라가 독일에서 바이엘 제약 회사를 시찰하던 때의 이야기를 했다. 회사 규모가 굉장히 컸다는 것, 그곳 공장 구내에는 도톤보리의 쇼치쿠 극장 정도의 영화관도 있었다는 등의 이야기를 했지만 이타니가 적당한 선에서 화제를 돌리려고 하시데라의 딸 이야기라든가 고향의 사정 등을 묻거나 유키코와 그가 서로 말을 나눌 수 있도록 화제를 몰고 갔다. 그래서 화제는 어느새 다시 하시데라의 재혼 문제로 돌아왔다.

「따님은 뭐라고 하나요?」

「딸한테는 물어보지는 않았습니다만, 그보다 저 자신이 아직 결정을 내리지 못하고 있으니까요.」

「그러니까 정해 버리세요. 어차피 혼자 지낼 순 없잖아요.」

「예, 뭐 그건 그렇긴 합니다만, 그냥…… 이렇게…… 뭐랄까요…… 지금 당장 새로운 가정을 꾸려야지 하는 마음이 아직 동하지 않아서요.」

「그건 왜죠?」

「특별히 무슨 이유가 있어서가 아니라 그저 막연히 결심이 서지 않습니다. 그러니까 부인 같은 분이 옆에서 자꾸 장가를 들라고 들볶으면 결국 가게 될지도 모르겠네요.」

「그럼 저희한테 맡기시는 거죠?」

「아뇨, 그렇게 말씀하시면 곤란한데요.」

「어머 정말 도무지 종잡을 수가 없네요, 하시데라 씬…… 하루라도 빨리 새로운 가정을 꾸리셔야죠. 그래야 돌아가신 부인도 기뻐하실 거예요.」

「특별히 죽은 아내가 걸려서 그러는 건 아닙니다.」

「니우 부인, 이런 분은 말예요, 옆에서 밥상을 다 차려 놓고 그저 수저만 들면 되게 만들어 놓아야 한다니까요. 그러니 신경 쓰지 말고 우리끼리 그냥 진행시키죠, 뭐.」

「정말, 그게 좋겠네요. 그때가 되면 절대 우물쭈물하지 못하게 해야겠네요.」

데이노스케와 유키코는 하시데라가 두 명의 여자 갱에게 들볶이는 모습을 웃으며 보고 있을 수밖에 없었다. 오늘의 맞선은 전혀 맞선 같은 분위기가 아니었다. 그들의 말처럼 〈가벼운 마음〉으로 저녁 식사를 하러 나온 기분이었지만, 아무리 그래도 아직 마음도 정하지 못한 사람을 억지로 끌고 나와 자신들 앞에서 이렇게 옥신각신하는 것은 여자 갱이 아니면 도저히 할 수 없는 재주였다. 데이노스케는 자신들이 놓인 처지가 상당히 묘하다고 느꼈지만, 그보다는 유키코가 이러한 모습에도 특별히 당혹해하지 않고 웃으며 바라볼 수 있는 배짱을 지니고 있다는 것이 신기할 뿐이었다. 물론 주눅이 든 모습을 보여 주기보다는 침착하게 생글생글 웃어 주는 것이 이런 자리를 수습하기에 좋다는 것이야 뻔한 일이지만, 아마 예전의 유키코였다면 이런 경우 더 이상 배겨 낼 수 없어서 얼굴이 새빨개지거나 눈물을 글썽이거나 아니면 자리를 박차고 일어나 버렸을 것이다. 아무리 나이가 들어도 숫처녀의 순진함을 잃어버리지 않은 유키코였지만, 맞선을 보는 자리가 많아지면서 일종의 뻔뻔함이나 배짱 같은 게 생긴 게 아닐까? 서른네 살이라는 나이를 생각하면 너무 당연하지만, 어려 보이는 외모와 거기에 어울리는 복장에 속아 데이노스케는 그만 오늘까지 그녀의 그런 변화를 의식하지 못하고 있었다.

그건 그렇다 치고 하시데라는 어떻게 할 생각일까? 이러이러한 아가씨를 소개해 준다는 니우 부인의 말에 이끌려, 일단 얼굴을 본다고 해서 손해날 일은 아니니까 하는 마음에서 나온 것이라도 그의 말처럼 〈마음이 동하지 않〉았다면 나올 리가 없었을 텐데, 그렇다면 겉으로 보기보다는 〈마음이 동한다〉고 봐도 좋지 않을까? 아까부터 자꾸 난처해하는 것은 다소 과장된 행동이며 마음속으로는 만약 유키코가 자기 마음에 드는 여성이라면 장가들어도 좋다는 마음이 있는 것임에 틀림없었고, 그러니 완전히 장난삼아 나온 것은 아닌 듯했다. 어쨌든 하시데라의 대응은 니우 부인이 〈종잡을 수 없다〉

고 말한 대로 아주 유연하고 거침이 없어서 오늘 밤 유키코가 그에게 어떤 인상을 주고 있는지 좀처럼 짐작할 수가 없었다. 오늘 밤 유키코를 제외한 네 명은 모두 허물없이 말을 나누었지만 유키코는 처음부터 여자 갱들의 언동에 마음을 빼앗긴 듯 거의 이야기에 끼어들지 않았고 가끔 하시데라와 말을 주고받을 기회가 와도 여느 때의 버릇처럼 쉽게 응하려고 하지 않았다. 하시데라도 오직 여자 갱들과 말을 주고받기에 바빠 유키코에게는 겉치레로 두세 번 말을 걸었을 뿐이었다. 그래서 데이노스케는 상대가 어떻게 생각하는지도 모른 채 헤어질 때도, 이제 이것으로 끝인지 아니면 다시 만나게 될지 전혀 알지 못한 채 적당히 인사를 나누고 헤어졌다.

한큐 전차로 함께 돌아가는 길에 이타니는, 이 혼담은 니우 부인과 자기가 반드시 성사시킬 것이고 하시데라 씨도 거기까지 나온 이상 다른 말은 할 수 없을 것이며 그 사람도 내심 유키코 아가씨를 마음에 들어 하는 것 같다는 말을, 데이노스케의 귓가에 대고 거듭 말했다.

15

그날 밤 데이노스케는 사치코에게 하시데라의 인상을 말해 주었다.

「우선 겉으로 보기에는 만점이라고 해도 좋을 사람이고 정말 괜찮은 상대이긴 한데, 그 사람은 아직 재혼 문제를 고려하고 있는 상태인가 보더라고. 니우 부인이나 이타니 씨가 말하는 것처럼 이야기가 그렇게 무르익지는 않은 것 같으니까 좀 더 기다려 볼 수밖에 없겠어. 섣불리 그 사람들이 하는 말을 믿었다간 어처구니없는 꼴을 당할 수도 있으니까.」

작년 이래 혼담에 대해 겁이 많아진 부부였기 때문에 이야기가 이런 식으로 끝났다. 이튿날 저녁 무렵 이타니가 찾아왔다. 오늘 아침부터 니우 부인한테서 전화가 와서 그 문제로 의논드릴 일이 있어 찾아왔다는 것이었다. 그리고 어젯밤 그 사람을 어떻게 봤는지, 유키코는 어떻게 생각하고 있는지를 물었다. 사치코는 남편한테서 듣기로는 훌륭한 분이라고 하는데 그분의 생각이 좀 더 확실해져야 하지 않겠느냐고 말했다.

「아니요. 그건 걱정할 거 없어요. 다만 오늘 아침 하시데라 씨가 니우 부인한테 전화를 해서, 그 아가씨가 내성적이고 침울한 성격인 것 같던데 그 점은 어떠냐고 물으면서 자기는 화려하고 눈에 확 띄는 여성이 좋다고 했다나 봐요. 그래서 제가 이렇게 말해 두었어요. 유키코 아가씨를 처음 본 사람은 누구나 그렇게 생각하지만 절대 침울한 성격이 아니니까 하시데라 씨에게 그렇게 말해 달라, 솔직히 내성적이라고 할 수 있을지 모르지만 침울하진 않다, 얌전하게 있으니까 언뜻 보기에는 그렇게 보이지만 차츰 사귀어 보면 생각과는 다를 거다, 취미든 뭐든 의외로 서양식이고 모던하며 밝은 느낌의 아가씨다, 그러니까 내가 보기에는 바로 그 아가씨가 하시데라 씨가 바라는 화려한 분인 것 같다, 못 믿겠다면 한번 사귀어 보라고 하라, 무엇보다 음악은 피아노를 좋아하고 음식은 양식을 좋아하며 영화는 서양 영화를 좋아한다, 어학은 영어와 프랑스어를 한다고 말씀드리면 아마 명랑한 분이라는 걸 알게 될 거다, 기모노 입는 걸 좋아하는데 그것도 화려하고 소맷자락이 긴 비단옷이 어울리는 걸 보면 역시 화려한 성격이기 때문이 아니겠느냐, 그런 건 사귀어 보면 금방 알 수 있을 거다, 좋은 집안의 아가씨로 처음 만날 때부터 나불나불 지껄여 대는 사람 중에 제대로 된 사람이 없지 않느냐, 저는 니우 부인과 길게 통화하면서 이런 얘기를 해줬어요.」

이타니는 이렇게 길게 이야기한 다음 또 이런 주문까지 하고 돌아갔다.

「그러나 유키코 아가씨도 너무 얌전하게만 있으면 오해받으니까 손해예요. 지금 좀 더 용기를 내서 이야기하는 게 나을 거예요. 조만간 그 사람을 한 번 더 끌고 나올 테니까 제발 그때는 되도록 명랑한 인상을 주도록 하세요.」

사치코는 내심 걱정하고 있던 유키코의 눈가 그늘이 다행히도 이번에는 그다지 눈에 띄지 않았기 때문에 우선 안심했다. 그렇다고 해도 과연 희망이 있는지 어떤지, 이타니가 하는 말을 반쯤 에누리해서 들었다. 그런데 다음 날 오후 3시경 이타니한테서 전화가 왔다.

「전 지금 오사카에 와 있는데요, 앞으로 한 시간 후에 니우 부인과 같이 하시데라 씨를 모시고 찾아뵙겠습니다.」

사치코는 당황했다.

「저희 집으로 오신단 말씀이세요?」

「예, 그래요. 오늘은 별로 시간이 없다고 해서 한 20~30분 정도 실례하려고요. 달리 적당한 장소도 없고 또 댁도 보고 싶다고 하셔서요.」

「저희 집으로 오시는 건, 그…… 좀…….」

사치코가 머무적거리는 걸 끝까지 다 듣지도 않고 이타니는 덮어씌우듯 밀어붙였다.

「오늘은 갑작스러운 일이고 불과 20~30분이니까 마음 쓰지 않으셔도 돼요. 모처럼 하시데라 씨의 마음이 동했는데 일정이 변경되면 또 이야기가 틀어지니까요. 꼭 좀 그렇게 해 주세요.」

사치코는 유키코의 마음을 알 수 없었으므로 직접 물어보았다.

「어떻게 할까, 유키코? 에쓰코는 오하루를 시켜서 고베로 데리고 나가라고 하면 되겠지만…….」

「그렇게 하지 않아도 돼. 둘 다 벌써 눈치채고 있을 텐데 뭐.」

드물게도 유키코가 아주 싹싹하게 대답했으므로 사치코는 그만,

「그렇습니까? 그럼 기다리고 있겠습니다」

하고 승낙해 버렸다. 그리고는 곧장 남편 사무실로 전화를 해 되도록 그 시간까지 집으로 오라고 부탁했다.

데이노스케는 손님이 도착하기 전에 집으로 돌아왔다.

「실은 그 뒤에 나한테도 전화가 왔더라고. 하시데라 씨가 가정 분위기에 주린 사람 같아서 그러니 오늘은 우리 집에서 만나 달라고 말이야. 그런데 처제가 용케 집에서 만나는 걸 허락했나 보네. 난 말이야, 무엇보다 처제가 그렇게 마음을 바꾼 게 얼마나 기쁜지 모르겠어.」

얼마 안 있어 세 명이 도착하여 응접실로 안내했다. 이타니는 혼자 복도로 나와 사치코를 불러냈다.

「오늘 다에코 씨는 집에 없나요?」

사치코는 순간 가슴이 덜컥했다.

「마침 나가고 없네요.」

「그럼 따님이라도 나오게 하세요. 하시데라 씨 따님도 데려오고 싶었지만 오늘은 갑작스러운 자리라 못 데려왔어요. 다음에는 꼭 데려올게요. 에쓰코와 친구가 될 수 있을 거예요. 아이들끼리 우선 사이가 좋아지는 것이 제일 좋거든요.

그러면 하시데라 씨도 한층 마음이 움직일 거고, 반드시 잘 될 거예요.」

데이노스케도 유키코가 그렇게 마음먹은 것은 참 다행스러운 일이니까 에쓰코도 나오게 해서 그 아이가 관찰한 것을 듣는 것도 좋을 거라고 했다. 그래서 데이노스케, 사치코, 유키코, 에쓰코, 이렇게 네 명이 응대를 했는데, 그날도 하시데라는 역시 두 사람에게 끌려왔다는 태도였다.

「아무래도 이분들을 만나면 당해 낼 수가 없습니다. 이렇게 갑작스럽게 찾아뵙는 게 실례인 줄 압니다만, 여자 갱들한테 납치되어 온 것이지 전혀 제 본의는 아니었습니다.」

하시데라는 자꾸 이런 변명을 한다거나 자기 같은 일개 샐러리맨이 이런 댁의 아가씨를 맞이하다니, 사실 신분 차이도 나고, 하면서 어떻게 받아들여야 좋을지 모를 말도 했다.

유키코도 예전처럼 까다롭지는 않았지만 타고난 수줍음은 그렇게 갑자기 고쳐지는 게 아니기 때문에 이타니의 충고가 있었음에도 그날 역시 특별히 애쓰는 기색은 보이지 않았고 시원시원하게 응수하지 못하는 것은 여전했다. 데이노스케는 문득 생각난 듯, 매년 교토에서 꽃놀이를 할 때 찍은 사진이 담겨 있는 앨범을 가져오게 했다. 설명하는 역할은 주로 사치코가 맡았고 가끔 유키코와 에쓰코가 옆에서 조심스럽게 말을 덧붙였다. 사치코는 이런 때 다에코가 있었다면 적당히 우스운 얘기라도 해서 좌중을 흥겹게 했을 텐데, 하고 생각했다. 다른 세 사람도 이런 생각을 하고 있었을 것이다. 이럭저럭 하는 사이에 20~30분이 한 시간이나 되었을 때 하시데라가 손목시계를 보고, 〈그럼 저는〉 하고 의자에서 일어섰기 때문에 니우 부인과 이타니도 일어섰다.

「어머, 두 분은 좀 더 놀다 가도 되잖아요.」

사치코는 두 여자를 붙들었다. 그러나 이타니가 바쁜 사람인 것은 알고 있었기 때문에 더 이상은 잡지 못했다.

「니우 부인, 오랜만이니 좀 더 있다 가세요. 별로 대접할 건 없지만요.」

「그럼 그렇게 할까요? 저녁도 주시겠죠?」

「예, 그럼요. 그런데 찬은 별로 없어요.」

「그건 괜찮아요.」

이렇게 해서 니우 부인은 어물어물 남게 되었다.

저녁 식탁에서는 유키코와 에쓰코를 물러나 있게 하고 세 사람만 이야기를 나눴다. 오늘 하시데라와 처음으로 대면한 사치코 역시 좋은 인상을 받은 듯 부부는 예기치 않게 그의 인품을 칭찬했고, 아직 유키코의 의견은 물어보지 않았지만 어쩐지 그 사람이라면 아마 싫어하지 않을 것 같다는 점까지 의견이 일치했다. 그리고 니우 부인이 그 사람의 수입이라든가 집안, 성격 등 그 후 문의해 본 결과를 이야기해 줄 때는 가능하면 이 혼담을 성사시키고 싶다는 마음이 더욱 강해졌다. 데이노스케 부부의 눈에는 하시데라에게 다소 열의가 없어 보이는 것이 염려되었다. 그러나 니우 부인은 이렇게 말했다.

「우리가 옆에서 이러쿵저러쿵하니까 멋쩍어서 그런 태도를 보이지만 마음속으로는 관심이 많아요. 솔직히 말하면 돌아가신 부인을 사랑했기 때문에 지금도 고인에 대한 미안함이 좀 있는 것 같고, 부인이 남긴 딸 생각 같은 것도 마음에 걸리는 모양이에요. 그래서 재혼한다고 해도 되도록 수동적으로, 다른 사람들의 권유에 못 이겨 어쩔 수 없이 하는 형태를 취하고 싶은 걸 거예요. 그리고 실제로 스스로 결심이 서지 않았기 때문에 누군가 뒤에서 밀어 줬으면 하는 거예요. 정말 마음이 없다면 누가 뭐래도 두 번씩이나 끌려나올 리가 있겠어요? 오늘만 해도 딱 한 번 만났을 뿐인 아가씨 집으로 찾아가는 건 몰상식한 짓이라고 말은 하면서도 결국 왔잖아요. 그것만 봐도 유키코 씨한테 마음이 있는 거 아니겠어요?」

니우 부인의 말을 듣고 보니 과연 그런 것도 같았다. 니우 부인은 다시 이런 말을 하고 돌아갔다.

「하시데라 씨는 딸의 생각을 중요하게 생각하는 게 틀림없으니까 딸의 마음에 드는 사람이라면 두말없이 승낙할 거예요. 그래서 다음에는 유키코 씨한테 딸을 만나게 해드릴 테니까 그때는 꼭 댁의 에쓰코도 나오게 해서 가능한 한 서로 친하게 만들었으면 좋겠어요.」

니우 부인이 돌아간 뒤 사치코는 뭔가 좋은 방안이라도 얻고 싶다는 듯 데이노스케에게 말했다.

「지금까지 꽤 많은 혼담이 있었지만 이번 혼담이 제일 나은 것 같아요. 우리가 바라는 조건을 다 갖추고 있고 지위, 신분, 생활 정도 등도 터무니없이 좋다거나 너무 나쁘다거나 하지 않고 안성맞춤이잖아요. 이번 기회를 놓치면 두 번 다시 이런 기회는 없을 것 같아요. 그러니 니우 부인 말처럼 그쪽이 일부러 수동적으로 나오면서 어떻게 해주기를 바라고 있다면 우리가 좀 더 적극적으로 나가 보는 게 어떨까요?」

데이노스케는 적극적으로 나가는 데는 찬성했다.

「그럼 어떻게 하면 좋을까? 어쨌든 제일 중요한 유키코가 그렇게 소극적이니 이런 때는 참 곤란하다니까. 오늘 저녁만 해도 좀 더 싹싹하게 대했으면 좋았을 텐데……. 하여튼 생각 좀 해보지 뭐.」

데이노스케도 이렇게 말했을 뿐 특별히 좋은 생각이 떠오르지는 않았다.

이튿날 출근한 데이노스케는 도쇼마치라면 여기서 그리

멀지 않은 곳임을 생각하고 적당한 구실이 있으면 회사로 찾아가 인연을 맺어 두고 싶은 마음이 들었다.

그러고 보니 어제 만났을 때 약 이야기가 나왔던 일이 떠올랐다.

「우리 집에서는 항상 독일제 비타민 B제와 술폰아미드제[46]가 떨어진 적이 없었는데 요즘엔 전쟁 탓인지 때때로 프론토실[47] 정제나 주사액이 떨어져 곤란할 때가 있어요.」

사치코의 말에 하시데라는 이렇게 말했다.

「저희 회사에서 만들고 있는 프레밀이라는 술폰아미드제 정제를 꼭 한 번 써보세요. 이 제품은 국산품처럼 절대 부작용이 없고 효과도 프론토실과 그다지 차이가 나지 않을 겁니다. 게다가 비타민 B제도 저희 회사에서 만드는 것이 있으니까 한번 시험해 보세요. 조만간 소포로 보내 드리겠습니다.」

「아니요. 보내시지 마시고 제가 매일 오사카로 나가니까 회사로 한번 찾아뵙겠습니다.」

「꼭 오세요. 언제든지 좋습니다만 오시기 전에 전화를 주신다면 더 좋겠지요.」

데이노스케는 하시데라와 이런 대화를 나눈 사실을 생각해 냈다. 그래서 〈그때는 그럴 생각 없이 말했습니다만, 아내가 어제 이야기한 약을 빨리 얻었으면 한다고 해서〉라고 말하며 찾아간다고 해도 이상할 것 없다고 생각한 데이노스케

---

46 구균류에 의한 화농성 질환에 대한 특효약이다.
47 1953년 독일의 생화학자 도마크가 발견하고 바이엘사가 발매한 세균에 대한 세계 최초의 화학 요법제. 술폰아미드제의 하나. 〈프레밀〉은 허구일 것이다.

는 일찌감치 사무실을 나와 사카이 연변 도로를 걸었다. 하시데라의 회사는 사카이 연변에서 서쪽으로 백 미터 정도 들어간 도쇼마치 거리의 북쪽에 있었다. 두꺼운 회벽 구조의 오래된 점포가 고풍스럽게 늘어서 있는 가운데 그 건물만 현대식 철근 콘크리트 건물이어서 금방 눈에 띄었다. 건물 안에서 나온 하시데라는 인사를 마치자 용건도 묻지 않고 점원을 불러 이런저런 약들을 들고 가기 편하게 몇 상자씩 포장해 오도록 지시했다. 그러고는 여기는 안내할 만한 방이 없으니까 어디 근처에라도 가자며 잠시 기다려 달라고 하고 일단 안으로 들어갔다. 하시데라는 두세 명의 점원에게 무슨 일인가를 지시해 놓고 외투도 입지 않고 모자도 쓰지 않은 채 나왔다. 데이노스케는 점포 앞에서 5분 정도 기다렸는데, 점원들에게 지시하는 하시데라의 모습, 점원들이 그를 대하는 태도 등으로 보건대, 중역이라고 했던 그가 이 점포에서 가장 높은 사람인 것처럼 보였다. 그리고 〈필요할 때는 언제든지〉 하며 내민 약 꾸러미를 받아들었지만 대금을 받지 않아 난처해진 데이노스케는 일단 이렇게 말했다.

「바쁘실 텐데 그럼 저는 이만 실례하겠습니다.」

「아니요. 전혀 바쁘지 않습니다. 이 근처에라도 잠깐 같이 가시지요.」

데이노스케는 같이 가면 무슨 얘기가 나올지도 모르고 또 이런 기회를 이용하지 않으면 손해일 거라는 마음이 들어 뒤따라 나섰다. 필시 그 근처의 찻집으로라도 안내하려나 보다 했는데 하시데라는 좁은 골목 안으로 들어가 여염집처럼 보이는 조그만 요릿집 2층으로 올라갔다. 데이노스케도 오사카의 지리에는 상당히 밝다고 생각했는데 이런 곳에 이런 골목이나 요릿집이 있다는 것은 처음으로 알았다. 한 칸밖에 없는 2층 방에서는 사방으로 빽빽이 들어찬 인가의 지붕과 군데군데 우뚝 솟은 빌딩만 보일 뿐이어서 흡사 센바 한복판에 있는 듯한 느낌이었다. 아마 이곳은 도쇼마치의 상인들, 주로 약국 주인이나 지배인이 손님을 모시고 와 가볍게 점심을 먹거나 장사 이야기를 하는 곳인 것 같았다.

「이런 곳으로 모셔서 죄송합니다만, 오늘은 돌아가는 길에 잠깐 용무가 있어서요.」

하시데라는 이렇게 양해를 구했으나 데이노스케는 저녁 대접을 받으리라고는 생각도 못 했기 때문에 오히려 송구한 마음이었다.

특별히 음식이 맛있는 것은 아니었지만 정갈한 요리가 다섯 가지 정도 나왔고 술도 두세 병 나왔다. 식사를 시작한 시간이 빨랐고 하시데라가 무척 바쁘다는 걸 알았으므로 데이노스케도 빨리 끝마치려고 했다. 그래서 식사가 끝났을 때 장지문 밖은 해가 졌는데도 아직 이른 봄 하늘에는 밝은 빛이 남아 있었다. 두 사람이 마주한 시간은 채 두 시간이 못 되었다. 데이노스케가 은밀히 기대한 〈이야기〉는 나오지 않았고 전적으로 의례적이고 막연한 잡담을 주고받은 것에 지나지 않았다. 다만 그사이에 데이노스케의 물음에 답해, 원래 자기는 내과가 전문이어서 독일에서는 내내 내시경 사용 방법을 연구했다는 것, 그런데 귀국하고 나서 우연한 기회에 지금 회사와 인연을 맺게 되었고, 주변 사정으로 인해 그만 의사를 그만두고 제약 회사 직원으로 전업할 수밖에 없었다는 것, 지금 다니는 회사는 사장이 따로 있지만 좀처럼 나오지 않고 실제 일은 거의 자기 혼자 하는 것이나 마찬가지라는 것, 지방으로 신약을 판매하러 가면 그쪽 사람들은 자신이 의사인 줄 모르고 덤비다가 약 설명을 하는 중에 그 사실을 알고 당황하는 모습이 재미있다는 것 등의 이야기를 했다. 데이노스케는 자기가 이런 질문을 하는데도 하시데라가 마키오카 집안이나 유키코에 대해서는 한마디도 하지 않았기 때문에 어쩐지 그런 말을 꺼내기가 거북했지만, 식사 후에 과일이 나올 때에야 겨우 마음을 고쳐먹고, 유키코가 그래 보여도 절대 침울한 성격이 아니라는 얘기를 꺼냈는데, 그것도 변명처럼 들리지 않도록 다른 이야기 중에 살짝 끼워 넣었다.

16

그다음 날 사치코는 니우 부인의 전화를 받았다. 니우 부인은 〈어제 남편께서 하시데라 씨를 만난 모양인데 그런 식으로 직접 교제를 시작한 것은 참 좋은 일이다, 아무쪼록 그런 식으로 친교를 맺어 주었으면 좋겠다, 지금까지 댁에서는 모든 일을 다른 사람한테 다 맡겨 버렸는데 그건 좋지 않은 것 같다, 그러니까 잘난 체하니 뭐니 하는 말을 듣는 것이다, 여기까지 우리가 다리를 놓아 준 이상 그다음은 댁의 열의와 노력에 달려 있다, 이제 우리 역할은 끝났으니까 이타니 씨도 나도 당분간 물러나 있겠다, 틀림없이 잘될 것 같으니까 확실히 하는 게 좋다, 그리고 하루라도 빨리 좋은 결과를 알려 주었으면 좋겠다〉고 말하며 축하한다는 말까지 했다. 그러나 사치코가 생각할 때는 아직 축하받을 단계까지 나아간 것은 분명 아니었다.

바로 그 직후, 왕진하러 가다가 댁 앞을 지나치게 되어 들렀다며 구시다 선생이 찾아왔다. 구시다는 요전에 부탁받은 사람에 대해 알아봤다고 했다. 졸업 연도는 다르지만 구시다 선생도 같은 오사카 대학 출신이라는 걸 알고 사치코가 하시데라에 대해 알아봐 달라고 부탁해두었기 때문이다. 늘 바쁜 구시다 선생은, 〈이대로 실례하겠습니다〉 하며 외투를 입은 채 응접실로 들어와 의자에도 앉지 않고 선 채 요점만 이야기하고 〈나머지는 여기에 다 쓰여 있으니 보세요〉 하며 호주머니에서 종이쪽지를 꺼내 사치코에게 건네고는 돌아갔다. 다행히 구시다 선생의 동창생 가운데 하시데라와 친한 사람이 있어서 그 보고 내용은 상당히 상세한 것이었는데, 당사자나 고향에 대해서는 물론이고 딸의 성격이 유순하다는 것이나 학교에서의 평판도 나쁘지 않다는 것까지 무척 자세히 적혀 있었다. 대체로 데이노스케가 지금까지 여기저기서 들어 온 사실을 뒷받침해 주는 것이었는데, 구시다 선생도 돌아가는 길에 이 사람은 자기도 적극 추천한다는 말까지 덧붙였다.

「이번에야말로 유키코에게 운이 있는 것 같은데, 어떻게든 이 혼담을 성사시켜야겠어.」

사치코에게 이렇게 말한 데이노스케는, 다소 상식에 어긋나는 일이긴 하지만 큰맘 먹고 두루마리 편지지에 1~2미터나 되는 긴 편지를 썼다.

이런 편지를 드리는 것이 실례되는 줄 알지만, 귀하께 처제에 대해 고려해 주었으면 하는 것이 있어서 이렇게 실례를 무릅쓰고 편지를 드립니다. 저번에 뵈었을 때도 말이 목구멍까지 올라왔으나 못하고 말았습니다만, 이렇게 말씀드리는 것은 다른 게 아니라 왜 처제가 그 나이가 되도록 결혼하지 않았는가 하는 이유에 대해서입니다. 혹시 뭔가 그녀의 일신상에, 또는 건강상에 떳떳하지 못한 구석이 있지 않을까 하는 염려도 있을 거라고 생각합니다만, 솔직히 말씀드리면 그런 사실은 전혀 없습니다. 처제가 지금까지 결혼하지 못했던 것은 그녀를 둘러싼 일가친척들이 대단한 가문도 아니면서 격식이라든가 오래된 가문의 명예 같을 걸 내세워 좋은 혼담을 모두 거절해 버렸기 때문입니다. 이런 사실은 아마 니우 부인이나 이타니 씨에게 들으셨을 줄 압니다만, 이유는 단지 그것뿐이고 다른 이유는 전혀 없습니다. 정말 터무니없는 일이긴 하지만 그런 이유에서 점차 세상 사람들의 반감을 샀고 아무도 나서서 소개를 해주는 사람이 없게 되었다는 게 분명한 사실일 겁니다. 그러니 귀하 측에서 의문이 풀릴 때까지 충분히 알아봐 주셨으면 더욱 고맙겠습니다.

처제를 불행하게 한 책임은 주변 사람들에게 있기 때문에 그녀 자신은 결백하고 꺼림칙한 부분은 전혀 없습니다. 이렇게 말씀드리면 팔이 안으로 굽는다고 할지 모르겠습니다만 저는 두뇌, 학력, 성품, 예능 등 모두 합격점을 주어도 좋은 사람이라고 말씀드릴 수 있습니다. 특히 제가 깊이 감격한 것은 그녀가 아이들을 굉장히 귀여워한다는 것입니다. 올해 열한 살 되는 제 딸은 엄마보다 그녀를 더 좋아할 정도이고 딸의 학과 공부나 피아노 연습도 친절하게 봐주고 있고 또 병이 들었을 때도 심혈을 다해 간호해 줍니다. 이런 걸 생각하면 딸이 엄마 이상으로 그녀를 그리워하는 것은 당연합니다. 부디 이런 것들도 사실인지 아닌지를 확인해 보시기 바랍니다.

또 그녀가 침울한 성격이 아닐까 하는 염려에 대해서는 저번에도 잠깐 말씀드린 것처럼 절대 그렇지 않습니다. 그러니까 걱정하실 필요는 전혀 없습니다. 감히 말씀드리자면 저는 그녀라면 귀하의 아내가 되어도 기대에 어긋나지 않을 거라고 생각합니다. 적어도 귀하의 따님을 행복하게 해줄 수 있다는 것만큼은 틀림없을 겁니다. 제가 같은 집안 사람에 대해 이런 식으로 쓰는 것이 오히려 귀하를 불쾌하게 하지 않을까 염려됩니다. 그러나 이것도 필경 그녀를 아내로 맞이해 주셨으면 하는 바람에서 나온 것입니다. 거듭 말씀드리지만 이런 유별난 편지를 보내는 실례를 거듭 양해해 주시기를 바랍니다.

데이노스케는 이런 뜻을 담아 무척 정중한 문체로 썼다. 그는 학생 시절부터 작문에는 자신이 있었기 때문에 쓰기 힘든 문체로 자세한 사정을 쓰는 것은 그리 어려운 일이 아니었다. 그러나 너무 지나치면 역효과가 날 우려가 있기 때문에 강요하는 듯한 인상을 주지 않도록 하면서도 지나치게 조심스럽다는 느낌은 주지 않도록 적당히 쓰는 데 애를 먹었다. 그래서 한 번은 문구가 너무 강경한 듯해서 다시 썼고 두 번째에는 너무 약한 듯해서 다시 썼으며 드디어 세 번째에 쓴 것을 봉투에 넣었는데, 보내고 나자 보내지 않은 게 낫지 않았을까 하고 금세 후회했다. 만약 그쪽에서 결혼할 생각이 없다면 그 편지를 받았다고 새삼 뜻을 번복하지도 않을 것이고 또 원래 그럴 의사였다면 그런 편지를 받고 오히려 더 싫어질지도 모르는 일이었다. 역시 자연스럽게 되어 가는 형편에 맡겨 두는 것이 가장 현명하지 않았을까 싶었던 것이다.

데이노스케는 편지를 보내고 특별히 답장을 기대한 것은 아니었다. 그래도 이틀이 지나고 사흘이 지나도 그쪽에서 아무런 소식이 없자 가만히 있을 수 없어 돌아온 일요일 아침 일부러, 사치코에게는 잠깐 산책이나 하고 오겠다고 말하고는 집을 나섰다. 그리고 한큐 전차로 우메다로 나가 택시에 올라타서는 그만 〈가라스가쓰지까지〉라고 말해 버렸다. 왜 냐하면 나올 때 하시데라의 집 주소를 알아보고 왔으나 어쨌든 근처까지 가서 어떤 집에 사는지 살짝 그 앞을 지나가 보자는 심산이었으므로 방문하겠다고까지는 생각하지 않고 있었기 때문이다. 그래서 집 근처라고 생각되는 사거리에서 내려 한 집 한 집 문패를 읽어 나갔다. 그날은 올해 들어 처음으로 봄다운 날씨여서 그런지 발걸음이 가벼웠고 왠지 모르게 운이 좋을 것 같은 기분이 들었다. 게다가 하시데라의 집은 비교적 새로 지은, 남향의 밝은 느낌이었다. 셋집이라고는 들었지만 그렇게 빈약한 집은 아니었고 다소 소실(小室) 집 같은 집이었다. 담 가까이에 심어 밖에서 내다보이는 소나무에 판자 울타리를 한 아담한 이층집이 서너 채 늘어서 있었는데 하시데라의 집은 그중 한 채였다. 그래도 부인을 잃은 중년 신사가 딸과 둘이서 살기에는 너무 넓어 보였다. 데이노스케는 잠시 문 앞에 우두커니 서서 때마침 아침 해를 받아 나뭇잎 하나하나가 반짝반짝 빛나는 소나무 너머로 유리문이 반쯤 열려 있는 2층 난간을 올려다보고 있었다. 모처럼 여기까지 왔는데 하는 마음이 들어 다시 어정어정 문 안으로 들어가 현관 벨을 누르고 말았다.

응대하러 나온 50대 할멈이 곧 2층으로 안내했지만 계단 중간까지 올라갔을 때였다.

「야아 이거!」

밑에서 누군가 말을 걸었기 때문에 데이노스케가 돌아보자 계단 입구에 하시데라가 잠옷 위에 멋들어진 방한용 겉옷을 입고 서 있었다.

「실례합니다만 곧 돌아오겠으니 잠깐 기다려 주시겠습니

까? 오늘 아침에는 늦잠을 자서요…….」

「네, 네, 천천히 하세요…… 저야말로 갑자기 찾아와서…….」

데이노스케는 하시데라가 가볍게 까딱 인사를 하고 아래층 안방 쪽으로 사라지자 안도의 한숨을 내쉬었다. 사실 얼마 전에 보낸 편지를 어떻게 받아들였는지 걱정되어 무엇보다도 안색을 보지 않았을 때는 안심할 수 없었는데, 조금 전에 대하는 태도를 보아서는 적어도 불쾌하게 생각하지는 않은 듯했다. 데이노스케는 혼자 기다리고 있는 동안 천천히 방 안을 둘러보았다. 이곳은 2층의 큰방이었는데 객실로 쓰고 있는 모양이었다. 도코노마 정도 되는 한 칸의 선반이 붙은 다다미 여덟 첩 크기 방인데 꽃은 꽂혀 있지 않았지만 그런대로 괜찮은 족자, 장식품, 미닫이 문 위에 걸어 놓은 액자, 두 장으로 된 병풍, 모과나무로 만든 탁자, 탁자 위의 담배 세트 등이 격식에 맞춰 단정하게 놓여 있었고 장지문 같은 것도 지저분한 데가 없으며 살풍경한 홀아비살림처럼 보이지 않았다. 하시데라의 기호 탓도 있겠지만 그것으로 죽은 부인의 인품도 짐작할 수 있을 듯했다. 조금 전 올려다보았을 때도 그렇게 생각했지만 안으로 들어와 보니 방은 상상한 것보다 한층 밝은 느낌이었다. 흰색 바탕에 돌비늘의 오동나무 잎 무늬가 있는 장지문이 바깥의 빛을 방 안 가득 비추고 있었다. 그래서 실내에는 어두운 곳이 전혀 없었고 공기가 구석구석까지 들어와 데이노스케가 피우는 담배 연기가 뚜렷하게 한 곳에 고리를 만들고 있었다. 데이노스케는 벨 소리를 듣고 나온 할멈에게 명함을 내밀었을 때 왠지 뻣뻣한 것 같아서 주눅이 들었지만 역시 방문한 것이 다행이다 싶었다. 이 집의 손님이 되어 주인의 안색을 살필 수 있게 된 것만 해도 잘된 일이었다.

「오래 기다리셨죠?」

10분 정도 지나 올라온 하시데라는 주름이 잘 잡힌 감색 양복으로 갈아입고 있었다. 하시데라는 〈이쪽이 따뜻합니다〉 하며 도로와 면한 툇마루의 등나무 의자 쪽으로 손님을 안내했다. 데이노스케는 편지의 답을 들으려고 온 것처럼 보이고 싶지 않아서 만나면 곧 물러날 생각이었다. 하지만 유리창으로 쏟아져 들어오는 햇살을 받으면서 여느 때처럼 사람을 편하게 하는 주인의 응대를 받고 있다가 그만 일어날 기회를 놓쳐 한 시간쯤 이야기를 나누었다. 그러나 이야기는 여전히 세상 돌아가는 이야기뿐이었다. 데이노스케가, 저번에는 실례되는 편지를 드렸다고 잠깐 인사말을 건네자 〈무슨 말씀을. 정중한 편지를 주셔서 정말 감사했습니다〉 하고 하시데라도 아무렇지 않게 답했을 뿐, 그 뒤로는 두서없는 잡담만 오갔을 뿐이었다. 그러다가 데이노스케는 겨우 정신을 차리고 일어서려던 참이었는데 하시데라가,

「저, 잠깐만 기다려 주시겠어요. 오늘은 딸을 데리고 아사히 회관으로 영화를 보러 가는데, 혹시 급한 일이 없으시면 그 근처까지라도 같이 가시지 않겠습니까?」

하고 물었다. 사실 멀리서나마 그 사람의 딸을 보고 싶었던 참이었기 때문에 데이노스케는,

「그렇습니까? 그럼 그 근처까지만 같이 가지요」

하고 말하지 않을 수 없었다.

이미 그 무렵에는 거리에서 택시 잡기가 힘들어졌기 때문에[48] 하시데라는 어딘가로 전화를 해서 패커드[49] 자동차를 불

---

48 1938년부터는 자동차 가솔린은 교환권으로 구매하는 제도가 실시되었고 버스는 목탄이나 장작을 연료로 해서 달려야 했다.
49 미국의 패커드사에서 만든 자동차로 고급차였다.

렀다. 자동차가 나카노시마의 아사히 빌딩 모퉁이에 이르렀을 때 하시데라는,

「어떻습니까? 한큐 전차 타는 데까지 모셔다 드려도 됩니다만 괜찮으시다면 여기서 잠깐 내리지 않겠습니까?」

하고 물었다.

마침 식사 시간이어서 알래스카로 데려갈 모양이라고 데이노스케는 생각했다. 오늘도 또 대접을 받는 것은 너무 미안한 일이긴 하지만 이 기회에 하시데라의 딸과 친해지고 싶었고 이런 식으로 점차 교제를 확대하는 것은 바라던 바였으므로 그럭저럭 승낙하고 말았다. 거기서 다시 한 시간쯤 양식 식탁에 둘러앉아 한담을 나누었는데, 이번에는 딸도 같이 있었기 때문에 영화 이야기, 가부키 이야기, 미국이나 일본의 배우 이야기, 여학교 이야기 등 더욱더 종잡을 수 없는 이야기만 나누었을 뿐이었다. 하시데라의 딸은 에쓰코보다 세 살 위인 열네 살이어서 그런지 에쓰코에 비해 말투 같은 것도 차분하고 어른스러웠다. 무엇보다 얼굴 생김새에서 오는 인상 탓도 있을 것이다. 왜냐하면 전혀 화장기가 없는 얼굴에 여학교 교복을 입고 있었는데 그 윤곽은 이미 소녀의 모습이 아니라 갸름하고 콧날이 곧은 팽팽한 숙녀 같았다. 하시데라와 조금도 닮지 않은 것을 보면 어머니를 닮은 게 틀림없었고, 어머니가 상당한 미인이었다는 것과 하시데라가 지금도 이 소녀를 통해 죽은 아내의 모습을 그리워하고 있다는 것을 짐작할 수 있었다.

계산할 때였다.

「오늘은 제가 내겠습니다.」

데이노스케가 말했다.

「그건 안 됩니다. 제가 모시고 왔으니까요.」

하시데라가 받아들이지 않자 데이노스케는 즉시,

「그럼 오늘은 신세를 지겠습니다만 다음에 한번 저한테 꼭 들러 주시기 바랍니다. 고베로라도 안내할 테니까요, 다음 일요일에 꼭 따님과 함께 말입니다」

하고 말해 승낙을 얻어 내고 5층 엘리베이터 앞에서 헤어졌다. 다음 일요일의 약속을 얻어 돌아간 것이 무엇보다 큰 수확이었다.

17

그날 집으로 돌아온 데이노스케한테서 더할 나위 없이 좋은 결과를 얻었다는 이야기를 들은 사치코는 〈당신도 굉장히 뻔뻔해졌네요〉 하고 놀리면서 내심 크게 기뻐했다. 옛날 같으면 기뻐하기는커녕 어쩌면 그렇게 분별없는 짓을 하느냐고 화를 냈을 것이고 데이노스케도 설마 그렇게 뻔뻔한 행동은 하지 않았을 텐데, 데이노스케 역시 유키코의 혼담에 대한 생각이 크게 변했구나 하는 걸 깨닫고 사치코 스스로도 놀랐던 것이다. 부부는 더 이상 적극적으로 나가는 것은 그만두고 다음 일요일까지 기다리기로 했는데, 그사이에 니우 부인한테서 한 번 전화가 왔다.

「남편께서 그 집 딸과도 만났다고 하던데, 점점 가능성이 높아지는 건 축하할 만하네요. 또 이번 일요일에는 하시데라 씨 부녀를 초대하셨다고 하는데 부디 여러분께서 환대해 주시길 바랍니다. 특히 유키코 씨는 이번 기회에 〈침울〉하다는 인상을 지우려고 애써 주세요. 그게 가장 걱정이니까 특별히 덧붙여 두는 거예요」

하고 말했다. 이것으로 보면 하시데라는 그 후의 진전된 상황을 일일이 니우 부인한테 보고하고 있는 게 틀림없었는데, 그 역시 이번 혼담에 결코 냉담한 것은 아니라는 증거인 듯했다.

약속한 일요일에는 아침 10시에 하시데라 부녀가 아시야로 와서 한두 시간 놀다가 주인 측 네 명을 포함해 모두 여섯이서 택시를 불러 고베까지 나가 하나쿠마의 스키야키집 기쿠스이로 갔다. 오늘 식사할 장소에 대해서는 중국요리, 오리엔탈 그릴, 어육을 주재료로 한 나가사키풍의 중국요리점인 다카라야 등 여러 가지 안이 나왔지만 고베 구경도 할 겸해서 기쿠스이로 가게 된 것이었다. 일행은 늦은 점심을 2시쯤 시작해서 4시쯤 끝냈고 돌아가는 길에는 모토마치에서 산노미야까지 산책을 하고 휴하임에서 잠깐 쉬었다가 한큐 전차를 타는 부녀를 배웅하고 헤어졌다. 그러고 나서 네 사람은 미국 영화 「콘도르」를 보러 한큐 회관으로 들어갔다. 그날은 두 가족이 서로 얼굴을 마주한 정도였고, 단숨에 허물없는 사이가 되지는 않았다.

이튿날 오후였다. 유키코 혼자 2층에서 습자를 하고 있는데 오하루가 올라왔다.
「전화 왔습니다!」
「누구한테?」
「유키코 아가씨를 바꿔 달라고 하는데요.」
「누군데?」
「하시데라 씁니다.」
그 말을 듣자 유키코는 당황했다. 붓을 놓고 일어섰지만 곧장 전화를 받으려고 하지 않고 얼굴을 붉히면서 계단 아래에서 허둥지둥하고 있었다.

「언니는?」

「근처에 나가신 것 같은데요…….」

「어디?」

「글쎄요, 편지 부치러 가신 거 아닐까요? 바로 막 나가셨는데 불러올까요?」

「빨리! 빨리 불러와!」

「예.」

오하루는 서둘러 뛰어나갔다. 사치코는 늘 운동할 겸해서 직접 편지를 부치러 다녔고 제방 근처를 산책하는 습관이 있었기 때문에 오하루는 모퉁이를 한 번 돈 지점에서 쉽게 사치코를 발견했다.

「사모님! 유키코 아가씨가 찾습니다.」

오하루가 숨을 헐떡이고 있었으므로 사치코는 무슨 일인가 하고 의아한 표정이었다.

「무슨 일인데?」

「하시데라 씨한테서 전화가 왔습니다.」

「하시데라 씨한테서?」

생각지도 못한 일이었기 때문에 사치코도 깜짝 놀랐다.

「나한테?」

「아니요, 유키코 아가씨한테 왔는데요, 사모님을 불러오라고 해서요.」

「유키코가 받지 않았니?」

「글쎄요, 어떨지…… 제가 나올 때는 마냥 허둥지둥하고만 있었는데…….」

「왜 자기가 안 받고, 참 이상한 애야 하여간.」

사치코는 이거 참 야단났구나 하고 생각했다. 유키코가 전화 받는 걸 싫어하는 건 모든 가족이 다 알고 있기 때문에 그녀에게 전화가 걸려 오는 일은 거의 없었다. 설사 걸려 온다고 해도 대체로 다른 사람한테 대신 받게 하고 여간해서는 직접 받지 않았다. 지금까지는 그래도 아무 문제가 없었지만 지금은 일단 당사자가 받지 않으면 설명할 길이 없다. 사치코가 대신 받으면 오히려 이상하게 보일 것이다. 열예닐곱 소녀도 아니고…… 쑥스럽거나 겸연쩍어서 그런다는 것은 유키코의 성격을 잘 알고 있는 자매들만 이해하는 일이고 다른 사람들이야 알아 줄 턱이 없다. 하시데라가 모욕을 당했다고만 생각하지 않으면 다행인 것이다. 그건 그렇고 유키코는 결국 마지못해서라도 받긴 한 것일까? 그러나 오래 기다리게 한 다음 마지못해 받아서 우물우물 대응했다면, 전화를 받을 때는 더욱 그러는 편이니까, 그러면 일을 망칠 텐데, 그렇다면 차라리 전화를 받지 않는 편이 더 나을지도 모른다. 아니면 또 묘하게 고집스러운 데가 있는 애니까 무슨 일이 있어도 받지 않고 사치코의 도움을 기다리고 있지나 않은지. 하지만 사치코가 달려간다고 해도 그때는 아마 이미 끊어 버린 후일 것이고, 끊지 않았다고 해도 대신 받아서 어떻게 사과의 말을 한단 말인가. 어쨌든 오늘은 유키코가 직접 받지 않으면 안 된다. 그것도 바로 달려가 받아야 하는 경우다. 사치코는 어쩐지 어떤 예감이랄까, 이 조그만 사건으로 인해 애써 여기까지 진행되어 온 혼담이 허사가 되어 버릴 것만 같은 예감이 들기도 했다. 그러나 하시데라는 허물없고 붙임성이 좋은 사람이니까, 설마 그런 일이 한 번 있다고 해서 혼담을 깨니 어쩌니 할 것 같지는 않았다. 자신이 집에 있었다면 억지로라도 그 자리에서 유키코에게 전화를 받도록 했을 텐데, 불과 5~6분 집을 비운 틈에 전화가 걸려 오다니, 생각하면 할 수록 난감한 일이었다.

사치코는 서둘러 돌아갔다. 전화가 있는 부엌 쪽으로 가보았으나 이미 전화는 끊어져 있었고 유키코도 없었다.

「유키코는?」

사치코는 간식 준비를 하느라 밀가루 반죽을 하고 있는 오아키에게 물었다.

「저쪽으로 가셨는데요…… 2층에 안 계세요?」

「유키코는 전화받았니?」

「네, 받았어요.」

「곧바로 받았어?」

「아니요, 저어…… 사모님을 기다리다 오시지 않으니까……」

「얘기는 오래 하던?」

「아주 잠깐요…… 한 1분 정도였어요.」

「언제 끊었니?」

「조금 전에 막 끊었어요.」

사치코가 2층으로 올라가자 유키코는 혼자 습자하는 책상에 기대고 글씨본을 손에 든 채 그것을 들여다보는 자세로 고개를 숙이고 있었다.

「하시데라 씨한테서 온 전화 어땠니?」

「오늘 4시 반에 한큐 우메다에서 기다린다고 나오라고 하던데.」

「그래? 둘이서 산책이라도 하자는 걸까?」

「신사이바시라도 거닐다가 어디 좋은 데서 식사라도 하고 싶은데 같이 가줄 수 있느냐고 했는데……」

「그래, 넌 뭐라고 했는데?」

「……」

「간다고 했어?」

「아니.」
유키코는 애매하게 침을 삼키면서 입속말로 했다.
「왜?」
「…….」
「가는 게 좋지 않니?」
결혼 이야기가 진행되는 중에 상대 남자, 그것도 두세 번 밖에 만나지 않은 남자와 둘이서 거리를 거닌다는 것을 평소의 유키코가 이해할 리가 없다는 것은 그녀를 속속들이 아는 사치코는 처음부터 알고 있었다. 유키코의 성격을 보면 무리도 아니지만, 아무리 그렇더라도 사치코는 화가 나 견딜 수가 없었다. 잘 알지도 못하는 남자와 거리를 거닌다거나 요릿집에 가는 것이 싫을 수야 있지만, 그래도 자기한테는 그렇다 쳐도 데이노스케에게는 미안한 일이 아닌가. 하물며 하시데라가 그런 전화를 해왔다는 것은 그 사람으로서는 크게 용기를 낸 일일 텐데, 쌀쌀맞게 거절을 당했으니 얼마나 낙담하겠는가.
「그럼 거절해 버렸니?」
「사정이 좀 있다고 했는데…….」
거절한다고 해도 그럴듯한 구실을 붙여 적당히 거절을 했다면 또 그런 대로 괜찮았겠지만, 어차피 그런 재주가 없는 아이니 오죽 서툴고 어색하게 했겠는가를 생각하니 사치코는 분한 생각에 눈물이 주룩 흘러내렸다. 그리고 눈앞에 있는 유키코를 보고 있으니 더욱 화가 치밀었으므로 휙 하고 아래층으로 내려가 테라스를 통해 뜰로 나갔다.
당장 유키코한테 다시 전화를 하게 해 무례에 대한 용서를 구하고 오늘 저녁 오사카로 가게 하는 것이 이번 실책을 만회할 수 있는 가장 좋은 방법이라는 건 알고 있었지만 아무리 설득해 본들 유키코는 절대 〈그렇게 하겠다〉고 말할 리가 없었고, 섣불리 강행하려고 했다가는 서로 불쾌감만 키우다가 결국 싸움으로 끝나고 말 게 뻔했다. 그렇다고 사치코가 대신, 아무래도 오늘은 사정이 있어서 갈 수 없다는 이유를 아무리 잘 얘기한다고 한들 그쪽에서 정말 납득해 줄지. 그렇다면 내일은 어떠냐고 한다면 뭐라고 대답할 것인가. 유키코가 싫다는 것은 오늘만이 아니다. 좀 더 친해지고 서로의 생각을 알지 못한 상태라면 언제라도 싫다고 할 게 뻔했다. 그렇다면 오늘 일은 이대로 두고 내일이라도 사치코가 니우 부인을 찾아가 유키코의 성격을 자세히 설명하면서, 유키코는 하시데라를 절대 멀리하려는 것이 아니고 함께 걷는 것을 싫어하는 것도 아니라는 것, 다만 지금까지 너무 세상 물정을 모르고 자라서 그런 경우를 당하면 그만 당황해서 꽁무니를 빼고 마는데, 그만큼 순진한 구석이 있다는 것을 하시데라한테 전해 달라고 한다면 하시데라도 이해해 주지 않을까……사치코가 뜰을 거닐면서 이런 생각에 빠져 있을 때 부엌 쪽에서 다시 전화벨이 울린 것 같았다.

「전화 왔어요.」

오하루가 테라스로 뛰어와 뜰을 향해 외쳤다.

「니우 부인이세요.」

사치코는 흠칫 놀라며 부엌 쪽으로 달려갔으나 문득 뭔가를 생각한 듯 전화를 남편 서재로 돌리라고 했다.

「아아, 마키오카 씨…… 금방 하시데라 씨가 전화를 해서 엄청 화가 난 눈치던데요…….」

니우 부인의 목소리에는 심상치 않은 구석이 있었다. 시원시원한 도쿄 말을 쓰는 사람인데 흥분해서인지 말투가 한층 빨라졌다.

「무슨 이유인지는 모르겠지만 하시데라 씨가 굉장히 화를 내더라고요. 〈난 그렇게 고리타분한 아가씨는 싫다. 당신들은 그 사람이 화려하다고 하는데 대체 어디가 화려하단 말이냐? 이 혼담은 이제 딱 잘라 거절할 테니 지금 당장 그쪽에 전해 주기 바란다〉고 했어요. 왜 그렇게 화를 내는지는 잘 모르겠지만, 하시데라 씨는 〈둘이서만 조용히 이야기를 나누려고 오늘 저녁 같이 산책이라도 하려고 나와 달라고 했다. 그런데 처음에는 식모가 받기에, 유키코 씨 계시면 바꿔 달라고 했더니 계시다고 하면서도 무슨 영문인지 유키코 씨는 전화를 받지 않더라. 눈이 빠지게 기다리게 해놓고 겨우 받긴 했는데, 사정이 어떤지 아무리 물어도, 예, 저어……, 예, 저어…… 계속 이런 말만 해대니 도대체 예스인지 노인지 알 수 없는 노릇이 아니냐. 계속 물어봤더니 알아들을 수도 없는 모기만 한 소리로, 사정이 좀 있어서요…… 겨우 그 말만 하고 아무 말도 하지 않더라. 나도 화가 나서 그냥 끊어 버렸다〉고 말하고는 〈대체 그 아가씨는 사람을 뭘로 보는 거냐. 너무 바보 취급 하는 게 아니냐〉라며 노발대발하더라고요.」

니우 부인은 여기까지 단숨에 이야기하고는 이렇게 덧붙였다.

「그러니까 말예요, 유감스럽지만 이 이야기는 이걸로 끝났다고 생각해야 할 것 같아요.」

「정말 부인께는 폐만 끼치고…… 제가 그 자리에 있었다면 설마 그런 실례를 했겠어요? 공교롭게도 잠깐 나가 있었더니…….」

「그럼…… 마키오카 씨는 없었다고 해도 유키코 씨는 있지 않았나요?」

「예, 예, 그건 그렇지만…… 정말 죄송하지만…… 이렇게 된 마당에 돌이킬 수는 없겠지만……」

「예, 물론이죠……」

사치코는 쥐구멍이라도 있으면 들어가고 싶은 심정으로 횡설수설 대답하면서 듣고 있었다.

「그럼 마키오카 씨, 전화로 끝낼 이야기는 아니지만 또 만난다고 해도 소용없으니 찾아뵙지는 않을게요. 아무쪼록 언짢게 생각하지 마시길……」

니우 부인은 이렇게 말하고 전화를 끊으려고 했다.

「정말, 뭐라 말씀드려야 좋을지…… 어쨌든 사죄드리러 한번 찾아뵐게요……. 화를 내시는 것도 절대 무리는 아니지만……」

사치코는 자신도 무슨 말을 하는지 알 수 없는 말을 늘어놓았다.

「괜찮아요, 마키오카 씨. 그런 말씀 하지 않으셔도, 오시면 제가 되레 미안하죠.」

니우 부인은 말을 듣는 것도 귀찮다는 듯 말하고는 사치코가 흠칫흠칫하고 있을 때,

「그럼 안녕히 계세요」

하고는 전화를 끊어 버렸다.

수화기를 놓자 사치코는 그대로 탁상전화가 있는 데이노스케의 책상에 기대어 턱을 괸 채 잠시 가만히 앉아 있었다. 이제 데이노스케가 돌아오면 싫어도 얘기해야 하는데…… 오늘은 그만두고 내일이라도 마음이 진정되고 나면 그때 말하기로 하자……. 데이노스케가 얼마나 실망할지는 상상하고도 남지만, 그것보다도 이런 일로 데이노스케가 유키코를 싫어하지 않아야 할 텐데……. 예전에 데이노스케는 다에코를 싫어하는 경향이 있었지만 유키코에게는 동정하는 마음이 있었는데 드디어 둘 다 미워하게 되는 것인가. 다에코는

그래도 기댈 사람이라도 있으니 다행이지만 유키코는 지금 데이노스케의 눈 밖에 나면 어떻게 한단 말인가……. 지금까지 사치코는 다에코 때문에 참을 수 없는 일이 있을 때는 유키코한테 하소연하고, 유키코 때문에 속상한 일이 있으면 다에코한테 호소해 왔다. 그래서인지 평소에는 몰랐는데 이런 때에 다에코가 집에 없는 게 더할 수 없이 쓸쓸하기도 하고 불편하기도 했다.

「엄마!」

에쓰코가 서재 장지문을 열고 문지방 끝에 서서 의아한 눈빛으로 엄마의 얼굴을 들여다보고 있었다. 지금 막 학교에서 돌아온 에쓰코는 묘하게 온 집 안이 쥐 죽은 듯 조용했기 때문에 무슨 일이 있다는 걸 알아챘을 터였다.

「엄마, 뭐 하고 있어?」

에쓰코는 이렇게 묻고는 안으로 들어와 엄마 뒤에서 다시 한번 얼굴을 들여다보았다.

「응! 뭐 하고 있어…… 엄마…… 엄마!」

「언니는?」

「언닌 2층에서 책 읽고 있어……. 엄마, 무슨 일 있어?」

「아무 일 없어……. 언니한테 가 있을래?」

「엄마도 같이 가.」

에쓰코가 손을 잡고 끌었다.

「그래, 가자.」

사치코는 마음을 바꿔 일어섰다. 함께 안채로 돌아와 에쓰코만 2층으로 보내고 자신은 응접실로 들어가 피아노 앞에 앉아 건반 뚜껑을 열었다.

데이노스케가 집에 돌아온 것은 그로부터 한 시간쯤 뒤였는데 그때까지 피아노를 치고 있던 사치코는 대문에서 초인종 소리가 나자 현관으로 나갔다. 데이노스케가 서류 가방을 안고 일단 서재로 들어가자 사치코도 뒤를 따라 들어갔다.

「잠깐만요! 모처럼 당신이 애를 썼는데, 큰일 났어요.」

오늘 얘기할지, 내일 얘기할지 아까부터 망설이고 있던 사치코는 데이노스케의 얼굴을 보자 잠자코 있을 수 없었다. 데이노스케는 한순간 안색이 확 바뀌었지만 희미하게 한숨을 쉬었을 뿐 불쾌함을 노골적으로 드러내지는 않고 끝까지 조용히 이야기를 들었다. 데이노스케의 침착한 태도를 보자 사치코는 다시 한번 분을 참을 수 없어서, 무슨 애가 그 모양이냐고 전에 없이 유키코를 심하게 비난했다.

정말 이제 와서 말해 봤자 아무 소용 없는 일이지만 역시 하시데라는 결혼할 마음이 있었던 것이다. 겉으로는 애매하게 말했지만 내심 유키코에게 마음이 있었음에 틀림없다. 그러니까 오늘처럼 전화를 걸어 나오라고 한 것이 아니겠는가. 그걸 알고 나니 오늘의 실수가 더욱더 분하고 아쉬워 발을 동동 구르며 울고 싶은 심정이었다. 그러나 이제 울어도 소용없다. 기회는 영원히 사라져 버렸다. 왜 그때 집에 없었을까? 집에 있었다면 그쪽에서 나오라고 한 것에 응하게 할 수는 없었다고 해도 적어도 예의에 어긋나지 않게 인사 정도는 하게 했을 텐데…… 그렇다면 아마 이 혼담은 순조롭게 진행되었을 것을……. 그리고 가까운 미래에 결혼이 성사되었을지도 모르는데……. 그건 꼭 꿈같은 일만은 아니었다. 그냥 그대로 나갔다면 십중팔구 그렇게 되었을 것이다. 그건 그렇다 해도 불과 5~6분 집을 비운 사이에 전화가 올 게 뭐람! 사람의 운이란 실로 우연한, 그렇게 시시한 일로 결정된다.

사치코는 단념하려고 해도 쉽게 마음이 잡히지 않았고, 그때 자기가 집에 없었던 것이 마치 자신의 과실인 것처럼 후회

되었으며, 하필이면 그 5~6분 사이에 전화가 걸려 왔다는 것이 유키코의 불운인 것처럼 생각되기도 했다.

「그렇게 생각하면 화가 나기도 하지만 또 유키코가 불쌍해서…….」

「하지만 그건 처제의 성격 때문에 일어난 비극이니까 전화가 왔을 때 당신이 집에 있었다고 해도 결과는 마찬가지였을 거야.」

데이노스케는 오히려 자신이 사치코를 위로하는 입장에 선 탓도 있고 해서 이렇게 말했다.

「설사 당신이 옆에 있었다고 해도 처제가 제대로 대응했을 것 같지는 않아. 게다가 흔쾌히 그쪽 요구를 받아들여 같이 산책하는 걸 허락하지 않았다면 상대는 역시 불만을 품었을 거야. 결국 오늘 일은 처제의 성격에서 기인한 문제라는 거지. 그러니까 당신이 옆에 있었든 없었든 그것과는 무관한 일이야. 오늘은 어떻게 잘 대처해서 넘겼다고 해도 앞으로 이와 비슷한 일이 몇 번이고 일어날 텐데 뭐. 그러니 결국 이 혼담은 성사되지 않을 운명이었다고 볼 수밖에 없지 않겠어? 처제가 완전히 다시 태어나지 않는 한 이렇게 되는 건 숙명인지도 모르지.」

「당신처럼 말하면 유키코는 결국 시집을 갈 수 없다는 거잖아요.」

「그건 아냐. 내가 말하는 건, 그런 식으로 매사에 소극적이고 전화도 제대로 받을 수 없는 사람한테도 역시 장점이 있는데, 그런 걸 시대에 뒤처졌다거나 고리타분하다고 보지 않고 그런 사람 안에 있는 여성다움이나 고상함 같은 걸 인정해 주는 남자도 있을 거라는 거지. 그걸 아는 사람이어야 처제의 남편이 될 자격이 있다는 말이야.」

사치코는 자신이 오히려 위로를 받고 보니 데이노스케한
테 미안한 마음이 한층 강해졌고 또 가능하면 유키코를 안됐
다고 생각하려고 애를 썼기 때문에 차츰 화를 누그러뜨릴 수
있었다. 그러나 안채로 돌아와 응접실로 들어가 보니 유키코
가 어느새 2층에서 내려와 〈레이〉를 무릎 위에 올려놓고 쓰
다듬으면서 너무나 천연덕스럽게 소파에 앉아 있었는데, 그
모습을 보자 그만 다시 울화가 치밀어 올랐다. 사치코는 화
를 억누르고 시뻘겋게 상기된 얼굴로,
「유키코!」
하고 부르고는,
「아까 니우 부인이 전화를 했는데, 하시데라 씨가 지금 굉
장히 화가 나 있고, 이번 혼담은 깨졌다더라」
하며 내뱉듯 말했다.
「그래?」
유키코는 예의 그 무심한 반응을 보였다. 다소 어색해서인
지는 모르겠으나 유키코는 그렁그렁 목구멍을 울리는 소리
를 내고 있는 고양이의 기분을 좋게 하기 위해 손을 턱 밑으
로 넣었다.
〈하시데라 씨만 그런 게 아니야. 니우 부인도 그렇고, 형부
도 그렇고, 나도 화가 나 미치겠어.〉 사치코는 바로 이렇게 내
뱉고 싶었으나 꾹 참았다.
그건 그렇고 유키코는 과연 오늘의 실수를 〈실수〉라고 생
각하긴 하는 걸까? 그렇다면 형부한테 〈미안해요〉라고 한마
디라도 해주면 좋으련만…… 그런 걸 알고 있어도 절대 그런
말을 하지 않을 사람이라는 것을 생각하자 사치코는 다시 유
키코가 얄미워졌다.

18

하시데라가 화를 낸 사정은 다음 날 이타니가 찾아와 사치코에게 자세히 이야기했기 때문에 한층 분명해졌다.

이타니는 이런 이야기를 했다.

내가 들어 보니 어제 하시데라 씨가 니우 부인한테 전화를 한 것 같은데, 나한테도 전화가 왔다. 어쨌든 그 온후한 신사가 몹시 화를 내며, 그 아가씨가 무례한 게 아니냐고 나한테까지 마구 화를 내는 걸 보고, 이건 예삿일이 아니구나, 하는 생각이 들었다. 그래서 곧바로 오사카로 달려가 하시데라 씨와 니우 부인을 만났다. 그런데 역시 이야기를 잘 들어 보니, 하시데라 씨가 화를 내는 것도 무리는 아니라는 생각이 들었다. 사실은 어제만이 아니라 그제부터 이미 사건이 벌어질 기미가 있었다고 한다.

그제 마키오카 씨네 초대를 받고 하시데라 씨 부녀는 고베기쿠스이에서 다 같이 식사를 했다. 돌아오는 길에 다들 모토마치를 산책했는데 우연히 하시데라 씨와 유키코 씨가 둘만 있게 되었다. 출정군인을 보내는 가두 행진이 있어서 긴 행렬에 막힌 두 사람은 다른 사람들과 떨어지게 된 것이다. 그때 어떤 잡화점의 쇼윈도가 눈에 띄었으므로 하시데라 씨는 유키코 씨한테 〈양말을 사려고 하는데 같이 가주시지 않겠습니까?〉 하고 물었다. 그러자 유키코 씨는 〈네〉라고 대답만 하고 머뭇머뭇 50미터쯤 뒤떨어진 사치코 일행을, 마치 구조 요청이라도 하는 것처럼 몇 번이고 돌아다보며 난처한 표정으로 우두커니 서 있기만 했다. 그래서 하시데라 씨는 분연히 혼자 그 가게로 들어가 양말을 샀다. 이는 15분이나

20분 사이에 일어난 일이었다. 그래서 다른 사람들은 모르는 일인데, 하시데라 씨는 그때도 상당히 기분이 나빴다. 그래도 그때는 〈저 사람은 원래 성격이 그래서 그렇지 특별히 나를 싫어하는 건 아닐 것이다〉라고 억지로 좋은 뜻으로 해석하고 마음을 돌리기로 했다. 그러나 역시 그것이 마음에 걸렸기 때문에 〈혹시 나를 싫어하는 것일까〉 하고 다시 한 번 시험해 보려고 생각했다. 마침 어제는 날씨도 좋고 회사 일도 한가해서 생각한 김에 바로 마키오카 댁에 전화를 걸었다. 그런데 아는 바대로 하시데라 씨는 거듭 창피를 당하고 말았다. 그래도 그제는 쑥스러워서일 거라고 생각했지만 한 번이 아니라 두 번씩이나 그런 대접을 받고 보니 하시데라 씨는 유키코 씨가 자신을 싫어하는 것이라고밖에 생각할 수 없었다. 거절하는 방법도 〈당신을 싫어한다는 걸 아직도 모르겠느냐〉 하는 적극적인 표현이었다. 그렇지 않다면 좀 더 싹싹하게 말할 수도 있었을 것이다. 하시데라 씨는 〈그 아가씨는 주위 사람들이 어떻게든 혼담을 성사시키려고 애쓰고 있는데 고의로 깨려 한다〉고 말했다. 니우 부인, 나, 데이노스케 씨와 사치코 씨가 보여 준 호의는 잘 알겠지만 당사자가 그렇게 나온다면 그 호의를 받고 싶어도 받을 수가 없다.

하시데라 씨는 이 혼담을 자기가 거절한 것이 아니라 거절당했다고 느낀다고 말했다. 어제 내가 하시데라 씨를 만났을 때는 그 사람보다 니우 부인이 더 화를 냈다. 사실 나도 남성을 대하는 유키코 씨 태도가 좋지 않다고 생각하고 있었다. 그렇게 하면 〈침울〉하다는 말을 들어도 당연하다고 생각했기 때문에 애써 명랑한 인상을 주도록 하라고 충고한 것인데, 유키코 씨는 전혀 말을 듣지 않는 것 같다. 나는 유키코 씨보다도 그녀가 그런 태도를 취하게 내버려 두는 사치코 씨

716

의 마음을 모르겠다. 요즘에는 귀족이나 황족의 딸도 그런 법은 없다. 니우 부인도, 도대체 사치코 씨는 자기 동생을 어떻게 생각하고 있느냐고 물었다.

이타니는 얼마간 니우 부인을 빙자해 자신의 울분을 토로하는 기미도 있었는데, 그래서인지 상당히 가차 없는 말투였다. 그러나 무슨 말을 하든 사치코는 대답할 말이 없었다. 사내 같은 성격의 이타니는 그래도 하고 싶은 말을 다 하고 나니 가슴이 후련한 듯 그다음에는 또 마음을 터놓고 세상 돌아가는 이야기를 했다. 사치코가 위축되어 있는 것을 보더니,
「그렇게 비관하지 않아도 돼요. 니우 부인은 어떨지 몰라도 저는 앞으로도 주선할 마음이 있으니까요」
하는 말을 해주었다. 그런데 여담으로 예의 그 눈가의 그늘이 여전히 화제에 올랐다.
「하시데라 씨는 유키코 씨를 세 번 정도 만났는데도 그건 전혀 눈치를 못 챈 것 같아요. 따님이 집으로 돌아가 아빠한테 그분의 얼굴에 얼룩이 있더라고 말했는데, 아, 그래 하고 자기는 전혀 몰랐다고 했다나 봐요. 그러니까 그 얼룩은 그리 걱정할 정도는 아니에요. 전혀 문제가 되지 않는 경우도 있으니까요.」

그제 고베의 모토마치에서 유키코가 하시데라를 화나게 한 일만은 사치코는 끝내 데이노스케에게 말하지 않았다. 말해봤자 어쩔 수 없는 일이고, 말하면 유키코에 대한 남편의 감정만 나빠질 것이기 때문이다. 데이노스케는 또 아내에게 말하지 않은 채 자기 혼자 생각으로 하시데라에게 편지를 썼다.

사태가 이미 이렇게 된 이상 뭐라 드릴 말씀이 없습니다. 아쉬운 일이기는 하지만 소생으로서는 귀하께 한마디 해명이라도 드리지 않을 수 없는 입장입니다. 귀하께서는 어쩌면 저희 부부가 처제의 마음도 충분히 확인해 보지도 않고 이 혼담을 진행시켰다고 생각하실지 모릅니다만, 사실 처제는 절대 귀하를 싫어하지 않을 뿐만 아니라 오히려 그 반대라고 생각합니다. 그렇다면 저번에 귀하에 대한 처제의 소극적이고 애매한 태도, 전화를 받을 때의 태도 등을 어떻게 설명하겠느냐고 물을 수 있겠습니다만, 그것은 타고난 성격 문제인데 이성에 대해 겁이 많고 부끄러워해서 그러는 겁니다. 그러니 그것이 귀하를 싫어한다는 증거는 아니라는 겁니다. 서른을 넘긴 여자가 왜 그렇게 바보같으냐고, 누구나 그렇게 생각합니다. 그러나 평소 그녀를 잘 알고 있는 집안 사람들에게는 전혀 이상한 일이 아닙니다. 그런 상황에서 그녀는 늘 그렇습니다. 그래도 예전보다는 낯가림을 덜 하게 되었습니다. 이런 말을 해도 사람들에게 통할 리는 없기 때문에 아무런 변명도 되지 않는다는 걸 저희도 잘 알고 있고, 특히 저번 전화에 대해서는 뭐라 사죄의 말씀을 드려야 좋을지 모르겠습니다.

소생은 그녀의 성격이 침울하지 않고 오히려 내면에 화려함을 갖고 있다고 말씀드린 일이 있습니다. 지금도 그 말은 거짓이 아니라고 믿고 있습니다. 그러나 여자가 그 나이가 되어서도 인사 하나 제대로 못 한다는 것은 누가 뭐래도 불민함의 소치이며, 귀하께서 화를 내시는 것도 당연합니다. 이 한 가지만으로도 아내로 삼기에 부족하다고 거절하신다면 정말 어쩔 수 없는 일입니다. 유감스럽지만 소생은 그녀가 거절을 당했다는 사실을 분명히 인정하지

않을 수 없으며, 이미 이 문제에 대해 귀하의 재고를 간청
드릴 만큼 철면피한 사람도 아닙니다. 요컨대 처제를 그렇
게 시대에 뒤떨어진 여자로 키운 것은 가정 교육이 나빴기
때문인데, 어머니와 아버지를 빨리 잃은 환경 탓도 있겠지
만 이런 말씀을 드리는 소생 등에게도 절반의 책임이 있는
것은 물론입니다. 다만 저희는 부지불식간에 자신과 관계
있는 사람을 편드는 식으로 실제 이상으로 처제를 과대평
가했는지도 모릅니다. 그러나 이 혼담을 무리하게 성사시
키려고 귀하께 거짓을 말씀드린 기억은 없습니다. 그것만
은 양해해 주셨으면 합니다.

　소생은 귀하가 훌륭한 배우자를 얻고, 유키코 역시 좋은
사람을 만나 서로에게 불쾌한 일을 잊을 수 있는 날이 빨
리 오기를 빌겠습니다. 그때는 아무쪼록 다시 교제할 수
있기를 바랍니다. 모처럼 귀하와 가까워진 것을 기뻐하고
있었는데 이렇게 대수롭지 않은 일로 교제가 끊어진다는
것은 더할 나위 없는 손해이기 때문입니다.

데이노스케는 이런 편지를 보냈고 하시데라는 곧 정중한
답장을 보내 왔다.

　친절한 편지를 접하고 죄송스러웠습니다. 귀하께서는
유키코 씨를 시대에 뒤떨어진 불민한 사람이라고 했습니
다만 그것은 겸손한 말씀이십니다. 유키코 씨가 아무리 나
이가 들어도 현 시대에 물들지 않고 어디까지나 숫처녀의
순진함을 유지하고 있다는 것은 실로 귀한 일이 아닐 수
없습니다. 생각건대 그런 여성의 남편이 되어야 할 사람은
그 순진함을 높이 평가하고 그 고귀함이 손상되지 않도록

소중히 비호해야 할 의무가 있는 사람입니다. 거기에는 무엇보다도 깊은 이해심과 세심한 배려가 필요하기 때문에 저와 같은 시골 사람은 전혀 자격이 없습니다. 그러므로 소생은 양쪽 다 행복하지 못할 것이라고 생각했기 때문에 사양한 것이며 유키코 씨에 대해 뭔가 실례되는 비평을 한 것으로 여기는 것은 뜻밖의 일입니다. 덧붙여서 지금까지 소생과 같은 사람에게 기울여 주신 가족 여러분의 호의에 대해서는 감격해 마지않습니다. 귀하의 화기애애한 가정은 참으로 부러울 따름이었습니다. 그런 가정이기에 유키코 씨 같은 성격이 완성되었을 것으로 생각합니다.

데이노스케와 마찬가지로 두루마리 종이에 붓으로 쓴 편지였고 〈문어체〉는 아니었지만 자상하고 빈틈없는 문면이었다.

사치코는 고베에서 산책할 때 하시데라의 딸을 데리고 모토마치의 양품점에 들러 그녀를 위해 블라우스를 골라서 이니셜을 넣어 달라고 주문해 두었는데, 혼담이 깨진 며칠 후에 완성되었기 때문에 보내지 않는 것도 이상할 것 같아서 이타니를 통해 그쪽으로 보냈다. 그로부터 보름쯤 지난 어느 날, 사치코가 이타니의 미용실에 갔더니 하시데라가 보내온 것이라며 튼튼한 갈색 포장지에 싼 상자를 건네주었다. 집으로 돌아와서 풀어 봤더니 교토의 에리반이라는 포목점에서 파는 방한용 속옷이었다. 사치코가 좋아하는 무늬를 고른 것을 보면 니우 부인 같은 사람한테 부탁해서 준비한 모양이었다. 사치코가 저번에 블라우스를 보내 준 것에 대한 답례일 텐데, 하시데라가 그런 데까지 자상하게 마음을 쓴 것 같았다.

유키코는 어떤 마음일까? 겉으로는 특별히 실망한 것 같지도 않았고 데이노스케나 사치코에게 미안하다고 생각하는 것 같지도 않았다. 데이노스케 부부의 친절한 마음은 알겠지만 자신의 성격으로는 더 이상 어떻게 할 수가 없기 때문에, 그만한 이유로 성사되지 못한 혼담이라면 아쉽지 않다는 태도였다. 자신의 잘못을 인정하기 싫어 다소 억지를 부리며 아무렇지 않은 듯한 태도를 취하는 건지도 모른다. 사치코는 결국 유키코에게 노골적으로 불만을 터뜨릴 기회를 잃어버리고 어영부영 화해하고 말았다. 그러나 아직 가슴에 뭔가 개운치 않은 게 남아 있었기 때문에 다에코가 오면 하소연이라도 하고 싶었다. 그런데 공교롭게도 최근 20일 동안 다에코는 통 아시야에 들르지 않았다. 삼월 상순 어느 화요일, 그 〈운명의 전화〉가 있던 다음 날 아침 일찍 잠깐 들렀다가 〈이번에도 틀렸어〉라는 한마디를 듣고 몹시 실망한 채 돌아간 뒤로는.

사실 사치코는 얼마 전부터 니우 부인이나 이타니에게 다에코에 대한 이야기를 들을 때마다, 이 사람들은 사정을 알면서 시치미를 떼고 슬쩍 남의 속을 떠보는 게 아닐까 하는 의심이 들어 항상 적당히 대답하곤 했다. 왜냐하면 다에코가 따로 나가 살고 있다는 것은 되도록 알리고 싶지 않았지만 만약 오쿠바타케와의 관계가 문제가 된다면 다에코와는 가족의 인연을 끊었다고 말할 수 있도록 준비를 해두고 싶었기 때문이다. 그러나 그렇게 여러 가지로 마음을 쓴 것도 수포로 돌아가 버린 지금, 사치코는 갑자기 다에코의 얼굴이 보고 싶었다.

어느 날 아침 밥을 먹다가, 〈다에코는 어떻게 지내고 있을까? 전화라도 걸어 볼까?〉 하는 이야기를 하고 있을 때의 일이었다. 에쓰코를 학교에 데려다 주러 간 오하루가 좀처럼 돌아오지 않다가 세 시간이나 지나서야 돌아와서는 식당을 살짝 들여다보았다. 오하루는 사치코와 유키코만 있는 것을 확인하고는 그대로 들어와 두 사람 옆으로 살며시 다가오더니 조그만 소리로 말했다.

「다에코 아가씨가 아프답니다.」

「뭐? 무슨 병이래?」

「대장염 아니면 이질이랍니다.」

「전화가 온 거야?」

「예.」

「넌 갔다 왔니?」

「예.」

「다에코는 아파트에서 누워 있니?」

유키코가 물었다.

「아니요.」

이렇게 대답한 오하루는 고개를 숙이고 잠자코 있었다.

오하루가 사정을 말했다.

실은 오늘 아침 일찍 〈오하루, 전화 왔어〉 하고 깨우기에 전화를 받았더니 오쿠바타케의 목소리였다. 〈다에코가 그제 우리 집에 와서 병이 났다. 그게 밤 10시였고 열이 40도 가까이 오르고 오한도 있어서 아파트로 돌아가 누워 있겠다는 걸 붙들어 우리 집에 눕혔다. 그런데 증세가 점점 심해져 어제는 근처 병원의 의사를 불러 진찰을 받게 했다. 처음에는 무슨 병인지 잘 모르겠다더니 유행성 독감이거나 경우에 따라서는 대장염이나 이질일 수도 있다고 했다. 만약 이질이라면 어디 병원에 입원을 시켜야 하는데, 어쨌든 간호해 줄 사람이 필요하니까 아파트로 돌려보낼 수도 없고 해서 지금 우리 집에 눕혀 놓고 치료를 하고 있다. 그러니 살짝 오하루한테만 알려 둔다. 다에코는 고통스러워하지만 지금은 그리 걱정할 상황은 아니니까 계속 우리 집에서 치료해도 별지장은 없다. 상황이 바뀌면 알려 주겠지만 절대 그런 일은 없을 것 같다.〉 오쿠바타케가 이런 말을 했으므로 오하루는 어쨌든 자기가 우선 상태를 보고 올 요량으로 오늘 아침 에쓰코를 학교에 데려다주고 돌아오는 길에 니시노미야로 갔다. 그런데 가서 보니 전화로 들은 것보다 상태가 심각했다. 어젯밤부터 벌써 20~30번이나 설사를 했다고 하는데, 너무 자주 설사를 했기 때문에 의자를 붙잡고 매달리며 거의 변기에 앉아 있다시피 하는 형편이었다. 당연히 그렇게 하는 것은 좋지 않으니까 누워 안정을 취할 수 있도록 실내 변기를 사용해야 한다고 의사가 권했다. 그래서 오하루가 그 집에 간 다음 그녀와 오쿠바타케가 억지로 설득해서 가까스로 누워 있게 했는데, 오하루가 있을 때만 해도 여러 차례나 설사를 했다. 그러나 화장실에 갔다 와도 끝낸 느낌이 없고 설사를 할 때마다 조금씩밖에 나오지 않았다. 그래서 더욱 고통스러워했다. 열도 여전히 높았는데 오하루가 쟀을 때는 39도 정도였다. 대장염인지 이질인지는 아직 분명하지 않았지만 오사카 대학에 균 검사를 의뢰해 두었는데 하루 이틀 경과를 지켜보면 알 수 있다고 했다. 오하루는 다에코에게 구시다 선생에게 진찰을 받아 보는 게 좋지 않겠느냐고 했으나 다에코는 〈이 집에 누워 있는 게 구시다 선생에게 알려지면 좋지 않으니까 그만두는 게 낫다. 걱정하면 안 되니까 사치코 언니한테도 잠자코 있어라〉라고 했다. 그래서 오하루는 사치코에게 말한다고도 하지 않는다고도 하지 않고, 나중에 다시 오겠다는 말만 남기고 오늘은 일단 돌아왔던 것이다.

「간호사는 와 있지 않았니?」

「예. 병이 오래갈 것 같으면 불러야 한다곤 하십니다만…….」

「그럼 누가 간병하고 있니?」

「얼음 깨는 일 같은 건 도련님(이라고 오하루는 처음으로 오쿠바타케를 그렇게 불렀다)이 하셨습니다만, 변기 소독이나 뒤를 닦아 주는 건 제가 했습니다.」

「네가 없으면 누가 하지?」

「글쎄요…… 아마 할멈이 할 거예요. 도련님의 유모였다는 사람인데, 참 좋은 분입니다.」

「그 할멈은 부엌일 하는 사람 아냐?」

「맞습니다.」

「만약 이질이라면 그런 사람한테 변기 일을 맡기면 위험하지 않나?」

「어떡하지…… 내가 잠깐 가볼까?」

유키코가 말했다.

「지금은 상황을 좀 지켜보는 게 낫지 않을까?」

만약 이질이라고 판명되면 어떻게든 처치를 해야 하지만 단순한 장염이라면 이삼일 만에 낫기도 하니까 지금 그렇게 서두를 필요는 없을 터였다. 우선 간병을 위해 오하루를 보낼 수밖에 없었다. 데이노스케와 에쓰코에게는, 오하루가 아마가사키에 있는 집에 급한 일이 생겨 이삼일 휴가를 받아 갔다고 해두기로 했다.

「의사는 어떤 사람이라던?」

「어떤 사람인지 저는 아직 보지 못했습니다. 그 집 근처의 잘 모르는 선생님인데, 처음으로 부른 의사라고 하던데요…….」

「구시다 선생님한테 진찰을 받으면 좋을 텐데.」

유키코가 말했다.

「정말.」

사치코도 말했다.

「아파트에 있다면 좋을 텐데, 오쿠바타케 씨 집에 있으니까 부르지 않는 게 낫겠지?」

의외로 마음이 약한 데가 있는 다에코가 언니한테는 잠자코 있어 달라고 했다지만 사실 속마음은 그 반대일 거라는 걸 사치코는 잘 알고 있었다. 이런 때 다에코는 가족의 고마움을 절실히 느낄 것이고, 언니들이 옆에 없는 걸 얼마나 불안하게 느낄지 짐작할 수 있었다.

19

오하루는 대충 채비를 한 다음 이른 점심을 마치자 〈그럼 이삼일 다녀오겠습니다〉 하고 총총히 떠났다. 사치코는 오하루가 나가기 전에 응접실로 불러, 아무쪼록 평소처럼 게으름을 피우지 말고 병자의 몸에 닿았을 때는 반드시 소독을 할 것, 병자가 배변을 했을 때는 그때마다 변기에 리졸을 뿌릴 것 등 주의 사항을 자세히 일러 주었다. 또 병자의 용태는 가능한 한 자주 알려 줘야 하는데, 오쿠바타케 집에는 전화가 없고 여기 전화도 데이노스케나 에쓰코가 있을 때는 곤란하니까 매일 적어도 한 번은 오전 중에 전화를 해주고, 전화를 할 때는 근처의 가게 전화를 빌리는 것이 편하겠지만 되도록 공중전화로 하라는 얘기도 덧붙였다.

오하루가 나간 것이 오후였으므로 그날 하루는 전화도 오지 않을 터였다. 그래서 사치코는 더욱 걱정되어 다음 날 아침이 오기를 몹시 기다렸다. 전화가 온 것은 다음 날 아침 10시가 조금 지나서였다. 사치코는 남편의 서재 쪽으로 전화를 돌리게 해 받았는데, 감이 멀었고 이야기가 자꾸 끊겼으므로 몇 마디 말을 알아듣는 데도 애를 먹었다. 병자의 상태는 대체로 어제와 다르지 않지만 설사는 어제보다 빈번해져서 한 시간에 열 번 정도 하고, 열도 내릴 기미가 보이지 않는다고 하는 것 같았다.

「이질 같다는 건 어떻게 됐니? 그런 거 같은 거야 아닌 거야?」

「글쎄요, 아직 확실치 않은 모양이에요.」

「검사 결과는?」

「아직 오사카 대학에서는 아무 말도 없는 것 같아요.」

「어떤 변을 보니? 피가 섞여 있지는 않던?」

「조금 섞여 있는 것 같았어요. 피 말고도 콧물 같이 허옇고 끈적끈적한 것이 나왔어요.」

「너 지금 어디서 전화하는 거니?」

「공중전화에서 걸고 있는데요, 가까운 데 공중전화가 없어서 무척 불편해요. 게다가 앞에 두세 명이 기다리고 있어서 늦어졌어요. 나중에 다시 한번 걸 생각인데, 만약 오늘 중에 하지 못하면 내일 아침에 할게요.」

오하루는 이렇게 말하고 전화를 끊었다.

「혈변을 본다면 이질이 아닐까?」

옆에서 듣고 있던 유키코가 말했다.

「진짜…… 그런 것 같은데.」

「대장염도 변에 피가 섞여 나오기도 하나?」

「글쎄, 아닐걸.」

「한 시간에 열 번이나 설사를 한다는 걸 보면 이질이 틀림없어.」

「그 의사가 신통치 않은 거 아냐?」

　사치코는 십중팔구 이질일 것이라고 각오하면서 그 경우의 일을 이모저모 생각하고 있었다. 그날은 결국 기다리던 두 번째 전화는 오지 않았고 다음 날 아침에도 11시가 지나도록 아무 소식이 없었다. 사치코와 유키코는 〈대체 뭘 하고 있는 거야〉 하면서 안절부절못하고 있었는데 정오가 다 되어 오하루가 느닷없이 부엌문으로 들어왔다.

「어떻게 됐니?」

두 사람은 오하루의 굳은 얼굴을 보고 잠자코 응접실로 데리고 가서 물었다.

「역시 이질인 모양이에요.」

사실 아직 검사 결과는 분명하지 않지만 의사는 어젯밤과 오늘 아침에 와서, 아무래도 이질인 것 같으니까, 그런 줄 알고 방법을 강구해 봐야 한다고 했다. 그리고 국도변에 있는 기무라 병원에는 격리 병동이 있으니까 그 병원에 입원할 수 있도록 주선해 주겠다고 해서 그렇게 하려고 했는데, 그때 마침 부엌에 와 있던 야채 장수가 오하루에게 그 병원은 가지 않는 게 좋다고 말해 주어서 근처 사람들에게 물어보니 역시 평판이 그리 좋지 못했다. 듣자니 그 병원 원장은 귀가 잘 들리지 않아 청진도 제대로 못 하고 자주 오진을 한다고 했다. 오사카 대학 출신이지만 학창 시절에는 성적이 나빴고 박사 논문도 어떤 동급생이 써주었다는 얘기까지 있었다. 그 동급생도 지금은 그 근처에서 개업하고 있는데, 그 논문은 내가 써준 거야 하며 다닌다고 했다. 오하루는 이 사실을 오쿠바타케에게 알렸는데, 그도 불안한 마음이 들어 다른 병원을 알아봤지만 그 근처에는 격리 병실이 있는 병원이 없었다. 그래서 표면상으로는 대장염이라고 하고 집에서 치료하면 어떤가 하고 물었으나, 〈그래도 전염병인데……〉라며 의사는 확실한 대답을 해주지 않았다. 그래도 오쿠바타케는 〈이질 정도로 일일이 입원할 건 없다. 다들 집에서 치료하지 않는 가. 그러니 개의치 말고 그렇게 하기로 하고, 의사한테는 어 떻게든 허락을 받아 내기로 하자. 아니면 아시야의 누님한테 물어보든가〉 하고 오하루에게 의논을 해왔다. 그래서 오하 루는 어떻게 해야 좋을지 물어보기로 하자고 했는데, 전화로 하면 결말이 나지 않을 것 같아서 서둘러 돌아왔던 것이다.

「그 의사는 어떤 사람인데?」

「사이토라고 그 사람도 오사카 대학을 나온 사람인데 구 시다 선생님보다 두세 살 젊어 보였어요.」

사이토는 아버지 대부터 이 마을에서 개업하고 있었다. 노 선생이라 불리는 아버지도 아직 살아 있는데 부자 모두 그렇 게 평판은 나쁘지 않았지만, 오하루가 보기에는 구시다 선생 처럼 시원시원한 구석이 없었다. 진단 같은 것도 몹시 신중 을 기했으므로 쉽게 확실한 것을 말해 주지 않았다. 이번 진 단이 늦어진 것도 그 탓인지도 모른다. 그리고 이질치고는 열이 높고, 게다가 첫날은 설사를 하지 않았으며, 설사가 시 작된 것은 발병하고 24시간이 지난 그끄저께 밤이었다. 그래 서 티푸스가 의심되어 처치가 늦어졌고 그것이 오히려 병세 를 더욱 악화시켰다.

「어디서 옮았을까? 뭐 안 좋은 거라도 먹었나?」

「예, 고등어 초밥을 먹었답니다.」

「어디서 먹었다니?」

「병이 난 날 저녁에 오쿠바타케 도련님과 고베로 산책하러 나갔다가 〈기스케〉라는 집에서 먹었던 모양이에요.」

「그런 집은 들어 본 적이 없는데, 유키코 넌?」

「나도 들어 본 적 없어.」

「확실히는 모르겠지만 후쿠하라의 유곽 안에 있답니다…….
거기 초밥이 굉장히 맛있다고 해서 한번 가보고 싶어 했는데,
신카이치로 영화를 보러 갔다가 돌아오는 길에 들렀답니다.」

「오쿠바타케 씨는 아무렇지 않니?」

「예. 도련님은 고등어를 싫어해서 드시지 않았다나 봐요……
다에코 아가씨만 드셨기 때문에 그 고등어 때문인 게 틀림없
다고 말했습니다…… 하지만 그렇게 많이 드시지는 않았답니
다…… 게다가 전혀 오래된 고등어도 아니고 정말 싱싱했다고
하는데…….」

「고등어는 무서워. 싱싱해도 탈이 나는 수가 있다니까.」

「생선살의 검붉은 부분이 제일 위험하다고 하는데, 그걸 두
세 개 드셨답니다.」

「나하고 넌 고등어를 먹어 본 적이 없잖아. 다에코만 그걸
먹지.」

「원래 다에코는 밖에서 여러 가지 음식을 먹고 다니니까.」

「정말 그래, 전부터 그 애는 좀처럼 집에서 먹은 적이 없잖아.
항상 음식점 밥만 먹고 다니니까 그런 일을 당하는 거라고.」

발병 이래 오쿠바타케의 태도는 어떨까? 겉으로는 감싸 주
고 있지만 전염병 환자를 떠맡는 걸 귀찮아하고 있는 건 아
닐까? 처음에는 가벼운 대장염 정도라고 생각했는데, 그렇지
않다는 걸 알고 감당할 수 없게 되자 가능한 한 아시야 쪽에
떠맡기고 싶어 하는 건 아닐까? 사치코는 재작년 홍수 때 보
여 준 그의 행동을 떠올리고 그런 것들이 마음에 걸렸지만,
오하루는 별로 그렇지는 않은 것 같다고 했다.

오쿠바타케는 평소 멋을 부리는 사람이었으므로 홍수 때

는 바지가 젖는 게 싫어서 그랬던 것이고, 전염병은 그리 무서워하는 것 같지 않다고 오하루는 말했다. 어쩌면 홍수 때 보여 준 행동이 다에코가 자신을 싫어하게 된 원인 가운데 하나였기 때문에 이번에는 애써 진심을 보여 주려고 하는 것인지도 모른다. 자기 곁에 두고 치료를 하겠다는 것도 꼭 입에 발린 소리는 아닌 듯했다. 게다가 꽤 세심한 데까지 신경을 쓰는 편이어서 오하루나 간호사에게 뭔가 주의를 주기도 하고 때로는 얼음주머니를 갈아 주는 일이나 변기를 소독하는 일을 직접 거들어 주기도 한다는 얘기였다.

「오하루랑 같이 가봐야겠어. 내가 가는 건 괜찮을 테니까.」

유키코가 말했다.

「설마 이질로 죽기까지야 하겠어? 오쿠바타케 씨가 그렇게 말했다면, 환자를 옮길 데도 적당히 없는 것 같고, 그대로 거기 누워 있게 하는 것도 나쁘지 않겠지만 그 사람한테 간호를 맡겨 두고 내버려 둘 수는 없는 일이니까. 큰집이나 데이노스케 형부는 뭐라고 할지 모르겠지만 난 가만있을 수 없어. 나 혼자 생각으로 가는 거야 상관없겠지 뭐. 구시다 선생님이라도 가준다면 그래도 좀 안심하겠지만, 처음 본 의사나 간호사라니까 미덥지가 않아. 오늘부터 오하루 대신 내가 그 집에 묵기로 하고 오하루는 왔다 갔다 하면서 연락이나 해. 전화로는 정확한 상황을 알 수도 없고 괜히 조바심만 나니까. 오쿠바타케 씨 집은 남자 혼자 사는 살림이라 여러 가지로 부족한 것도 있을 거고, 아마 오하루 네가 하루에 몇 번이라도 왔다 갔다 해야 할 일이 생길 거야.」

이렇게 말하고 유키코는 채비를 한 다음 오차즈케를 후루룩 먹어 치우고는 언니한테 폐를 끼치지 않겠다는 마음에서인지 사치코의 허락도 받지 않고 나갔다. 사치코도 같은 생각이었기 때문에 굳이 말리지 않았다.

에쓰코가 돌아와서 〈언닌?〉 하고 물었으나 사치코는 아무렇지 않게, 주사를 맞고 와서 뭘 사러 고베에 갔다고 둘러댔다. 그러나 저녁에 데이노스케가 돌아왔을 때는 어떻게든 말하지 않으면 안 되었기 때문에 이삼일 전부터 있었던 일과 유키코가 멋대로 찾아갔다는 사실을 숨기지 않고 털어놓았다. 데이노스케는 씁쓸한 표정으로 말없이 이야기를 다 듣고는 가타부타 아무 말도 하지 않았다. 묵인하는 형태로 내버려 두는 것 외에 달리 방도가 없었기 때문일 터였다. 저녁을 먹을 때 에쓰코가 다시 물었다.

「언닌, 막내 언니가 아파서 간호하러 갔어.」

이번에는 슬쩍 사실대로 말했다.

「막내 언니는 어디에 있는 거야? 어디가 아픈데?」

에쓰코는 연거푸 꼬치꼬치 캐물었다.

「아파트에 누워 있어. 혼자 불편하니까 유키코 언니가 간 거야. 큰 병도 아니고 애들이 걱정할 일이 아냐.」

사치코가 꾸짖듯 말하자 에쓰코는 아무 말도 하지 않았지만 엄마의 말을 과연 그대로 받아들인 건지 어떤 건지, 데이노스케와 사치코가 어떻게든 관심을 돌려 보려고 다른 걸 물어봐도 시무룩한 표정으로 건성건성 대답하고는 젓가락질을 하면서 이따금 슬쩍슬쩍 부모 얼굴을 올려다볼 뿐이었다.

에쓰코는 작년 말 이래 다에코의 모습이 보이지 않는 이유를 일이 바빠서라고 들어 왔다. 하지만 오하루한테 대충 사정 이야기를 들어 알고 있었다. 그렇게 알고 있는 편이 사치코한테도 좋은 일이었다. 에쓰코는 그 후 이삼일 동안 오하루만 빈번히 왕래하고 유키코는 한 번도 오지 않는 것을 보자 더욱 불안해져서 견딜 수가 없었다. 그래서 오하루 뒤를 따라가 그 후의 용태를 물어보다가 결국 사치코에게 들키고 말았다.

「막내 언니를 왜 집으로 데려오지 않는 거야? 빨리 데려와!」

오히려 엄마를 나무라는 듯한 에쓰코의 서슬에는 사치코도 기가 막힐 뿐이었다.

「에쓰코, 막내 언니는 엄마하고 유키코 언니가 붙어 있으니까 넌 안심해. 애들이 그런 일에 참견하는 거 아니야.」 사치코가 달랬다.

「그런 데 있게 하면 막내 언니가 불쌍하잖아! 막내 언니, 죽을지도 모른단 말이야!」

에쓰코는 흥분한 목소리로 소리를 질러 댔다.

사실 경과는 결코 순조롭지 않았고 점점 좋지 못한 방향으로 진행되고 있었다. 유키코가 머리맡에 붙어 있었기 때문에 간호에 부주의함이 있을 리는 없겠지만 오하루가 가져오는 정보에 따르면 다에코는 나날이 쇠약해져 가고 있었다.

일주일이 지나자 대변 검사 결과도 나왔는데 이질균 중에서도 가장 악성인 시가균[50]이 발견되었다. 게다가 어찌 된 일인지 지금도 하루에 몇 번씩 열이 오르내렸다. 열이 높을 때는 39도 6부에서 40도 가까이 올라갔고 심한 오한과 전율이 동반되었다. 설사를 하면 아랫배가 아파 고통스러워했기 때문에 지사제를 먹였는데, 그러면 설사가 멈추기는 하지만 몸이 떨리고 열이 올랐다. 반대로 설사를 하면 열은 내려가지만 공연히 배가 아팠고, 나오는 것은 물 같은 것뿐이었다. 환자는 요즘 들어 부적 기운이 없어졌고 의사도 환자의 심장이

50 이질균의 일종으로 1898년 시가 기요시(志賀潔, 1870~1957)가 발견했다. 시겔라소네이균이라고도 한다.

약해졌다고 했기 때문에 유키코도 안절부절못하고 있었다. 유키코는, 대체 이렇게 해서 어떻게 병을 고칠 수 있겠는가, 단순한 이질이 아닌 것 같은데 뭔가 합병증이라도 생긴 게 아니냐며 이젠 링거나 비타캄플 주사라도 놔달라고 의사한테 말해 봤으나 의사는 아직 그럴 단계는 아니라며 주사를 놓아 주지 않았다. 유키코는 〈구시다 선생님이라면 이럴 때 척척 주사를 놔줄 텐데〉 하며, 간호사한테 물으니 사이토 선생 부자는 아버지인 노선생이 주사를 무척 싫어해서 젊은 선생도 그 감화를 받아서인지 웬만해선 주사를 놓지 않는다고 했다.

이렇게 된 마당에 세인에 대한 체면이고 뭐고 상관할 상황이 아니니까 구시다 선생님을 부르는 게 좋을 것 같은데, 하여튼 사치코 언니가 한번 와서 보는 게 좋을 것 같다는 유키코의 말을 오하루가 사치코에게 전했다. 오하루는 또 이렇게 덧붙였다.

「요 대엿새 동안 말예요, 다에코 아가씨는 엄청 말라서 몰라 보게 변했어요. 사모님께서 보시면 아마 깜짝 놀라실 거예요.」

사치코는 전염병이 무섭기도 하고 데이노스케에게 마음이 쓰이기도 해서 망설이고 있었지만, 이제는 가만히 있을 수 없어서 남편한테는 말하지 않고 아침나절에 오하루와 같이 가보기로 했다. 집을 나서기 전에 문득 구시다 선생이 생각나서 전화를 했다. 다에코가 니시노미야의 어느 지인의 집에서 병이 났다는 것, 사정이 있어서 그대로 그 집에 누워 있다는 것, 그 근처의 사이토라는 의사가 치료를 하고 있다는 것, 그 후의 경과가 이러저러하다는 것 등을 대충 간추려 이야기하고 의견을 물었다.

「그럴 때는 링거나 비타캄플 주사를 계속 맞아야 합니다. 그냥 내버려 두면 쇠약해질 뿐입니다. 처치가 늦어지면 안 되니까 빨리 의사한테 그렇게 해달라고 하세요.」

「어쩌면 선생님께 봐달라고 할지도 모르겠어요.」

「사이토 씨라면 모르는 사람이 아니니까 미리 양해를 구해 놓으세요. 그러면 언제든지 찾아뵙겠습니다.」

여느 때처럼 시원시원한 답변이었다. 사치코는 전화를 끊고 문 앞에 대기하고 있던 자동차를 타고 국도를 동쪽으로 달렸다. 나리히라교를 건너 수백 미터를 들어가자 산기슭 주택의 담장 너머로 가지를 뻗은 벚나무 한 그루가 벌써 멋진 꽃을 피우고 있었다.

「와아 예쁘다!」 오하루가 무심코 말을 흘렸다.

「정말, 저 집 벚꽃은 해마다 제일 먼저 피는구나.」

사치코도 이렇게 말하며 콘크리트 노면이지만 아지랑이가 피어오르는 듯 햇살이 비치고 있는 도로를 바라보았다. 얼마 전부터 다에코 일로 어수선해서 그만 잊고 있었는데, 어느새 4월에 접어들었고 한 열흘만 있으면 꽃놀이 철이다. 올해는 예년처럼 자매들이 다 같이 교토에 갈 수 있을까? 다 같이 갈 수 있다면 얼마나 좋을까? 설사 다에코의 병세가 호전된다고 해도 그렇게 빨리 나다닐 수 있을까? 사가, 아라시 산, 헤이안 신궁에는 못 가더라도 적어도 오무로의 꽃은 볼 수 있지 않을까…… 그러고 보니 작년에 에쓰코가 성홍열에 걸렸던 것도 이달이었다. 그때는 꽃놀이 철이 끝난 뒤여서 교토에 가는 데는 지장이 없었으나 그 때문에 기쿠고로의 「도조지」 공연을 보지 못했다. 그러나 올해는 이번 달에 기쿠고로가 오사카에 와 있었다. 이번 공연은 「후지무스메(藤娘)」라

734

서 꼭 보고 싶었는데 또 못 보게 되는 건 아닐까…… 사치코
는 이런 생각을 하면서 먼 하늘에 가부토 산이 흐릿하게 보
이는 슈쿠가와 제방 위를 달리고 있었다.

20

병실은 2층이라고 했는데 사치코가 현관으로 들어서자 자
동차가 도착한 것을 알고 오쿠바타케와 유키코가 곧 계단을
내려왔다.
「저기…….」
오쿠바타케는 눈짓을 하며,
「인사는 나중에 하기로 하고 먼저 의논해야 할 일이 있어
서요……」
하고 아래층 안방으로 안내했다.

조금 전 사이토 선생이 진찰을 하고 돌아갔다. 오쿠바타케
가 전송하러 나갔을 때 의사는 고개를 갸우뚱거리며 이런 말
을 했다.
「아무래도 병세가 심상치 않습니다. 심장이 상당히 약해졌
어요. 현재 상태로는 징후가 뚜렷이 나타난 건 아니니까 어
쩌면 지나친 걱정인지는 모르겠습니다만, 아무래도 손으로
만져 봐서는 간장이 부어 있는 것 같은데, 어쩌면 간장 농양
일지도 모르겠습니다.」
「그게 무슨 병인데요?」
「간장에 고름이 생기는 병입니다. 그렇게 열이 심하게 오
르락내리락하고 오한과 전율이 나타나는 걸로 봐서 이질만

이 아니라 간장 농양이 동시에 발병했다고 볼 수밖에 없을 것 같습니다. 제 생각으로는 아직 뭐라고 단언하기 힘들기 때문에 일단 오사카 대학의 적당한 전문의한테 진찰을 받는 것이 좋을 것 같은데, 어떻습니까?」

다시 물어보니 그 병은 다른 농양의 세균이 감염되어 생기는데 가끔 이질에서도 온다고 했다.

「농양이 한 군데라면 고치기 쉽습니다만, 다발성이라고 하는 건 많은 농양이 간장 여기저기에서 생기는 건데 그렇게 되면 상당히 귀찮아집니다. 농양이 장과 유착된 부분에서 터지면 괜찮겠지만 늑막이나 기관지, 복막 같은 데서 터지면 대개는 못 고칩니다.」

사이토 선생은 이렇게 분명한 말은 피하고 있었지만 거의 틀림없다는 듯한 말투였다.

「하여튼 다에코를 보고 나서…….」

사치코는 오쿠바타케와 유키코가 번갈아 이야기하는 것을 다 듣고 나서 우선 2층으로 올라갔다. 병실은 남향의 다다미 여섯 첩 크기였는데 밖에 조그만 발코니 같은 것이 달려 있고 출입구는 서양식 문이었다. 다다미방이긴 하지만 도코노마는 없고 천장까지도 온통 흰색이었다. 한쪽 벽에 벽장이 있는 것을 빼면 대체로 서양식 방 같은 느낌이었다. 장식이라고는 한쪽 구석에 있는 삼각 선반에 서양 골동품같이 꾀죄죄하고 촛농이 들러붙어 있는 촛대와 벼룩 시장에서라도 산 듯한 잡동사니 두세 개, 그리고 정말 오래전에 다에코가 만든 색 바랜 프랑스 인형 등이 놓여 있고, 벽에는 고이데 나라시게[51]의 조그만 유리그림[52] 하나가 달랑 걸려 있을 뿐이었다. 원래 살풍경한 방임에는 틀림없지만 환자가 덮고 있는, 연지색에 하얗고 까끌까끌한 바둑판무늬가 그려진 크레프드신 천으로 만든 큼직한 새털 이불이 화려했고 발코니로 나가는 출구가 유리문으로 되어 있어 거기서 쏟아져 들어오는 햇살이 이불 위를 환하게 비추고 있어 꽃이 활짝 피어 있는 것처럼 밝은 느낌을 주었다. 다에코는 지금 열이 약간 떨어졌다고 하는데 심장을 위로 한 채 옆으로 누워서 사치코가 들어오는 것을 기다리고 있었던 듯 물끄러미 입구 쪽을 보고 있었다. 사치코는 오하루한테서 진작 이야기를 들었기 때문에 눈이 마주치는 순간의 충격을 두려워하고 있었다. 다행히 미리 각오하고 있었던 탓인지 다에코는 몰라보게 변했다고는 하나 혼자 상상한 것만큼 심하게 야위지는 않은 듯했다. 다만 둥근 얼굴이 길쭉해졌고 거무스름했던 피부는 한층 거무스름해졌으며 이상하게 눈만 커진 듯했다.

그런 것보다 사치코의 주의를 끈 게 있었다. 오랫동안 목욕을 하지 않아서 온몸에 때가 끼어 더러워진 것은 당연하다고 해도 그것과는 별도로 환자의 몸이 불결하다는 느낌이 들었던 것이다. 말하자면 평소 난잡한 행동을 한 결과가 건강할 때는 교묘한 화장으로 감추어지지만 이런 때처럼 육체가 쇠약해지면 얼굴이나 목덜미, 손목 등에 어둡고 음탕하다고 할 수 있는 그늘이 드리워졌다. 사치코가 확실히 그렇게 느낀

51 小出楢重(1887~1931). 미술 단체 니카카이(二科會)에 소속된 화가로 특히 나체에 뛰어난 솜씨를 발휘했다. 다이쇼 말기부터 아시야에 살았으며 다니자키의 소설 『여뀌 먹는 벌레』가 신문에 연재되었을 때 삽화를 그렸고 이후 다니자키와도 친하게 지냈다. 뛰어난 수필가이기도 했다.

52 유리 뒷면에 그려 유리를 통해 보는 그림. 16~17세기에 독일 농민이 만들기 시작했고 중국을 경유해 일본에서도 에도 말기에 유행했지만 메이지 중기에 사라졌다. 무명의 직인이 만든 장식품이었지만 고이데 나라시게가 예술성을 부여해 부활시켰다.

것은 아니었으나 침상에 팔을 축 늘어뜨리고 있는 다에코는
병 때문에만 수척해진 것이 아니라 수년 동안 무절제한 생활
에 지친 나머지 행려병자라도 된 것 같아 보였다. 도대체 다
에코 나이의 여자가 오래 병을 앓으면 열서너 살 소녀처럼
조그맣게 줄어들어 때로는 청정하고 거룩해 보이기도 하는
데, 반대로 다에코는 여느 때의 젊음을 잃어버리고 실제 나이
를 그대로 드러냈다기보다 오히려 실제 이상으로 나이 들어
보였다. 게다가 기이한 것은 그 모던 걸 같은 모습이 완전히
사라졌고 기생집이나 요릿집, 그것도 천한 매춘부를 둔 요릿
집 같은 데의 여자 같은 모습이었다. 진작부터 다에코만은
자매 가운데 유독 품위가 없긴 했으나 그래도 어딘가 좋은
집안의 규수 같은 구석은 숨길 수 없었다. 그런데도 어둠침
침하고 흐릿하며 처진 얼굴 피부는 화류병 같은 병독이 숨어
있는 듯한 색을 띠고 있어서 어쩐지 타락한 여자의 피부를
연상케 했다. 무엇보다 덮고 있는 새털 이불의 요란함과 대
비되어 병자의 불결함이 더욱 두드러져 보였다. 그러고 보면
예전부터 유키코만은 다에코의 〈불결함〉을 알고 있었고 넌
지시 경계하고 있었던 듯했다. 예컨대 유키코는 다에코가 목
욕한 뒤에는 절대 욕탕에 들어가지 않았고 사치코의 피부에
닿은 것은 속옷이라도 아무렇지 않게 빌려 입었지만 다에코
것은 절대 빌려 입으려고 하지 않았다. 다에코가 그것을 눈
치채고 있었는지 어떤지는 모르지만 사치코는 그것을 어렴
풋이 느끼고 있었다. 그리고 유키코가 그렇게 한 것은 오쿠
바타케가 만성 임질에 걸려 있다는 말을 슬쩍 들은 후부터인
것 같다는 것도 알고 있었다. 사실 사치코는 다에코가 입버
릇처럼 이타쿠라나 오쿠바타케와의 육체적 관계를 부정하
고 〈깨끗한 교제〉를 하고 있다고 했지만 그 말을 그대로 믿

지 않았고 애써 그런 의심을 풀려고도 하지 않았다. 하지만 유키코는 잠자코 있으면서도 꽤 오래전부터 다에코에게 무언의 비난과 경멸을 드러내고 있었다.

「다에코, 어떠니? 엄청 수척해졌다더니 그리 심하진 않네.」

사치코는 되도록 평소와 다름없이 말했다.

「오늘은 몇 번이나 설사했니?」

「세 번.」

다에코는 예의 그 무표정한 얼굴로 나직하나 또렷한 목소리로 대답했다.

「하지만 쥐어짜기만 하고 아무것도 안 나와.」

「그게 그 병의 특징이야, 연신 뒤가 보고 싶은데 정작 나오지는 않고 이내 또 보고 싶어지는 게 그 병의 증세거든.」

「그래.」

이렇게 대답하고 나서 다에코는,

「이제 고등어 초밥은 질색이야」

하고 처음으로 희미하게 웃어 보였다.

「그래, 앞으로는 절대 고등어 같은 건 먹지 마.」

사치코는 말투를 바꿔,

「다에코, 아무 걱정 마. 사이토 선생님께서 만약을 위해 신중을 기하는 게 좋으니까 다른 선생님을 불러 의논해 보는 게 좋을 것 같다고 해서 구시다 선생님을 부를 생각이야.」

사치코가 불쑥 이런 말을 꺼낸 것은 뒤에서 세 명이 은밀히 의논했기 때문이다. 아직 중태인 걸 모르고 있는 환자의 신경을 자극하는 것보다 이런 식으로 직접 부딪쳐 보는 것이 좋을 것이고, 오사카 대학의 훌륭한 선생의 진찰을 받아 보자는 사이토 선생의 의견도 일리가 있지만 어설프게 했다가 환자에게 쓸데없는 추측을 하게 할 염려가 있기 때문에 우선 구시다 선생을 불러 의견을 들은 다음에 해도 늦지 않을 거라는 것 등을 고려한 결정이었다. 사치코가 말하는 동안 다에코는 멍하니 코앞의 방바닥만 바라보며 듣고 있었다.

「얘, 다에코, 그래도 괜찮겠지?」

사치코가 물었다.

「난 구시다 선생님이 이런 데 안 오셨으면 좋겠어.」

간호사가 눈치를 채고 살며시 자리를 뜬 다음, 사치코와 유키코, 오쿠바타케는 깜짝 놀란 얼굴로 환자의 볼을 타고 흐르는 눈물을 보고 있었다.

「자, 그 얘긴 제가 천천히 다에코 씨한테 물어볼 테니…….」

환자를 가운데 두고 사치코 건너편에서 잠이 부족해 푸석푸석해 보이는 얼굴로 플란넬 잠옷 위에 쥐색 비단 나이트가운을 입고 앉아 있던 오쿠바타케가 당황하는 기색을 감추지 못하고 이렇게 말하더니 사치코에게 뭔가 호소하는 듯한 눈빛을 던졌다.

「알았어, 다에코. 싫다면 그만둘 테니까……, 이제 그건 신경 쓰지 마.」

환자를 흥분시키지 않는 게 제일 중요했기 때문에 사치코는 달래듯이 말했다. 그렇지만 난처하게 되었다는 생각을 하지 않을 수 없었다. 다에코가 왜 불쑥 그런 말을 했는지 오쿠바타케는 뭔가 알고 있는 것 같았으나 그녀는 짐작도 할 수 없었다.

사치코는 그날 데이노스케한테 아무 말도 하지 않고 나온데다 곧 점심시간이기 때문에 한 시간 정도 병실에 있다가 마침 환자가 안정을 되찾았으므로 일단 돌아가기로 했다. 돌아갈 때는 후다바 연변에서 전차나 버스를 탈 생각으로 예의 그 굴다리가 있는 지름길로 국도 쪽으로 걸어갔다. 유키코는 도중까지 배웅을 나와 사치코와 나란히 걸었다. 조금 뒤처진 곳에서 오하루가 따라왔다.

「실은 어젯밤에 이상한 일이 있었어.」 유키코가 말을 꺼냈다.

어젯밤 한밤중, 아마 2시경이었을 것이다. 유키코가 병실 복도 건너편 병실에서 간호사와 둘이서 자고 있었는데(밤에는 대체로 유키코나 간호사가 교대로 병실을 지켰는데 어젯밤에는 다에코의 용태가 상당히 좋아 보였고 12시쯤부터 잘 자고 있는 것 같아서 오쿠바타케가 오늘은 자기가 교대할 테니까 두 분은 일단 편히 쉬라고 해서 두 사람은 옆방에서 잤고 오쿠바타케는 병실의 환자 머리맡에 쓰러져 자고 있는 것 같았다) 〈음, 음〉 하는 소리가 들려왔기 때문에 다에코가 괴로워하고 있는 건지 아니면 가위에라도 눌린 것인지, 오쿠바타케가 붙어 있을 텐데, 하며 유키코가 급히 일어나 병실 문을 반쯤 열었을 때였다. 〈다에코! 다에코!〉 하며 계속해서 부르는 오쿠바타케의 목소리에 섞여 다에코가 〈요네!〉 하고 외치는 소리가 들렸다. 다에코가 외친 것은 한 번뿐이었고 그대로 꿈에서 깨어난 모양이었다. 하지만 다에코가 외친 말은 분명히 〈요네!〉였다. 유키코는 다에코가 제정신을 찾은 것 같아서 다시 살짝 문을 닫고 잠자리로 돌아왔는데 그 뒤로 병실 쪽도 곧 잠잠해졌기 때문에 아마 아무 일도 없는 모양이라고, 그때는 그렇게 생각하고 안심했다. 그리고 며칠 동안의 피로 때문인지 두세 시간이나 아슴푸레 졸았는데 새벽 4시가 조금 지난 시간, 다에코가 여느 때의 복통과 설사가 시작되어 심한 고통을 호소한 모양인지 혼자 감당할 수 없게 된 오쿠바타케가 깨우러 왔다. 유키코는 그때부터 죽 깨어 있었다. 아침이 되어 생각해 보니 다에코가 〈요네!〉라고 한 것은 이타쿠라를 부른 것임에 틀림없는 듯했다. 어젯밤 다에코는 죽은 남자의 꿈을 꾸고 가위에 눌린 것이다. 그러고 보니 이타쿠라가 죽은 것이 작년 5월이었으니까 이제 곧 1주기가 아닌가. 다에코는 그 남자의 죽음이 심상치 않았기 때문에 상당히 마음에 걸렸던 모양이었다. 아직도 매달 시골인 오카야마까지 성묘하러 가는 것도 그 때문인 듯했다. 남자의 1주기가 다가온 바로 그때 중병에 걸리고, 그것도 그 남자의 연적인 오쿠바타케의 집에서 누워 있게 되었으니 신경 쓰이지 않을 수 없었을 것이다. 다에코는 속을 알 수 없는 성격이라서 무슨 생각을 하는지 쉽게 알 수 없지만, 아마 얼마 전부터 그것이 가슴에 맺혀 있었기 때문에 뭔가 그와 관련된 꿈을 꾸었을 것이다. 하지만 이것은 모두 유키코의 상상이었으므로 맞는지 어떤지는 알 수 없었다. 어쨌든 당사자인 다에코는 오늘 아침부터 육체적인 고통이 더 심해졌으므로 정신적인 고통을 돌아볼 여유가 없었고 가까스로 고통이 진정되고 나서도 낙담한 듯 맥이 풀려 있었다. 오쿠바타케 역시 체면을 차리는 일에 대해서는 다에코 이상이어서 표면적으로는 아무것도 달라지지 않았다.

유키코조차 이런 생각을 하고 있는 마당에 오쿠바타케가 그것을 마음에 두고 있지 않을 리가 없었다. 아까 다에코가 느닷없이 그런 말을 한 것 역시 그런 일이 있었기 때문일 터였다. 이거야말로 유키코의 억측에 지나지 않지만, 다에코는 어젯밤 이타쿠라의 망령에 가위눌리고 나서 오쿠바타케의 집에서 누워 있는 것을 걱정하고 있는 게 아닐까? 오쿠바타케의 집에 누워 있는 한 이 병은 낫지 않고 점점 악화되어 결국에는 죽을지도 모른다는 생각이 든 게 아닐까? 그래서 아까 했던 그 말은 구시다 선생을 기피하는 의미가 아니라 이곳에 있기 싫다는 것, 가능하면 다른 곳으로 옮겨 가고 싶다

742

는 것을 드러낸 게 아닐까?

「음, 어쩌면 그런 건지도 모르겠네.」

「좀 더 자세히 물어보기야 하겠지만 워낙 오쿠바타케 씨가 달라붙어 있어서…….」

「난 문득 생각난 건데…… 만약 다에코를 어디로 옮긴다면 간바라 병원이 어떨까? 거긴 사정을 얘기하면 받아 줄 것 같은데…….」

「응, 그래…… 하지만 이질인데, 간바라 선생님이 봐주시려고 하실까?」

「병실을 내주기만 한다면 구시다 선생님한테 왕진을 부탁하지 뭐.」

간바라 병원은 고베의 미카게초에 있는 외과 병원이었는데, 그곳 원장인 간바라 박사는 오사카 대학에 다니던 시절부터 센바나 우에혼마치의 집에 드나들었으므로 마키오카 자매들은 처녀 시절부터 그와 친하게 지냈다. 그것은 돌아가신 아버지가 당시 수재라는 평판이 있던 간바라가 학비에 어려움을 겪고 있다는 소문을 듣고 중간에 사람을 내세워 도와준 것이 시작이었고, 아버지는 간바라가 독일에 유학할 때도, 그리고 귀국해서 지금의 병원을 개업할 때도 비용 일부를 부담해 주었다. 간바라는 일종의 명인 기질이 있는 외과 의인데 수술만큼은 자신감이 대단했으므로 병원은 순식간에 번창했고 몇 년 안 되어 마키오카 집안에서 원조받은 돈 전액을 일시에 갚았다. 그 후로도 마키오카 집안의 가족이나 센바의 가게 점원들이 치료를 받으러 가면 치료비를 터무니없이 많이 깎아 주었고 아무리 더 내려고 해도 그 이상은 받지 않았다. 어렵게 고학할 때 받은 은혜에 보답하기 위한 것이었음은 말할 것도 없다.

원래 가즈사 기사라쓰에서 태어난 간바라는 간토 출신답게 열혈한이고 대장 기질에 정이 두터운 데가 있는 유별난 성격의 소유자였다. 그러므로 간바라 선생에게 사정을 말하고 그의 병원에 그럴싸한 명목으로 다에코를 입원시켜 달라고 부탁한다면, 평소 그의 기질로 보아 〈안 된다〉고는 말하지 않을 게 분명했다. 그러나 외과 병원이기 때문에 치료는 구시다 선생에게 신세를 져야 하는데, 병원까지 왕진을 와달라고 부탁하면 될 터였다. 다행히 간바라 선생과 구시다 선생은 동창인 데다 꽤 친한 사이였다.

사치코는 굴다리 남쪽 출구까지 배웅 나온 유키코에게, 이제 돌아가서 간바라 선생과 구시다 선생을 만나 볼 생각이라는 것, 다에코의 상태가 그 지경으로 악화되었고 특히 사이토 선생이 말한 것처럼 만일의 경우까지 예상해야 한다면 환자가 원하든 원하지 않든 더 이상 오쿠바타케의 집에 맡겨둘 수만은 없다는 것, 그래도 그때까지 방심할 수 없으니까 유키코는 우선 사이토 선생에게 억지를 써서라도 급히 링거나 캄플 주사를 놓아 달라고 할 것, 유키코가 부탁해서 안 되면 오쿠바타케한테 교섭하게 할 것 등을 일러 놓고 헤어졌다.

사치코는 집에 와서 간바라 선생한테 전화로 부탁했더니 생각했던 대로 당장 허락하면서 특별실을 준비해 둘 테니 언제든지 데리고 오라고 했다. 이어서 구시다 선생에게 전화를 했는데, 항상 바쁜 사람이라 좀처럼 연결이 안 되어 환자 집을 차례로 문의한 결과 간신히 연락이 닿았다. 허락을 얻은 것은 저녁 6시가 조금 지나서였다. 사치코는 한시라도 빠른 게 낫다고 생각했지만, 그렇게 하려면 여러 가지 의논도 해야 하고, 말은 하지 않지만 내심 걱정하고 있을 데이노스케에게도 이렇게 된 경위를 말하고 비용 같은 것도 받아 내야 하기 때문에 다음 날 아침에 다에코를 병원으로 옮길 생각이었다. 사치코가 그 사실을 니시노미야에 알려 준 것이 7시가 지나서였는데, 오하루는 12시쯤 아시야로 돌아와 유키코의 말을 전했다. 그 후에 또 여러 가지 사건이 있었던 모양이었다.

사치코가 나가고 얼마 안 있어 다에코는 오한이 난다며 부들부들 떨기 시작했다. 열이 한때는 40도 이상으로 올랐으며 저녁때가 되어도 38도 내외였다. 링거 주사는 오쿠바타케가 사이토 선생에게 전화해서 귀찮게 졸랐기 때문에, 〈그럼 어쨌든 놔봅시다〉라고 했는데 얼마 안 있어 달려온 사람은 젊은 선생이 아니라 그의 아버지였다. 오긴 했지만 다시 진찰을 해보고 잠깐 생각하더니, 아직 링거를 놓을 정도는 아니라며 간호사가 애써 준비하기 시작한 것을 그만두게 하고 주사기를 가방에 넣고 후딱 돌아가 버렸다. 유키코는 그런 꼴을 보니 더욱 의사를 바꿀 필요가 있는 것 같아서 다에코가 조금 진정된 틈을 타서, 〈다에코, 아무래도 구시다 선생님한테 와달라고 하는 게 좋을 듯한데……〉 하며 말을 꺼냈다. 다시 한번 다에코에게 자세히 물어 보았더니 역시 추측한 대로 이유는 말하지 않았지만 〈계속 여기 있고 싶지는 않다. 병원이든 고로쿠소의 방이든 괜찮으니까 다른 곳으로 옮겼으면 좋겠다. 거기서라면 구시다 선생님의 치료를 받겠지만 여기서는 싫다〉고, 오쿠바타케가 머리맡에서 가만히 숨을 죽이고 있었기 때문에 그에게 마음을 쓰면서 말했다. 오쿠바타케는 다에코의 말에 아주 초조해하면서 〈그러지 말고 우리집에 있어라. 그런 것은 신경 쓸 것 없지 않느냐〉며 자꾸 마음을 돌리려고 했다. 그러나 다에코는 그 말이 전혀 들리지 않은 듯한 얼굴로 유키코한테만 말했기 때문에 결국 오쿠바타케는 핏대를 세우며 〈왜 우리 집이 싫다는 거야?〉하며 다소 언성을 높였다. 유키코는 그 자리의 분위기를 보고 어젯밤 다에코의 잠꼬대 때문에 두 사람 사이에 감정의 골이 생겼다는 것을 알았지만, 그 말은 하지 않고 다에코에게 덤벼들려는 오쿠바타케를 달랬다. 〈호의는 정말 고맙지만 우리도 이렇게 오랫동안 병든 동생을 맡겨 둘 수만은 없고, 아시야의 언니도 그렇게 하라고 한다〉고 하면서 간바라 병원에 입원시킬 수속을 하고 있다고 말해 간신히 오쿠바타케를 납득시켰다.

21

　이튿날 아침 다에코는 8시에 온 구급차를 타고 간바라 병원으로 떠났는데, 그때도 사소한 말썽이 있었다.
　「저도 지금까지 보살펴 온 이상 병원에 무사히 도착할 때까지는 책임이 있으니까 꼭 동승해서 같이 가고 싶습니다.」
　오쿠바타케는 자꾸 이렇게 우겨 댔다.
　「그것도 당연한 말이긴 하지만 오늘은 저희 자매한테 맡겨 두었으면 좋겠어요. 앞으로 다에코한테 당신을 만나지 말라고 할 생각은 아니지만, 그래도 당신과 다에코 사이는 공인된 사이도 아니고 다에코도 사람들 눈을 의식하고 있는 듯하니까 잠시 우리한테 맡겨 두고 물러나 있었으면 좋겠어요. 무슨 변동 사항이라도 생기면 물론이고 또 그렇지 않더라도 전화로 그날그날 상태는 알려 드릴 테니까요.」
　사치코와 유키코는 번갈아 가며 오쿠바타케를 설득하느라 진땀을 뺐다.

「전화는 되도록 아침에 아시야로 걸어 사치코나 오하루를 찾으세요. 직접 병원으로 걸지는 않았으면 좋겠어요.」

사치코는 사이토 선생에게도 사정을 말하고 그동안 애써 줘서 고마웠다는 인사를 했다. 사이토 선생은 기꺼이 이해해 주고 직접 간바라 병원까지 따라가서 그쪽에서 기다리고 있을 구시다 선생에게 환자를 인도할 때까지 자신의 임무를 다 하겠다고 했다.

유키코는 사이토 선생과 함께 환자를 따라갔고, 사치코와 오하루는 뒷수습을 하기 위해 남아 병실로 썼던 2층 방을 청소한 다음 간호사와 할멈에게 각각 사례를 했다. 그리고 슈쿠가와의 택시를 불러 한 시간쯤 늦게 병원으로 출발했다. 사치코는 집안 사람이 입원할 때의 그 뭐라 말할 수 없는 불길한 느낌…… 이대로 집으로 돌아오지 못하는 건 아닐까 하는 불길한 예감을 전에도 경험한 적이 있었기 때문에 오늘도 그런 기분이 들까 봐 두려워하고 있었다. 국도로 나가 보니 연도의 봄 경치는 불과 하루 사이에 어제보다 훨씬 짙어졌고 롯코의 산에는 더욱 짙은 안개가 끼어 있었으며 군데군데 집들에는 하얀 목련이나 개나리가 피어 있었다. 평소라면 마음이 들뜰 만한 경치겠지만, 역시 마음이 무거워지는 건 어쩔 수 없었다. 그도 그럴 것이 어제와 오늘 사이에 환자의 모습이 무척 변했다는 것을 알았기 때문이다. 사실 어제까지는 사이토 선생에게 그런 말을 들어도 반쯤 에누리해서 들었고, 설마 최악의 경우는 아니겠지, 그건 의사의 위협에 지나지 않는다며 대수롭지 않게 여겼다. 그러나 오늘 아침 증세를 보고는 〈어쩌면……〉 하고 걱정되었던 것이다.

사치코가 오늘 아침에 제일 먼저 알게 된 것은, 어제와 달리 환자의 눈이 고정되어 있다는 점이다. 평소에도 표정이 두

드러진 애는 아니었지만 오늘 아침은 완전히 감각을 잃은 듯이 멍한 표정이었고, 이상스럽게 크게 열린 눈동자가 꼼짝도 하지 않고 한 점에 박혀 있었다. 아무래도 죽을 때가 가까워진 얼굴처럼 보여 사치코는 보고 있기가 무서웠다. 어제까지만 해도 눈물을 머금으며 말을 할 기운이라도 있었는데, 조금 전 오쿠바타케와 자매들이 복도에서, 따라가네 마네 옥신각신하는 동안 다에코는 아무 상관도 없는 사람처럼 내내 멍한 눈을 한군데에 고정시키고 있을 뿐이었다.

어제 사치코가 전화했을 때 간바라 원장은 특별실을 준비해 두겠다고 했는데, 다에코가 들어간 방은 병원과는 복도로 연결되어 있는 별관이었다. 꽤 많은 돈이 들어간 순 일본식 건축물이었다. 원래 이 한 동은 원장의 주택으로 지은 것인데, 작년 간바라가 여기서 1킬로미터쯤 떨어진 스미요시 간노바야시에 있는 모 실업가의 저택을 사들여 이사했기 때문에 이 건물은 이따금 휴게용으로만 쓰이고 있었다. 이번에 다에코를 맡게 되면서 환자를 격리할 필요도 있기 때문에 특별실로 제공해 준 것이었는데, 객실로 쓰고 있던 툇마루가 딸린 다다미 여덟 첩 크기 방과 네 첩 반 크기 방을 터서 병실로 쓰고 간병하는 사람의 편의를 위해 부엌과 욕실까지 자유롭게 쓰라고 했다. 사치코는 작년에 에쓰코가 성홍열을 앓았을 때 고용했던 〈미토〉를 가능하면 이번에도 보내 달라고 어제 간호사 협회에 부탁해 두었는데, 마침 그녀는 오늘 아침부터 와주었다. 그러나 여기저기 불려 다니는 구시다 선생은 그렇게 시간을 다짐해 두었는데도 여느 때처럼 사치코가 병원에 도착하고 나서도 좀처럼 나타나지 않았다. 그래서 전화로 여기저기 문의를 하고 두세 번이나 재촉하는 수고를 해야 했다. 그사이에 사이토 선생은 이따금 손목시계를 들여다보면서 특별히 싫은 기색도 없이 얌전히 기다려 주었고, 뒤늦게 나타난 구시다 선생에게 인수인계를 한 다음 돌아갔다. 두 의사가 독일어를 섞어 가며 주고받는 대화 내용은 옆에서 들어도 무슨 얘긴지 짐작도 할 수 없었는데, 구시다 선생의 진찰 결과는 사이토 선생과는 많이 달랐다.

「제가 볼 때는 간장이 부어 있는 것 같지는 않습니다. 그러니까 간장 농양이라고 볼 수는 없을 겁니다. 열이 오르락내리락하는 것이나 오한, 전율을 동반하는 것은 악성 이질에도 있을 수 있는 현상인데, 그렇게 이상한 정도는 아니고 대체로 순조로운 과정을 밟고 있는 것 같습니다.」

이렇게 말한 구시다 선생은, 다만 너무 쇠약해진 것 같다며 그 자리에서 링거와 비타캄플 주사를 놓았고, 조금 있다가 프론토실 주사도 놓도록 미토에게 지시했다.

「그럼 내일 다시 오겠습니다. 그리 걱정하지 않으셔도 될 겁니다.」

구시다 선생은 대수롭지 않게 말했지만 사치코는 역시 안심할 수 없어서 현관까지 따라가면서 물었다.

「선생님, 정말 괜찮을까요?」

사치코가 눈물 고인 눈을 들었다.

「괜찮습니다. 괜찮아요.」

아주 확신에 찬 목소리였다.

「오사카 대학 선생님한테 진찰을 받아 보지 않아도 괜찮을까요?」

「글쎄요, 사이토 선생은 그런 말을 하지만 그건 좀 지나치게 신중한 거죠. 만약 그럴 필요가 생기면 말씀드리겠습니다만, 지금은 저에게 맡겨 주셔도 괜찮습니다.」

「하지만 저 같은 문외한이 볼 때는 어제까지만 해도 저 지경은 아니었는데 오늘은 어쩐지 인상까지 변해서…… 꼭 죽을 때가 다 된 사람 표정처럼 보이니까요.」

「너무 지나친 생각입니다. 쇠약해지면 누구나 일시적으로 저렇게 됩니다.」

구시다 선생은 그런 것은 전혀 문제 삼지 않았다.

사치코는 구시다 선생을 보내고 나서 자신도 일단 집으로 가기로 했다. 원장실로 가서 간바라 선생에게 인사를 하고 집으로 돌아갔으나 남편도, 에쓰코도, 유키코도, 오하루도 없었다. 이상하게 적막한 서양식 방에서 멍하니 의자에 앉아 있자니 다시 불길한 예감이 밀려왔다. 사치코가 보기에 오랫동안 자기 자매들의 몸을 돌보고 있는 구시다 선생이 그렇게 말했고, 또 그 사람은 지금까지 잘못된 진단을 내린 적이 없었기 때문에 일단 그 말을 믿어도 좋을 것 같지만…… 사이토 선생의 의견보다는 이 사람의 의견을 중시하고 싶은 마음이야 태산 같지만…… 오늘 아침 다에코의 그 얼굴을 보고 나서는 뭔가 골육지간밖에 알 수 없는 예감이 들어 견딜 수 없었다. 그런 예감이 들었으므로 사치코는 우선 도쿄의 언니에게 이 일을 알려 두기는 해야 할 것 같아서 귀찮은 편지를 쓰기 위해 돌아온 것이기도 했다. 그런데 편지를 쓰려면 그 이후 다에코를 내쫓은 일에서 시작해 이번에 병에 걸렸다는 연락을 받고 데리고 올 수밖에 없었던 사정까지, 다소 사실을 덧붙이거나 빼고 쓸 필요가 있었다. 그러려면 족히 두세 시간은 걸릴 것이므로 쉽사리 책상에 앉을 엄두가 나지 않았다. 점심을 끝내고 나서야 가까스로 천근만근 같은 몸을 일으켜 2층 방으로 올라갔다. 사치코는 자매 가운데 가장 필체가 좋아 가나(仮名) 글씨를 잘 썼고 글재주도 있어서 편지 쓰는 걸 그리 겁내지 않는 편이었다. 그래서 쓰루코처럼 연습으로 써보지 않고 바로 두루마리 편지지에 붓으로 큼지막하게 써 내려가곤 했는데, 오늘은 평소처럼 술술 쓰이지 않아 두세 번이나 고쳐 썼다.

쓰루코 언니에게
한동안 소식도 전하지 못했는데 어느새 좋은 계절이 찾아왔고 롯코의 산에는 날마다 안개가 길게 깔려 있어. 한신 지역은 지금이 가장 아름다운 때라서, 매년 그렇듯이 이맘때가 되면 가만히 집 안에만 있을 수가 없게 돼. 오랫동안 소식을 전하지 못했지만 모두들 잘 지내고 있지? 여기도 다들 잘 지내고 있어.
그런데 또 좋지 않은 일이라서 뭐라 써야 할지 모르겠어. 실은 다에코가 악성 이질에 걸려 지금 중태야. 어쨌든 알려야 할 것 같아서.
다에코 일은 언젠가 편지로 말한 적이 있으니까 아마 알고 있을 거야. 안된 일이기는 하지만 집에서 나가게 했고 절대 집에 드나들지 못하게 했는데, 그건 그때 말한 대로야. 그런데 다에코는 우리가 짐작한 것처럼 오쿠바타케 씨와 동거하지는 않고, 모토야마무라의 고로쿠소라는 아파트에서 혼자 생활하고 있어. 이건 그때도 말했을 거야. 그후 어떻게 생활하고 있는지 마음에 걸리긴 했지만 찾아가 보지는 않았어. 다에코도 아무런 소식이 없고. 다만 오하루가 때때로 몰래 찾아가 보는 모양인데, 지금도 그 아파트에 살고 있고 오쿠바타케 씨하고는 은밀히 교제하고 있기는 하지만 그 사람 집에서 묵는 일은 없는 것 같대. 그래서 뭐 그렇다면, 하고 얼마간 안심하고 있었어. 그런데 지난달 말 갑자기 오쿠바타케 씨가 오하루한테 전화를 해서는 다에코가 아프다고 했다는 거야. 그런데 다에코가 하필이면 오쿠바타케 씨 집에 놀러 갔다가 거기서 병이 났기 때문에 움직일 수도 없고 해서 그대로 거기에 누워 있다는 거였어. 처음에는 병명도 잘 모르고 그렇게 심각하게 생각하지 않았기 때문에 그냥 모르는 체하고 있었는데, 그 후 이질 증상이 점점 심해진 모양이야. 그러나 이미 인연을 끊은 처지라 오쿠바타케 씨 집에 신세를 지고 있는 다에코를 데려와야 좋을지 어떨지 망설여지더라고. 그런데 오하루가 굉장히 걱정을 하면서, 이질도 악성이고 그 근처의 미덥지 못한 의사한테 진찰만 받았지 치료도 충분히 받지 못했고 또 고열과 설사 때문에 고통이 나날이 심해지고 무척 쇠약해져서 몰라볼 정도로 야위었다고 하는 거야. 그 이야기를 듣고도 내버려 두고 있었는데, 유키코가 나한테는 말도 하지 않고 그 집으로 간병하러 가버렸어. 나도 내버려 둘 수만은 없어서 문병하러 가서는 정말 깜짝 놀랐어. 의사 말로는 합병증으로 간장 농양이 생긴 것 같은데 만약 그렇다면 경우에 따라서는 고칠 수 없을지도 모른다는 거야. 그리고 자기 혼자서는 아무래도 불안하니까 누군가 전문의를 부르라는 거야. 다에코도 내 얼굴을 보자 눈물을 뚝뚝 흘리면서, 거기에 있는 것은 싫으니까 어디든 다른 데로 옮겨 달라고 하는데, 그 말이 왠지 오쿠바타케 씨 집에서 죽기 싫다는 말처럼 들렸어. 이건 유키코의 상상이긴 한데, 이타쿠라의 1주기가 다가오기 때문에 다에코가 그 남자의 저주를 두려워하고 있는 게 아닐까 하더라고. 얼마 전에도 그 때문에 가위에 눌린 적이 있거든. 정말 그런 일이 있을지 누가 알겠어. 또 오쿠바타케 씨 집에서 죽으면 언니나 우리가 곤란할 거라고 생각하는지도 모르겠고. 어쨌든 그렇게 참을성이 많은 다에코가 기가 죽어 있는 건 예삿일이 아닌 것 같아. 어제부터는 얼굴 표정도 거의 죽을상이라고 해야 하나, 눈동자가 고정되어 있고 안면 근육도 전혀 움직이지 않아. 보기만 해도 소름이 끼칠 지경이야. 그래서 나도 환자의 마음을 헤아려 주어야 할 것 같아서, 오쿠바타케 씨한테는 절대 드나들지 말라고 해놓고 급히 다에코를 병원으로 옮기기로 했어. 그래서 오늘 구급차로 간바라 병원으로 옮겨 놓고 왔어. 사실 전염병 설비가 있는 병원이 만원이어서 간바라 선생님께 특별히 부탁해서 비밀리에 그곳에 입원시킨 거야. 그리고 의사는 언니도 잘 아는 구시다 선생님인데, 그분이 와서 봐주기로 했어.

대강 이런 사정이야. 이번 일은 어쩔 수 없는 일이니 형부는 어쨌든 간에 언니만이라도 이해해 주었으면 해. 남편도 이번 일만은 어쩔 수 없다고 생각하는 모양인지 내심 걱정하는 눈치이긴 한데, 아직 문병은 가지 않았어. 설마 그럴 리는 없겠지만 만약 위독한 경우에는 전보를 칠 테니까 아무쪼록 언니도 그런 일이 있을지도 모른다는 것은 각오하고 있어. 구시다 선생님은 간장 농양이 아닌 것 같다고 하긴 했지만. 반드시 위험한 상태는 아니고 대체로 순조로운 과정을 밟고 있다는 거야. 불길한 말 같지만 그래도 나는 이번만은 구시다 선생님의 진단이 틀리지 않을까 하는 생각이 들어. 다에코의 증세나 표정을 보면 아무래도 이번에는, 하고 자꾸 불길한 예감이 들어 미치겠거든. 제발 그게 맞지 않기를 바랄 뿐이야.

여러 가지로 뒤죽박죽이 되었지만 우선 오늘까지의 일을 말한 거야. 나는 또 병원에 가봐야 해. 이 일 때문에 다른 일은 손에 잡히지 않지만, 나보다는 유키코가 얼마 전부터 연일 거의 잠도 못 자고 간병하고 있어서 고생이 말이 아니야. 이런 때는 얼마나 마음 든든한지 모르겠어.
그럼 나중에 다시 쓸게.

4월 4일
사치코

사치코는 단순하고 사람 좋은 언니를 너무 놀라게 하지 않으려고 마음을 쓰면서도 가능하면 다에코를 동정하도록 바랐기 때문에 그만 병의 증상을 좀 과장한 감도 없지 않았다. 그래도 대체로 자신의 실감을 거짓 없이 쓴 것임에는 틀림없었다. 편지를 다 쓴 사치코는 에쓰코가 돌아오기 전에 나가려고 부랴부랴 병원으로 돌아갔다.

22

병원으로 옮기고 나서 이삼일 지나자 환자의 상태는 눈에 띄게 좋아졌다. 그날의 불길한 죽을상은 신기하게도 불과 하루 만의 현상에 지나지 않은 듯했다. 입원한 다음 날에는 얼굴에 떠돌고 있던 불길한 환영 같은 것은 말끔히 가셨다. 사치코는 악몽에서 깨어난 듯했는데, 얼마 전 구시다 선생이 〈괜찮습니다. 괜찮아요〉 하고 강력하게 한 말을 떠올리며 새삼 그의 진단이 틀리지 않은 데는 감탄하지 않을 수 없었다. 그리고 도쿄의 언니가 그 편지를 보고 얼마나 걱정할까 하는 생각에, 곧바로 두 번째 편지를 보냈다. 언니는 그 소식이 상당히 기뻤던 듯 여느 때의 느긋한 성미에 어울리지 않게 바로 다음 날 다음과 같은 속달 편지를 보내왔다.

사치코에게

저번에는 정말 생각지도 못한 편지를 받고 어떻게 해야 좋을지 모른 채 매일 그 일로 머리를 썩이고 있느라 답장도 하지 못하고 있었는데, 조금 전에 두 번째 편지를 받고 한숨 돌리고 있다. 당사자의 기쁨은 물론이고 우리한테 그 이상의 기쁨이 어디 있겠니?

사실 지금이니까 말인데, 나는 저번 편지를 보고 다에코가 죽을지 모른다고 생각했다. 그것도 다에코가 지금까지 사람들한테 실컷 고생만 시키고 제멋대로 살아온 벌을 받는 거니까, 이렇게 말하면 불쌍하긴 하지만 지금 죽어도 할 수 없는 일이고, 만약 그런 일이 일어나면 대체 누가 데려와서 어디서 장례식을 치러야 할까, 형부는 싫다고 할 것 같고, 사치코 너희 집에서는 더욱 그렇고, 그렇다고 간바라 병원에서 할 수도 없고, 나는 그런 것을 생각하면 가슴이 아파서…… 다에코는 정말 우리를 얼마나 고생시키려고 그러나, 하는 생각까지 했단다.

하지만 좋아졌다니까 정말 우리도 이제 살았다. 이것도 다 너와 유키코가 애써 준 덕분이겠지만, 다에코는 너희의 정성을 알고 있는지 모르겠구나. 알고 있다면 이걸 기화로 오쿠바타케 씨와의 관계를 청산하고 다시 새로운 생활을 해주면 좋을 텐데, 그럴 생각이 있는지 모르겠다.

간바라 선생님이나 구시다 선생님께는 정말 많은 신세를 진 것 같은데, 언니로서 제대로 인사도 여쭙지 못하는 고충을 알아 주길 바란다.

4월 6일
쓰루코

이 편지를 받은 날, 사치코는 유키코에게 보여 주려고 일부러 편지를 병원으로 가지고 갔다. 돌아올 때 유키코가 병실 밖으로 나온 틈을 봐서,

「이런 편지가 왔어……」

하며 핸드백에서 슬쩍 편지를 꺼냈다.

「여기서 읽어 봐.」

사치코는 현관 어귀에서 읽게 했다.

「언니답다.」

유키코는 이런 한마디를 남기고 들어갔다. 무슨 뜻으로 한 건지는 모르지만 사치코는 그 편지에서 그다지 좋은 느낌을 받지 못했다. 솔직히 말하면 언니는 그 편지에서 자신은 이제 다에코에 대해 거의 애정을 가지고 있지 않다는 것, 오히려 다에코가 일으키는 재난에서 자기들 일가를 지키는 일에만 급급하다는 인상을 무언중에 드러내고 있을 뿐이었다. 일단 그것도 일리는 있지만, 그런 편지를 읽으니 다에코가 가엾어졌다. 지금 앓고 있는 병을 〈벌 받은 것〉이라고 하지 못할 것도 없지만, 소녀 시절부터 파란만장한 삶을 살아온 동생인 만큼, 어떤 때는 홍수 때문에 죽을 뻔하고 또 어떤 때는 지위도 명예도 버리고 달려든 연애 상대가 죽어 버리고, 평온무사한 언니들은 꿈에도 알 수 없는 숱한 고생을 오직 그녀만이 겪어 왔으므로, 지금까지 벌은 충분히 받았다고 할 수 있을 터였다. 사치코는 자기나 유키코였다면 도저히 그런 고생을 견딜 수 없었을 것이라고 생각하니, 다에코의 모험적인 생활에 감탄할 정도였다. 그러나 아무리 그렇더라도 처음에 다에코의 소식을 접하고 언니가 당황했을 모습, 그리고 두 번째 소식에 안도의 한숨을 내쉬며 가슴을 쓸어내렸을 모습이 눈에 선했기 때문에 한편으로는 그런 언니가 우습기도 했다.

오쿠바타케는 다에코가 입원한 다음 날 아침, 아시야에 전화를 걸었다. 사치코가 전화를 받아, 오늘 아침부터 벌써 차도를 보이고 있다는 것과 구시다 선생의 진단 결과 등을 자세히 이야기하고 회복의 길로 접어들었다는 것을 알려 주자 그 후로는 이삼일 동안 아무 연락이 없었다. 그런데 나흘째 되는 날 저녁, 사치코가 정오부터 3시까지 병원에 있다가 돌아간 뒤 유키코와 〈미토〉가 머리맡을 지키고 있고 오하루가 옆방에서 전기 화로로 미음을 끓이고 있을 때였다.

「댁에서 오신 분인지, 어떤 분이 지금 찾아오셨는뎁쇼. 성함은 말하지 않습니다만, 사치코 부인의 남편 되시는 분인지도 모르겠습니다요.」

일본식 별관을 지키고 있던 할아범이 전하러 왔다.

「어, 형부일까? 설마 아니겠지.」

유키코가 이렇게 말하고 오하루와 얼굴을 마주 보자 불현듯 뜰 쪽에서 구두 소리가 들리더니 싸리나무 울타리 너머로 화려한 가지 색 더블 양복에 금테의 짙은 선글라스를 끼고 (그는 눈이 나쁘지 않았지만 언제부터인가 때때로 멋을 내기 위해 선글라스를 끼는 버릇이 있었다) 물푸레나무 지팡이를 든 오쿠바타케가 불쑥 나타났다. 이 일본식 별관에는 병원과는 별도로 드나들 수 있는 현관이 있었지만 처음으로 찾아오는 사람들은 그것을 모르기 때문에 대개 병원 현관에서 안내를 받고 찾아오는데, 오쿠바타케는 어떻게 알았는지 바로 별관 현관으로 들어왔고, 할아범이 말을 전하러 온 사이에 자기 멋대로 현관에서 뜰 쪽까지 들어온 것이었다(나중에 안 일이지만 오쿠바타케는 할아범에게 불쑥 〈마키오카 다에코 씨의 병실이 여깁니까?〉 하고 묻고, 할아범이 누구시냐고 두 번이나 물었는데도 〈저라고 하면 아실 겁니다〉라고만 대답했다. 오쿠바타케가 어떻게 이 별관에 다에코의 병실이 있다는 냄새를 맡았고 어떻게 현관에서 뜰을 따라가면 병실로 통한다는 걸 알고 있었는가에 대해서는, 처음에 오하루가 귀띔해주지 않았나 의심을 했지만 아마 누구한테 들은 게 아니라 자기가 끈덕지게 알아낸 듯했다. 그는 이타쿠라 사건 이후 다에코의 행동에 대해서는 이상하게 탐정과 같은 흥미를 갖게 되었기 때문에 이번에도 그녀가 입원하고 나서 때때로 이 병원 주위를 배회한 모양이었다). 뜰은 툇마루를 따라 직각으로 구부러져 동쪽에서 남쪽으로 뻗어 있었는데, 오쿠바타케는 때마침 만개한 조팝나무 꽃을 흔들면서 안쪽 다다미 여덟 첩 크기 방에 붙어 있는 툇마루 쪽으로 다가왔다. 그리고 바로 환자의 얼굴이 보이는 위치까지 와서 조금 열려 있는 유리문 미닫이를 밖에서 손을 넣어 열었다.

「잠깐 이 근처에 일이 있어서 왔다가…….」

오쿠바타케는 변명 같지도 않은 말을 하며 선글라스를 벗고 싱글벙글 웃었다. 유키코는 홍차를 마시면서 신문을 읽고 있던 참이었는데, 낯선 사내가 침입했으므로 깜짝 놀란 〈미토〉를 안심시키기 위해 아무렇지 않은 척하며 자신이 툇마루로 나가 인사를 건넸다. 그러고 나서 신발을 벗어 놓는 디딤돌 위에 서서 머뭇거리고 있는 오쿠바타케가 방으로 들어서지 못하도록 서둘러 방석을 들고 나와 툇마루에 놓았다. 그리고 오쿠바타케가 뭔가 이야기를 하려고 하자, 유키코는 그를 피해 옆방으로 들어가 오하루가 미음을 끓이고 있던 냄비를 내려놓고 은빛 주전자를 올려놓았다. 물이 끓기를 기다려 차를 준비했다. 그녀는 그 차를 오하루에게 가져가게 하려고 했으나 붙임성이 좋은 오하루가 붙잡히면 귀찮아진다는 걸 알고,

「오하루, 나머지는 내가 할 테니까 너는 이제 돌아가」

하며 자신이 직접 차를 내갔고, 또 곧바로 옆방으로 가버
렸다.

그날은 흐리고 뜨뜻미지근한 날이어서 방의 장지문을 열
어 놓았다. 뜰을 보고 누워 있던 다에코는, 바로 앞에 오쿠바
타케가 나타나서 툇마루에 앉을 때까지의 동작을 내내 보고
있었는데, 예의 그 무표정하고 조용한 눈동자로 그를 가만히
보고 있을 뿐이었다. 오쿠바타케는 유키코가 피해 버리자 약
간 멋쩍었는지 담배 케이스에서 담배를 꺼내 불을 붙였다. 재
가 점점 길어지자 발밑에 떨려고 머뭇거리며 방 안을 기웃기
웃 둘러보았다.

「죄송합니다만 재떨이 있습니까?」

오쿠바타케가 누구에게랄 것 없이 혼잣말을 했는데 〈미토〉
가 눈치 빠르게 마침 거기에 있던 홍차 찻종을 가져갔다.

「다에코 씨, 아주 좋아졌다면서?」

오쿠바타케는 이렇게 말하며 한 발을 완전히 툇마루 문지
방에 올려놓고 똑바로 뻗어 열려 있는 유리문 가장자리를 구
두 뒤축으로 눌러 새로 맞춘 구두가 다에코에게 잘 보이도록
했다.

「지금이니까 말하지만, 다에코 씬 아주 위험했어.」

「네……. 그건 저도 알고 있어요.」

다에코가 비교적 힘 있는 목소리로 대답했다.

「지옥 문턱까지 갔다 왔어요.」

「언제쯤 다 털고 일어날 수 있을까? 올해 꽃놀이는 허사겠
지?」

「전 꽃놀이보다 기쿠고로가 더 보고 싶어요.」

「그럴 힘이 있다면 이제 안심인걸.」

이렇게 말한 다음 오쿠바타케는,

「어떨까? 이달 안에 나다닐 수 있게 될까?」

하며 〈미토〉의 얼굴을 보았다.

「글쎄요…….」

이렇게만 말할 뿐 〈미토〉도 상대를 해주지 않았다.

「난 어젯밤 사카구치로[53]에서 기쿠고로 씨와 같이 있었어.」

「기쿠고로 씨를 누가 불러냈어요?」

「시바모토가 불렀지.」

「그 사람 기쿠고로 씨의 굉장한 팬이잖아요.」

「얼마 전부터 기쿠고로 씨하고 식사라도 한번 할 테니까 오라고 했는데, 기쿠고로 씨가 좀처럼 와야 말이지…….」

천성이 조급하고 주의력이 산만해서 가만히 한 가지 일에 집중하지 못하는 오쿠바타케가 보는 것은 기껏해야 영화 정도였고 연극 같은 것은 답답하다며 통 보지 않았다. 그래도 배우와 교제하는 것을 좋아해서 예전에 주머니 사정이 좋았을 때는 그들을 자주 요릿집으로 부르곤 했다. 그래서 미즈타니 야에코,[54] 나쓰카와 시즈에,[55] 하나야기 쇼타로[56] 등과 친하게 되어, 그런 사람들이 오사카에 오면 무대는 제대로 보지 않는 주제에 분장실만은 잊지 않고 찾았다. 기쿠고로 같

<hr>

53 오사카에 있던 사카구치로(阪口樓)를 말함. 여자 주인 사카구치 기미(阪口きみ, 1880~1939)가 기쿠고로와 친했다. 이 장면, 즉 1940년 4월에는 6대째 기쿠고로가 오사카 가부키 극장에 와 있었다.

54 水谷八重子(1905~79). 여배우. 여덟 살 때부터 신극 무대에 섰고, 쇼와 초기 이후 신파와 제휴하여 미모와 연기력으로 상업 연극배우의 정상에 섰다.

55 夏川静江(1909~). 여배우. 일곱 살 때부터 신극 무대에 섰고, 나중에 니카쓰(日活) 영화사의 스타가 되었다. 청순하고 고상한 역할에 뛰어났다.

56 花柳章太郎(1894~1965). 신파 배우. 미즈타니 야에코와 함께 신파의 중심으로 활약했다.

은 사람에 대해서도 그의 가부키를 좋아하는 것이 아니라 그저 이유 없이 인기 있는 사람들과 친해지고 싶어서 누군가에게 한번 소개를 받고자 했다.

다에코가 이런저런 것을 물었기 때문에 오쿠바타케는 신이 나서 어젯밤 사카구치로에서 놀던 일을 이야기하며 기쿠고로의 말투나 농담 같은 것을 흉내 내기도 했다. 아마 그는 환자 앞에서 이런 자랑을 하러 왔음에 틀림없었다. 유키코와 둘이서 옆방에서 대기하고 있던 오하루는 무엇보다 이런 얘기를 좋아했으므로 〈빨리 가라〉는 유키코의 말을 두 번이나 들었지만 그때마다 〈예, 예〉할 뿐 몰래 귀를 기울이고 있었다.

「오하루, 벌써 5시야!」

오하루는 할 수 없이 일어났다. 그녀는 대체로 오후에 병원으로 와서 한동안 식사 준비나 빨래 같은 걸 하고 저녁 식사 때까지는 아시야로 돌아갔다. 〈오쿠바타케 도련님은 언제까지 저렇게 떠들고 계시려나? 병원으로 찾아오시면 안 될 텐데, 사모님이 아시면 아마 깜짝 놀랄 텐데. 적당히 돌아가지 않으시면 유키코 아가씨가 어떻게 하실까? 그렇게 하시면 약속과는 다르니까 제발 돌아가 주세요, 하는 말도 못 할 텐데…… 〉하고 오하루는 돌아가는 길에 이런 생각을 하면서 새로 생긴 국도 야나기노카와 정류장으로 나가 여느 때처럼 거기서 전차를 타려고 했다. 그때 마침 안면이 있는 아시야가와의 운전수가 고베 쪽에서 빈 택시로 왔기 때문에 〈잠깐만요! 돌아가는 길이면 태워 주시겠어요?〉하고 도로 이쪽편에서 소리를 질러 차를 세운 다음 일부러 길을 돌아 아시야의 집까지 타고 갔다. 그녀는 부엌문을 통해 숨을 헐떡이며 들어가 부엌에서 계란말이를 만들고 있는 오아키에게 물었다.

「사모님은 어디 계시니? 어르신은 아직 돌아오지 않으셨지? 큰일 났어. 오쿠바타케 도련님이 병원으로 찾아오셨거든.」

오하루는 지나는 길에 아주 큰 사건이나 벌어진 것처럼 떠들어 대며 복도에서 서양식 방을 들여다보았다. 마침 사치코가 혼자 긴 의자에 누워 있었다.

「사모님, 지금 오쿠바타케 도련님이 병원에 와 있어요.」

오하루는 소곤거리는 목소리로 말하면서 들어갔다.

「뭐?」

그 말을 듣자마자 일어난 사치코의 안색이 변했다. 사건 자체보다도 호들갑을 떠는 오하루의 목소리에 놀란 모양이었다.

「언제 왔니?」

「아까 사모님이 돌아가시고 난 직후였어요.」

「지금도 있니?」

「예, 제가 나올 때까지는 있었어요.」

「무슨 용건이라도 있었다니?」

「그 근처에 일이 있어 온 김에 문병하러 왔다고 하는데, 안내하지도 않았는데 불쑥 뜰 쪽으로 들어온 모양이에요……. 유키코 아가씨는 옆방으로 피해 버리고 다에코 아가씨와 이야기하고 있었어요.」

「다에코는 화내지 않았어?」

「아니요. 기분 좋게 이야기하는 것 같았어요.」

사치코는 우선 오하루를 그곳에 남겨 두고 자기 혼자 남편의 서재로 가 탁상전화로 유키코에게 전화를 했다(전화 받기를 싫어하는 유키코는 처음에 〈미토〉에게 대신 받게 했지만 〈미안하지만 유키코가 받았으면 좋겠다〉고 하자 마지못해 자신이 받았다). 유키코한테 물어보니, 오쿠바타케는 아직도 거기 있다는 대답이었다.

「처음에는 툇마루에 앉아 있었는데 점점 날이 저물어 추워지자 올라오라는 말도 하지 않았는데 자기 마음대로 유리문을 닫고 들어와서는 다에코 머리맡에 앉아 이야기하느라 정신이 없어. 게다가 다에코가 또 무슨 이유에선지 싫은 기색도 없이 상대해 주고 있고. 나는 옆방으로 피해 있었는데 언제까지 그렇게 있을 수도 없잖아, 그래서 방에서 나와서는 둘이 이야기하는 것을 옆에서 듣고 있었어. 아까부터 돌아가게 하려고 차를 다시 끓여 가보기도 하고 어두워졌는데도 일부러 전등을 켜지 않고 내버려 두기도 했는데 모른 척하고 언제까지고 잡담만 하고 있다니까.」

「그 사람은 그렇게 뻔뻔스러운 구석이 있는 사람이니까 그냥 내버려 두면 앞으로도 틈만 나면 찾아올걸. 좀처럼 돌아가지 않을 것 같으면 나라도 가볼까?」

「하지만 벌써 저녁 식사 시간이고, 지금 언니한테서 전화가 왔다는 걸 알고 있으니까 곧 돌아가겠지 뭐. 일부러 여기까지 오지 않아도 될 것 같은데……」

사치코는 그럭저럭하는 사이에 남편이 돌아올 시간이 되기도 했고 또 에쓰코가 지금 이 시간에 뭘 하러 나가느냐고 귀찮게 물어볼 것 같아서 그만두기로 했다.

「그럼 너한테 맡길 테니까 잘 말해서 돌아가라고 해.」

사치코는 이렇게 말하고 전화를 끊었지만, 유키코가 결국 아무 말도 하지 못할 것이라는 걸 알고 있었으므로, 그 후로 어떻게 되었을까, 내내 걱정하면서도 그만 다시 전화할 기회를 놓친 채 밤이 깊어 버렸다. 11시경에 남편 뒤를 따라 2층 침실로 가려고 할 때 오하루가 살짝 다가와 귓속말을 했다.

「그 뒤에 한 시간쯤 있다가 돌아갔답니다.」

「너, 전화해 봤니?」
「예, 아까 공중전화로요.」

23

이튿날 사치코는 병원으로 가서 물어보았다.

그 후에도 좀처럼 돌아갈 것 같지 않아서 유키코는 다시 옆방으로 피해 버렸고 그 뒤로는 한 번도 얼굴을 내밀지 않았다. 그러나 점점 어두워졌으므로 할 수 없이 전등을 켰다. 그리고 다에코가 저녁 먹을 시간이 지났으므로 〈미토〉를 불러 미음을 가져가게 했다. 그래도 오쿠바타케는 태연히, 식욕이 있느냐, 언제부터 죽을 먹을 수 있을까, 나도 배가 고픈데 뭐 좀 시켜 줄 수 없느냐, 이 근처에서는 어디가 맛있을까, 하는 말까지 했다. 결국 〈미토〉까지 옆방으로 피해 버렸고 다에코와 둘만 있게 했는데 그사이에 정말 배가 많이 고파진 모양이었다.

「그럼 실례하겠습니다. 정말 오랜 시간 폐가 많았습니다.」

오쿠바타케는 옆방을 향해 이렇게 말하고 다시 툇마루에서 뜰로 내려가 돌아갔다. 그렇게 인사를 했을 때도 유키코는 장지문 틈으로 얼굴을 내밀고 인사만 했을 뿐 일부러 배웅도 하지 않았다. 아마 4시부터 6시쯤까지 두 시간쯤 머물렀을 것이다. 다에코가 〈이제 그만 돌아가세요〉라고 한마디만 해주었어도 좋았을 텐데. 그 사람이 갑자기 뜰 쪽으로 들어와서는 몹시 으스대는 태도로 말하기도 해서(예전부터 유키코는, 사치코가 있을 때와 없을 때 오쿠바타케의 태도가 무척 다르다고 했는데 어제는 특히 방자했다고 했다), 〈미토〉도 상당히 이상하게 생각했을 것이다.

「우리가 얼마나 귀찮아하고 있는지 알았을 텐데, 다에코의 입장이라면 돌아가라고 말할 수 있는 사람이고 또 그렇게 말하는 게 당연하잖아!」

유키코는 이렇게 말했다. 유키코는 그 불평을 다에코에게 직접 하지 못하고 뒷전에서 사치코에게 하소연했다.

사치코는 오쿠바타케가 이삼일 후에 분명히 다시 찾아올 것 같았다. 그래서 이 기회에 오히려 직접 찾아가서, 앞으로 병원에는 두 번 다시 찾아오지 말라고 부탁할 생각이었다. 한 번은 오쿠바타케에게 인사하러 가야 하기도 했다. 왜냐하면 지난달 말 사이토 선생에게 치료받은 요금을 오쿠바타케가 계산했을 것이고, 다에코가 누워 있던 열흘 동안의 약이나 음식값을 비롯해 간병인의 식비 같은 것도 상당히 지출했을 것이기 때문이다. 세세한 것까지 말하자면, 의사를 불러오고 모셔다 드리는 비용, 운전수에게 주는 팁, 나날이 들어가는 얼음 값 같은 것만 생각해도 상당한 금액을 대신 내준 셈이었는데, 아직 그 신세를 갚지 못하고 있었던 것이다. 그러나 이제 와서 돈을 가져간다고 해도 받아 주지 않을 게 뻔했다. 그래도 사이토 선생의 진료비는 꼭 받게 하고 나머지는 물건으로 할 수밖에 없겠지만, 어림잡아 뭘 어느 정도 가져가면 좋을지 사치코는 알 수가 없었다.

「저 말이야, 다에코. 뭘 가져가지?」

「그런 건 내가 알아서 처리할 테니까 내버려 둬.」

다에코는 일단 이렇게 말하고 나서 말을 이었다.

「이번 비용은 내가 내야 하는데, 병중이라 저금을 찾을 수 없어서 말이야……. 그래서 오쿠바타케 집에서 신세 진 것하고 입원하고 나서의 비용도 일단 그 사람이나 사치코 언니한테 대신 내달라고 한 거야. 다 나으면 말끔히 갚을 테니까 언니는 그런 걱정 안 해도 돼.」

그러나 사치코는 다에코가 없는 데서 유키코에게 의견을 물어보았다.

「다에코는 그렇게 말하지만 아파트 생활을 시작한 지도 벌써 반 년 가까이나 되니까 이제 저금도 거의 다 썼을 거야. 그렇게 말은 하지만 아마 돈 같은 건 갚지 않을걸. 그래도 다에코와 오쿠바타케 씨 사이에서라면 별지장은 없겠지만, 우리가 그 사이에 있으면서 그럴 수는 없는 노릇이니까 돈으로든 물건으로든 빨리 갚아 버리는 게 낫지 않을까?」

유키코는 이렇게 말하며 다시 덧붙였다.

「언니는 지금도 오쿠바타케 씨가 부자라고 생각할지도 모르겠지만, 내가 그동안 그 집에 머물면서 보니까 의외로 주머니 사정이 안 좋은 것 같더라고. 예를 들면 밥반찬도 놀랄 정도로 소박한데, 저녁 식탁에도 맑은 장국 말고는 생선과 채소를 익혀 한 그릇에 담아 놓은 것 하나뿐이더라고. 오쿠바타케 씨, 간호사, 나, 모두 같은 걸 먹었는데, 때때로 오하루가 차마 볼 수 없었던지 니시노미야 시장에서 어묵이나 쇠고기 조림 통조림 같은 걸 사다 준 적도 있었어. 그런 때는 오쿠바타케 씨도 옆에서 같이 얻어먹었거든. 사이토 선생님의 운전수한테 주는 사례금도 되도록 기분 상하지 않게 내가 내기도 했는데, 나중에는 아예 나한테 내게 하고 자기는 모른 척하더라니까. 오쿠바타케 씨는 남자니까 세세한 일에는 개의치 않는 척했는데, 방심할 수 없는 사람이 할멈이었어. 그할멈은 오쿠바타케 씨한테 충성을 다하고 마음씨도 고운 사람인데, 다에코를 위해서도 상당히 친절하게 대해 주었거든. 그런데 부엌살림은 다 자기가 알아서 처리하고 돈 같은 것도 한두 푼이라도 쓸데없이 쓰는 법이 없어. 내가 볼 때 그 할멈은 아무래도 겉으로는 상냥하게 대하지만 속으로는 우리한테, 특히 다에코한테 그다지 호감을 갖지 않은 것 같더라고. 그렇다고 나한테 그런 내색을 한 건 아니야. 그냥 그런 것 같았어. 좀 더 자세히 알고 싶으면 오하루한테 물어보면 될 거야. 오하루는 그 할멈과 이야기를 하는 것 같았으니까. 그 할멈은 뭔가 알고 있는 게 분명해. 하여튼 그 할멈이 있는 한 한 푼의 빚도 남기면 안 될 거야.」

이런 말을 듣자 사치코도 점점 마음에 걸리는 게 있어서 집으로 돌아와 오하루를 불러 물어보았다.

「그 할멈은 우리를 어떻게 보던? 그 할멈한테서 뭐 들은 거 없어? 있으면 한번 다 털어놔 봐.」

오하루는 눈을 휘둥그렇게 뜨고 굉장히 심각한 얼굴로 뭔가를 생각하는 듯하다가, 말해도 될지 모르겠다며 다짐을 받고 나서 쭈뼛쭈뼛 다음과 같은 이야기를 꺼냈다.

「사실 기회가 있으면 사모님께 일단 말씀드리는 것이 좋겠다고 생각했어요.」

오하루는 이렇게 말을 시작했다.

오하루는 지난달 하순 오쿠바타케의 집에 드나들면서 그 할멈과 꽤 친해졌다. 그러나 다에코가 병들어 그 집에 누워 있는 동안에는 서로 여러 가지 일이 많았기 때문에 한 번도 여유 있게 이야기할 기회가 없었다. 그런데 다에코가 입원한 다음 날 아침, 아직 조금 남아 있는 짐을 가지러 갔을 때의 일이었다. 그날은 오쿠바타케가 외출 중이어서 할멈 혼자 집을 지키고 있었다. 할멈이 차라도 한잔 들고 가라고 해서 잠깐 들어가 이야기를 나누었다. 그때 할멈은 자꾸 사치코와 유키코를 칭찬했다.

「댁의 다에코 아가씨는 좋은 언니들을 두어서 참 행복한 사람이우. 그런데 우리 도련님은, 물론 좋지 않은 점이 있는 건 분명하지만 마님이 돌아가시고 나서는 형제들한테도 버림을 받고, 그렇게 되자 세상 사람들도 상대를 안 해주니, 정말 딱해서 볼 수가 없수. 지금은 그저 댁의 다에코 아가씨만 의지하고 있으시니까 아무쪼록 다에코 아가씨가 부인이 되어 주면 좋을 텐데…….」

할멈은 눈물을 머금고 이렇게 말하고는, 이 인연이 맺어질 수 있도록 힘써 달라고 오하루한테까지 부탁을 했다. 그러고 나서 조금 말하기 힘든 듯 주저하다가,

「우리 도련님은 요 10년 동안 다에코 아가씨를 위해 모든 걸 희생해 오셨다우」

하고 말하고는, 오쿠바타케가 큰형한테서 의절을 당하고 출입까지 금지당하게 된 것도 다에코 때문이라는 이야기를 아주 완곡하긴 하지만 넌지시 암시했다. 할멈이 이야기한 것 가운데 오하루가 가장 뜻밖이라고 생각한 것은, 최근 몇 년 동안 다에코가 대부분 오쿠바타케의 경제적 지원으로 생활했다는 이야기였다. 특히 작년 가을부터 고로쿠소 아파트에서 생활하게 된 이후로는 거의 매일 아침 일찍부터, 그러니까 아침식사를 하기 전부터 오쿠바타케의 집으로 놀러 와 세 끼 식사를 다 하고 밤이 이슥해서야, 잠을 자기 위해서만 아파트로 돌아갔다는 것이다. 그러므로 혼자 힘으로 자취 생활을 하고 있다고는 하지만 사실은 오쿠바타케의 집에서 기식한 것이나 마찬가지였고, 빨랫감 같은 것까지 전부 가져와서 할멈에게 시키든가 근처 세탁소에 맡겼다는 것이다. 두 사람이 밖에서 이런저런 오락에 허비한 돈은 누가 냈는지 확실히 알

수 없지만, 오쿠바타케의 지갑에는 항상 백 엔이나 2백 엔쯤 들어 있었는데 다에코와 나갔다가 돌아오면 하룻밤 사이에 텅 빈 지갑으로 돌아온 것을 보면 이 역시 대체로 그가 부담한 것으로 짐작된다고 했다. 따라서 다에코가 매달 자기가 저금한 돈에서 지불한 것이 있다면 고로쿠소 아파트의 방값 정도일 것이라고 했다. 할멈이 그런 말을 해도 오하루는 왠지 납득하지 못하겠다는 표정이었다. 그러자 할멈은 이왕 이런 이야기가 나왔으니까, 하며 최근 1년 동안의 이런저런 청구서나 영수증 같은 걸 내왔다. 그리고 다에코가 기식하기 이전과 이후에 매달 쓴 경비가 얼마나 차이가 나는지를 설명했다. 과연 가스 요금, 전기 요금, 자동차 요금을 비롯해 채소 가게, 어물전 등에 지출한 돈이 다에코가 기식하기 시작한 작년 11월 이후에 놀랄 정도로 급격히 늘었다는 것을 알 수 있었다. 다에코가 이 집에서 자기가 하고 싶은 대로 얼마나 사치스럽게 지냈는지 충분히 상상할 수 있을 정도였다. 그뿐 아니라 백화점, 화장품 가게, 양품점 등의 청구서를 보면 대부분 다에코가 산 물건들이었다. 오하루는 우연히 작년 12월에 다에코가 고베 토어로드의 론신 부인 양복점[57]에서 구입한 낙타 오버코트와 올 3월경에 또 그 가게에서 구입한 비옐라[58] 애프터눈 드레스의 계산서가 있는 걸 발견했다. 낙타 오버코트는 겉과 속이 다른 색 천으로 되어 있었는데 두껍지만 아주 가벼운 옷이었다. 겉은 갈색이고 속은 굉장히 화려한

57 다니자키 준이치로가 요코하마에 살던 시절(1921~1923)에 단골로 삼았던 가게. 론신(隆新)은 중국인인데 재봉을 잘한다고 해서 평판이 좋았다. 간토 대지진으로 요코하마가 파괴되어 고베로 이전한 듯하다.
58 1894년 미국의 윌리엄 호린스 상회가 울과 목면을 반반 섞어 짠 자사의 직물에 붙인 상품명이다. 부드럽고 따뜻한 데다 내구성도 좋았다.

붉은색이었다. 그때 다에코는 그 외투가 350엔이나 하는데, 화려해서 못 입게 된 옷 두세 벌을 처분해서 샀다고, 언니들과 오하루에게 자랑했다. 오하루는 그 무렵 아시야의 집에서 쫓겨나 혼자 생활하게 된 다에코가 그렇게 사치를 부려도 좋은가 하고 생각했던 일을 지금도 잊지 않고 있었다. 그런데 사실은 오쿠바타케가 사준 것이었다고 하면 앞뒤 이야기가 딱 들어맞았다.

할멈은, 〈내가 이런 얘기를 하는 것은 절대 다에코 아가씨를 나쁘게 말할 생각에서가 아니다. 그저 도련님이 다에코 아가씨의 환심을 사려고 얼마나 열심이었는가를 말하는 것이다. 부끄러운 이야기를 한 것 같지만 원래 도련님은 오쿠바타케 집안의 도련님이라 해도 세 번째 아들이라서 돈을 그렇게 자유롭게 쓸 수 있는 처지가 아니다. 그래도 마님이 살아 계실 때는 어떻게든 되었지만 지금은 돈줄도 완전히 끊겼다. 작년에 의절을 당할 때 큰형한테서 얼마 안 되는 위로금을 받은 게 유일한 재산인데, 그 원금을 조금씩 축내면서 그럭저럭 지금까지 버텨 왔지만 다에코 아가씨를 기쁘게 하는 데 열중해 있는 도련님은 앞뒤 가리지 않고 낭비하기 때문에 그것도 그리 오래갈 것 같지 않다. 설사 그렇게 된다고 해도 도련님은 그때 가면 또 어떻게든 되겠지, 하고 생각하고 있겠지만 마음을 고쳐먹고 참사람이 되었다는 것을 보여 주지 않으면 친척들의 동정을 얻지 못한다. 나도 그걸 걱정해서, 지금처럼 매일 빈둥거리지만 말고 빨리 일자리를 잡아 비록 백엔의 월급이라도 벌어 보도록 하라고 말하지만 아무래도 다에코 아가씨 일로 머리가 꽉 차 있어서 그 얘기는 씨도 먹히지 않는다. 내 생각에는 도련님을 바른 길로 인도하기 위해서는 다에코 아가씨를 부인으로 모셔 오는 것 외에 다른 방도가 없다. 이 문제는 지금부터 10년 전, 신문에 난 사건 이래의 현안인데, 마님이나 큰형은 그 당시에 두 사람의 결혼을 찬성하지 않았고 나도 반대를 했지만, 지금 생각하면 역시 그때 허락했어야 했다. 그러면 도련님도 탈선하지 않았을 것이고 지금쯤 행복한 가정을 꾸리고 성실하게 일하고 있을 것이다〉라는 이야기를 늘어놓았다. 그리고 〈큰형님이 다에코 아가씨와 결혼하는 것을 달가워하지는 않겠지만 어차피 의절한 몸이니 그런 걱정은 하지 말고 그냥 결혼해 버리면 언제까지고 그렇게 반대만 할 수는 없을 것이고, 오히려 새로운 길이 열릴 것이다〉라고 말하며 〈지금 실제 난관은 큰형님의 의지보다는 오히려 다에코 아가씨한테 있다. 왜냐하면 내가 본 바로는 요즘 다에코 아가씨는 완전히 마음이 바뀌어 이미 도련님과 결혼할 마음이 없는 것 같기 때문이다〉라고 했다.

〈이렇게 말하면 또 다에코 아가씨를 비난하는 것으로 들릴지도 모르겠지만 절대 그런 게 아니다〉라고 할멈은 몇 번이고 변명하면서 말을 이었다. 〈마키오카 씨 댁에서는 도련님을 어떻게 생각하고 계신지 모르겠지만…… 그거야 뭐 세상 물정을 모르는 도련님이니까 결점을 들라면 여러 가지 있다는 건 틀림없지만…… 적어도 다에코 아가씨에 대해서만큼은 예나 지금이나 변함없는 순수한 마음을 가지고 있다는 걸 내가 보증한다. 하긴 열일고여덟 살부터 기생집 술맛을 알아 버려서 그 무렵에는 품행도 좋지 않았던 것 같고, 한때 다에코 아가씨와 못 만나게 되었을 때도 난잡한 행동에 빠져 있었던 적이 있는 것 같지만, 그것도 좋아하는 사람과 맺어지지 못해 자포자기해서 그런 거니까 그 마음은 헤아려 주었으면 한다. 그러나 다에코 아가씨는 도련님과 달리 현명한 아가씨로 생각도 확실하고 여자한테 쉽지 않은 기술도 가지고 있으니까 도련님같이 생활 능력이 없는 사람한테는 과분한 사람일지도 모르지만, 10년 동안 보통 사이가 아니었다는 것을 생각한다면 그렇게 간단히 버릴 사람은 아닐 것이다. 도련님의 한결같은 마음도 조금은 가엾게 여겨 주셨으면 한다. 게다가 어차피 도련님과 결혼할 마음이 없다면 이타쿠라 씨와의 일이 있었을 때 단호하게 헤어졌다면 도련님도 체념할 수 있었을 텐데, 그때도 이타쿠라 씨와 결혼할 듯 말 듯, 도련님에 대해서도 애착이 있는 듯 없는 듯 애매한 태도를 취했기 때문에 그만 도련님도 질질 끌려왔던 것이다. 그런데 이타쿠라 씨가 죽은 지금 역시 그런 태도는 여전해서, 헤어지려고 하지도 않고 그렇다고 확실히 동거를 하려고도 하지 않는 것은 무슨 이유인가. 그렇게 한다면 도련님을 경제적으로 이용할 수 있을 때까지 이용만 하려는 생각이라는 말을 들어도 어쩔 수 없는 게 아니냐〉는 식으로 말했다. 오하루는 아무래도 납득이 안 가서,

「할머니는 그렇게 말씀하시지만 이타쿠라 씨 사건 때 저희가 듣기로는, 다에코 아가씨는 어떻게든 이타쿠라 씨와 결혼하고 싶었는데 도련님이 방해해서 생각대로 되지 않았고 또 유키코 아가씨의 혼처가 정해지기를 기다리고 있었다고 했어요」

하고 말했다. 그러자 할멈은,

「유키코 아가씨 일은 어쨌든 간에, 우리 도련님이 방해했다는 이야기는 말이 안 되우. 그때도 다에코 아가씨는 우리 도련님 몰래 이타쿠라 씨와 만나고 있었고 또 이타쿠라 씨 몰래 우리 도련님하고도 만나고 있었수. 그것도 다에코 아가씨가 늘 전화를 해서 우리 도련님을 불러냈다는 걸 전 다 알

고 있다우. 그러니까 다에코 아가씨는 우리 도련님과 이타쿠라 씨를 교묘히 조종하고 있었다고 해야 할 거우. 본심은 이타쿠라 씨를 좋아했는지는 모르겠지만, 우리 도련님하고도 되도록 오래 인연을 맺을 필요가 있었던 것으로도 보인다 그말이우」

하고 말하며, 그때부터 다에코는 이미 잇속만 따지면서 오쿠바타케를 농락하고 있었다는 듯한 태도였다.

「하지만 다에코 아가씨는, 할머니도 아시는 대로 그때는 아직 인형을 제작하고 있었기 때문에 아가씨의 수입으로도 충분히 먹고살 수 있었고 저금까지 할 정도였으니까 도련님의 신세를 질 〈필요〉 같은 건 전혀 없었을 텐데요.」

오하루가 이렇게 말하자 할멈은,

「그거야 다에코 아가씨가 그런 식으로 말했을 뿐이고, 자네도 댁의 부인이나 유키코 아가씨도 그 말을 정말이라고 믿었겠지만 대충 생각해 봐도 알 수 있는 일 아니우? 다에코 아가씨가 아무리 직업이 있다고 해도 여자 힘으로, 그것도 아가씨처럼 취미 삼아 하는 부업에서 얻은 수입으로 의식주에 그렇게 사치를 하면서 또 저금까지 한다는 게 정말 가능할 것 같수? 어쨌든 훌륭한 작업장에 서양인 제자까지 있었다고 하고, 이타쿠라 씨한테 작품 사진을 찍게 해서 선전도 화려했으니까 댁에서는 팔이 안으로 굽는다고 그만 다에코 아가씨의 실력을 과대평가한 것도 무리는 아니겠지만, 아마 그렇게 많이 벌지는 못했을 거우. 통장을 보지 않았으니 뭐라고 말은 못 하겠지만, 아마 대수롭지 않은 금액이었을 거우. 만약 저금이 많았다면, 저금을 하려고 우리 도련님한테서 돈을 짜냈다고 할 수도 있지 않겠수?」

하고 말하고는 다시,

「어쩌면 다에코 아가씨한테 그런 행동을 하게 한 막후 인물은 의외로 이타쿠라 씨인지도 모른다우. 이타쿠라 씨 입장에서 보면 가능한 한 다에코 아가씨가 우리 도련님의 지원을 받아야 자신의 부담이 그만큼 가벼워지는 셈이니까 말이우. 내심 우리 도련님과 만나고 있다는 걸 알면서도 못 본 척했는지도 모른다 그 말이우」

하는 말까지 했다.

오하루는 듣는 얘기 하나하나가 다 뜻밖이라서 다에코를 위해 얼마간 변호도 해봤지만 할멈은 뚜렷한 근거를 가지고 있었고 얼마든지 예를 들어 보였다. 오하루는 그 이야기를 그대로 사치코에게 전할 용기가 없었다. 너무 심한 말뿐이라서 말하지 못하겠다고 했으나 하나둘 흘린 것을 적으면 이렇다.

할멈은 다에코가 보석을 몇 개 가지고 있고 그 보석이 어떤 것인지 잘 알고 있었다(다에코는 중일 전쟁이 시작되어 사람들이 반지 끼는 것을 삼가게 된[59] 후부터 그 보석을 함에 간수해 두고 목숨보다 소중히 했다. 그래서 아파트로 가져가지 않고 사치코에게 보관해 달라고 부탁해 두었다). 그 보석은 다 오쿠바타케 상점의 상품이었는데 오쿠바타케가 빼돌린 것이었다. 그 일이 발각될 때마다 오쿠바타케의 어머니가 뒷수습을 해주었는데, 할멈은 여러 번 그런 일을 본 적이 있었다. 그냥 보석을 준 적도 있고 돈으로 바꿔 준 적도 있었다. 더러는 받은 보석을 다에코가 몰래 다른 사람한테 팔았는데 그것이 돌고 돌아 다시 오쿠바타케 상점으로 돌아온 일

59 1939년에는 보석류의 수입이 전면 금지되었다. 이 장면으로부터 3개월 후인 1940년 7월에는 7·7금지령으로 반지, 보석류의 제조와 판매가 금지되었다.

도 있었다. 그렇지만 오쿠바타케가 형의 상점에서 빼돌린 상품이 다 다에코한테 갔다고 할 수는 없었다. 오쿠바타케 자신이 용돈으로 쓴 것도 있었기 때문이다. 하지만 대부분이 다에코의 손에 들어간 것만은 확실했다. 다에코는 그런 사정을 다 알면서도 받았을 뿐 아니라 자신이 직접 어떤 반지를 갖고 싶다고 조르기도 한 모양이었다(반지 외에 손목시계, 브로치, 콤팩트, 목걸이 같은 것도 있었음은 물론이다). 어쨌든 수십 년이나 오쿠바타케 집에서 일해 온 할멈은 오쿠바타케가 갓난아기였을 때부터 키워 왔기 때문에 자세한 사정을 잘 알고 있었고, 그래서인지 하나하나 드는 예는 한도 끝도 없었다. 그리고 할멈은, 〈저도 말씀드린 것처럼 다에코 아가씨를 원망한다거나 미워하는 게 아니라 우리 도련님이 얼마나 다에코 아가씨한테 헌신적이었는가 하는 것을 입증하려는 것이다. 댁의 여러분은 진짜 사정을 모르시고 우리 도련님을 아주 나쁘게 생각하고 계신다. 그런 이유로 결혼도 반대하시는 것 같아 대충 말씀드리는 거다. 우리 도련님이 의절을 당해 쫓겨난 원인이 어디에 있는지를 생각해 보신다면, 설마 댁에서 결혼을 허락하지 않으실 리가 없다. 저는 다에코 아가씨를 좋다 나쁘다고 평하는 게 아니다. 우리 도련님이 그렇게 열성을 다하고 있는 아가씨라면 저한테도 소중한 분이 아니겠느냐? 그러니 아무쪼록 다에코 아가씨가 마음을 바꿔 우리 도련님과 결혼할 수 있도록 여러분이 도와주셨으면 좋겠다. 듣자니 다에코 아가씨께 요즘 또 좋아하는 분이 생겼다는 얘기가 있던데, 그 때문인지 요즘에는 우리 도련님을 냉대하시는 것 같다. 그게 사실이라면 우리 도련님의 주머니가 이제 슬슬 비어 가니까 가망이 없다고 판단하고 차버리시려는 것인지도 모르겠다〉라는 이야기도 했다.

할멈의 이야기가 뜻밖의 방향으로 나아갔기 때문에 오하루는 흠칫 놀랐다.

「다시 좋아하는 사람이 생겼다뇨? 그 이야기는 어디서 들으셨어요? 전 오늘 처음 듣는 이야긴데.」

「그건 나도 확실한 말은 할 수 없지만, 우리 도련님하고 다에코 아가씨가 요즘 자주 사랑싸움을 한다우. 그런 때 우리 도련님이 〈미요시〉라는 이름을 들먹이며 싫은소리 하는 걸 가끔 들었수. 들자니 고베 사람 같긴 한데, 어디 살고 뭘 하는 사람인지는 잘 모르겠수. 다만 우리 도련님이 〈바텐더〉라고 하기도 하고 〈그 바텐더라는 놈〉이라고 하는 걸 자주 듣긴 했는데, 그 〈바텐더〉라는 게 뭔지는 나도 모르겠수.」

그 사내가 고베의 어디 술집에 근무하는 바텐더인 것 같다는 짐작은 했지만 더 자세한 사항은 할멈도 전혀 모른다고 해서 오하루는 더 이상 물어보지 않았다.

오하루가 한 이야기를 통해 알게 된 것은 다에코가 상당한 술꾼이라는 사실이었다. 다에코는 자매들 앞에선 기껏해야 한두 잔이었는데, 할멈의 이야기에 따르면 니시노미야의 오쿠바타케 집에서 그와 마실 때는 정종이라면 두세 병, 위스키라면 각진 병[60]으로 3분의 1쯤 너끈히 비울 만큼 술이 강해서 좀처럼 추태는 부리지 않지만, 가끔 어디서 마시고 오는지 곤드레만드레 취해서 오쿠바타케의 부축을 받으며 온 적도 있고, 최근에는 그런 일이 빈번해졌다고 했다.

60 1937년부터 판매되기 시작한 산토리 위스키의 네모난 병을 말한다.

24

사치코가 오하루의 이야기를 여기까지 듣는 데는 대단한 인내심이 필요했다. 그녀는 이야기 도중에 자주 얼굴이 화끈거리는 것을 느끼고 깜짝 놀라 자기 귀를 막고 싶기도 했고, 〈오하루, 이제 그만!〉 하고 무심코 손을 들어 막고 싶기도 했다. 그리고 아직도 물으면 남은 이야기가 얼마든지 있을 것 같았다.

「이제 됐어. 저리 좀 가 있을래?」

이야기가 가까스로 일단락이 났을 때 사치코는 오하루를 방 밖으로 내보내고 그대로 탁자에 엎드려 충격이 진정되기를 기다렸다.

……그러고 보니 역시 그랬구나…… 역시 걱정하던 게 사실이었어……. 누구나 팔은 안으로 굽는 거니까 할멈 눈에는 오쿠바타케가 순진한 청년으로 비치겠지만, 사실은 절대 그렇게 다에코에게 순수한 사랑을 바치지는 않았을 것이다. 그를 경박하고 방탕한 후레자식이라고 보는 남편이나 다에코의 관점이 아마 맞을 것이다. 그렇다고 다에코를 마치 뱀파이어라도 되는 것처럼 말하는 할멈의 말까지 거짓이라고 할 수는 없다. 마치 할멈이 오쿠바타케를 과대평가하는 것처럼 우리도 여러 가지 면에서 다에코를 과대평가하고 있어……. 사치코는 지금까지 다에코의 손가락에서 새로운 보석이 반짝이는 것을 볼 때마다 꺼림칙하게 느끼지 않은 것은 아니었다……. 그러나 다에코가 정말 자신이 일해서 번 돈으로 산 물건인 것처럼 자랑하곤 했기 때문에 그 의기양양한 모습을 보고는 그런 의혹도 그 자리에서 사라져 버렸던 것이다. 게다가 뭐니 뭐니 해도 당시 다에코는 아틀리에를 갖추고 인형

을 제작하고 있었고 그 작품이 상당히 비싼 값으로 팔리는 것을 직접 봐서 알고 있었으며, 개인전 때는 장부 정리나 계산을 도와준 일도 있었기 때문에 다에코의 말을 믿었던 것이다. 그 후 다에코는 점점 인형 제작을 멀리하고 양재 일로 전환했으므로 수입도 자연히 끊겼지만 양행 준비와 양장점 개업을 위해 저축해 놓은 돈이 있어서 생활하기에는 곤란하지 않다고 했다. 저축해 놓은 돈을 야금야금 쓰고 있는 다에코가 불안해할 것 같아서 용돈이라도 벌게 하려고 사치코는 에쓰코의 옷을 짓게 한다거나 근처에 아는 사람들 집에서 양재 주문을 받아 주기도 했다. 그 수입만으로도 다에코는 그러저럭 먹고사는 데는 지장이 없었다. 그러므로 사치코는 다에코가 생활하는 구체적인 내막에 대해 가끔 의아해한 적은 있었어도 늘 이런 이유들을 생각하고 그런 의혹을 마음속에서 애써 지우고 또 지워 왔던 것인데…… 부모나 형제의 힘은 빌리지 않고 게다가 다른 사람의 도움도 받지 않고 여자의 솜씨 하나로 독립해서 생활한다는 다에코의 말을 애써 그대로 믿었던 것이다. 그런데 그것 역시 팔이 안으로 굽은 결과란 말인가……. 다에코는 지금까지 오쿠바타케에 대해 뭐라고 말해 왔던가. 마치 경제적 무능력자인 것처럼 말하고 신세를 지기는커녕 앞으로 자기가 부양해야 하는 사람인 것처럼 말하지 않았던가. 오쿠바타케의 돈 같은 것은 한 푼도 기대하고 있지 않고, 오쿠바타케 자신에게도 가능하면 거기에는 손을 대지 않게 하려고 한다고 말한 적도 있지 않은가. 그렇게 근사한 말들이 모두 세상 사람들과 언니들을 속이는 방편이었단 말인가…….

그러나 비난을 당해야 하는 것은 다에코보다 오히려 그녀한테 농락당한, 너무나도 세상을 모르고 어수룩한 사치코와 자매들인지도 모른다. 이제 와서 생각하니 아가씨가 취미 삼아 하는 일로 그런 사치가 가능할 리 있겠느냐는 할멈의 말이 당연하다고 생각하지 않을 수 없었다. 사치코도 그 당시 간혹 그런 생각이 들긴 했지만, 그 생각을 끝까지 파고드는 것을 피하려고만 했다. 어수룩해서가 아니라 교활해서 그랬다고 해도 어쩔 수 없는 일이다. 어디까지나 친동생이 그렇게 불량한 여자일 거라고 생각하고 싶지 않았던 것, 그것이 잘못이었다. 세상 사람들, 특히 오쿠바타케 본가 사람들이나 할멈 같은 사람들은 사치코 자매들의 속마음을 그렇게 받아들이지 않았을 거라고 생각하자 사치코는 또다시 얼굴이 화끈거렸다. 애초에 사치코는 오쿠바타케의 어머니나 형이 오쿠바타케와 다에코의 결혼을 끝까지 반대한다는 이야기를 듣고 은근히 불쾌감을 금치 못했는데, 이제 와서 생각해 보면 그들이 반대한 이유도 수긍할 수 있었다. 그들의 눈에는 다에코가 뱀파이어로 비쳤을 뿐만 아니라 다에코의 배후에 있는 가정까지 불량하게 비쳤을 것이다. 동생이 그런 짓을 하도록 내버려 둔 형부들이나 자매들의 마음을 알 수 없다고 생각했을 것이다. 사치코는 거기까지 생각하자 다에코에게 의절을 선언한 다쓰오의 처사가 결국 옳았음을 인정하지 않을 수 없었다. 그녀는 또 남편이 다에코 문제에는 관여하고 싶어 하지 않았던 것을 떠올렸다. 그녀가 데이노스케에게 이유를 묻자, 그는 다에코의 성격이 복잡하고 속마음을 알 수 없어서라고 했다. 데이노스케는 아마 다에코의 어두운 면을 대강 알고 있었으리라. 그리고 조심스럽게 그것을 빗대어 표현한 모양이었는데, 그 정도라면 좀 더 확실히 주의를 주었어도 좋았을 것이다.

사치코는 그날 니시노미야로 오쿠바타케를 찾아가는 것

도 그만두고 말았다. 머리가 좀 무겁다며 해열 진통제인 피라미돈을 먹고 2층 방으로 올라가 틀어박혔다. 완전히 풀이 죽어서 남편과도 에쓰코와도 얼굴을 마주치지 않으려고 했다. 다음 날도 남편을 출근시키고 나서는 다시 침실로 올라가 누워 버렸다. 다에코가 입원하고 나서는 대체로 매일 문병을 갔기 때문에 오후가 되자 잠깐 가볼까 하는 마음도 들었다. 그러나 갑자기 다에코가 지금까지와는 전혀 다른 사람, 자신과는 멀리 떨어진 다소 불쾌한 존재가 된 것 같아 만나러 가는 것이 두렵기도 했다.

오후 2시쯤 오하루가 2층으로 올라왔다.

「오늘 병원은 어떻게 하시겠습니까? 조금 전에 유키코 아가씨가 전화해서는 〈레베카〉[61]라는 소설이 있으면 가져오라고 했습니다.」

「오늘은 안 갈 테니까 네가 갔다 줘. 저 방 책장에 있으니까.」

사치코는 여전히 드러누운 채 말했다. 그러나 문득 생각이 나서 다시 오하루를 불러 세웠다.

「이제 다에코 옆에는 사람이 붙어 있지 않아도 되니까 유키코한테 쉴 겸 집으로 한번 오라고 해.」

사치코는 오하루에게 이렇게 말하고 보냈다.

유키코는 지난달 말 오쿠바타케의 집으로 달려간 이후 그대로 병원까지 따라가서 열흘 넘게 한 번도 집에 들르지 않았다. 오하루가 사치코의 말을 전하자 유키코는 그날 밤 오랜만에 집으로 돌아와 가족과 함께 식사를 했다. 사치코도 저녁부터 일어나 애써 아무 일도 없는 듯 궁색해진 저장고[62]에서 특별히 부르고뉴산 백포도주 한 병을 골라왔다. 병의

61 영국의 작가 듀 모리에(Du Maurier, 1909~1989)의 대표작으로 1938년에 발표된 장편소설이다.

먼지를 털고 병마개를 땄다. 기분 좋은 소리가 났다.

「유키코, 이제 다에코는 괜찮지?」

「응, 이제 걱정 안 해도 돼. 워낙 쇠약해져서 예전처럼 되려면 시간은 좀 걸리겠지만…….」

「살이 많이 빠졌니?」

「응, 동그랗던 얼굴이 길쭉해졌고 광대뼈도 튀어나왔으니까.」

「나도 병문안 가고 싶은데…….」

에쓰코가 말했다.

「가면 안 돼요, 아빠?」

「음…….」

데이노스케는 잠깐 눈살을 찌푸렸으나 금세 환한 얼굴로 대답했다.

「가도 되지만 전염병이라서…… 의사 선생님 허락이 있을 때까지는 안 돼.」

이런 식으로 데이노스케가 에쓰코 앞에서 다에코 얘기를 꺼낸다거나 에쓰코한테 절대 다에코를 만나서는 안 되는 건 아니라는 말투로 말한 것은 특별히 그가 기분이 좋은 탓도 있었겠지만, 그래도 전혀 예상 밖의 일이어서 사치코는 어쩐지 남편이 다에코를 대하는 방식을 바꾼 게 아닌가 하는 느낌이 들었다.

「구시다 선생님이 봐주고 있나?」

데이노스케가 다시 유키코에게 물었다.

「네…… 하지만 요즘은 이제 괜찮다고 통 오지 않아요. 워낙 바쁘신 분이라 환자가 조금이라도 좋아지면 항상 그렇죠 뭐.」

62 1937년 임시 수출입 허가 규칙으로 불요불급한 식료품 등의 수입이 금지되었기 때문이다.

「처제는 이제 안 가도 되나 모르겠네.」

「네, 이제 괜찮을 거예요.」

사치코가 대답했다.

「〈미토〉가 붙어 있고 오하루도 매일 도와주러 가니까요.」

「기쿠고로는 언제 보러 갈 거야, 아빠?」

에쓰코가 물었다.

「언제든 좋아. 유키코 언니가 돌아오길 기다리고 있었으니까.」

「그럼 이번 토요일에 가요.」

「하지만 꽃놀이가 먼저지, 기쿠고로는 이번 달 내내 하니까.」

「그럼, 꽃놀이는 꼭 가요, 아빠.」

「응, 응, 이번 토요일, 일요일을 놓치면 꽃구경도 놓치고 말 테니까.」

「엄마도, 유키코 언니도 꼭이야, 알았지?」

「응…….」

사치코는 올해 다에코 혼자 빠지는 것이 섭섭해서, 만약 데이노스케가 허락만 해준다면 되도록 월말까지 기다려 보고 다에코가 회복되면 다 같이 오무로에라도 가는 게 어떨까 싶었으나 그 말까지는 할 수 없었다.

「저어, 엄마, 무슨 생각해?…… 꽃구경 가는 거 싫어?」

「기다려 봤자 다에코 처제는 도저히 안 되는 거 아냐?」

데이노스케는 아내의 심정을 헤아리고 이렇게 물었다.

「뭐, 늦게 피는 겹벚나무라도 볼 수 있으면 그때 또 보기로 하고, 일단 우리끼리 가지 뭐.」

「다에코는 이달 말이나 돼야 간신히 방 안을 걸어다닐 수 있을걸요.」

유키코가 말했다.

유키코는 데이노스케와 에쓰코가 들떠 있는 것에 비해 사치코의 기분이 가라앉아 있는 것을 알고, 다음 날 아침 부녀가 나가고 나서,

「그러고 보니 오쿠바타케 씨 집에는 갔다 왔어?」

하고 물었다.

「아니.」

사치코는 일단 이렇게 대답하고,

「그 일로 할 얘기가 있어」

하며 유키코를 재촉해 2층으로 올라갔다. 다다미 여덟 첩 크기 방으로 들어가 방문을 걸어 잠그고 어제 오하루한테 들은 이야기를 모두 말해 주었다.

「넌 어떻게 생각하니? 그 할멈이 한 얘기, 사실일까?」

「언니는 어떻게 생각하는데?」

「역시 사실 아닐까?」

「나도 그런 거 같아.」

「다 내 잘못이야…… 그렇게 믿는 게 아니었는데…….」

「그래도 믿었어야지, 어떡하겠어…….」

유키코는 사치코가 울음을 터뜨렸기 때문에 자신도 눈물을 글썽이며 말했다.

「언니 잘못이 아니잖아.」

「큰댁 형부나 언니한테 어떻게 말해야 좋을지 모르겠어…….」

「형부한테는 말했어?」

「아니, 아무 말도 안 했어…… 이런 꼴사나운 얘기를 어떻게 해?」

「형부는 다에코를 좀 더 관대하게 다루는 게 낫다고 생각하는 게 아닐까?」

「어젯밤에 말하는 걸 보면 그런 것 같기도 해.」

「형부는 다에코가 무슨 일을 하고 있는지, 아무한테도 듣지 않았지만 대충 알고 있는 것 같았어. 그런 애를 집에서 내쫓고 내버려 두면 우리가 더 창피를 당한다는 걸 알고 있는 거야.」

「그이가 어렵게 생각을 바꾸었으니 다에코도 마음을 고쳐먹으면 좋을 텐데…….」

「그 애는 어렸을 때부터 그런 경향이 있었으니까…….」

「이젠 말해도 소용없겠지?」

「소용없어, 다에코는……. 지금까지도 몇 번이나 말했잖아.」

「역시 할멈이 말한 것처럼 오쿠바타케 씨와 결혼하게 해야겠지? 오쿠바타케 씨나 다에코를 위해서도.」

「두 사람을 구하는 길은 그 길밖에 없는 것 같긴 해…….」

「다에코는 오쿠바타케 씨를 그렇게 싫어할까?」

사치코도 유키코도 미요시라는 바텐더가 마음에 걸렸지만 그 이름을 입 밖에 내는 것조차 불쾌했기 때문에 애써 그 존재를 무시했다.

「싫어하는지 아닌지 나도 잘 모르겠어. 얼마 전에는 그 집에 있는 걸 그렇게 싫어하더니 그제는 오쿠바타케 씨한테 〈돌아가라〉는 말도 하지 않고 언제까지고 상대해 주고 있었으니까…….」

「우리한테는 싫어하는 것처럼 보이게 하고 사실은 그렇지 않은지도 모르지 뭐.」

「그러면 좋겠지만…… 돌아가게 하고 싶어도 〈돌아가〉라는 말을 못 하는 입장이었겠지.」

유키코는 그날 잠깐 병원으로 돌아가 『레베카』를 갖고 곧장 돌아와서는 이삼일 동안 그 책을 읽기도 하고 고베로 영화를 보러 가기도 하면서 내내 쉬었다. 그리고 다음 토요일에는 데이노스케의 제안에 따라 언니 부부, 에쓰코, 유키코, 이렇게 네 명이서 하룻밤 묵을 일정으로 교토로 갔고, 전례에 따라 꽃구경을 했다. 올해는 시국 때문에 꽃놀이 술에 취해 들뜬 손님들이 적어서 오히려 꽃구경하는 데는 좋았다. 헤이안 신궁의 베니시다레 벚꽃의 아름다움이 이렇게 절실해 보인 적은 없었다. 애써 화려한 의상을 피한 사람들이 발소리를 죽여 가면서 조용히 꽃 아래를 거니는 광경은 그야말로 우아한 벚꽃 구경임을 실감케 했다.

꽃구경이 끝나고 이삼일 있다가 사치코는 오하루를 니시노미야의 오쿠바타케의 집에 보내 우선 다에코가 발병한 이후 대신 치러 준 돈만 갚고 오게 했다.

25

아니나 다를까 오쿠바타케는 며칠 후 다시 병원으로 찾아왔다. 그날은 〈미토〉와 오하루만 있었다. 오하루는 〈어떻게 할까요?〉 하고 전화로 물어 왔다. 사치코는, 저번처럼 그렇게 쌀쌀맞게 대하지 말고 들어오라고 한 다음 기분 좋게 대해 주라고 했다. 저녁나절에 다시 오하루한테서 전화가 왔다.

「조금 전에 돌아갔습니다. 오늘은 세 시간만 이야기를 나눴습니다.」

그리고 사흘 후에 다시 같은 시간에 오쿠바타케가 병원으로 찾아왔다. 그날은 6시가 넘어도 돌아가지 않았으므로 오하루는 자기 생각으로 국도변에 있는 히시토미에서 요리를 시키고 술도 한 병 내갔다. 그랬더니 몹시 기뻐하며 9시가 지나도록 이야기를 나누었다. 드디어 오쿠바타케가 돌아간 다음이었다.

「오하루, 왜 쓸데없는 일을 하고 그래?」

다에코는 아주 기분이 나쁜 듯했다.

「그 사람은 조금만 친절하게 대해 주면 엄청 우쭐댄단 말이야.」

이렇게 말하는 다에코가 조금 전까지는 오쿠바타케를 상냥하게 대해 주고 있었기 때문에 오하루는 자기가 왜 꾸중을 들어야 하는지 도무지 이해할 수가 없었다.

다에코가 예상한 대로 뜻밖의 환대를 맛본 오쿠바타케는 이삼일 있다가 다시 병원으로 찾아와서 저녁 식사로 히시토미의 요리를 먹고 10시가 되어도 돌아가지 않더니 결국 묵고 가겠다고 했다. 그래서 오하루는 일단 전화를 걸어 사치코의 허락을 받은 다음 비좁지만 환자의 침상 옆에서 〈미토〉와 나란히, 지금까지 유키코가 잤던 잠자리에서 잤다. 그날 밤은 오하루가 남아 있었기 때문에 오쿠바타케는 마침 그 자리에 있던 방석을 깔고 모포를 덮고 옆방에서 잤다. 다음 날 아침 오하루는 저번에 다에코에게 꾸중을 들었기 때문에 〈빵이라도 있으면 좋을 텐데, 하필이면 그것도 없어서……〉 하면서 홍차와 과일만 내놓았다. 오쿠바타케는 느긋하게 그것을 먹고 돌아갔다.

며칠 후 다에코는 퇴원하여 고로쿠소 아파트로 돌아갔다. 아직 한동안은 안정을 취할 필요가 있었기 때문에 당분간은 오하루가 매일 아시야에서 다니며 아침 일찍부터 밤늦게까지 계속 붙어 있으면서 식사나 이런저런 시중을 들었다. 그러는 사이에 늦게 피는 겹벚꽃마저 다 져버렸고 기쿠고로도 오사카 공연을 마치고 돌아가 버렸다. 다에코가 밖으로 나다닐 수 있게 된 것은 5월 하순이 되어서였다. 다행히 데이노스

케의 태도는 부드러워졌고 공공연히 〈허락한다〉는 말까지는
안 했지만 그녀가 집에 드나드는 것에 대해 이미 이의를 달지
않겠다는 의향을 분명히 했기 때문에 다에코는 6월 중 거의
하루에 한 번은 아시야로 와서 식사를 하며 열심히 영양분을
섭취해 빨리 회복하려고 애를 썼다.

그 사이에 유럽의 전쟁은 경천동지할 만큼 격화되었다. 5월
에는 독일군이 네덜란드, 벨기에, 룩셈부르크 등으로 진격해
됭케르크의 비극[63]을 낳았고, 6월에는 프랑스가 항복하여 콩
피에뉴에서 휴전 협정이 성립되었다.

슈토르츠 씨네 사람들은 어떻게 지내고 있을까? 히틀러는
만사를 잘 처리하니까 아마 전쟁은 일어나지 않을 거라고 했
던 슈토르츠 부인의 예언은 다 빗나갔다. 이렇게 엄청난 동
란이 일어난 것을 부인은 지금쯤 어떻게 보고 있을까? 장남
인 페터도 이미 히틀러 유겐트[64]에 가담할 나이일 텐데…….
어쩌면 아버지인 슈토르츠 씨도 소집[65]을 받은 건 아닐까?
하지만 그 사람들은 부인이나 로제마리까지 조국의 빛나는
전과(戰果)에 취해 일시적인 가정의 적적함 같은 건 개의치
않을지도 모른다. 사치코네 식구들은 늘 이런 얘기를 하곤
했다. 유럽 대륙에서 떨어져 있는 영국이 언제 독일군이 퍼붓
는 대공습의 제물이 될지 모르는 형세가 된 이야기를 할 때는
런던 교외에 산다는 카타리나도 화제에 올랐다. 정말 사람의

---

63 1940년 5월 10일 독일군은 중립국 네덜란드, 벨기에, 룩셈부르크를 침
략했고 구원을 위해 출병한 영국, 프랑스 연합군도 격파했다. 연합군은 5월
27일부터 6월 4일에 걸쳐 총 33만 7천 명이 프랑스 됭케르크에서 간신히 영
국으로 철수했다.

64 히틀러가 청소년들에게 나치스의 신조를 가르치기 위해 만든 조직.

65 군대에 소집되는 것을 말한다. 평시에도 교육 소집 등이 있지만 여기서
는 전시에 행해지는 소집을 말한다.

운명만큼 예측하기 어려운 것도 없다. 바로 얼마 전까지 장난감처럼 보잘것없는 집에 살던 망명 러시아인의 딸이 영국으로 건너가 순식간에 큰 회사 사장 부인이 되어 성 같은 저택에서 남부럽지 않은 영화를 누리며 사는가 싶더니, 그것도 잠시, 이제 영국의 모든 국민에게 미증유의 참사가 일어나려 하고 있다. 독일군의 공습은 특히 런던 주변에 훨씬 가혹할 것이기 때문에 그 웅장한 카타리나의 저택도 하루아침에 잿더미로 변할 것이다. 아니, 그 정도로 그치면 괜찮겠지만, 자칫하면 먹을 것도 없고 변변히 입을 것도 없는 처지가 될지도 모른다. 아마 영국 사람들은 언제 공습이 시작될까, 하고 제대로 숨도 못 쉬고 있을 것이다. 지금 생각하면 카타리나도 먼 일본의 하늘을 동경하고 있을지도 모른다. 그 슈쿠가와의 옹색한 집에 사는 어머니나 오빠를 생각하며 자신도 그 집에 있었다면 좋았을걸, 하고 후회하고 있지나 않을까?

「다에코, 카타리나한테 편지나 한번 해보지 그러니?」

「응, 이번에 기리렌코를 만나면 주소를 물어볼게.」

「슈토르츠 씨 댁에도 보내고 싶은데, 편지를 독일어로 번역해 줄 사람 어디 없을까?」

「헤닝 부인한테 또 부탁하면 되잖아.」

이런 이야기를 나누고 얼마 있지 않아 사치코는 전에 부탁한 적이 있는 헤닝 부인한테 번역을 부탁할 생각으로, 1년 반만에 슈토르츠 부인에게 보낼 장문의 편지를 썼다. 독일의 화려한 전적은 친교 국민인 우리도 크게 축하해 마지않는다는 것, 신문에서 유럽 전쟁에 관한 기사를 읽을 때마다 당신 가족의 안부를 걱정하며 이런저런 얘기를 한다는 것, 우리는 여전히 건강하게 지내고 있지만 일본도 중국과의 분쟁이 수습되지 않았기 때문에 점차 본격적인 전쟁에 휘말릴 우려가 있다는 것, 당신 가족과 이웃하며 아침저녁으로 왕래하던 시절을 생각하면 그 짧은 시간 동안 세상이 얼마나 많이 변했는지 깜짝 놀라지만 또 언젠가 그런 날이 다시 찾아올까 하고 그리움에 젖는다는 것, 당신 가족은 엄청난 홍수를 겪었으므로 일본에 대해 어쩌면 나쁜 인상을 가졌을지도 모르지만 그런 일은 어느 나라에서나 간혹 일어나는 재난이니 아무쪼록 그런 것에 놀라지 말고 세상이 잠잠해지면 다시 일본에 오라는 것, 우리도 평생에 한 번은 유럽 땅을 밟고 싶은 염원이 간절하니까 언젠가는 함부르크의 댁으로 찾아갈 날이 올지도 모르겠다는 것, 특히 딸한테는 피아노를 철저히 가르치고 싶기 때문에 사정이 허락한다면 장차 독일로 음악 유학을 보내고자 한다는 것 등을 적었다. 그리고 별도로 로제마리에게 비단과 부채를 보낸다는 추신을 달았다. 사치코는 그 초고를 가지고 다음 날 헤닝 부인을 찾아가 번역을 부탁했다. 그리고 며칠 후 오사카에 볼일이 있어 나간 길에 신사이바시 근처에 있는 〈미노야〉에서 무용 부채를 사서 크레프드신 천과 함께 포장해 함부르크로 소포를 보냈다.

6월 상순 어느 토요일과 일요일, 데이노스케는 유키코에게 에쓰코를 맡기고 사치코와 단둘이 나라(奈良)의 신록을 보러 갔다. 이는 작년부터 올해에 걸쳐 잇따라 두 처제의 신상과 관련된 사건이 터지는 바람에 정신적으로 지쳐 있을 아내를 위로하기 위해서이기도 했지만, 그보다는 오랜만에 부부끼리 오붓한 시간을 갖고 싶었기 때문이다. 토요일 밤에는 나라 호텔에 묵었고 다음 날은 가스가 신사에서 산가쓰도(三月堂), 다이부쓰덴(大佛殿)을 거쳐 니시노쿄를 둘러보았다.

사치코는 점심때부터 귓불 안쪽이 빨갛게 부어오르더니 가렵기 시작했고 귀밑머리가 닿으면 더 가려워 무척 괴로웠다. 두드러기가 난 것처럼 가려웠는데, 오늘 아침부터 가스가 산의 어린 잎 사이를 헤치고 다니기도 했고 라이카 카메라를 들고 다니는 데이노스케를 위해 대여섯 번 나무 밑에서 포즈를 취해 주기도 했는데, 그런 때 파리매 같은 벌레에 물렸는지도 모른다. 이런 계절에 산길을 걷기 위해서는 해충을 피하기 위해서라도 머리에 뒤집어쓸 것을 가지고 나왔어야 하는데, 그런 생각을 못 하고 숄을 가져오지 않은 것이 후회되었다. 밤에 호텔로 돌아가, 약국에서 칼보르니멘트를 사 오라고 사람을 보냈더니 그런 약은 없다며 모스키톤을 사 왔다. 그런데 모스키톤이 잘 듣지 않아서인지 밤이 깊어지자 더욱 가려워 밤새 잠을 잘 수 없었다. 다음 날 아침 호텔을 나서기 전에 다시 한번 약국에 사람을 보내 피부약인 아연화 올리브를 사 오게 해 바르고 나왔다.

우에혼마치에서 곧바로 사무실로 출근한 남편과 헤어져 혼자 아시야로 돌아온 사치코는 그날 저녁 무렵에는 가려움도 나아졌다. 남편은 늘 퇴근하는 시간에 집으로 돌아왔고, 무슨 생각을 했는지 〈잠깐 귀 좀 빌리자〉며 사치코를 테라스의 밝은 데로 데려가 환부를 자세히 들여다보고,

「음, 이건 파리매가 아니라 빈대야」

하고 말했다.

「어머, 어디서 빈대에 물렸을까요?」

「나라 호텔의 침대겠지. 나도 오늘 아침 여기가 가려운 것 같더라고, 여기 봐.」

데이노스케도 팔뚝을 걷어붙이고 보여 주었다.

「이건 분명히 빈대한테 물린 자국이야. 당신 귀에도 이런 게 두 군데나 있잖아.」

사치코는 거울에 비쳐 보니 과연 남편이 말한 그대로였다.

「정말 그러네……. 그 호텔은 친절하지도 않고 서비스도 엉망이었는데 빈대라니, 어쩜 그런 호텔이 다 있대요?」

사치코는 모처럼 갔던 이틀간의 여행이 빈대 때문에 엉망이 되었다고 생각하니 언제까지고 나라 호텔이 원망스럽고 화가 나 견딜 수가 없었다. 데이노스케는, 그럼 좀 있다가 다시 한번 여행을 가자고 했지만 6월, 7월은 그럴 틈도 없이 지나 버렸고 8월 하순에 도쿄에 갈 일이 생긴 걸 기화로 도카이도 연선 근처로 가면 어떻겠느냐 말을 꺼냈다. 사치코는 예전부터 생각하고 있던, 후지 산 북쪽에 있는 다섯 개의 호수를 둘러보자고 했다. 데이노스케가 먼저 도쿄로 가고 사치코는 이틀 후에 출발해 하마야에서 만나기로 했고, 신주쿠에서 출발해 돌아올 때는 고텐바로 나오기로 했다.

사치코는 오사카를 떠날 때, 〈여름은 삼등 침대칸이 그만이다. 무더운 커튼 같은 게 없고 바람도 솔솔 들어와서 이등 칸보다 오히려 시원하다〉는 남편의 말에 따라 삼등 침대 아래 칸에 탔다. 그날 낮에는 방공 훈련이 있어 태어나서 처음으로 양동이 릴레이에 내몰렸기 때문에 그 피로가 남은 탓인지 꾸벅꾸벅 졸면서 자꾸 방공 훈련을 하는 꿈을 꾸다가 깨고 다시 꾸고는 했다. 확실하지는 않지만 아시야 집의 부엌 같았는데 실제보다 훨씬 세련된 미국식 부엌이었다. 온통 타일이나 하얀 페인트가 칠해져 있어 반짝반짝 빛났고 잘 닦인 자기나 유리 식기류가 잔뜩 진열되어 있었는데 방공 사이렌이 울리자 갑자기 쨍그랑 쨍그랑 소리를 내며 저절로 깨져 버렸다. 반짝반짝 빛나는 조그만 파편들이 주변에 가득 흩어졌으므로 〈유키코! 에쓰코! 오하루! 위험해! 위험하니까 이쪽으로 와!〉 하며 식당으로 도망가자 다시 그곳 찬장의 커피잔이나 맥주잔, 와인글라스, 포도주병이나 위스키병이 쨍그랑, 쨍그랑 하며 깨졌다. 여기도 위험하다고 말하며 2층으로 올라가자 이번에는 전구란 전구는 모조리 쨍그랑 쨍그랑 하며 깨졌다. 결국 그녀는 가족을 데리고 목제 도구밖에 없는 방으로 도망가 겨우 안도의 한숨을 내쉬었는데 그때 잠에서 깨어났다……. 그런 꿈을 몇 번이고 반복해서 꾸다가 날이 새고 말았는데, 아침나절에 누군가 창문을 여는 바람에 석탄 가루가 오른쪽 눈에 들어가 아무리 해도 빠지지 않고 눈물이 나서 견딜 수가 없었다.

9시에는 하마야에 도착했지만 데이노스케는 이른 아침부터 볼일을 보러 나갔다고 했으므로 사치코는 어젯밤에 부족한 잠을 보충하려고 잠자리를 깔고 누웠다. 역시 눈꺼풀 안에 걸리는 게 있어서 눈을 깜박거리면 안구가 아팠고 그때마다 눈물이 났다. 세수를 하거나 안약을 넣어 봐도 나아지지 않아서 여관 매니저한테 근처 안과 의사한테 안내해 달라고 해 눈 안의 이물질을 제거했다. 의사는 오늘 하루만 떼지 말라고 하면서 오른쪽 눈에 안대를 해주고 내일 다시 한번 오라고 했다. 데이노스케는 정오에 돌아와 안대를 하고 있는 아내를 보았다.

「그거 어떻게 된 거야?」

「당신 덕분에 이런 꼴을 당했지 뭐예요. 정말 삼등 침대칸은 이제 질렸어요.」

「아무래도 우리 구혼(舊婚) 여행은 나라 여행 때부터 마가 낀 모양이네.」

데이노스케는 이렇게 말하며 웃었다.

「나는 다시 나갔다 와야 해. 오늘 안에 일을 마무리하고 내일 아침 일찍 떠날 생각인데, 언제까지 그러고 있어야 한대?」

「안대는 오늘 하루만 하면 된다지만, 조심하지 않으면 안구가 다치니까 내일 다시 한번 오래요. 아침 일찍 떠나는 표라면, 어떡하죠?」

「눈에 먼지가 들어간 걸 가지고 그러는 거잖아. 의사들은 다 돈에 눈이 멀어서 그렇게 말하는 거지. 아마 오늘 안에 나을 거야.」

이렇게 말하고 데이노스케는 밖으로 나갔다.

사치코는 남편이 없는 틈에 시부야에 전화를 해 언니를 바꿔 달라고 했다.

「사실 오늘 아침에 올라왔는데 오늘 하루만 머물 생각이야. 또 지금은 안대를 하고 있어 답답해서 그러는데, 미안하지만 언니가 이쪽으로 와주면 안 될까?」

「나도 만나고 싶긴 한데, 오늘은 짬을 낼 수가 없어, 어떡하지?」

언니는 이렇게 말하며 그 후 다에코는 어떻게 되었느냐고 물었다.

「이제 다 나았어. 그리고 엄격하게 인연을 끊어 버리는 것도 그렇고 해서 공공연하게는 아니지만 드나들게는 하고 있어. 자세한 이야기는 전화로 할 수 없으니까 나중에 할게…… 조만간에 또 올라올 테니까…….」

사치코는 이렇게 말하고 전화를 끊었다. 그래도 너무 적적해서 거리에 그늘이 생기기를 기다려 긴자 쪽으로 산책을 나갔다. 전에 한 번 본 적이 있는 「역사는 밤에 이루어진다」라는 영화가 걸려 있는 것을 보고 문득 마음이 동해 극장으로 들어갔다. 한쪽 눈으로 본 탓인지 샤를 부아예[66]의 얼굴이 뚜렷하게 보이지 않았고 그 매력적인 눈이 여느 때처럼 아름답

---

66 Charles Boyer(1899~1978). 프랑스 영화배우. 미국에 귀화해 할리우드에서 활약했다.

게 느껴지지 않아서 도중에 안대를 벗어 버렸다. 그러나 어느새 눈은 거의 나아 있었는지 눈물은 전혀 나오지 않았다.

「정말, 당신이 말한 대로였어요. 벌써 깨끗이 나았는데 의사들은 다들 그런 말을 해서 하루라도 더 오게 할 생각만 하니 원.」

저녁에 사치코는 하마야로 돌아가 남편에게 이렇게 말했다.

다음 날과 그다음 날 이틀 동안, 부부는 가와구치 호반의 후지뷰 호텔에 묵었다. 이번 구혼 여행은 나라에서의 낭패를 보상하고도 남았다. 둘은 더운 도쿄를 피해 상쾌한 산기슭의 가을 공기를 깊숙이 들이마시며 때때로 호숫가를 거닐기도 하고 2층 방 침대에 누워 창 너머로 후지 산을 바라보기도 했다. 이것만으로도 이미 충분히 만족할 만한 여행이었다. 사치코처럼 교토 지방에서 태어나 간토 땅을 밟는 일이 드문 사람이 후지 산에 보내는 호기심은 외국인이 후지 산을 동경하는 것과 비슷한데, 그건 도쿄 사람이 상상도 못 할 정도다. 그녀가 특별히 이 호텔을 택한 것도 〈후지 뷰〉라는 이름에 끌려서였다.

과연 이곳에 와보니 후지 산은 이 호텔의 정면 현관과 마주 보고 바로 눈앞에 다가와 있었다. 사치코가 후지 산 바로 앞에서 아침저녁으로 시시각각 변하는 모습을 마음껏 즐긴 것은 이번이 처음이었다. 호텔은 칠하지 않은 나무로 호화 주택처럼 만든 것은 나라 호텔과 비슷했으나 그 밖에는 나라 호텔과 전혀 달랐다. 나라 호텔 건물은 칠하지 않은 나무라고 해도 연대가 오래되어 다소 지저분하고 어둡고 음침한 느낌이었으나 이곳은 벽이나 기둥 구석구석까지 새롭고 상쾌했다. 공사를 한 지 얼마 되지 않았기 때문이기도 하지만 무엇보다 이 산속의 공기가 더없이 맑았기 때문이다. 사치코는 도착한 다음 날 오후, 점심 식사를 끝내고 잠깐 침대에 누워 천장을 물끄러미 바라보고 있었는데, 그렇게만 있어도 한쪽 창문으로 후지 산의 정상이, 다른 한쪽 창문으로는 호수를 둘러싸고 있는 산들의 기복이 시야에 들어왔다. 그녀는 특별한 이유도 없이, 아직 가본 적도 없는 스위스의 호수 경치를 공상하기도 하고 바이런의 「시용의 죄수」라는 시를 떠올리기도 했다. 어딘가 일본이 아닌 먼 나라에 온 듯한 기분이었다. 눈에 호소하는 산의 형세나 물 색깔이 달라서라기보다 오히려 촉각에 호소하는 공기의 감촉 탓이었다. 그녀는 맑고 찬 호수 아래에라도 있는 듯하다고 느끼며 탄산수를 마시는 듯한 기분으로 주위의 공기를 가슴 깊이 들이마셨다. 하늘에는 조각 구름이 끝없이 흘렀고 햇빛이 가렸다가 갑자기 환하게 비치곤 했는데, 그때마다 실내의 환한 흰색 벽이 머릿속까지 맑디맑게 투명해지는 느낌이었다.

얼마 전까지는 피서객으로 꽤 흥청거렸으나 20일이 지나면서 갑작스럽게 한산해졌다고 하는데, 지금은 숙박하는 손님이 많지 않아서인지 넓은 호텔이 무척 고요했고 귀를 기울여도 아무 소리도 들려오지 않았다. 그 정적 속에서 햇빛이 가려졌다 환해졌다 하는 끊임없는 반복을 보고 있으니 그녀는 〈시간〉의 존재마저 잊어버렸다.

「여보……」

데이노스케도 그녀와 같은 생각에 잠겨 있었던 모양이었다. 데이노스케는 옆 침대에 누워 사방을 지배하는 정적을 음미하면서 오랫동안 잠자코 천장을 응시하고 있었는데 조금 전에 일어나 후지 산이 보이는 창가로 걸어가던 참이었다.

「여보…… 재미있는 게 있어요……. 잠깐 이것 좀 봐요…….」

「뭔데?」

데이노스케가 돌아보니 사치코는 침대 위에서 상반신을 일으키고 머리맡의 탁자에 있는, 겉이 니켈로 된 보온병 표면을 들여다보고 있었다.

「잠깐 이리 와서 좀 봐요……. 여기 표면에 비치고 있는 걸 보면 마치 이 방이 거대한 궁전 같아요.」

「뭐…… 어디어디.」

보온병의 반질반질한 겉면이 볼록렌즈 역할을 해서 환한 실내는 미세한 물건까지 온통 영롱한 그림자를 드리우고 있었다. 그리고 하나하나 엄청나게 왜곡되어 비쳤기 때문에 마치 천장이 엄청나게 높은 큰 홀처럼 보였고 침대에 있는 사치코의 영상은 무한히 작고 멀리 보였다.

「봐요, 여기 있는 저를 한번 보세요…….」

사치코는 이렇게 말하며 고개를 흔들거나 손을 들어 보였다. 볼록렌즈 안의 그녀도 먼 데서 고개를 흔들고 손을 들었다. 그 영상을 보니 그녀는 수정 구슬 안에 사는 요정이나 용궁의 공주 혹은 어느 왕국의 왕비처럼 보였다.

데이노스케는 아내의 아이 같은 몸짓을 몇 년 만에야 보는 듯했는데 부부는 무언중에 벌써 십몇 년 전 신혼여행을 하던 당시의 기분으로 돌아가 있었다. 그때는 미야노시타의 후지야 호텔에 묵었고 그다음 날은 아시노코 호숫가를 드라이브 했는데 비슷한 환경이 두 사람을 저절로 옛날로 돌아가게 했는지도 몰랐다.

「앞으로는 가끔 이런 여행을 했으면 좋겠어요.」

그날 밤 사치코는 남편의 귓가에 이렇게 속삭였다. 데이노스케도 거기에 이의는 없었다. 잠자리에서 하는 이야기 끝에는 딸이나 동생들 이야기 같은 현실 문제도 나왔다. 사치코는 남편이 이렇게 기분이 좋을 때를 놓치지 않으려고 슬쩍 다에코 이야기를 꺼냈다.

「당신도 한번 다에코를 만나 봐요.」

「응, 그건 나도 알고 있어.」

남편은 순순히 받아들였다.

「내가 좀 심하게 대했어. 그런 사람은 너무 엄하게 대하면 오히려 더 빗나가는 법인데, 그러면 결국 우리가 더 곤란해질 거고. 앞으로는 되도록 유키코 처제와 차별하지 않는 게 좋을 거야.」

26

구혼 여행 때 나눈 이야기가 실현되어 데이노스케가 오랜만에 다에코를 만난 것은 9월로 접어들고 나서였다. 그때까지 다에코는 집에 드나드는 것은 허용되었지만 데이노스케의 눈에 띄지 않도록 조심하고 있었다. 그런데 그날은 떳떳하게 저녁 식사 자리에 데이노스케 부부, 에쓰코, 유키코, 다에코, 이렇게 다섯이서 마음을 터놓고 식탁에 둘러앉았다. 사치코와 유키코는 언젠가 오하루한테 들은 오쿠바타케 집의 할멈 이야기가 가슴에 남아 있었기 때문에 다에코에 대해 아직도 석연치 않은 구석이 있었다. 그래도 두 사람 다 이제 그런 불쾌한 문제는 잊어버릴 생각이었다. 그런 일이 데이노스케의 귀에 들어가지 않게 하고 다에코한테도 그런 말을 끄집어내 힐난하지 않으려고 했다. 그보다는 자신들한테도 절반의 책임이 있다고 생각해서 되도록 따뜻한 애정으로 이 별난 동생의 마음을 누그러뜨리자고 마음먹었다. 특별히 의논한 것은 아니지만 두 사람의 마음이 자연스럽게 그렇게 된 것이어서 식당의 분위기도 지극히 화기애애했다. 근래 이러저런 좋지 않은 일로 침울했던 집안에 봄이 찾아온 듯해서 어른들은 다들 평소보다 많은 술을 마셨다.

「막내 언니, 오늘은 자고 가.」

에쓰코가 이런 말을 꺼내자 뒤따라 데이노스케도 자고 가라고 권했으므로 결국 다에코는 자고 가기로 했다. 에쓰코는 여간 기쁜 게 아닌 모양이었다.

「막내 언니, 오늘은 내 방에서 유키코 언니하고 셋이서 같이 자자.」

이런 말을 할 때의 에쓰코는 몹시 흥분한 나머지 신나게 떠들어 대는 게 버릇이었다.

다에코는 이제 예전의 그녀가 가지고 있던 성적 매력을 완전히 되찾았다. 병을 앓고 있었을 때의 퇴폐적이고 피곤에 지친 느낌, 거무죽죽하고 탁한, 마치 화류병에라도 걸린 듯한 혈색, 그렇게 피부가 한번 늘어져 버리면 다시는 원래의 발랄함을 되찾을 수 없을 거라고 생각했는데 어느새 다에코는 다시 생생하고 탱탱한 볼을 가진 근대적인 아가씨가 되어 있었다. 데이노스케가 큰집 체면을 생각해서라도 당분간 떨어져 사는 게 낫다고 했기 때문에 다에코는 고로쿠소 아파트에 기거하면서 매일 대개 한나절은 아시야에서 지내고 있었다. 전에 다에코가 썼던 2층 다다미 여섯 첩 크기 방이 다시 그녀에게 주어졌으므로 최근에는 때때로 그 방에 틀어박혀 햇살이 좋은 창 아래서 열심히 재봉틀을 돌리기도 했다. 그것은 사치코가 주문받아 온 일이었는데, 원래 양재를 좋아했으므로 일을 하기 시작하면 꽤 열심히 계속했다. 저녁 먹는 것도 대충 끝내고 다시 2층으로 올라가기도 했다. 사치코는 되도록 다에코가 오쿠바타케한테 금전상의 폐를 끼치지 않게 하려는 생각에서 아무런 내색도 하지 않고 주문을 받아 왔다. 그렇게 열심히 일하는 다에코를 보니 다시 사랑스러운 마음이 들기도 했다. 〈정말 이 아이는 이렇게 일을 좋아하는 면도 있구나. 활동적이어서 가만히 앉아 있을 수 없는 성격이라 빗나가기 시작하면 걷잡을 수 없이 나쁜 쪽으로 빠지기도 하지만 잘 이끌어 주기만 하면 좋은 쪽으로 뻗어 나갈 애야. 재능도 있고 요령도 좋아서 무슨 일이든 짧은 시간에 자기 것으로 만들어 버린다니까……. 춤을 시켜도 잘 추고, 인형을 만들게 해도 훌륭하고, 옷을 만들게 해도 잘 만들고…… 정말 아직 서른도 안 된 여자 몸으로 이렇게 여러 가지 기술을 갖고 있는 사람이 어디 있겠어…….〉

「다에코, 넌 어쩜 그렇게 끈기가 좋니?」

밤 9시경까지 재봉틀 소리가 들리는 날이면 사치코는 2층으로 올라가 자주 그런 말을 했다.

「에쓰코가 잠을 잘 수 없으니까 적당히 해. 너무 열심히 하면 어깨가 뻐근해질 텐데…….」

「응…… 오늘 안에 끝내려고…….」

「내일 하지 그러니? 그렇게 많이 벌지 않아도 되잖아.」

「푸후훗.」

다에코는 코웃음 쳤다.

「사실 돈이 좀 필요해서 그래.」

「돈이 필요하면 나한테 얘기하지 않고……. 다에코, 나도 용돈 정도는 줄 수 있거든.」

사치코는 남편이 작년 어느 군수 회사와 관계하고 나서부터 주머니 사정이 좋아졌고 가계도 상당히 여유가 생겼으므로 유키코한테 들어가는 돈은 큰집에서 보내 주는 돈을 받지 않고 거의 자기가 부담했다. 그런데 유키코의 뒷바라지를 해

준다면 다에코도 해주는 게 어떠냐고, 데이노스케는 진작부터 그런 말을 해왔다. 그래서 기회가 있을 때마다 다에코에게 그런 식으로 슬쩍 말을 비쳐 보지만 다에코는 노상 무심코 흘려들을 뿐 절대 그런 호의를 받아들이려고 하지 않았다. 아무 이유도 없이 다른 사람의 돈을 받는 건 싫다는 자존심 때문인 듯했다.

그 후 오쿠바타케와의 교제가 어떻게 되었는지, 사치코와 유키코는 전혀 알 수 없었다. 다에코는 대체로 거르지 않고 매일 아시야에 오긴 했지만 저녁 무렵에 와서 밤까지 있거나 아니면 아침에 와서 저녁 무렵에 갑작스럽게 가버렸기 때문에 한나절은 반드시 어딘가에서 보내는 듯했다. 그사이에 오쿠바타케와 만나는지 아니면 다른 사람을 만나는지는 알 수 없었다. 두 자매는 내심 마음을 졸이면서도 직접 물어보지는 않았다. 사치코와 유키코는 오쿠바타케 집의 할멈과 마찬가지로, 이렇게 된 바에는 역시 오쿠바타케와 결혼해 주었으면 하고 바랐다. 그러나 너무 갑작스럽게 밀어붙이는 것만이 능사가 아니라는 것을 알고 있었기 때문에 가까운 시일 안에 다에코의 심경에 변화가 생기기를 바라고 있었다.

마침 그 무렵, 그러니까 10월 초 어느 날 다에코는, 오쿠바타케가 만주로 갈지도 모른다는 이야기를 꺼냈다.

「뭐, 만주로?」

사치코와 유키코가 한목소리로 물었다.

「그런데 그게 좀 이상해.」

다에코는 웃으면서 이야기했다.

「나도 잘은 모르겠지만 사실 이번에 만주국 관리가 일본에 와서 만주국 황제[67]의 수행원이 될 일본인을 20~30명 모집한대. 수행원이라고 하지만 식부관(式部官)[68]이나 시종[69] 같은 고급 관리가 아니라 황제를 측근에서 모시면서 시중이나 드는 보이 같은 자리니까 지능이나 학문 같은 건 아무래도 좋다나 봐. 다만 신원이 확실한 자, 부르주아 가정에서 자라고 용모 단정하며 의례나 교양을 갖추고 있는 자라야 한대. 고상한 도련님이기만 하면 머리는 좀 나쁘더라도 된다고 하니까 오쿠바타케 씨한테 안성맞춤이지 뭐. 그래서 오쿠바타케 씨 형들도 그런 자리가 있다면 꼭 응모해서 만주로 가라고 한대. 황제 수행원이라면 사람들한테 말하기도 좋고 또 일도 전혀 어렵지 않을 테니까 오쿠바타케한테는 딱 맞는 일이라면서 말이야. 오쿠바타케 씨가 그럴 마음이 있어서 만주로 가기만 한다면 새 출발을 축하하는 의미에서 의절한 것도 없던 일로 한다고 했대.」

「정말 괜찮은 얘기긴 한데…… 그런데 오쿠바타케 씨가 용케 결심을 했나 보네?」

「아직 결심한 건 아니야. 주변에서는 다들 권하고 있지만 당사자는 좀처럼 가겠다는 말을 하지 않고 있거든.」

「그거야 무리도 아니지. 센바 도련님이 만주로 밀려나는 거니까.」

「하지만 오쿠바타케 씨도 지금은 돈이 무척 궁해서 그 집에서도 살 수 없을 정도로 생활이 곤란하거든. 그렇다고 오사카에서는 고용해 줄 사람도 없고 몸을 너무 낮출 수도 없

67 푸이(1906~1967). 1908년 청나라 황제에 즉위했으나 1912년 신해혁명으로 퇴위했다. 그리고 1934년 일본이 수립한 괴뢰 국가 만주국 황제로 즉위했으나 1945년 만주국이 붕괴됨으로써 퇴위했다.
68 궁내성(宮內省) 식부직의 직원으로 제전, 의례, 접대 등을 맡는 관리.
69 궁내성 시종직 직원으로 황제의 측근으로서 용무를 수행했다.

고, 그러니까 이렇게 좋은 자리는 다시없는 셈이지.」

「그러고 보니 그러네……. 그런 일은 아무나 할 수 있는 게 아니야. 오쿠바타케 씨가 아니면 안 되는 자리지.」

「그래, 급료도 상당히 주는 것 같아서 나도 적극 권했어. 뭐 오래 해도 좋겠지만 한두 해라도 하면 형님 기분도 풀릴 거고 세상의 신용도 좋아질 테니까 어떻게든 한번 분발해 보라고 말이야.」

「혼자라면 마음이 안 놓이니까 할멈이라도 따라가게 하면 어떨까?」

「따라가 주고 싶다는 말은 하지만 그 사람도 자식이나 손자가 있고, 그래서 만주까지는 갈 수 없는 모양이야.」

「다에코, 네가 따라가면 안 돼?」

유키코가 물었다.

「오쿠바타케를 새사람으로 만들기 위해서라면 그 정도는 해줘도 좋지 않을까?」

「음…….」

다에코는 갑자기 언짢은 얼굴을 했다.

「비록 6개월만이라도 좋겠지 뭐, 그곳에 정착할 때까지만 잠시 네가 따라가 주겠다고 하면 오쿠바타케 씨도 갈 생각이 들지도 모르니까. 사람 하나 살리는 셈 치고 너부터 그런 마음을 먹어야 하지 않을까?」

「정말 그렇게 해주는 게 어떠니?」

사치코도 이렇게 부추겼다.

「그러면 오쿠바타케 씨 형님도 너를 고맙게 생각할 거야, 아마.」

「난 지금이 오쿠바타케 씨랑 헤어질 좋은 기회라고 생각해.」

다에코는 나지막한 목소리였지만 단호하게 말했다.

「이렇게 있으면 언제까지나 지금의 관계를 청산할 수 없으니까 그 사람 혼자 만주로 가주는 게 제일 좋아. 그러니까 나도 열심히 권하고 있긴 한데, 오쿠바타케 씨는 나하고의 문제가 있으니까 아무래도 안 가려고 해.」

「저 말이야, 다에코…….」

사치코가 말했다.

「우리는 너한테 억지로 오쿠바타케 씨와 결혼하라는 게 아냐. 지금 말한 것처럼 어쨌든 이번에 따라가서 6개월이든 1년이든 같이 살아보고 성실하게 일하는 것을 지켜보고 난 뒤에, 싫다면 너만 돌아와도 상관없으니까.」

「만주 같은 데까지 따라가면 헤어지는 건 더 힘들어질 거야.」

「그야 그렇지만 일단 사정을 설명해서 납득시켜 보고 그래도 이해해 주지 않으면 그때 가서 도망쳐 와도 되잖아.」

「그렇게 하면 일이고 뭐고 다 내팽개치고 따라올 게 뻔한데 뭐.」

「그야 그럴지도 모르지만 지금까지의 의리를 생각한다면, 헤어질 때 헤어지더라도 네가 할 일은 다해야 하지 않을까?」

「난 오쿠바타케 씨한테 그렇게 해야 할 만큼 빚진 거 없어.」

사치코는 더 이상 말하면 자연스럽게 말다툼으로 이어질 것 같아서 참아 버리고 말았다.

「없다고 할 수 있을까?」

유키코가 말했다.

「너와 오쿠바타케 씨는 세상 사람들이 다 아는 오래된 관계잖아.」

「난 진작부터 관계를 끊고 싶었어. 그 사람이 집요해서 자기 마음대로 따라다녔을 뿐이야. 빚진 거 없어. 오히려 성가실 뿐이야.」

「다에코, 경제적으로도 오쿠바타케 씨한테 여러 가지로 신세 진 거 아냐? 이렇게 말하면 좀 그렇지만 돈 문제만 해도 신세 진 거 맞잖아.」

「천만에, 그런 일 절대 없어.」

「진짜야?」

「그런 일 없다니까. 내가 번 돈으로 지낼 수 있었고 저금까지 했다는 거 유키 언니도 잘 알잖아.」

「넌 그렇게 말하지만 사람들 중에는 그렇게 생각하지 않는 사람도 있어. 나도 여태까지 한 번도 네 저금통장이나 용돈 장부 같은 거 본 적이 없고, 또 수입이 어느 정도인지 사실은 아무것도 몰라…….」

「우선 오쿠바타케 씨한테 그런 능력이 있다고 생각하는 게 잘못이야. 난 오히려 언젠가 그 사람을 먹여 살려야 한다고 생각할 정도라고.」

「그럼 묻겠는데…….」

유키코는 가능하면 다에코 쪽을 보지 않으려는 듯 탁자 위, 국화꽃이 꽂힌 작은 유리 꽃병을 만지작거리며 말을 이었다. 그러나 조금도 흥분한 것 같지 않았고 목소리도 평상시 그대로였다. 작은 꽃병을 들고 있는 가느다란 손가락도 떨리지 않았다.

「다에코, 작년 겨울 론신 부인 양복점에서 마련한 낙타 오버코트는 오쿠바타케 씨가 사준 거 아냐?」

「그건 그때도 말했잖아. 가격이 350엔이었고, 장미 무늬 하오리하고 물결무늬와 애오이 무늬 옷을 팔아 지불한 거라고.」

「하지만 오쿠바타케 씨네 집 할머니 말로는, 그건 오쿠바타케 씨가 사준 거라고 하던데. 론신의 영수증까지 보여 주면서 말이야.」

「…….」

「그리고 뭐야, 비엘라 애프터눈 드레스, 그것도 사준 거라며?」

「그런 사람이 하는 말 같은 건 믿지 않았으면 좋겠어.」

「믿고 싶지는 않지만 그 할머니는 일일이 증거를 가지고 있고 그런 근거를 가지고 말하는 걸 뭐. 다에코, 그게 거짓말이라면 그걸 입증할 만한 장부 같은 거라도 보여 주든가.」

다에코 역시 태연했다. 안색 하나 변하지 않았다. 하지만 그 말을 듣자 아무 말도 하지 않고 가만히 유키코의 얼굴을 응시할 뿐이었다.

「그 할머니가 그러는데, 그런 일은 벌써 몇 년 전부터라고. 옷만이 아니라 그때 그 반지도 그렇고, 콤팩트도 그렇고, 브로치도, 일일이 물건들을 다 기억하고 있던데 뭐. 오쿠바타케 씨가 집에서 의절당한 것도, 너 주려고 가게에서 보석을 빼돌린 게 원인이라고 하더라.」

「…….」

「다에코, 그렇게 오쿠바타케 씨하고의 관계를 끊고 싶었다면 지금까지도 얼마든지 끊을 수 있었잖아. 이타쿠라 일 때도 좋은 기회였고…….」

「그래도 그때는 헤어지는 거 찬성하지 않았잖아…….」

「우리는 오쿠바타케 씨와 결혼시키고 싶었으니까 찬성하지 않았지만, 이타쿠라와 그런 사이가 되었으면서도 오쿠바타케 씨를 경제적으로 이용했다는 걸 알았다면 아마 달리 생각할 수도 있었겠지.」

사치코는 유키코가 하는 말에 진심으로 동의했고 다에코에게 이 정도 말은 해도 좋다고 생각하긴 했으나 자신은 도저히 그런 말까지는 할 수 없었다. 그래서 유키코가 잘해 주고 있구나 하고 놀라면서 잠자코 옆에서 듣고 있었다.

그러고 보니 벌써 대여섯 해 전의 일이다. 사치코는 한 번 유키코가 큰집 형부 다쓰오를 붙잡고 이런 식으로 퍼부어 대는 것을 본 적이 있었다. 내성적인 사람은 어쩌다가 터무니없이 강해지는 법일까? 분명히 그때도 머뭇거리기만 하는 평소의 유키코답지 않게 논리정연하게 따지고 들며 다쓰오를 호되게 닦달했던 것이다.

「역시 오쿠바타케 씨는 능력이 없을지 모르지만 그렇게 능력 없는 사람에게 가게 물건까지 빼돌리게 하고, 이제 와서 어떻게 빚진 게 없다고 할 수 있니…… 하지만 네가 오해할까 봐 말하는 건데, 그 집 할머니는 전혀 너를 원망하고 있지 않아. 그렇게까지 해서 오쿠바타케 씨는 널 위해 정성을 다했으니까, 아무쪼록 오쿠바타케 씨 부인이 되어 달라는 거야……. 그런 사정을 알고 나니까 우리도 그렇게 되었으면 좋겠다는 생각이 들어…….」

「…….」

「이용할 수 있을 때는 실컷 이용해 먹고, 이제 이용 가치가 없어졌다며 무능한 오쿠바타케 씨한테 좋은 자리가 있으니까 혼자 만주로 가버리라고? 어떻게 그런 말이 나오느냔 말이야…….」

변명할 길이 없었는지, 아니면 있어도 소용없다고 생각했는지 다에코는 이제 무슨 말을 들어도 아무 대꾸도 하지 않았다. 유키코 혼자 넋두리처럼 장황하게 되풀이하는 말만 길게 이어졌다. 유키코의 어조는 어디까지나 조용했지만 다에코의 눈에서는 어느새 눈물이 줄줄 흘렀다. 그래도 다에코는 변함없이 무표정한 얼굴로 볼에 흐르는 눈물을 의식하지 않는 듯했는데, 이윽고 갑자기 일어나더니 쾅 하고 온 방 안이

울릴 정도로 세차게 문을 닫고 복도로 나가 버렸다. 그리고
다시 한번 바깥의 현관문이 꽝 하고 닫히는 소리가 들렸다.

27

이 진기한 언쟁이 있었던 것은 점심시간 직전이어서 데이
노스케도 에쓰코도 몰랐고 오하루도 마침 심부름 때문에 나
가 있어서 듣지 못했다. 게다가 처음부터 끝까지 모두들 큰
소리를 내지 않고 닫힌 식당 안에서 평소의 목소리로 말을
주고받았기 때문에 부엌의 식모들도 눈치채지 못할 정도였
다. 그러나 꽝 하는 울림이 예삿소리가 아니었기 때문에 오
아키가 깜짝 놀라 복도로 뛰어나왔다. 그리고 복도에 아무
도 없자 식당 문을 빠끔 열고 들여다보았다. 지금까지 있어
야 할 다에코가 보이지 않고 사치코와 유키코가 찬장 서랍에
서 식탁보를 꺼내고 작은 꽃병을 정리하고 있었다. 그리고
사치코가,
「뭐야?」
하고 물어서,
「아무것도 아녜요」
하며 오아키는 허둥지둥 고개를 빼내려고 했다.
「다에코는 지금 돌아갔으니까 밥은 유키코하고 내 것만
하면 돼.」
그때 사치코가 이렇게 말했다.
나중에 유키코는,
「그 정도는 가끔 말해 두는 게 좋아」
하고 말했을 뿐 이제 그 이야기는 잊은 듯했다. 결국 그날

아침에 일어난 일은 에쓰코도 데이노스케도 모른 채 넘어갔
다. 다만 그다음 날 하루 종일 다에코가 모습을 보이지 않았
으므로,

「오늘 막내 언니는 무슨 일이 있나? 감기라도 걸린 게 아
닐까?」

하고 에쓰코와 오하루가 이상히 여겼다.

「웬일인지 오늘은 다에코가 안 올 모양이네」

하고 사치코도 천연덕스럽게 말하고, 어쩌면 앞으로 한동
안은 오지 않는 게 아닐까 하고 은근히 걱정했다. 그러나 다
음 날 아침이 되자 다에코는 아무 일도 없었다는 듯 천연덕
스럽게 찾아왔다. 조금도 어색해하지 않고 유키코한테도 말
을 붙였고 유키코도 기분 좋게 응했다. 오쿠바타케와 관련된
일에 대해서는,

「만주에 가는 건 그만두기로 한 모양이야」

하고 다에코가 말했으므로,

「그래?」

하고 유키코가 대답했을 뿐, 그 이후로는 아무도 그 이야
기는 하지 않았다.

그 며칠 후의 일이었다. 사치코와 유키코는 모토마치 거리
에서 우연히 이타니와 만나 생각지도 못한 이야기를 듣고 돌
아왔다.

이타니는 머지않아 미용실을 다른 사람한테 넘기고 자기
는 최신식 미용술을 연구하기 위해 다시 한번 미국에 간다고
했다. 이타니의 친구 중에는, 지금은 세계적인 동란이 한창이
기도 하고 미국과 일본 사이에도 무슨 일이 벌어질지도 모르
니까[70] 조금 더 시기를 기다려 보는 게 어떠냐는 사람도 있었

지만 언제까지 기다린들 그런 우려가 없어지는 것도 아니고, 가령 무슨 일이 벌어진다고 해도 지금 당장은 아닐 것 같으니까 그 전에 서둘러 갔다 온다는 것이었다. 요즘은 좀처럼 여권[71]을 받을 수 없다고 하지만 자신은 특별히 편의를 봐주는 사람이 있어서 벌써 수속도 다 끝냈다고 했다. 기간은 대략 6개월 내지 1년 예정이라는데, 그렇게 짧은 기간이라면 가게를 양도하지 않아도 좋겠지만 사실 자기는 내년에 도쿄로 진출할 생각이기 때문에 미국에서 귀국하면 그 기회에 고베를 떠나 도쿄에서 개업할 예정이라는 얘기였다.

사치코는 이 이야기를 처음 듣는 게 아니었다. 오랫동안 중풍을 앓고 있던 이타니의 남편이 작년에 죽었을 때도 그런 계획이 있다는 이야기를 한 것 같았다. 이미 죽은 남편의 1주기도 끝난 지금 드디어 그 계획을 실행할 결심을 한 것이리라. 막상 그럴 마음을 먹자 여느 때의 이타니 특유의 방식대로 일을 착착 진행시키고 있었다. 서둘러 이곳을 떠나려는 듯 벌써 미용실을 인수받을 사람도 정했고 양도 수속도 끝냈으며 미국으로 갈 여객선 예약까지 해둔 모양이었다. 이타니는 이 일이 지인들 사이에 알려지면 필시 송별회를 하자는 사람들도 있겠지만 시국이 시국인지라 피하고 싶었고 또 서둘러

70 중일 전쟁이 장기화됨에 따라 물자의 궁핍에 시달리던 일본은 독일의 승리에 편승해 동남아시아의 식민지를 점령하고 그 자원을 입수하기로 결의해 1940년 7월 제2차 고노에 내각이 들어섰다. 고노에 내각은 9월 패전국 프랑스의 인도차이나 식민지 북부에 일본군이 진주하는 걸 승인하고 동시에 독일, 이탈리아와 군사 동맹을 맺었다. 이러한 움직임에 대해 미국은 8월부터 일본으로의 석유, 고철 수출을 허가제로 바꾸었고 미일 관계는 악화되었다. 다음 해인 1941년 4월부터 미일 교섭이 시작되지만 미국은 일본이 중국에서 철병할 것을 요구했다. 12월 8일, 일본은 마침내 태평양 전쟁을 개시한다. 소설에서 이 장면은 아직 1940년 10월이다.
71 1939년 5월부터 기술 습득이나 판로 개척 이외의 양행은 금지되었다.

야 할 일이어서 도저히 사람들의 호의를 받아 줄 시간도 없었다. 그래서 미안한 일이긴 하지만 인사하러 다니는 것조차 못할 형편이라고 했다.

사치코는, 이타니 자신이야 뭐라고 하든 간에 고베에서는 상당히 유명한 미용실 주인이고 얼굴도 널리 알려진 사람이니까 누군가 발기인이 되어 무슨 모임이라도 열지 않을 수 없을 것이라고 생각했다. 특히 자신들은 유키코 일로 여러 가지로 신세를 졌기 때문에, 만약 송별회가 없다면 자신들만이라도 특별한 자리를 마련할 생각이었다. 그날 밤 데이노스케와도 이런 의논을 했는데, 다음 날 아침 일찍 활판으로 인쇄된 통지장이 와서 보니, 거기에도 〈송별회 같은 모임은 거절합니다, 운운〉이라고 적혀 있었다. 게다가 내일 밤에 출발해 도쿄로 가서 출항할 때까지는 제국 호텔에 머물 예정이라고 했다. 이제 누가 초대할 여유도 없는 형편이었다. 그래서 세 자매는 뭔가 선물이라도 들고 오늘이나 내일 안에 인사하러 가는 도리밖에 없었다. 무슨 선물을 할지 고르기가 무척 어려웠기 때문에 그날은 그만 선물 사러 갈 기회를 놓치고 말았다. 다음 날 아침 데이노스케가 나간 다음, 다시 뭘 선물할지 유키코와 둘이서 의논하고 있을 때 이타니가 찾아왔다.

「어머 바쁘실 텐데 이렇게…… 자, 어서 올라오세요. 사실 오늘 저희 셋이 찾아가려고 의논하고 있었는데…….」

「아니요. 이제 그런 걱정은 안 하셔도 됩니다. 애써 오신다고 해도 가게는 이미 넘겨 버렸고, 오카모토의 집도 이번에 동생 부부가 들어오게 되었는데 오늘 이사를 오기 때문에 어수선하고 아주 난리거든요. 그래서 대신에 제가 작별 인사라도 드리러 찾아뵙는 겁니다. 아무튼 시간이 없어서 아무한테도 인사하러 가지 않기로 했습니다만 댁만은 왠지 그래서는 안 될 것 같고 또 드릴 말씀도 있고 해서…….」

「어쨌든 올라오세요.」

그러자 힐끗 손목시계를 보고 나서,

「그럼 10분이나 20분만……」

하고 응접실로 들어왔다.

「미국에는 오래 있지 않을 거고 곧 돌아올 생각이지만, 고베는 이게 마지막이라고 생각하니 정말 섭섭해요. 특히 사치코 씨도 그렇고 유키코 씨나 다에코 씨도, 이런 말씀을 드리면 실례인 줄 모르겠습니다만, 제가 아주 좋아하는 분들이라…….」

이타니는 예의 그 빠른 말투로 짧은 시간에 필요한 말들을 남김없이 하려는지 자기 혼자 숨도 쉬지 않고 떠들어 댔다.

「그래도 마키오카 씨 댁 자매들은 각자 특색이 있어서 닮은 것 같으면서도 개성이 뚜렷해서, 모두들 정말 좋은 자매들이세요. 솔직히 고베에는 그다지 미련은 없지만 앞으로 오래 사귀고 싶었던 마키오카 씨 댁 여러분과 지금까지처럼 친하게 지낼 수 없게 된 게 정말 유감이에요. 오늘 두 분을 뵙게 되어 기쁩니다만 다에코 씨를 만나지 못해서 섭섭하네요.」

「다에코는 곧 올 텐데, 지금 전화라도 해볼까요?」

이렇게 말하고 사치코가 일어나자 이타니는 그렇게 하지 않아도 괜찮다면서 일어섰다.

「만나지 못해서 유감이지만 아무쪼록 다에코 씨한테 안부 좀 전해 주세요. 저어…… 이제 고베에서는 볼 수 없겠지만 배가 떠날 때까지는 아직 열흘 정도 남아 있으니까 혹시 사정이 괜찮으시면 세 분이서 도쿄까지 와주실 수 없겠습니까?」

이타니는 이런 말을 꺼내고는,

「아니, 저를 환송해 달라는 게 아니라 사실 도쿄에서 여러분께 소개해 드리고 싶은 분이 있어서요」

하고 말하는 것이었다.

이타니는 거기서 잠깐 말을 끊고 나서 아래와 같은 이야기를 했다.

여기 당사자인 아가씨 앞이기도 하고 또 이렇게 분주한 시간에 이런 이야기를 꺼내는 게 좀 그렇긴 하지만 내가 고베를 떠나면서 가장 마음에 걸리는 것은, 어떻게든 내 힘으로 맺어 주고 싶었던 유키코 씨를 결국 맺어 주지 못하고 떠나게 된 일이다. 정말 인사치레가 아니라 이렇게 훌륭한 자매를 가진 훌륭한 아가씨는 없을 거라고 생각하는데, 뭔가 나에게 주어진 책임을 다하지 못하고 가는 게 마음에 걸려서 지금이라도 할 수 있으면 아가씨 혼담에 대체적인 윤곽을 잡아 놓고 마음에 걸리는 걸 없앤 다음 가고 싶은 마음이 간절하다. 그래서 여러분께 한 가지 제안을 드리고 싶다. 다름 아니라 여러분도 이름은 알고 있겠지만 메이지 유신 때 공로가 있었던 구게(公卿) 화족[72]으로 미마키라는 자작이 있다. 물론 국사(國事)에 분주한 사람은 선대인 히로자네였는데 지금의 주인 히로치카는 그의 아들이다. 이 사람도 이미 상당한 고령인데 예전에는 귀족원 연구회[73]에 속해 정계에서 활약한 경력이 있는 사람이고 지금은 조상 땅인 교토의 별장에 은거하며 한가한 나날

72 화족 제도는 메이지 시대에 만들어진 특권적인 귀족 제도다. 에도 시대에 구게(조정의 고급 관리), 다이묘(大名, 만 석 이상을 영유한 막부 직속의 무사)였던 사람과 메이지 유신 이후 국가에 특별한 공로가 있었던 사람이 화족이 되었다. 화족 가운데 예전에 구게였던 사람을 구게 화족이라고 한다. 패전 후 일본 헌법이 시행됨에 따라 이 제도는 폐지되었다.
73 1892년에 자작 의원을 중심으로 발족했고 1919년 이후에는 백작 의원도 가담해 귀족원 의석의 40퍼센트 가까이 차지한 유력한 모임이었다.

을 보내고 있다. 그런데 나는 우연한 인연으로 미마키가의 서자(庶子)[74]인 미노루라는 사람을 알고 있다. 이 사람은 가쿠슈인(學習院)을 나와 도쿄 대학 이과에 다닌 적도 있다고 하는데 중도에 그만두고 프랑스로 가 파리에서 잠시 그림을 배우기도 하고 프랑스 요리를 연구하기도 했다. 요컨대 어느 것이나 오래 하지는 못하고 미국으로 건너가서는 그리 유명하지 않은 무슨 주립 대학에 들어가 항공학을 배웠다는데, 어쨌든 그곳을 졸업한 것만은 확실하다. 그런데 졸업 후에도 일본으로 돌아오지 않고 미국 여기저기를 유랑하며 다녔고 멕시코나 남미에도 갔다. 그사이에 한때 고향에서 보내 주는 돈이 끊겨 생활이 곤란해지자 호텔 요리사나 보이까지 한 적이 있고, 그 밖에도 다시 유화를 그려 보기도 하고 건축 설계에 손을 대보기도 했다. 타고난 재주와 변덕스러움 때문에 실로 여러 가지 일을 했지만 전문인 항공학은 학교를 나오고 나서는 완전히 포기해 버렸다. 그리고 지금부터 8~9년 전에 귀국하고 나서는 이렇다 할 직장 없이 빈둥빈둥 놀고 있었는데, 몇 년 전부터 이따금 취미 삼아 친구가 집을 지을 때 설계를 해주고 있었다. 그것이 의외로 평판이 좋아 점차 그 방면의 재능을 인정해 주는 사람도 생겼다. 그래서 본인도 기분이 좋아져 최근에는 니시긴자의 어떤 빌딩 귀퉁이에 사무실을 두고 본격적인 건축가가 되었다. 미마키 씨의 설계는 다소 서양 근대

74 사생아(지금은 혼인 외 출생자라고 함)라고도 하는데 당시 일본에서 그 법률적인 지위는 우리와 좀 다르다. 아이가 태어났을 때 그 부모가 아직 혼인하지 않았을 경우 그 아이는 사생자(私生子)이고 그 부친이 이를 인정하면 서자가 된다. 서자인 남자의 상속 순위는 적출 남자 다음인데, 서자인 여자, 사생자인 남자와 여자는 물론이고 적출 여자보다도 높았다. 그래서 적출 남자가 없는 경우 서자인 남자에게 상속권이 있었다.

취미가 흘러넘치는 만큼 화려하고 돈이 많이 드는 경향이라서, 중일 전쟁의 영향으로 점점 주문이 줄어들고 일이 한산해지더니 채 2년도 못 되어 문을 닫을 수밖에 없게 되었다. 그래서 지금은 다시 놀고 있다. 대충 이런 사람인데, 이 사람이 신붓감을 찾고 있다기보다 주변 사람들이 그를 걱정해서 꼭 결혼을 시키려고 한다. 내가 듣기로, 그 사람은 올해 마흔다섯이라고 하는데, 외국 생활을 오래 했고 또 귀국해서도 독신 생활이 편하다며 가정을 이루지 않았기 때문에 지금껏 아내나 그 비슷한 것도 가진 적이 없다. 물론 서양에서 무슨 일이 있었는지는 모르고 귀국해서도 대체로 신바시나 아카사카 주변에서 놀며 방탕한 생활을 한 것 같지만, 그것도 작년까지의 일이고 지금은 그런 생활을 할 경제적 능력도 없는 듯하다. 그는 젊은 시절에 아버지인 자작에게 물려받은 재산이 있었기 때문에 그 돈으로 반평생을 방탕한 생활을 해왔다. 낭비만 할 뿐 불리는 일은 못 하는 사람이기 때문에 이미 대부분을 다 써버렸고 지금은 거의 남아 있지 않은 형편이다. 그래서 건축가가 되려고 한 것도 늦게나마 그 일로 자활의 길을 열어 보려는 의도였다. 이런 시국만 아니었다면 잘되었을 텐데, 불행히도 지금은 갑자기 기세가 꺾여 버렸다. 그래도 명문의 자제에게 흔히 있는, 즉 교제를 잘하고 이야기가 재미있으며 취미의 폭이 넓은 사람이다. 스스로 예술가를 자처하고 있는 천성적으로 무사태평한 사람이라서 당사자는 그런 것을 전혀 걱정하지 않고 있다. 이번에 이 사람한테 신부를 들이게 하겠다는 것도, 당사자가 몹시 느긋해서 옆 사람들이 마음을 졸이며 저렇게 놔두면 좋지 않으니까 어떻게든 결혼을 시키자는 이야기에서 나온 것이다.

이타니가 이 사람을 알게 된 것은 작년에 메지로에 있는 일본여자대학을 졸업하고 잡지『여성일본』의 기자가 된 딸 미쓰요가 소개해서라고 하는데, 그 회사의 사장 구니지마 겐조가 미마키를 대단히 아끼고 있다고 한다. 그것은 구니지마가 일찍이 미마키의 설계로 아카사카 미나미초에 주택을 지었는데 그 집이 굉장히 마음에 들었기 때문이다. 그런 연고로 미마키는 구니지마의 집에도 드나들었고 부인도 그를 무척 아끼게 되었다. 미마키가 니시긴자에 건축 사무실을 갖고 있던 시절에는 여성일본사가 아주 가까운 곳에 있었기 때문에 거의 매일 놀러 가서 모든 사원과 친해졌다. 특히 이타니의 딸과 사이가 좋아서 그녀를 〈밋짱, 밋짱〉 하고 불렀다. 왜냐하면 사장 부인이 이타니의 딸 역시 귀여워해서 거의 가족처럼 대해 주는 관계였기 때문이다. 언젠가 이타니가 도쿄에 간 김에 딸이 안내해서 사장 댁에 인사하러 갔는데, 마침 거기에 미마키가 있었다. 처음 만나는 사람한테도 농담을 하며 웃기는 사람이라서 단번에 친해졌던 것이다.

이타니는 원래 도쿄에 볼일이 없었지만 구니지마가 특별히 딸을 총애했기 때문에 작년 이래 세 번 정도 상경해 구니지마 집으로 인사를 갔는데, 그 가운데 두 번은 미마키와도 우연히 만났다. 딸 미쓰요의 이야기로는 구니지마 부부는 승부를 겨루는 놀이를 좋아해서 가끔 밤을 새우며 화투, 브리지, 마작 등을 하는데 그 상대를 해달라고 부탁받는 사람이 미마키와 미쓰요였다고 한다. 이타니는 부모의 입으로 말하는 게 좀 뭐하다고 하면서, 자기 딸은 꽤 스마트한 성격으로 나이에 걸맞지 않게 도박에 재능이 있고 게다가 오기가 있고 참을성이 있어서 하룻밤이나 이틀 밤을 새우고도 낮에는 아무렇지 않게 회사에 출근하고 다른 사람보다 배나 활동하는 식이어서 그런 점이 사장 부부의 마음에 든 모양이라고 했다.

이타니는 이번 일을 준비하기 위해 얼마 전부터 두세 번 상경해 구니지마에게 여권과 그 밖의 일로 소개를 부탁했는데 그런 일로 다시 미마키와 만날 기회가 있었다. 게다가 최근 구니지마의 집에서 〈미마키를 결혼시키자는 이야기〉가 당사자를 둘러싸고 크게 활기를 띠는 자리가 있었는데 이타니도 매번 참석하게 되었다. 구니지마 부부가 가장 열성적인 주창자였기 때문이다. 구니지마는 미마키의 아버지인 자작과도 면식이 있었기 때문에 만약 미마키가 마땅한 사람과 결혼할 마음만 먹는다면 자신이 자작을 설득해 다소의 돈을 받아 당장 신혼살림을 차리고 살아갈 수 있도록 조처하겠다고 했다. 그리고 구니지마는 우연히 그 자리에 있었던 이타니를 붙잡고 〈누구 좋은 사람 없습니까? 있으면 꼭 좀 소개해 주십시오〉 하고 말했다는 것이다.

여기까지 단숨에 말한 이타니는 다시 손목시계를 힐끔 보고 〈이제 시간이 없으니까 서둘러 말할게요〉 하며 이렇게 말을 이었다.

나는 그 말을 들었을 때 금방 이렇게 생각했다. 이건 마키오카 아가씨한테 딱 맞는 자리인데, 유감스럽게도 때가 좋지 않다. 내가 일본에 있기만 하면, 〈정말 좋은 아가씨가 있습니다. 제가 꼭 소개해 드리겠습니다〉 하고 그 자리에서 책임지고 맡아서 곧바로 중매를 하겠지만, 무슨 말을 하기엔 미국으로 갈 날이 바로 코앞이었기 때문에 어쩔 도리가 없다고 생각했다. 그래서 목구멍까지 올라오는 말을 꾹 참고 말았지만, 고베로 돌아오고 나서도 정말 아까운 자리라는 생각에 어떻게 안 될까 하고 그 일만 생각했다.

참고가 될까 해서 미마키 씨에 대해 좀 더 이야기하자면, 나이는 아까 말한 것처럼 마흔다섯이니까 아마 여기 주인장보다 한두 살 밑일 것이다. 용모는 오랫동안 서양에 있던 사람답게 머리가 벗어졌고 살결이 검은 편이라 사람들이 말하는 미남은 아니지만 역시 좋은 집안에서 자란 것을 알 수 있을 만큼 훌륭한 용모라고 할 수 있다. 체격은 건장하고 약간 통통한 편인데 아직은 병다운 병을 앓은 적이 없고 아무리 무리해도 거뜬하다는 것을 자랑으로 여길 만큼 늠름하고 건강한 사람이다. 다음으로 가장 중요한 것은 재산인데, 학창 시절에 분가[75]해서 수십만 엔을 받았지만 지금은 거의 남아 있지 않다. 그렇지만 그 후에도 몇 차례 아버지에게 애걸복걸해서 한두 번 얼마간 받았다고 하는데, 물론 그것도 지금은 남아 있지 않다. 어쨌든 돈을 가지고 있으면 씀씀이가 헤퍼 순식간에 빈털터리가 된다고 한다. 아버지도 아무리 돈을 줘봐야 소용없다고 하고 있고, 그런 점에서는 몹시 신용이 없는 편이라고 한다. 그러므로 구니지마 씨도 말하지만, 마흔다섯이나 되어 아파트 생활을 하고 무위도식하고 있는 게 무엇보다 좋지 않다. 그렇게 해서는 자작을 비롯해 세상 사람들이 신용하지 않는 것도 당연하니까 우선 일정한 직업을 가져야 하는데, 설령 적은 액수라도 월급쟁이가 되어 자기 힘으로 일정한 수입을 얻어야 한다. 그렇게 하면 자작도 안심하고 얼마간 도움을 줄 것이다. 다만 그런 일이 번번이 있는 일이니까

75 화족 칭호는 작위를 가지고 있는 호주에게 주어지고 남자가 세습하게 되어 있었다. 화족의 호주와 호적을 같이하는 가족은 화족 예우를 받았지만 분가하면 호적이 별도가 되기 때문에 분가한 이후의 미마키 미노루는 그저 평민일 뿐이다.

정말 〈얼마간〉이라도 좋고, 그렇게 많이 받을 필요는 없다. 구니지마가 보는 바로는, 미마키 씨는 세련되고 멋진 주택을 설계하라고 하면 실로 뛰어난 자질을 발휘하는 사람이어서 장래 주택 건축가로서 훌륭하게 해나갈 수 있고, 미력이나마 자기도 적극적으로 후원을 아끼지 않을 생각이라고 한다. 다만 지금은 시기가 좋지 않기 때문에 생활에 어려움을 겪고 있지만 그것도 한때의 일이니 결코 비관할 일은 아니다. 그래서 구니지마가 자작에게 얘기해서 결혼 비용을 내달라는 것, 신혼부부가 살 집을 사달라는 것, 그 후 2~3년간의 생계비를 보조해 달라는 것, 이 세 가지를 승낙해 주도록 설득할 생각인데 아마 성공할 것이라고 말하고 있다. 그리고 말하는 걸 잊어버렸지만 미마키 씨의 생모, 즉 자작의 측실이었던 사람은 그를 낳고 얼마 안 있어 세상을 떴기 때문에 그는 전혀 기억하지 못한다고 한다. 대충 이런 이야기인데, 다소 불만족스러운 점도 있겠지만 어쨌든 초혼이라는 점, 서자이지만 후지와라 씨의 피를 이어받은 명문 출신이고 친척들도 모두 유명한 사람들이라는 점, 부양 가족이 한 사람도 없다는 점, 취미가 풍부해서 프랑스나 미국의 언어 풍속에 정통하다는 점 등은 누가 뭐래도 미마키 씨의 장점이고, 이쪽에서 원하는 것을 다 갖춘 사람이라고 생각되는데 어떤가. 자기는 깊이 교제해 보지 않아서 이쪽에서 좀 더 알아보는 것이 좋겠지만 지금까지 만나 본 바로는 아주 순하고 상냥한 사람이며 특별히 이렇다 할 결점이 있는 것 같지는 않다. 다만 굉장한 주당이라고 해서 자기도 두세 번 그가 거나해졌을 때를 본 적이 있는데 취하면 더욱 재미있고 사람들을 웃게 만든다…… 그런데 나는 이 혼담을 놓치는 것이 아무리 생각해도 아깝다는 생각이 들어 포기하지 못하고 누군가 나 대신 중매 역할을 해줄 사람이 없을까 하고 여러 가지로 생각해 봤는데, 중매라고 해도 그쪽이 그렇게 교제를 잘하니까 절대 수고스러운 일이 아니다. 처음에 소개가 끝나면 그다음에는 구니지마 부부가 있으니까 적절히 쌍방을 응대하고 혼담이 순조롭게 진행될 거라고 생각되면 일을 진척시켜 줄 것이고, 게다가 딸인 미쓰요도 심부름 정도는 할 수 있다. 그 애는 나이는 어리지만 되바라지고 건방진 딸이어서 이런 일에는 잘 맞으니까 연락하는 사람으로 쓰면 상당히 도움이 될 것이다.

여기까지 말한 이타니는 다시 손목시계를 들여다보고,
「아아, 큰일 났다!」
하면서 일어났다.
「15분만 방해할 생각이었는데…… 이제 정말 실례해야겠네요.」
이타니는 이렇게 말하면서 여전히 이야기를 계속했다.
「이것으로 이제 말씀드리고 싶은 것은 다 했으니까 나머지는 이쪽에서 생각해 보셨으면 해요. 그리고 도쿄에서 구니지마 씨가 저를 위해 조그만 연회를 마련해 주기로 했는데, 혹시 의향이 있으시면 고베 측을 대표하는 식으로 사치코 씨와 유키코 씨, 그리고 자매가 모두 오시는 것이 좋을 테니까 가능하면 다에코 씨까지 같이 출석해 주실 수 없겠습니까? 그러면 미마키 씨도 출석하게 해서 제가 소개만 하겠습니다. 혼담을 계속 진행할지 말지는 나중 일이고, 지금은 그저 저를 전송하러 오신다 생각하고 한번 만나 보면 어떨까요? 여기에 대한 답변은 어쨌든 제가 도쿄로 간 뒤에, 그러니까 내

일이라도 전화로 여쭤 볼게요. 송별회 날짜나 시간 같은 것
도 그때 말씀드리고요.」
　이렇게 말을 끝내고는 인사도 하는 둥 마는 둥 하고 튀어
나갔다.

28

　조금 전 이타니가 너무 조급하게 굴었기 때문에 오늘 밤
몇 시 기차로 출발하는지 묻지 못한 것을 깨닫고 사치코는
오카모토의 이타니 씨 집으로 전화를 했다. 본인은 집에 없
고 다른 사람이 받아서,
　「전송은 일체 사절하겠다고 했습니다만……」
　하며 시간을 말해 주지 않았다. 그래서 저녁에 다시 걸었
는데 귀가한 이타니와 통화할 수 있었다.
　「아까 하신 이야기도 있고 해서 꼭 다시 한번 뵀으면 해서
요…….」
　사치코는 이렇게 말하고는 결국 산노미야에서 9시 반 급
행으로 떠난다는 것을 알아냈다. 세 자매와 데이노스케, 에
쓰코, 이렇게 온 가족이 다 같이 전송하러 나갔다. 이렇게 각
자 단장을 한 세 자매를 데이노스케가 인솔해 외출한 것도
참 오랜만의 일이었다. 작년 가을 부모의 재를 올리던 때가
마지막이었을 것이다.
　「막내 언니, 오늘은 양장 안 입어?」
　준비를 다 하고 일동이 저녁 식탁에 둘러앉았을 때, 초록
색 바탕에 하얗고 커다란 동백꽃 무늬의 기모노를 차려입은
다에코를 힐끔힐끔 쳐다보면서 에쓰코가 물었다. 에쓰코는

엄마와 두 이모의 눈부신 모습을 보고 해마다 가는 꽃놀이
때처럼 흥분했다.

「어때, 에쓰코, 기모노도 어울려?」

「역시 막내 언니는 양장이 더 나아.」

「기모노를 입으면 더 뚱뚱해 보이거든.」

사치코가 말했다.

최근 다에코는 평소에도 기모노를 입는 일이 많았다. 그녀
는 다리 선이 예뻐서 양장을 하면 오히려 소녀 같은 귀여움
이 느껴졌으나 기모노를 입으면 다리의 장점이 가려지기 때
문에 묘하게 땅딸막하고 통통해 보였다. 병치레를 한 후 욕
심을 부려 자양분을 지나치게 흡수했기 때문에 병에 걸리기
전보다 살이 찐 탓도 있는 듯했다. 그래도 본인은, 원래 다리
가 뜨거워지는 체질이었는데 그 병을 앓고 난 뒤로 어찌 된
일인지 양장을 하면 다리가 차가워져 견딜 수가 없다고 했
다.

「야아, 일본 여자는 젊었을 때 아무리 서양 옷을 입고 싶어
해도 나이가 들면 결국 잘 안 입게 되는 법이거든. 다에코 처
제도 이제 할머니가 다 되었다는 증거 아니겠어?」

이렇게 말한 데이노스케는 다시 말을 이었다.

「이타니 씨 같은 사람도 미국에서 공부하고 온 사람이고 직
업상 양장을 입어야 하지만 늘 기모노만 입잖아.」

「정말 그러네요. 이타니 씨는 항상 기모노만 입네요. 그 사
람이야 이제 할머니가 다 됐으니까.」

사치코는 또 이렇게 물었다.

「그건 그렇고, 아까 이야기, 오늘 밤 이타니 씨한테 어떻게
얘기하죠?」

「그건 말이지, 난 이렇게 생각해. 지금은 혼담 문제는 언급

하지 말고, 그냥 이타니 씨 송별회에 참석하러 도쿄에 간다고 생각하면 되지 않을까 싶은데. 애당초 혼담 이야기가 없었더라도 그 정도는 해야 할 거고.」

「정말, 그러네요.」

「나도 가는 게 도리겠지만 하필이면 요즘 갑자기 바쁜 일이 생겨서 갈 수 없으니까 당신하고 유키코 처제만이라도 가지 뭐. 다에코 처제도 가면 더 좋고…….」

「저도 갈게요.」

다에코가 말했다.

「마침 날씨도 좋으니까 전송도 할 겸 오랜만에 도쿄 구경이나 하고 오죠 뭐. 올해는 꽃놀이도 못 했으니까 그 대신에…….」

다에코는 다른 두 언니보다 그다지 이타니에게 신세를 진 일이 없었다. 그녀도 이타니 미용실의 단골이기는 했지만 이타니의 가게는 요금이 비싸서 때때로 다른 가게로 간 적도 있었다. 유키코야말로 혼담 문제로 여러 번 폐를 끼쳤지만 다에코는 전혀 그런 마음의 빚은 느끼지 않았다. 그래도 다에코는 이타니의 시원시원하고 개방적인 기질과 남자다운 성격에 평소부터 호감 이상의 감정을 느끼고 있었다. 특히 다에코는 작년 마키오카 가문에서 쫓겨난 이래 어쩐지 세상이 좁아진 것 같았는데, 그렇게 생각해서인지 지금까지 친하게 지내던 사람들이 갑자기 자신을 이상한 눈으로 보는 것 같아 견딜 수 없었다. 그러나 이타니는 시종일관 변함없이 친근한 태도로 대해 주었다. 다에코의 여러 가지 좋지 못한 품행에 대한 이야기가, 소문이 퍼지기 쉬운 미용실 주인인 이타니의 귀에 가장 먼저 들어갔을 거고, 그래서 그런 일들에 대해서는 속속들이 다 알고 있을 텐데도 이타니는 다에코의 어두운 면은 보려고 하지 않고 좋은 면만을 보려는 듯했다.

다에코는 평소부터 그런 것을 기쁘게 생각하고 있는 데다 오늘 아침 이타니가 일부러 작별 인사를 하러 왔을 때 특별히 〈다에코 씨가 보고 싶다〉고 말하고 도쿄에도 꼭 같이 오라고 했다는 말을 듣고는 더욱 감격했다. 다에코는 유키코의 혼담이 들어올 때마다 어쩐지 자신이 방해꾼으로 여겨졌고, 떳떳하게 드러내지 못하는 사람으로 취급당한다고 느꼈다. 그런데도 이타니가 그런 말을 해준 것은, 정말 마키오카가는 이 동생의 존재를 불명예스럽게 여길 것까지는 없고, 그보다 다에코의 특색을 인정해 주고 이런 동생이 있다고 세상에 당당하게 드러내는 게 좋지 않겠느냐고 암묵적으로 말해 주는 듯했다. 그 마음 씀씀이를 생각해서도 다에코는 이번에 꼭 도쿄에 가야 할 것 같았다.

「그럼 다에코 처제도 다녀와. 이런 일에는 되도록 많은 사람들이 가서 북적북적할수록 좋으니까.」

「그런데 제일 중요한 유키코가…….」

사치코는 잠자코 싱글벙글하고 있는 유키코를 돌아보면서 말했다.

「……그리 내키지가 않아.」

「왜?」

「셋이 다 가버리면 에쓰코 혼자만 남게 되잖아…….」

「그래도 다른 누구보다 네가 안 가면 안 되잖아. 어차피 이삼일이니까, 에쓰코도 잘 지낼 거야.」

「언니, 도쿄에 다녀와.」

에쓰코가 어른스러운 말투로 말했다. 최근 에쓰코는 이런 일에 대한 이해력이 점점 좋아지고 있었다.

「집은 내가 잘 볼게. 오하루가 있으니까 하나도 안 심심해.」

「저기…… 내가 도쿄에 가는 데는 한 가지 조건이 있어.」

「뭐? 그게 뭔데?」

「후후.」

유키코는 그냥 웃고만 있어서 사치코가 말했다.

「이타니 씨한테 미안하니까 안 갈 수는 없지만, 가게 되면 결국 자기만 시부야에 남게 될 것 같으니까, 그게 싫다는 거겠지 뭐.」

「음, 그렇군.」

「시부야에 안 들르면 되잖아.」

다에코는 이렇게 말했지만 데이노스케는 반대했다.

「그건 안 돼. 얼굴만이라도 비쳐야지. 만약 알게 되면 나중에 성가시거든.」

「그러니까 머지않아 다시 보낼 테니 이번에는 일단 데리고 가겠다고 내가 잘 말해 주었으면 한다는 거지? 그런 약속을 하면 갈 거지?」

「유키 언니, 도쿄에 가기가 그렇게 싫으면 이번 이야기도 일단 가망이 없다고 봐야 하는 거 아냐?」

「나도 그렇게 생각해.」

다에코의 말에 뒤이어 에쓰코가 말했다.

「난 언니가 시집가는 건 어쩔 수 없지만 도쿄라면 싫어.」

「에쓰코, 네가 뭘 안다고 그래.」

「그래도 도쿄 같은 데로 가면 언니가 불쌍하잖아. 그치 언니?」

「애는. 넌 좀 가만히 있어!」

사치코는 에쓰코를 제지했다.

「난 이렇게 생각해. 미마키 씨라는 사람은 구게의 자제니까 혈통으로 보면 교토 사람인데, 도쿄에서는 지금 아파트 생활을 하고 있을 뿐이니까 경우에 따라서는 간사이로 이사

824

와도 될 것 같다는 거지.」

「음, 그러지 말란 법도 없겠지. 만약 우리가 오사카 쪽에 일자리를 찾아 주면 이쪽에 살아도 될지 모르지. 적어도 그 사람 몸에는 교토 사람의 피가 흐르고 있는 건 확실하니까.」

「간사이 사람이라고 해도 교토 사람은 오사카 사람과 기질이 많이 달라요. 교토 사람은, 여자는 좋지만 남자는 그리 좋지 않잖아요.」

「이봐, 이봐, 당신이 그렇게 트집을 잡으면 어떡해, 참.」

「그래도 그 사람 자신은 도쿄 태생일지도 모르고, 교토 사람이라고 해도 프랑스나 미국에 오랫동안 있었으니까 보통 교토 사람과는 다르겠지요.」

「도쿄가 싫긴 하지만 사람은 도쿄 사람이 나을지도 몰라요.」 유키코가 말했다.

〈이타니에게 주는 기념품은 도쿄의 송별회 때까지 정하면 되니까 오늘 밤은 우선 꽃다발이라도 줘야 하지 않을까〉 하고 데이노스케가 말을 꺼냈다. 그래서 식사를 마치자 일행은 꽃다발을 사려고 일찌감치 고베로 떠났다. 모토마치에서 꽃다발을 샀지만, 플랫폼에서 이타니에게 건네는 건 에쓰코가 하기로 했다. 역에는 원래 상당히 많은 환송객들이 북적일 법도 한데 일부러 출발 시간을 알리지 않은 탓인지 비교적 쓸쓸한 환송이었다. 그래도 환송객들은 이타니의 두 동생, 즉 오사카에서 개업하고 있는 무라카미 의학 박사 부부와 구니와케 상점 점원인 후사지로 부부를 비롯해 20~30명은 되었다. 모처럼 차려입고 나온 마키오카네 세 자매는 주변 분위기를 감안해 코트를 벗지 않았다. 사치코가 이타니 옆으로 다가가 말을 붙였다.

「오늘 아침에는 고마웠습니다. 남편과 의논했더니 미국에 가시기 직전까지 제 동생 일에 신경을 써주셔서 뭐라 감사의 말씀을 드려야 좋을지 모르겠다고 하네요. 그런 말을 들어서 더욱 그렇지만, 설사 그런 이야기가 없더라도 꼭 셋이서 송별회에 참석해야 한다고……」

이 말이 끝나자마자 데이노스케가 거듭 감사하다는 말을 하자 이타니는,

「어머 좋아요, 다 같이 오신다니……」

하며 무척 기뻐하면서,

「그럼 기다리고 있을게요. 자세한 이야기는 내일 전화로 말씀드리고 그때……」

하고 움직이기 시작한 차창 밖으로 인사를 할 때도 다시 그 말을 반복했다.

전화는 다음 날 밤 약속대로 제국 호텔에서 걸려 왔다.

「송별회는 3일 후 오후 5시에 하기로 했고 장소는 제국 호텔 안이에요, 참석자는 저와 딸 미쓰요, 구니지마 겐조 부부와 딸, 미마키 씨, 그리고 고베 쪽을 대표해서 댁의 세 자매, 이렇게 모두 아홉 명은 확실해요. 그런데 도쿄에서는 어디서 묵으실 건가요? 큰댁이 있으니까 거기서 묵으실지 모르겠는데, 서로 연락하기 불편하니까 차라리 제국 호텔에 머무시는 게 어떨까요? 이번 달부터 다음 달까지 도쿄는 2600년제[76]가 있어서 거의 모든 여관이 만원인데, 다행히 구니지마 씨 친척이 이 호텔 방 하나를 잡고 있어서 그 방을 댁에 양보하

---

76 일본에서는 예수의 탄생을 기점으로 하는 서력이 아니라 『일본서기(日本書紀)』에 나오는 진무(神武) 천황이 즉위한 기원전 660년을 기점으로 하는 기원(紀元)이 1874년 공식적으로 인정되었다. 1940년은 기원 2600년에 해당하기 때문에 대규모 축하 행사가 열렸다.

고 그분은 구니지마 씨 댁에 묵어도 좋다고 했거든요…….」

이타니는 이런 문의를 해왔다. 어차피 이번에는 다에코도 같이 가고 유키코도 그때 그런 말을 해서 가능하면 큰집에 비밀로 하고 싶기도 했기 때문에 사치코는 잠깐 생각한 다음 말했다.

「그럼 염치없지만 부탁드릴게요. 내일 밤차나 모레 아침 급행으로 출발하려고 해요. 배가 떠나는 날까지 머물다 요코하마까지 같이 가고 싶지만 그렇게 오래 집을 비워 둘 수도 없고 해서 어쩔 수 없이 송별회만 참석하고 실례를 해야 할 것 같아요. 그리고 모레와 글피 송별회 날 이렇게 이틀 밤만 묵으면 되겠지만 모처럼 간 김에 가부키를 보고 싶기도 하니까 어쩌면 하룻밤 더 묵을지도 모르겠어요.」

「그럼 가부키 표를 사놓을까요? 어쩌면 우리가 같이 갈 수도 있으니까요.」

그다음 날 다행히 오사카에서 떠나는 밤차의 침대칸 표를 구했기 때문에 세 자매는 하루 종일 준비하느라 분주했다. 사치코와 유키코는 그날 안에 파마를 하려고 했으나 이타니의 미용실이 없어졌기 때문에 어디로 가야 할지 몰랐다. 다에코가 오면 그녀가 알고 있는 미용실로 갈 생각으로 은근히 기다리고 있었다.

「그건 그렇고 오늘 아침엔 다에코가 왜 이리 늦지?」

이럭저럭 아침나절이 다 지나가 버렸다. 이런 일에 재빠른 다에코는 혼자 미용실에 간 듯 오후 2시쯤 곱게 머리단장을 하고 나타났다.

「뭐야, 우리도 따라가려고 했는데…….」

「도쿄에서 파마를 해도 되잖아. 제국 호텔에도 미용실이 있을걸.」

다에코는 천연덕스럽게 이렇게 말했다.

「정말, 그렇겠구나.」

사치코와 유키코는 슬슬 갈아입을 옷을 골라 크고 작은 두 개의 옷가방과 보스턴백에 짐을 꾸리고 저녁을 먹었다. 그리고 옷단장을 하고 나니 벌써 출발 시간에 빠듯했다.

29

「실례지만 혹시 마키오카 씨인가요?」

다음 날 아침 세 자매가 도쿄 역 플랫폼에 내리자 양장을 한 조그만 몸집의 아가씨가 종종걸음으로 다가와 사치코에게 달라붙듯이 하며 말을 걸어왔다.

「저는 미쓰요라고 합니다만…….」

「아아, 이타니 씨의…….」

「정말 오랜만에 뵙는군요. 어머니가 마중 나와야 하는데 이래저래 바빠서 대신 제가 나왔어요.」

미쓰요는 세 자매가 들고 있는 짐에 눈을 주고,

「짐꾼을 부를까요?」

하며 곧장 종종걸음으로 달려가 짐꾼을 데리고 왔다.

「아아, 유키코 아가씨고 다에코 아가씨죠? 저는 미쓰요라고 합니다. 정말 이게 몇 년 만인가요? 어머니가 항상 신세만 지고…… 게다가 이번에는 세 자매분들께서 일부러 여기까지 와주시고, 정말 송구스럽습니다. 어젯밤에도 어머니가 세 분이 오신다는 얘기를 하면서 무척 기뻐했습니다.」

커다란 짐들을 짐꾼에게 맡긴 뒤에도 보자기나 화장가방 등 자잘한 물건이 두세 개 남아 있는 것을 보고 미쓰요는,

「이건 제가 들겠습니다. 아니에요, 괜찮아요. 제가 들게요, 제가……」

하며 세 자매의 손에서 억지로 짐을 뺏다시피 해서 인파 속을 헤치고 민첩하게 빠져나가 앞장을 섰다.

사치코 자매들은 이 아가씨가 아직 고베의 현립 제일고녀에 다니고 있을 때 한두 번 봤을 뿐이었다. 하여튼 그다지 낯이 익지는 않았지만, 그 무렵에 비하면 몰라보게 세련되어서 그쪽에서 이름을 말하지 않았다면 아마 알아보지 못했을 것이다. 어머니 이타니는 마른 편이지만 키가 큰데, 이 아가씨는 예전부터 몸집과 키가 작았다. 그동안 하나도 크지 않은 듯했다. 옛날에는 그래도 거무스름하고 둥근 얼굴에 약간 통통한 체형이었는데 살결이 하얘진 대신 얼굴이나 몸집이 오히려 조그맣게 줄어든 느낌이었다. 손도 열서너 살짜리 아이 손처럼 작았다. 실제로 세 자매 가운데 가장 작은 다에코에 비해서도 1~2센티미터 작아 보였다. 기모노 위에 코트를 입고 있는 다에코는 작아도 큼직하고 풍만해 보였지만 미쓰요는 그녀의 어머니가 말한 대로 깜찍하고 빈약해 보였다. 말하는 모양은 우스울 정도로 이타니를 빼닮아서 빠른 말투에 나불나불 숨도 안 쉬고 말하는 품새가 조숙한 아이 같은 느낌이었다. 유키코는 자기보다 열 살이나 아래인 아가씨한테 〈유키코 아가씨, 유키코 아가씨〉 하고 불리는 게 낯간지럽기도 하고 불쾌하기도 했다.

「미쓰요 양도 바쁠 텐데 이렇게 마중까지 나와 주다니, 정말 고마워요.」

「아니요, 천만에요. 솔직히 말하면 이번 달은 2600년제로 행사가 많아서 잡지사도 상당히 바빠요. 거기다 어머니 심부름도 해야 하고…….」

「얼마 전에는 관함식[77]이 있었다죠?」

「네. 관함식 다음 날에는 대정익찬회[78]의 발족식이 있었고 게다가 야스쿠니 신사의 대제(大祭)도 시작되었어요. 21일에는 관병식이 있었고, 이번 달 도쿄는 정말 엄청나요. 여관 같은 데도 어디나 다 만원이고…… 아, 맞아요, 그래서 호텔에도 손님들의 문의가 쇄도하고 있거든요. 방을 잡아 놓긴 했지만 그리 좋은 방은 아니에요.」

「아, 네, 어디든 괜찮아요.」

「방이 좁은 건 어쩔 수 없다고 해도 싱글 베드가 두 개밖에 없었거든요. 그러면 곤란하다면서 기어이 하나를 더블로 바꿔 놓았어요.」

가는 도중에 미쓰요는 자동차 안에서 이런 말을 하면서 가부키 표도 가능하면 오늘 것을 구하려고 했지만 열흘 전에도 보통 방법으로는 구할 수 없다는 것, 그래도 잡지사 관계로 간신히 모레 표를 구할 수 있을 거라는 것, 그날은 이타니 모녀와 저번에 이타니가 말한 미마키 씨가 같이 가게 될 거라는 것, 그렇지만 자리는 여섯 명이 한곳에 앉기는 어려우리라는 것 등을 얘기했다.

「정말 이렇게 옹색한 데서…… 게다가 이쪽은 햇빛도 들지

77 해군, 주로 군함을 국가의 원수가 친히 열병하는 의식. 여기서는 1940년 10월 11일 기원 2600년 특별 관함식인데 요코하마 앞바다에서 행해졌다. 군함 〈히에(比叡)〉에 승선한 쇼와 천황이 백 척 남짓의 연합 함대를 열병했다.
78 나치스 독일과 같은 강력한 일국일당 체제의 수립을 목표로 한 혁명파가 고노에 신체제 운동을 한 결과 제2차 고노에 내각이 성립되었고 그 후 모든 정당이 해산하고 1940년 10월 12일 수상 관저에서 발족식을 거행했다. 그러나 다양한 정치 세력의 이해가 일치하지 않아 결국 정치 결사로는 기능하지 못하고 상명하달의 행정 보조 기관으로 국책 협력 운동을 전개해 천황제 파시즘의 일익을 담당했다.

않아 불편하실 거예요. 그래도 이 방밖에 없으니 이해해 주세요.」

미쓰요는 세 자매를 방까지 안내하고 맡은 짐을 방 안에 놓고 곧바로 나가면서,

「어머니는 지금 외출 중입니다만 곧 돌아올 거예요. 돌아오는 대로 찾아뵙겠다고 했어요. 그럼 전 바로 회사로 갔다가 나중에 또 올게요. 긴자에서 쇼핑할 일은 없으신가요? 혹시 있으면 언제든지 전화하세요」

하고 말하고

「전화는 이리로 하시면 됩니다」

하며 마디가 짧은 조그만 손으로, 그래도 남들이 하는 것처럼 손톱을 빨갛게 물들인 손으로 핸드백에서 명함을 꺼내 건넸다.

사치코는 머리가 마음에 걸려 오늘 중으로 끝내려고 했는데, 자기도 유키코도 밤기차로 오느라 피곤하다는 걸 생각하면 아무래도 오늘은 너무 무리하지 않고 쉬는 게 나을 듯했다. 어차피 조금 있으면 이타니가 올 것 같아서 당장 잘 수도 없고 오비라도 풀고 잠시라도 편히 쉬고 있는 게 좋을 듯했다. 사치코는 자기야 어떻든 유키코가 걱정되었다. 왜냐하면 쭉 맞아 온 주사 덕분인지 요즘에는 마침 눈가의 어두운 그늘도 완전히 사라지지는 않았지만 상당히 엷어졌는데, 아마 월경도 가까워졌을 것이고 기차 여행으로 안색이 수척해지고 개운치 않은 걸 보면 얼룩이 진해질 수도 있기 때문이었다. 이런 때는 유키코를 피곤하지 않게 하는 게 가장 좋을 듯했다.

「어떡하지, 유키코? 아무래도 내일 하는 게 낫겠지? 지금은 피곤하니까…….」

「오늘 해도 괜찮아.」

「모임은 내일 저녁 5시부터니까 시간은 충분해……. 오늘은 잠깐 쉬었다가 긴자에라도 나가 보자. 이것저것 살 것도 있으니까…….」

「난 좀 누워 있을게.」

다에코는 아까 이 방에 들어오자마자 제일 먼저 편해 보이는 안락의자를 거리낌 없이 차지하고는 몸을 뒤로 기댄 채 축 늘어져 있었다. 언니들이 이야기를 하고 있는 동안 하오리를 벗고 오비를 풀어 속띠만 한 차림으로 더블베드 위에 벌렁 드러누웠다. 예전에 다에코는 이런 경우 조금만 피곤해도 맥을 못 추는 모습을 보이지 않았으며 두 언니를 남겨 두고서라도 활기차게 그 근처를 돌아다니는 게 보통이었다. 그러나 요즘은 점차 옛날과 같은 발랄함이 없어지고 툭하면 아무 데서나 다리를 뻗고 팔베개를 하거나 긴 한숨을 쉬는 등 천성적으로 버릇없는 경향이 더 심해졌다. 아직 건강이 완전히 회복되지 않은 탓인지도 모르지만, 회복한다고 하다가 오히려 지나치게 살이 쪄서 무슨 일을 하든 힘들어했다.

「유키코, 너도 좀 누워.」

사치코가 이렇게 말하자, 유키코는,

「응」

하면서도 지금까지 다에코가 차지하고 있던 안락의자로 갔다. 다에코가 벗어 놓은 하오리가 안락의자에 아무렇게나 걸쳐 있었다. 유키코는 하오리를 치워 놓고 자신은 오비도 풀지 않고 단정하게 안락의자에 앉았다. 이 방에는 침대가 두 개밖에 없기 때문에 밤에는 더블베드에 다에코와 둘이서 잘 수밖에 없었다. 더블이라고 해도 좀 작은 편이어서 유키코는 당장 다에코 옆으로 기어 들어갈 엄두가 나지 않았다.

다른 침대는 사치코를 위해 양보한 것이었는데, 어느새 누워 있던 다에코보다 유키코가 먼저 잠이 들어 버렸다. 사치코는 유키코의 배려를 알았는지 어땠는지 결국 비어 있는 침대 위로 올라갔다. 유키코가 혼자 의자에 앉은 채 잠들어 있고 그녀도 다에코도 잠이 오지 않았으므로,

「다에코, 그동안 목욕이나 할까?」

하며 다에코와 번갈아 욕탕에 몸을 담갔다. 그때까지도 잠들어 있던 유키코를 깨워 목욕을 하게 하고 식당에 가서 점심까지 먹었는데도, 기다리고 있던 이타니는 좀처럼 나타나지 않았다. 그래서 오후에는 셋이서 긴자로 나갔다. 무슨 일이 있더라도 이타니에게 줄 전별 선물을 마련해야 했으므로 여기저기 쇼윈도를 들여다보았다. 미국으로 가는 사람한테 서양풍의 물건을 선물하는 것은 눈치 없는 짓일 것이고, 일본 특산품 중에 그쪽 사람들이 좋아할 만한 게 뭐가 있을까 하며 머리를 짜냈다. 핫토리 시계점 건물 지하에서 문득 자개로 만든 손궤를 발견했다. 그것을 사치코가 주는 선물로 하기로 하고, 별도로 미키모토 진주점에서 진주를 박은 대모갑으로 만든 브로치 겸용의 클립을 사서 유키코와 다에코가 주는 선물로 하기로 했다. 세 자매는 그것만으로도 꽤 지쳤으므로 코롱방 제과점에서 잠깐 쉬었다. 아직 살 것이 남아 있는데도,

「이제 돌아가자. 응?」

하고 다에코가 먼저 일어나며 말했으므로 세 자매는 4시 반쯤 호텔로 돌아왔다. 방에 들어서자 탁자 위에는 난초를 꽂은 꽃병이 놓여 있었고, 〈돌아오시면 연락 주세요. 함께 차라도 할 생각으로 기다리고 있겠습니다〉라고 적힌 이타니의 명함이 꽂혀 있었다.

「또 차야? 금방 마시고 왔는데⋯⋯.」

다에코는 다시 안락의자를 차지했는데 아무리 설득해도 꿈쩍도 하지 않을 성싶었다. 사치코와 유키코도 한숨 돌리고 싶었기 때문에 침대 끝에 앉아 다리를 뻗고 있었더니 채 10분도 안 되어 전화벨이 울렸다.

「이타니 씰 거야.」

이렇게 말하며 사치코가 수화기를 들었다.

「오늘은 아침부터 외출을 해서 정말 실례가 많았습니다. 조금 전에야 돌아왔어요. 지금 차를 준비하라고 할 테니 모두들 로비로 나와 주시겠어요?」

예상했던 대로 이타니의 재촉이었다.

「예, 예, 지금 막 전화를 하려던 참이었는데⋯⋯ 예, 예 곧 내려갈게요.」

「난 그만두겠어. 둘이서 갔다 오면 안 될까?」

다에코가 이렇게 말하자,

「그럼 이타니 씨한테 실례니까 너도 가자. 우리도 피곤해」

하고 사치코는 귀찮아하는 다에코를 억지로 끌고 셋이서 로비로 내려갔다.

30

이타니는 대충 인사가 끝나자,

「지금 막 가부키 입장권을 담당하는 사람한테서 모레 좌석을 구했다는 연락이 왔어요. 댁의 세 분만 번호가 이어진 자리고 나머지는 두 자리와 한 자리, 이렇게 떨어진 자리래요. 저와 미쓰요는 같이 볼 수 있는데 미마키 씨만 혼자 떨어져 보게 되었네요」

하는 말부터 시작해서 차를 마시는 동안 요령 있게 미마키 이야기를 끌어들였다. 사치코 자매들은 아무 생각 없이 잡담이나 나누는 기분이었다. 그러나 이타니의 이야기를 들으면서, 이타니가 이미 유키코에 대해 구니지마 부부나 미마키에게 이야기했을 뿐 아니라 진작부터 가지고 있던 유키코의 맞선 사진까지 보여 주었다는 것, 사진에 대한 반응이 무척 좋다는 것, 어젯밤에도 구니지마 집에서 다들 유키코가 도저히 그 나이로는 보이지 않는다고 했다는 것, 미마키는 직접 만나 볼 것까지도 없이 이 사진만 봐도 마음에 든다면서 마키오카 측에서 반대하지만 않는다면 유키코와 결혼할 생각이라는 것, 이타니는 중매쟁이의 말은 믿을 수 없다는 말이 듣기 싫어서 마키오카가의 가정 사정, 즉 시부야의 큰집과 아시야의 사치코네의 관계, 유키코와 다에코가 형부 다쓰오와 사이가 좋지 않다는 것과 그 이유에 대해 알고 있는 범위 안에서 숨기지 않고 말해 두었다는 것, 하지만 미마키라는 사람은 그런 말을 들어도 태연했고 결혼하겠다는 의사를 바꿀 의향은 없다는 것, 그는 예전에 방탕한 생활을 한 경험이 있기 때문에 그런 점에 대한 이해가 빠른 건지 아니면 초월하고 있는 건지 아주 담담하더라는 것 등을 알게 되었다. 유키코와 다에코는 이야기가 점점 그쪽으로 깊어질 것 같다는 눈치를 채고 차를 다 마시자마자 서둘러 자리를 떴다. 이타니는 두 사람이 일어나자 곧장 멀어져 가는 유키코의 뒷모습에 눈을 주면서,

「사실 얼굴의 얼룩 애기도 했어요」

하고 한층 목소리를 죽여 말했다.

「나중에 알게 되는 것보다는 나을 것 같아서 이것저것 다

얘기했어요.」

「그렇게 해주시는 게 더 좋지요. 우리도 마음이 편하니까요……. 지금까지 계속 치료를 하고 있는데 보시는 대로 그렇게 눈에 띌 정도는 아니고, 또 결혼하면 다 낫는다고 하니까 그 점도 설명해 주셨으면 좋겠어요.」

「예, 예, 그 얘기도 했어요. 그랬더니 〈그래요? 결혼하고 나서 그 얼룩이 차츰 없어지는 모습도 기대가 되는걸요〉 하더라고요.」

「어머!」

「그리고 저어, 다에코 씨 문제인데요, 부인은 어떻게 생각하고 계시는지 모르겠습니다만, 사람들은 뭐 이런저런 얘기들을 하는 것 같은데 설사 그 소문이 다 사실이라고 해도 그건 별로 걱정하실 일이 아니라고 생각해요. 어떤 집이든 좀 색다른 사람이 한 사람씩은 있는 거고, 또 그런 사람이 있는 게 낫지 않겠어요? 미마키 씨도 〈동생이야 어떻든 상관없습니다. 저는 동생분과 결혼하는 게 아니니까요〉라고 했으니까요.」

「그렇게 이해해 주는 분이 많지 않으니까요.」

「역시 한번 도락에 빠져 본 사람이라 어딘가 깨달은 구석이 있나 봐요. 〈동생분은 저와 무관하니까 어떤 일이든 숨기지 않고 말씀해 주시는 건 좋지만 싫으시면 말씀하실 필요까지는 없습니다〉라고 말하더라니까요.」

이타니는 안심하는 듯한 사치코의 표정을 간파하고는 기회를 놓치지 않고 물었다.

「그보다 유키코 아가씨는 어떻게 생각하나요?」

「네, 그게…… 실은 아직…….」

솔직히 말하면 사치코는 지금 이타니의 말을 듣고서야 비로소 마음이 움직였다. 그러나 이번에 도쿄에 온 목적은 어디까지나 송별회에 참석하는 것이었다. 혼담도 염두에 두지 않은 건 아니었지만 애써 이차적인 것으로 돌리고, 일단 만나 볼 뿐이라는 미온적인 태도로 나올 수밖에 없었다. 또다시 많은 정성을 쏟았다가 나중에 낙담하게 될까 봐 두려움을 떨쳐 버릴 수 없었기 때문이다. 그래서 아직도 유키코에게 물어보지 않았던 것인데, 우선 다른 여러 조건이 다 좋다고 해도 이 혼담의 난점은, 저번에도 잠깐 이야기가 나온 것처럼 결혼해서 살 곳이 도쿄라는 것이었다. 이 때문에 유키코가 주저할 거라는 건 틀림없었다. 아니, 좀 더 정확히 말하자면 이제 와서 유키코가 제멋대로 말하게는 하지 않을 것이고 또 그런 말을 할 수도 없겠지만, 오히려 사치코 자신이 왠지 유키코를 도쿄로 시집보내고 싶지 않았다. 가능하면 교토나 오사카, 고베 지역에 살게 하고 싶다는 은밀한 바람을 갖고 있었다.

「그런데 미마키 씨는 앞으로 어디서 살게 되나요? 교토의 부친께서 집을 사주신다는 말을 들었습니다만 어디다 사게 될까요? 그걸 조건으로 삼겠다는 뜻은 절대 아닙니다만 꼭 도쿄여야 하는지, 일자리만 있으면 간사이라도 상관은 없는지, 이런 것도 한번 물어봐 주셨으면 합니다만…….」

「알겠어요. 그건 아직 물어보지는 않았습니다만 곧 한번 물어보죠 뭐.」

이타니는 이렇게 대답하고 나서,

「아마 도쿄일 것 같습니다만, 도쿄는 싫으신가요?」

하고 되물었다.

「아니요, 뭐 특별히…….」

사치코는 당황하여,

「꼭 그런 건 아닙니다만……」
하고 말끝을 흐렸다.
「그럼 나중에 또…… 저녁 식사가 끝나고 나서…… 어쩌면
오늘 밤에 미쓰요가 미마키 씨를 데리고 올지도 모르니까,
그때는 아무쪼록 제 방으로 놀러 오세요.」
이렇게 일단 헤어졌는데, 과연 8시가 조금 지난 시간에 이
타니한테서 전화가 왔다.
「피곤하시겠지만 지금 막 미마키 씨가 오셨으니까 세 분이
서 꼭 제 방으로 놀러 오세요.」
사치코는 옷가방에서 옷을 여러 벌 꺼내 두 침대에 가득
늘어놓고 유키코가 옷 갈아입는 것을 도와주고 나서 자신과
다에코도 옷을 갈아입었다. 그사이에 다시 한번 재촉 전화가
걸려왔다.

「자, 어서 들어오세요.」
노크를 하자 미쓰요가 안에서 문을 열어 주었다.
「이렇게 어지럽게 늘어놔서 죄송해요.」
방 안은 크고 작은 대여섯 개의 트렁크, 여러 가지 옷상자,
여기저기서 보내온 전별 선물 꾸러미, 미국에 갈 때 필요한 물
건들로 가득 차 있었다. 미마키는 세 자매의 모습을 보자 서
둘러 의자에서 일어났지만 소개가 끝나도 의자에 앉지 않고,
「저는 여기가 편합니다. 자 이쪽으로」
하며 자신은 큼직한 스티머 트렁크[79]에 앉았다. 여러 가지
모양의 의자가 네 개밖에 없었기 때문에 거기에 세 자매와 이
타니가 앉았고 미쓰요는 침대 끝에 걸터앉았다.
「이타니 씨, 어떻습니까? 이제 손님도 오셨고…….」
79 배의 침대 밑에 들어가도록 만든 넓고 납작한 트렁크.

뭔가 하던 이야기가 있는 듯 미마키가 말했다.

「구경꾼이 많아졌으니 꼭 한 번 보여 주시지요?」

「미마키 씨한테는 절대 보여 주지 않겠어요.」

「그런 말씀을 하셔 봤자 어차피 저는 전송하러 배까지 갈 테니까 싫어도 보여 주게 되어 있거든요.」

「전 출항할 때도 기모노를 입을 생각인걸요.」

「뭐라고요? 배에서도 쭉 말인가요?」

「쭉은 아니겠지만 되도록 양장은 입지 않을 생각이에요.」

「그건 좋지 않은 생각 같은데요. 그럼 뭐하러 양장을 준비하셨나요?」

그렇게 말하며 미마키는 사치코 자매들에게 말을 붙였다.

「음, 좀 물어보겠습니다만, 사실 지금 이타니 씨의 양장이 문제가 되었는데, 어떠신가요? 여러분께서는 이타니 씨가 양장을 한 모습을 보신 적이 있습니까?」

「아니요.」

사치코가 대답했다.

「본 적이 없어요. 그래서 저희도 이타니 씨가 미국에 가시면 어떻게 할지 모르겠다는 말을 한 적이 있습니다.」

「도쿄의 동료들도 다들 그렇게 말합니다. 미쓰요 씨도 본 적이 없다고 하니까, 꼭 한 번 보여 주어야 하는데 말이죠.」

미마키는 다시 이타니 쪽으로 고개를 돌리고 물었다.

「어떻습니까? 이타니 씨, 다들 보는 앞에서 한번 시험해 볼 필요가 있지 않겠어요?」

「무슨 말씀을 하시는 거예요? 지금 여기서 옷을 벗으란 말인가요?」

「네, 네…… 그동안 저희는 복도에 나가 있죠 뭐.」

「그런 거야 아무렴 어때요, 미마키 씨.」

미쓰요가 미마키를 두둔하고 나섰다.

「그렇게 엄마를 놀리면 못써, 미쓰요.」

「그러고 보니 다에코 씨도 요즘엔 기모노를 자주 입으시네요?」

이타니는 화제를 딴 데로 돌렸다.

「비겁해요, 그렇게 얼렁뚱땅 넘어가려 하다니.」

「예, 다에코도 요즘엔 양장보다는 기모노 입을 때가 많아졌어요.」

「점점 할머니가 되어 간다는 증거라는 말까지 들었어요.」

사치코의 말에 이어 다에코가 아무렇지 않게 오사카 사투리로 말했다.

「하지만 이렇게 말하면 실례일지 모르겠지만……」

하고 미쓰요는 다에코의 현란한 의상을 훑어보면서 말했다.

「고이상[80]은 양장이 더 잘 어울리지 않을까요? 기모노도 잘 어울리긴 하지만 말이에요.」

「미쓰요 씨, 이야기 중에 죄송합니다만 이 아가씨는 다에코 씨라고 들었는데 〈고이상〉이라고 하는 건?」

「어머, 미마키 씨는 교토 사람이면서 〈고이상〉이란 말을 모르세요?」

「〈고이상〉이라는 말은 오사카에서만 쓰는 말인가 봐요. 교토에서는 잘 안 쓰는 것 같더라고요.」

사치코가 이렇게 말했다.

이타니가 〈좀 드셔 보세요〉 하면서 어디서 선물로 들어온 듯한 초콜릿 과자 캔을 내놓았다. 다들 배가 불렀으므로 아

---

80 〈고이상こいさん〉은 간사이 사투리로 〈작은 아가씨〉 정도의 의미인데 주로 막내딸을 부를 때 쓴다. 지금까지는 〈고이상〉을 그냥 〈다에코〉라고 번역했는데 이 부분에서만 〈고이상〉 그대로 두었다.

무도 손을 대지 않았고 차만 마시고들 있었다. 미쓰요가 어머니에게 위스키를 방으로 배달시키라고 했고, 미마키에게 〈서비스 하세요〉 했으므로 미마키는 사양치 않고 보이에게 병째 놓고 가게 했다. 미마키는 위스키 병을 옆에 두고 홀짝홀짝 마시면서 말했다. 대화는 이타니가 능숙하게 이끌어 갔으므로 실수 없이 이어졌다. 〈미마키 씨는 집을 장만한다면 꼭 도쿄여야만 하나요?〉 하는 질문이 계기가 되어 미마키는 자신의 신상에 관한 일이나 장래 계획 등에 대해 여러 가지 일을 이야기했다.

「지금 미쓰요 씨는 저를 교토 사람이라고 했지만 저희 집안은 조부 때부터 도쿄 고이시카와로 본가를 옮겼기 때문에 저는 도쿄에서 태어났습니다. 아버지까지는 순수한 교토 사람이지만 어머니는 후카가와 사람이니까 제 몸에는 교토 사람의 피와 에도[81] 사람의 피가 반반씩 흐르고 있는 셈이지요. 그래서 저는 젊었을 때는 교토에 대해 아무런 흥미도 느끼지 못했고 오히려 유럽 생활을 동경했습니다만 요즘에는 조상의 땅에 대한 향수 같은 게 생겨나는 것 같습니다. 그러고 보면 아버지도 나이가 들어서는 교토를 그리워해 결국 고이시카와의 본가를 버리고 사가에 은거한 것 같습니다. 그런 걸 보면 저도 뭔가 숙명적인 것을 느낍니다. 취미에도 그런 경향이 나타나는데 저는 점점 옛날 일본 건축의 장점을 알게 되었습니다. 그래서 앞으로는 기회를 봐서 다시 건축가가 될 생각인데, 그때까지는 가능하면 일본 고유의 건축을 연구해 두고 앞으로 설계할 때는 일본적인 요소를 많이 도입할 생각입니다. 저는 이것저것 생각하고 있는데, 경우에 따라서는 교토나 오사카, 고베 지방에서 직장을 구해 그쪽에서 잠시 생활하는 게

81 지금의 도쿄.

연구를 위해서도 좋지 않을까 하는 생각도 하고 있습니다. 그 뿐 아니라 훗날 제가 짓고 싶은 주택 양식은 도쿄보다도 오사카 고베 지방의 환경과 어울릴 것 같아서, 좀 과장되게 말하면 저의 장래는 간사이에 있다고까지 생각하고 있습니다. 만약 교토에 집을 마련한다면 어디로 했으면 좋겠습니까?」
　사치코가 이에 대해 의견을 말하고,
　「사가의 아버님 별택은 어디쯤 있나요?」
　하고 물었다. 이 질문을 계기로 교토에 산다면 사가 근처나 난젠지, 오카자키, 시시가타니 방면이 제일 좋다는 이야기로 이어져 그만 밤이 깊어질 때까지 자리가 끝나지 않았다. 그사이에 미마키는 위스키를 혼자 3분의 1쯤 비우고도 아무렇지 않은 모양이었는데, 그래도 취기가 도는지 익살맞은 짓을 하고 때때로 기발한 경구를 늘어놓아 모두를 웃게 만들었다. 특히 미쓰요와는 좋은 짝인 듯 아주 신랄한 설전을 주고받았는데, 마치 만담이라도 듣고 있는 듯해서 사치코 자매들은 오후의 피로도 잊고 잠이 다 달아나는 것 같았다.
　「아, 큰일이다! 전차가 끊기겠어요.」
　미마키는 서둘러 일어났고 뒤따라,
　「저도 같이요!」
　하고 미쓰요도 일어나 돌아갔다. 벌써 11시가 다 된 시간이었다.

　다음 날 아침, 사치코 자매들은 9시 반경에야 일어났다. 사치코는 식당 문이 열리기를 기다리지 못하고 방에서 간단히 토스트를 먹고 유키코를 재촉해 시세이도 미용실로 갔다. 이곳 호텔 지하에도 미용실이 있지만 시세이도에서는 파마를 하는 데 조토스[82]라는 약물을 쓰는 새로운 방식을 도입했다는 말을 들었기 때문이다. 〈조토스로 파마를 하면 전기 기구 같은 것을 머리에 쓰지 않아 귀찮지 않고 편하니까 거기서 하세요〉 하고 어젯밤 미쓰요가 가르쳐 주었던 것이다. 가서 보니 벌써 열두세 명의 손님이 기다리고 있어서 몇 시간이나 기다려야 할지 모르는 판국이었다. 고베의 이타니 미용실이라면 이런 경우 안면이 있다는 걸 이용해 억지로 부탁하면 순번을 속인다든가 해서 먼저 할 수도 있었지만 여기서는 그런 수를 쓸 수도 없었다. 대기실에서 기다리고 있는 동안에도 주위 사람들은 모두 생면부지의 순 도쿄 부인들이나 아가씨들뿐, 누구 한 사람 말을 걸어 주는 사람이 없었다. 둘은 간사이 사투리를 남들이 들을까 봐 조그만 소리로 말하는 것조차 신경이 쓰였다. 마치 적지에 있는 기분으로 몸을 움츠리면서 주위에서 재잘재잘 떠들어 대는 도쿄 말에 귀를 기울이고 있는 수밖에 없었다. 한 사람이,

「오늘은 정말 붐비네요」

하자 다른 사람이,

「그야 오늘은 길일이라서 결혼식이 굉장히 많거든요. 미용실은 어디든 만원이에요」

하고 말했다. 사치코는, 역시 그랬구나, 그럼 이타니가 송별회를 오늘로 한 것도 유키코를 위해 길일을 잡아 주었을지도 모른다는 생각이 들었다. 그러는 동안에도 손님이 잇따라 몰려들어 〈미안하지만 전 약속이 있어서……〉 하는 예의 수법으로 두 사람, 세 사람이 먼저 들어가기도 했다. 사치코와 유키코는 12시쯤 들어왔는데 이윽고 2시가 되었다. 오늘 저녁 5시 모임에 맞출 수 있을지 불안해졌다. 두 번 다시 시세

82 뉴욕 조토스사가 개발한 제품으로 현재의 콜드액 같은 것인데 전열 기구를 쓰지 않고 파마를 할 수 있는 최신 기술이었다.

이도에 오나 봐라, 하고 화를 참으면서 초조하게 차례를 기다렸다. 나올 때 토스트를 먹었을 뿐이어서 지금은 배가 고파 참을 수 없을 지경이었다. 특히 유키코는 평소부터 〈난 사람들보다 위가 작다〉고 하면서 한 번에 먹는 양이 아주 적었는데, 그 때문에 다른 사람들보다 빨리 배가 고파져서 자칫하면 뇌빈혈을 일으킬 수도 있었다. 그런 사정을 알고 있는 사치코는, 이래 가지고 파마를 해도 괜찮을까 하고 자기보다 유키코가 걱정되어 추운 듯 잠자코 앉아 있는 그녀의 얼굴만 살피고 있었다. 드디어 2시가 지나고 차례가 되어 유키코가 먼저 했고 사치코가 끝난 것은 4시 50분쯤이었다. 돌아가려고 할 때, 〈마키오카 씨, 전화입니다〉 하는 말을 듣고 전화를 받았다.

「언니, 아직 안 끝났어? 5시 다 됐어.」

조바심에 다에코가 호텔에서 전화를 한 것이었다.

「응, 알았어. 지금 막 끝났어. 금방 갈게.」

그만 오사카 사투리가 나왔고, 두 사람은 서둘러 밖으로 나왔다.

「유키코, 잘 기억해 둬. 길일에는 모르는 미용실에 가는 게 아니라는 거.」

사치코는 분한 듯 말했다.

그날 밤 사치코는 서둘러 호텔 연회장으로 가는 복도에서 아까 시세이도에서 본 부인들이 예복을 입고 지나가는 것과 마주쳤는데, 다섯 명쯤 되는 것 같았다. 송별회 회장에서 이타니에게 사정을 설명할 때도,

「정말 늦어져서 죄송해요……. 아무리 깜빡한다고 해도 길일 같은 날에는 모르는 미용실에 갈 게 아니더라고요」

하고 다시 그 대사를 반복했다.

31

세 자매들이 도쿄에 머무는 마지막 날인 셋째 날은 아침부터 오후에 걸쳐 굉장히 분주한 하루였다.

처음에 사치코는 이날 하루는 가부키를 보기 위해 비워 두고 다음 날 오전에 도겐자카를 방문한 다음, 오후에는 선물을 사서 밤기차로 돌아갈 생각이었다. 그러나 밤기차로 올 때부터 지긋지긋했던 수면 부족이 쌓인 탓에 가장 먼저 다에코가 일찍 돌아가 발을 뻗고 눕고 싶다고 했고 유키코도 찬성했다. 유키코와 다에코의 속셈은, 피곤한 것도 있겠지만 그보다는 큰집을 방문하는 시간을 되도록 줄이는 것이었다. 즉 다음 날 아침 〈쓰바메〉로 출발하기로 하고 이날 오전 중에 쇼핑을 끝낸 다음 오후에 가부키 극장에 가기 전에 자동차로 큰집으로 가서 문 앞에 차를 세워 두고 5~6분쯤 잠깐 들를 생각인 듯했다. 사치코는 동생들의 그런 마음을 이해하지 못할 바는 아니었다. 다에코가 큰집을 싫어하는 것이야 말할 것도 없고 유키코도 이미 1년 이상이나 큰집에 돌아가지 않고 있었다. 사실 작년 10월 큰집이 다에코에게 도쿄로 오든가 아니면 마키오카 집안과 인연을 끊든가 둘 중 하나를 택하라고 했을 때 유키코한테도 거의 그와 비슷한 말을 했다. 다만 유키코한테는 옴짝달싹못하게 하지는 않았고 어렴풋이 말한 것에 지나지 않았으므로 어디까지 본심으로 말하는 것인지는 알 수 없었다. 그래서 유키코는 그런 말은 완전히 무시하는 식으로 나갔는데, 큰집에서도 그 뒤로는 유키코에 대해서 아무런 조치도 취하지 않았다. 그것은 유키코를 다루는 데 애를 먹고 있는 형부가 그녀를 자극하는 걸 피하고 잠시 내버려 두는 것인지, 아니면 유키코가 시키는 대로 하지 않는 것을 구실로 다에코와 마찬가지로 그녀와도 암묵적으로 의절한 셈인지는 알 수 없었다. 이번에 큰집에 가면 큰언니한테서 뭔가 그와 관련된 이야기가 나올 것 같았기 때문에 유키코는 물론이고 사치코도 어쩐지 도겐자카로는 발길이 향하지 않았다.

사실 사치코도 지지난달 후지 산 근처 다섯 호수를 도는 여행길에 잠깐 도쿄에 들렀을 때 쓰루코와는 전화로만 이야기했을 뿐이었다. 눈병이 났기 때문이기도 하지만 한편으로는 언니가 형부의 뜻이라며 유키코를 돌려보내라고 하고, 만약 유키코가 응하지 않을 경우 이러지도 저러지도 못하는 처지에 빠지지 않을까 염려되었기 때문이다. 이런 사정은 별도로 한다고 해도 사치코에게는 또 나름대로 언니를 멀리하는 마음이 있었다. 그것은 사치코 자신도 의식하지 못하는 잠재적인 것이었다. 올 4월 다에코의 병을 알렸을 때 언니가 보내온 답장을 읽고 난 후 그녀는 언니에 대해 뭔가 불쾌한 감정을 갖게 되었던 것이다. 그런 여러 가지 이유가 쌓였기 때문에 이번에는 전혀 얼굴을 비치지 않고 살짝 돌아가고 싶은 마음도 있었으나 그것이 알려지기라도 하면 나중에 성가시게 된다는 데이노스케의 의견도 있고 해서 들르기로 한 것이다. 게다가 유키코의 혼담이 이번에는 어쩌면 잘될 것 같았기 때문에 역시 이 기회에 그 일을 다소라도 큰집에 알려 둘 필요가 있기도 했다. 왜냐하면 그제까지 사치코는 이번 혼담에 그다지 기대를 하고 있지 않았지만 그날 밤 처음으로 미마키를 보고 또 어젯밤의 모임에서 이 혼담의 중매쟁이를 맡고 있는 구니지마 부부 등을 소개받고, 그 사람들의 인품이나 풍기는 분위기를 알게 되자 바보같이 깊이 빠지지 않겠다는 경계심이 갑자기 누그러졌다.

어젯밤 모임은 의도적인 것은 아니지만 자연스럽게 맞선을 본 셈이었고 그 결과는 양쪽 다 더없이 좋은 듯하다는 게 사치코가 받은 인상이었다. 무엇보다 사치코가 기뻤던 것은 미마키나 구니지마가 다에코를 대할 때도 넌지시 마음을 써 주었고 번갈아 가며 그녀에게 흉금을 터놓고 말을 걸어 주었다는 점이다. 이쪽의 약점을 약점으로 보지 않고 암암리에 위로해 준 것 같았다. 게다가 그쪽의 태도가 조금도 부자연스럽지 않았기 때문에 다에코도 순순히 마음을 터놓고 대할 수 있어서 평소 자신 있는 경구나 흉내 같은 것을 거리낌 없이 보여 주며 좌중을 웃게 만들곤 했다. 사치코는 또 다에코의 그런 태도가 유키코를 위해 자신이 가능한 한 웃기는 역할을 해서 분위기를 살리겠다는 애정에서 나온 것 같아서 어쩐지 눈시울이 뜨거워졌다. 유키코도 다에코의 그런 은근한 정성을 알아차린 듯 그녀로서는 아주 드물게도 그날 밤에는 무척 즐거워했고 비교적 말도 많이 했으며 웃기도 했다. 미마키는 그 자리에서도 자기는 교토나 오사카에 집을 마련하겠다는 말을 여러 번 반복했다. 사치코는 유키코가 이런 사람들의 소개로 그 사람을 남편으로 맞이한다면 주거지 같은 것이야 간사이든 도쿄든 문제 될 것이 없다는 생각도 들었다.

사치코는 이날 아침 형부가 출근한 시간을 가늠하여 시부야의 언니 집으로 전화를 걸어, 이타니가 이번에 이러저러해서 송별회를 여는데 거기에 참석하러 세 자매가 왔다는 것, 다음 날 아침 특급으로 돌아갈 예정이라서 오늘밤에 시간이 없지만 이타니의 송별회와 함께 유키코의 혼담도 있다는 것 등을 넌지시 내비쳤다. 자매들은 아침부터 긴자를 배회하며 오와리초의 교차로를 서너 번이나 왔다 갔다 하며 시간을 보내고 하마사쿠에서 점심을 먹은 다음 니시긴자의 아와야 앞에서 택시를 타고 도겐자카로 갔다. 다에코는 그날도 계속해서 피곤하다고 했고 하마사쿠의 방에서는 방석을 베개 삼아 다리를 뻗고 눕기도 했다. 사치코와 유키코가 택시에 탈 때 다에코는,

「난 안 갈래. 큰댁은 나와 인연을 끊었으니까 찾아가면 언니가 난처해할 거야. 나도 가고 싶지 않고……」

하고 말했다.

「그러고 보니 그렇긴 한데 너만 얼굴을 비치지 않는 것도 이상할 거야. 형부는 그렇다고 해도 언니는 의절 같은 것에 집착할 리가 없잖아. 만나러 가면 틀림없이 반가워할 거야. 특히 네가 큰 병을 앓고 난 다음이니까 얼굴을 보고 싶어 할 거고. 그러니 그러지 말고 같이 가자.」

사치코는 이렇게 말하며 권해 보았다.

「그래도 가는 게 귀찮으니까, 난 어디서 커피나 마시고 먼저 가부키 극장에 가 있을게.」

「그럼 그렇게 해.」

사치코도 억지로 권하지 않고 유키코와 둘이서만 갔다.

운전수가 기다릴 수는 없다고 하는 걸 그러지 말고 기다렸으면 좋겠다, 고작 15분이나 20분일 거고 기다리는 시간만큼 요금을 지불할 테니, 하고 부탁해서 차를 문밖에 세워 두고 두 사람은 2층 다다미 여덟 첩 크기 방으로 올라갔다. 다리가 여덟 개 달린 붉은 탁자나 라이 슌스이의 글이 적힌 족자나 칠공예품 선반, 그 선반 위에 놓인 탁상시계 등이 여전히 장식되어 있는 것을 바라보면서 언니와 마주 앉았다. 올해 여섯 살이 되는 우메코를 제외하고 위의 아이들은 모두 학교에 가는 나이라서 집은 예전처럼 떠들썩하지는 않았다.

「어머, 아무리 그래도 일단 자동차는 돌려보내는 게 어떠니?」

「이 근처에서는 차가 금방 잡혀?」

「옛날에는 도겐자카까지 나가면 얼마든지 잡혔는데……
그보다 지하철로 가는 게 어때? 오와리초에서 걸어가면 얼마
안 되니까.」

「다음에 천천히 놀다 갈게. 어차피 조만간 또 올라와야 하
니까.」

「가부키 극장, 이번 달은 뭘 하지?」

불현듯 쓰루코가 물었다.

「〈이바라키(茨木)〉와 〈기쿠바다케(菊畑)〉 그리고 또 뭐더라?」

유키코는 우메코가 2층에 올라온 것을 계기로,

「우메코, 아래로 내려가자」

하며 우메코의 손을 잡고 내려갔다.

「다에코는?」

둘만 남자 쓰루코가 물었다.

「다에코는 조금 전까지 같이 있었는데, 자기는 오지 않는
게 나을 것 같다며…….」

「왜? 왔으면 좋았을 텐데.」

「나도 그렇게 얘기했는데…… 사실은 요 이삼일 계속 바빠
서 몸이 무척 힘든가 봐. 아직 몸이 정상이 아니니까.」

사치코는 언니와 마주 앉은 순간부터 최근 몇 달 동안 품
고 있던 엷은 반감 같은 것이 점차 사라지는 걸 느꼈다. 멀리
떨어져서 생각하던 때는 좋지 않은 감정도 생겼지만 이렇게
마주하고 보니 언니는 역시 예전의 언니고 아무것도 변하지
않은 듯했다. 그리고 지금 가부키 극장의 교겐(狂言)[83]에 대한
질문을 받고 보니, 우연히 세 자매가 도쿄에서 가부키를 보
러 가면서 이 언니 하나만 달랑 빼놓았다는 게 왠지 고약한

83 골계와 풍자를 특징으로 하는 일본의 전통 연극 장르.

짓을 한 것 같아 미안한 마음이 들었다. 언니는 그것을 어떻게 받아들였는지, 대범하고 느긋한 성격이라 특별히 이상하게 생각하지는 않을 것 같았지만, 아무리 나이가 들어도 처녀다운 순진한 마음을 잃지 않고 있는 사람이니까 가부키라는 말을 들으면 같이 가고 싶을 터였다. 게다가 요즘은 큰집이 늘 소중히 간직하고 있던 대부분의 동산(動産)이 주가 하락으로 가치가 뚝 떨어졌기 때문에 가계는 점점 어려워졌다. 그래서 가끔 이런 기회가 아니라면 가부키 구경 같은 건 할 수 없는지도 모른다. 그런 생각이 들자 사치코는 언니의 마음을 딴 데로 돌리기 위해 열심히 유키코의 혼담 이야기를 과장해서 들려주었다.

「그쪽은 벌써 결혼할 생각이니까 우리만 승낙하면 성사된 거나 다름없어. 이번에는 아마 형부나 언니도 기뻐할 거야. 아무튼 그이한테 만나 보게 한 다음에 다시 의논할 생각이야.」

사치코는 이렇게 말하고 나서,

「오늘 가부키 극장에도 미마키 씨하고 이타니 씨 모녀가 같이 가기로 했어」

하고 말하면서 일어섰다.

「그럼 다시 올게.」

사치코는 인사를 하고 나왔다. 언니는 사치코 뒤를 따라 계단을 내려오면서,

「유키코도 이제 좀 활달해져서 겉치레 말 한마디라도 할 줄 알아야 할 텐데…….」

「그게 말이야, 이번에는 예전과 달리 싹싹하고 말도 잘하던데. 그렇게만 하면 이번 혼담은 성사될 것 같기도 해.」

「제발 그렇게 되었으면 좋겠다. 내년에 서른다섯이잖아.」

「그럼 다음에 또…….」

계단 아래서 기다리고 있던 유키코는 현관에서 언니에게 그렇게 말하고 사치코보다 먼저 도망치듯 문밖으로 나왔다.

「그럼 잘 가. 다에코한테도 안부 전하고…….」

언니는 거리까지 나와 차 옆에 붙어 서서 말을 계속했다.

「이타니 씨가 미국에 간다면 나도 잠깐 인사하러 가면 안 될까?」

「그렇게 안 해도 될 거야. 언니는 만난 적도 없으니까.」

「하지만 도쿄에 온 것을 알면서 얼굴도 내비치지 않는 건 좀 그렇잖아…… 배는 언제 떠난다니?」

「23일이라고 들었는데 야단스러운 게 싫어서 환송회 같은 것도 다 거절했대.」

「호텔까지라도 갔다 올까?」

「그럴 필요까지 있을까?」

사치코는 운전수가 시동을 거는 동안 언니와 창 너머로 이런 이야기를 주고받았다. 그때 사치코는 언니의 눈에서 눈물이 떨어지는 것을 보았다. 사치코는 이타니의 이야기가 언니의 눈물과 무슨 관계가 있는지 의아할 뿐이었다. 언니의 눈에서는 자동차가 움직이기 시작할 때까지 끊임없이 눈물이 흘러내렸다.

「언니가 울던데.」

자동차가 도겐자카를 지났을 때 유키코가 말했다.

「왜 울었을까? 이상해, 이타니 씨 일로 울다니.」

「아마 다른 이유가 있겠지. 이타니 씨 이야기는 어색함을 숨기려고 한 이야기일 거고.」

「가부키 극장에 같이 가자고 안 해서 그런 게 아닐까?」

「그런 거 같다. 가부키가 보고 싶었던 거야.」

사치코는 가부키를 볼 수 없어서 우는 어린아이 같은 언니의 그런 점이 내심 부러웠다. 지금 생각해 보면, 처음에는 열심히 참고 있었지만 결국 참을 수 없어 울음을 터뜨린 게 분명해 보였다.

「언니가 나한테 돌아오라는 말은 안 했지?」

「다행히 그 이야기는 안 나왔어. 가부키 이야기에 정신이 팔린 것 같았으니까.」

「그래?」

유키코는 진심으로 안심한 듯 말했다.

가부키 극장에서는 자리가 서로 떨어져 있어서 더 친해질 기회는 없었지만 식당에도 같이 갔고 5분이나 10분간의 막간에도,

「어떻습니까? 복도로 나가지 않겠습니까?」

하며 미마키가 일부러 찾아와서 자매들을 데리고 나갔다. 그리고 서양 것에 대한 취미는 넓은 그였지만,

「가부키에 대한 지식은 전무합니다」

하고 고백한 대로 가부키는 전혀 모르는 듯 나가우타(長唄)[84]와 기요모토(淸元)[85]조차 구별하지 못한다는 것을 드러내 미쓰요에게 놀림을 받았다. 이타니는 사치코 자매들이 다음 날 아침 급행 표를 사놓았다는 이야기를 듣고,

「오늘 밤이 정말 이별이네요. 저도 좋은 걸 남겨 두고 갈 수 있어서 기쁩니다. 여러 가지 상의해 둘 것도 있지만 일간 미쓰요가 아시야에 연락할 거예요」

84 겐로쿠(1688~1704) 시대 이전에 에도 가부키를 위한 무용 음악으로 성립했다. 샤미센은 가장 적고 가벼운 호소자오(細棹)를 사용하고 노래와 샤미센은 합창 합주가 원칙이다.

85 조루리의 가장 새로운 유파. 발성법은 기교적이고 높은 소리를 특색으로 한다.

하고 말했다. 가부키가 끝나자,

「이 근처를 좀 걷지 않겠습니까?」

하고 미마키가 말을 꺼냈다. 오와리초 쪽으로 여섯 명이 줄지어 가는 길에 이타니는 사치코와 둘이서 약간 떨어져 걸으면서,

「미마키 씨가 완전히 마음을 정한 것은 보셔서 아시겠습니다만 구니지마 씨 부부도 어젯밤 아가씨를 만나고 나서 미마키 씨 이상으로 홀딱 반했어요. 그래서 가능하면 다음 달 중에 미마키 씨가 간사이로 가서 우선 아시야의 댁을 방문하고 데이노스케 씨를 만날 생각이래요. 그리고 댁의 허락을 얻으면 구니지마 씨가 미마키 씨의 부친인 자작에게 이야기할 생각인가 봐요」

하고 짤막하게 이야기했다. 그러고 나서 일행은 코롱방 제과점에서 잠깐 쉬었다. 미마키와 미쓰요는 〈그럼 내일 아침 전송하러 나가겠습니다〉 하고 니시긴자에서 헤어졌고 나머지 네 사람은 다시 호텔까지 걸어갔다.

방까지 바래다주러 온 이타니가 한바탕 이야기를 한 다음 〈그럼 안녕히 주무세요〉 하면서 나갔다. 사치코가 먼저 목욕하러 들어가고 이어서 유키코가 욕조에 들어가 있을 때였다. 목욕을 하고 나온 사치코는 다에코가 가부키를 보러 갔을 때의 의상 그대로 하오리도 벗지 않고 양탄자 위에 신문지를 깔고 안락의자에 기댄 채 발을 쭉 뻗고 앉아 있는 것을 보고, 돌아오는 길에 다 같이 걸어온 것이 힘들었을 거라는 건 알지만 아무리 그래도 이렇게 녹초가 된 모습이 아무래도 심상치 않아서 물어보았다.

「다에코, 아직 몸이 정상이 아닌 것 같은데, 어디 아픈 데 없니? 돌아가면 구시다 선생님께 한번 진찰을 받아 보자.」

「응.」
이렇게만 대답하고 다에코는 귀찮아하면서,
「진찰을 받아 보지 않아도 알고 있는걸, 뭐」
하는 것이었다.
「그럼 어디 안 좋은 데라도 있는 거야?」
사치코가 묻자 다에코는 안락의자 팔걸이 위에 옆얼굴을
올리고 멀뚱멀뚱 사치코를 쳐다봤다.
「아마 3~4개월쯤 되는 것 같아.」
여느 때처럼 침착한 말투로 다에코가 말했다.
「뭐……?」
그 순간 숨이 막혀 다에코의 얼굴을 뚫어져라 쳐다보고 있
던 사치코는 잠시 뜸을 들이고 나서 이렇게 물었다.
「……오쿠바타케 씨 아이니?」
「미요시 씨 아이야. 언니도 할멈한테 들었지?」
「바텐더라는 사람 말이야?」
다에코는 잠자코 고개를 끄덕였다.
「병원에 가보지는 않았지만 아마 그럴 거야.」
「다에코, 낳을 생각이니?」
「낳아 주었으면 하고 있어…… 그렇게 하지 않으면 오쿠바
타케 씨가 포기하지 않을 거야.」
느닷없이 크게 놀랐을 때 늘 그렇듯이 사치코는 순식간에
팔다리 끝부터 피가 가시고 몸이 심하게 떨리는 걸 느꼈다.
사치코는 맥박이 더 이상 빨라지지 않게 하는 게 급선무라고
여기고 다에코와는 그 이상 아무 말도 하지 않고 천장의 불
을 끄기 위해 비틀거리면서 벽 쪽으로 가 스위치를 내렸다.
그리고 머리맡의 스탠드를 켜고 침대로 기어들었다. 유키코
가 욕실에서 나왔을 때 사치코는 눈을 감고 잠든 척했다. 다

에코는 느긋하게 몸을 일으키고는 욕실로 간 듯했다.

32

아무것도 모르는 유키코가 제일 먼저 잠이 들었고 얼마 지나지 않아 다에코도 잠이 든 것 같았다. 사치코 혼자 잠시도 눈을 붙이지 못하고 눈에 고이는 눈물을 모포 자락으로 훔치며 밤새 생각에 빠져 있었다. 가방 안에는 아달린도 있고 브랜디도 있었지만 이날 밤처럼 흥분한 상태에서는 효과가 없다는 걸 알기 때문에 먹어 볼 생각도 하지 않았다.

도대체 도쿄에 올 때마다 이런 일을 당하는 건 무슨 까닭인가. 도쿄와는 왜 이렇게 지지리도 인연이 없는 것일까? 재작년 가을, 신혼여행 이래 9년 만에 도쿄에 왔을 때도 다에코와 이타쿠라의 연애를 폭로한 오쿠바타케의 편지에 놀라서 오늘 밤처럼 밤새 한숨도 자지 못했다. 작년 초여름 두 번째 도쿄에 왔을 때도, 직접 나와 관계된 일은 아니었지만 바로 가부키를 보고 있을 때 불려 나와 이타쿠라가 중태라는 소식을 들었다. 그렇지 않아도 유키코의 혼담에는 뭔가 불길한 징조가 생기곤 했는데, 우연히 이번 맞선 장소가 도쿄라는 게 어쩐지 불길한 것 같아. 도쿄에서 또 쓸데없는 일이 일어나는 게 아닐까? 두 번 있는 일은 세 번 일어날 수 있다는 옛말도 있는데, 하는 예감이 들었다. 그래도 올 8월에 세 번째 상경을 무사히 끝냈고 게다가 그때는 오랜만에 남편과 유쾌한 여행을 했으며 더없이 좋았으니까 이제 〈도쿄행〉에 따라다니는 나쁜 인연도 끝난 게 아닐까?

사치코는 애써 이런 생각을 했다. 어차피 이번 혼담도 그리 잘되지 않을 것 같다는 자포자기 상태였기 때문에 그런 길흉을 따질 필요도 느끼지 않았다…… 하지만 지금 생각해 보면 역시 도쿄는 불길한 장소였다. 유키코의 이번 혼담 역시 이 일이 걸림돌이 되어 깨지려는 것이다…… 이렇게 좋은 인연을 만났는데도 하고많은 장소 중에서 하필이면 무대가 도쿄였다는 것은 유키코가 운이 없어서다…… 사치코는 이런 생각이 들자 유키코가 가엾어서 견딜 수가 없었고 다에코가 더욱더 미워졌다. 이런 감정에서 눈물이 복받친 것이다.

아아, 또…… 정말 또다시…… 다에코한테 골탕을 먹었다…… 그리고 이번에도 질책을 받아야 하는 사람은 동생이 아니라, 감독을 해야 할 위치에 있는 우리란 말인가…… 〈3~4개월〉 이라고 했으니까 일이 있었던 것은 유월경, 큰 병을 앓고 난 직후였을 텐데, 그렇다면 입덧을 숨겨야 했던 시기도 있었고, 그런 것도 눈치채지 못하다니, 역시 우리의 불찰이라고 해야 한단 말인가. 사실 요 이삼일 동안 다에코가 젓가락질하는 것도 귀찮아하고 사소한 동작에도 나른하다는 말을 연발하며 제대로 몸을 가누지 못하는 것을 눈앞에서 보면서도 임신 이라는 걸 꿈에도 생각하지 못한 것은 어디까지나 자신의 미련함이 아니고 무엇이란 말인가…… 그리고 보니 얼마 전부터 양장을 하지 않고 기모노를 입기 시작한 데도 이유가 있었던 것이다…… 아마 다에코 같은 사람이 보면 우리는 더할 나위 없이 어수룩한 사람으로 보였을 것이다. 그래서 다에코는 아무런 양심의 가책도 받지 않는 것일까? 아까 다에코가 말하는 투로 보면, 어쩌다가 임신한 것이 아니라 미리 미요시라는 사내와 담합해서 계획적으로 꾸민 임신이 아닐까? 기정사실로 만들어 두고 무조건 오쿠바타케에게 자신과의 인연을 포기하게 하고 또 우리한테 미요시와의 결합을 인정하게 하기 위한 수단으로 임신을 선택한 게 아닐까? 다에코로서는 현명한 수단인지도 모른다. 다에코의 입장에서 보면 싫든 좋든 간에 그것 외에 다른 방법이 없었는지도 모른다……하지만 그런 일이 용서받을 수 있을까? 다에코는 나, 데이노스케, 유키코가 큰집의 엄중한 지시를 어기고 수많은 희생을 치러 가면서까지 자신을 비호해 준 호의를 무시하고 우리를 얼굴을 들고 다닐 수 없는 처지로 내몰면 통쾌하기라도 하단 말인가. 그것도 다 좋다고 하자. 우리 부부가 세상 사람들에게 망신을 당하는 것뿐이라면 또 모르되 유키코의 장래를 엉망으로 만들어서 대체 어쩌자는 것인가…… 다에코는 왜 이렇게 이중 삼중으로 우리 자매를 괴롭혀야 한단 말인가……올봄에 큰 병에 걸렸을 때도 유키코가 얼마나 헌신적으로 간호를 했는가. 유키코 덕분에 나았다는 것을 알지 못하는 것일까? 그때 일을 절실하게 느끼고 그 보답이라도 할 요량으로 다에코가 어제 모임에서 잘해 준 거라고 생각했는데 지나치게 좋게 해석했단 말인가. 어젯밤 그렇게 신나게 떠들었던 것은 단지 술에 취해서였단 말인가…… 다에코는 정말 자기밖에는 모르는 사람이 아닌가…….

사치코가 다에코에게 참을 수 없는 것은, 이렇게 자신을 화나게 한다는 것, 데이노스케의 마음을 다시 상하게 한다는 것, 유키코가 거의 말할 수 없는 재난을 입게 될 거라는 것, 이 모든 것을 알면서도 결국 비상수단을 취하는 것이 자기한테 유리하다고, 예의 그 냉정한 판단을 내리는 강심장이었다. 그러나 그 수단 자체는 다른 도리가 없는 처지에서 택한 것이었을 터이고, 다에코식 인생관에서 보면 어쩔 수 없는 일이었을 테지만 하필이면 이런 때, 유키코의 운명을 결정할 중요한 때 그런 일을 일으킨단 말인가. 하긴 다에코의 임신이 유키코의 맞선과 겹친 것은 우연한 일이고 일부러 꾸민 것은 아니겠지만, 유키코가 결혼할 때까지는 자신의 결혼도 보류한다거나 유키코에게 불똥이 튀지 않도록 조심한다고 했던 말이 진심이었다면, 적어도 유키코의 결혼이 결정된 다음에 무슨 수단이든 취했어야 하지 않을까? 하지만 뭐 그것도 좋다고 치자…… 자신의 몸이 심상치 않다는 걸 알았다면 왜 도쿄까지 따라온단 말인가. 다에코의 입장에서 보면 오랜만에 마키오카가의 세 자매 중 한 사람으로서 떳떳하게 세상에 얼굴을 내미는 게 기쁘기도 했을 것이고 그런 기회를 준 이타니에게 감사하는 마음도 있어서 쉬 피곤해지는 몸이라는 것도 잊고, 뭐 그 정도 무리를 한다고 큰일이야 나겠어, 하는 타고난 배짱에서 태연히 따라나선 것이겠지만…… 그리고 결국 힘들어 못 견디게 된 것을 계기로 사실을 고백한 것이겠지만……아무리 그렇더라도 식구들이야 눈치를 채지 못했다고 해도 서너 달 된 배라면 눈썰미가 좋은 사람은 알아볼 염려가 있는데도 연회나 가부키같이 많은 사람들이 모이는 장소에 태연히 모습을 드러내다니 이 얼마나 대담한 짓인가. 우선 지금이 가장 탈것에 조심해야 하는 시기인데도 오랜 시간 동안 기차에 흔들려서 만약 무슨 일이 생기기라도 하면 어쩔 셈인가. 자기야 그래도 좋다 치더라도 식구들은 얼마나 당황하고 창피를 당할 것인가. 사치코는 그 생각만 해도 섬뜩했는데 어쩌면 벌써 어젯밤 모임에서 누군가 눈치챘을지도 모른다는 생각이 들어 자기도 모르는 사이에 창피를 당한 것 같기도 했다…….

이것저것 이미 벌어진 일이라면 어쩔 수 없는 일이라고 치자. 이번에도 우리가 바보였다고 해도 좋지만 어차피 지금까지 우리에게 숨기고 있었다면 고백할 때는 적어도 적당한 때와 장소를 골랐어야 하지 않을까? 여행지의 어수선한 호텔 방에서 이렇게 지쳐서 자려고 할 때, 아무런 마음의 준비도 하지 못한 시간에 갑자기 꽝 하고 경천동지할 사실을 말한다는 건 너무 잔인하지 않은가. 그래도 내가 뇌빈혈을 일으키지 않은 것은 천만다행이지만 도대체 상대의 마음을 생각하지 않는, 이 얼마나 매정한 방식인가. 다른 일과 달리 아무리 감춰도 감출 수 없는 일이니까 어차피 한 번은 고백해야 하고 또 하루라도 빨리 고백하는 게 낫겠지만, 오늘 밤처럼 완전히 방심하고 있을 때 더구나 한밤중에 방 안에 셋이 있어서 울 수도 화를 낼 수도 없고 그렇다고 도망칠 수도 없는 이런 때 어떻게 이런 말을 할 수 있단 말인가…… 부족하지만 오랫동안 정성을 다해 온 언니의 친절함에 대해 이렇게 하는 것이 동생의 도리란 말인가…… 남을 헤아리는 마음이 조금이라도 있다면 여행 중에는 무슨 일이 있어도 참았다가 집에 돌아가서, 정신적으로도 육체적으로도 내가 평소의 안정을 되찾는 것을 보고 천천히 고백했어야 하지 않을까? 지금 내가 다에코에게 바라는 것은 아무것도 없지만 적어도 그 정도를 바라는 게 그렇게 무리란 말인가…….

사치코는 아침 전차가 삐걱거리며 달리는 소리를 듣고 어느새 커튼 사이가 밝아진 것을 알았지만 머릿속은 지쳐 피곤해도 눈은 오히려 말똥말똥할 뿐이어서 여전히 생각을 계속했다.

머지않아 사람들의 눈에 띄게 될 테니 하루라도 빨리 무슨 수를 써야 할 텐데, 어떻게 하면 좋단 말인가…… 아무한테도 이 사실을 알리지 않고 비밀리에 낙태시키는 방법이 있지만, 아까 다에코가 말하는 투로 봐서는 말을 듣지 않을 것이다.

이런 기회에 다에코의 제멋대로 된 방식을 나무라고 잘못을 인정하게 한 다음 마키오카가의 명예를 위해, 유키코의 운명을 열어 주기 위해 배 속의 아이를 희생시키도록 설득해 싫든 좋든 간에 억지로라도 낙태 수술을 받게 하는 방법이 없는 건 아니다. 하지만 사치코처럼 마음이 약한 사람은 도저히 그런 말을 할 수 없을 것이다. 게다가 2~3년 전까지만 해도 어떤 의사든 이유를 묻지 않고 수술을 해주었지만 요즘의 사회 정세는 그런 일에 무척 까다로워졌기 때문에[86] 설사 다에코가 납득한다고 해도 지금은 수술하는 것이 그렇게 간단하지 않다. 그렇다면 그 외에 생각할 수 있는 방법은 사람들의 눈이 닿지 않는 곳으로 가서 당분간 그곳에 몸을 숨기고 아이를 낳게 하는 것이다. 그 기간 중에는 절대 남자와 연락하지 못하게 하고 비용은 물론이고 모든 것을 우리의 감독 하에 두고 한편으로는 이번 유키코의 혼담을 서둘러 진행해 결혼식까지 해버리는 것이다.

사치코는 이 계획을 실행하기 위해서는 남편에게 사정을 털어놓고 힘을 빌려야 한다고 생각하자 곧 마음이 무거워졌다. 어쨌든 자기 혼자 처리할 수는 없는 일이었다. 사실 아무리 자신을 믿어 주고 사랑해 주는 남편이라고 해도 자기 육친의 거듭되는 나쁜 행실을 어찌 부끄러움을 느끼지 않고 털어놓을 수 있단 말인가. 데이노스케에게 유키코와 다에코는 처제에 지나지 않는다. 그는 큰집 형부와는 입장이 다르기 때문에 그렇게 각별히 보살펴 줄 이유는 없었다. 그런데도 친오빠 이상으로 처제들을 돌봐 주는 것은, 이렇게 말하면 자만일지도 모르겠지만 결국 아내에 대한 깊은 애정이 있어서다. 사치코는 그것을 내심 자랑스러워하면서 고마워하고

---

86 1948년 우생 보호법이 제정되기까지 인공 임신 중절은 낙태죄로 형법에 따라 처벌되었다. 특히 중일 전쟁 이후에는 정부가 인구 증가 정책을 취했다.

있었다. 다른 일로는 전혀 풍파가 일지 않은 가정이지만, 데이노스케는 매번 다에코에게 불쾌한 일을 당하기 때문에 그게 원인이 되어 사치코와 의견 충돌을 빚기도 했다. 그래서 사치코는 아내의 입장에서 남편에게 미안한 일이 한두 번이 아니었다. 그런데 최근에는 마침 남편의 기분이 좋아졌고 다에코도 공공연히 집에 드나들 수 있게 되었으며, 게다가 이번에는 유키코의 혼담이라는 더없이 좋은 선물을 가지고 돌아가 기쁘게 해주려고 했는데, 남편이 왜 이런 불쾌한 이야기를 들어야 한단 말인가. 데이노스케는 다에코의 일로 아내나 유키코가 굴욕감을 느끼지 않도록 오히려 위로해 주겠지만, 그럴수록 사치코는 더욱 괴로웠다. 남편이 말로는 아무것도 아니라고 하지만 마음속으로 불쾌감을 참고 있다는 것을 잘 아는 만큼 딱해서 견딜 수가 없었다.

결국 남편의 이해심과 의협심에 기댈 수밖에 없다고 해도, 사치코가 가장 크게 걱정하는 것은 아무래도 이 일 때문에 이번에도 유키코의 행운이 달아나 버릴 거라는 것이었다. 혼담은 항상 처음에는 순조롭게 진행되다가 이제 한 발짝만 더 가면 되는 시점에서 차질이 생겨 결국 깨지곤 했다. 설사 다에코를 어디 먼 온천지 같은 데로 보낸다고 해도 세상의 눈을 피할 수는 없을 것이고 결국 미마키 쪽에 진상이 알려질 것이다. 요컨대 앞으로 양가의 만남이 빈번해지면서 서로 초대할 기회도 많아질 텐데, 그 이후로 다에코의 모습이 통 보이지 않게 되면 아무리 얼버무려 넘긴다고 한들 미마키 쪽이 수상히 여기지 않겠는가…… 게다가 오쿠바타케가 예기치 않은 방해를 할지도 모른다. 오쿠바타케에게는 다에코를 원망하는 마음은 있어도 사치코나 유키코를 원망할 이유 같은 건 없었다. 하지만 선수를 빼앗긴 홧김에 마키오카가 전체를 적대시해 보복 수단을 강구하지 않는다고 장담할 수도 없었다. 오쿠바타케가 우연히 유키코의 혼담 소식을 듣고 다에코의 임신 사실이 미마키 쪽에 들어가도록 폭로 전술을 쓸지도 모른다. 그런 경우를 생각하면 차라리 미마키에게 솔직하게 사실을 밝히고 양해를 구하는 편이 낫지 않을까? 다에코 문제는 문제가 되지 않는다고 했으니까, 섣불리 감추었다가 나중에 들통나는 것보다 그러는 편이 안전하고, 또 의외로 아무 일 없이 끝날지도 모른다. 아니, 미마키 자신은 다에코에게 아무리 추악한 사실이 있더라도 개의치 않겠지만 주변 사람들, 즉 자작이나 구니지마 부부 같은 사람들은 불쾌하게 생각하지 않을까? 특히 자작이나 자작 가문의 친척들이 과연 그런 난잡한 아가씨를 둔 가정과 혼인을 맺으려고 할 것인가…….

아아, 역시 이번에도…… 이번 혼담은 가망이 없다…… 유키코가 가엾긴 하지만…….

사치코는 후우 하고 긴 한숨을 쉬고는 몸을 뒤척였다. 눈을 크게 뜨니 어느새 방 안은 환하게 밝아 있었다. 옆 침대에서는 유키코와 다에코가 어릴 때 흔히 그랬듯 서로 등을 대고 자고 있었다. 마침 이쪽을 보고 편안하게 자고 있는 유키코의 하얀 얼굴이 어슴푸레하게 보였다. 무슨 꿈이라도 꾸고 있는지 하는 생각을 하면서 사치코는 언제까지고 찬찬히 들여다보았다.

33

데이노스케가 아내한테서 다에코의 임신 사실을 들은 것

은, 일행이 도쿄에서 돌아온 날 밤이었다. 사치코는 남편의 얼굴을 보자 한시도 그 사실을 가슴에 담아 둘 수 없었다(그녀는 유키코에게는 이미 그날 아침 호텔에서 다에코가 2~3분 자리를 비운 틈에 얘기했다). 저녁 식탁에 앉기 전에 사치코는,

「잠깐만요!」

하고 남편에게 신호를 보내 2층으로 올라오게 했다. 사치코는 유키코의 맞선 이야기부터 다에코의 일까지 단숨에 이야기해 버렸다.

「모처럼 좋은 얘기를 가져와 기쁘게 해주려고 했는데……또 이런 일로 걱정을 끼치게 되었으니…….」

데이노스케는, 이렇게 말하며 우는 사치코를 달랬다.

「유키코 처제한테 좋은 일이 생기려는 때라 난처한 일이긴 하지만, 그렇다고 설마 그것 때문에 혼담이 깨지기야 하겠어? 어떻게든 내가 매듭을 지어 보도록 하지 뭐. 그렇게 마음 졸일 일은 없을 테니까 나한테 맡겨 두면 돼. 한 이삼일 생각 좀 해보고.」

그날 데이노스케는 이렇게만 말했다. 그리고 며칠 후 사치코를 서재로 불러 다음과 같은 조치를 취하면 어떻겠느냐고 물었다.

우선 임신 3~4개월이라는 건 틀림없겠지만 역시 전문의한테 진찰을 받아 사실을 확인하고, 미리 분만 시기를 알아 두어야 한다. 그리고 요양을 보내야 하는데, 아마 아리마 온천 근처가 아무래도 편할 거다. 마침 처제는 지금도 아파트에서 살고 있으니까 앞으로는 절대 집에 드나들지 못하게 하고 밤중에 아파트에서 자동차에 태워 아리마까지 보내는 거다. 여러 가지로 어려움은 있겠지만 아무쪼

록 거듭 주의를 해서 오하루를 따라가게 하고. 물론 아리마의 여관에서는 마키오카라는 성(姓)을 쓰지 못하게 하고 어떤 부인이 요양하러 와 있는 것으로 하고 묵게 해야 한다. 그런 식으로 해산하는 달까지 머물게 하고 아리마에서 출산해도 좋고, 사람들한테 들킬 염려만 없다면 해산하기 조금 전에 고베의 적당한 병원에 입원시켜도 좋다. 그거야 그때 상황을 봐서 하면 될 거다. 이렇게 하려면 처제와 상대 남자의 승낙을 얻을 필요가 있을 텐데, 내가 직접 그들을 만나서 납득할 수 있도록 얘기를 해보겠다. 내 생각으로는 이렇게 된 이상 처제와 미요시는 조만간 결혼을 해야 할 것 같은데, 나는 거기에 반대하지 않는다. 그러나 당장 처제가 집안의 허락도 받지 않고 미요시라는 사내와 관계를 맺었고 아이까지 가졌다는 이야기가 세상에 알려지면 아주 난처한 일이 생기니까 당분간 두 사람은 서로 왕래하지 않도록 해야 할 거다. 그 대신 처제의 몸은 우리가 책임지고 아무 탈 없이 출산할 수 있도록 할 것이고, 나중에 적당한 때가 되면 처제와 아이를 미요시 쪽에 보내는 것은 물론 두 사람의 결혼도 허락하겠으며, 큰댁의 양해를 얻도록 애를 쓸 것인데, 그것도 그렇게 오랜 시간을 참고 있으라고 강요하지는 않을 생각이고, 대체로 이번 유키코 처제의 혼담이 결정이 날 때까지라고 생각하면 될 거다. 대충 이런 취지로 두 사람을 설득해서 잠시 다에코 처제를 사람들 눈에 띄지 않게 하고 임신 사실이 되도록 아무한테도 알려지지 않도록 하면 될 거다. 처제 애기로는 지금까지 임신 사실을 알고 있거나 눈치채고 있는 사람은 자기들 두 사람과 오쿠바타케, 그 밖에 우리와 유키코 정도니까 오하루와 다른 식모들이 알게 되는 건 막을 수 없다고 해

도 그 밖의 사람들한테 알려지지 않도록 엄중히 단속해야
할 거다.

오쿠바타케가 무슨 장난질이라도 하지 않을까 하고 걱정
하는 사치코를 보고, 데이노스케는 서둘러 그를 만나 애기를
해보겠다고 했다. 그러자 사치코는,
「염려되는 건, 만약 오쿠바타케 씨가 자신의 명예를 버리고
덤벼들 생각이라면 무슨 짓이라도 할 수 있다는 거예요. 마
음만 먹는다면 칼부림 같은 사태를 일으키고 자기가 신문 기
삿거리를 제공해서 우리 집안에 트집을 잡을 수도 있잖아요」
하는 것이었다. 그러나 데이노스케는 이 말을 일소에 부쳤다.
「그런 건 기우일 뿐이야. 오쿠바타케가 아무리 불량스러운
경향이 있다고 해도 고상한 도련님으로 자랐는데, 설마 무뢰
한 흉내를 내기야 하겠어? 그렇게 하고 싶어도 칼부림을 벌
일 용기가 없는 사람이거든. 게다가 원래 그 사람과 처제의
관계는 양쪽 집안에서 한 번도 허락한 적이 없잖아. 그러니
까 그는 그것에 대해 어떤 주장을 할 권리도 없어. 하물며 지
금은 다에코 처제가 오쿠바타케한테는 전혀 애정이 없고 미
요시라는 사람의 아이까지 생겼으니 오쿠바타케는 깨끗이
물러날 수밖에 없잖아. 그러니 안됐기는 하지만 단념하라고
잘 애기하면 싫다고 할 수 없을 거고 아마 알아들을 거야.」
다음 날부터 데이노스케는 이 계획에 따라 행동을 시작했
다. 우선 고로쿠소로 다에코를 찾아가 이야기를 했고, 이어서
고베 미나토가와초의 모 아파트에 살고 있는 미요시를 찾아
가 그 사람과도 이야기를 하고 왔다.
「미요시라는 사람은 어떤 사람이에요?」
사치코가 물었다. 데이노스케의 답은 이랬다.

의외로 느낌이 괜찮은 사람이었다. 채 한 시간도 얘기하지 못했으니까 자세히 보지는 못했지만 내가 보기에는 이타쿠라보다 진지하고 성실해 보였다. 그 사람한테 따지듯이 이야기하지는 않았는데, 그 사람은 이렇게 된 데는 자기한테도 절반의 책임이 있다는 걸 인정하고 정중한 말투로 사죄하더라. 그 사람 말로 보면 두 사람이 그렇게 된 것은 아무래도 그 사람이 먼저 달려든 게 아니라 처제가 유혹한 것 같다. 그 사람은, 이런 말을 하면 비겁하다고 할지 모르겠지만 자신의 의지가 약해서 잘못한 것이지만 결코 자기가 적극적으로 나선 것은 아니었다고 하더라. 앞뒤 사정을 보면 정말 어쩔 수 없는 입장에서 잘못을 저지른 거니까, 아무쪼록 그것만은 알아 달라면서 처제한테 물어보면 자기 말이 거짓이 아니라는 걸 알 거라는 말도 했다. 아마 그게 사실일 거다. 하여튼 그런 얘긴데, 그 사람은 우리 제안을 승낙했고 또 내 심정을 이해하고 감격한 듯했다. 그러면서 〈제가 다에코 씨를 아내로 맞을 자격이 없는 사람이라는 건 저도 잘 알고 있습니다만, 결혼을 허락해 주시면 맹세코 다에코 씨를 행복하게 해줄 생각입니다. 사실 내심 책임감을 느끼고 있었기 때문에 허락을 얻었을 때를 대비해 얼마 안 되지만 저축도 하고 있습니다. 따로 조그만 가게라도 하나 내서 서양인을 상대로 하는 바를 경영해 볼 생각을 가지고 있거든요. 다에코 씨도 앞으로 양재를 해서 같이 벌자고 하니까 경제적으로도 댁에 폐를 끼치는 일은 없을 겁니다〉라는 말도 했다.

다음 날 다에코는 효고의 후나코시 산부인과 병원에 갔다. 임신은 5개월이 좀 못 되었고 예정일은 내년 4월 상순이라는 진단이 나왔다. 이럭저럭하는 사이에 다에코의 배가 사람들의 눈에 띌 만큼 불러 왔기 때문에 사치코는 남편의 지시대로 10월 말 어느 날 저녁, 다에코를 조용히 아리마로 보냈다. 오하루가 따라갔다. 가는 길도 일부러 낯익은 택시를 피해 쇼센 모토야마 역에서 자동차를 불러 고베로 나가 다시 다른 차로 갈아타고 산을 넘어 아리마로 가도록 하는 등 신중을 기했다. 사치코는 오하루에게, 다에코는 당분간 아베라는 가명으로 대여섯 달 동안 온천 여관 〈하나노보〉에 묵을 거라는 것, 체재 중에는 다에코를 〈사모님〉이라고 부르고 절대 〈아가씨〉라고 불러서는 안 된다는 것, 아시야로 연락하려면 오하루가 오든가 이쪽에서 누군가를 보낼 것이니 절대 전화는 하지 말 것, 다에코와 미요시라는 남자의 왕래는 금하고 있으며 미요시한테는 다에코의 요양지를 알려 주지 않았다는 것, 만일 수상한 편지나 전화가 온다거나 손님이 찾아오면 주의할 것 등의 사항을 일러 주었다. 사치코는 오하루가,

「지금이니까 말씀드립니다만 저희는 아가씨가 도쿄로 가기 전부터 배가 부른 걸 알고 있었어요」

하는 말을 해서 깜짝 놀랐다.

「넌 어떻게 알았니?」

「오테루가 제일 먼저 알아채고 〈아가씨 몸이 좀 이상하지 않니?〉라고 했어요. 하지만 저희들끼리만 그런 말을 했고 아무한테도 말은 안 했어요.」

다에코와 오하루를 아리마로 보낸 날, 데이노스케는 오쿠바타케를 만나고 돌아왔다.

전에 오쿠바타케의 집이 니시노미야의 잇본마쓰 옆이라는 말을 들은 데이노스케는 그곳을 찾아갔다. 오쿠바타케는 이

미 거기에 살고 있지 않았다. 근처에서 물었더니 이번 달 초에 집을 내놓고 슈쿠가와의 파인크레스트 호텔로 옮겼을 거라고 했다. 파인크레스트 호텔로 문의를 해보았더니 일주일쯤 묵고 다른 데로 옮겼는데 고로엔 방면의 에이라쿠 아파트라는 데로 갔다고 했다. 그렇게 해서 가까스로 그가 살고 있는 곳을 알아내 만날 수 있었다. 오쿠바타케와의 이야기는 순조롭게 진행되지 않았으나 대체로 예상한 대로 해결은 볼 수 있었다. 데이노스케는 〈다에코처럼 품행이 나쁜 처제를 둔 것은 우리의 불명예이고 당신이 다에코에게 연루된 것은 재난이라고 할 수밖에 없으며 동정할 만한 일이지만……〉 하면서 이야기를 시작했다. 처음에 오쿠바타케는 이해한다는 듯한 표정으로 데이노스케를 안심시키더니,

「다에코는 지금 어디 있습니까? 오하루가 따라갔습니까?」

하고 아무렇지 않은 말투로 물으면서 자꾸 다에코가 있는 장소를 알아내려고 했다. 그래서 데이노스케가,

「아니, 제발 그것만은 묻지 말아 주십시오. 다에코 처제가 지금 어디 있는지는 미요시 씨한테도 숨기고 있습니다」

하고 말하자,

「그렇습니까?」

하며 생각에 잠겼다. 데이노스케가,

「당신은 이제 다에코 처제가 어디서 뭘 하든 자신과는 관계없는 일이라고 생각해 줄 수 없겠습니까?」

하고 말했다. 그러자 오쿠바타케는 불쾌한 듯,

「어쨌든 저는 단념하겠습니다만 댁에서는 다에코 씨와 그런 사람의 결혼을 허락하실 생각이십니까? 그 사람은 지금 있는 바에서 일하기 전에 외국 기선의 바텐더를 했다고 하는데, 전혀 이력을 알 수 없는 사람입니다. 이타쿠라는 그래도

출신이라도 알았습니다만 미요시한테는 어떤 부모 형제가 있는지 들어 본 적이 없습니다. 배를 탔다고 하니까 어떤 과거를 가졌는지, 그걸 알 수 있는 사람도 없습니다」

하는 말을 했다.

「충고는 고맙습니다. 그 점은 우리도 잘 생각해 보겠습니다.」

그러고 나서 데이노스케는 그리 거슬리지 않게,

「정말 뻔뻔한 부탁입니다만, 역시 처제를 미워할 수는 있어도 언니들에게는 아무런 죄가 없으니까 제발 그 언니들을 위해서라도, 그리고 마키오카가를 위해서라도 다에코 처제가 임신했다는 사실을 비밀로 해주실 수 없겠습니까? 만약 이 일이 알려지면 가장 피해를 보는 사람은 아직 혼처가 정해지지 않은 유키코 처제입니다. 그 점은 어떻게 생각하십니까? 다른 말씀을 하지 않겠다는 약속을 해주실 수 있겠습니까?」

하고 물었다.

「다에코 씨를 미워하는 마음 같은 건 추호도 없습니다. 더욱이 유키코 씨를 곤란하게 할 생각도 전혀 없습니다.」

마지못해서이긴 하지만 오쿠바타케는 분명히 대답했다. 이 문제는 그렇게 간단히 정리되었기 때문에 데이노스케는 안심하고 그 길로 오사카의 사무실로 나갔다. 그런데 얼마 지나지 않아 오쿠바타케로부터 전화가 왔다. 조금 전 일에 대해 자기도 부탁할 일이 있으니 지금 만나고 싶은데, 괜찮으시면 찾아오겠다는 얘기였다. 기다리겠다고 하자 금방 찾아왔으므로 응접실로 안내했다. 오쿠바타케는 데이노스케와 마주하자 잠시 머뭇거렸는데 갑자기 처량한 얼굴로,

「오늘 아침 이야기를 듣고 이젠 정말 단념할 수밖에 없다고 생각했습니다. 다만 10년 동안 애인이었던 사람과 헤어져야 한다는 게 말할 수 없이 쓸쓸한 일이라는 걸 알아 주셨으

면 합니다. 게다가 저는, 아마 아실 줄 압니다만 다에코 씨 때문에 형님이나 친척들에게 의절당하고 집에서 쫓겨난 처지입니다. 얼마 전까지는 그래도 조그만 셋집에서 살았습니다만, 지금은 보셨던 대로 누추한 아파트에서 혼자 생활하고 있습니다. 이제 다에코 씨한테서도 버림을 받았으니 오늘부터는 천지간에 정말 외톨이 신세가 되었습니다.」

오쿠바타케는 마치 연극 대사 같은 말투로 말하며 싱글싱글 엷은 웃음까지 띠었다.

「이런 말씀까지는 드리고 싶지 않았습니다만, 사실 저는 그날그날 용돈도 궁한 처지입니다. 정말 말씀드리기 민망하지만, 전에 다에코 씨한테 빌려 준 돈이 좀 있는데 혹시 지금 돌려받을 수는 없겠는지요.」

이런 말을 하면서 오쿠바타케는 정말 얼굴이 빨개졌다.

「아니, 갚으라고 빌려 준 돈은 아니었고 또 제 처지가 궁하지 않으면 이런 부탁도 하지 않을 겁니다.」

「글쎄요, 그런 게 있다면 돌려 드리는 게 당연하겠지요. 액수는 어느 정도입니까?」

「그게 확실히 얼마라고 말할 수 없는 것이라서…… 다에코 씨한테 물어보시면 아실 겁니다. 한 2천 엔쯤…….」

데이노스케는 다에코한테 한 번 확인해 볼 생각을 했지만, 인연을 끊고 게다가 입을 막는 돈으로 그만큼 지불하는 거라면 그리 많다고 생각되지는 않았다. 오히려 그러는 편이 뒤가 깨끗할 것 같았다.

「그럼 지금 지불하겠습니다.」

데이노스케는 그 자리에서 수표를 끊어 주었다.

「아무쪼록 부탁한 일, 그러니까 다에코 처제의 임신 사실을 비밀로 해달라는 것, 정말 잘 부탁드리겠습니다.」

「그건 잘 알겠습니다. 걱정하지 마십시오.」

오쿠바타케는 이렇게 대답하고 돌아갔다. 어쨌든 이렇게 해서 그 일은 마무리되었다.

이타니의 딸 미쓰요한테서 사치코에게 편지가 온 것은 바로 부부가 다에코 문제를 처리하느라 한창 분주할 때였다. 미쓰요는 세 자매가 송별회를 위해 먼 곳까지 와준 데 대한 사례를 겸해서 어머니가 기분 좋게 떠났다는 것, 미마키 씨가 11월 중순경에 간사이로 온다는 것, 그 길에 아시야를 방문한다고 하니 데이노스케 씨가 꼭 그 사람을 만나 달라는 것, 구니지마 부부도 특별히 안부를 전해 달라고 했다는 것 등을 알려왔다. 그리고 일주일쯤 지나 시부야의 언니한테서도 편지가 왔다. 항상 어지간한 일이 아니면 편지를 보내지 않는 사람이라서 사치코는 무슨 일인가 하며 편지를 뜯었다. 편지에는 신기하게도 별일 아닌 일이 두서없이 쓰여 있을 뿐이었다.

사치코에게

저번에는 오랜만에 여유 있게 만날 수 있을 거라고 생각했는데 시간이 없어서 무척 아쉬웠다. 가부키는 재미있었니? 다음에는 꼭 나도 같이 가고 싶구나.

미마키 씨와의 혼담은 그 뒤로 어떻게 되었는지 모르겠구나. 형부에게 이야기하는 건 이른 것 같아서 아직 아무 말도 안 했지만 이번에야말로 잘되도록 해달라고 빌고 있다. 그쪽은 이름이 알려진 분의 자제분이니까 그럴 필요도 없겠지만 그 사람에 대해 알아볼 일이 있으면 여기서도 알아볼 테니까 알려 주었으면 좋겠다. 정말 매번 이래저래 너희 부부한테 떠맡기기만 해서 미안하구나.

요즘에는 아이들도 다들 커서 나도 좀 한가해졌다. 그래서 편지를 쓸 틈도 생겼고, 때때로 습자도 하고 있다. 너하고 유키코는 지금도 습자를 배우러 다니고 있는지 모르겠다. 그런데 나는 교본이 없어서 참 곤란하구나. 혹시 너한테 쓰다 버린 붓글씨 연습장 같은 게 있으면 보내 주렴. 가능하면 선생님의 붉은 글씨가 들어간 것이었으면 좋겠구나.

그리고 염치없이 부탁하는 김에 한 가지 더 하마. 낡아서 입지 않는 속옷 같은 게 있으면 보내 주었으면 좋겠다. 이제 입지 않게 된 것이라도 어떻게든 기워 입으면 도움이 될 테니까, 버리는 것이나 식모들한테 줘버리는 것이라도 괜찮다. 네 것이 아니더라도 유키코 것이든 다에코 것이든 속옷이라면 뭐든지 좋다. 블루머라도 상관없다. 아이들이 커감에 따라 한가해지긴 했지만 돈이 들어가는 일만 많아져서 절약하고 또 절약하지 않으면 안 되는구나. 가난한 살림을 꾸려 가는 어려움이 언제나 좀 풀리려는지……

오늘은 왠지 편지가 쓰고 싶어서 써봤는데 푸념만 늘어놓게 되니 이제 그만 써야겠다. 일간 반드시 기쁜 소식이 있을 거라고 기대하고 있으마. 끝으로 제부, 에쓰코, 유키코한테도 안부 전해 주렴.

11월 5일
쓰루코

언니의 편지를 읽으면서 사치코는, 지난번 도겐자카의 집 앞에서 자동차 창문을 사이에 두고 작별 인사를 나눌 때 눈물을 뚝뚝 흘리던 언니의 얼굴이 떠올랐다. 언니는 왠지 편지가 쓰고 싶어서 쓴다고 했지만, 그리고 여러 가지 물건을 보내 달라는 용건도 있었겠지만, 역시 그때 가부키를 같이 보러 가자고 권하지 않았던 일을 잊지 못하고 그것을 원망하는 마음을 완곡하게 편지에 담은 것인지도 모른다. 지금까지 언니의 편지는 사치코를 동생 취급만 하고 훈계하는 투가 많았다. 사치코는 항상 찾아가면 상냥하던 언니에게 문면으로는 꾸중만 들은 것 같았는데, 그런 언니가 이런 말을 한다는 게 좀 이상했기 때문에 우선 보내 달라고 한 것들만 소포로 보냈을 뿐 당장은 답장을 할 생각도 하지 않고 있었다.

11월 중순, 헤닝 부인이 사치코를 찾아왔다. 그녀의 딸 프리델은 이번에 아버지를 따라 베를린에 가게 되었다. 헤닝 부인은 전쟁 중인 유럽에 딸을 보내는 것을 망설이고 있었다. 그러나 딸은 무용 연구를 위해 꼭 가야겠다며 말을 듣지 않았고 남편도 그렇게 가고 싶어 한다면 자기가 데리고 가겠다고 해서 헤닝 부인은 어쩔 수 없이 허락했던 것이다. 다행히 그 밖에도 동행자가 있었기 때문에 가는 도중의 일은 걱정하지 않아도 될 듯했다. 그래서 헤닝 부인은,
「아마 함부르크의 슈토르츠 씨네 집도 방문할 것 같으니까 뭐 전할 말이 있으시면 제 딸한테 맡기시면 어떨까요?」
하고 말했다. 사치코는 6월에 헤닝 부인한테 부탁해서 쓴 독일어 편지와 함께 부채와 비단을 함부르크로 보냈는데 슈토르츠 씨네로부터 아무런 답장이 오지 않아 걱정하고 있던 참이었다. 그래서 이 기회에 뭔가 물건을 전하기로 했다.
「그럼 따님이 출발하기 전까지 댁으로 보내겠습니다.」
사치코는 이렇게 말하고 헤닝 부인을 보냈다. 며칠 후 로제마리한테 보내는 선물로 진주 반지를 골라 슈토르츠 부인에게 보내는 편지와 함께 헤닝 부인의 집으로 가지고 갔다.

미쓰요가 알려 준 대로 미마키는 그달 20일경 어느 날 저녁 사가의 자작 저택에서 전화를 해왔다.

「어제 도쿄에서 이곳에 도착해 이삼일 머물 생각입니다. 남편 분께서 댁에 계실 때 한번 찾아뵙고 싶습니다.」

「저녁 시간이라면 언제든지 괜찮으니 편하실 때 오세요.」

「그럼 내일 찾아뵙겠습니다.」

미마키는 그날 4시경에 아시야로 찾아왔다. 일찌감치 집에 돌아와 있던 데이노스케는 응접실에서 30~40분 동안 둘이서만 이야기를 나누었다. 그리고 사치코, 유키코, 에쓰코를 데리고 고베로 나가 오리엔탈 호텔 그릴에서 식사를 하고, 신케이한 철도로 사가로 돌아가는 미마키를 한큐까지 배웅하고 헤어졌다. 미마키의 태도는 도쿄에서와 조금도 달라지지 않았다. 초면인 데이노스케 앞에서도 시원시원하게 말을 잘했으며 좋은 인상을 남겼다. 술은 전보다 더 많이 마셨고 식후에도 위스키를 마시면서 지칠 줄 모르고 익살을 부렸다. 그래서 누구보다 에쓰코가 그를 좋아했다. 걸어서 돌아갈 때 에쓰코는 친한 숙부한테 어리광을 부리기라도 하듯 미마키의 손을 잡고 걸었다.

「언니가 미마키 아저씨한테 시집갔으면 좋겠어.」

에쓰코는 사치코에게 이렇게 귀엣말을 할 정도였다. 그러나 사치코가

「여보, 당신은 어떻게 생각해요?」

하고 묻자 데이노스케는 잠시 생각하다가,

「만나 본 느낌은 나쁘지 않아. 사람들에게 좋은 인상을 준다는 건 더할 나위 없이 좋은 거고 나도 무척 마음에 들기는 해. 하지만 그렇게 인상이 좋은 사람이 오히려 까다로운 구석이 있어서 아내를 힘들게 하는 경우가 많거든. 특히 화족

도련님 같은 사람들이 흔히 그런다고 하니까 그렇게 덮어놓
고 좋다고만은 할 수 없을 거야. 신원 조사를 할 필요는 없겠
지만 그 사람의 평소 행실이나 성격, 지금까지 결혼하지 않
은 이유 같은 건 일단 알아보는 게 좋지 않을까?」
　하고 다소 경계하는 말투로 이야기했다.

34

　미마키는 오로지 데이노스케에게 인물 테스트를 받으러
온 것이었으므로 혼담 이야기는 꺼내지 않고 건축이나 회화
이야기에서 교토의 유명한 정원이나 오래된 절 이야기, 사가
에 있는 아버지 저택의 정원이나 풍치 이야기, 할아버지 히로
자네가 아버지 히로치카에게 들려주었다는 메이지 천황이나
쇼켄 황태후 이야기, 양식(洋食) 이야기, 양주 이야기 등 풍
부한 화제를 보여 주고 돌아갔다.
　그러고 나서 열흘쯤 지난 일요일 아침, 아무 연락도 없이
미쓰요가 불쑥 아시야의 집으로 사치코를 찾아왔다.
　「회사 일로 오사카에 온 것이긴 하지만, 사장님과 미마키
씨가 이왕 간 김에 댁으로 찾아가 〈테스트에 합격〉했는지 어
떤지 알아보고 오라고 해서 왔습니다.」
　「실은 남편의 잔소리도 있고 해서 지금 그쪽에 대해 알아
보고 있어요. 12월에는 남편이 도쿄로 가니까 그때 큰댁과
상의해서 두루 인사하러 갈 생각이에요.」
　「의심스러운 점이 뭔가요? 최근에 저는 미마키 씨와 가장
가깝게 지내고 있어서 단점이든 장점이든 대충 다 알고 있거
든요. 그러니 뭐든지 물어보시면 있는 대로 다 말씀드릴게

요. 그러는 편이 다른 데를 통해 알아보시는 것보다 훨씬 빠를 거예요.」

미쓰요는 어머니를 닮아 느닷없이 공격해 왔기 때문에 사치코는 자기가 상대할 수 없을 것 같아서 데이노스케를 나오게 했다. 미쓰요가 그런 식으로 나왔기 때문에 자연히 데이노스케도 여러 가지를 기탄없이 물었다. 그 결과 분명해진 것은 그 사람은 대체로 소탈한 신사형이지만 의외로 기분파라서 때에 따라서는 기분이 안 좋을 때도 있다는 것, 자작 가문에는 배다른 형인 적자 마사히로가 있는데, 그 사람과는 특히 사이가 안 좋아 자주 싸운다는 것, 미쓰요 자신은 보지 못했지만 격해지면 형을 때리기도 한다는 말도 있다는 것, 다소 술버릇이 안 좋은 편으로 취하면 상당히 난폭한 짓을 한다는 것, 다만 최근에는 역시 나이가 들었기 때문에 곤드레만드레 취할 정도로 마시는 일이 좀체 없어서 이제는 그런 난폭한 짓도 하지 않게 되었다는 것, 하긴 그 사람은 미국에서 배운 사람이라 아가씨들에게는 예의가 바른 사람인데 옛날부터 아무리 취해도 여성에게 손을 대는 일은 없으니까 그 점은 안심해도 좋다는 것 등이었다. 또한 그 사람의 한두 가지 결점을 말하면 무슨 일에나 이해가 빠르고 취미가 다양한 대신 변덕쟁이여서 한 가지 일에 열중하는 끈기가 없다는 것, 다른 사람에게 대접하거나 돌봐 주는 것을 무척 좋아해서 돈을 쓰는 데는 선수지만 버는 데는 젬병이라는 것 등이었다. 미쓰코는 데이노스케가 묻지도 않은 것까지 기꺼이 말해 주었다. 데이노스케는,

「그 정도 들었으니 대충 미마키라는 사람의 됨됨이는 알 것 같은데, 솔직히 말하면 제가 가장 걱정하는 건 결혼하고 나서의 생활 문제입니다. 이런 말을 하면 실례인 줄 모르겠습

니다만, 이야기를 들으니 미마키 씨는 지금까지 부모가 물려주신 재산이 있어서 마음 편하게 살아올 수 있었지만 그분 자신은 여러 가지 일에 손을 댔음에도 불구하고 이렇다 하게 이룬 것이 없다고 하던데요. 그렇다면 설사 구니지마 씨가 후원해서 건축가가 된다고 해도 과연 그게 제대로 될지 어떨지 불안하지 않을 수 없습니다. 설령 그런 점은 괜찮다고 해도 오늘날의 일본은 그런 종류의 건축가가 잘해 나갈 수 없는 시대이고 그런 상태는 앞으로 3~4년은 지속될 것 같은데, 그동안 어떻게 견딜 수 있을지 모르겠습니다. 구니지마 씨의 알선으로 부친께 응분의 보조를 받겠다고 하지만 앞으로 이 상태가 5년, 6년, 아니 10년쯤 계속된다면 언제까지 그렇게 보조를 받을 수도 없을 것이고 또 그렇게 되면 평생 자작 가문의 애물단지가 될 것입니다. 그래서 아무래도 마음이 안 놓이는데, 이런 점을 좀 안심할 수 있게 해주실 수는 없겠는지요? 여러 가지로 저희 좋을 대로만 말해서 죄송합니다만, 솔직히 저희도 이번 혼담은 좋게 생각하고 있고 성사시키기로 마음을 정하고 있긴 합니다. 어쨌든 다음 달에 도쿄로 올라가 구니지마 씨를 뵙고 지금 말한 점을 확인하고 싶습니다」

하고 말했다. 그러자 미쓰요는,

「그렇군요. 잘 알았습니다. 그렇게 불안해하시는 것도 당연할 겁니다. 저 혼자만의 생각을 말씀드릴 수도 없으니까 돌아가서 사장님께 그런 뜻을 전하고 장래의 보장에 대해 꼭 납득할 만한 방법을 강구해 보도록 말하겠습니다. 그럼 다음 달까지 기다리고 있겠습니다」

하고 대답했다.

「그럼 모처럼 오셨으니까 식사라도……」

데이노스케가 이렇게 권하자 미쓰요는 밤차로 떠나야 한

다며 그대로 물러갔다.

12월 상순, 사치코는 유키코와 교토 기요미즈데라로 가서 다에코의 순산을 위해 기도를 하고 부적을 받아 돌아왔다. 마침 약속이나 한 듯이 미요시도 데이노스케의 사무실로 〈이걸 다에코 씨에게 전해 주십시오〉 하며 나카야마데라의 순산 부적을 넣어 보내왔다. 이 두 개의 부적은 오하루가 마침 심부름을 왔기에 돌아가는 길에 가져갔다. 한동안 다에코를 만나지 않고 있는 사치코 등은 그때 오하루의 이야기에서, 다에코가 아침저녁 규칙적으로 산책을 나가는 것 외에 하루 종일 방에 틀어박혀 얌전히 지낸다는 것, 산책도 되도록 마을 쪽을 피하고 사람들이 다니지 않는 산길을 걷고 있다는 것, 방에 있을 때는 소설을 읽거나 오랜만에 인형을 만들어 보기도 하고 갓난아기의 배내옷을 만들고 있는데, 아무한테도 편지 같은 건 오지 않고 수상한 전화도 걸려오지 않는다는 것 등을 알게 되었다. 오하루는 또,
「아 참, 오늘 기리렌코 씨를 만났어요」
하며 다음과 같은 이야기를 했다.

조금 전에 아리마에서 신유 전차를 타고 왔는데 고베 종점의 개찰구를 나오다가 오하루는 기리렌코와 마주쳤다. 오하루는 그를 두세 번 봤을 뿐이지만 그가 기억하고 있었던지 빙그레 웃어서 그녀도 인사를 했다.
「혼자세요?」
기리렌코가 물었다.
「네, 혼잡니다. 잠깐 스즈란다이까지 갔다 오는 길입니다.」
오하루가 이렇게 대답하자 기리렌코는,

「마키오카 씨네 여러분은 다들 잘 계십니까? 다에코 씨는 어떻게 지냅니까?」

하고 물었다.

「네, 다들 별고 없습니다.」

「그렇습니까? 정말 오랫동안 연락도 못 드렸네요. 안부 좀 전해 주세요. 전 아리마로 갑니다.」

이렇게 말하고 기리렌코가 개찰구로 들어서려는 참이었다.

「카타리나 씨한테서는 소식 없습니까? 전쟁이 터져 런던은 독일군의 공습으로 말이 아니라고 하던데……. 카타리나 씨는 어떻게 계실까, 하고 모두들 걱정하고 있습니다.」

「아아, 예. 고맙습니다. 하지만 전혀 걱정할 거 없습니다. 카타리나가 9월에 보낸 편지가 며칠 전에 도착했는데, 그 애 집은 런던 교외에 있고 독일 비행기가 날아오는 길목이랍니다. 그래서 매일 밤낮으로 폭격기 편대가 지나가며 맹렬히 폭격을 퍼붓지만 굉장히 깊이 파놓은 방공호가 있어서 끄떡없답니다. 거기에서는 전등을 환하게 켜놓고 칵테일을 마시며 댄스곡을 틀어 놓고 춤까지 춘답니다. 전쟁은 무척 유쾌하고 무서울 게 전혀 없다고 하더라고요. 그러니까 다들 걱정하지 마시라고 전해 주세요.」

기리렌코는 이렇게 말하고는 웃으며 갔다.

사치코는 역시 카타리나다운 이야기라며 재미있게 듣고 있었으나 수다쟁이인 오하루가 혹시 쓸데없는 말이라도 하지 않았을까, 걱정되어 물었다.

「기리렌코 씨가 다에코에 대해 물어본 건 없었니?」

「예, 아무것도…….」

「정말이야, 오하루? 진짜 쓸데없는 말 같은 건 안 했지?」

사치코는 다시 한번 확인했다.

「아무것도 모르고 있는 것 같았어요.」

오하루가 이렇게 분명하게 부정했기 때문에 사치코는 일단 안심했다. 그와 관련해 여관에 드나드는 사람들 눈에 띄지 않도록 주의할 것, 혼자 있을 때는 그래도 괜찮지만 다에코와 산책을 나갈 때는 언제 누가 볼지 모르니까 주의할 것 등을 거듭 당부하고 돌려보냈다.

데이노스케는 12월도 다 간 22일 다른 볼일도 있어서 상경했다. 그때까지 그는 두세 군데 연줄을 이용해 미마키의 성품이나 배다른 형제들과의 관계 등을 대충 알아봤는데 미쓰요가 말한 것이 사실임에 틀림없다는 것을 확인했다. 가장 중요한 장래의 생활에 대해서는 구니지마를 찾아가 물어보았으나 구체적인 보장을 받을 수는 없었다. 요컨대 지금 당장은 분명히 말할 수 없지만 앞으로 자작을 찾아가 말해 볼 것이니 신혼부부가 살 집을 구입하는 것, 당분간 다소의 생활비를 보내 주는 것, 그리고 그 돈을 쓸데없이 써버리지 않도록 자기가 맡아서 매월 조금씩 보내는 것 정도는 약속할 수 있다고 구니지마는 말했다.

「그러나 그 후에도 절대 곤란하게 하지는 않을 겁니다. 저를 믿고 한번 맡겨 주실 수 없겠습니까? 저는 미마키의 건축 설계사로서의 재능을 높이 사고 있는 사람입니다. 사회 정세가 바뀌면 미마키를 후원해서 반드시 재기하는 걸 보여 드리겠습니다. 사람들마다 생각은 다 다르겠지만 이런 시대가 그리 오래갈 것이라고는 생각하지 않습니다. 설사 오래간다고 해도 그사이에 먹고사는 것쯤이야 어떻게든 되지 않겠습니까?」

구니지마는 이렇게 말했는데, 부족하지만 자기가 옆에 있으니까 안심하라는 뜻인 듯했다. 데이노스케는 미마키가 설계했다는 구니지마 저택을 구석구석 구경했지만 원래 건축 쪽은 잘 모르기 때문에 미마키가 과연 어느 정도의 재능을 갖고 있는지는 알 수 없었다. 하지만 구니지마처럼 사회적 지위가 있는 유력자가 그 정도로 그에게 푹 빠져 있고 또 장래를 책임지고 떠맡는다고 하기 때문에 믿을 수밖에 없었다. 게다가 솔직히 말하면 사치코가 구니지마 이상으로 이 혼담의 성사를 바라고 있는 것도 분명했다. 데이노스케는 아직 아내한테서 확실히 그런 얘기를 듣지는 못했지만, 사치코는 미마키라는 사람의 성품에 매료되었을 것이고 또 누가 뭐래도 화족의 자제를 제부로 맞이한다는 것이 내심 기쁘기도 할 터였다. 따라서 만약 이 혼담을 데이노스케가 깨버린다면 사치코가 얼마나 낙담할지 불을 보듯 뻔했다. 그뿐 아니라 데이노스케도 이제 이 정도가 바랄 수 있는 최상의 혼처일지도 모르겠다는 마음이 든 것도 사실이었다.

그래서 데이노스케는,

「그렇다면 당신을 믿고 모든 걸 맡기겠습니다. 그러나 큰댁의 승낙을 구하고, 또 이의가 없다는 건 알고 있지만 다시 한번 당사자한테 확인해 볼 때까지 잠시 말미를 주셨으면 합니다. 답변은 일단 아시야로 돌아가서 정초가 되자마자 서면으로 보내 드리겠습니다. 그러나 이것은 형식적일 뿐이고 대강 오늘로 정해진 거라고 생각하셔도 좋습니다」

하고 말했다. 그러자 구니지마는 답변이 오는 대로 자작에게 전하겠다고 했다. 데이노스케는 구니지마와 헤어지자 그 길로 도켄자카로 달려가 쓰루코에게 자세하게 보고하고 다쓰오의 의견을 시급히 알려 달라고 부탁하고 돌아왔다.

해가 바뀌어 1월 3일, 미쓰요가 다시 아시야로 심부름을 왔다. 그녀는 3일간의 휴일을 이용해 한큐 오카모토의 숙부네로 놀러 온 김에, 사장의 전언을 가지고 찾아온 것이었다. 미쓰요는 이렇게 말했다.

「구니지마 씨는 오사카에 볼일이 있어서 어제 오사카로 내려왔을 텐데 오늘 오후에는 교토로 가서 미야코 호텔에 묵기로 되어 있습니다. 이번 기회에 지난번에 말씀하신 답변을 듣게 되면, 여기 머무는 중에 미마키 자작을 찾아가 이야기할 것이고, 또 여기 분들이 사가에 있는 자작의 저택으로 한번 와주시기를 바라는데 어떻게 생각하시는지, 미리 그런 사정을 알아보고 오라고 하셨습니다. 가능하면 내일인 4일 중에 답변을 듣고 싶다며 미야코 호텔로 연락해 달랍니다. 아무래도 너무 서둘러 대는 것 같아 죄송하지만, 사장님은 큰 댁이나 본인의 승낙을 얻는 것은 형식적인 것에 지나지 않은 듯하니 찾아가면 오늘이라도 답변을 주실 거라고 해서 찾아왔습니다.」

그러자 데이노스케는,

「정초에 답변하겠다고 말씀은 드렸지만 1월 7일의 나나쿠사[87]라도 지내고 나서 보낼 생각을 했고, 게다가 시부야에서도 아직 아무런 소식이 없습니다. 처형은 그때 무척 기뻐하며 〈그럼 유키코도 이번에는 시집을 가겠네요. 유키코가 그런 집안으로 시집가면 저도 시집에 어깨를 펼 수 있고 남편도 콧대가 높아지겠어요. 오래 기다린 보람이 있네요. 이게 다 제부가 애쓴 덕분이에요〉라고 말했을 정도니까요. 이제 와서 형님이 찬성하지 않을 리가 없어요. 소식이 없는 것은 아마 연말의 잡무에 쫓겨서일 거고 정월에는 무슨 말이든 소

---

87 1월 7일에 나나쿠사(七草), 즉 미나리, 냉이, 떡쑥, 별꽃, 광대나물, 순무, 무를 넣은 죽을 먹는 행사.

식을 보내올 겁니다. 그리고 그건 듣지 않아도 이미 알고 있는 거나 다름없기 때문에 지금 저 혼자 생각으로 일을 진행해도 별지장은 없습니다. 하지만 이런 때 처제의 생각을 물어볼 것도 없다고 독단으로 처리하는 것은 위험합니다. 뻔히 아는 일이라고 해도 역시 정식으로 당사자의 승낙을 구하지 않으면 처제는 자신이 무시당한다고 생각하고 기분 나빠 할 수 있으니까요. 번거롭더라도 그런 절차를 밟아야 하니까 오늘 하루만 기다려 주셨으면 합니다」

하고 약속한 답변이 늦어진 이유를 설명했다. 그리고,

「오늘 밤 도쿄로 전화를 해서 형님의 의향을 물어볼 테니까 번거로우시더라도 내일 아침 다시 한번 와주시겠어요? 내일 아침에는 꼭 답변을 드릴 테니까요……」

하며 미쓰요에게 하루만 답변을 미뤄 달라고 부탁했다. 〈도쿄로 전화〉를 한다는 것은 구실에 지나지 않았지만 마침 시간이 있어서 그날 밤 시부야로 전화를 했더니 쓰루코가 받았다. 다쓰오는 아자부로 새해 인사하러 가고 집에 없다고 했다.

「형님께서는 답변을 보냈습니까?」

「연말에는 어수선해서 답변을 보낼 형편이 아니었지만 얘기는 해두었어요.」

「그럼 형님은 뭐라시던가요? 무슨 말씀은 없었습니까?」

「글쎄요…….」

쓰루코는 머뭇거리다가,

「신원이나 집안은 나무랄 데 없지만 직장이 없는 게 불안하다고 했어요. 그래서 제가 이쯤에서 성사시키지 않고 사치스러운 소리를 하면 한이 없다고 했더니, 그건 그렇다고 하더라고요. 대체로 승낙하겠다는 말투이긴 했는데…….」

「그렇습니까? 사실 오늘 구니지마 씨가 사람을 보내와서
요. 그러니 우선 이의가 없는 것으로 알고 제가 적당히 답변
을 보내고 진행시킬 테니까 처형께서도 그리 알아 주십시오.
그런데 앞으로 이 일을 진행할 때는 직접 형님의 의견을 듣지
않으면 곤란한 일이 생기니까 꼭 편지를 보내 주시라고 전해
주십시오.」

데이노스케는 이렇게 말하고 전화를 끊었다.

유키코에 대해서는, 요컨대 본인의 의사를 존중하고 있다
는 걸 보여 주기만 하면 될 것 같았으므로 그날 밤 사치코에게
물어보게 했다. 그러나 유키코는 예상한 것처럼 간단히 〈응〉
하는 대답을 하지 않고,

「언제까지 대답을 하면 돼?」

하고 물었다.

「내일 아침 미쓰요 씨가 답변을 들으러 오기로 했으니까……」

「그럼 형부는 하룻밤에 결정하라는 거야?」

유키코는 불만스러운 말투로 이렇게 물었다.

「그래도 난 네가 싫어하지 않는 것 같아서 승낙할 거라고
생각했는데……」

「나도 형부나 언니가 가라고 하면 갈 생각이지만 인생에서
제일 중요한 일이니까 적어도 이삼일 동안 마음의 준비가 될
때까지 기다려 주었으면 싶었는데……」

유키코는 마음속으로는 각오하고 있으면서도 그렇게 말
했다. 그리고 다음 날 아침 우물쭈물하면서 받아들이기는 했
지만,

「형부가 하룻밤에 결정하라고 했으니……」

하며 다시 원망하는 듯이 말했다. 조금도 기뻐하는 것 같
은 얼굴이 아니었고 지금까지 일을 진행해 준 사람에게 감사

한다는 말 같은 것은 전혀 입 밖에 내지 않았다.

35

4일 아침, 미쓰요는 답변을 듣고 돌아갔는데 이틀 후인 6일 저녁에 다시 찾아왔다. 미쓰요는,

「저는 4일 미야코 호텔로 전화를 해서 일단 알려 드리고, 그날 밤 기차로 도쿄로 갈 예정이었는데 사장님이 〈이 혼담의 중매를 맡은 어머니 대신 그 일을 해야 한다〉고 해서 이삼 일 도쿄로 돌아가는 걸 미뤘어요. 그리고 오늘 다시 사장님이 전화를 해서 미마키 자작과의 면담이 탈 없이 끝났다고 전하래요. 그리고 미마키 씨가 사람들한테 유키코 아가씨를 비롯해 여러분을 소개하고 싶으니 별일 없으시면 모레 오후 3시경에 사가까지 오셨으면 좋겠다고 했어요. 그쪽은 자작, 사장님, 저, 그리고 아마 그 근처에 사시는 친척 가운데 한두 사람이 참석하실 거래요. 그리고 미마키 씨는 당일에 그곳으로 직접 올 거고요. 좀 더 여유가 있으면 좋겠지만 사장님이 바쁜 몸이라서 한꺼번에 이번 일을 처리하려고 이렇게 서두르게 된 점을 언짢게 생각하지 마시고 양해를 부탁드린다며, 아무쪼록 다에코 씨와 에쓰코 양을 포함해서 되도록 여러분 모두가 참석해 주셨으면 좋겠다고 했어요」

하고 구니지마의 말을 전했다.

「일부러 불러 주셨는데 다에코 처제만은 못 갈 것 같습니다. 큰댁에서 그런 자리에 나가는 것을 허락하지 못하는 사정이 있어서요.」

데이노스케는 이렇게 말하고, 에쓰코는 학교를 조퇴하게

해서 네 명이 가기로 했다.

당일 데이노스케 일행은 신케이한 철도의 가쓰라 역에서 기차를 갈아타고 종점 아라시 산 역에서 내려 나카노지마를 도보로 건너 도게쓰교로 나왔다. 매년 봄 꽃구경을 간 지역이라 무척 낯익은 곳이었으나 지금은 혹한의 계절인 데다 교토의 겨울은 유난히 춥기 때문에 오이가와의 물빛만 봐도 추위가 골수에 스며드는 듯했다. 강을 따라 산겐야에서 서쪽으로 돌아 다시 고고노쓰보네[88]의 묘소에서 오른쪽으로 돌고 유람선 발착지 앞을 지나 덴류지 남문 쪽으로 구부러진 곳에 〈청우암(聽雨岩)〉이라는 현판이 걸린 문이 있는데 그 집이 바로 그곳이라고 했기 때문에 금방 찾았다. 데이노스케 일행은 이런 곳에 별장이 있다는 걸 처음 알았다. 집은 단층짜리 초가지붕이었는데 그리 넓어 보이지는 않았다. 객실 정면으로 아라시 산이 내다보이는 정원의 조망은 훌륭했다. 구니지마의 소개로 미마키 쪽 사람들과 인사를 나눈 뒤, 춥지만 바람이 없으니 좀 걷자고 해서 미마키의 안내로 정원을 구경했다. 미마키는 정원을 봐주면 아버지가 기뻐한다고 했다. 여기서 보니 아라시 산은 정원과 이어져 있어 그 사이에 도로나 오이가와가 있는 것 같아 보이지 않았다. 꽃구경으로 사람이 북적거릴 때도 여기만은 마을에서 떨어져 있어 선경(仙境)처럼 한적하고 사람들의 소음 같은 게 어디 있나 싶을 만큼 조용하다는 게 아버지의 자랑이다. 그래서 정원 안에는 일부러 벚나무 한 그루도 심지 않았는데 4월이 되면 저 봉우리 위의 꽃구름을 조용히 완상하려는 취지라고 미마키는 설명해 주었다.

88 제80대 다카쿠라(高倉) 천황의 애첩.

「올 꽃구경 때는 꼭 들러 주세요. 여기서 도시락을 드시고 저 방에서 멀리 산벚꽃을 보는 겁니다. 그렇게 하시면 아버지가 얼마나 기뻐할지 아마 모르실 겁니다.」

이윽고 준비가 되었다며 먼저 다실로 안내했다. 미마키의 여동생이라는, 오사카의 대상(大商)인 소노무라가로 시집간 부인이 차를 대접했고, 객실로 옮겨 저녁 식사 자리에 앉았을 때는 이미 날이 저문 뒤였다. 요리는 특별히 정성이 담긴 것이었는데 출장 요리 전문점 가키덴쯤 되는 데서 주문했을 거라고, 교토 음식의 맛을 잘 아는 사치코가 말했다. 자작인 히로치카 노인은 과연 구게의 피를 이어받은, 관복이 어울릴 것 같은 풍모의 소유자로 마르고 긴 얼굴에 상아 같은 혈색이 약간 노(能)[89]의 배우 같은 느낌을 풍겼다. 둥근 얼굴에 혈색이 검은 미마키와는 전혀 닮지 않았지만 그래도 자세히 보면 눈매라든가 코 모양이 어딘가 닮은 구석이 없는 것도 아니었다. 그러나 얼굴보다는 오히려 분위기가 아들과는 정반대였는데, 아들 미마키 미노루는 밝고 활달한 편인 반면 아버지 히로치카는 어둡고 근엄한, 전형적인 〈교토 사람〉 같았다. 노인은 용서를 구한 다음, 쥐색 비단 목도리를 한 채 전기 스토브를 등 쪽 두고 전기방석을 깔거나 해서 감기에 걸리지 않도록 조심하면서 간간이 조용조용 물었는데, 일흔이 넘은 고령인데도 비교적 정정했고 구니지마에게나 데이노스케에게나 꽤 정중하게 대했다. 처음에는 이 노인 앞이라 다들 조심스러워했는데 술이 돌자 차츰 분위기가 풀렸고, 아버지 옆에 앉은 미마키가,

「어떻습니까? 제가 아버지를 전혀 닮지 않았다고들 하는데……」

89 피리와 북소리에 맞추어 노래를 부르면서 춤을 추는 가면 악극.

하고 농담 투로 아버지의 얼굴과 자신의 얼굴을 하나하나 들추어내며 흉을 보기 시작하자 여기저기서 웃음소리가 들렸다. 데이노스케가 일어나 노인 앞으로 가서 술을 따라 드렸고 구니지마 앞으로 가서 얘기를 듣는 자세로 오래 앉아 있었다. 에쓰코를 제외한 여자들이 모두 기모노를 입고 있었는데 미쓰요 혼자 양장을 하고 있었다. 양말을 신은 다리가 추운 듯 구부리고 앉아 있는 미쓰요도 오늘은 얌전을 빼고 있는 듯했다.

「미쓰요, 오늘은 이상하게 얌전하네.」

미마키가 이렇게 말하며 자꾸 술을 따라 주자 미쓰요는,

「오늘은 그렇게 놀리지 마세요」

하면서도 점점 취기가 오르자 여느 때의 그 속사포를 보여 주기 시작했다. 마침내 미마키는,

「백포도주가 없어 유감입니다만 솜씨는 잘 알고 있습니다」

하면서 사치코와 유키코 앞으로 갔는데, 그녀들도 권하면 굳이 사양하지 않았다. 특히 유키코는 단정하게 똑바로 앉아서 많이 받아 마셨다. 그리고 여전히 잠자코 있으면서 생글생글 웃고 있을 뿐이었다. 그래도 사치코는 유키코의 눈이 전에 없이 흥분으로 빛나고 있음을 간파하고 있었다. 미마키는 에쓰코가 어른들 틈에 끼여 멍하게 있는 것이 신경 쓰여 때때로 말을 붙이러 왔는데, 사실 에쓰코는 그렇게 따분하지 않았다. 이런 때 에쓰코는 항상 시치미를 뚝 떼고 한자리에 나란히 앉아 있는 어른들 한 사람 한 사람의 동작이나 말투, 표정, 의상, 소지품 등을 자세히 관찰하거나 연구하곤 했다. 이것이 신경질적인 이 소녀의 버릇이었다.

8시경에 연회가 끝나자 데이노스케 일행이 가장 먼저 작별을 고했지만, 돌아갈 때는 히로치카 노인의 주선으로 시치

조 역까지 자동차로 직행했다. 그렇다면 자기도 오카모토의 숙부네로 돌아가겠다는 미쓰요도 같이 타고 갔는데, 미마키도 데이노스케의 만류에도 불구하고 역까지 배웅하겠다며 조수석에 탔다. 차는 산조도리를 동쪽으로, 가라스마도리를 남쪽으로 똑바로 내려갔는데 그동안에도 미마키는 몹시 기분이 좋은지 차 안에 엽궐련 냄새를 풍기며 계속해서 이야기했다. 에쓰코는 어느새 미마키를 아저씨라고 부르고 있었다.

「저어, 아저씨! 아저씨 성이 미마키고 우리 성이 마키오카니까 다 〈마키〉라는 글자가 들어 있네요.」

에쓰코가 갑자기 이런 말을 꺼냈다.

「요거, 요거 말 한번 참 잘했다, 에쓰코. 넌 무척 똑똑하구나.」

미마키는 몹시 기뻐하면서,

「그러니까 역시 에쓰코네 집과 우리 집은 원래 인연이 있었던 거야」

하고 말했다.

「정말 그러네요.」

옆에서 미쓰요가 장단을 맞추며,

「유키코 아가씨도 옷가방이나 손수건 이니셜을 바꿀 필요가 없으니까 정말 편하겠어요」

하고 말해서 유키코도 소리 내어 웃었다.

이튿날 미야코 호텔에서 구니지마가 데이노스케에게 전화를 했다.

「어젯밤 모임은 양쪽 다 만족스러워하는 것 같아 정말 기쁩니다. 저는 오늘 밤 미마키 씨와 같이 도쿄로 돌아가는데 납채 의식[90]이나 그 밖의 일에 대해서는 나중에 미쓰요 양을 통해

90 약혼의 표시로 양가에서 금품을 교환하는 의식을 말한다.

연락드리겠습니다. 그리고 어젯밤 히로치카 자작 얘기로는 한신 지방의 고시엔[91]에 소노무라 씨 소유의 적당한 집이 하나 있는데 팔아도 좋다고 하니까 그것을 미마키가에서 사들여 신혼부부에게 줄 겁니다. 미마키는 머지않아 오사카나 고베에서 직장을 구할 텐데 그곳이라면 아시야도 가까우니까 다 좋을 것 같습니다. 다만 지금 그 집에는 세 든 사람들이 살고 있는데 조속히 나가 달라고 양해를 구할 생각입니다.」

데이노스케는 이와 관련해 시부야의 형님한테서 아직 답변이 오지 않은 게 마음에 걸렸다. 큰댁의 태도가 묘하게 분명하지 않은 것은 역시 형님이 유키코를 마뜩잖게 생각하는 것도 있고 그 밖에도 여러 이유가 있을 것이다. 그래서 어느 날 데이노스케는 다쓰오에게 다음과 같은 편지를 보냈다.

다쓰오 형님께

이번 혼담에 대해서는 처형께 자세한 이야기를 들으셨을 줄 압니다만 저도 이것이 최상의 선택이라고 말할 생각은 없습니다. 그러나 우리도 많은 것을 기대할 수 없는 약점이 있다는 것을 생각하고 또 구니지마 씨의 말을 믿고 이쯤에서 인연을 맺는 수밖에 없지 않을까 합니다. 그래서 지난번 전화로 미리 말씀드린 대로 지난 8일 미마키가의 초대에 응해 히로치카 자작과도 인사를 하고 가까운 시일 안에 인연을 맺기로 한다는 데까지 일을 진행했습니다. 큰댁을 놔두고 저희 부부의 주선으로 혼담을 진행해 버린 것에 대해 기분이 상하지나 않으셨는지 모르겠습니다.

또 뒤늦게나마 용서를 구해야만 하는 것은, 작년 이래, 아니 실은 훨씬 전부터 유키코 처제를 큰댁으로 돌려보내

91 오사카와 고베 사이 해변에 조성된 고급 주택지.

890

라는 말씀을 여러 차례 하셨는데도 그만 실행하지 못한 채 오늘에 이른 점입니다. 여기에는 여러 가지 사정이 있어서 저는 결코 그 말씀을 소홀히 여긴 것이 아니라 늘 그것을 본의 아닌 일로 여기고 있었습니다. 솔직히 말씀드리면 유키코 처제가 도쿄에 가는 것을 몹시 싫어하고 아내도 얼마간 그것에 동의하는 경향이라 더욱 강력한 수단에 호소하지 않고는 실행할 수 없었던 것입니다. 그러나 누가 뭐래도 절반의 책임이 저에게 있다는 것은 분명합니다. 저는 그 책임을 느끼기 때문에 유키코 처제의 혼담에 대해서도 미흡하나마 분주하게 임해 왔던 것입니다. 사실 형님의 지시를 따르지 않는 처제를 형님이 돌봐 줄 수 없다는 것은 당연하니 지금 처제를 보살펴 줄 의무는 오히려 저에게 있는 게 아닐까 싶습니다. 그것도 형님이 쓸데없는 간섭이라고 하신다면 물러날 수밖에 없지만 저는 진작부터 이런 마음으로 행동해 왔기 때문에 이번 혼담에 대해 승낙해 주신다면 거기에 필요한 비용 등은 제가 부담해야 한다고 생각하고 있습니다. 다만 오해하지 않으시도록 덧붙이자면, 이런 말씀을 드린다고 해서 제가 유키코 처제를 저희 집에서 시집을 보내겠다는 뜻은 아닙니다. 물론 이 일은 저희 집안 사람끼리의 이야기로, 어디까지나 유키코 처제는 큰댁의 아가씨로 시집을 가는 것은 변함없는 사실입니다.

그래서 이상의 일에 대해 승낙을 얻을 수 있다면 대단히 감사하겠습니다만, 어떻게 생각하시는지요? 제 말이 너무 서툴지만 진심을 알아주시고 의견을 들려주시면 고맙겠습니다. 또한 외람되지만 시기가 임박했기 때문에 조속히 답변을 보내 주시기 바랍니다.

데이노스케 올림

다쓰오는 이 편지를 별 뜻 없이 읽었는지, 너댓새 후 예의를 갖춘 답신을 보내왔다.

　데이노스케에게
　정중한 편지를 받고 마음은 잘 알았네. 어쨌든 수년 이래 처제들이 나를 멀리하고 자네나 사치코 처제를 따르기 때문에 나도 내버려 둘 생각은 없었으나 그만 소홀해져서 무슨 일이 있을 때마다 폐를 끼치게 되어 미안하게 생각하고 있다네. 유키코 처제의 혼담에 대한 답장이 늦어진 것은 특별히 다른 뜻이 있어서가 아니라 지금까지 늘 자네 부부에게 성가신 일만 맡기게 되어 마음이 무거운 나머지 편지하기가 어려웠을 뿐이라네. 나는 유키코 처제가 도쿄로 오지 않은 것에 대해 자네에게 책임이 있다고 생각한 적이 한 번도 없네. 따라서 유키코 처제를 결혼시키는 것은 자네의 의무라고도 생각하지 않네. 굳이 말하자면 그것은 나 자신이 부덕한 소치라고 해야 할지도 모르겠네. 이제 와서 그런 일로 누구를 비난해 봤자 무슨 소용이 있겠는가.
　이번 혼담 문제인데, 그쪽은 명문가의 자제인 이상 구니지마 씨처럼 저명한 인사가 중간에 나서서 수고를 해주셨고 또 자네가 그렇게까지 말한다면 나도 이러쿵저러쿵 말할 처지가 아니라고 생각하네. 그래서 앞으로도 자네의 처분에 일임할 테니까 납채 의식이나 그 밖의 일에 대해서도 자네가 알아서 적당히 처리해도 상관없네. 결혼식 비용에 대해서는 나도 할 수 있는 만큼은 할 생각이지만, 요즘 사정이 여의치 않기도 하고 또 모처럼 친절한 제안을 해주기도 했기 때문에 자네에게 그것을 부담시키는 것이 당연하다는 의미로만 받아들이지 않는다면 아무쪼록 조력을 바라네. 자세한 것은 나중에 만나서 의논하기로 하세.

다쓰오

데이노스케는 이 편지를 받고 안심했지만 한편으로는 다에코 일도 있고, 또 오쿠바타케가 말은 그렇게 했지만 상황에 따라 무슨 말을 꺼낼지 모르기 때문에 방해를 받기 전에 서둘러 혼담을 성사시키고 싶었다. 그래서 납채 의식만이라도 빨리 치르고 싶었지만 그 후 미쓰요한테서 얻은 정보에 따르면 공교롭게도 구니지마 부인이 악성 감기가 폐렴으로 진행되어 상당히 중태인 모양이었다. 그래서 잠시 약혼식을 연기할 수밖에 없다는 것이었는데, 구니지마도 서면으로 정중히 그러한 사정을 알려왔다. 다만 고시엔의 집은 이미 자작가에서 매입해 미마키에게 양도했고 등기 절차도 끝마쳤다고 했다. 세 들어 있는 사람이 아직 나가지는 않았지만 머지않아 나간다고 하니까 집이 비는 대로 미마키가 한번 간사이로 와서 그 집을 살펴보고 사치코와 유키코한테도 보여 줄 생각이라고 했다. 결혼할 때까지 그 집은 비워 두게 되는데, 청우암에서 식모 한 사람을 그 집으로 보내 줄 것이고 그 식모는 결혼한 후에도 쭉 데리고 있어도 좋다는 이야기는 미마키가 직접 알려 왔다.

구니지마 부인의 용태는 한때 위독한 상태까지 갔으나 다행히 호전되어 2월 하순에는 병석에서 일어났고, 그 후 2주간 아타미로 요양을 떠났다. 부인은 납채 의식이 마음에 걸려 병중에도 헛소리를 했다고, 3월 중순 미쓰요가 혼인 문제를 상의하러 아시야에 들렀을 때 전해 주었다. 첫째 납채 의식과 결혼식을 도쿄에서 할지 교토에서 할지가 문제였다. 구

893

니지마의 의견은, 미마키가도 자작의 본가가 고이시카와에 있고 마키오카가도 시부야에 본가가 있기 때문에 도쿄에서 하는 게 좋다고 생각한다는 것, 납채 의식 날짜는 3월 25일로 하고 싶다는 것, 결혼식은 4월 중에 하고 싶다는 것 등이었다. 데이노스케와 사치코도 별 이의는 없었으므로 시부야로 전화를 걸어 그 뜻을 알렸다. 시부야에서는 아이들이 집을 엉망진창으로 만들어 놓아 마치 돼지우리 같았으므로 서둘러 장지문에 창호지를 다시 바르고 다다미를 바꾸고 도배를 다시 하는 등 대소동을 벌였다.

사치코는 도쿄에서 납채 의식을 올린다는 이야기를 듣고 어쩐지 마음이 내키지 않았으나 이렇다 할 이유도 없는데 반대할 수도 없고 해서 3월 23일, 데이노스케가 바쁘다고 해서 그녀가 유키코를 데리고 도쿄로 떠났다. 25일 납채 의식이 끝나고 로스앤젤레스에 있는 이타니한테도 구니지마가 그 사실을 알렸다. 유키코는 작별도 고할 겸 잠시 큰집에 머무르게 되어 27일 아침 사치코만 아시야로 돌아왔다. 정각 10시경이었는데 데이노스케도 에쓰코도 모두 나간 다음이어서 사치코는 혼자 푹 쉴 생각으로 2층 침실로 올라갔다. 문득 탁자 위를 보니 시베리아를 경유한[92] 국제 우편 두 통이 봉투가 뜯긴 채 놓여 있었다. 그 옆에는 남편의 글씨로,

슈토르츠 부인과 헤닝 양한테서 소식이 왔어. 에쓰코가 빨리 내용을 알고 싶어 해서 봉투를 뜯었더니 슈토르츠 부인의 편지는 독일어로 쓰여 있었어. 그래서 내가 오사카로 가져가 아는 사람한테 번역을 해달라고 했는데, 그것은 별지에……

92 당시에는 항공편이 없어서 시베리아 철도를 경유하는 것이 가장 빨랐다.

하고 쪽지에 날려 쓴 것과 원고지 일곱 장쯤 되는 번역문
이 함께 놓여 있었다.

36

그리운 마키오카 부인께

당신께는 벌써 상세한 편지를 보냈어야 했는데 그러지
못했습니다. 늘 당신이나 귀여운 에쓰코를 생각하고 있습
니다. 에쓰코는 벌써 많이 컸겠네요. 사실 펜을 들 시간이
거의 없습니다. 다 아실 거라고 생각하지만 독일은 일손이
부족해서 식모를 구하는 일도 무척 어렵습니다. 작년 5월
부터 일주일에 세 번, 청소하러 아침에만 오는 식모가 있
을 뿐입니다. 그 밖의 일, 즉 취사, 장보기, 바느질 같은 일
은 제가 직접 해야 합니다. 이런 일을 하고 밤이 되어서야
겨우 한가해집니다. 그것도 예전에는 편지를 쓸 시간이었
을 텐데 지금은 바구니에 담긴 아이들의 구멍 뚫린 양말을
깁느라 눈코 뜰 새가 없습니다. 옛날 같으면 해지고 구멍
뚫린 양말은 버렸습니다만 요즘은 모든 걸 절약하고 있습
니다. 우리는 승리하기 위해 협력하고 그 때문에 조그마한
힘이라도 보태고자 절약하고 있는 것입니다. 일본도 모든
면에서 검소해졌다는 말을 듣고 있습니다. 우리와 친한 분
이 마침 휴가로 여기에 오셔서 변한 일본의 모습을 이것저
것 이야기해 주었습니다. 이것은 향상에 힘쓰는 젊은 민족
이 짊어져야 할 공통의 운명이라고 해야 할 것입니다만,
양지에 하나의 자리를 잡는 일은 그렇게 손쉬운 일이 아닙
니다. 하지만 우리는 그 자리를 잡을 수 있다고 굳게, 굳게

믿고 있습니다.

작년 6월 당신의 편지가 독일어로 쓰여 있어서 무척 기쁘게 받아 보았습니다. 그 점 마음속 깊이 감사하다는 말씀을 드립니다. 어떤 분인가 친절한 친구분께서 이 편지도 일본어로 번역해 주실 줄 압니다만 부디 그분이 제 필적을 해독할 수 있으면 좋겠습니다. 읽기 어려울 것 같으면 다음 편지는 타자기로 쳐서 보내겠습니다. 비단과 일본 부채를 아직 받아 보지 못한 것은 무척 유감입니다만 그 대신 부인이 예쁜 반지를 보내 주어 로제마리가 무척 기뻐했습니다. 헤닝 양이 로제마리에게 그 반지를 전해 주었기 때문에 얼마 전 헤닝 양에게 편지를 보내, 함부르크에는 언제 올 수 있는지 물었으나 지금은 아직 확실치 않다고 합니다. 우리가 잘 아는 사람이 지난번 베를린에서 헤닝 양을 만나서 반지만 받아 왔는데, 반지가 무척 예뻤습니다. 로제마리를 대신해 깊이 감사드립니다. 하지만 당분간 끼지 않게 하고 좀 더 클 때까지 잘 보관해 둘 생각입니다. 그리고 우리가 일본에서 알게 된 사람이 4월에 다시 일본으로 돌아가게 되었으므로 변변치 못한 것이지만 에쓰코에게 전해 달라며 장신구를 보낼 생각입니다. 그렇게 되면 두 아이들은 그것을 서로의 우정과 애정의 징표로 몸에 지닐 수 있을 겁니다. 만약 전쟁이 빛나는 승리로 끝나고 모든 것이 다시 제자리를 되찾으면 그때는 당신이 독일로 놀러 올 수 있을까요? 아마 에쓰코는 새로운 독일을 알고 싶어 할 것이라고 생각합니다. 만약 당신들이 우리 집의 소중한 손님으로 잠시라도 독일에 머물 수 있다면 얼마나 기쁠까요?

그런데 당신은 우리 아이들에 대해 알고 싶어 하겠지

요? 어느 아이나 예전과 다름없이 건강하게 잘 지내고 있습니다. 페터는 11월 이래 반 친구들과 바이에른 주에 가 있습니다만 그곳이 아주 마음에 드는 모양입니다. 로제마리는 10월 이래 피아노 연습을 계속하고 있는데 지금은 꽤 늘었습니다. 프리츠는 바이올린을 아주 잘 켜는데, 이 아이는 아이들 중에서 제일 많이 컸습니다. 꽤 유쾌한 아이인데 학교에서도 다른 아이들과 잘 어울립니다. 1학년 때는 학교를 그저 놀이터쯤으로 생각하더니 그래도 요즘은 꽤 익숙해졌습니다. 최근에는 이 아이들도 집에서 일을 도와야 하게 되었습니다. 어느 아이나 각자 할 일이 있습니다. 프리츠는 저녁에 모든 신발을 닦습니다. 로제마리는 식기와 나이프를 닦습니다. 모두들 아주 열심히 해줍니다. 페터는 바로 오늘 긴 편지를 보내왔는데, 그 아이들은 기숙사에서도 신발을 닦는 일이나 옷을 깁는 일이 있어서 자기 옷이나 양말은 각자가 정리한다고 합니다. 이런 일은 어린 아이들에게 정말 좋은 수업이라고 생각합니다. 하지만 집에 돌아오면 다시 어머니한테 맡기는 것은 아닐까 하고 걱정하고 있습니다.

남편은 한 수입 상관을 인수받았는데 요즘에는 그 일에도 익숙해진 모양입니다. 중국이나 일본에서도 수입하고 있습니다만 전쟁 동안은 제한을 받고 있습니다. 올 겨울은 상당히 길었지만 작년처럼 혹독하지는 않았습니다. 이곳은 해가 나는 날이 몹시 적고 태양은 11월 이래 얼굴을 보여 주지 않고 있는데 조만간 봄이 찾아오겠지요. 일본에 있었을 때는 항상 기분 좋고 따뜻한 날이었는데……. 우리는 늘 일본의 좋은 날씨를 그리워하고 있습니다.

또 여러분의 소식을 들을 수 있다면 무척 기쁠 것입니

다. 아무쪼록 그쪽 소식도 많이 들려주십시오. 로제마리는 머지않아 에쓰코에게 편지를 쓸 겁니다. 이 아이는 보통 날은 학교 숙제가 잔뜩 있으니까 편지를 쓰려면 일요일까지 기다려야 합니다. 페터는 바이에른 주에서 편지를 할 겁니다. 그 아이들은 그쪽에서 멋진 자연을 즐기느라 방 안에 틀어박혀 있는 시간은 거의 없을 것입니다. 모든 게 좋겠지요. 여기 같은 대도회에서는 아무리 해도 굴에서 겨울을 나는 생활이 되어 버리니까요.

그럼 에쓰코에게 우리, 특히 아이들이 안부를 전하더라고 전해 주십시오. 마키오카 부인, 당신과 마키오카 씨께는 진심으로 감사하다는 인사를 드립니다. 당신이 친절하게 우리를 걱정해 주신 점에 대해서도 거듭 고맙다는 말씀을 드립니다.

1941년 2월 9일 함부르크에서
힐더 슈토르츠 올림

헤닝 양의 편지는 쉬운 영어로 쓴 것이어서 사치코도 대충 원문을 읽을 수 있었다.

친애하는 마키오카 부인!
부인께는 좀 더 빨리 편지를 드렸어야 했는데, 그렇게 하지 못한 점 용서하세요. 집을 마련하느라 무척 바빴으므로 글을 쓸 시간이 전혀 없었습니다. 하지만 마침내 저희는 나이 든 한 친지의 집에 살게 되었습니다. 저희는 그 사람의 아들과 일본에서 친하게 지냈습니다. 예순세 살인 그 노인은 넓은 아파트에서 혼자 살고 있어서 무척 적적해하고 있던 참이라, 저희에게 같이 살면 어떻겠느냐 물어 왔던 것입니다. 정말 잘된 일이어서 저희는 무척 기뻤습니다.

저희는 길었지만 유쾌했던 항해[93]를 한 뒤 1월 5일 독일에 도착했습니다. 러시아 국경에서의 검역 금족[94] 기간이야 물론 유쾌하지 않았지만, 그래도 러시아 사람이 최선을 다해 준 것[95]만은 확실했다고 할 수 있습니다. 식사는 정말 지독했는데, 저희는 매일 흑빵과 치즈, 버터와 〈보르시치〉라는 야채 수프만 먹었습니다. 우리는 온종일 카드놀이나 체스를 하며 지냈고 크리스마스이브에는 촛불을 켜놓고 평소처럼 빵과 버터를 먹었습니다. 제가 어머니와 동생들이 있는 일본의 집을 얼마나 그리워했는지 아마 상상도 못하실 겁니다. 그러나 엿새가 지나자 저희는 열차가 있는 곳으로 안내되었습니다. 아버지와 저는 저희만 쓰는 커다란 2인용 좌석에 앉았는데 옆자리에는 일본을 방문하고 돌아가는 히틀러 유겐트 소년들이 있었습니다. 저는 그들과 여러 가지 재미있는 이야기를 하면서 갔기 때문에 긴 여행의 지루함도 잊을 수 있었습니다.

베를린에서 저희는 전쟁 중이라는 걸 거의 느끼지 못하고 있습니다. 극장도 카페도 손님들로 꽉 차 있고 먹을거리

93 헤닝 양의 모델이 된 여성의 편지에 〈*voyage*(여행)〉이라고 쓰인 것을 다니자키 준이치로가 〈항해〉라고 오역한 것으로 추측된다. 뒤의 기술에서 보면 알 수 있는 것처럼 헤닝 양은 만주국에서 육로인 시베리아 철도를 타고 베를린에 도착한 것으로 보이기 때문이다. 이 무렵 독일은 해군력이 뛰어난 영국과 전쟁을 지속하고 있었기 때문에 해로는 매우 위험했다.

94 당시 만주에서 페스트가 유행하고 있었기 때문에 한센 병자가 있는지 없는지를 조사하기 위해 얼마 동안 떠나지 못하게 했다.

95 당시 소련은 독일과 불가침 조약을 맺고 있었고(1939년에 체결) 일본과도 중립조약을 맺으려고 했다(1941년 4월 13일 체결). 독일이 소련을 침공한 것은 이해 6월 22일, 소련이 일본과의 전쟁에 참여한 것은 태평양 전쟁이 종결되기 직전인 1945년 8월 8일이었다.

도 충분하고 또 맛있습니다. 사실 저희는 호텔이나 레스토랑에서 식사할 때는 음식이 너무 많아서 늘 남기는 것이 보통입니다. 기후의 변화가 저에게 이상할 만큼 식욕을 자극하기 때문에 저는 너무 뚱뚱해지지 않도록 항상 주의하지 않으면 안 됩니다. 요즘 유일하게 저희의 눈을 놀라게 하는 것은 거리에 있는 엄청난 병사들과 장교들입니다. 군복을 입은 그들의 모습은 여간 스마트하지 않습니다!

저는 이번 달에 러시아 발레 학교에 입학했습니다. 그 학교는 저희 집에서 불과 10분 정도 떨어진 곳에 있습니다. 선생님은 페테르부르크에서 배운 구수스키[96]라는 친절한 부인입니다. 그녀는 시종 낮에 하는 흥행인 마티네를 하고 있어서 저는 매일 오전 11시부터 12시 30분까지, 그리고 오후 3시부터 4시 30분까지 수업을 받고 있습니다. 아무쪼록 하루라도 빨리 실력을 쌓을 수 있도록 열심히 하고 있습니다. 구수스키 발레단은 꽤 나이 든 실력 있는 제자들로 구성되어 있고 최근에는 루마니아[97]로 친선 여행을 갔다가 이제 막 돌아왔습니다. 그러나 곧 다시 노르웨이와 폴란드로 떠납니다. 아마 2~3년 정도 지나면 저도 그 일원이 될 수 있을 거라고 기대하고 있습니다.

마지막으로 저는 로제마리에게 진주 반지를 전할 수 있었습니다. 도중에 분실되지 않을까 두려워 우편으로 부치는 것을 주저하고 있었는데, 이삼일 전에 아버지의 친구가 함부르크에서 찾아오셨기 때문에 부인의 선물을 직접 전해 달라고 그에게 부탁했습니다. 오늘 슈토르츠 부인한테

96 이 사람의 실제 모델은 다치아나 구숩스키다.
97 독일은 1939년 9월 폴란드의 서쪽 절반을 점령한 후 1940년 4월에는 노르웨이를, 10월에는 루마니아를 점령했다.

서, 반지를 잘 받았다는 엽서가 왔는데 로제마리가 무척 고마워하더라고 쓰여 있었습니다. 여기에 그 엽서를 동봉합니다.

오늘까지는 몹시 추운 날씨였습니다만 앞으로는 점점 따뜻해질 것 같습니다. 설날은 영하 18도였으니까 그 추위는 상상에 맡기겠습니다. 하지만 실내는 스팀 난방이 잘 되어 있어서 상쾌하고 따뜻합니다. 독일의 가옥은 창문이 이중이어서 일본보다 훨씬 튼튼합니다. 따라서 웃풍 같은 것도 없습니다.

이제 레슨 받으러 갈 시간이니 이쯤에서 실례하겠습니다. 그럼 답장 기다리겠습니다.

1941년 2월 2일 베를린에서
헤닝

그리고 이 편지에는 함부르크의 슈토르츠 부인이 베를린 마이엘오토 가의 헤닝 양에게 보낸, 반지를 잘 받았다는 그림엽서가 세심하게 동봉되어 있었다.

37

3월 한 달 동안을 시부야의 큰집에서 보낸 유키코는 결혼할 때까지 그대로 머물러도 좋았지만 역시 오래 있고 싶지 않았고 또 그보다는 아시야의 가족들과 천천히 이별의 아쉬움을 나누고 싶었기 때문에 달이 바뀌자 서둘러 아시야로 돌아와 버렸다. 그리고 구니지마는, 결혼식은 29일 천장절로 한다는 것, 피로연은 제국 호텔에서 한다는 것, 미마키 측에서는 자작이 연로해 참석하지 못하니 상속자인 마사히로 부부가 대리로 참석할 거라는 것 등의 이야기를 전해 왔다. 또 미마키가의 희망으로, 화려한 예식은 피해야 하겠지만 피로연만은 가문의 격식에 어울리게 하고 싶다는 제안이 있어서 그 취지에 맞게 안내장을 보냈다. 미마키 측은 도쿄의 친척이나 지인은 물론 간사이 지역에서 오는 참석자도 상당수에 이를 전망이었다. 그렇게 되면 자연히 마키오카 측도 오사카의 친척을 비롯해 나고야에 있는 다쓰오의 본가인 다네다가 사람들, 오가키의 스가노 미망인까지 참석한다고 하니 근래에 보기 힘든 화려한 피로연이 될 듯했다.

바로 그 무렵 고시엔의 집이 드디어 비었다. 미마키는 간사이로 와서 아시야를 방문하고 사치코와 유키코를 데리고 그 집을 살펴보러 갔다. 한신 전차의 북쪽 수백 미터 지점에 있는 단층집인데 비교적 새집이었다. 부부가 식모 하나를 두고 생활하기에 적당한 크기였고, 특히 백 평 남짓한 뜰이 딸려 있는 것이 무엇보다 좋았다. 미마키는 방의 장식이나 옷장, 경대를 둘 장소에 대해 사치코, 유키코와 의논하는 김에 신혼여행 계획을 털어놓았다. 결혼한 날 밤은 제국 호텔에서 하룻밤을 묵고 이튿날 아침 교토로 출발할 생각이라는 것, 교토에서는 아버지에게 잠깐 인사만 하고 그날 바로 나라로 가서 이삼일 동안 봄의 야마토지를 두루 돌아다니고 싶다는 것, 다만 이것은 자기 혼자 생각해 본 것이기 때문에 유키코에게 나라가 그다지 별난 곳이 아니라면 하코네나 아타미 방면으로 바꿔도 좋다는 등의 이야기를 했다. 사치코는 유키코에게는 물어보지도 않고,

「간토 지방은 그만두고 그냥 나라로 가시는 게 어때요? 우리는 근처에 살지만 의외로 야마토의 명승고적은 생소하거

든요. 유키코는 호류지의 벽화도 아직 보지 못했어요」

하고 말했다. 나라에서 묵을 여관은 순 일본식 집으로 하고 싶다는 미마키의 주문에, 그렇지 않아도 호텔의 빈대에 질린 적이 있는 사치코는 쓰키히테이를 추천했다. 미마키는 또 이번에 구니지마의 알선으로 아마가사키 시 교외에 공장을 짓는 동아 비행기 제작소에 취직하게 되었다는 것, 그것은 자신이 일찍이 미국의 대학에서 항공학을 배운 적이 있기 때문에 그 졸업장 덕을 본 것인데, 사실 자신은 졸업한 뒤 그 방면에 관계한 적이 없으며 항공기에 대해서는 완전히 초보자나 마찬가지이기 때문에 어떤 일이 주어질지 불안하기 짝이 없다는 것, 구니지마의 체면을 생각해서인지 비교적 많은 월급을 준다고 하니 더욱 걱정되지만 이런 시국을 타개하기 위해서는 어떻게든 그 자리에 눌어붙어 있는 수밖에 없다는 것 등을 말하고, 신혼여행에서 돌아오는 대로 곧장 월급쟁이 생활에 들어서는데 여가에는 간사이 지방의 오래된 건축물 등을 연구해 훗날 재기에 대비할 생각이라는 얘기도 했다.

사치코는 미마키가,

「다에코 씨는 어떻게 지냅니까?」

하고 묻자 가슴이 덜컥했다.

「오늘은 오지 않았지만 잘 지내요.」

사치코는 아무렇지도 않은 듯 이렇게 대답했다. 미마키는 사정을 알고 있는 것인지 어떤지 그 이상은 묻지 않고 한나절만 머물다 돌아갔다.

그 무렵 다에코는 예정일이 다가와 오하루를 데리고 비밀리에 아리마에서 고베로 나와 후나코시 병원에 입원해 있었다. 그러나 사치코는 세상의 눈을 우려한 나머지 병원에 가지 않았고 전화 한 번 걸지 않았다. 그러나 입원한 다음 날 밤이 이슥한 시간에 살짝 오하루가 와서 태아가 거꾸로 있다는 사실을 알렸다. 원장의 얘기로는, 작년 아리마로 가기 전에 진찰했을 때는 분명히 똑바로 있었는데 그 후 자동차로 산을 넘기도 했기 때문에 아마 거꾸로 자리 잡은 것 같다는 것이었다. 조금만 더 일찍 알았다면 정상 위치로 돌릴 수 있었는데 이제는 분만 시기가 다가와 태아가 골반 밑에 자리 잡고 있기 때문에 아무래도 어렵다는 것이었는데, 그래도 원장 선생이 출산은 반드시 무사히 끝날 거니까 안심하라며 맡아 주었으므로 걱정할 건 없다는 얘기였다. 오하루는 이런 말을 전하고 돌아갔지만 4월 상순이라는 예정일이 지나도 아무런 연락이 없는 걸 보면 초산이라 다소 늦어지는 모양이었다.

이럭저럭하는 사이에 벚꽃도 지기 시작했고, 데이노스케 식구들은 보름만 있으면 유키코가 시집을 간다는 생각에 황망한 봄날의 하루하루가 아쉬워 뭔가 기념이 될 만한 행락이라도 하고 싶었다. 그러나 올해는 모든 상황이 작년보다 어려워져 있었다. 실제로 혼례식이 끝나면 바꾸어 입을 유키코의 의상도 7·7금령[98]에 걸려 새로 염색할 수 없어 고즈치야에 부탁해서 기성복을 구해 달라고 한 형편이었고, 이번 달부터는 쌀도 통장 제도[99]가 실시되었다. 게다가 올해는 기쿠고로도 오지 않았고 꽃구경은 작년에도 사람들의 눈을 의식했을 정도였으니까 더더욱 피해야 했다. 그래도 매년 하는 행사만은 하자는 말이 나와, 13일 일요일에는 큰맘 먹고 당

98 국민 정신 총동원 운동의 일환으로 1940년 7월 6일 상공성과 농림성이 공포해 중일 전쟁 기념일인 7월 7일에 시행된 〈사치품 등 제조와 판매 제한 규칙〉을 가리킨다.
99 1941년 4월 1일부터 도쿄, 오사카, 나고야, 교토, 요코하마, 고베에서 쌀의 할당 배급이 시작되었다. 각 가정에 배포된 미곡 통장은 신원증명서를 대신했다.

일에 돌아오기로 하고 수수한 차림으로 교토로 떠났다. 그러나 효테이 등은 빼고 헤이안 신궁에서 사가 방면을 그저 형식적으로 한 바퀴 돌았을 뿐이었다. 올해도 다에코가 없어서 네 명이 오사와 연못 주변의 꽃그늘에서 얌전히 도시락을 먹고 술잔에 차디찬 술을 따라 조용히 마셨을 뿐 뭘 구경했는지도 모른 채 돌아왔다. 데이노스케 식구들이 꽃놀이를 간 다음 날, 전부터 배가 불러 있던 고양이 레이가 새끼를 낳았다. 이 암고양이는 벌써 열두세 살이나 되는 늙은 고양이었기 때문에 작년에 새끼를 뱄을 때도 자기 힘으로 낳을 수 없어서 촉진 주사를 맞고 간신히 낳았다. 올해도 전날 밤부터 새끼를 낳을 기미가 보였으나 쉽게 낳지 못해서 아래층 다다미 여섯 첩 크기 방 벽장에 자리를 만들어 주고 수의사를 불러 촉진 주사를 놓았다. 가까스로 머리가 나온 새끼를 사치코와 유키코가 번갈아 가며 끄집어냈다. 두 사람은 무언중에 다에코를 위해 좋은 징조가 되기를 바라는 마음에서 어떻게든 레이가 무사히 새끼를 낳을 수 있도록 열심히 도왔던 것이다. 에쓰코가 화장실을 가려고 내려온 척하며 복도에서 들여다보려는 것을,

「에쓰코, 저리 가! 애들이 보는 게 아냐!」

하고 꾸짖었다. 드디어 새벽 4시까지 세 마리의 새끼를 무사히 낳았다. 두 사람은 피 묻은 손을 알코올로 소독하고 냄새가 밴 옷을 벗고 잠옷으로 갈아입었다. 그리고 잠자리에 들려는 때였다. 갑자기 전화벨이 울렸다. 깜짝 놀란 사치코가 수화기를 들자 오하루였다.

「어떻게 됐니? 벌써 낳았어?」

「아니요. 아직요. 굉장히 힘든 모양이에요. 벌써 스무 시간이나 계속 힘들어하고 있어요. 원장 선생님 말로는 진통이

미약하다며 촉진 주사를 놓았지만 요즘은 독일제인 좋은 약이 동이 나서 국산품을 쓴 탓인지 좀처럼 듣지 않는 모양이라네요. 다에코 아가씨는 계속 신음하며 몸부림치고 있어요. 그런데 어제부터 아무것도 먹지 않았는데 푸르죽죽한, 이상한 것만 토해 내고 있어요. 이렇게 고통스러워서는 도저히 안 되겠다고 하고, 이번에는 꼭 죽을 것 같다며 울고 있어요. 원장 선생님이 괜찮을 거라고 하지만 간호사는 심장이 견디지 못할지도 모른다고 하는데, 아무것도 모르는 제가 봐도 상당히 위험한 상태인 것 같아서, 전화하지 않기로 약속은 드렸지만, 아무래도 알려야 할 것 같아서요.」

사치코는 오하루의 말만으로는 어떻게 된 건지 확실치 않았지만 독일제 진통 촉진제를 구할 수 없기 때문에 산모가 곤란하다면 어떻게든 입수할 수 있을 것이고, 대개의 산부인과 병원에는 특별한 환자를 위해 다소의 물품을 보관하고 있을 테니까 자신이 가서 원장에게 잘 말해 보면 내줄 것도 같았다. 옆에서 유키코도 일이 이 지경이 되었으니 세상 사람들 눈을 의식할 때가 아니지 않느냐며 자꾸 병원으로 가보도록 권했다. 데이노스케도 일어났는데 유키코와 같은 생각이었다.

「미요시한테 처제의 몸과 배 속의 아이는 내가 책임을 지겠다고 말한 체면도 있는데 그런 사정을 듣고도 내버려 둘 수는 없잖아.」

데이노스케는 이렇게 말하며 빨리 사치코를 병원에 가보도록 했을 뿐만 아니라 미요시한테도 연락해서 곧장 병원으로 가도록 조치했다.

고베의 후나코시 병원은 원장이 덕망 있는 숙련가라는 정평이 나 있었기 때문에 사치코는 작년에 다에코에게 추천했던 것이다. 사치코가 특별히 원장과 면식이 있는 것은 아니었다. 그녀는 만약의 경우를 대비해 집에 보관하고 있던 약 중에서 지금은 모두 귀중품이 된 콜라민과 프론토실, 베타신 등의 주사약을 가지고 병원으로 찾아갔다. 병실에는 그녀보다 먼저 미요시가 와 있었다. 작년 가을 이래 반 년 만에 본 다에코는,

「언니, 잘 왔어……」

하며 눈물을 머금었다.

「나, 이번에는 안 될 것 같아.」

다에코는 이렇게 말하며 다시 울었다. 그러는 동안에도 손발을 허우적거리며 괴로워하고 이상한 것을 토해 냈다. 굉장히 더럽고 걸쭉한 덩어리 같은 것이었다. 미요시가 간호사한테 물어보니 태아의 독소가 입으로 나오는 거라고 했지만, 사치코가 보기에 갓난아기가 분만 후에 처음으로 배설하는 배내똥과 비슷했다. 사치코는 시간을 지체하지 않고 원장실로 뛰어 들어가 데이노스케의 명함을 내밀며 가져온 주사약을 전부 내놓았다.

「선생님, 간신히 이런 약을 구해 왔는데 아무리 해도 독일제 진통 촉진제는 구할 수 없었습니다…… 값이 아무리 비싸도 상관없으니까 고베 시내 전체를 다 뒤져서라도 구해 주세요…… 갖고 있는 사람이 어딘가에…….」

사치코는 일부러 새된 목소리로 거의 미치광이처럼 말해, 사람 좋은 원장을 설득하는 데 성공했다.

「사실 여기도 딱 하나 있긴 합니다. 정말 이거 하나뿐입니다.」

원장은 이렇게 말하며 마지못해 꺼내 왔다. 그런데 놀랍게도 그 약을 주사하고 5분 후에 순식간에 진통이 시작되었다. 독일 제품이 국산품에 비해 얼마나 우수한가를 사치코는 바

로 눈앞에서 목격한 것이다. 다에코는 곧 분만실로 옮겨졌다. 사치코, 미요시, 오하루는 복도의 벤치에 앉아 기다리고 있었는데 다에코의 신음이 두어 번 들리는가 싶더니 안에서 원장이 갓난아기를 안고 엄청난 기세로 달려 나와 수술실로 뛰어 들어갔다. 그리고 30분 정도 아주 끈기 있게 손바닥으로 찰싹찰싹 때리는 소리가 들렸지만 아기는 끝내 울음소리를 터뜨리지 않았다.

다에코가 다시 자신의 병실로 옮겨졌으므로 사치코 일행도 다에코의 침대 주위로 돌아와 숨을 죽이고 있었다. 아무리 시간이 지나도 찰싹찰싹하는 소리만 들려올 뿐이었다. 헛된 노력만 계속하는 원장의 모습이 그려졌다. 잠시 후 간호사가,

「안됐습니다만 아기는 태어나기 직전까지는 살아 있었는데 분만 때 죽고 말았습니다. 어떻게든 소생시켜 보려고 모든 수단을 다 써봤고 댁에서 가져온 콜라민 주사도 놓아 봤습니다만 유감스럽게도 소생하지 못했습니다. 자세한 말씀은 곧 원장 선생님이 하시겠지만, 그래도 아기 몸에 어머님께서 만들어 오신 옷이라도 입히고 싶어서……」

하며 다에코가 아리마에서 짠 배내옷을 받아들고 나갔다. 곧 원장이 죽은 아이를 안고 들어왔다.

「정말 죄송합니다만 제가 큰 실수를 했습니다. 아기가 거꾸로 있어서 제가 손을 넣어 끄집어냈습니다만, 정말 이런 일은 좀처럼 없는데 빼낼 때 그만 손이 미끄러지고 말았습니다. 그래서 아기가 질식한 겁니다. 정말 괜찮을 거라고 장담했는데 이런 실수를 하다니, 뭐라 사죄의 말씀을 드려야 할지 모르겠습니다.」

원장은 땀을 흠뻑 흘리며 이렇게 말했다. 사치코는 원장이

자신의 실수를 솔직히 인정하고, 하지 않아도 되는 사죄까지 하며 몹시 죄송스러워하는 것을 보자 그 공명정대한 태도에 호감이 갔다. 원장은 두 손으로 안고 있는 갓난아기를 보이며,

「태어난 아이는 공주님입니다. 요 예쁜 얼굴을 보십시오. 저는 정말 수없이 많은 아기를 받아 왔습니다만, 절대 듣기 좋으시라고 하는 말이 아니라 이렇게 귀엽고 예쁜 아기는 본 적이 없습니다. 살아 있었다면 얼마나 예쁜 아가씨로 자랄까를 생각하면 정말 안타까울 뿐입니다」

하며 다시 용서를 구했다. 머리를 반질반질하게 손질한 갓난아기는 아까 가져간 배내옷을 입고 있었는데, 머리카락은 짙고 검었으며 얼굴은 하얬고 볼은 홍조를 띠고 있었다. 누가 보더라도 한눈에 탄성을 지를 만한 아이였다. 사치코, 미요시, 오하루는 차례로 아기를 안아 보았는데, 갑자기 다에코가 격렬하게 울음을 터뜨리는 바람에 사치코도 울고 오하루도 울고 미요시도 울었다.

「어머, 정말 인형 같은……」

사치코는 이렇게 말했지만 그 밀랍색에다 투명하고 우아하기까지 한 얼굴을 들여다보고 있자니 이타쿠라나 오쿠바타케의 원한이 들러붙어 있는 것 같아 오싹 소름이 끼쳤다.

다에코는 일주일 후 퇴원했지만 너무 공공연하게 나다니지만 않으면 괜찮을 거라는 데이노스케의 의견에 따라 미요시가 데리고 갔다. 미요시와 다에코는 효고 쪽에 있는 이층집의 2층만을 빌려 그날부터 부부 생활을 시작했다. 그리고 4월 25일 밤 데이노스케 식구들이나 유키코에게 작별 인사도 할 겸 가까이 두고 쓰던 물건을 가져가기 위해 살짝 아시야로 찾아왔다. 예전에 그녀가 쓰던 방인 2층 다다미 여섯 첩

크기 방으로 올라가 보니 거기에는 유키코의 혼수품이 눈부실 정도로 아름답게 장식되어 있었고 도코노마에는 오사카의 친척이나 그 밖의 사람들이 보내온 축하 선물이 산더미처럼 쌓여 있었다. 그러나 유키코보다 먼저 다에코가 새살림을 차린다는 것은 아무도 모르기 때문에 그녀는 이 집에 맡겨 둔 짐 가운데 당장 쓸 물건만 혼자 살금살금 꺼내 당초무늬 보자기에 쌌다. 그러고 나서 30분쯤 모두와 이야기를 나누고는 효고의 집으로 돌아갔다.

오하루는 다에코가 퇴원하자마자 아시야로 돌아왔다. 아마가사키에 있는 부모에게 내밀히 혼담이 있는 듯 오하루는 유키코의 결혼식이 끝나면 이삼일 휴가를 달라고 했다.

사치코는 갑자기 사람들의 운명이 이렇게 정해지고 머지않아 집안이 쓸쓸해질 것을 생각하자, 딸을 시집보내는 어머니 마음이 이런 게 아닐까 하는 느낌이 들었고 걸핏하면 감개무량한 심정에 빠져 그날그날을 보내는 것이 슬펐다. 게다가 어쩐 일인지 며칠 전부터 배가 거북하더니 매일 대여섯 차례나 설사를 했다. 와카마쓰나 알시링정을 먹어 보았지만 듣지 않는지 설사가 멈추지 않았다. 그러는 사이에 그만 26일 결혼식 날이 찾아왔다.

결혼식 날 아침에 맞추기 위해 오사카의 오카요네 가발점에 주문해 둔 가발이 완성되어 배달되었으므로 사치코는 잠깐 써보고 그대로 도코노마에 놓아 두었다. 학교에서 돌아온 에쓰코가 금방 가발을 발견하고, 언니 머리는 정말 작구나 하면서 써보고는 일부러 부엌으로 가지고 가 보여 주며 식모들을 웃겼다. 혼례식이 끝나고 갈아입을 의상은 고즈치야에 부탁해 놓았는데 그것도 완성되어 그날 배달되었다. 유키코는 그런 것을 보고도 이게 혼례 의상이 아니라면, 하고 중얼

거리고 싶었다. 그러고 보면 옛날 사치코가 데이노스케에게
시집갈 때도 전혀 즐거운 기색을 보이지 않았고, 동생들이 물
어봐도 기쁘지도 아무렇지도 않다고 하면서,

> 오늘도 옷을 고르느라 날이 저무누나
> 시집가는 몸의 공연한 서글픔이여

하는 노래를 써서 보여 준 적이 있었는데, 사치코는 뜻밖
에 그 일이 떠올랐다. 결국 설사는 그날도 멈추지 않았고, 기
차에 오르고 나서도 여전히 계속되었다.

여성 문화의 〈황천(黃泉)〉

다나베 세이코[1]

오랜만에 『세설』을 다시 읽었다. 역시 재미있다. 아니, 옛날 젊어서 읽었을 때는 그다지 흥을 돋우지 못했던 등장인물에게도, 정경에도 공감과 애착을 느꼈고(예컨대 데이노스케나 쓰루코처럼), 소설의 깊이가 더욱 깊어진 것 같았다.

이 소설에는 다니자키 씨(편하게 이렇게 부르기로 하자. 그러는 편이 아양을 떠는 여성 문학에 어울린다)의 호기심이 생생하게 요동치고 있다. 맹렬하다고 해도 좋을 정도로 탐욕스러운 호기심이다.

다니자키 씨는 교토나 오사카에 살면서 간사이 여성의 발상법이나 호흡, 감촉이나 교양, 자존심을 접하고 순화됨으로써 〈여성 문화〉에 눈을 뜬다. 아니, 간사이 문화에만 그치지 않는다. 『세쓰고 암자 야화(雪後庵夜話)』에는 〈오사카 사람에 대한 도쿄 사람의 이그조티시즘〉이 『세설』의 모델에 스며들어 〈세 자매에 대한 감정의 밑바닥〉에 있었다고 쓰여 있다. 다니자키 씨는 그것을 뚫고 나가 〈여성 문화〉의 정수 같은

---

1 소설가. 국내에 소설집 『조제와 호랑이와 물고기들』(양억관 옮김, 작가정신, 2004), 『아주 사적인 시간』(김경인 옮김, 북스토리, 2007) 등이 번역되어 있다.

것에 다다르고, 그 〈여성 문화〉에 이끌린 그는(그리고 독자도) 당당한 민족의 마음속 깊은 곳으로 내려간다.

거기에서 흡사 〈황천〉, 그러니까 지하 세계 같은 〈왕조 문화〉와 맞닥뜨린다.

이 황천은 여성 숭배의 자질이 있는 다니자키 씨가 처음으로 찾아낸 일본 민족의 〈뿌리〉였다. 〈왕조 문화〉의 뿌리에 다다른 것은 다니자키 씨를 무척 기쁘게 했음에 틀림없다. 『세설』에는 다니자키 씨의 그러한 흥분이 생생하고 아름답게 빛나고 있다.

특히 다니자키 씨는 〈유키코〉라는 여성을 간사이 문화, 여성 문화의 상징처럼 생생하게 그렸다. 그래서 간사이 사람이 〈유키코〉가 나오는 부분을 읽을 때면 미소를 금할 수 없다. 오사카 여자들 중에는 유키코 유형이 아주 많은데 바로 그것이 오사카 여자의 한 전형이다.

〈부끄러움을 잘 타는 사람으로 다른 사람 앞에서는 말도 잘 못 하〉지만 〈겉보기와는 다른 데가 있어서 꼭 참기만 하는〉 것이 아니다. 〈뭐든지 아무 말 없이 자기가 하고 싶은 대로 하는 사람〉이며 〈보기와 다르게 외출을 좋아하〉고 〈내성적인 것 같지만 화려한 것을 좋아하는〉 여자, 그리고 전화를 싫어해서 맞선 상대와 제대로 말도 하지 못하는 주제에 다른 사람의 수고에 미안하다든가 감사하다는 말, 위로의 말도 하지 않는다.

가녀리게 아름다우며 나긋나긋하고, 말수는 적지만 그 자리에서는 가만히 있다가 나중에야 불평을 털어놓는다. 자존심 강하고 에둘러 말하는 번거로운 발상을 하며 자신의 호기심에 엄격하고 사치를 좋아한다.

유키코는 시간관념이 없고 그녀에게서 간사이 중심주의를

빼놓을 수 없다. 그녀는 이문화권에는 반발하지만(신분 차이 같은 것에는 민감하고 또 도쿄라는 지역을 무시하기도 한다), 그러면서도 명석한 판단력이나 비판 정신이 있어서 〈사람은 도쿄 사람이 더 좋다〉는 말을 한다.

감당할 수 없는 여자의 재미를 가진 유키코에게(소설에서는 언뜻 자유분방하고 대담한 궤적을 보여 주는 다에코가 더 감당할 수 없는 여자로 보이기는 하지만) 다니자키 씨는 대단히 흥이 나서 혼신의 힘과 애착을 가지고 그녀를 그렸다. 유키코를 조금 더 세속 쪽으로 당겨 균형 감각을 준 사람이 언니 사치코다. 사치코라는 규약이 있어서 비로소 유키코가 간사이 문화, 여성 문화의 진수나 상징 같은 것임을 알게 된다.

유키코가 상징하는 〈여성 문화〉는 종래 남성의 문화에서는 묵살되거나 멸시 또는 간과되어 온 것이다. 여류(女流)라서 〈여성 문화〉를 앙양하는 것은 아니다. 오히려 여류 문학자는 〈남성 문화〉의 장에서 남성 문학자와 어깨를 나란히 한다는 자세를 취하는 경향이 있다. 그러므로 하찮고 몽매한 것이라고 묵살당해 온 〈여성 문화〉는 근대에 들어 비로소 다니자키라는 뛰어난 통역을 얻어 실로 웅변적으로 선전되었다고 할 수 있다.

이야기는 유키코의 혼담을 축으로 봄의 꽃놀이, 여름의 반딧불이잡이, 무용 발표회 등 고상한 행사를 아로새기면서 진행된다. 혼담은 〈여성 문화〉의 세계다. 게다가 혼담에 일일이 비판하거나 평가하는 것은 여자들이다. 여기서는 〈남성 문화〉의 논리는 전혀 통용되지 않는다. 남성의 문화에서 보면 유키코라는 여자는 〈너무 낡은 인습에 얽매여 있어 매사에 소극적이고 일본 취미가 강한 여자〉로밖에 보이지 않는다. 그러므로 시골 재산가 상속자와의 혼담을 안성맞춤인 혼처라고 생각한다. 〈자극이 적은 시골에서 안온하게 살아가는 것이 적합하고 아마 본인도 이의는 없을 거라고 믿고 있었〉던 것이다. 오사카의 호상 집안에서 자라 자긍심이 강한 여자들은 교양의 균형에서인지 시골을 깔보고 남성의 뜻에 굴하지 않는다. 남자의 눈으로 보면 그저 제멋대로 구는 것으로 비치겠지만 여성 문화에는 독특하게 굴절된 발상의 절차가 있어서 여성들은 〈그건 나도……〉에서 시작한다. 실로 세심하고 복잡한 사고 경로, 왔다 갔다 하면서 심리의 주름을 샅샅이 건져 올려 상대의 반응을 민감하게 잡아내면서 이쪽의 기분도, 말해야 할 것은 말하고 숨겨야 할 것은 숨기는, 〈여차여차하니까 이렇게〉라는 결론에 도달하기까지의 거리가 굉장히 길다.

최단거리의 대각선을 돌파하는 남성 문화로는 도저히 따라갈 수 없는 아주 길고 구불구불 구부러진 여성 심리다.

그러나 고불고불 고부라진 방식으로 다니자키 씨는 참으로 다소곳한 아름다움이나 재미, 우스꽝스러움이나 진리를 발견한다. 화려함과 사치를 사랑하는 마음, 깊은 정과 상냥함을 충분히 드러내면서 뇌리에서 떠나지 않는 기품을 지닌 그런 여자들의 사고방식과 생활 방식, 그리고 화장하는 방법, 행동거지, 호흡법, 말투에 다니자키 씨는 만취하고 도취된다. 다니자키 씨는 그 흥분을 어떻게 글에 담을지 고심하여 문장에 쉼표를 많이 사용한다. 말이 많아지고 심리 묘사를 할 때는 문장이 끝나지 않고 거의 한 페이지씩이나 쉼표로 길게 이어지기도 한다. 이 소설에서는 남성의 사고도 어느새 〈여성 문화〉처럼 한없이 쉼표로 이어진다.

남녀가 사이좋게 재잘거리는 것에 가까운 구구하게 이어지는 문장은 바로 여성의 심리를 보여 주는 데 무척 잘 어울린다. 우리는 『세설』에서 『겐지 이야기』의 말투를, 그리고 치카마쓰 몬자에몬[2]의 대사가 풍기는 맛을 느낀다. 왔다 갔다 하며 구구하게 이어지는 문화의 뿌리가 이렇게 하여 〈왕조〉에 다다른다는 것은 앞에서도 말했다.

나는 이 〈여성 문화〉를 처음으로 소설에 정착시켰다는 점에서 『세설』이 더욱 재미있다. 헤이안 신궁의 꽃놀이도 반딧불이잡이도 여성들의 높은 안목으로 묘사되어 있다. 붉은 구름 같은 벚꽃을 올려다보며 한꺼번에 〈아아!〉 하는 감탄사를 토해 낸다. 마치 『고킨와카슈』 그대로의 꽃놀이도 너무나 여성 취향이다. 때때로 점묘되는 생기발랄한 에쓰코도 역시 여자아이인 편이 효과적이다. 여자 냄새가 분분한 가운데 여자들의 감성은 점점 더 예민해진다.

세 자매가 자아내는 풍취도 다니자키 씨에게는 색다른 자극이 아니었나 싶다. 설사 서로 반발한다고 해도 자매들의 마음속 깊은 곳에는 사이좋은 데가 있으며 그 마음속의 공감이나 감응을 파고 들어가면 여자들끼리의 〈황천〉인 명계(冥界)에 이르고 남자들은 도저히 헤아릴 수 없는 미지의 세계와 맞닥뜨린다. 예컨대 데이노스케는 다에코가 신분이 다른 남자를 선택했을 때 그녀와 다른 자매들 사이가 멀어질까 걱정했지만, 문득 다에코가 유키코의 발톱을 깎아 주고 있는 모습을 목격한다. 그리고 〈이 자매들은 의견의 차이는 있을망정 사이가 틀어지는 일은 좀처럼 없다는 것을 새삼 알게 된〉다.

또 이 자매들의 모습에서는 자못 인생의 호사(豪奢) 같은 게 느껴지는데, 그 집안은 현재 몰락했다고 해도 좋다. 호상 집안이 지금도 견실하게 유지되고 있다면 『세설』의 세계는

2 近松門左衛門(1653~1725). 일본의 셰익스피어라 불리는 에도 시대 극작가.

성립되지 않는다. 상가(商家)의 위세가 당당했던 시기에는 어딘가 반드시 금욕이라는 세속적인 냄새가 있는 법이고, 전성기가 끝났을 때야 비로소 퇴폐적인 호사가 시작된다. 그 때문에 자매들이 호사롭게 생활하는 모습에서는 역겨운 냄새가 나지 않고 오히려 깨끗한 인상마저 준다.

그리고 한신 지역 특유의 발랄함과 서양풍의 세련됨은 여기저기 알맞게 흩어져 있으며, 전체적으로 조화를 이루고 있는 외국인들에 대한 묘사와 어울려 주인공들에게 느긋함과 화려함을 더하고 있는 점도 좋다. 대대로 가업으로 이어져 내려오는 오사카 시내의 전통 있는 상가가 무대라면 〈여성 문화〉는 그늘에 갇힌 채 발현될 것이다. 상가라는 것은 원래 〈남성 사회〉니까.

외국인의 동정을 통해 국제 정보나 일본 사회의 추이를 알 수 있게 하는 구조도 재미있다. 그러나 『세설』은 어디까지나 평면적인 에마키모노(繪卷物)[3]여서 사회의 움직임은 전혀 관여하지 않는다. 그 점에서 세월과 시대가 배경이 된 『겐지 이야기』와 다르다.

이번에 오랜만에 읽고 예전보다 더 흥미로웠던 것은 데이노스케에 대한 과부족 없는 묘사였다. 때때로 참으로 따뜻한 남성의 눈으로 〈여성 문화〉를 인식하고 여성을 이해한다. 남성의 감각으로 지나침을 조정하거나 수습한다. 그 정도가 아주 적절해서 바로 〈여성 문화〉의 요점처럼 되어 있는 것을 발견한다. 그가 때때로 보여 주는 의고풍의 와카(和歌)도 좋다. 무개성적인 와카가 오히려 소설을 긴장시키며 채색되어 있다.

3 이야기, 전설 등을 그림으로 그린 두루마리. 흔히 설명의 글과 번갈아 그려져 있다.

다 읽고 나서 나는 다니자키 씨의 여성 찬가의 풍요로운 마음속에 안겨 있는 듯한 기분이었다. 이 세상에 숨겨져 있어 보이지는 않지만 당당하게 존재하는 〈여성 문화〉의 〈황천〉, 어쩌면 요염하고 커다란 매력을 엿본 듯한 느낌이었다. 소설은 사회의 풍운보다도 더한 시대의 입구에 당도한 지점에서 끝나지만, 주인공들은 다가오는 세속의 폭풍에 지지 않고 꿋꿋하게 살아남을 것 같은, 밝고 강력한 느낌을 준다.

위대한 예술은 통속적이면서 고급 문학이어야 한다

1. 소설가 다니자키 준이치로

내가 처음으로 읽은 다니자키의 소설은 『한길세계문학6』 (한길사, 1981)에 실린 『슌킨쇼(春琴抄)』(1933)와 『여뀌 먹는 벌레(蓼食う虫)』(1928)였다. 소설가 이호철 씨가 번역한 것이었는데, 『여뀌 먹는 벌레』는 〈갓 쓰고 박치기도 제멋〉이라는 멋진 제목을 달고 있었다. 원래 제목은 쓰디쓴 여뀌 잎을 먹는 벌레도 자기만 좋으면 그만이라는 뜻의 속담에서 온 것인데, 〈여뀌 잎을 먹는 벌레〉만 따서 제목으로 달았다. 한마디로 〈제 눈에 안경〉이라는 뜻인데 〈갓 쓰고 박치기도 제멋〉이라는 멋진 표현을 얻어 내 눈에 띄었던 것이다. 그때까지 일본 문학이라고 해야 노벨 문학상을 탄 가와바타 야스나리의 『설국(雪國)』과 이런저런 대중소설을 읽은 게 전부였으니 이 작품들을 읽고 〈일본 문학〉 또는 〈일본의 에로티시즘 문학〉에 대한 인상을 가졌을 것이다. 아니면 그전에 가지고 있던 일본 문화 또는 문학에 대한 관념을 이 작품들을 통해 확인했는지는 모른다. 아마 그 둘 다가 아니었나 싶다. 위의 두 소설을 읽었을 때는 꽤나 충격을 받았던 것으로 기억

한다.

『슌킨쇼』는 자기가 모시는 장님 아가씨를 사랑하는 〈사스케〉가 그녀의 화상 입은 얼굴을 보지 않기 위해 스스로 자신의 눈을 바늘로 찔러 장님이 되는 이야기다. 임권택 감독의 영화 「서편제」를 볼 때도 이 작품이 떠올랐다. 득음을 위해 양딸을 장님으로 만드는 것과 사랑의 감정이나 감각을 잃지 않기 위해 스스로 장님이 되는 것의 차이는 마치 한일 문학의 차이처럼 보였다. 『갓 쓰고 박치기도 제멋』은 아내가 다른 남자와 연애하는 것을 방관하고 또 그 사람에게 양도까지 하려 한다는 내용이다. 게다가 다니자키는 실제로 자신의 친구이자 시인인 사토 하루오에게 아내를 양도하고 그 내용을 신문에까지 발표했다는 이야기가 옮긴이의 글에 실려 있었는데, 이것은 상당한 기간 동안 나의 〈일본관〉에서 중요한 부분을 차지했다. 그러고 나서 보게 된 작품이 「후미코의 발(富美子の足)」(1919)이었다. 기대한 대로 예순이 넘은 노인이 열예닐곱 살짜리 첩을 들여 그녀의 발을 빨고 있었다. 이때까지도 나에게 다니자키 준이치로는 그저 특이한, 그래서 더없이 일본적인 작가였을 뿐이다.

그런데 놀라운 것은 이런 작품을 쓴 작가가 이색적인 작품을 발표하는 그저 그런 작가가 아니라 일본 근대문학의 대가로 인정받고 있다는 사실이었다. 일본문화훈장을 받았고 일본에서는 드물게 미국 문학예술 아카데미의 명예 회원이 되었으며, 죽지 않았다면 가와바타 야스나리가 받은 노벨 문학상도 그에게 돌아갔을 거라고 하니 놀란 것도 무리는 아니었다. 놀라움은 이국적인 것에 대한 동경으로 바뀌었고, 잘 알지도 못하면서 일본 작가 가운데 누구를 좋아하느냐는 질문에 한동안 다니자키 준이치로라고 대답하곤 했다.

그리고 한참 후에 읽게 된 작품이 『치인의 사랑(痴人の愛)』(1924)이었다. 이 작품으로 좋아하는 일본 작가가 누구냐는 질문에 대한 내 대답이 좀 더 근거를 갖게 되었다. 그리고 이렇게 그의 대표작인 『세설』까지 번역하게 되었으니 그와의 인연도 꽤 깊고 오랜 셈이다.

일본의 근대 소설가 중에서 세계적으로 가장 잘 알려진 작가는 아마 다니자키 준이치로일 것이다. 요즘이야 무라카미 하루키나 요시모토 바나나 등이 유명하지만 근대 작가 중에는 가와바타 야스나리나 미시마 유키오보다 다니자키가 더 윗길이었다. 앞에서도 말했다시피 노벨 문학상을 받은 가와바타 야스나리보다 먼저 후보에 올랐으나 그가 사망함으로써 상이 가와바타에게 돌아갔다는 사이덴스티커(가와바타 야스나리의 작품을 영어로 번역한 사람)의 이야기는 널리 알려져 있으며, 당시 전 세계 지식인의 스타였던 사르트르가 일본을 방문했을 때도 만사 제쳐 놓고 교토 근교의 다니자키 묘에 참배했다고 하니 세계 문학자 중에서 그가 차지하는 위상을 가늠해 볼 수 있을 것이다. 어쩌면 다니자키야말로 서구인의 눈에 가장 일본적인 작가로 비쳤을지도 모른다.

처음에는 우리나라에 번역된 작품들이 그의 작품 중에서도 특별한 작품들이고 서구에 소개된 것 역시 그런 작품들일 거라고 생각했다. 그러나 그런 예상은 보기 좋게 빗나갔다. 오히려 특별한 것은 그가 작가 생활을 하는 55년 내내 위에서 본 경향들로 일관했다는 사실이다. 감각적인 취향이 쉽게 바뀌지 않는 것처럼. 그런 면에서 보면 그는 자신의 감각에 충실한 작가였던 셈이다. 예컨대 데뷔작 「문신[刺靑]」(1910)

에서 보이는 소녀의 발에 대한 묘사와 77세 때 쓴 작품『미친 노인의 일기(瘋癲老人の日記)』(1961)에서 보이는 발에 대한 묘사는 51년이라는 시간의 낙차, 젊음과 늙음의 차이를 무색하게 할 만큼 동일한 감각의 소산이다.

그런데 이상 성욕과 악마주의적 경향이 짙은 다니자키의 소설이 일본 독자에게 수용되고 또 좋은 평가를 얻을 수 있었던 것은 왜일까? 그것은 그의 작품이 어느 날 갑자기 불쑥 튀어나온 것이 아니라 일본 문화에 이미 그런 토양이 마련되어 있었기 때문일 것이다. 다니자키 문학의 에로티시즘은『겐지 이야기』로 대표되는 헤이안 시대의 문학이나 이하라 사이카쿠의『호색일대남(好色一代男)』으로 대표되는 에도 시대의 통속 문학에 면면히 흐르는 에로티시즘의 전통 위에 놓여 있는 것이다. 사랑하는 사람의 화상 입은 얼굴을 보지 않기 위해 자신의 눈을 찌르고(『슌킨쇼』), 시아버지가 며느리의 발을 빨고(『미친 노인의 일기』), 방탕한 여자를 내치지 못하고 오히려 그녀를 숭배하는(『치인의 사랑』) 이야기들은 헤이안 시대의 모노가타리(物語)나 구사조시(草雙紙), 우키요에(浮世繪), 가부키 등 일본 에로티시즘 문화의 전통을 빼놓고는 생각할 수 없기 때문이다.

2. 다니자키와 여자들, 그리고 발

미시마 유키오는 「다니자키 준이치로」라는 글에서 〈만일 천재라는 말을, 예술적 완성만을 기준으로 삼아 결코 자기 자신의 자질을 오판하지 않고 계속 그것을 믿을 수 있는 사람이라고 정의한다면, 80 평생을 통해 자기 자신의 자질을 오판하지 않았던 다니자키야말로 천재〉라고 했다. 그리고 이토 세이의 말대로 〈남성이 여성을 숭배하는 것도 사상〉이 라면 다니자키의 소설들은 〈남성이 여성을 숭배〉하는 그 하 나의 사상으로 수렴된다. 그의 실제 인생도 오로지 그 사상 을 현실화하는 데 바쳐졌다. 그러므로 그의 작품을 보기 위 해서는 그가 숭배하는 대상, 즉 그를 둘러싼 여성들을 보지 않을 수 없다.

  1915년 스물아홉이 된 다니자키는 열 살 아래인 이시카와 치요코와 결혼한다. 다니자키는 원래 기생인 오하쓰와 결혼 하고 싶었으나 그녀는 이미 결혼한 상태였다. 오하쓰는 대신 자신의 여동생 치요코를 다니자키에게 소개해 준다. 그러나 한때 기생이었던 치요코는 다니자키의 기대와는 달리 현모 양처였고, 그래서 부부 사이는 점차 멀어진다. 그때 다니자 키 앞에 나타난 사람이 천성적으로 요부형 기질을 타고난, 치요코의 여동생인 열네 살의 세이코였다. 세이코는 『치인의 사랑』의 여주인공 나오미의 모델이기도 하다. 세이코에게 빠 진 다니자키는 아내 치요코를 구박하기 시작한다. 다니자키 가 여성을 숭배한다고 할 때 그 여성은 자신이 숭배할 만한 여성에 한정되기 때문이다. 다니자키는 이렇게 말한다. 〈나 는 여자를 나보다 높은 존재로 우러러본다. 우러러볼 만한 존재가 아니면 여자로 보지 않는다.〉 그런 그의 집에 드나들 던 문인 사토 하루오는 구박받는 치요코를 동정하게 되고 두 사람은 어느덧 사랑하는 사이가 된다. 세이코와 결혼할 속셈 이었던 다니자키는 그의 원작을 각색한 영화 「아마추어 클 럽」(1920)에 세이코를 여주인공으로 출연시킨다. 그러나 배 우들과 놀아나는 세이코는 그와 결혼할 의사가 없었다. 이미 사토 하루오에게 아내 치요코를 양도하겠다고 약속한 다니자키는 이를 번복하고, 사토 하루오와도 절교한다. 이때의 심경을 쓴 것이 『여뀌 먹는 벌레』다. 그리고 사토 하루오와 화해한 다니자키는 아내 치요코를 사토 하루오에게 양도한다는 세 사람의 합의문을 신문에 발표한다.

이번에 우리 세 사람이 합의하여 치요코는 준이치로와 헤어져 하루오와 결혼하기로 하였기에 알려 드리오며, 준이치로의 딸 아유코는 어머니와 같이 살기로 하였습니다. 물론 쌍방의 교류는 종전과 다름없을 것입니다. 가까운 시일 안에 적당한 중매인을 내세워 결혼 피로연을 갖고자 하며, 그 일은 추후 통지해 드리겠습니다.

다니자키 준이치로

치요코

사토 하루오

(「아사히신문」 1930년 8월 19일자)

이것이 그 유명한 〈오다와라〉 사건이다. 다니자키가 아내 치요코를 사토 하루오에게 양도하기로 했다가 번복한 것도 예술을 위한 것이었다. 사토 하루오와 사랑에 빠진 아내를 보며 그는 『여뀌 먹는 벌레』를 쓸 수 있었다. 다니자키는 〈아내라는 건 상인이나 정치가에게는 필요할지 모르겠으나 예술가한테는 전혀 필요 없는 존재〉라고 생각했다. 〈아이가 예뻐지면 나의 예술이 파괴되는 게 아닐까 걱정했〉을 정도였다. 어쩌면 자연주의 문학, 특히 사소설을 비판하던 그가 예술에 인생을 종속시킨 사소설 작가들과 똑같은 모습을 보였다는 사실은 아이로니컬하다.

이듬해 다니자키는 스무 살 연하인 문예춘추사 기자 후루카와 도미코와 결혼한다. 이 결혼도 3년을 가지 못하고 둘은 이혼한다. 그가 이혼한 이유 중에는 그전에 만나 알고 지내던 네즈 마쓰코라는 부인이 있었다. 오사카 부상(富商)의 딸로 태어나 네즈 가문으로 시집을 간 마쓰코 부인이 남편의 난봉으로 힘들어할 때 그녀 앞에 나타난 사람이 다니자키였다. 다니자키는 마쓰코 부인에게서 숙명적인 사랑을 느꼈다. 결국 마흔하나인 다니자키와 스물다섯인 마쓰코는 몰래 동거를 하다가 마침내 결혼에 성공한다. 다니자키는 평생 희구하던 여성을 만난 것이다.

다니자키는 그 결혼을 〈주종 관계〉를 맺는 것으로 표현한다. 그는 마쓰코에게 보낸 편지에서 자신을 하인으로 삼아 달라고 쓴다. 실제로 결혼한 후에는 식사도 한 식탁에서 하지 않고 그녀의 식사 시중을 든 후에야 혼자 먹었다고 한다. 그녀를 생각하며 쓴 작품이 「장님 이야기(盲目物語)」(1931), 「갈대 베기(蘆刈)」(1932), 『슌킨쇼』 등이다. 그리고 『세설』(1938)은 마쓰코 부인의 자매들을 소재로 한 작품이다.

다니자키는 「아베마리아」(1923)에서 〈여자! ― 그것은 내가 태어난 그날부터 오늘까지 나를 이끌어 온, 아니 아마도 마지막 숨을 거두는 순간까지 나를 이끌어 줄 유일한 빛 ― 암흑 속에 떠다니는 배를 비춰 주는 유일한 별 ― 여자 없이는 내 시도 예술도 없다. ― 하얀 것 ― 여자 ― 그것은 내 육신의 어머니일 뿐 아니라 ― 내 생활, 내 사상, 내 이념, 내 모든 것의 모체다〉(김춘미, 『다니자키 준이치로』, 건국대 출판부, 1996에서 재인용: 작가에 대한 이야기는 대체로 이 책을 참고로 했다)라고 했다. 사실 그의 이상적인 여성은 어머니 〈세키〉였다. 소문난 미녀였던 어머니에 대한 기억은 그의 여러 소설에 등장하고 있다. 바로 그 어머니와 가장 가까운 여성이 바로 마쓰코 부인이었던 것이다.

도쿄 대지진으로 간사이로 이주한 이후에 발표한 다니자키의 소설은 네즈 마쓰코가 없었다면 쓰일 수 없었다고 할 수 있을 만큼 그녀의 그림자가 짙게 드리워 있다. 그러한 경향은 그가 죽을 때까지 변하지 않는다. 그의 세계에는 악도 없고 선도 없다. 오직 미만이 존재할 뿐이다.

다니자키는 평생 동일한 주제를 소설화했고, 그의 소설은 그의 삶과 분리되지 않는다. 여성 숭배, 페티시즘, 마조히즘 등의 변태 성욕, 악마주의, 예술지상주의, 탐미주의 등이 그것이다. 특히 미쓰코의 발을 빠는 소년 〈나〉의 풋 페티시즘을 다룬 「소년」(1911)에서 「악마」(1912), 「열풍에 날리며」(1913), 「조타로」(1914), 「후미코의 발」(1919), 「아베마리아」를 거쳐 네 발로 기면서 며느리의 발을 빠는 노인이 등장하는 『미친 노인의 일기』에 이르기까지 그런 경향은 일관되게 지속된다. 한마디로 50년 넘게 작가 활동을 하는 내내 그는 여자의 발을 빨고 거기에서 오는 희열을 소설화했다고 해도 과언이 아니다.

일반적으로 다니자키의 작품은 1923년 간토 대지진 이후 간사이로 이주한 것을 계기로 서양 숭배에서 동양으로 회귀했다고 평가된다. 『치인의 사랑』의 서양 숭배에서 『여뀌 먹는 벌레』를 전환점으로 하여 동양, 즉 일본의 전통으로 회귀했다는 것이다. 일본의 전통으로 회귀한 그가 『겐지 이야기』를 현대어로 번역하고 나서 처음으로 쓴 작품이 『세설』이다. 이런 점에서 보면 『세설』은 그가 간사이로 이주하지 않았다면 나올 수 없었던 작품인 셈이다. 다니자키는 『세설』로 아사히 문화상, 마이니치 출판문화상을 받았으며 일본의 국민적인 작가의 반열에 올랐다.

3. 『세설』을 읽는 재미와 번역

몇 년 전 다니자키 준이치로의 『작은 왕국(小さな王國)』 (1918)을 번역한 적이 있다. 러시아 혁명이 일어난 다음해에 발표한 작품인데 놀라울 뿐이었다. 거기에는 자본주의의 여러 가지 문제, 특히 빈부 격차의 문제, 그 문제를 해결하기 위한 혁명, 혁명 후의 관료제 문제 등 혁명 이후에 나타나는 여러 가지 문제들이 초등학교 교실을 무대로 치밀하게 암시되어 있었다. 그리고 그 이후의 역사는 그의 예언대로 진행되었다. 다니자키가 이런 소설도 썼구나, 하는 느낌보다 1918년에 이런 소설을 쓸 수 있었다니 하는 놀라움이 앞섰다. 우리나라 최초의 근대 소설이라는 이광수의 『무정』이 나온 해가 1917년이었다는 사실을 떠올리면 아득할 뿐이었다.

다니자키의 소설 중에서 가장 예외적인 작품이 『작은 왕국』이라면, 어떤 의미에서 『세설』도 예외적인 작품에 속한다. 다니자키가 『세설』을 쓰기 시작한 것은 태평양 전쟁이 발발한 이듬해인 1942년이다. 그의 회고대로 『세설』은 1943년 『중앙공론(中央公論)』 신년호와 4월호에 실렸고 7월호에 실릴 예정이었으나 〈시국에 따르지 않는다〉는 이유로 발표가 금지되었다가 전후에야 비로소 작품 전체가 발표되었다.

앞에서도 이야기했다시피 『세설』은 다니자키의 세 번째 부인이자 그가 희구하던 여성인 마쓰코의 자매들을 모델로 한 이야기다. 간사이 문화에 대한 애정이 짙게 배어 있는 가운데 몰락한 오사카 상류 계층(부유한 상인 집안)의 네 자매 이야기, 특히 셋째인 유키코의 혼담을 중심으로 당시의 풍속을 잔잔하게 전하는 풍속 소설이다. 그리고 『세설』은 무척 세심하게 쓰인 소설이다. 극적인 사건보다는 사계의 흐름과 함께 실제 생활처럼 소설 속의 시간도 천천히 지나간다. 봄의 벚꽃 구경, 여름밤의 반딧불이잡이, 가을의 단풍 구경, 후지 산, 가부키, 피아노, 인형, 프랑스어 교습, 무용 교습, 무용 공연, 각기병, 장티푸스, 주사, 약, 만주, 홍수, 기모노, 사진기, 전화, 도쿄 말과 간사이(오사카) 사투리, 미용실, 파마, 호텔, 병원, 학교, 셋집, 독일인, 백계 러시아인, 갖가지 일본 음식들, 피아노, 커피, 제과점, 백화점, 신혼여행, 해수욕, 온천, 기차, 연애, 맞선, 여객선 등이 계절의 변화와 함께 쓰루코, 사치코, 유키코, 다에코의 주위를 파노라마처럼 지나쳐 간다. 그런 세세한 풍속을 들여다보는 것도 재미있지만, 부끄러워서 걸려 온 전화조차 받지 못하는 유키코가 여동생 다에코에게 설교를 해대는 당찬 모습, 그리고 맞선을 보면서 단 한 번도 자신의 의견을 적극적으로 피력하지 않으면서도 결국 자신의 생각대로 일을 진행시켜 나가는 유키코의 의뭉스러운 모습을 보는 재미도 쏠쏠하다.

번역을 하면서 재미를 느낀 것은 사건 전개보다는 위에서 든 풍속들이었다. 다니자키의 다른 작품들과 마찬가지로 『세설』에서도 사회적 현실은 거의 끼어들지 않지만, 어쩔 수 없이 읽히는 당시의 현실을 읽어 내는 것도 흥미롭다. 사치코의 이웃인 독일인 가정의 분위기를 통해 나치스를 보고, 다에코의 제자이자 친구인 백계 러시아인 카타리나의 식구들을 통해 제정 러시아와 러시아 혁명, 그리고 그녀가 영국으로 떠나면서 전하는 제2차 세계 대전의 전황을 보는 재미도 만만치 않다. 그리고 자매들의 이야기 속에 등장하는 〈만주〉라

는 말 속에서 일본인들에게 만주가 어떤 곳이었나를 엿보는
재미도 쏠쏠하다.

번역에 대해서도 이야기하지 않을 수 없다. 간사이 말(사
투리)을 어떻게 처리할까 하는 것이 가장 크고 중요한 문제
였다. 『세설』에서 간사이 말은 작품 자체라고 해도 좋을 만
큼 큰 비중을 차지한다. 『세설』에서 다니자키가 보여 주는 간
사이 문화에 대한 애착은 주로 간사이 말을 통해 드러나기
때문이다. 그것은 네 자매가 도쿄, 즉 도쿄 사람이나 문화에
대해 취하는 태도와 무관하지 않다. 간사이의 상인 집안 사
람인데도 그들이 도쿄를 보는 시선은 우리가 일본을 보는 시
선과 닮아 있다. 도쿄는 경제적 이해에 밝고 형식적이며 세련
되긴 했지만 문화의 뿌리가 얕아 고상하지 못하다는 것이다.
한마디로 경제적으로 성장하기는 했지만 전통이 없어서 천
박하다는 것인데, 여기에는 도쿄에 대한 간사이의 열등감이
불러낸 보상 심리도 작용하고 있다.

사치코가 도쿄 말을 쓰는 부인에 대해 복잡한 심사를 드러
내는 장면이나 도쿄의 미용실에서 사치코와 유키코가 남들
이 듣지 못하게 간사이 사투리로 속삭이는 장면 등 말에 대
해 보이는 자매들의 예민한 반응은 도쿄에 대한 열등감이 불
러낸 감각이고, 그것이 그들로 하여금 더욱더 간사이 문화에
집착하게 한다.

이미 이 작품을 읽은 사람은 알겠지만 번역할 때는 사투리
를 표준어로 번역했다. 그러므로 독자들은 위에서 말한 것들
을 간접적으로밖에 느낄 수 없을 것이다. 우리나라 한 지역
의 사투리를 쓸 수도 있겠지만, 그렇게 하면 촌스러워질 뿐
고상한 느낌을 전할 수는 없다. 또한 그 지역 사투리가 지닌
정치, 사회적 의미가 간섭하여 전혀 다른 의미를 띨 가능성도

배제할 수 없기 때문에 그냥 표준어로 한 것이다. 그래도 최소한 간사이 사람들이 도쿄 또는 도쿄 사람에 대해 어떤 인상을 갖고 있는지는 충분히 전달될 수 있을 것이다.

마지막으로 『세설』을 이야기할 때는 문장 이야기를 빼놓을 수 없다. 다니자키 스스로 인정하고 있듯이 『세설』에는 그가 그 이전 거의 5년 동안 매달렸던 『겐지 이야기』 현대어 역의 흔적이 고스란히 남아 있기 때문이다. 그것은 번역자에게 그저 긴 문장으로 다가왔다. 읽기에는 별 무리가 없어 보이지만 막상 번역해 놓으면 오리무중이었다. 그래서 쉼표로 끊임없이 이어지는 문장은 현재의 한국 독자를 위해서라는 명목으로 과감하게 잘랐다. 표면에 드러나는 서술자 역시 요즘 독자들의 취향을 생각해서라는 명목으로 숨기기도 했다. 지금 여기서 다시 『세설』을 번역하는 의미가 그런 데 있을 거라는 명분에 기댈 수밖에 없었던 것이다. 다른 선택을 했다고 해도 여기서 또 다른 변명을 하고 있었을 것임을 알기에 저지른 만행이었는지도 모른다.

〈위대한 예술은 통속적이면서 동시에 고급 문학이어야 한다〉는 다니자키의 바람이 이 번역을 통해 그대로 전달되었으면 하는 바람이다.

끝으로 번역할 때 많은 도움을 준 서울대 국문과 대학원의 이정숙 선생님께 고맙다는 말을 전한다. 표현상의 문제는 물론이고 수시로 바뀌는 서술자, 긴 전문(傳聞), 인물 사이의 관계나 호칭 문제 등 번역하기 곤란한 문제를 해결할 때 많은 가르침을 주었고 또 옮긴이가 놓친 여러 가지 것들을 지적해 주었다. 애초에 거의 번역이 불가능한 작품이라는 말을 여러 사람들한테서 들은 터라 겁을 먹고 시작한 일이었고 또 번역

하면서 그것을 실감하기도 했지만, 그래도 독자들에게 무리
없이 읽힌다면 그것은 다 위의 도움 덕분이다. 아울러 세심
하게 다듬어 준 편집부에게도 감사하다는 말을 전한다.

송태욱

다니자키 준이치로 연보

1886년 출생   7월 24일 도쿄 시 니혼바시 구 가키가라초 2가 14번지에서 태어남. 아버지 구라고로, 어머니 세키의 차남이었지만 장남이 어려서 죽었기 때문에 준이치로(潤一郎)라는 이름이 붙음. 생가는 인쇄소를 경영.

1891년 6세   아버지가 미곡 중개인이 됨. 12월 동생 세이지 출생.

1892년 7세   9월 니혼바시 사카모토초의 사카모토 심상 소학교에 입학. 겁이 많아 통학을 싫어했으므로 2학년으로 진급하지 못함.

1893년 8세   4월부터 다시 1학년이 됨. 학교 다니는 것을 싫어하는 것도 진정되어 1학년을 수석으로 마침. 이 무렵부터 아버지가 경영하는 중개점이 영업 부진에 빠짐.

1898년 13세   4월 급우들과 회람 잡지 『학생 클럽』을 만들어 잡문 「학생의 꿈」 등을 발표. 처음으로 문학 취미가 나타남.

1901년 16세   3월 사카모토 소학교 전과(全科)를 졸업. 가계가 빈궁해져 학업을 그만두었으나 도움을 받아 4월 도쿄 부립 제일 중학교에 진학.

1902년 17세   『학우회 잡지』에 에세이 「염세주의를 평한다」를 발표. 1학년생의 글이어서 학교 전체를 경탄케 함. 6월 아버지의 연이은 사업 실패로 자퇴할 수밖에 없는 처지였으나 교사의 소개로 기타무라 가에 서생 겸 가정교사로 들어감.

1905년 20세   3월 부립 제일 중학교를 졸업. 9월 제일 고등학교 영법과(英法科)에 입학.

1907년 22세   6월 기타무라 가의 하녀 후쿠코와의 연애가 발각되어 쫓겨남. 9월 학교 기숙사에 들어감. 이를 계기로 문학으로 출세할 뜻을 굳히고 영문과로 옮김.

1908년 23세   7월 제일 고등학교 영문과를 졸업. 9월 도쿄 제국 대학 문과대학 국문과에 입학.

1909년 24세   『제국 문학』, 『와세다 문학』에 투고한 원고가 실리지 못했고 그로 인한 실의와 초조감으로 신경 쇠약에 걸림. 이바라키 현에 있던 친구의 별장에서 요양. 그곳에서 나가이 가후의 『미국 이야기(アメリカ物語)』를 읽고 자신의 〈예술상의 혈족〉을 발견.

1910년 25세   9월 오사나이 가오루를 중심으로 와쓰지 데쓰로 등과 함께 동인지 『신사조(新思潮)』 제2차 창간. 이때 월사금 체납으로 대학에서 퇴학 처분을 받음. 11월 〈판회(Pan會)〉에 초대되어 나가이 가후를 만남. 9월 희곡 「탄생」, 에세이 「〈문(門)〉을 평한다」(『신사조』), 10월 희곡 「코끼리」(『신사조』), 11월 「문신」(『신사조』), 12월 「기린」(『신사조』)을 발표.

1911년 26세   3월 『신사조』 폐간. 11월 나가이 가후가 『미타문학(三田文學)』에 「다니자키 준이치로의 작품」을 써서 격찬. 『비밀』(『중앙공론』)을 발표하여 작가적 지위 확립. 12월 최초의 작품집 『문신』 간행.

1912년 27세   4월 교토로 놀러 가 우에다 빈, 이와노 호메이 등과 만남. 신경 쇠약이 재발, 강박 관념에 시달림. 7월 징병 검사를 받았으나 불합격.

1915년 30세   5월 이시카와 치요코와 결혼.

1916년 31세   3월 장녀 아유코가 태어남. 이 해에 연달아 발매 금지 처분을 받음.

1917년 32세   5월 어머니 세키가 53세로 사망. 7월 에세이 「활동사진의 현재와 미래」를 『신소설』에 발표. 나중에 예술 영화 운동에 참가하는 계기가 됨.

1918년 33세   11월부터 12월에 걸쳐 혼자 중국을 여행함. 8월 『작은 왕국(小さな王國)』 발표.

1919년 34세   2월 아버지 구라고로가 60세로 사망. 사토 하루오와 교류 시작. 1월 『어머니를 그리는 글(母を戀うる記)』 발표. 6월 「후미코의 발(富美子の足)」 발표. 9월 「어떤 소년의 두려움(或る少年の怯れ)」 발표.

1920년 35세   5월 다이쇼가쓰에이 주식회사에 각본부 고문으로 참가. 원작 시나리오 「아마추어 클럽」이 영화화됨.

1921년 36세   1월 『준이치로 걸작 전집』(전5권, 春陽堂) 간행. 3월 사토 하루오와 치요코 부인 양도 문제로 절교. 9월 요코하마 시 혼모쿠로 이사.

1922년 37세   6월 희곡 『오쿠니와 고헤이(お國と五平)』를 『신소설』에 발표, 다음달 제국 극장에서 연출. 10월 요코하마 시 야마노테로 이사.

1923년 38세   9월 하코네에서 간토 대지진을 겪음. 가족과 함께 간사이로 이주.

1924년 39세   3월 『치인의 사랑(癡人の愛)』을 「오사카아사히신문」에 연재해 선풍적인 인기를 얻었으나 검열로 인해 6월에 중단. 11월 그 속편을 『여성』에 연재.

1925년 40세   7월 『치인의 사랑』 간행.

1926년 41세   1월 상하이로 다시 여행, 2월에 귀국. 9월 사토 하루오와 화해함.

1927년 42세   2월부터 11월까지 『요설록(饒舌錄)』을 『개조(改造)』에 연재. 아쿠타가와 류노스케와 소설 플롯의 가치를 둘러싸고 논쟁. 7월 아쿠타가와 류노스케가 자살하자 장례식에 참석하러 상경. 이때부터 후루카와 도미코를 알게 됨.

1928년 43세 3월 『만지(卍)』 발표. 12월 『여뀌 먹는 벌레(蓼食う虫)』 발표.

1929년 44세 10월 『요설록』 간행. 11월 『여뀌 먹는 벌레』 간행.

1930년 45세 8월 치요코 부인과 이혼. 치요코를 사토 하루오와 결혼시킨다는 뜻을 담은 인사장을 지인들에게 보냄. 소위 아내 양도 사건(이른바 오다와라 사건). 『다니자키 준이치로 전집』(전12권) 간행.

1931년 46세 4월 후루카와 도미코와 결혼. 5월부터 부인을 데리고 고야 산에 3개월 동안 체재. 하산한 후 호상 네즈 가의 별장 별채에 살게 되면서 네즈 부인인 마쓰코를 알게 됨. 1월 『요시노쿠즈(吉野葛)』 발표. 4월 『만지』 간행. 9월 『장님 이야기(盲目物語)』 발표.

1932년 47세 네즈 마쓰코와 연애 시작. 2월 『장님 이야기』 간행. 11월 『갈대 베기(蘆刈)』 발표.

1933년 48세 도미코 부인과 별거. 6월 『슌킨쇼(春琴抄)』 발표. 12월 『음예 예찬』 발표.

1934년 49세 3월 효고 현 무코 군 우오자키초에서 비밀리에 네즈 마쓰코와 동거. 10월 도미코와 정식으로 이혼. 11월 『문장 독본』 간행.

1935년 50세 1월 네즈 마쓰코와 결혼. 9월 『겐지 이야기』의 현대어역에 착수. 그 때문에 약 2년간 소설 창작이 줄어듦.

1936년 51세 1월 『고양이와 쇼조와 두 여자(猫と庄造二人のおんな)』 발표.

1937년 52세 6월 제국 예술원 회원이 됨.

1938년 53세 『겐지 이야기』 현대어 역 완성.

1939년 54세 1월 『준이치로 역 겐지 이야기』(전36권) 간행 시작.

1941년 56세 7월 일본 예술원 회원이 됨.

1942년 57세 3월 아타미 시에 별장을 구입, 『세설』을 쓰기 시작.

1943년 58세   1월『세설』을『중앙공론』에 연재하기 시작했으나 육군성 보도부의 비위에 거슬려 6월부터 게재가 금지됨. 그러나 원고는 은밀히 계속 씀. 11월 효고 현 무코 군 우오자키초로 이사.

1944년 59세   4월 아타미로 피란. 7월『세설』상권을 자비로 출판, 지우들에게 돌림. 12월『세설』중권을 탈고했지만 군 당국이 인쇄 배포를 금지함.

1945년 60세   8월 13일 나가이 가후의 방문을 받음.

1946년 61세   11월 교토 시 사쿄 구 난젠지 시모카와라초로 이사. 6월『세설』상권 간행.

1947년 62세   9월 마쓰코의 장녀 에미코를 양녀로 삼음. 2월『세설』중권 간행.

1948년 63세   12월『세설』하권 간행.

1949년 64세   11월 제18회 문화 훈장 수여받음. 12월『시게모토 소장의 어머니(小將滋幹の母)』간행.

1950년 65세   2월 아타미 시에 별장을 얻어 〈세쓰고 암자(雪後庵)〉라 이름 짓고 겨울과 여름 대부분을 여기서 보냄. 10월『다니자키 준이치로 작품집』(전9권) 간행(1953년 완간).

1951년 66세   5월『준이치로 신역 겐지 이야기』(전12권)를 중앙공론사에서 간행 시작. 6월, 7월『다니자키 준이치로 수필 선집』(전3권) 간행.

1955년 70세   4월 회상『유년 시대』연재.

1956년 71세   1월『열쇠(鍵)』를 연재해 문단에 커다란 반향을 불러일으킴. 이 해에 긴 간사이 생활에 종지부를 찍음. 12월『열쇠』간행.

1957년 72세   『다니자키 준이치로 전집』(전30권) 간행 시작(1959년까지).

1959년 74세   이 무렵부터 오른손 통증으로 구술로 창작.

1960년 75세 2월 작품집 『꿈의 부교(夢の浮橋)』 간행.

1961년 76세 11월 『미친 노인의 일기(瘋癲老人日記)』를 연재해 다시 문단의 화제를 모음.

1962년 77세 5월 『미친 노인의 일기』 간행.

1963년 78세 1월 『미친 노인의 일기』로 마이니치 예술대상 수상. 6월 『세쓰고 암자 야화』 연재(9월에 완결).

1964년 79세 6월 일본인 최초로 미국 문학예술 아카데미 명예 회원으로 추대됨.

1965년 80세 7월 30일 신부전증과 심부전증으로 자택에서 별세. 8월 3일 장례식 거행. 9월 25일 교토 시 사쿄 구 시시가타니 호넨인(法然院)에 묻힘.

열린책들 세계문학 051 세설 하

옮긴이 **송태욱** 연세대학교 국문학과와 같은 대학 대학원을 졸업하고 문학박사 학위를 받았다. 도쿄외국어대학 연구원을 지냈으며, 2007년 현재 연세대학교에 출강하고 있다. 논문으로「김승옥과 고백의 문학」등이 있고, 지은 책으로「르네상스인 김승옥」(공저)이 있다. 옮긴 책으로는「번역과 번역가들」,「탐구 1」,「윤리 21」,「일본정신의 기원」,「형태의 탄생」,「포스트콜로니얼」,「천천히 읽기를 권함」,「움베르토 에코를 둘러싼 번역이야기」,「트랜스크리틱」,「연애의 불가능성에 대하여」,「은빛 송어」,「사랑의 갈증」,「비틀거리는 여인」등이 있다.

지은이 다니자키 준이치로 **옮긴이** 송태욱 **발행인** 홍예빈·홍유진
발행처 주식회사 열린책들 **주소** 경기도 파주시 문발로 253 파주출판도시
전화 031-955-4000 **팩스** 031-955-4004 **홈페이지** www.openbooks.co.kr
Copyright (C) 주식회사 열린책들, 2007, 2009, *Printed in Korea.*
ISBN 978-89-329-0968-4 04830 **ISBN** 978-89-329-1499-2 (세트)
발행일 2007년 12월 20일 초판 1쇄 2009년 11월 30일 세계문학판 1쇄 2022년 3월 20일 세계문학판 8쇄

이 도서의 국립중앙도서관 출판예정도서목록(CIP)은 서지정보유통지원시스템 홈페이지(http://seoji.nl.go.kr)와 국가자료공동목록시스템(http://www.nl.go.kr/kolisnet)에서 이용하실 수 있습니다.(CIP제어번호 : CIP2009003385)

열린책들 세계문학
Open Books World Literature

각 권 8,800~15,800원